KB089837

헨리 제임스

31 세계문학 단편선

헨리 제임스

이종인 옮김

현대문학

차례

일러두기

1. 본문의 주는 모두 옮긴이 주이다.
2. 원문의 이탤릭체가 강조의 의미일 경우 본문에서 고딕체로 표기했음을 밝혀 둔다.

네 번의 만남
Four Meetings

나는 그녀를 딱 네 번 만났으나 그 만남을 생생하게 기억하고 있다. 그녀는 내게 깊은 인상을 남겼다. 그녀는 아주 예쁘고 또 아주 흥미로운 여자였다. 내가 알고 있는 그리 순조롭지 못한 인생 유형에서도 아주 감동적인 인물이었다. 그녀의 사망 소식을 듣고는 안되었다는 생각이 들었다. 그러나 곰곰 생각해 보니 내가 왜 그런 기분을 느껴야 하나 싶었다. 마지막으로 그녀를 보았을 때 그녀는 자신이 안되었다는 생각을 하지 않았다. 이제 여기에 그 만남을 차례로 적어 보는 것도 흥미로우리라.

1

첫 번째 만남은 17년 전의 일로, 어느 눈 오는 밤, 시골의 소규모 차회茶會에서였다. 내 친구 라투셰가 어머니와 함께 크리스마스 휴가를 보낼 계획이었는데, 나에게 꼭 참석해 달라고 한 것이다. 그리고 그 어머니는 우리를 위하여 차회를 베풀어 주었다. 그 모임은 독특한 멋이 가득했다. 분위기도 아주 적절했다. 나는 그 기간에 뉴잉글랜드의 오지에 가 본 적이 없었다. 하루 종일 눈이 왔고 쌓인 눈은 무릎까지 올라왔다. 나는 여자들이 어떻게 그 집까지 올 수 있었는지 의아했다. 하지만 그 지방의 생활이 전반적으로 엄격해서, 뉴욕에서 온 신사 두 명이 참석하는 그 모임은 충분히 그런 힘든 걸음을 해 볼 만큼 진귀한 것이었다.

라투셰 부인은 차회가 진행되는 도중에 젊은 여자 몇몇에게 사진들을 좀 "보여 주지 않겠느냐"고 내게 물었다. 두 개의 커다란 사진첩에 꽂힌 사진들은 나와 마찬가지로 최근에 유럽에서 돌아온 그녀의 아들이 가져온 것이었다. 나는 주위를 둘러보았는데 젊은 처녀 대부분은 그 생생한 사진들보다 더 흥미로운 대상에 정신이 팔려 있었다. 그러나 벽난로 선반 근처에 한 여자가 혼자 서 있었다. 그녀는 희미한 미소를 지으며 방 안을 둘러보았는데 그 신중한 태도에는 어떤 위장된 동경이 깃들어 있어서, 혼자 있는 그녀의 상태와 다소 대조를 이루고 있었다. 나는 그녀를 잠시 쳐다보다가 생각했다. '이 사진들을 저 아가씨에게 보여 주자.'

"아, 그래요." 라투셰 부인이 말했다. "그녀가 딱이네요. 사람들과 시시덕거리는 걸 좋아하지 않거든요. 내가 말해 보지요." 나는 그렇다면 그녀는 사진을 보는 것도 좋아하지 않을 것 같다고 대답했다. 그러나 라투셰 부인은 이미 몇 걸음 걸어가서 그녀에게 여기 와서 사진을 좀 보라고 호소했다. "좋다고 하네요." 안주인이 돌아와서 말했다. "그녀는 딱 맞는 사람이에요. 아주 조용하고 또 똑똑하지요." 그녀는 내게 아가씨의 이름이 캐럴라인 스펜서 양이라고 말했다. 그리고 나를 스펜서 양에게 소개했다.

캐럴라인 스펜서 양은 뛰어난 미녀는 아니었지만 그래도 그녀 나름으로 좀 독특하게 남의 눈을 즐겁게 하는 구석이 있었다. 어느 모로 보나 서른 가까이 되었지만, 어린 소녀 같은 모습에 어린아이 같은 안색을 지니고 있었다. 머리 모양이 아주 예뻤는데, 그리스 흉상처럼 잘 정돈되어 있었다. 하지만 그녀가 그리스 흉상을 본 적이 있을지는 의문스러웠다. 그녀는 노스베로나의 추운 날씨가 막연한 동경憧憬을 허용하고 또 지원해 주는 범위 내에서 '예술적'이었다. 두 눈은 너무 동그래서 놀란 형상이었고, 입술은 부드러우면서도 결단력이 있었으며, 치아는 입을 살짝 벌렸을 때 매력적이었다. 목에는 여자들이 '주름장식'이라고 부르는 것을 둘렀는데, 분홍색 산호초로 만든 아주 작은 핀으로 고정되어 있었다. 손에는 밀짚을 꼬아 만든, 분홍색 리본으로 가두리를 장식한 부채를 들고 있었다. 옷은 허름한 검은 실크 드레스를 입고 있었다. 느리고 부드럽고 단아한 목소리로 말했고 설사 미소를 짓지 않더라도 예쁜 치열이 살짝 엿보였다. 내가 사진을 보여 준다고 하자 그녀는 아주 기뻐했고, 뭐라고 할까, 흥분한 것 같기도 했다. 나는 구석에 놓여 있던 사진첩을 꺼냈고 램프 근처에다 의자 두 개를 가져다 놓고서 사진을 보여 주기 시작했다. 내가 잘 아는 풍경이었다. 스위스, 이탈리아, 스페인 등 유명 관광지의 풍경, 저명한 건물, 그림과 조각 등이 찍혀 있었다. 나는 할 수 있는 한 자세히 사진을 설명했고, 그녀는 아주 조용하게 앉아서 내가 쳐든 사진을 바라보았다. 그녀가 밀짚 부채를 아랫입술까지 들어 올리고서 흥분한 듯한 표정으로 입술을 가볍게 비벼 댔다. 내가 사진을 내려놓을 때 그녀는 가끔씩 가슴이 벅차다는 듯 약간 자신 없는 목소리로 물었다. "이곳에 가 보셨나요?" 나는 여러 번 가 보았다고 대답했다. 한편 나는 여행을 많이 다녔지만 그것을 자랑해서는 안 된다는 조언도 잘 알고 있었다. 이어 그녀가 그 예쁜 눈으로 나를 비스듬히 바라보고 있다고 느꼈다. 나는 대화 초반에 그녀에게 유럽에 가 보았느냐고 물었다. 그녀는 "아니요, 아니요, 아니요"라고 대답했다. 그런 일은 상상은 할 수 있을지 모르나 말로는 표현하기 어렵다는 듯이 아주 나지막한 목소리였다. 그 후에 그녀는 사진에서 눈을 떼지 못했으나 거의 아무런 말도 하지 않았기에 나는 그녀가 마침내 따분해진 게 아닐까 생각했다. 그래서 사진첩 하나를 다 펴보았을 때, 원한다면 사진을 그만 보자고 말했다. 그 사진들이 그녀를 매혹시켰다고 생각했지만 그녀의 침묵에 당황하여 그녀에게 말을 시키려고 제안한 것이었다. 나는 이를 판단하려고 고개를 돌렸고, 그녀의 양 뺨에 희미한 홍조가 떠오르는 것을 보았다. 그녀가 작은 부채를 좌우로 흔들었다. 그리고 내 질문에는 대답하지 않고 케이스에 든 채 테이블에 기대인 두 번째 사진첩에 시선을 고정시켰다.

"저것도 좀 보여 주시겠어요?" 그녀는 배를 타고 나아가 물 위에 떠 있으면서 배가 계속 흔들리는 것을 의식하는 사람처럼 긴 숨을 들이쉬며 약간 떨리는 목소리로 말했다.

"물론이죠. 아가씨가 피곤하지 않으시다면요."

"아, 저는 전혀 피곤하지 않아요. 오히려 흥미로워요." 내가 두 번째 사진첩을 집어 들자 그녀는 거기에 손을 내려놓으면서 부드럽게 비벼 댔다. "여기도 가 보셨나요?"

두 번째 사진첩을 펼쳐 보니 그곳 역시 가 본 곳이었다. 처음 나온 사진들 중 하나는 제네바호수의 시용성을 찍은 대형 사진이었다. "여 기는," 내가 말했다. "많이 가 본 곳입니다. 정말 아름다운 성이지요." 나는 맑은 호수에 거친 암석들과 뾰족한 탑이 완벽하게 그림자를 드 리운 것을 가리켰다. 그녀는 "아, 정말 멋져요!"라는 말은 하지 않고, 다음 사진을 보기 위해 사진첩을 넘겼다. 한참 사진을 들여다보더니 시용성은 바이런이 노래한 애국지사 보니바르*가 갇혀 있던 곳이 아니 냐고 물었다. 나는 그 시를 암송하면서 동의했으나, 인용한 시를 다 기 억하지는 못했다.

그녀는 잠시 부채질을 하더니 부드럽고 나지막한 목소리에, 확신에 찬 표정으로 시의 나머지 부분을 암송했다. 다 끝내고 나서는 얼굴을 살짝 붉혔다. 나는 그녀를 칭찬하면서 그 정도면 스위스와 이탈리아 를 방문할 자격이 충분하다고 말했다. 그녀는 내가 진담을 하는지 살 피려고 나를 비스듬히 쳐다보았고, 나는 바이런의 시구를 직접 확인 하려면 한시바삐 해외여행을 떠나야 한다고 말했다. 슬프게도 유럽에 서는 점점 바이런의 낭만적 정신이 사라져 가고 있었기 때문이다. "그 럼 얼마나 빨리 떠나야 하나요?" 그녀가 물어 왔다.

"아, 10년 안에는 가 보셔야 해요."

"그 정도면 가능할 것 같아요." 그녀가 자신의 말을 깊이 생각하는 듯한 어조로 대답했다.

---

* 프랑소와 보니바르(1493~1570). 제네바의 독재 군주 사보이 공에게 항거한 애국지사.

"그러시면 유럽을 아주 멋지게 즐길 수 있을 겁니다. 아주 흥미로운 곳이란 걸 아시게 될 겁니다." 이어 어떤 해외 도시를 찍은 사진이 나왔는데, 마침 나는 그 도시를 아주 좋아했고 또 좋은 기억들도 많았다. 나는 상당히 열띤 목소리로 그 도시에 대해 설명했다. 여자는 숨도 쉬지 못하고 가만히 앉아서 내 얘기를 들었다.

"그곳에 오래 계셨나요?" 내가 말을 마치자 잠시 뜸을 들이다 그녀가 물었다.

"그곳에 있었던 시간을 다 합치면 꽤 됩니다."

"그리고 이 모든 곳을 여행하셨나요?"

"상당히 여행을 많이 다녔어요. 저는 유럽을 좋아하는데, 그럴 수 있었던 것이 다행스럽습니다."

또다시 그녀는 내게 고개를 돌리고서 수줍은 목소리로 천천히 캐물었다. "외국어를 많이 아시나요?"

"어느 정도는요."

"외국어를 말하는 건 어렵나요?"

"아가씨라면 그리 어렵지 않을 겁니다." 내가 격려하듯 말했다.

"아, 저는 말은 하고 싶지 않아요. 그저 듣고만 싶어요." 그녀는 잠시 말을 끊었다가 다시 이었다. "사람들 말로는 프랑스의 극장이 아주 아름답다고 하던데."

"아, 세상에서 최고로 좋지요."

"자주 가셨나요?"

"처음 파리에 건너갔을 때는 매일 밤요."

"매일 밤!" 그녀가 밝은 두 눈을 동그랗게 떴다. "제게는," 여기서 잠시 말이 맴돌았다. "마치 동화 속 얘기인 것처럼 들리네요." 그리고 잠시 뒤 물었다. "당신은 어떤 나라를 좋아하시나요?"

"제가 그 어떤 나라보다 좋아하는 나라가 있습니다. 아가씨도 마찬가지일 거라고 생각합니다."

그녀는 희미한 빛을 바라보듯이 시선을 고정시키더니 가볍게 숨을 내쉬었다. "이탈리아?"

"이탈리아." 나도 부드럽게 말했다. 잠시 우리는 그 나라에 대해서 의견을 나누었다. 내가 그녀에게 사진을 보여 주는 것이 아니라 사랑을 호소하는 양, 그녀의 얼굴이 갑자기 예뻐졌다. 사진과 사랑의 비유를 인정이라도 하는 듯이 그녀가 얼굴을 붉히며 고개를 돌렸다. 잠시 말이 없던 그녀가 다시 입을 열었다. "그곳이 제가 특별히 가 보고 싶은 곳이에요."

"아, 정말 멋져요. 정말 가 볼 만하지요." 내가 웃었다.

그녀는 아무 말 없이 사진 두세 장을 더 바라보았다. "그곳은 여행 비용이 그리 들지 않는다고 하던데."

"어떤 다른 나라들처럼 말입니까? 네, 가 보시면 그곳은 본전을 뽑고도 남지요. 그게 아주 중요한 매력이지요."

"하지만 그곳은 모든 게 비싸지 않나요?"

"유럽 말입니까?"

"거기까지 건너가고, 여행하는 것 말이에요. 그게 참 문제예요. 저는 돈이 별로 없거든요. 전 교사로 일하고 있어요." 캐럴라인 스펜서 양이 말했다.

"아, 물론 돈이 있어야지요." 내가 인정했다. "하지만 적은 돈이라도 현명하게 잘 사용하면 충분히 감당할 수 있습니다."

"저도 감당할 수 있을 거라고 생각해요. 계속 돈을 모았고 지금도 모으고 있어요. 언제나 조금씩 조금씩 저축하고 있지요. 여행을 하려고요." 그녀는 잠시 말을 멈추었다가 은근한 열성을 보이면서 계속 말했다. 마치 내게 그 얘기를 하는 것이 진귀한 일이고, 어쩌면 불순한 만족감을 주는 듯했다. "아시다시피 그건 돈만의 문제가 아니에요. 모든 게 문제예요. 모든 게 그 계획을 방해했어요. 전 기다리고 또 기다렸어요. 그건 제가 공중에 지은 성이었어요. 그것에 대해 얘기하는 것을 두려워하다시피 했지요. 그 계획이 두세 번 가까이 다가왔으나 말만 하다가 기회를 놓쳐 버렸지요. 아, 여기에 대해 너무 말을 많이 했네요." 그녀가 다소 가식적으로 말했다. 그것이 그녀에게 잔잔하면서도 몸을 떨게 하는 황홀감을 안겨 준다는 걸 내가 알아보았기 때문이다. "친한 친구가 하나 있어요. 그녀는 여행 가는 걸 원하지 않아요. 하지만 전 그 친구에게 계속 그 얘기를 하죠. 아마 그녀를 무척 피곤하게 만들었을 거예요. 그녀는 전날 도대체 제가 어떻게 된 건지 모르겠다고 말했어요. 내가 여행을 떠나지 않으면 돌아 버릴 것 같다고 생각되었대요. 하지만 전 여행을 떠난다면 돌아 버릴지도 모르겠어요."

"글쎄요," 내가 웃으며 말했다. "당신은 아직 여행을 떠나지 않았습니다. 그러니 돌지 않은 게 아닙니까?"

그녀는 모든 것을 아주 진지하게 받아들였다. "전 돌았다고 생각해요. 그것 말고 다른 건 생각할 수가 없어요. 저를 흥분시키는 데는 사진 같은 것도 필요 없어요! 늘 그 생각만 하죠. 그러다 보니 주위의 것에 대해서는 흥미를 잃어버렸어요. 제가 반드시 해야 하는 일들 말이에요. 이게 일종의 미친 상태가 아니고 뭐겠어요."

"그렇다면 치료법은 떠나는 것밖에 없네요." 내가 미소 지었다. "그런 종류에 대한 치료법을 말하는 겁니다. 물론 당신에게는 그와는 다른 더 나쁜 종류의 문제도 있겠지요." 내가 덧붙였다. "당신이 그곳에서 극복해야 하는 그런 종류의 문제 말입니다."

"아무튼, 전 언젠가 떠나야 한다는 믿음을 갖고 있어요." 그녀가 의기양양하게 소리쳤다. "그곳 현지에 친척이 있어요. 제가 가면 그가 다 안내해 주리라 생각해요." 나는 그렇게 되기를 바란다고 말했는데, 그 뒤에 우리가 사진첩을 더 넘겨 보았는지는 기억나지 않는다. 나는 그녀에게 그 지방에서 죽 살았느냐고 물었다. "오, 아니요." 그녀가 열띤 목소리로 대답했다. "보스턴에서 22개월 반을 보냈어요." 그렇다면 외국 땅이 그녀에게는 다소 실망스러울지도 모르겠다고 나는 농담조로 말했다. 진지하게 경고한 것은 아니었다. "전 당신 생각보다는 외국에 대해 많이 알고 있어요." 그녀가 열띤 목소리로 반박했다. "독서를 통해서요. 책을 많이 읽거든요. 사실 사전에 마음의 준비를 많이 했다고 생각해요. 바이런뿐 아니라 역사책, 여행 안내서, 여행 기사 그리고 수많은 자료들을 읽었어요. 전 현지에 가면 그 모든 것에 열광적으로 반응할 거예요."

"'모든 것'이라는 말은 좀 과합니다만, 그래도 무슨 말씀을 하시는지는 잘 알겠습니다." 내가 대답했다. "아가씨는 미국인의 병을 갖고 있군요. 그것도 아주 '중증'이로군요. 색깔과 형체, 그림 같은 것과 낭만적인 것에 대하여 병적일 정도로 기괴한 동경을 갖고 있어요. 우리는 태어날 때부터 그런 병을 가지고 태어난 건지도 모르겠습니다. 그러니까 탄생 이전에 이미 그런 세균이 존재하고 있는 겁니다. 아니면 우리가 의식이 발달하기도 전에 그것을 포착하는 것인지도 모르지요. 우리는 세상을 살아 나가면서—우리의 영혼이나 감각을 구제하기 위하여—결국 그 문제로 되돌아오리라는 느낌을 갖습니다. 우리는 사막의 여행자와 비슷합니다. 물이 떨어져서 무서운 신기루에 시달리면서 환상이 주는 고문을 당하고 계속 갈증을 느끼는 여행자요. 샘물이 찰랑거리는 소리를 듣고, 수백 킬로미터 떨어져 있는 초록색 정원과 과수원을 봅니다. 그래서 우리는 갈증을 느끼며—우리에게 그것이 더욱 더 경이롭다는 것만 다를 뿐입니다—우리가 결코 본 적이 없는 아름답고 오래된 것들을 앞에 두고 있습니다. 그리고 마침내 그것들을 보면—재수가 좋을 경우에!—금방 알아보지요. 체험이 우리에게 해 주는 것은 단지 우리가 지닌 자신감 넘치는 꿈을 확인하고 승인해 주는 것뿐입니다."

그녀는 두 눈을 동그랗게 뜨고 내 말을 들었다. "당신은 그걸 너무나 아름답게 표현하는군요. 저도 정말 그럴 거라고 확신해요. 전 모든 걸 꿈꿨어요. 전부 다 금방 알아볼 거예요!"

"제 생각에," 나는 악의 없는 농담을 시도했다. "당신이 시간을 많이 낭비한 것 같습니다."

"아, 그래요. 그게 큰 잘못이에요!" 주위 사람들이 흩어지기 시작했다. 그들은 떠나고 있었다. 그녀는 의자에서 일어서서 내게 수줍게 손을 내밀었다. 하지만 그녀의 얼굴은 빛났고 가슴은 뛰는 것 같았다.

"저는 곧 그곳으로 돌아갑니다. 일이 있어서요." 나는 그녀와 악수했다. "당신이 오기를 고대하겠습니다."

흥분과 믿음으로 그녀의 얼굴이 환하게 빛났다. "그래요, 그곳에 건너갔다가 실망하면 말씀드리지요." 그녀는 작은 밀짚 부채를 멋지게 흔들며 나를 떠나갔다.

2

몇 달 뒤 나는 바다를 건너 동쪽으로 갔고, 약 3년이 흘러갔다. 나는 그동안 파리에서 살다가 10월 말에 파리에서 르아브르로 내려갔다. 그곳에 곧 도착할 친척 부부를 영접하기 위해서였다. 르아브르에 도착하자 증기선이 이미 들어와 있었다. 내가 두세 시간 정도 늦은 것이었다. 나는 곧장 내 손님들이 투숙한 호텔로 찾아갔다. 누나는 장거리 여행으로 피곤해서 꼼짝 못 하는 상태로 곧장 침대에 들어 있었다. 뱃멀미를 하고, 이번 여행에서 극도로 힘들었던 모양이었다. 방해받지 않고 쉬고 싶다면서, 내게 딱 5분 정도만 얼굴을 보여 주었다. 하지만 다음 날 다시 호텔에서 만나기로 합의할 정도의 시간은 되었다. 아내의 건강을 걱정하는 매형은 객실을 떠나지 않으려 했다. 그러나 누나는 내게 매형을 데리고 나가 산책하라고, 그에게 정신이 번쩍 들고 땅 위를 걷는 능력을 회복하게 하라고 고집했다.

이른 가을의 날씨는 따뜻하고 매혹적이었다. 오래된 프랑스 해항의 밝은 색채를 풍기는 번화가를 걸으니 아주 유쾌했다. 우리는 햇빛 환한 번잡한 부두를 따라 걸어가다가, 절반은 햇빛 속에 나머지 절반은 그늘 속에 있는 넓고 상쾌한 거리로 접어들었다. 오래된 수채화를 연상시키는 프랑스 지방 도시의 거리였다. 회색의 높은 뾰족지붕과 붉은 박공을 갖춘 여러 층의 집들, 창문의 녹색 셔터와 그 위의 소용돌이무늬 장식, 발코니에 내놓은 화분과 하얀 모자를 쓰고 문턱에 서 있는 여자들— 우리는 그늘 속을 걸어갔고, 모든 사물이 햇빛 환한 쪽으로 뻗어 있어서 멋진 그림을 만들어 냈다. 우리는 계속 걸어가면서 이 풍경을 쳐다보았다. 갑자기 매형이 걸음을 멈추고 내 팔을 잡으면서 앞을 응시했다. 나는 그 시선을 따라갔다. 우리는 어떤 카페 앞에 서 있었다. 카페의 차양 아래 보도에는 테이블과 의자가 여러 개 놓여 있었다. 뒤쪽의 창문들은 열리고, 문 옆에는 여섯 개 정도의 화분이 진열되어 있었다. 포도鋪道에는 깨끗한 왕겨가 뿌려져 있었다. 카페 내부는 약간 어둑했는데, 나는 그 안에 앉아 있는 다소 통통하고 잘생긴 여인을 보았다. 분홍색 리본을 두른 모자를 쓴 그녀가 거울 앞에 앉아서 우리 시야에 들어오지 않는 누군가에게 미소를 짓고 있었다. 정확하게 말하자면 그런 자세는 내가 나중에 기억한 것이다. 내가 그보다 먼저 본 것은 카페 바깥 차양 밑, 대리석 상판 테이블에 혼자 앉아 있는 여자였다. 매형이 걸음을 멈추고 그녀를 쳐다보았다. 그녀는 앞에 음료를 두고, 의자에 등을 기댄 채 양손을 포개고서 미동도 하지 않고, 우리 반대편 거리 아래쪽을 응시하고 있었다. 그래서 나는 그녀의 희미한 옆얼굴만 볼 수 있었다. 그렇지만 즉시 우리가 전에 만난 적이 있다는 것을 확신했다.

"증기선에서 보았던 여자야!" 매형이 소리쳤다.

"저 여자가 같은 증기선을 타고 왔다고요?" 내가 관심을 보이며 물었다.

"아침부터 저녁까지. 저 여자는 뱃멀미를 전혀 하지 않았어. 저렇게 양손을 포개고 배 측면에 계속 앉아서 하염없이 동쪽 수평선만 바라보았지."

"매형, 말을 걸어 보시게요?"

"나는 저 여자를 잘 몰라. 안면을 튼 적이 없거든. 나는 여자들에게 말을 붙이는 버릇이 없잖나. 하지만 왜 그런지 모르지만 그녀에게 관심이 가서 자주 관찰했어. 양키 여자인 것 같아. 휴가 중인 교사 같은

18

데, 휴가를 위해 학생들이 기부금을 좀 냈나 봐."

그녀가 이제 얼굴을 좀 더 옆으로 돌리고 뾰족한 회색 가옥을 쳐다보았다. 나는 결심했다. "말을 붙여 보아야겠어요."

"나라면 그러지 않겠어. 아주 내성적인 여자거든." 매형이 말했다.

"매형, 제가 아는 여자예요. 어떤 차회에서 제가 사진을 보여 준 적이 있어요." 내가 다가가자 그녀가 얼굴을 내 쪽으로 돌렸고, 이제 그녀의 신원에 대해서는 의문의 여지가 없었다. 캐럴라인 스펜서 양은 꿈을 이루었다. 하지만 나를 금방 알아보지 못하고 약간 당황하는 표정이었다. 나는 의자를 테이블 옆에 가까이 가져가 앉았다. "저," 내가 말했다. "아가씨가 실망하지 않으셨기를 바랍니다!"

그녀는 얼굴을 약간 붉히면서 빤히 쳐다보더니 이어 약간 놀라면서 나를 알아보았다. "제게 사진을 보여 주셨던 분이군요. —노스베로나에서요."

"네, 바로 접니다. 정말 멋진 일이 벌어졌군요. 그러니 제가 당신을 정식으로 환영하는 것이 마땅하지 않겠습니까? 공식 환영 말입니다. 제가 유럽 얘기를 많이 했지요."

"그렇게 많이 하시진 않았어요. 정말 너무 기쁘네요!" 그녀가 말했다.

그녀는 정말 아주 행복해 보였다. 더 나이가 들어 보이지는 않았다. 전과 마찬가지로 진지하고, 예의 바르고, 침착한 미인이었다. 당시 그녀가 줄기가 가늘고 부드러운 색깔의 청교도적인 꽃이라는 인상을 주었다면, 현재의 활짝 핀 모습은 그때보다 매력이 덜했다. 그녀 옆에서는 늙은 신사가 압생트를 마시고 있었다. 뒤에서는 분홍색 리본을 두른 카페 여급이 "알시비아드, 알시비아드!" 하고 긴 에이프런을 두른 웨이터를 불러 댔다. 나는 스펜서 양에게 내 옆에 있는 신사가 그녀와 같은 배를 타고 왔다고 소개했다. 매형이 다가와 그녀에게 인사했다. 하지만 그녀는 매형을 한 번도 본 적이 없는 듯한 표정으로 쳐다보았다. 나는 그녀의 시선이 언제나 동쪽 수평선에 고정되어 있었다는 매형의 말을 떠올렸다. 그녀는 분명 배에서 매형을 주목하지 않았고, 비록 수줍게 미소를 짓고 있었지만 일부러라도 아는 척을 하려 들지 않았다. 나는 카페 테라스에 그녀와 남았고, 매형은 아내가 누워 있는 호텔로 돌아갔다. 나는 그녀가 도착하고 첫 여정지에서 이렇게 만나게 된 것이 무엇보다도 기적적인 일이며, 첫인상이 어땠는지 듣게 되어 기쁘다고 말했다.

"아, 말할 수 없어요." 그녀가 말했다. "꿈속에 있는 것만 같아요. 여기 앉아 있은 지 한 시간이 되었는데 움직이고 싶지 않아요. 모든 것이 너무 감미롭고 낭만적이에요. 커피가 제 머리를 약간 돌게 했나 봐요. 제 죽어 버린 과거에서 마셨던 커피와는 너무 달라요."

"그런데," 내가 대꾸했다. "이렇게 엉성한 르아브르가 그토록 즐겁다면, 이보다 더 좋은 것들에 대한 존경심은 어떻게 하시려고 그럽니까? 첫날에 당신의 존경심을 다 소비해 버리지 마십시오. 이것이 지적인 맛보기에 지나지 않는다는 것을 기억하세요. 당신을 기다리고 있는 모든 아름다운 장소들과 사물들을 기억하세요. 우리가 함께 얘기했던 저 아름다운 이탈리아를 기억하고요."

"존경심의 재고在庫가 떨어질 것 같진 않아요." 그녀가 반대편 가옥들을 쳐다보며 명랑하게 말했다. "마침내 내가 여기에 왔구나 하고 중얼거리면서 하루 종일 여기 앉아 있을 수도 있어요. 여긴 너무 어둡고 이상해요. 너무 오래되었고 또 달라요."

"그런데, 이렇게 이상한 데 앉아 계시다니, 어떻게 된 일입니까? 왜 여관에 투숙하지 않았나요?" 나는 이 섬세하고 아름다운 여인이 아무렇지도 않게 사람들에게 환히 보이는 보도 가장자리에 혼자 앉아 있는 것에 절반은 놀라고 절반은 걱정이 되었다.

"사촌이 여기에 데려다줬어요. 조금 전에요. 그리고 자리를 떴어요." 그녀가 대답했다. "전에 여기에 친척이 있다고 말씀드렸지요. 그는 아직도 여기에 있어요. 제 친사촌이에요." 그늘 한 점 없는 솔직한 얼굴이었다. "오늘 오전에 증기선으로 마중 나와 주었지요."

그것은 이상한 일이었다. 내가 상관할 바는 아니었지만 그래도 좀 불안한 느낌이 들었다. "당신을 이렇게 금방 떠날 것이라면 마중까지 나올 일은 아니라고 보는데요."

"아, 한 30분 정도만 나갔다 온다고 했어요." 캐럴라인 스펜서가 말했다. "제 돈을 찾으러 갔어요."

나는 더욱 놀라웠다. "당신 돈은 어디에 있는데요?"

그녀는 좀처럼 웃지 않았지만 내 물음에 즐겁다는 듯이 웃음을 터트렸다. "솔직하게 말씀드리게 되어 기분이 좋아요. 돈은 순환신용장으로 끊어 왔어요."

"그 신용장은 어디에 있습니까?"

"제 사촌 호주머니요."

그녀가 너무나 솔직하게 그 말을 해서 나는—왜 그런지 그 이유는 모르지만—오싹한 느낌이 들었다. 그 순간 내가 왜 불안을 느꼈는지는 모른다. 스펜서 양의 사촌이라는 사람을 전혀 몰랐는데 말이다. 그는 그녀—점잖고 아름다운 여자—의 친척이므로 당연히 그를 좋게 생각해야 할 것이었다. 하지만 그녀가 도착한 지 30분 만에 사촌의 손에 돈을 넘겨주었다는 사실에 나는 얼굴을 찌푸리게 되었다. "그가 당신과 함께 여행하나요?"

"파리까지만 같이 갈 거예요. 그는 파리에서 미술을 공부해요. 저는 언제나 그게 멋지다고 생각했어요. 이곳으로 건너오면서 그에게 편지를 썼는데, 이렇게 증기선까지 마중 나올 줄은 몰랐어요. 파리의 기차역에서 만날 거라고 생각했거든요. 그는 아주 친절해요." 캐럴라인 스펜서가 말했다. "아주 친절해요. 아주 똑똑하고."

기이하게도 나는 그 똑똑하고 친절하다는 미술학도 사촌을 갑자기 보고 싶어졌다. "그는 은행에 갔나요?" 내가 물었다.

"네. 은행에 갔어요. 또 저를 여관에 데려다주었어요. 아주 희한하게 생겼는데 귀엽고, 자그마한 곳이에요. 중간에 안뜰이 있고 그 주위로 집들이 들어서 있어요. 사랑스러운 여주인은 멋지게 세로로 홈이 팬 모자를 쓰고, 몸에 딱 맞는 옷을 입고 있었어요! 그리고 우린 조금 있다가 은행에 가려고 밖에 나왔고요. 제가 프랑스 돈을 한 푼도 가지고 있지 않았거든요. 하지만 흔들리는 배를 오래 타고 왔더니 좀 어지러워서 어딘가에 앉아야 했어요. 그래서 사촌이 절 여기에 데려온 거예요. 그리고 혼자서 은행에 갔고, 전 여기서 그가 돌아오기를 기다리고 있는 거죠."

그녀의 얘기는 아주 분명했고 나의 우려는 전혀 근거가 없었다. 나는 그 사촌이라는 사람이 돌아오지 않을 것 같은 느낌이 들었던 것이다. 나는 그녀 옆에 앉아서 일이 어떻게 돌아가는지 지켜보기로 했다. 그녀는 우리 근처와 주위 모든 것에 시선과 생각을 빼앗기고 있었다. 그녀는 아주 강렬하게 집중하면서 관찰하고, 인식하고, 찬양했다. 거리를 오고 가는 사람들의 특이한 복장, 마차 모양, 몸집 큰 노르만 말들, 뚱뚱한 신부神父들, 털을 깎은 푸들 따위에 하나도 빼놓지 않고 시선을 주었다. 모든 것을 신선하게 받아들이는 그녀의 감각은 인상적이었고 독서로 다져진 공상이 흥겹게 흘러나오고 있었다.

"사촌이 돌아오면 어떻게 할 계획입니까?"

기이하게도 그녀가 잠시 생각을 했다. "아직 잘 몰라요."

"언제 파리로 올라갈 겁니까? 4시 기차로 간다면 제가 함께 갈 수 있습니다."

"그렇게는 못 할 것 같아요." 그 정도는 그녀도 준비가 되어 있었다. "사촌은 제가 여기서 며칠 머무르는 게 좋겠대요."

"아!" 나는 5분 정도 할 말을 잃어버렸다. 나는 은행에 간 그 사촌이 속된 말로 '무슨 짓'을 하려는 것인지 의아했다. 나는 거리 위아래를 훑어보았다. 그러나 똑똑하고 친절한 미국인 미술학도는 보이지 않았다. 마침내 나는 르아브르는 유럽 여행을 하면서 머물 만한 명소가 되지 못한다는 얘기를 불쑥 해 버렸다. 이곳은 편의를 위한 장소일 뿐이었다. 빨리 지나쳐야 할 경유지인 것이다. 나는 그녀에게 오후 기차로 파리로 올라가라고 조언했고, 그동안 남는 시간은 항구 입구에 있는 오래된 성채로 마차 드라이브를 하면서 즐겁게 보내라고 권했다. 그 원형 구조물은 프란시스 1세라는 이름을 갖고 있었는데, 로마의 산탄젤로성과 비슷하게 생긴 성채였다(나는 그 건물이 곧 철거될 예정임을 알고 있었던 듯하다).

그녀가 흥미롭게 내 말을 듣더니 잠시 심각한 표정을 지었다. "사촌이 은행에서 돌아와서 특별히 할 말이 있다고 했어요. 그 얘기를 듣기 전까지는 아무런 결정도 내릴 수가 없어요. 하지만 그에게 빨리 말하라고 하고서, 그다음에 그곳에 갈 수 있을 거예요. 프란시스 1세 성채라고 했나요? 아, 정말 아름다워요. 파리에 빨리 올라갈 필요는 없어요. 시간이 아주 많거든요."

그녀는 시간이 많다는 말을 하면서 굳게 다문 입술을 부드럽게 풀고 미소를 지었다. 그렇지만 그녀의 얼굴을 살피자 두 눈에서 자그마한 우려의 빛이 반짝거리는 것을 볼 수 있었다. "그렇지만," 내가 말했다. "이 한심한 남자가 당신에게 나쁜 소식을 가져올 거라고 말하지는 마세요!"

그녀는 어떤 은밀한 비행을 단죄받기라도 한 것처럼 얼굴을 붉혔으나 기분이 너무 들떠 있어서 쉽게 가라앉지 않았다. "약간 나쁜 소식일 거 같아요. 하지만 아주 나쁘리라고는 생각하지 않아요. 아무튼 그 얘기를 들어 주어야 해요."

나는 무자비한 권위를 발휘하며 말했다. "자, 보세요. 당신은 남의 말을 들어 주러 유럽에 온 게 아닙니다. 아름다운 풍물을 보려고 왔지요!" 그렇지만 이제 나는 그 사촌이 돌아오리라는 것은 확신했다. 그녀에게 유쾌하지 못한 어떤 말을 해야 하기 때문에 그는 반드시 나타날 것이었다. 우리는 한참 더 앉아 있었고 나는 그녀에게 여행 계획에 대하여 물었다. 그녀는 그 계획을 환히 외우고 있었고, 가톨릭을 믿는 여인이 묵주를 돌리며 성인의 이름을 외우는 것처럼 엄숙하게 그 지명들을 죄다 말했다. 먼저 파리로 가서 디종으로 내려가고 거기서 아비뇽으로 갔다가 다시 마르세유로 그리고 코르니스 도로를 이용하여 제노바, 라스페치아, 피사, 피렌체, 로마로 갈 계획이었다. 여자 혼자서 여행하는 데 불편함이 따를지도 모른다는 생각은 전혀 하지 않는 것 같았다. 하지만 어차피 그녀에게 여행 동무가 없는데 일부러 그 얘기를 하여 그녀의 평온한 마음을 뒤흔들어 놓을 필요는 없었다.

마침내 그녀의 사촌이 돌아왔다. 나는 그가 이면도로에서 나와 우리에게로 다가오는 것을 보았다. 그를 처음 보는 순간 그가 친절한지는 모르겠지만 똑똑한 미국인 미술학도라는 것은 알아볼 수 있었다. 그는 챙이 밑으로 처진 모자를 쓰고, 빛바랜 검은색 벨벳 상의를 입고 있었다. 보나파르트가에서 자주 볼 수 있는 옷이었다. 셔츠 깃을 풀어 놓아 목덜미 부분이 약간 드러났는데, 멀리서 보아도 그리 조각상 같은 목덜미는 아니었다. 그는 키가 크고 날씬했으며 붉은 머리카락에 얼굴에는 주근깨가 많았다. 그가 카페로 다가오는 동안에 나는 그런 특징을 살펴보았다. 그는 낭만적인 모자챙 밑으로 약간 놀라는 표정을 지으며 나를 쳐다보았다. 그가 가까이 오자 나는 즉시 일어서서 나를 스펜서 양의 오랜 친구라고 소개했다. 그녀는 아무 말 없이 내 주장을 인정해 주었다. 그가 작고 날카로운 눈으로 나를 응시하더니 빛바랜 솜브레로 모자를 벗어서 '유럽식'으로 흔들었다.

"배를 같이 타고 오신 건가요?" 그가 나에게 물었다.

"아닙니다. 전 요 몇 년 동안 유럽에서 생활했습니다."

그가 다시 한 번 모자를 음산하게 흔들더니 내게 앉으라는 손짓을 했다. 나는 의자에 앉았지만 좀 더 그를 살펴볼 생각이었다. 그리고 이제 누나한테로 돌아가야겠다고 생각했다. 스펜서 양의 유럽 보호자는 내가 보기에 아주 괴상한 사람이었다. 자연은 그에게 라파엘로나 바이런 같은 복장을 할 체형을 주지 않았다. 벨벳 겉옷과 노출시켰지만 그리 아름답지 않은 목덜미는 그의 얼굴과는 도무지 조화를 이루지 못했다. 머리카락은 아주 바싹 깎았는데, 커다랗고 모양 없는 두 귀가 도대체 그 머리와 어울리지 않았다. 또 미지근한 태도와 감상적인 몸놀림이 아주 날카롭고 기이하게 번쩍거리는 두 눈과는 심하게 대조되었다. 눈빛은 붉은색에 가까운 갈색이었다. 편견을 가지고 있어서 그런지 모르겠으나 그의 눈이 너무 빨리 돌아간다는 생각이 들었다. 그는 잠시 아무런 말도 하지 않았다. 지팡이에 두 손을 올려놓고 거리 위 아래를 쳐다보았다. 이어 지팡이를 천천히 들어 올리면서 한 지점을 가리켰다. "저건 아주 멋진 풍경인데요." 무척 단조로운 목소리였다. 그가 머리를 한쪽으로 기울이면서 못생긴 눈까풀을 가느다랗게 떴다. 나는 지팡이가 가리키는 방향을 쳐다보았다. 오래된 창문 밖에 내걸린 붉은 천이 보였다. "색깔이 아주 멋지네요." 그가 머리는 움직이지 않고 절반쯤 감긴 눈만 돌려서 나를 응시했다. "구도가 좋아요. 색조도 친숙하지만 멋져요. 멋진 그림이 되겠어요." 별로 매력적이지 않은 천박한 목소리였다.

"안목이 놀랍군요." 내가 대답했다. "사촌분께선 당신이 미술을 공부한다고 말해 주셨습니다." 그는 여전히 고개는 움직이지 않은 채 나를 쳐다보았으나 아무런 대답도 하지 않았다. 나는 일부러 세련된 척하면서 계속 말했다. "대가의 스튜디오에서 공부하시겠지요?" 그는 여전히 나를 쳐다보기만 했다. 그러더니 그 당시 화단의 대가 이름을 댔다. 나는 스승이 마음에 드냐고 물었다.

"프랑스어를 할 줄 압니까?" 그가 물었다.

"약간요."

그는 작은 눈으로 계속 나를 쳐다보았다. 그러더니 프랑스어로 이렇게 말했다. "전 그림에 미쳐 있지요!"

"아, 전 그런 분들을 이해합니다!" 내가 대답했다. 스펜서 양은 약간 즐겁고도 부산한 동작으로 그의 팔에 손을 얹었다. 외국어를 이처럼 잘하는 사람들 사이에 있는 것이 그녀로서는 즐거운 일이었다. 나는 자리를 뜨려고 일어서면서 그녀에게 파리의 어디로 찾아가면 되겠느냐고 물었다. 그녀는 어느 호텔에 들 것인가?

그녀는 물어보는 듯한 표정으로 사촌을 쳐다보았고 그가 나른하고 바보 같은 미소를 지으며 나를 보았다. "오텔 데 프랭스를 아십니까?"

"어디에 있는지 압니다."

"거기 들 겁니다."

"축하드립니다." 내가 스펜서 양에게 말했다. "거긴 세계에서 가장 좋은 호텔이지요. 그런데 이곳에 있는 동안 제가 잠시 들를 경우를 생각해서, 여기서는 어디에서 묵을 건가요?"

"아, 이름이 무척 아름다워요." 그녀가 즐거운 목소리로 대답했다. "벨 노르망드에서 묵을 거예요."

"전 이곳 지리를 잘 압니다!" 그녀의 사촌이 끼어들었다. 내가 자리를 뜨려 하자 사촌이 솜브레로 모자를 벗어 크게 흔들어 댔는데, 그것이 정복된 들판 위에 나부끼는 깃발처럼 보였다.

3

누나 부부는 오후 기차를 타고 떠날 만큼 체력이 회복되지 않았다. 그래서 가을날의 석양이 짙어질 무렵 나는 친구들이 말해 준 여관을 찾아가 볼 시간이 났다. 그러기까지 나는 그 사촌이라는 별 매력 없는 남자가 스펜서 양에게 무슨 불쾌한 소식을 말했을까 궁리하면서 많은 시간을 보냈음을 고백해야겠다. 벨 노르망드는 후미진 이면도로에 있는 여관급도 못 되는 여인숙이었다. 나는 그곳에서 스펜서 양이 이

지역의 지방색은 아주 많이 관찰했을 것이라는 생각이 들었다. 여인숙에는 자그마한 안뜰이 있었는데, 접대가 상당 부분 거기서 이루어졌다. 객실은 건물 외벽에 설치된 계단을 통하여 들어가게 되어 있었다. 안뜰에는 자그마한 샘이 있었고 그 한가운데에는 치장 벽토로 만든 작은 조각상이 세워져 있었다. 하얀 모자와 에이프런을 두른 어린 소년이 튀는 부엌문 앞에서 구리 그릇들을 닦고 있었다. 산뜻한 레이스 옷을 입은 수다스러운 여주인은 분홍색 쟁반 위에다 살구와 포도를 피라미드 꼴로 예술적으로 쌓아 올리고 있었다. 나는 주위를 돌아다보다가, 식당이라는 표지가 붙은 열린 문 밖 커다란 벤치에 앉아 있는 캐럴라인 스펜서를 발견했다. 그녀를 보는 순간 오전의 만남 이후에 무슨 일이 발생했다는 것을 직감했다. 벤치에 등을 기대고 양손을 무릎 위에 포개어 놓은 채 그녀는 안뜰의 다른 쪽에 시선을 고정시키고 있었다. 그쪽에서는 안주인이 열심히 살구를 쌓아 올리고 있었다.

하지만 나는 불쌍한 그녀가 살구도 여주인도 염두에 두고 있지 않다는 것을 알아보았다. 그녀는 멍하니 앞만 보면서 자기 생각에 빠져 있었다. 좀 더 가까이 다가가자 그녀가 울고 있는 걸 확인할 수 있었다. 나는 그녀가 눈치채기도 전에 그 옆에 앉았다. 그녀는 나를 의식하고는 놀라지도 않고 몸을 돌리면서 슬픈 얼굴을 내게 보여 주었다. 정말로 아주 슬픈 일이 벌어진 것이었다. 그녀는 분위기가 완전히 변해 있었고 나는 즉시 그녀에게 따져 물었다. "사촌이 나쁜 소식을 가져왔군요. 당신은 아주 힘든 시간을 보낸 것 같은데요."

잠시 그녀는 아무 말도 하지 않았다. 눈물이 다시 날까 봐 말을 하지 못하는 듯했다. 하지만 나와 떨어져 있던 그 몇 시간 동안에 흘릴 눈물을 다 흘린 것 같았다. 이제 그녀는 견인주의자처럼 아주 침착하게 앉아 있었다. "제 불쌍한 사촌이 나쁜 소식을 가져왔어요." 그녀가 마침내 대답했다. "큰 걱정거리들이 있더라고요. 정말 나쁜 소식이었어요." 이어 의식적으로 우울하게 뜸을 들이더니 말했다. "그는 정말로 돈이 필요했어요."

"당신의 돈이 필요했다는 말인가요?"

"구할 수 있는 거라면 누구 돈이든지요. 물론 명예롭게 구하는 돈이지요. 그런데 얻을 수 있는 돈은 제 돈이 전부였지요."

내가 처음부터 짐작한 것이 맞았던 것이다! "그래서 그가 당신에게서 돈을 가져갔나요?"

그녀는 다시 말을 멈추었다. 한편 그 얼굴은 애원하고 있었다. "제가 가진 것을 주었어요."

나는 그녀의 말이 인간이 할 수 있는 가장 천사 같은 말이었음을 아직도 기억한다. 그 때문에 나는 개인적 모욕 비슷한 것을 느끼면서 자리에서 벌떡 일어섰다. "그것참, 그럼 그가 그런 식으로 돈을 가져간 것을 '명예롭다고' 생각하나요?"

나는 너무 심한 말을 했고, 그녀는 두 눈 가장자리까지 얼굴이 붉어졌다. "우리 그 얘기는 그만하기로 해요."

"우리는 그 얘기를 해야 합니다." 나는 그녀 옆에 다시 앉았다. "저는 당신 친구이고, 자신 있게 말합니다만, 당신 보호자입니다. 당신에게는 보호자가 필요해요. 저 이상한 사람은 문제가 뭐죠?"

그녀는 완벽하게 대답할 수 있었다. "그는 아주 큰 빚을 지고 있어요."

"물론 그렇겠지요! 하지만 당신이 그 빚을―이렇게 황급하게!―갚아 주어야 할 이유가 무엇이죠?"

"그가 자기 이야기를 모두 들려주었어요. 너무 안되었더라고요."

"그렇게 말한다니, 저도 그렇게 생각합니다. 하지만," 내가 재빨리 덧붙였다. "그가 당신의 돈을 신속히 돌려주기를 바랍니다."

이 말에 그녀는 재빨리 반응했다. "틀림없이 그럴 거예요. 가능하면 빨리 갚을 거예요."

"도대체 그게 언제입니까?"

그녀는 여전히 명석한 태도를 유지했다. "그가 대작 그림을 끝내면 요."

그 대답이 내 얼굴을 강타했다. "아, 착한 친구, 무슨 빌어먹을 대작 이람! 그 탐욕스러운 친구는 어디에 있습니까?"

그녀가 잠시 뜸을 들이면서 내가 자신을 너무 밀어붙이고 있다는 느낌을 전하려 했다. 그는 분명 자신이 있고 싶은 데 있을 것이었다. "저녁 식사를 하고 있어요."

나는 고개를 돌려 열린 문을 통하여 식당 안을 들여다보았다. 거기 기다란 식탁 끝에 내 친구가 동정하는 사촌이 앉아 있었다. 똑똑하고 친절한 젊은 미술학도였다. 그는 식사에 너무 열중하여 처음에는 내 시선을 눈치채지 못했다. 그러나 와인 잔을 단숨에 비워 버리고 내려 놓으면서야 나를 의식했다. 그가 잠시 식사를 멈추고 고개를 한쪽으로 갸우뚱하더니 빈약한 턱을 앞으로 천천히 내밀면서 내 눈을 마주 보았다. 이어 여주인이 피라미드 꼴로 쌓아 올린 살구를 들고서 가볍 게 그의 곁으로 다가갔다.

"그 과일 접시가 저 친구를 위한 것이었단 말인가?" 내가 탄식했다.

스펜서 양은 그 광경을 부드러운 눈빛으로 바라보았다. "참 모든 것 을 멋지게 배열하는군요!" 그리고 가볍게 한숨을 내쉬었다.

나는 맥이 빠지면서도 화가 났다. "자, 솔직히 말해 봐요. 저렇게 키가 크고 튼튼한데, 저 친구가 당신 돈을 가져간다는 게 타당하고 올바른 일입니까?" 그녀가 내게서 고개를 돌렸다. 내가 그녀에게 고통을 주고 있는 게 분명했다. 더 이상 따져 봐야 소용없었다. 키 크고 튼튼한 친구가 그녀의 '동정'을 이끌어 낸 것이다.

"저 사람을 나쁘게 말한 것을 용서하십시오. 하지만 당신은 너무 관대해요. 저자는 분명 예의라고는 조금도 없는 사람입니다. 빚은 자기가 졌으니 자기 힘으로 갚아야 하는 거 아닌가요?"

"그는 어리석었어요." 그녀는 고집스럽게 말했다. "전 그걸 알고 있어요. 그가 모든 사정을 말해 주었어요. 우리는 오늘 아침에 장시간 대화를 했어요. 저 불쌍한 사촌은 제게 자비를 청하며 온몸을 내던졌어요. 상당한 금액의 약속어음에다 서명을 했다고 하더군요."

"그는 더욱 어리석은 짓을 했군요!"

"그는 정말로 곤란한 처지에 있어요. 그 자신만 어려운 게 아니에요. 불쌍한 젊은 아내도 있어요."

"아, 아내도 있다고요?"

"모르겠어요. 하지만 그는 그 사실을 솔직히 털어놓았어요. 결혼한지 벌써 2년이나 된대요. 은밀하게요."

"왜 은밀하게 한 거죠?"

나의 제보자는 누가 듣는 게 두려운 듯이 아주 조심을 했다. 이어 나지막한 목소리로 대단하다는 듯이 말했다. "그녀는 백작 부인이거든요!"

"당신은 그걸 확신합니까?"

"그녀가 제게 아주 아름다운 편지를 써 보냈어요."

"일면식도 없는 당신에게 돈을 요구하는 편지요?"

"제게 신임과 동정을 청했어요." 스펜서 양의 목소리에는 이제 다소 생기가 돌아와 있었다. "그녀는 가족에게서 아주 잔인한 대우를 받았대요. 제 사촌에게 해 준 것 때문에요. 사촌이 제게 그 사정을 자세히 말해 주었고, 그녀는 아주 사랑스러운 방식으로 그것을 호소하는 편지를 썼죠. 제 호주머니에 그 편지가 있어요. 정말 놀라운 구세계의 로맨스예요." 내 놀라운 친구가 말했다. "그녀는 아름답고 젊은 과부예요. 첫 번째 남편은 아주 지체 높은 백작이었는데 대단히 악랄했대요. 그래서 그와는 행복하지 못했대요. 그런데 그 남편이 죽으면서 그녀는 망해 버렸죠. 죽은 남편이 온갖 방법으로 그녀를 속인 거예요. 제 불쌍한 사촌은 그런 상황에서 그녀를 만났고, 너무 무모할 정도로 그녀를 동정하고 또 그녀에게 매혹되어, 그리고," 이 점에 대한 캐럴라인의 호소는 정말 놀라웠다! "그런 험한 인생을 헤쳐 나오고 나서 그녀는 죽은 남편보다 더 훌륭한 남자를 만나자 마음을 주게 되었지요. 그런데 그녀의 '사람들'—이건 사촌이 한 말인데 저는 이 말이 좋아요— 이 문제였어요. 그들은 그녀가 가진 건 재주뿐인 가난한 젊은 미국인 미술학도와 사랑에 빠져 결혼하려는 것을 알았어요. 그러자 그녀에게 재산을 물려줄 거로 기대되는 나이 든 후작 부인이 그녀를 내쳐서, 그녀는 그 재산마저도 희생하게 되었어요. 그녀의 사람들은 지독하게 오만하고 고고한 태도로 제 사촌에게는 물론이고 그녀에게도 말을 하려 들지 않는대요. 이곳 사람들은 아주 거만한가 봐요." 그녀의 어조에 흥이 올랐다. "그건 의심의 여지가 없어요! 유명한 옛날 책에 나오는 사건과 너무 비슷하거든요. 제 사촌 올케는," 그녀가 아주 느긋한 목소리로 이야기를 마무리 지었다. "프로방스의 유서 깊은 귀족 가문 출신

이래요."

나는 절반쯤 놀란 상태에서 그 말을 들었다. 불쌍한 여인은 그 유서 깊은 가문의 정화精華인 백작 부인으로부터 사기당한 것을 아주 흥미로운 일로 여기고 있었다. 유서 깊은 가문이든, 그 가문의 정화이든, 혹은 단 한 알의 진실이든 과연 그 얘기 속에 그런 게 있기나 한지 의문이었으나, 스펜서 양은 그 얘기에 너무나 매혹되어 저금해 둔 돈을 빼앗긴 것이 어떤 의미인지 전혀 파악하지 못하고 있었다. "소중하고 관대한 내 친구여," 내가 신음하듯 말했다. "그런 시시한 얘기 때문에 아까운 돈을 털리고 싶지는 않겠지요!"

그러자 그녀는 자신의 위엄을 주장하고 나섰다. 털이 다 깎인 분홍색 어린 양이나 주장할 법한 위엄이었다. "그건 시시한 얘기가 아니고, 저는 돈을 털리지도 않을 거예요. 제가 지금껏 살아온 것보다 더 나쁘게 살아가지도 않을 거예요. 나는 곧 여기로 돌아와 그들과 함께 지낼 거예요. 백작 부인은—그는 아직도 그녀를 이렇게 불러요. 영국에서 귀족 과부를 '귀족 미망인'이라고 부르는 것처럼요—나중에 꼭 찾아와 달라고 했어요. 그래서 그 덕분에 저는 새롭게 시작할 수 있으리라고 생각해요. 그러는 동안에 저는 빌려준 돈을 돌려받을 거예요."

정말이지 가슴 아픈 얘기였다. "그럼 지금 곧바로 귀국할 겁니까?"

그녀가 억지로 힘들여 목소리를 억누르려고 했지만, 목소리가 떨려 나왔다. "여행할 돈이 남아 있지 않아요."

"그럼 전부 주었단 말입니까?"

"귀국할 여비만 빼고요."

나는 크게 비명을 내질렀고, 그 순간, 그 상황의 주인공이고, 내 젊은 친구가 애써 모은 저축의 소유주이며, 방금 얘기를 들은 매혹적인 백작 부인의 남편이 우리 앞에 다시 나타났다. 그의 얼굴에는, 용감하게 얻어 내고 느긋하게 즐긴 저녁 식사의 포만감이 아주 뚜렷하게 드러나 있었다. 그가 문지방에서 잠시 멈추더니 갖고 있던 통통한 살구를 씨앗을 파내고 입 속에 쏙 집어넣었다. 살구씨가 입 안에서 녹는 동안, 그는 긴 다리를 쭉 벌리고 양손은 벨벳 외투 호주머니에 집어넣은 채 우리를 응시했다. 스펜서 양은 자리에서 일어서더니 사촌을 슬쩍 쳐다보았다. 그 눈빛에서 체념과 매혹이 동시에 읽혔다. 그것은 그녀가 감수한 희생의 마지막 찌꺼기였고, 거기에는 그런 고상한 행동에 수반되는 고뇌가 따랐다. 나는 그를 추하고, 천박하고, 허세가 많고, 부정직하다고 생각했고, 또 그의 이야기에는 개연성이 거의 없다고 판단했다. 하지만 그는 스펜서 양의 열렬하고 부드러운 상상력에 성공적으로 호소했다. 나는 심하게 혐오감을 느꼈지만 그 사태에 개입할 권한이 없었고, 설사 그래 봐야 아무 소용이 없다는 것도 알았다. 한편 그는 손을 내저으며 만족감을 표시했다. "멋진 안뜰이야. 오래되고 아주 분위기 좋은 곳이야. 저 오래된 계단도 멋지고. 아름다운 것들이 꽤 되는군."

나는 도저히 그 꼴을 보아 줄 수가 없어서 그의 말에는 대꾸도 안 하고 스펜서 양에게 손을 내밀었다. 그녀는 창백한 얼굴에 눈을 동그랗게 뜨고 잠시 나를 쳐다보더니 미소를 지으려는 듯 가지런한 치아를 드러내 보였다. "절 너무 안쓰럽게 생각하지 마세요." 그녀가 숭고하게 애원했다. "전 이 멋진 구세계 유럽을 언젠가 다시 보게 될 거예요."

하지만 나는 거기서 그녀와 영영 헤어지지는 않을 것이었다. 다음 날 아침에 잠시 짬을 내어 다시 들를 생각이었다. 솜브레로 모자를 쓰고 있던 그 한심한 사촌이 인사 대신 그 모자를 벗어 내게 흔들어 댔다. 나는 황급히 그 자리를 떴다.

나는 다음 날 오전 일찍 여인숙을 다시 찾아갔다. 그리고 안뜰에서 여주인을 만났는데, 레이스 옷을 어제저녁보다 느슨하게 걸치고 있었다. 스펜서 양에 대하여 물어보자 "떠났어요, 선생님" 하고 그 착한 여자가 대답했다. "지난밤 10시쯤에—남편 아닌가?—아무튼 자기 남자랑 떠났어요. 미국 배 쪽으로 걸어 내려가던데요." 나는 돌아섰다. 두 눈에 눈물이 솟구쳤다. 그 불쌍한 여자는 유럽에 딱 열세 시간 머무른 것이었다.

4

나는 운 좋게도 기회가 생길 때마다 계속 그 기회를 활용했다. 약 5년에 걸친 이 시기에 나는 친구 라투셰를 잃었다. 그는 레반트 지역을 여행하다가 말라리아에 걸려 사망했다. 내가 미국으로 돌아와서 한 첫 번째 일은 노스베로나로 가서 불쌍한 그의 어머니를 위로한 것이었다. 그녀는 깊이 상심하고 있었고, 그래서 도착한—나는 밤늦게 도착했다—다음 날 오전 내내 나는 곁에서 그녀가 아들에 대하여 눈물 젖은 회고와 칭찬을 하는 것을 다 들어 주었다. 다른 얘기는 하지 않았다. 우리의 대화는 키 작고 날렵한 여자가 도착하면서 끝났는데, 그녀는 단두 소형마차*가 도착하자 마차 문을 열고서, 갑자기 잠에서 깨어나 이불을 걷어차듯 민첩하게 가죽끈을 말 등에 내던졌다. 그녀

---

* carry-all. 마차를 가리킴과 동시에 거기에서 내린 여자가 모든 소문을 가지고 온다는 뜻이 암시되어 있다.

가 마차에서 내려서 방 안으로 달려왔다. 목사 부인이자 마을의 수다 꾼이었는데, 분명 후자의 자격으로 라투셰 부인에게 전할 말이 있는 모양이었다. 불쌍한 라투셰 부인은 상중이라 마음이 아프기는 하지만 그런 수다를 못 들어 줄 정도는 아니라고 나는 확신했다. 자리를 비워 주는 것이 현명할 듯하여 나는 점심 식사를 하기 전에 산책을 좀 하고 싶다고 말했다.

"그런데 말입니다," 내가 덧붙였다. "제 오랜 친구인 스펜서 양이 사는 곳을 좀 알려 주세요. 한번 찾아가 보려고요."

목사 부인이 금방 반응했다. 스펜서 양은 침례교 교회를 지나 네 번째 집에서 살고 있었다. 거리 오른쪽에 있는 교회 정문 위에는 괴상한 초록색 장식이 달려 있었다. 사람들은 그것을 주랑이라고 불렀으나, 공중에 떠 있는 낡은 침대 틀처럼 보였다. "그래요, 불쌍한 캐럴라인을 한번 찾아가 봐요." 라투셰 부인이 옆에서 거들었다. "낯선 얼굴을 보면 그녀도 기분이 나아질 거예요."

"그녀는 낯선 얼굴이라면 이미 충분히 보았다고 생각하는데요!" 목사 부인이 외쳤다.

"내 말은 매력적인 방문객을 만나 본다는 뜻이에요." 라투셰 부인이 말을 정정했다.

"그것도 충분히 본 것 같은데요!" 목사 부인이 대꾸했다. "하지만 당신은 10년씩이나 여기 머물 생각은 아닐 테니까요." 그녀가 의미심장한 눈빛을 내게 던졌다.

"그녀에게 그런 방문객이 있다는 겁니까?" 나는 잘 몰라서 물었다.

"그런 부류를 곧 알게 될 거예요!" 목사 아내가 말했다. "그녀는 쉽게 눈에 띄니까요. 보통 앞뜰에 앉아 있어요. 말을 조심해서 하시고요. 또 아주 공손하게 대해야 해요."

"그녀가 그렇게 예민합니까?"

목사 부인은 자리에서 벌떡 일어나더니 내게 무릎을 꿇는 인사를 했다. 아주 비꼬는 듯한 인사였다. "이게 그녀의 신분이에요. 소위 백작 부인이라고 하지요!"

키 작은 여자가 아주 비아냥거리는 어조로 그 칭호를 언급하면서 백작 부인이라는 여자를 노골적으로 비웃었다. 나는 선 채로 그녀를 바라보며, 궁금해졌고, 또 과거에 들은 얘기를 떠올렸다.

"아, 아주 공손하게 대하겠습니다." 나는 모자와 지팡이를 쥐고 밖으로 나왔다.

나는 스펜서 양의 집을 어렵지 않게 찾았다. 침례교 교회는 금방 찾을 수 있었는데, 그 근처에 가운데 커다란 굴뚝과 담쟁이가 있는 빛바랜 하얀 집이 있었다. 은퇴한 노처녀의 집 같아 보였고, 큰돈을 들이지 않고서도 멋진 효과를 내려는 취미가 엿보였다. 나는 그 집에 다가서면서 발걸음을 늦추었다. 그 집 앞뜰에 누군가가 항상 앉아 있다는 얘기를 들어서 약간 정탐하고 싶었기 때문이다. 나는 비포장도로와 자그마한 앞뜰을 갈라놓는 낮고 하얀 울타리 너머를 조심스럽게 살폈다. 그러나 백작 부인의 모습은 발견하지 못했다. 자그마한 소로가 현관 앞 계단까지 이어져 있었고, 그 양옆으로 작게 까치밥나무 숲이 있었다. 숲 한가운데로 양옆에 오래되어 비틀린 커다란 모과나무 두 그루가 서 있었다. 한 모과나무 아래 자그마한 탁자와 가벼운 의자 두 개가 놓여 있었다. 탁자 위에는 만드는 중인 자수 작품과 밝은 색깔의 종이 표지를 두른 책 두세 권이 올려져 있었다. 나는 문 안으로 들어가 소로 중간쯤에 서서 주위를 두리번거리며 집주인이 나타나지 않는지 살폈다. 왠지 그 주인 앞에 불쑥 나타나는 것이 좀 망설여졌다. 이어 집이 아주 남루한 것을 보고서 과연 들어가도 될까 하고 의심이 들었다. 궁금증이 방문 동기였는데, 여기 오자 갑자기 자신감이 없어지는 것이었다. 그렇게 망설이고 있자니 열린 문에 어떤 사람이 나타나서 나를 쳐다보았다. 나는 곧바로 스펜서 양을 알아보았지만 그녀는 나를 전혀 본 적이 없는 사람처럼 바라보았다. 나는 점잖고 진지하게 그러면서도 수줍게 현관 앞 계단으로 걸어갔고, 거기서 다정한 농담을 걸 듯이 말을 붙였다.

"저기서 기다렸지만 당신이 오시지 않아서요."

"어디서 기다리셨다고요, 선생님?" 그녀가 떨리는 목소리로 말했다. 순진한 두 눈은 예전처럼 동그랗게 뜨였다. 피곤하고 지친 것처럼 보였다.

"저기," 내가 말했다. "전 오래된 프랑스 항구에서 기다렸습니다."

그녀는 좀 더 빤히 쳐다보더니 그제야 나를 알아보고, 미소를 짓고 얼굴을 붉히며 양손을 포개 쥐었다. "아, 이제야 당신이 기억나요. 그날도 기억나고요." 그러나 그녀는 거기에 그대로 서서 앞으로 나오지도 않았고 또 안으로 들어오라고 말하지도 않았다. 그녀는 당황하고 있었다.

나 자신도 약간 어색해서 앞뜰의 작은 길을 지팡이로 톡톡 내려쳤다. "여러 해가 지나가는 동안 당신을 계속 찾았어요."

"유럽에서 말인가요?" 그녀가 한스럽다는 듯이 숨을 내쉬었다.

"물론 유럽에서지요! 여기서는 당신을 찾기가 쉽군요."

그녀는 페인트칠을 하지 않은 문기둥에 손을 기대고 머리를 한쪽으로 갸우뚱했다. 그런 식으로 아무 말 없이 나를 쳐다보았다. 눈물이 막

솟구치려는 여자의 표정이었다. 갑자기 그녀가 문턱 앞 깨진 석판 조각 위로 걸음을 내디디며 문을 닫았다. 이어 긴장된 미소를 지어 보였는데, 치열이 여전히 아름다웠다. 그러나 거기에도 눈물의 흔적이 느껴졌다. "그때 이래로 거기에 계셨나요?" 그녀가 목소리를 낮추었다.

"3주 전까지요. 그리고 당신― 당신은 거기에 돌아오지 않았나요?"

그녀는 여전히 힘들게 미소 지으면서 손을 뒤로 돌려 현관문을 다시 열었다. "제가 실례했습니다. 안으로 들어오세요."

"제가 불편을 끼치는 건 아닌지요."

"오, 아니에요!" 그녀는 이제 완강했다. 그녀가 어서 들어오라는 표시로 문을 뒤로 세게 밀었다.

나는 그녀를 따라 안으로 들어갔다. 그녀가 비좁은 홀의 왼쪽에 있는 작은 방으로 안내했다. 집 뒤쪽에 있는 방이었으나 나는 그게 거실이라고 짐작했다. 우리는 모과나무들이 내다보이는 또 다른 방의 닫힌 문을 지나갔다. 거실 방에서는 조그마한 나무 헛간과 두 마리의 끼룩거리는 암탉이 내다보였다. 나는 거실이 예쁘다고 생각했으나 그 우아함이 아주 검소한 종류의 것임을 금방 알아보았다. 그렇지만 그 때문에 더 예뻤다. 그처럼 빛바랜 사라사 무명과 오래된 메조틴트 동판을 본 적이 없기 때문이었다. 바니시 처리를 한 낙엽으로 테를 두르고, 아주 은은하고 우아하게 마감 처리가 된 동판이었다. 스펜서 양은 소파 한쪽 구석에 앉아 양손을 단단히 깍지 끼고 무릎 위에 놓았다. 그녀는 10년은 더 나이 들어 보였다. 그동안의 일을 물을 엄두가 나지 않았다. 하지만 나는 그것이 궁금했고, 아무튼 그것 때문에 이렇게 찾아온 것이었다. 그녀는 아주 동요하고 있었다. 나는 일부러 모른 체하려고 애썼다. 그러나 갑자기 아주 뜬금없는 방식으로―저 오래된 프랑스 항구에서 벌어진 사건의 어쩔 수 없는 메아리였다—그녀에게 말을 걸었다. "제가 당신을 불편하게 하고 있군요. 그리고 당신은 또다시 번민에 빠졌고요."

그녀는 두 손을 들어 올리더니 잠시 거기에 얼굴을 파묻었다. 곧 그녀가 두 손을 치우면서 말했다. "당신을 보니 어떤 기억 하나가 떠올라서요."

"르아브르에서의 그 비참한 날 말인가요?"

그녀는 놀랍게도 머리를 좌우로 흔들었다. "그건 비참하지 않았어요. 즐거웠어요."

아, 그랬던가? 그 말을 듣고서 나는 한마디 하지 않을 수 없었다. "그다음 날 아침에 여인숙으로 갔는데, 당신이 비참하게 떠났다는 것을 알고서 큰 충격을 받았습니다."

그녀는 잠시 뜸을 들였다. "제발 그 얘기는 하지 않기로 해요."

"여기로 곧바로 돌아왔습니까?" 그래도 나는 물었다.

"출발한 지 30일 만에 돌아왔지요."

"그리고 그 후에 여기 계속 머무르고 있고요?"

"그 후로 죽이요."

나는 묵묵히 그 말을 들었다. 뭐라고 대꾸해야 할지 난감했다. 아무튼 그다음에 한 말에는 약간 조롱하는 기미가 끼어들어 있었다. "그럼 언제 그 여행을 할 겁니까?" 공격적으로 들릴 수도 있는 말이었다. 하지만 그녀의 깊은 체념에 나는 약간 짜증이 났고, 그래서 그녀로부터 뭔가 초조해하는 말을 이끌어 내고 싶었다.

그녀는 잠시 카펫 위에 드리운 자그마한 햇빛 자국을 내려다보았다. 곧 소파에서 일어나 그녀가 창문 블라인드를 조절하여 햇빛이 들어오지 못하게 했다. 나는 관심 있게 그녀를 지켜보며 기다렸다. 마치 그녀가 내게 뭔가 더 해 줄 말이 있는 것처럼. 곧 마지막 질문에 그녀가 대답했다. "그런 일은 없을 거예요!"

"적어도 당신 사촌이 그 돈을 갚았기를 바랍니다."

그 말에 그녀가 내게서 고개를 돌렸다. "전 그건 더 이상 신경 쓰지 않아요."

"당신 돈에 대해서요?"

"유럽 여행에 대해서요."

"할 수 있는데도 안 하겠다는 건가요?"

"전 갈 수 없어요. 갈 수 없다고요." 캐럴라인 스펜서가 말했다. "그건 이미 끝났어요. 모든 게 달라졌어요. 전 이제 그 생각 안 해요."

"그럼 그 악당이 당신 돈을 갚지 않았군요!" 내가 소리쳤다.

"제발, 제발—!" 그녀가 애원했다.

그러다가 그녀는 말을 멈추었다. 그리고 문 쪽을 바라보았다. 홀에서 옷이 살랑거리는 소리와 발소리가 났다.

나도 문 쪽을 쳐다보았다. 문이 열리고 어떤 여자가 안으로 들어서려 했다. 그 여자가 문턱 앞에 멈추어 섰다. 그 뒤에 젊은 남자가 서 있었다. 여자는 나를 아주 응시하는 눈빛으로 쳐다보았다. 한참을 쳐다보아서 나중에라도 그녀의 인상을 생생하게 기억할 정도였다. 이어 그녀는 캐럴라인 스펜서에게 고개를 돌리더니 미소를 지으며 강한 외국인 억양으로 말했다. "실례합니다, 당신에게 손님이 오신 줄 몰랐어요." 그녀가 말했다. "저 신사분이 너무나 조용하게 들어오는 바람에요." 그러면서 그녀는 또다시 나를 쳐다보았다. 아주 낯선 여자였으나, 나는 전에 그녀를 본 적이 있다고 즉각 확신했다. 나중에야 그녀와 아주 비슷한 유형의 여자들을 보았던 것이라고 생각을 고쳐먹었지만. 하지만 나는 그런 여자들을 노스베로나에서 아주 멀리 떨어진 곳에서 보았었고, 그런 여자를 이런 상황에서 만나다니 아주 기이하다는 생각이 들었다. 저 여자의 모습은 나를 그 어떤 다른 장소로 데려가고 있는가? 그건 파리의 남루한 4층집 약간 어두운 층계참 앞이었다. 문이 열려 있어서 지저분한 대기실이 보이고, 안주인은 난간에 기댄 채 빛바랜 실내복을 여미면서 아래층에 있는 여자 수위에게 커피를 가지고 올라오라고 소리를 지른다. 스펜서 양의 방문객은 덩치가 아주 크고 중년이었으며 통통하게 살이 찐 하얀 얼굴에 머리카락은 모두 뒤쪽으로 빗어 넘기고 있었다. 자그마한 두 눈은 툭 튀어나오고 유쾌한 미소를 짓고 있었다. 하얀 자수 장식이 달린 낡은 분홍색 캐시미어 실내복을 입고 있었는데, 내가 방금 상상한 파리의 여주인처럼 통통한 맨팔뚝과 잔주름이 있는 손으로 실내복의 앞부분을 누르고 있었다.

"커피 얘기를 하려고 왔어요." 그녀는 유쾌한 미소를 지으며 스펜서 양에게 말했다. "안뜰 작은 나무 아래에 좀 가져다줘요."

그녀 뒤에 있던 청년은 이제 거실 안으로 들어와 있었다. 이제는 좀 전보다 덜 도전적인 자세였다. 키가 작았지만 그런대로 중요한 인물인 듯했는데, 아마도 노스베로나 사회의 유지인 듯했다. 작은 코와 턱은 뾰족하면서도 오종종했다. 발 또한 작았고 어느 모로 보나 이렇다 할 특징이 없는 남자였다. 그가 입을 떡 벌린 채 바보스럽게 나를 쳐다보았다.

"커피를 가져다 드리지요." 스펜서 양이 마치 그 일에 여러 명의 요리사가 달라붙기라도 하는 듯한 어조로 말했다.

"아, 좋아요." 그녀의 뚱뚱한 식객이 말했다. "어서 책을 찾아와." 그러고는 입을 벌리고 있는 청년에게 말했다.

그는 이제 입을 벌린 채 거실 온 사방을 쳐다보았다. "문법책 말인가요?"

뚱뚱한 여자는 방문자를 계속 쳐다보면서 실내복의 느슨해진 부분을 계속 매만지고 있었다. "책을 찾아오라니까." 그녀가 더욱 사무적인 어조로 말했다.

"시집 말인가요?" 청년이 물었다. 그러는 동안에도 내게서 시선을 떼지 못했다.

"그럼 책은 그만둬." 뚱뚱한 여자가 생각을 바꾸었다. "오늘은 그냥 대화만 하기로 해. 자유로운 대화를 나누자고. 하지만 아가씨를 방해하지는 말아야 해. 자, 자, 어서 나가." 그녀가 뒤로 한 걸음 물러섰다. "그럼 작은 나무 밑으로 부탁해요." 그녀가 아가씨에게 다짐하듯 말했다. 그런 다음 내게 가볍게 목례를 하고서 절제된 목소리로 "므시외!" 하고 말하더니 청년을 뒤에 달고서 방에서 나갔다.

나는 스펜서 양을 쳐다보았다. 그녀의 두 눈은 카펫에 고정되어 있었다. 그때 나는 좀 주책없이 내질렀다. "도대체 저 여자는 누굽니까?"

"백작 부인이에요. —이었지요. 지금은 프랑스식으로 말하자면 제 사촌이고요."

"그럼 저 청년은 누구입니까?"

"백작 부인의 제자인 믹스터 씨예요." 방금 거실에서 나간 두 사람의 관계에 대한 그 설명은 나의 진지한 태도를 약간 흔들어 놓았다. 하지만 스펜서 양은 설명을 계속하면서 오히려 진지한 태도가 더욱 진지해졌다. "그녀는 프랑스어와 음악 레슨을 하고 있어요. 간단한—"

"간단한 프랑스어요?" 내가 불쑥 끼어들었다.

그러나 그녀는 여전히 이해할 수 없는 말을 하고 있었고, 그 어조가 나를 크게 당황하게 했다. "그녀는 최악의 역경을 겪었어요. 아무에게 도 도움을 청할 수도 없었고요. 그녀는 그 어떤 일이든 마다하지 않고 하려고 해요. 자신의 불행을 씩씩하게 견디고 있어요."

"아, 그렇군요." 내가 약간 유감이라는 어조로 대꾸했다. "저라도 그 렇게 했을 겁니다. 그녀가 남에게 부담을 주는 걸 꺼린다면 그보다 더 올바르고 적당한 태도는 없겠지요."

집주인은 멍한 눈빛으로 주위를 돌아다보았으나 나는 그 눈빛에 피 로가 역력하다고 생각했다. 그녀는 내 말에 아무런 대답도 하지 않았 다. "이제 가서 커피를 준비해야겠어요." 그녀가 간단히 말했다.

"저 여자분에게는 제자가 많나요?" 내가 고집스레 물었다.

"믹스터 씨 하나예요. 그녀는 그에게 많은 시간을 투자하고 있지요." 그 대답도 또다시 나를 당황하게 만들었다. 하지만 스펜서 양의 예민 한 감수성을 배려해야 하기에 나는 계속 예의 바른 자세를 취했다. "그 는 수업료를 많이 내고 있어요." 그녀가 이어서 알쏭달쏭한 어조로 말 했다. "그는 제자로서는 그리 똑똑하지 않아요. 하지만 아주 부유한 데 다 아주 친절해요. 그는 뒷좌석이 달린 이륜 경마차를 가지고 있는데, 백작 부인을 태우고 드라이브를 시켜 주지요."

"상당히 장시간 나가겠군요." 나는 다시 끼어들지 않을 수 없었다. 그녀가 여전히 내 눈을 피하고 있는 상황임에도 말이다. "이 지역은 몇 킬로미터나 아름다운 풍경이 펼쳐지잖습니까." 내가 말했다. 그녀가 몸을 돌리는 순간 나는 물었다. "백작 부인의 커피를 끓이러 가는 겁니 까?"

"몇 분만 양해해 주신다면요."

"그걸 대신 해 줄 사람은 없나요?"

그녀는 그런 사람이 어디에 있겠느냐는 표정을 지었다. "저는 하인을 두고 있지 않아요."

"그럼 제가 도울 수 있을까요?" 그 말에 그녀가 나를 빤히 쳐다보아 나는 얼른 말을 바꾸었다. "백작 부인이 직접 끓일 수는 없나요?"

스펜서 양은 천천히 머리를 흔들었다. 아주 괴이한 생각이라는 듯이. "그녀는 손으로 하는 일에 익숙하지 않아요."

그런 구분은 멋진 얘기였고, 나는 예의를 갖추려 했다. "그렇군요. 그런데 당신은 익숙하군요." 동시에 나는 호기심을 억누를 수가 없었다. "가기 전에 이것 한 가지만 가르쳐 주세요. 저 놀라운 부인은 누구입니까?"

"프랑스에서 우리가 만났던 그 특별한 날에 말씀드렸지요. 제 사촌 올케예요. 그때 거기서 제 사촌을 만나셨지요?"

"사촌과 결혼하는 바람에 가문에서 의절당한 여자요?"

"그래요. 그들은 그녀를 다시는 보지 않았지요. 그녀와 완전히 의절해 버렸지요."

"그럼 남편은 어디에 있습니까?"

"불쌍한 사촌은 죽었어요."

나는 잠시 놀랐다. "그럼 당신 돈은 어디에 있습니까?"

그 불쌍한 여자는 움찔했다. 나는 그녀를 고문대 위에 올려놓고 있었다. "몰라요." 그녀가 슬프게 말했다.

뭔가 울컥하는 기분이 들어 뭔가 행동에 나서고 싶었으나 나는 그것을 억누르면서 차근차근 캐묻기로 했다. "그럼 남편이 죽자 저 부인은 즉시 당신을 찾아온 거로군요?"

그녀는 그 얘기를 이미 남들에게 많이 해 준 듯했다. "네. 어느 날 찾아왔지요."

"얼마나 됐습니까?"

"2년하고 넉 달 전요."

"그때부터 여기에 있는 겁니까?"

"네."

나는 그 말을 모두 있는 그대로 받아들였다. "그녀는 이곳 생활을 좋아합니까?"

"그리 좋아하는 것 같지 않아요." 스펜서 양이 초연하게 말했다.

나는 그것도 수긍했다. "그런데 어떻게 당신이—?"

10분 전에 그랬던 것처럼 그녀가 두 손에다 얼굴을 파묻었다. 그리고 곧 재빨리 백작 부인의 커피를 끓이러 갔다.

작은 거실에 혼자 남겨진 나는 엄청난 혐오감과 그래도 뭔가 더 알아내고 싶은 궁금증 사이에서 내 마음이 갈라지는 것을 발견했다. 잠시 뒤 그 뚱뚱한 부인을 수행하던 청년이 다시 거실에 나타나서 입을 벌리고 나를 쳐다보았다. 알록달록한 플란넬 셔츠를 입은 사람치고는 지나칠 정도로 엄숙했다. 그는 별로 자신감 없는 태도로 부탁받은 메시지를 나에게 전했다. "그분이 당신에게 혹시 밖으로 나오지 않겠느냐고 물어보라십니다."

"누가 나오라고 한다고요?"

"백작 부인요. 프랑스 부인 말입니다."

"그녀가 당신에게 나를 데려오라고 했습니까?"

"예, 그렇습니다." 청년이 다소 겁먹은 목소리로 말했다. 아마도 내가 덩치나 신장이 그를 압도하기 때문이었을 것이다.

나는 그와 함께 밖으로 나갔고 집 앞 작은 모과나무 밑에 앉아 있는 그의 스승을 발견했다. 그녀는 거기 앉아 아주 두툼한 손으로 그리 신선해 보이지 않는 자수 작품에서 가느다란 바늘을 빼내고 있었다. 그녀가 우아하게 자기 옆 의자를 가리켰고 나는 거기에 앉았다. 믹스터 씨는 주위를 둘러보더니 그녀 발밑 풀밭에 앉았다. 그가 거기서 더욱 크게 입을 벌리고 위를 올려다보았는데, 이제 곧 부인과 나 사이에 무슨 멋진 일이 벌어질 것이라고 확신하는 듯 보였다.

"프랑스어를 말할 줄 알죠?" 백작 부인이 말했다. 내게 유쾌한 미소를 짓는 동안에 그녀의 작은 눈이 앞으로 더욱 튀어나왔다.

"그렇습니다, 부인. 어느 정도 합니다." 내가 다소 심드렁하게 말했다.

"아, 그렇군요." 그녀가 즐거워하며 소리쳤다. "당신을 보는 순간 그걸 알아보았어요. 당신은 내 사랑하는 조국에서 생활하셨지요?"

"예, 상당히 오래요."

"그럼 당신은 나의 조국 프랑스를 사랑하나요?"

"예. 아주 오래전부터 좋아하고 있습니다." 하지만 나는 별로 신이 나지 않았다.

"그럼 파리를 잘 아나요?"

"예, 자랑은 아닙니다만 잘 안다고 생각합니다." 나는 의식적으로 목적을 가지고 그녀의 두 눈을 쳐다보았다.

그러자 그녀는 시선을 돌리면서 믹스터 씨를 내려다보았다. "우리가 지금 무슨 얘기를 하고 있지?" 그녀가 주의 깊게 우리를 살피고 있는 제자에게 물었다.

그는 무릎을 세우고 풀을 뜯으며 올려다보더니 약간 얼굴을 붉혔다.

"두 분은 프랑스어를 말하고 있습니다." 믹스터 씨가 말했다.

"참 대단한 발견이구나!" 백작 부인이 조롱했다. "내가 이 남자를 제자로 받아들인 지," 그녀가 내게 설명했다. "열 달이 되었어요. 정말 멍청하다는 말을 하지 않을 수 없네요." 그녀가 세련되게 덧붙였다. "이 남자는 당신의 프랑스어를 조금도 이해하지 못할 겁니다."

우리 발치에 어색하게 앉아 있는 믹스터 씨를 잠시 쳐다보면서 나는 그가 알아듣지 못한다는 것을 확신했다. "다른 제자분들이 부인의 가르침에 더 잘 보답하기를 바랍니다." 내가 백작 부인에게 말했다.

"다른 제자는 없어요. 이 지방에서는 프랑스어나 그 밖의 다른 언어가 무엇인지 알지 못해요. 그러니 당신처럼 프랑스어를 잘하는 사람을 만나는 게 얼마나 즐거운지 이해하실 거예요." 나 역시 그에 못지않게 즐겁다고 나는 대답했고, 그녀는 자그마한 손가락을 움직여서 자수 천에 바늘을 계속 찔러 넣었다. 몇 분마다 마치 근시인 것처럼 두 눈을 자수에 바싹 갖다 댔는데, 우아함을 돋보이게 하려고 일부러 하는 동작 같았다. 그러나 그녀는 몇 년 전 내가 만났던 그녀의 죽은 남편—그가 실제로 남편이었다면—못지않게 신뢰를 주지 못하는 사람이었다. 르아브르에서 그를 만났던 사건은 오늘 여기서 이 부인을 만난 사건과 아주 혐오스럽게 한 쌍을 이루었다. 그녀는 조잡하고, 평범하고, 가식적이고, 부정직했다. 내가 칼리프가 아닌 것처럼 그녀도 백작 부인이 아니었다. 그녀는 분명 체험에 바탕을 둔 확신을 갖고 있었다. 하지만 그것은 '귀족'의 체험일 수가 없었다. 그것의 정체가 무엇이든 간에 그 강렬한 분위기가 귀족을 동경하는 방식으로 그녀에게서 뿜어져 나오고 있었다. "파리 얘기를 좀 해 주세요. 아름다운 도시 파리를 다시 볼 수 있다면 내 눈이라도 내놓겠어요. 그 이름만 들어도 나른해져요. 언제까지 거기에 계셨나요?"

"두 달 전까지요."

"정말 좋은 기회를 누리셨군요! 그 도시에 대해서 좀 말해 주세요. 사람들은 무엇을 하고 있나요? 단 한 시간만이라도 불르바르*에서 지낼 수 있다면!"

"사람들은 늘 하던 것을 하고 있지요. 아주 즐겁게 보내고 있지요."

"극장에서 말이지요?" 백작 부인이 한숨을 내쉬었다. "카페 콩세르에서? 그 아름다운 하늘 아래서? 문 앞에 내어놓은 작은 테이블에서? 멋진 인생이에요! 므시외, 나는 파리지앵이에요." 이어 그녀가 덧붙였다. "손가락 끝까지."

"그럼 스펜서 양이 잘못 알았네요." 내가 지적했다. "그녀는 부인이 프로방스 사람이라고 하던데요."

그녀는 나를 잠시 쳐다보더니 다시 자수에 코를 박았다. 대화를 나누는 동안 살펴보니, 그 자수 작업이라는 것은 점점 더 엉성하고 지저분해져 갔다. "아, 나는 출생은 프로방스지만, 취향은 파리지앵이에요." 그녀는 잠시 뒤 계속 말했다. "그리고 내 인생의 가장 슬픈 사건들과 또 그중 몇 가지 가장 행복한 사건들로 인해, 이렇게 여기에 와 있게 되었지요!"

"달리 말해서, 다양한 체험을 했다는 거로군요!" 내가 마침내 미소를 지었다.

그녀는 툭 튀어나온 작은 눈으로 질문을 하듯 나를 쳐다보았다. "오, 체험! 정말 그것에 대해서는 할 말이 많아요. 온갖 종류의 체험을 다

---

* 파리의 마들렌에서 바스티유에 이르는 큰 거리.

했지요. 하지만 그중에, 예를 들면 이런 생활이 있을 줄은 꿈에도 생각하지 못했어요." 그녀는 굵은 맨팔뚝과 머리를 흔들어 대며, 작은 하얀 집, 두 그루의 모과나무, 흔들거리는 울타리, 심지어 넋 놓고 쳐다보는 믹스터 씨 등 주변의 대상들을 가리켰다.

나는 그것을 대범하게 수긍했다. "그러니까 부인은 유배나 다름없는 생활을—!"

"내 생활을 상상하기란 어려우실 거예요. 내가 보낸 2년여의 시련 가득한 생활을요. 매 순간 시련이 아닌 때가 없었어요! 하지만 사람은 상황에 적응이 되더군요." 그녀는 어깨를 크게 들썩였다. 아마도 노스베로나에서 해 본 것 중 가장 높이 어깨를 들어 올린 동작이었을 것이다. "그래서 때로는 이 생활에도 적응이 되었다고 생각해요. 하지만 언제나 더 새로운 시련이 나타나지요. 가령 커피가 그래요."

나는 다시 그녀의 말을 거들었다. "늘 이 시간에 커피를 드십니까?"

그녀는 방금 어깨를 그랬던 것처럼 눈썹을 크게 치떴다. "그럼 어떤 시간에 커피를 마시라는 거죠? 나는 아침 식사 후에는 작은 잔으로 한 잔 마셔야 돼요."

"아, 그럼 이 시간에 아침을 드십니까?"

"정오에요. 늘 이렇게 하고 있어요. 하지만 여기서 사람들은 7시 15분에 아침 식사를 해요. 나는 그 '15분'이 매력적이라고 생각해요!"

"하지만 부인은 제게 커피 얘기를 하지 않았습니까?" 내가 동정하듯이 말했다.

"내 사촌은 그걸 믿지 않아요. 이해를 못 한다고요. 그녀는 매력적인 여자지만, 이 시간에 '브랜디'를 한 방울 넣은 블랙커피가 무슨 의미인지 이해를 못 해요. 그래서 날마다 그걸 깨우쳐 주어야 해요. 그리고 보시면 알겠지만 커피를 내오는 데 너무 시간이 걸려요. 그리고 그 커피가 막상 도착하면, 므시외! 내가 그 커피를 당신에게 강요하지 않는 것은—물론 여기 이 청년은 때때로 나와 함께 마시지만—당신이 불르바르에서 진짜 커피를 마셨기 때문이에요."

나는 불쌍한 내 친구의 정성을 그런 식으로 비판하는 데 크게 화가 났다. 하지만 아무 말도 하지 않았다. 공손한 태도를 유지하기 위해 할 수 있는 유일한 방법은 풀밭에 앉아 있는 믹스터 씨를 내려다보는 것이었다. 그는 다리를 꼬고 앉아 무릎을 쓰다듬으면서 뚱뚱한 부인의 이국적 매너를 흥미롭게 쳐다보았다. 부인과 여러 달 가까이 지냈으면서도 그런 흥미는 별로 줄어든 것 같지 않았다. 그녀는 자연스럽게 내가 그 청년을 의아하게 생각한다는 것을 눈치챘고 아주 과감하게 그 문제에 대하여 언급했다. "그는 나를 사모하고 있어요." 그녀가 다시 자수에 코를 박으면서 중얼거렸다. "내 애인이 되는 것을 꿈꾸고 있죠. 그래요. 그는 나를 미친 듯이 사랑하고 있어요. 직접 보시는 바와 같이요. 그게 우리의 현재 상태예요. 그는 어떤 프랑스 소설을 읽었는데, 무려 6개월이나 걸렸는데, 아무튼 그 이후로 자신을 주인공이라고 생각하고, 나는—므시외, 내 꼴이 이렇기는 하지만—음탕한 여자라고 생각하고 있어요!"

믹스터 씨는 자신이 우리 대화의 주제임을 어느 정도 짐작했을 것이다. 하지만 그녀가 자신을 어떤 식으로 취급하는지에 대해서는 전혀 눈치채지 못할 것이었다. 백작 부인을 대상으로 황홀한 생각에 사로잡혀 있기 때문이었다. 바로 그 순간 집주인이 커피 주전자와 잔 세 개가 놓인 작은 쟁반을 들고서 집 밖으로 나왔다. 그녀가 우리 쪽으로 다가올 때 그 눈빛에서 어떤 강력한 호소가 읽혔다. 그녀의 작은 얼굴은 말 없는 표현을 담고 있었다. 이 세상, 특히 프랑스라는 나라를 잘 알고 있는 사람으로서, 슬픔 가득한 그녀의 인생 들판에 나타난 이 연합군들을 어떻게 생각하느냐는. 나는 노스베로나 사람들이 말하듯이 오로지 '연기'를 하면서 무표정을 가장했고, 뭔가 답변하는 몸짓은 하지 않았다. 나는 백작 부인의 미덕, 가치, 업적 그리고 부인이 허세를 부릴 수 있는 한계 등 짐작되는 그녀의 과거에 대하여 발설은커녕 내색조차 할 수 없었다. 또 스펜서 양에게 내가 개인적으로 그녀의 흥미로운 식객을 어떻게 '보는지' 암시조차 할 수 없었다. 저 뚱뚱한 여자는 질투심 많은 이발사, 혹은 심술궂은 제빵사에게서 달아난 아내였을지 모른다. 혹은 도저히 수습할 수 없을 정도로 가정생활을 엉망으로 만들어 놓은, 아주 신분이 낮은 중산층 여자였을지도 모른다. 혹은 그보다 훨씬 질이 떨어지는 떠돌이 집시였을지도 모른다. 비유적으로 말하자면, 나는 잠긴 문의 셔터를 흔들어 대서 정보의 햇빛을 비춤으로써 그녀의 신분을 폭로하고, 그 일에서 완전히 손을 씻음으로써 영구히 스펜서 양에게 등을 돌리는 그런 일은 할 수가 없었다. 오히려 그와는 정반대로 내 앞에 있는 저 끔찍한 여자가 '신분 높은 귀족 부인'이라는 사실만 인정하고 나머지 것들은 모두 무시해 버리는 멋진 연극을 함으로써, 잠시 그 상황을—적어도 나의 상황을—구제할 수가 있었다. 이런 연극적인 노력은 질서 정연하게 그곳에서 물러 나오고 또 온갖 형태의 예의를 갖추어야만 가능했다. 나는 그곳에 더 이상 머무르는 것은 물론이고 더 이상 말도 하고 싶지 않았다. 그러나 이 모든 일에도 불구하고, 캐럴라인 스펜서가 시녀처럼 거기 서 있는 모습을 보고서 얼굴이 혐오감으로 검붉게 변하는 것을 느꼈다. 그래서 나는 의자에서 일어서서 그녀와 작별 인사를 하면서, 내가 백작 부인에게 하는 말에 그 어떤 성공의 기미도 담겨 있지 않기를 바랐다. "이 지역에서 상당 기간 머무르실 건가요?"

스펜서 양이 나를 쳐다보는 동안에 우리의 얼굴에서 얼굴로 전해진 것이 있었다. 적어도 그녀는 그것을 파악했을 것이고, 한편 그것이 어떤 계시의 씨앗이 되어 나중에 찬찬히 생각해 볼 계기가 될 수도 있을 것이었다. 백작 부인은 다시 한 번 어깨를 크게 들썩였다. "누가 알겠어요? 앞길이 보이지 않아요! 이건 생활도 아니에요. 하지만 비참한 상태에 빠지게 되면—! 어머나, 아가씨." 그녀가 스펜서 양에게 호소하듯 말했다. "또 '브랜디'를 잊어버렸군요!"

스펜서 양이 그걸 가져오려고 몸을 돌리는 순간, 나는 잠시 생각 끝에 그녀에 대한 배려로 그것을 만류했다. 나는 아무 말 없이 손을 내밀면서 곧 가야 한다는 표시를 했다. 그녀의 창백하고 작은 얼굴, 그 온유한 얼굴 그리고 방금 전에 뭔가를 묻는 듯한 표정이 드리워진 얼굴은 극심한 피로를 드러내고 있었으나, 동시에 기이하면서도 자부심 넘치는 어떤 것을 말해 주고 있었다. 그것이 절망적인 인내심인지 혹은 다른 형태의 자포자기인지는 알 수 없었다. 전반적으로 보아 분명한 것은 내가 간다니까 그녀가 안도했다는 것이다. 믹스터 씨는 벌떡 일어나서 백작 부인에게 커피를 따라 주었다. 나는 침례교 교회를 지나 돌아가는 길에 이미 지나가 버린 르아브르에서의 엄청난 위기 상황에서 그녀가 보여 준 확신이 얼마나 옳았는지 느낄 수 있었다. 그녀는 이 멋진 구세계 유럽을 언젠가 다시 보게 되리라고 했는데, 그 말대로 되어 버린 것이다.

데이지 밀러

Daisy Miller

1

스위스의 브베라는 작은 마을에 아주 안락한 호텔이 있다. 주요 산업이 관광업인지라 실제로 그곳에는 많은 호텔이 있다. 그곳을 다녀온 많은 여행자들이 기억하겠지만, 그 안락한 호텔은 아주 푸른 호수의 가장자리에 위치하고 있다. 그 호반에는 이러한 각종 호텔들이 연이어 들어서 있는데, 최신 유행을 자랑하는 '특급 호텔'―백악 같은 하얀 정면, 100개의 발코니, 지붕에 날리는 10여 개의 국기들―에서 예전부터 내려오는 자그마한 스위스 펜션―분홍색이나 노란색 담벼락엔 독일어로 보이는 문자로 상호를 새겨 넣고 정원 한구석엔 남루한 정자가 세워져 있는―에 이르기까지 다양하다. 그러나 브베에 있는 한 호텔은 너무 유명하여 심지어 '유서 깊다'는 명성까지 얻고 있었다. 사치스럽고 원숙한 분위기로 주변의 막 생겨난 많은 호텔들과는 뚜렷하게 구별되기 때문이었다. 이 지역에는 6월 한 달 내내 미국인 여행자들이 아주 많이 몰려온다. 그때에는 브베에서 미국 유원지의 특징이 일부 느껴진다고 해도 과언이 아니다. 가령 뉴포트나 새러토가를 연상시키는 광경과 소리들이 존재하는 것이다. 여기저기에서 '멋진' 아가씨들이 모슬린 옷자락을 살랑살랑 흔들어 대며 돌아다닌다. 또 오전 시간에는 춤곡이 신나게 흘러나오고, 새된 목소리들이 어디에서나 울려 퍼진다. '트루아 쿠론'이라는 훌륭한 호텔에서도 이런 인상을 받을 수 있는데, 그리하여 미국 관광객들은 저절로 '오션 하우스'나 '콩그레스 힐' 같은 미국 호텔에 와 있는 듯한 생각이 드는 것이다. 그러나 '트루아 쿠론'에는 이런 인상들과는 크게 다른 몇 가지 특징이 있다. 가령 산뜻한 복장의 독일인 웨이터는 대사관 직원처럼 보이며, 정원에는 러시아 공주들이 조용히 앉아 있고, 그 주변으로는 어린 폴란드 소년들이 가정교사의 손에 이끌려 산책을 하고 있으며, 당뒤미디 산의 눈 덮인 정상과 시용성의 그림 같은 탑들이 보이는 것이다.

지금으로부터 2~3년 전에 '트루아 쿠론' 호텔 정원에 앉아 방금 말한 이런 풍광을 느긋하게 바라본 젊은 미국인 남자는, 유사점을 먼저 생각했을지 아니면 차이점을 먼저 떠올렸을지 자신 있게 말할 수가 없다. 그 젊은이가 거기 앉아 있던 때는 아름다운 여름날 오전이었다. 그가 어떤 방식으로 호텔 주변을 보았든 그것은 매력적인 풍경이었다. 그는 그 전날 제네바—그가 오랫동안 거주한 곳이다—에서 작은 증기선을 타고 호수를 건너서 브베로 왔다. 그곳에 머물고 있는 숙모를 방문하기 위해서였다. 그러나 늘 두통에 시달리는—그녀는 언제나 두통을 달고 살았다—숙모는 장뇌 냄새를 맡으며 작은 방에 틀어박혀 있었다. 그는 스물일곱 살가량의 젊은이였다. 친구들이 그에 대해서 말할 때면 보통 그가 제네바에서 "공부를 하고 있다"라고 했다. 그의 적들이 무슨 말을 했는가 하면— 아무튼 그에게는 적이 없으므로 이 말은 하지 않기로 하자. 그는 아주 친절해서 널리 사랑을 받았다. 하지만 여기서 내가 말하고자 하는 것은 이렇다. 어떤 사람들은 그가 제네바에 오래 머물게 된 이유를 이렇게 설명한다. 그는 그곳에 살고 있는 어떤 외국인 여성에게 아주 헌신하고 있는데, 그녀는 그보다 나이가 많다. 그러나 그 여성을 직접 본 미국인은 극소수이고—나는 없다고 생각한다— 그녀에 대해서는 몇몇 특이한 얘기들이 떠돌고 있다. 또한 윈터본은 칼뱅주의의 수도인 그 도시에 오랜 애착을 느끼고 있었다. 그는 어린 소년 시절부터 그곳에서 학교를 다녔고 그 후에는 시험 삼아—돌투성이의 가파른 언덕에 자리 잡은 저 고색창연한 '아카데미'*를 경험하기 위해—대학에 다녔다. 그 덕분에 그는 아주 많은 젊은이들과 우정을 맺게 되었다. 그는 그 우정을 대부분 유지해 왔고, 그것은 그에게 커다란 만족을 주었다.

숙모의 방문을 노크한 그는 그녀가 몸이 불편하다는 것을 알고서 도시를 산책하다가 아침 식사를 하러 호텔로 돌아왔다. 이제 그는 아침 식사를 마치고, 대사관 직원처럼 보이는 웨이터가 정원의 작은 테이블로 가져다준 자그마한 잔에 담긴 커피를 즐기고 있었다. 이윽고 커피를 다 마시고 담배에 불을 붙여 물었다. 곧 아홉 살이나 열 살 정도로 보이는 어린애 하나가 정원 쪽으로 걸어왔다. 나이에 비해 덩치

---

* 제네바 대학.

가 작고 나이 든 표정이었고, 안색은 창백했으며, 자그마한 이목구비
는 총명하게 보였다. 니커 바지*를 입고 빈약한 정강이를 드러내는 빨
간 스타킹을 신고 선명한 붉은 넥타이를 맨 소년은 손에 든 기다란 등
산용 지팡이로 눈에 보이는 물건—화단, 정원의 벤치, 여자들의 옷자
락 등—마다 날카로운 지팡이 끝으로 살짝 건드렸다. 아이가 윈터본
앞에 서서 밝고 총명한 두 눈으로 쳐다보았다.

"제게 설탕 한 덩어리를 주시겠어요?" 아이가 작고 새된 목소리로
물었다. 점잖지는 않았지만 그래도 어리게 느껴지지 않는 목소리였다.

윈터본은 커피 세트가 놓여 있는 근처의 작은 테이블을 흘낏 쳐다
보았다. 설탕 몇 덩어리가 남아 있었다. "좋아. 한 덩어리 가져가도 돼.
하지만 애들은 설탕을 너무 많이 먹으면 안 좋아."

어린 소년은 앞으로 나와서 조심스럽게 설탕 세 덩어리를 집어 들
었다. 두 덩어리는 바지 호주머니에 집어넣고, 남은 한 덩어리는 재빨
리 입 속에 넣었다. 그는 등산용 지팡이를 창처럼 집어 들고서 윈터본
이 앉아 있는 벤치를 살짝 건드리며, 이빨로 입 안의 설탕 덩어리를 깨
트리려 했다.

"이런 제길, 너무 딱딱한데!" 그 '딱딱'이라는 단어의 모음과 자음에
는 부드러운 기운이 조금도 들어 있지 않았다.

윈터본은 즉각 그 아이가 같은 나라 사람임을 알아보았다. "이빨 다
치지 않도록 조심해." 그가 아버지다운 목소리로 말했다.

"다칠 이빨이 없어요. 다 빠져 버렸거든요. 남은 건 일곱 개뿐이에
요. 어머니가 지난밤에 세어 보셨는데 그 직후에 하나가 또 빠졌어요.

---

* 무릎 아래에서 홀치는 느슨한 반바지.

어머니가 이빨이 또 빠지면 저를 맴매한대요. 하지만 어쩔 수 없어요. 여기는 구舊유럽이잖아요. 이곳 날씨 때문에 이빨이 자꾸 빠지는 거예요. 미국에서는 안 빠졌어요. 이 호텔들 때문에 그래요."

윈터본은 그 말이 아주 재미있다고 생각했다. "설탕 세 덩어리를 다 먹어 버리면 어머니가 틀림없이 너를 맴매할 거다." 그가 짐작으로 말해 보았다.

"어머니는 그럼 캔디를 주실 거예요." 어린 대화 상대가 말했다. "여기서는 캔디를 구할 수가 없어요. 미국제 캔디 말이에요. 미국 캔디는 최고 좋은 캔디예요."

"그리고 미국 소년은 가장 좋은 소년이고?" 윈터본이 물었다.

"그건 모르겠어요. 아무튼 전 미국 소년이에요." 아이가 대답했다.

"나는 네가 가장 좋은 소년이라는 걸 단번에 알아보겠더구나." 젊은 남자가 웃음을 터트렸다.

"아저씨는 미국 사람인가요?" 생기발랄한 아이가 물었다. 상대방이 그렇다고 대답하자 "미국 남자는 최고 좋은 남자예요"라고 자신 있는 목소리로 말했다.

젊은 남자는 그 찬사에 대하여 감사를 표했다. 소년은 등산용 지팡이를 다리 사이에 끼우고 기마 자세를 취하더니 설탕 한 덩어리를 호주머니에서 꺼내어 또다시 깨물었다. 윈터본은 자신도 어린 시절에 저랬을까 하는 생각이 들었다. 그는 소년과 비슷한 나이에 유럽으로 건너왔던 것이다.

"저기 우리 누나가 와요!" 어린 동포가 소리쳤다. "누나는 진짜 미국 여자예요!"

윈터본은 정원의 소로를 쳐다보았다. 아름다운 젊은 처녀가 걸어오고 있었다. "미국 여자는 최고의 여자야." 그는 어린아이에게 쾌활하게 말했다.

"우리 누나는 최고는 아니에요!" 아이가 재빨리 대답했다. "누나는 맨날 절 야단만 쳐요."

"그건 네 잘못 때문이지 누나 잘못은 아닌 것 같은데." 윈터본이 말했다. 젊은 처녀가 가까이 다가왔다. 그녀는 무수한 주름과 장식 그리고 엷은 색 리본 매듭들이 달린 하얀 모슬린 옷을 입고 있었다. 모자는 쓰지 않았고 손에는 가장자리에 자수가 놓인 커다란 양산을 받쳐 들고 있었다. 아주 눈에 띄는, 놀라울 정도로 아름다운 여자였다. 정말 아름다운 여자로구나 하고 윈터본은 생각했다. 그는 일어서려는 듯이 의자에서 몸을 꼿꼿이 세웠다.

젊은 처녀가 호수가 내려다보이는 정원의 난간 근처에 있는 그의 벤치 앞에 멈춰 섰다. 소년은 등산용 지팡이를 이제 도약 막대기로 삼아 자갈밭 위를 뛰어올랐고, 그의 발에 채여 자갈이 많이 튀어 올랐다. "애, 랜돌프," 그녀가 부드럽게 말했다. "지금 뭐 하고 있는 거니?"

"나는 알프스산을 올라가고 있어!" 랜돌프가 소리쳤다. "이렇게 하는 거야!" 소년은 또다시 도약하여 자갈들을 윈터본의 귀 근처까지 날려 보냈다.

"그건 사람들이 산에서 내려오는 방식인데." 윈터본이 말했다.

"저분은 미국 사람이야!" 랜돌프가 작고 새된 목소리로 선언했다.

젊은 처녀는 그 상황에는 신경을 기울이지 않고 남동생만 빤히 쳐다보았다. "애, 좀 조용히 있으려무나." 그녀가 말했다.

윈터본은 자신이 그렇게 간접적으로 소개가 되었다는 느낌이 들었다. 그는 벤치에서 일어서서 담배를 내던지며 그 매력적인 처녀에게로 천천히 걸어갔다. "저 친구와 저는 이미 안면을 텄습니다." 그가 아주 공손한 어조로 말했다. 그가 잘 알고 있는바, 제네바에서 젊은 남자는 아주 특별한 경우를 제외하고는 젊은 처녀에게 마음대로 말을 걸수 없었다. 그러나 여기 브베에서는, 이처럼 더 좋은 경우가 어디에 있겠는가? 삶에 대하여 자신감이 가득한, 아름다운 미국 처녀가 정원에 나와서 젊은 청년 앞에 우뚝 서 있는 것이다. 그러나 이 아름다운 미국 처녀는—그게 무슨 뜻이든 간에—윈터본의 말을 듣고서 흘낏 그를 쳐다보았을 뿐이었다. 그리고 고개를 돌려 난간 너머의 호수와 그 건너편의 산들을 쳐다보았다. 그는 너무 앞서 나간 것이 아닌가 하는 생각이 들었지만, 그렇다고 해서 뒤로 물러서기보다는 더욱 앞으로 나아가야 한다고 판단했다. 그가 뭔가 할 말을 궁리하고 있을 때, 젊은 처녀가 어린 남동생에게 고개를 돌리고서 마치 오누이만 거기에 있다는 듯 말을 걸었다. "너 그 지팡이 어디서 났니?"

"내가 샀어!" 랜돌프가 소리쳤다.

"그걸 이탈리아까지 가져가겠다는 얘기는 아니지?"

"그럼. 이탈리아까지 가져갈 거야!" 소년이 더욱 크게 대답했다.

그녀는 드레스 앞자락을 한번 살피더니 리본 한두 개를 손으로 폈다. 이어 정원의 전경을 한 번 더 쳐다보았다. "하지만 그걸 어딘가에 내버려야 할 거야." 그녀가 잠시 뒤에 말했다.

"이탈리아로 내려가실 겁니까?" 윈터본은 이제 아주 공손한 어조로 물어보기로 했다.

그녀가 사랑스럽지만 초연한 표정으로 그를 쳐다보았다. "네, 그래요." 그리고 더 이상 말하지 않았다.

"그러면 어—뭐라고 할까—심플론고개를 넘어가실 예정입니까?"

그가 약간 위축된 목소리로 물었다.

"몰라요." 그녀가 말했다. "무슨 산을 지나간다고 했는데. 랜돌프, 우리가 생각하는 산 이름이 뭐지?"

"생각하는—?" 소년이 멍한 표정을 지었다.

"우리가 올라가야 하는."

"어디로 가는데?" 소년이 물었다.

"이탈리아로 내려가는 길 말이야." 윈터본이 막연한 경쟁심을 느끼며 말했다.

"몰라." 랜돌프가 말했다. "난 이탈리아에 가고 싶지 않아. 미국으로 가고 싶어."

"얘, 이탈리아는 아름다운 곳이란다!" 젊은 남자가 웃음을 터트렸다.

"거기선 캔디를 구할 수 있나요?" 아이의 물음 소리가 크게 울렸다.

"구할 수 없었으면 좋겠어." 그의 누나가 말했다. "넌 벌써 캔디를 많이 먹었어. 어머니도 그렇게 생각하고 계셔."

"난 캔디 못 먹은 지 얼마나 되었는지도 모르겠어. 아마 100주는 되었을 거야!" 소년이 여전히 깡충깡충 뛰면서 소리쳤다.

젊은 처녀는 옷자락을 살펴보면서 다시 한 번 리본들을 쓰다듬어 폈다. 윈터본은 곧 주변 풍경이 너무 아름답다는 얘기를 했다. 그는 더 이상 처녀의 심리 상태에 대하여 긴가민가하는 마음이 들지 않았다. 처녀가 조금도 당황하는 기색이 없다는 것을 알았기 때문이다. 그녀는 냉정할 수도 있고, 엄숙할 수도 있으며, 심지어 새침할 수도 있다. 그것이 겉으로 볼 때— 그는 이미 그런 식으로 일반화했다—대부분의 '초연한' 미국 여자들이 취하는 태도인 것이다. 그들은 당신 앞에 다가와 우뚝 서서 그들이 얼마나 접근 불가능한 존재인지를 보여 주려 한다. 그러나 이 싱그러운 젊은 처녀에게는 부끄러워하는 기색이 조금도 없었다. 그러니 그녀는 분명 기분 나쁘지도 당황하지도 않았다. 단지 그녀는 서로 어울리지 않고 조합도 안 되는, 매력적인 부분들로 이루어진— 그는 전에도 그런 조합을 본 적이 있었다— 그런 여자였다. 그가 처녀에게 말을 걸었을 때 그녀가 다른 곳을 쳐다보면서 그의 말을 듣지 않는 척한 것은 단지 그녀의 습관이요 매너일 뿐이었다. 그녀는 이런 상황에서 어떤 '형식'(랜돌프 같은 까다로운 동반자를 데리고 있는 상황에서 어디에서 그런 형식을 배울 수 있었겠는가)을 따라야 하는지 모르기 때문에 그런 것이었다. 그가 좀 더 이야기하면서 주위의 낯설고 흥미로운 것들을 일러 주자, 그녀는 서서히 그에게 좀 더 관심을 표시하기 시작했다. 그는 그녀의 행동에 조금도 망설이는 기색이 없음을 알아보았다. 그렇다고 해서 그녀가 내보인 표정이 '대담하다'고 할 수는 없었다. 그 표정은 아주 맑은 물처럼 투명했기 때문이다. 그녀는 두 눈이 특히 아름다웠는데, 윈터본은 오랫동안 이 동포 여성의 뛰어난 용모— 그녀의 안색, 코, 귀, 치아 등—처럼 아름다운 얼굴은 본 적이 없었다. 그는 여성의 아름다운 얼굴에 특히 관심이 많았고 그래서 그 특징을 살펴보고 또 마음속에 기록해 두는 버릇이 있었다. 특히 이 젊은 처녀의 경우 그는 몇 가지를 기록해 두었다. 그 얼굴은 결코 평범하지 않았지만 그렇다고 해서 뾰족하게 구는— 그녀가 뾰족하게 나와야 할 이유가 도대체 무엇이겠는가?—표정도 아니었다. 그 얼굴에는 자그마한 세련미와 매력적인 단정함 등이 집결되어 있었지만, 마지막 완성의 손길이 결여되어 있었는데, 그렇지만 그는 그것을 관대하게 넘겼다. 그는 그 얼굴의 소유주가 그런 매력을 나름대로 발휘하여 그 결과 어떤 분명한 자신감을 얻었으리라고 판단했다. 그녀가 그런 용모를 과시하는 걸 즐거운 오락으로 생각한다 해도, 그녀의 밝고 부드럽고 표피적이고 자그마한 얼굴은 조롱이나 냉소의 기운이 전혀 없었다. 용모상의 특징이 어떻든 간에 곧 그녀는 윈터본과 대화를 계속하고 싶은 기색을 내비쳤다. 그녀는 겨울 동안에 자신과 어머니, 랜돌프 셋이서 이탈리아로 내려갈 것이라고 말했다. 그리고 그에게 '진짜 미국인'이냐고 물었다. 그를 진짜 미국인으로 여기지 않는 것 같았다. 그가 독일인같이 보이고—이 꽃은 비교의 광활한 들판에서 따 온 것이었다—말을 할 때에는 특히 더 그런 것 같다고 말이다. 윈터본은 웃으면서 미국인처럼 말하는 독일인은 만나 본 적이 있지만, 자신이 기억하는 한, 그녀가 지적한 것처럼 독일인 같은 미국인은 만나 본 적이 없다고 말했다. 이어 자신이 금방 일어선 벤치에 앉는다면 좀 더 편안하지 않겠느냐고 그녀에게 물었다. 그녀는 걸어 다니는 것을 더 좋아한다고 대답했지만 조금 있다가 다소 체념한 듯이 벤치에 앉았다. 그녀는 자신이 뉴욕주에서 왔다고 말했다. "그곳을 아시는지 모르겠지만요." 하지만 우리의 친구는 그녀의 말썽꾸러기 남동생을 잡아서 자기 옆에 몇 분간 잡아 둠으로써 대화의 흐름을 더욱 촉진시켰다.

"애야, 너의 진짜 이름을 말해 주려무나." 그가 슬쩍 치켜세웠다.

아이가 아무런 가식 없는 진실을 말했다. "랜돌프 C. 밀러예요. 누나 이름도 말해 줄게요." 그러면서 소년은 등산용 지팡이로 누나를 가리켰다.

"요청을 받을 때까지 기다려야지!" 젊은 처녀는 이제 느긋한 목소리로 말했다.

"전 당신의 이름을 정말로 알고 싶습니다." 윈터본이 자유롭게 대답했다.

"누나 이름은 데이지 밀러예요!" 소년이 소리쳤다. "하지만 그건 진짜 이름은 아니에요. 명함에 새겨진 이름은 달라요."

"네가 내 명함을 한 장도 갖고 있지 않다니 참으로 유감스럽구나!" 밀러 양이 아주 자연스럽게 말했다.

"누나의 진짜 이름은 애니 P. 밀러예요." 소년이 말했다.

놀랍게도 그게 그녀의 기분을 좋게 했다. "이제 저분에게 이름을 여쭈어봐." 그녀가 젊은 남자를 가리켰다.

하지만 랜돌프는 그 말을 무시했다. 그저 자기 가족에 대한 얘기를 계속했다. "아버지 이름은 에즈라 B. 밀러예요. 유럽에 안 계세요. 유럽보다 더 좋은 곳에 계세요." 윈터본은 그 말을 듣고서 밀러 씨가 이 세상을 떠나 하늘나라로 올라가서 복락을 누리고 있다고 아이에게 가르친 것이 아닐까 하는 생각이 들었다. 그러나 랜돌프가 곧바로 덧붙였다. "스키넥터디에 계세요. 아주 큰 사업을 하고 계시죠. 우리 아버지는 정말 부자예요."

"아니, 얘가!" 밀러 양은 양산을 내려서 자수 장식이 된 가장자리를 내려다보았다. 윈터본은 아이를 놓아주었고 아이는 등산용 지팡이를 질질 끌면서 정원의 소로를 걸어 내려갔다. "저 아이는 유럽을 좋아하지 않아요." 처녀는 역사적 진실에 대하여 가식 없는 본능을 발휘하며 말했다. "돌아가고 싶어 하죠."

"스키넥터디로 말입니까?"

"네. 바로 집으로 가고 싶어 해요. 여기에 같이 놀 친구들이 없거든요. 여기는 소년이 딱 하나 있는데 그 애는 가정교사와 함께 다녀요. 그 집 사람들은 애를 밖에 나가 놀게 하지 않더라고요."

"그럼 당신 동생은 가정교사가 없습니까?" 윈터본이 물었다.

그 단 한 번의 손길이 신임의 물꼬를 텄다. "어머니는 함께 여행할 가정교사를 그 애에게 붙여 주려 하셨어요. 어떤 부인이 아주 좋은 선생님이 있다고 했죠. 샌더스 부인이라고 미국 부인인데, 아마 당신도 아는 분일지도 몰라요. 보스턴 출신이래요. 부인이 어머니에게 가정교사를 소개했어요. 우리는 가정교사가 우리와 함께 여행하기를 바랐지요. 그런데 랜돌프가 싫다는 거예요. 기차를 타고 가는 동안에는 공부를 하지 않겠다고요. 그런데 우리는 여행을 하면서 절반 정도는 기차를 타고 다녔죠. 그러다가 기차에서 페더스톤 양이라는 영국 여자를 만났어요. 어쩌면 당신도 그분을 아실지도 모르죠. 페더스톤 양은 왜 제가 직접 랜돌프를 가르치지 않느냐고 하더군요. 그녀는 그것을 '훈육'이라고 불렀지요. 하지만 제가 동생을 가르치는 것보다 오히려 동생이 절 더 많이 훈육한다고 생각해요. 아주 똑똑하거든요."

"네." 윈터본이 말했다. "아주 똑똑하게 보이더군요."

"어머니는 이탈리아에 도착하는 즉시 남동생에게 가정교사를 붙일 생각이세요. 혹시 이탈리아에 아는 좋은 선생님이 있으신가요?"

"어디 한번 생각해 보지요." 윈터본이 서둘러 대답했다.

"아니면 어머니는 적당한 학교를 찾아내려고 하세요. 동생은 좀 더 배워야 해요. 이제 아홉 살이지만, 대학을 가야 하니까요." 이렇게 해서 밀러 양은 자기 집안일과 다른 화제를 가지고 계속 이야기를 하게 되었다. 아주 반짝거리는 반지들을 낀, 아주 예쁜 두 손을 무릎에 포개고 앉아서, 고운 두 눈으로 윈터본의 눈을 응시하는가 하면, 정원 풍경과 오가는 사람들과 아름다운 경치를 두루 살폈다. 그녀는 새로 사귄 젊은 남자에게 마치 그를 오래 알고 지낸 것 같다고 말했다. 그는 그

대화가 아주 유쾌했다. 젊은 처녀와 그처럼 오래 대화를 나눈 것은 몇 년 만에 처음이었다. 그녀는 아주 차분했고, 매력적이고 조용하게 앉아 있었다. 그러나 그녀의 입술과 두 눈은 계속 움직였다. 목소리는 낮고 부드럽고 유쾌했으며, 어조는 아주 붙임성이 있었다. 그녀는 윈터본에게 유럽에서 이동한 지역과 목적, 어머니와 남동생의 이동 상황과 계획에 대해서 말해 주었고, 특히 자기들이 머물렀던 호텔 이름을 일일이 열거했다. "기차에서 만난 영국 여자—페더스톤 양이요—는 우리 가족이 미국에서 호텔에 살았던 게 아니냐고 묻더군요. 전 유럽에 건너온 후 난생처음 그렇게 많은 호텔에서 묵어 보았노라고 말해 주었지요. 전 그렇게 많은 호텔을 본 적이 없어요. 유럽에는 오로지 호텔만 있는 것 같아요." 그러나 그 말에는 그 어떤 불평의 기운도 어려 있지 않았다. 그녀는 모든 것을 좋은 기분으로 대하는 것 같았다. 그녀는 익숙해지면 호텔 생활도 아주 좋다면서, 유럽이 매력적이라고 생각하게 되었다고 말했다. 그녀는 유럽 생활에 조금도 실망하지 않았다. 그녀에게는 유럽을 여러 번 다녀온 친한 친구들이 많았고, 그래서 유럽 사정을 훤히 알고 있었다. 게다가 파리에서 드레스와 물건들을 주문해 받아 사용하곤 했었는데, 그 옷을 입을 때마다 유럽에 와 있는 듯한 느낌을 받았다고 했다.

"일종의 마술 모자로군요." 윈터본이 미소 지었다.

"그래요." 밀러 양이 그 유사성을 생각해 보지도 않고 즉각 대답했다. "그래서 전 언제나 여기에 와서 지내길 바랐어요. 하지만 옷 때문에 그럴 필요는 없겠죠. 유럽에서는 미국으로 예쁜 옷들을 확실하게 보내 주니까요. 그런데 여기도 끔찍한 게 있죠. 제가 여기서 유일하게 좋아하지 않는 건," 그녀가 계속 말했다. "사교 생활이 없다는 거예요. 여기엔 사교계라는 게 없어요. 설사 있다고 해도 어디서 찾아야 할지 알 수가 없어요. 당신은 아시나요? 어딘가에 사교계가 있겠지만 전통 접할 수 없으니까요. 전 사교 생활을 아주 좋아하고 또 많이 해 봤어요. 스키넥터디뿐만 아니라 뉴욕에서도 즐겼어요. 겨울마다 뉴욕에 올라갔거든요. 뉴욕에는 사교를 위한 장소가 많아요. 지난겨울에는 절 위해 열일곱 번의 디너 파티가 열렸는데, 세 번은 신사들이 열어 준 거예요." 데이지 밀러가 말했다. "전 스키넥터디보다는 뉴욕에 친구가 더 많아요. 남자 친구들도 많지만 여자 친구들도 많아요." 그녀가 잠시 말을 멈추고, 솔직하고 명랑한 두 눈으로 예쁘게 윈터본을 쳐다보다가 깨끗하면서도 단정한 미소를 지었다. "전 남자들과 사귀는 사교 모임에 자주 나갔어요."

가엾은 윈터본은 흥미로워하면서도 당황했다. 그리고 무엇보다도 매혹되었다. 그는 젊은 처녀가 이렇게 솔직하게 자기 의견을 말하는 것을 들어 본 적이 없었다. 전에는 이런 솔직한 말을 들으면 반드시 그 말에 대하여 아주 복잡한 생각이 뒤따랐다. 그러니까 제네바 사람들이 말하는 것처럼, 데이지 밀러 양이 실제적인 혹은 잠재적인 어떤 의도를 가지고 있는 게 아닐까 하고 비난해야 하는 건 아닐까? 그는 자신이 제네바에 너무 오래 살아서 도덕적인 혼란을 느끼는 거라는 생각이 들었다. 젊은 미국인의 감각을 잘 파악하지 못하게 된 것이다. 윈터본은 이 경우처럼 '강한' 유형의 젊은 미국인 동포를 만나면 사물을 잘 구분할 정도로 철이 들지는 못했다. 하지만 이 얼마나 매력적이고, 이 얼마나 솔직하고 또 이 얼마나 손쉬운 대화 상대인가! 그녀는 단지 뉴욕주에서 온 예쁜 여자일 뿐인가? 남자들과 많이 사귄다는 예쁜 여자들은 다 저런가? 아니면 깊은 꿍꿍이속을 가진 대담하고 노련한 여자인가? 이런 질문에 그의 직감은 별로 도움을 주지 못했고, 그의 이성은 길을 잘못 안내할 수도 있었다. 데이지 밀러 양은 아주 순진하게 보였다. 어떤 사람들은 그에게 미국 여자들은 아주 순진하다고 말했고, 또 어떤 사람들은 결코 순진하지 않다고 말했다. 그는 전반적으로 볼 때 데이지 밀러 양이 바람둥이, 그것도 예쁜 미국인 바람둥이라고 짐작했다. 그는 아직까지 그런 계층의 대표자들과 사귀어 본 적이 없었다. 그는 이곳 유럽에서 아주 애교 넘치는 여자 두세 명과 알고 지낸 적이 있었다. 하지만 그들은 데이지 밀러보다 나이가 많았고 체면상 남편을 두고 있는 여자들이었다. 이들은 위험하고 무서운 여자들로, 가볍게 사귄다고 해도 까딱하면 사태가 심각해질 수 있는 상대였다. 하지만 이 매력적인 미국 여성은 그런 의미로 애교가 넘치는 여자가 아니었다. 또 그리 세련되어 보이지도 않았다. 단지 얼굴만 예쁜 미국인 바람둥이일 뿐이었다. 윈터본은 데이지 밀러 양에게 적용할 수 있는 평가 공식을 발견한 데 대하여 거의 안도감을 느낄 지경이었다. 그는 의자에서 몸을 뒤로 약간 젖혔다. 그녀의 코가 일찍이 본 적이 없을 정도로 아름다운 코라고 중얼거렸다. 그리고 예쁜 미국인 바람둥이와 사귈 때 지켜야 하는 정상적인 조건과 한계가 무엇인지 궁금했다. 이제 그는 차차 알게 될 것이었다.

"저 오래된 성에 가 보신 적 있나요?" 처녀가 멀리 희미하게 보이는 시용성 성벽을 양산으로 가리켰다.

"예, 전에 가 보았습니다. 한두 번요." 윈터본이 말했다. "밀러 양도 가 보셨겠지요?"

"아니요. 저희는 가 보지 못했어요. 정말 가 보고 싶어요. 꼭 가 볼 생각이에요. 저 오래된 성을 보지 않고서는 이곳을 떠나지 않을 거예요."

"성 탐방은 아주 상쾌한 소풍이지요." 젊은 남자가 대답했다. "쉽게 갈 수도 있고요. 마차를 타거나 증기선을 타고 호수를 건너갈 수도 있습니다."

"기차로도 갈 수 있지요." 밀러 양이 말했다.

"그래요. 기차로도 가능하죠." 윈터본이 동의했다.

"우리 관광안내인*이 그러는데 성 바로 앞까지 갈 수 있다는데요." 그녀가 계속 말했다. "지난주에 가려고 했는데 어머니 때문에 못 갔어요. 어머니는 소화불량이 심하거든요. 몸이 힘들어서 갈 수가 없다고 하시더라고요—!" 밀러 부인의 호소에 대한 얘기는 미완으로 끝났다. "랜돌프도 안 가려고 했고요. 오래된 성들이 별 볼 일 없다면서요. 그렇지만 이번 주에 랜돌프만 데리고 가 보려고요."

"남동생은 오래된 유적에 관심이 없나요?" 윈터본이 느긋하게 물었다.

그녀가 충분히 따라오리라 짐작한 그는 이제 대화를 이끌고 나갔다. "없어요. 남동생은 고성 따위는 별로 안 좋아해요. 이제 겨우 아홉 살이니까요. 그 애는 호텔에 머무르고 싶어 해요. 어머니는 애를 혼자 놔두는 것을 싫어하시고, 관광안내인은 그 애와 함께 있지 않으려 해요. 그래서 구경을 많이 다니지 못했어요. 하지만 저 고성에 올라가 보지 못한다면 정말 너무 유감일 거예요." 밀러 양은 또다시 시용성을 가리켰다.

"소풍을 한번 준비해 볼 수 있을 것 같습니다." 윈터본은 대담하게 말했다. "오후에 랜돌프와 함께 있을 사람을 구할 수 없습니까?"

---

* 18세기와 19세기에 유럽을 여행하는 사람들은 현지의 임시 관광안내인을 고용하여 그에게 여행 계획을 맡겼다.

밀러 양은 그를 잠시 쳐다보더니 평온한 어조로 말했다. "당신이 그 애와 함께 있으면 어떨까요?" 그녀가 말했다.

그는 잠시 그것을 생각해 보는 척했다. "하지만 전 당신과 함께 시용성에 가는 게 훨씬 더 좋습니다."

"저와 함께요?" 그녀가 물었다. 그녀의 얼굴에는 감정의 그림자가 단 한 줄기도 스쳐 지나가지 않았다.

제네바의 젊은 처녀라면 얼굴을 붉히며 자리에서 일어섰을 것이나 그녀는 그렇게 하지 않았다. 그는 자신이 너무 앞서 나갔다고 생각하면서 그녀가 뒤로 물러설지 모른다고 생각했다. 그래서 얼른 공손한 어조로 덧붙였다. "어머님과 함께 말입니다."

그러나 그의 대담함과 공손함을 데이지 밀러 양은 전혀 의식하지 못하는 것 같았다. "어머니는 당신을 의식해서 같이 가려고 하시지 않을 거예요." 그녀가 미소 지었다. "게다가 어머니는 그런 소풍에 별로 취미가 없으세요. 오후에 차를 타고 돌아다니는 걸 좋아하지 않으세요." 이어 그녀는 친숙한 목소리로 계속 말했다. "하지만 방금 하신 말씀은 진심인가요? 저 성에 올라가 보고 싶다는 거요."

"아주 진심으로 말한 겁니다." 윈터본이 선언했다.

"그럼 소풍을 준비해 볼 수 있겠군요. 어머니가 랜돌프와 함께 계신다면, 에우제니오가 준비해 줄 거예요."

"에우제니오요?" 젊은 남자가 물었다.

"우리 관광안내인이에요. 그는 랜돌프와 함께 있는 것을 좋아하지 않아요. 제가 본 가장 까다로운 남자예요. 하지만 아주 멋진 안내인이죠. 랜돌프가 어머니와 함께 있다면 그도 아마 여기에 남을 거예요. 그러면 우리는 성에 갈 수 있어요."

윈터본은 잠시 그 말을 생각해 보았다. 그 '우리'는 밀러 양과 그 자신을 의미하는 것일 터였다. 이 약속은 너무나 좋아서 잘 믿어지지 않았다. 그는 그 젊은 처녀의 손에 키스해야 한다고 느꼈다. 하지만 그렇게 하려다가 이 좋은 약속을 망쳐 버릴 수도 있었다. 그 순간 또 다른 사람—아마도 에우제니오—이 나타났다. 훤칠한 키에 구레나룻을 멋지게 기른 잘생긴 남자가 벨벳 모닝코트를 입고 조끼에는 번쩍거리는 시곗줄을 늘어트린 채, 윈터본을 날카롭게 쳐다보며 밀러 양에게 다가왔다. "오, 에우제니오!" 그녀가 다정한 어조로 말했다.

에우제니오는 윈터본을 머리끝에서 발끝까지 살펴보더니 이어 밀러 양에게 심각한 표정을 지으며 목례를 했다. "아가씨, 점심 식사가 식탁에 준비되어 있습니다."

아가씨는 천천히 일어섰다. "그런데, 에우제니오, 난 저 오래된 성에 가 볼 생각이에요."

"시용성 말입니까, 아가씨?" 관광안내인이 물었다. "직접 계획을 짰나요?" 안내인의 목소리는 윈터본에게 좀 건방지게 들렸다.

에우제니오의 어조는 밀러 양이 듣기에도 그녀의 계획을 다소 비웃는 듯한 울림이 있었다. 그녀는 얼굴을 약간 붉히면서 윈터본을 돌아다보았다. "계획을 취소하지 않으실 거죠?"

"탐방을 하지 않으면 만족스럽지 않을 것 같네요." 그가 항의조로 말했다.

"그리고 당신은 이 호텔에 묵고 있고, 또 정말로 미국인이시죠?" 그녀가 말했다.

관광안내인은 윈터본을 불쾌하게 만드는 자세로 서 있었다. 윈터본은 에우제니오의 그런 태도에서 묵시적으로 밀러 양의 태도를 못마땅하게 생각한다는 것, 또 그녀가 엉뚱하게도 외간 남자를 '데려왔다는' 암시를 읽어 낼 수 있었다. "저에 대해 모든 걸 말해 줄 사람을 곧 소개드릴 영광이 있길 바랍니다." 윈터본은 미소를 짓고는 숙모의 이름을 언급했다.

"아, 좋아요. 우리는 언젠가 탐방을 갈 거예요." 그녀가 아름다운 목소리로 대답했다. 그리고 그에게 미소를 지어 보이고서 돌아섰다. 그녀가 양산을 펼쳐 들고 에우제니오와 함께 걸어서 호텔로 돌아갔다. 윈터본은 정원에 서서 그녀를 지켜보았다. 그녀가 산책로 위에 모슬린 옷자락을 끌면서 멀어져 갔고, 그는 걸어가는 자태가 참으로 자연스럽고 우아하다고 중얼거렸다.

2

그는 데이지 밀러 양에게 숙모인 코스텔로 부인을 소개해 주겠다고 약속했지만, 실제로는 실현 가능한 일 이상을 약속한 것이었다. 숙모가 두통을 어느 정도 이겨 내는 즉시 그는 숙모의 방을 찾아갔고, 그녀의 건강에 대하여 적절한 우려를 표시한 후에, 그 호텔에서 어머니, 딸, 성가신 어린 아들로 구성된 미국인 가족을 본 적이 있느냐고 물었다.

"성가신 어린 아들과 황당하게 키가 큰 관광안내인?" 코스텔로 부인이 말했다. "그래, 본 적이 있어. 본 적도 있고 들은 적도 있지만 그 사람들과는 상종을 하지 않으려고 해." 코스텔로 부인은 재산 많은 과부에 지위도 상당했다. 그녀는 자신이 이런 끔찍한 두통을 앓지 않았다면 그 시대에 깊은 각인을 남겼을 거라는 말을 자주 했다. 얼굴은 길고 창백했고, 코는 오뚝했으며, 풍성한 은발은 머리 위로 크게 틀어 올리고 있었다. 두 아들은 결혼해서 미국에 살고 있고, 다른 아들은 유럽에서 살고 있었다. 그 젊은이는 홈부르크에서 재미나게 살고 있었고, 자기 기호에 따른 것이긴 하겠지만, 어머니가 방문하기로 한 그 어떤 도시에도 모습을 잘 드러내지 않았다. 자신을 만나기 위해 일부러 브베를 찾아온 조카가 오히려 친자식보다 더 생각이 깊다고 그녀는 말했다. 윈터본은 제네바에서 이런 형식 절차에서 비난을 받아서는 결코 안 된다는 생각을 갖게 되었다. 코스텔로 부인은 그를 여러 해 동안 보지 못한지라 이렇게 찾아 준 것을 아주 대견하게 생각했다. 그리하여 감사의 표시로, 일찍이 뉴욕 42번가에 있는 자신의 요새에서 어떻게 사회적 영향력—그는 그 영향력을 믿어 주기를 바란다는 것을 알 수 있었다—을 휘둘렀는지 그 비결을 상당히 여러 가지 알려 주었다. 그녀는 자신이 아주 배타적임을 인정했으나, 그도 뉴욕에 대해서 잘 알게 되면 그럴 수밖에 없다는 걸 이해하리라고 말했다. 그리고 그 도시의 사교계에 정착되어 있는 아주 정교한 위계질서를 이런저런 각도에서 조명하면서 생생하게 그려 보였는데, 윈터본은 그것이 놀라울 정도로 사실적이라고 생각했다.

그는 숙모의 어조에서 데이지 밀러 양의 사회적 지위가 아주 낮다는 것을 알 수 있었다. "숙모님은 그 가족을 신통치 않게 생각하시는군요." 그가 새로 알게 된 친구들에 대해 언급했다.

"그 사람들은 끔찍하게 평범하지." 정말이지 간단한 대답이었다. "그들은 그냥 무시해 버려야 하는 그런 미국인들이야."

"그럼 숙모님은 그들을 그냥 무시하셨나요?" 젊은이가 물었다.

"사랑하는 프레더릭, 그럴 수밖에 없구나. 그럴 수 있다면 그러지 않

74

고 싶지만, 무시할 수밖에 없어."

"그 아가씨는 상당히 예쁘던데요." 그가 잠시 뒤에 말했다.

"물론 걔는 예쁘지. 하지만 아주 투박해."

"숙모님이 하시는 말씀을 잘 알겠습니다." 그는 잠시 뒤에 대답했다.

"그 애는 그런 애들이 그러하듯이 용모는 매력적이지." 숙모가 말을 이었다. "그네들이 어디서 그걸 배웠는지 모르겠어. 그 애는 옷을 아주 완벽하게 입어. 너는 그 애가 얼마나 옷을 잘 입는지 모를 거야. 그네들이 어디서 그런 취미를 길렀는지 정말 궁금해."

"하지만 사랑하는 숙모님, 그녀는 코만치 원주민은 아니에요."

"그 애는 젊은 처녀지." 코스텔로 부인이 말했다. "그런데 어머니의 관광안내인하고 친하게 지낸다고."

"그와 '친하게' 지낸다고요?" 아, 그랬구나!

"그런 관계는 뭐라고 이름 붙일 수가 없어. 그리고 그 비썩 마르고 키 작은 어머니라는 여자도 한심하기는 마찬가지야! 그들은 안내인을 아주 친한 친구처럼 대한다니까. 신사이고 학자로 말이야. 그 안내인이 그들과 저녁 식사를 함께한다는 얘기를 들어도 나는 놀라지 않을 거다. 아마도 그런 좋은 매너, 멋진 옷, 그런 신사나 학자다운 남자를 지금껏 보지 못했겠지. 그 안내인은 그 젊은 처녀가 갖고 있는 이상적인 백작상에 부합하는 인물이겠지. 그자는 저녁이면 정원에서 그 가족들과 함께 앉아 얘기를 나눠. 그리고 아마도 그들 면전에서 담배를 피워 대겠지."

원터본은 그런 사실들을 흥미롭게 들었다. 그런 정보는 데이지 양에 대한 그의 판단을 더욱 확고하게 굳혔다. 분명 그녀는 다소 투박하고 거친 여자였다. "그래요." 그가 말했다. "전 안내인은 아니고 그녀의 면

전에서 담배를 피우지도 않지요. 하지만 제가 보기에 그녀는 매력적이에요."

"너는 처음부터," 코스텔로 부인이 위엄 어린 목소리로 말했다. "그 잘난 여자를 알고 있다고 내게 말해 주었어야 했어."

"우연히 정원에서 만나 약간 얘기를 나누었을 뿐이에요."

"사전 약속도 없이? 점입가경이로구나! 그래, 너는 무슨 말을 했니?"

"제멋대로 그녀를 제 사랑하는 숙모님에게 소개해 주겠다고 했어요."

"너의 사랑하는 숙모는 네게 천 번이라도 고맙다는 말을 해야겠구나."

"제 신분을 보증하기 위해서였어요."

"그럼 묻겠는데, 그녀의 신분은 누가 보증해 주는 거지?"

"아, 숙모님 너무하십니다!" 젊은 남자가 말했다. "그녀는 아주 순진한 여자예요."

"별로 그렇게 믿는 것 같진 않구나." 코스텔로 부인이 대답했다.

"그녀는 교양이 없어요." 윈터본이 시인했다. "하지만 아주 예쁘고, 간단히 말해서 아주 멋져요. 제가 그렇게 생각한다는 것을 보여 주기 위해 그녀를 시용성으로 데려가 줄 생각이에요."

코스텔로 부인이 놀라는 표정을 지었다. "너희 둘이 성으로 놀러 간다고? 그 얘기를 들으니 그 애는 순진한 것과는 천리만리 떨어진 애 같구나. 하나 물어보겠는데, 그런 흥미로운 계획을 세웠을 때, 그 애를 안 지 얼마나 되었니? 너는 이 호텔에 묵은 지 24시간도 안 되었잖니."

"그녀를 안 지 반 시간 정도 되었죠!" 윈터본이 미소 지었다.

"그렇다면 그 애는 내가 상상한 대로구나."

"무엇을 상상하셨는데요?"

"아주 무서운 여자."

우리의 청년은 잠시 아무 말이 없었다. "그럼 정말로 그런 생각을," 그는 믿을 만한 정보를 얻고 싶은 욕심에서 다시 말을 꺼냈다. "그럼 정말로 그런 생각을—" 그는 다시 말을 끊었고 숙모는 기다렸다.

"무슨 생각을 말이니?"

"남자가 어서 빨리 그녀를, 어, 뭐라고 할까, 유혹하기를 바라는 그런 젊은 처녀라는 생각요."

"나는 그런 젊은 처녀애들이 남자에게 무엇을 바라는지 전혀 알지 못해. 그렇지만 네가 은근하게 말한 것처럼 교육 못 받은 젊은 미국인 처녀들과는 상대하지 않는 게 좋다고 생각해. 너는 해외에서 너무 오래 살았어. 틀림없이 엄청난 실수를 하게 될 거야. 너는 너무 순진해."

"사랑하는 숙모님, 그 정도로 순진하지는 않습니다!" 그는 웃음을 터트리며 콧수염을 살짝 비틀었다.

"그럼 너는 죄를 짓게 될 거야!"

그는 생각에 잠긴 채 궁구하며 콧수염을 계속 만지작거렸다. "그럼 그 불쌍한 처녀를 소개받지 않을 생각이십니까?" 그가 마침내 물었다.

"그 여자애가 너와 함께 시용성에 놀러 간다는 것이 정말 사실이냐?"

"그녀가 그럴 생각이라는 건 분명해요."

"그렇다면 사랑하는 프레더릭," 코스텔로 부인이 말했다. "그 애를 소개받는 것은 거절해야겠다. 나는 나이를 많이 먹었지만 충격을 받지 않을 정도로—하느님 감사합니다—늙은 건 아니란다!"

"하지만 그녀들—저 어린 미국 처녀들—은 본국에서는 다 그렇게 하지 않습니까?" 윈터본이 물었다.

코스텔로 부인은 잠시 그를 쳐다보았다. "내 손녀딸들이 과연 그렇게 할까?" 그녀가 심각한 목소리로 말했다.

그 말은 그 문제에 약간의 빛을 던지는 것 같았다. 윈터본은 뉴욕에 사는 두 예쁜 사촌들, 그러니까 이 숙모의 손녀들이 '엄청난 바람둥이'로 소문나 있다는 얘기를 들은 것이 기억났다. 따라서 데이지 밀러 양이 두 젊은 사촌들에게 허용된 것보다 더 자유롭게 행동을 했다면, 그건 아마도 미국의 허용 기준에 비추어 봐도 좀 더 지나친 것이었으리라. 윈터본은 그녀를 다시 만나고 싶어서 안달이 났고, 그녀를 직감적으로 공정하게 평가하지 못한 것에 대하여 약간 화가 났으며, 더 나아가 부끄러움마저 느꼈다.

그처럼 그녀를 다시 만나고 싶어 안달이 났지만 그는 숙모가 그녀를 소개받는 것을 거절한 데 대하여 어떤 변명을 내놓아야 할지 막막했다. 하지만 그는 곧 데이지 밀러 양을 상대할 때에는 그렇게 조심스럽게 발끝으로 걸어야 할 필요가 없음을 깨달았다. 그날 저녁 그는 정원에서 그녀를 발견했다. 그녀는 따뜻한 별빛을 받으며 게으른 요정처럼 천천히 걸으면서, 손에 늘 들고 있는 커다란 부채를 좌우로 흔들어 대고 있었다. 시간은 밤 10시였다. 그는 숙모와 저녁 식사를 하고, 함께 대화를 나누다가 내일 아침을 기약하고 헤어졌다. 젊은 처녀는 그를 다시 만난 데 대하여 솔직하게 기쁨을 표시했다. 그녀는 그날 밤이 최근 들어 가장 따뜻한 밤이라고 말했다.

"지금껏 혼자 있었습니까?" 그가 물었다. 그의 목소리에는 훈계의 어조는 없었고 그녀 또한 그런 느낌을 받지 않았다.

"어머니와 산책을 하고 있었어요. 하지만 어머니는 금방 피곤해하셔서요." 밀러 양이 설명했다.

"그럼 잠자리에 드셨습니까?"

"아뇨. 주무시는 걸 별로 안 좋아하세요. 잠을 잘 못 주무셔서 하루
세 시간 정도 주무실까 말까 해요. 어머니는 앞으로 어떻게 살아갈지
모르겠다고 하세요. 너무 신경 불안이에요. 그래도, 자신이 생각하는
것보다는 더 많이 주무신다고 봐요. 어머니는 랜돌프를 찾으러 가셨
어요. 동생을 재우려고 하시거든요. 그 애도 잠자는 걸 좋아하지 않지
만요."

윈터본은 그녀가 부드러운 어조로 공평무사하게 그런 사실들을 주
장한다고 생각했다. 그런 주장은 물자체物自體였고, 그녀를 아름다운
젊은 운명론자로 만드는 것처럼 보였다. "그 애를 설득할 수 있기를 바
라겠습니다." 그가 격려하는 듯한 어조로 말했다.

"네. 어머니는 할 수 있는 데까지 그 애에게 말씀하시겠지요. 하지만
그 애는 어머니가 그런 식으로 말씀하시는 걸 좋아하지 않아요." 그러
면서 데이지 양은 부채를 폈다가 다시 접었다. "어머니는 에우제니오
가 그 애에게 말하게 하려고 애를 쓰시죠. 하지만 랜돌프는 에우제니
오를 무서워하지 않아요. 에우제니오는 멋진 안내인이지만 랜돌프에
게는 그리 큰 인상을 주지 못했어요! 그 애가 11시 전에 잠자리에 들
거라고는 생각하지 않아요." 그런 태도에 대한 악평을 하면서도 그녀
는 거기에서 초연한 자세를 취했고, 그가 보기에 그것은 누구도 흉내
낼 수 없는 것이었다. 랜돌프가 잠을 자지 않고 보채는 것은 한동안 계
속되는 듯했다. 윈터본이 그녀와 한참 산책을 했는데도 그녀의 어머
니를 만나지 못한 것을 보면 말이다. "당신이 소개해 주신다고 한 부
인에 대해서 좀 알아보았어요." 그녀가 말했다. "당신의 숙모님이시지

요." 그가 그렇다고 시인하고 또 그 사실을 어떻게 알았느냐고 궁금증을 표시하자, 그녀는 객실 담당 하녀로부터 코스텔로 부인에 관해 전부 들었다고 대답했다. 그 부인은 아주 조용하고 매사 빈틈이 없다. 부풀려서 올린 은발 머리이다. 누구에게도 말을 걸지 않으며 호텔 식당에서는 식사를 하지 않는다. 이틀에 한 번씩 두통으로 고생한다. "나는 두통이며 그 모든 것이 참으로 적절한 묘사라고 생각해요!" 데이지 양이 가볍고 유쾌한 목소리로 수다를 떨었다. "그분에 대해서 더 많은 것을 알고 싶어요. 당신 숙모가 어떤 분인지 알겠어요. 부인을 뵈면 좋아하게 될 것 같아요. 아주 배타적이신데, 전 숙녀라면 배타적이어야 한다고 생각해요. 저도 그렇게 되고 싶어 죽겠어요. 어머니와 저도 배타적이라고 생각하지만요. 우리는 남들과는 말을 하지 않아요. 혹은 사람들이 우리에게 말을 걸지 않죠. 결국 그게 그거지만. 아무튼 숙모님을 뵙게 되면 무척 기쁠 거예요."

윈터본은 당황했고 그것을 피할 적당한 말이 떠오르지 않았다. "숙모님도 당신을 만나면 기뻐하실 겁니다. 하지만 그 만성적인 두통이 늘 일을 가로막지요."

처녀는 어두운 밤공기를 뚫고서 그를 빤히 쳐다보았다. "하지만 매일 두통으로 고생하는 건 아닐 텐데요."

그는 그 변명을 계속 밀고 나갈 수밖에 없었다. "놀랍게도 매일 고생한다고 하시더군요." 그것 외에는 달리 할 말이 생각나지 않았다.

밀러 양은 걸음을 멈추고 그를 응시했다. 비록 어두운 밤중이었지만 그 아름다운 용모는 여전히 빛났다. 그녀가 커다란 부채를 계속하여 좌우로 부쳐 댔다. "부인이 저와 만나고 싶어 하지 않으신 거군요!" 그리고 가볍게 내뱉었다. "왜 그렇다고 말하지 않는 거지요? 당신이 걱정할 필요 없어요. 나도 걱정하지 않아요!" 그녀는 정말 재미난 일이라는 듯이 웃음을 터트렸다.

그러나 윈터본은 그녀의 목소리에서 약간 가식적인 기미를 포착할 수 있었다. 그는 그 말에 감동받았고, 충격받았으며, 또 부끄러움을 느꼈다. "사랑스러운 아가씨, 숙모는 그 누구하고도 사귀지 않으십니다. 칩거 상태로 살아가고 계세요. 숙모는 단지 건강이 좋지 않은 것뿐이에요."

젊은 처녀는 그 상황이 재미있다는 듯이 몇 걸음 더 걸어갔다. "당신은 걱정할 필요 없어요." 그녀가 되풀이하여 말했다. "그분이 나를 꼭 알아야 할 이유가 뭐예요?" 그녀가 다시 걸음을 멈추었다. 정자 난간 가까운 곳에 선 그녀 앞에 별빛 어린 호수가 펼쳐져 있었다. 호수 표면에 희미한 빛이 어리고, 저 멀리 산들의 윤곽이 어둡게 보였다. 데이지 밀러는 호면에 어린 빛과 저 멀리 어두운 산색山色을 쳐다보다가 쾌활하고 무심한 목소리로 말했다. "어쩜! 그분은 정말 배타적이시군요!" 윈터본은 그녀가 크게 자존심이 상한 게 아닌가 생각했다. 그리고 한 순간이지만 그가 격려하고 위로하는 것이 마땅할 정도로 그녀가 상처받았기를 바라기까지 했다. 그러면 그녀가 공손하고 부드러운 그의 위로에 쉽게 마음이 끌릴 것이라며 유쾌한 기분까지 들었다. 그는 둘의 대화에서 기꺼이 숙모를 희생시킬 준비가 되어 있었다. 숙모가 거만하고 무례한 여인임을 시인하고 그런 숙모를 신경 쓸 필요 없다고 말해 줄 생각이었다. 그가 용감함과 불손함이 뒤섞인 이런 미심쩍은 태도를 취하기도 전에, 젊은 처녀가 다시 걸으면서 아까와는 전혀 다른 어조로 탄성을 내질렀다. "어머나, 어머니가 나오셨네! 어머니가 아직 랜돌프를 재우지 못하셨을 거라고 생각했는데." 부인이 저 멀리에서 나타났다. 어두운 밤중이라 그 모습이 뚜렷하지 않았다. 부인이 천천히 망설이는 걸음으로 다가오더니 우뚝 멈춰 섰다.

"당신 어머니가 확실한가요? 이렇게 어둠이 짙은데 알아볼 수 있습니까?" 윈터본이 물었다.

"그럼요." 처녀가 웃었다. "우리 어머니는 금방 알아보지요! 특히 제 숄을 두르셨을 때는요. 어머니는 언제나 제 물건들을 사용하시지요."

부인은 더 이상 다가오지 않았고 멈추어 선 곳에서 계속 답보하고 있었다.

"당신 어머니는 당신을 보지 못하신 것 같은데요." 윈터본이 말했다. "아니면," 그는 밀러 양이라면 그런 농담을 받아 줄 것이라고 생각하며 말을 덧붙였다. "어머니가 당신 숄을 사용하신 걸 미안하게 생각하고 계신지도 모르지요."

"아, 아주 오래된 숄이에요!" 젊은 처녀는 차분한 어조로 대답했다. "도깨비같이 보여도 상관없다면 얼마든지 사용하시라고 했는걸요. 당신을 보고 오시지 않는 거예요."

"아, 그렇다면," 윈터본이 말했다. "제가 자리를 떠야겠군요."

"아, 그럴 필요 없어요. 무슨 소리세요!" 처녀가 말했다.

"당신 어머니는 제가 당신과 산책하는 걸 못마땅하게 여기시는 것 같군요."

그녀가 아주 기이하다는 듯한 눈빛으로 그를 쳐다보았다. "그건 저 때문이 아니에요. 당신 때문에 안 오시는 거예요. 아니, 어머니 자신 때문이죠. 이렇게 말하고 보니 정말 누구 때문인지 모르겠네요. 아무튼 어머니는 제 남자 친구들을 좋아하지 않으세요. 게다가 아주 수줍음이 많으시죠. 제가 남자 친구를 소개하면 법석을 떨고요. 그렇지만 어머니한테 소개를 하지요. 거의 언제나요. 제가 남자 친구들을 어머니한테 소개하지 않는다면," 밀러 양은 낮고 단조로운 목소리로 덧붙였다. "제가 자연스럽게 행동하지 않았다는 생각이 들 거예요."

"그래요? 그럼 저를 소개하자면," 윈터본이 말했다. "당신은 제 이름을 아셔야겠군요." 그는 자신의 이름을 말해 주었다.

"어머나, 너무 길어서 다 말할 수 있을까요?" 젊은 처녀가 아주 즐거워하며 소리쳤다. 남녀가 밀러 부인에게 다가갈 즈음에, 부인은 오히려 정원 난간으로 가서 그들에게 등을 돌린 채 난간에 기대어 호수를 바라보고 있었다. "어머니!" 젊은 처녀가 단호한 목소리로 부르자 부인이 몸을 돌렸다. "프레더릭 포사이스 윈터본 씨예요." 처녀는 소개를 하려면 이름을 알아야 한다는 그의 말을 되풀이하면서 아주 솔직하고 예쁘게 그를 소개했다. 코스텔로 부인의 말처럼 그녀는 '평범'할지도 몰랐다. 하지만 그녀의 독특하고 자연스러운 우아함을 생각해 볼 때, 어떻게 그런 형용사로 그녀를 제한할 수 있을까?

그녀의 어머니는 몸집이 작고 날씬했고, 눈은 불안한 듯 두리번거렸으며, 코는 조그마했다. 마치 그것을 보충이라도 하려는 듯이 이마는 시원했고—하지만 윈터본이 보기에 머리카락은 너무 뒤쪽으로 바싹 당겨져 있었다—아주 곱슬곱슬한 머리카락으로 장식되어 있었다. 밀러 부인은 딸과 마찬가지로 아주 우아하게 옷을 입고 있었다. 귀에는 아주 큰 다이아몬드 귀고리가 걸려 있었다. 윈터본이 보기에 그녀는 목례를 하지 않았고, 어느 편이냐 하면 그를 쳐다보지도 않았다. 데이지는 부인에게 가까이 다가가 숄을 잡아당겼다. "어머니, 뭘 그리 두리번거리면서 다니시는 거예요?" 젊은 처녀가 물었다. 그녀는 거친 말을 사용했으나 정작 어조는 그렇지 않았다.

"글쎄, 모르겠구나." 어머니는 다시 호수를 바라보았다.

"그 숄이 필요하실지 몰랐어요." 데이지가 친근한 목소리로 말했다.

"글쎄, 좀 필요하구나." 어머니가 대답했다. 윈터본이 듣기에, 슬픔과 기쁨의 중간쯤에 있는 어중간한 목소리였다.

"랜돌프는 재우셨나요?" 데이지가 물었다.

"아니. 재울 수가 없었어." 밀러 부인은 딸과 마찬가지로 은근한 운명론자임을 드러내는 것 같았다. "애가 웨이터랑 얘기하고 싶어 해. 저 웨이터와 말하는 걸 좋아하는구나."

"윈터본 씨에게 그 얘기를 하던 참이었어요." 그녀가 말했다. 젊은 청년의 귀에 그녀가 평생 동안 그의 이름을 말한 것처럼 들리는 어조였다.

"아, 그렇습니다!" 그가 동의했다. "부인의 아들을 알고 있습니다."

랜돌프의 엄마는 말이 없었다. 그녀는 계속 호수를 쳐다보았다. 하지만 마침내 부인의 입에서 탄식이 터져 나왔다. "참, 그 애를 어떻게 해야 할지 모르겠어!"

"그렇지만 도버에 있을 때처럼 심하지는 않잖아요?" 데이지가 위로하듯 말했다.

"도버에서 무슨 일이 있었는데요?" 윈터본이 알고 싶어 했다.

"전혀 잠을 자지 않았어요. 밤을 새운 것 같아요. 호텔 응접실에서 말이에요. 밤 12시가 되었는데도 침대에 들어가려 하지 않았어요. 그 응접실에서 꼼짝도 하지 않았어요."

"12시 반이 되자 전 포기했지요." 밀러 부인이 관심 없는 사실을 말하듯 말했다.

그것은 윈터본에게 아주 흥미로운 일이었다. "애가 낮에 많이 자나요?”

“낮에도 많이 자는 것 같지 않아요.” 데이지가 대답했다.

“그랬으면 얼마나 좋겠어요!” 부인이 말했다. “어떻게든 모자란 잠을 보충해야 할 텐데 말이야.”

“글쎄요, 그걸 보충해 주는 게 우리 의무예요. 그 앤 정말이지 피곤해요.” 데이지가 말했다.

잠시 그들 사이에 정적이 흘렀다. “데이지 밀러,” 부인이 갑자기 말을 꺼냈다. “동생 험담을 하려는 것은 아니겠지?”

“아무튼 어머니, 그 애는 피곤한 애예요.” 데이지가 대답했으나 고집하려는 뜻은 없는 듯했다.

“그 애는 아홉 살일 뿐이야.” 밀러 부인이 강조하듯 말했다.

“아무튼 그 애는 성에는 올라가려 하지 않아요.” 데이지는 어머니와 타협하려는 듯이 대답했다. “전 윈터본 씨와 거기 갈 거예요.”

이 차분한 선언에 데이지의 어머니는 아무런 반응도 보이지 않았다. 윈터본은 어머니가 그런 제안에 반대하는 것을 당연한 일로 여겼다. 하지만 부인은 쉽게 다룰 수 있는 사람이고 또 몇 마디 공손하게 항의하면 부인의 태도를 바꾸어 놓을 수 있을 것이라고, 윈터본은 속으로 중얼거렸다. 그는 대화에 끼어들었다. “그렇습니다. 따님께서 친절하게 제게 관광안내인이 되어 달라고 부탁했습니다.”

밀러 부인의 두리번거리는 두 눈이 호소하는 빛으로 딸을 쳐다보았다. 그러나 그 딸은 가볍게 흥얼거리면서 몇 계단 더 걸어 올라갔다. “기차로 가려고?” 부인이 아주 맥없는 목소리로 물었다.

“예. 아니면 배를 타고요.” 윈터본이 말했다.

“글쎄, 나는 잘 몰라요.” 밀러 부인이 대답했다. “난 그 성에 가 본 적이 없잖아요."

"거길 가 보지 않으셨다니 유감입니다." 그는 부인의 반대가 별거 아니라는 것을 확신하며 말했다. 그렇지만 당연히 부인도 딸을 따라올 것이라고 마음의 준비를 하고 있었다.

그는 그런 판단 아래 계획을 밀어붙여야겠다고 생각했다. "한번 가야지 하고 생각은 많이 했죠. 하지만 갈 수가 없었어요. 물론 데이지는 가고 싶어 했지요. 저 애는 어디든 돌아다니고 싶어 하니까요. 하지만 이곳의 어떤 부인이—이름은 잘 모르는데—우리가 여기에서는 성들을 탐방할 생각이 들진 않을 거라고 말했어요. 우리가 이탈리아에 갈 때까지 기다리는 게 좋겠다면서요. 그곳에는 성이 많은가 봐요." 밀러 부인의 목소리가 점점 자신감을 찾아 갔다. "물론 우리는 중요한 성들만 보고 싶어요. 영국에 있을 때에는 성을 여러 곳 방문했지요."

"아, 그래요. 영국에도 아름다운 성들이 많지요." 윈터본이 말했다. "하지만 이곳 시용성은 아주 볼만합니다."

"글쎄, 데이지가 그럴 생각이라면—" 밀러 부인은 그 계획의 중압감에 짓눌리며 포기하는 듯한 어조로 말했다. "저 애가 해 보지 않으려 하는 일은 없는 것 같군요."

"아, 아가씨에게 아주 즐거운 탐방이 될 겁니다." 윈터본이 선언했다. 젊은 처녀와 단둘의 시간을 누리는 특권을 확실하게 보장받고 싶다는 욕망이 점점 더 커져 갔다. 젊은 처녀는 부드럽게 흥얼거리면서 저만치 앞에서 산책을 하고 있었다. "어머님도," 그가 물었다. "이런 흥미로운 소풍을 함께 가고 싶으시겠지요?"

이 질문에 데이지의 어머니는 순간적으로 겁먹은 눈으로 그를 흘낏 곁눈질하더니 아무 말 없이 앞으로 걸어갔다. "난 딸애가 혼자 가는 게 좋겠다고 생각해요." 부인이 간단하게 대답했다.

그 말을 듣는 순간 윈터본은 이런 생각을 했다. 밀러 부인은 호수 반대편의 어둡고 오래된 도시에 사는, 사교 문제라면 전면에 나서기를 좋아하는 경계심 많은 부인들과는 아주 다른 타입의 모성을 가졌구나. 그러나 이런 생각은 혼자 여행을 가게 될지도 모르는 밀러 부인의 딸이 그의 이름을 또랑또랑하게 부르는 바람에 방해를 받았다. "윈터본 씨!" 그녀는 좀 떨어진 곳에서 소리쳤다.

"예, 아가씨!" 젊은 남자가 대답했다.

"저를 배에 태워 데려가 주지 않겠어요?"

"지금 말입니까?" 그가 물었다.

"물론이에요!" 그녀가 경쾌하게 대답했다.

"저런, 애니 밀러!" 그녀의 어머니가 놀라서 소리쳤다.

"어머님, 가게 허락해 주십시오." 이제 그가 열띤 목소리로 호소했다. 그는 그 낭만적인 기회에 즉각 호응했다. 순진하고 아름다운 젊은 처녀를 조각배에 태우고 별빛 영롱한 여름밤에 호수를 노 저어 갈 수 있다니!

"딸애가 가고 싶어 한다고 생각하지 않아요." 그녀의 어머니가 말했다. "딸애는 이제 안으로 들어가야 해요."

"윈터본 씨는 날 데려가 주고 싶어 할 거예요." 데이지가 선언했다. "아주 헌신적인 분이니까요!"

"저도 별빛을 받으며 조각배를 저어 당신을 시용성으로 모시고 싶습니다."

"전 그 말을 믿지 않아요!" 데이지가 웃었다.

"참!" 부인이 그런 스스럼없는 행동을 비난하듯이 탄식했다.

"당신은 지난 반 시간 동안 제게 아무 말도 하지 않았잖아요." 그녀의 딸이 계속 말했다.

"전 어머님과 아주 즐거운 대화를 나누고 있습니다." 윈터본이 대신 대답했다.

"치! 하지만 당신이 절 배에 태워 데려가 줬으면 좋겠어요." 데이지는 그것 이외에 다른 말은 없었던 것처럼 말했다. 세 사람은 모두 걸음을 멈추었고 그녀는 몸을 돌려 윈터본을 쳐다보았다. 그녀는 매력적인 미소를 짓고 있었고, 그녀의 예쁜 두 눈은 어둠 속에서 빛났다. 그녀가 커다란 부채를 이리저리 흔들었다. 그는 처녀가 지금보다 더 예쁠 수는 없다고 생각했다.

"선착장에는 대여섯 척의 배가 계류되어 있어요." 그가 정원에서 호수로 내려가는 계단을 가리켰다. "제 팔을 잡으신다면 함께 내려가서 배를 골라 볼 수 있지요."

그녀는 거기 서서 미소를 지었다. 그리고 머리를 뒤로 젖히더니 아주 재미있는 일이 벌어졌다는 듯이 웃음을 터뜨렸다. "전 정중하게 형식을 지키는 남자를 좋아해요."

"이게 정중한 제안이라는 것을 다시 한 번 말씀드립니다."

"옆구리 찔러 절 받는 건가요?" 데이지가 귀엽게 조롱하는 어조로 말했다.

"아니, 이건 그리 어려운 일이 아닙니다. 지금 절 놀리고 계시는군요."

"그런 것 같지는 않은데요." 밀러 부인이 대신 대답했다.

"그렇다면 당신을 위해 배를 젓게 해 주십시오." 그가 데이지에게 고집스럽게 말했다.

"아무튼 당신이 그렇게 말하는 건 너무 멋져요." 그녀가 칭찬하듯 말했다.

"그걸 실천하는 건 한결 더 멋질 겁니다."

"그래요. 그것도 멋질 것 같아요!" 그녀는 그를 따라나설 움직임을 보이지 않았다. 그저 자유롭고 경쾌한 반어법을 구사하면서 우아한 자태를 더욱 뽐내고 있었다.

"지금이 몇 시인지 알아보는 게 좋겠구나." 그녀의 어머니가 무덤덤한 목소리로 말했다.

"부인, 11시입니다." 그때 근처의 어둠 속에서 어떤 외국인의 목소리가 들려왔다. 윈터본은 고개를 돌렸고, 두 여성을 돌봐 주고 있는 화려한 남자의 모습을 보았다. 남자가 방금 나타난 것이다.

"오 에우제니오," 데이지가 말했다. "나는 윈터본 씨와 보트를 타고서 호수를 가로질러 가려고 했어!"

에우제니오가 목례를 했다. "이 밤늦은 시간에 말입니까, 아가씨?"

"윈터본 씨와 가려고 했어." 그녀가 환히 미소 지으며 같은 말을 되풀이했다. "지금 말이야."

"에우제니오, 저 애에게 안 된다고 말해 줘." 부인이 관광안내인에게 말했다.

"아가씨, 배를 타고 나가지 않는 게 좋겠습니다." 안내인이 말했다.

윈터본은 이 예쁜 처녀가 관광안내인과 저토록 친밀하게 지내지 않았으면 좋겠다는 생각을 했다. 그는 아무 내색도 하지 않으나 그녀는 곧 그의 생각을 지지하는 듯한 발언을 했다. "이런, 이게 적절치 않다고 생각하는군요." 그녀가 탄식했다. "에우제니오는 뭐든지 다 아니라고만 하니……"

"그렇지만 전 아가씨를 모실 준비가 되어 있습니다." 윈터본이 재빨리 말했다.

"아가씨 혼자 가시는 겁니까?" 에우제니오가 밀러 부인에게 물었다.

"오, 아니에요. 이 신사분과 함께 갈 거예요." 데이지의 어머니가 안심시키듯이 말했다.

"제 말은 저 신사분과 함께 가느냐는 뜻입니다." 관광안내인은 잠시 윈터본을 쳐다보았다. 윈터본은 안내인의 얼굴에서 데이지 모녀를 의아하게 여기는 다소 건방진 기색을 읽을 수 있었다. 안내인은 곧 엄숙한 표정을 짓고 고개를 숙이며 말했다. "아가씨 마음대로 하세요!"

그러나 데이지는 그 말에 반발하고 나섰다. "아, 당신이 한바탕 난리를 칠 줄 알았는데! 난 이제 가고 싶은 생각이 없어졌어요."

"하지만 전 당신이 가지 않는다면 난리를 칠 것 같습니다." 윈터본이 기세 좋게 말했다.

"제가 원하는 게 그거예요. 약간의 난리!" 그녀는 다시 웃음을 터트렸다.

"랜돌프 도련님은 막 잠자리에 들었습니다!" 관광안내인이 중요한 사항을 말한다는 어조로 공지했다.

"오, 데이지, 이제 들어갈 수 있겠어!" 밀러 부인이 소리쳤다.

데이지는 기이하고 변덕스러운 표정을 지으며 윈터본에게서 돌아섰다. "잘 가요. 당신은 실망했거나 짜증이 치밀었거나 뭐 그런 기분일 것 같은데요!"

그는 데이지가 내민 손을 잡으며 심각한 얼굴로 그녀를 쳐다보았다. "어느 편인가 하면, 의아할 뿐입니다!"

"글쎄, 그것 때문에 잠 못 들지 않았으면 좋겠군요!" 그녀가 아주 영리하게 말했다. 그리고 모녀는 관광안내인 에우제니오의 특별한 호위를 받으며 안으로 들어갔다.

원터본은 그들의 뒷모습을 쳐다보며 아주 의아한 생각이 들었다. 그는 젊은 처녀의 갑작스러운 친근함과 변덕을 잘 이해할 수가 없어서 15분 동안 호숫가에서 서성거렸다. 그리고 아주 뚜렷하게 결론을 내렸다. 무슨 일이 벌어지든 반드시 그녀와 함께 어디론가 '가서' 둘만의 오붓한 시간을 즐겨야 한다는 것이었다.

이틀 뒤 그는 그녀와 함께 시용성으로 갔다. 그는 호텔의 커다란 홀에서 그녀를 기다렸다. 안내인, 하인, 외국인 여행객이 어슬렁거리면서 사람들을 쳐다보았다. 그가 데이트 장소로 선택하고 싶은 곳이 아니었으나, 그녀는 태연하게 그곳에서 만나자고 했다. 그녀가 접은 양산을 몸에 착 붙인 채 기다란 장갑의 단추를 채우면서 경쾌하게 아래층으로 내려왔다. 원터본이 보기에 그녀는 그들의 소풍에 가장 잘 어울리는 옷차림을 하고 있었다. 그는 상상력이 풍부한 남자였고, 우리 조상들이 말했던바, 감수성도 나름대로 갖춘 남자였다. 호텔 계단을 경쾌하고도 자신감 넘치는 걸음걸이로 내려오는 매력적인 그녀를 바라보면서 그는 달콤한 로맨스의 분위기를 맛보았다. 강렬하지는 않았지만 청명하고 달콤한 그 분위기가 그들의 출발이 상서로움을 알리는 듯했다. 그는 정말로 그녀와 함께 어디로 '떠나는' 그런 느낌이 들었다. 그는 홀에 모인 사람들 사이로 그녀를 안내하여 밖으로 나왔다. 모두 그녀를 빤히 쳐다보았다. 그녀는 곁에 다가오자마자 수다를 떨기 시작했다. 그는 마차를 타고 시용성에 가는 것이 더 낫다고 여겼으나, 그녀는 작은 증기선을 타고 갔으면 좋겠다고 또렷하게 의사를 표현해왔다. 호수에는 시원한 산들바람이 불 것이고 많은 사람들을 만나게 될 것이니 좋지 않으냐는 것이었다. 배를 탄 시간은 길지 않았으나, 데이지는 특징적인 말과 표현을 많이 했고, 몇몇 얘기는 너무 솔직하여 상대방을 약간 당황스럽게 만들기도 했다. 윈터본의 입장에서, 소풍은 즐거울 정도로 변칙적이고 또 엉뚱할 정도로 친밀했다. 그래서 평소 그녀의 자유로운 분위기를 감안하더라도 윈터본은 그녀도 이 소풍을 그런 식으로 바라보리라 기대했다. 하지만 그 점에 있어서 오히려 그는 실망을 맛보았다. 밀러 양은 생기발랄했고 아주 밝은 느낌이었을 뿐, 전혀 긴장하거나 불안해하지 않았다. 윈터본은 자신의 긴장된 태도에 어느 정도 맞추어 그녀가 약간 긴장하리라고 기대했으나, 그녀는 전혀 그렇지 않았다. 그녀는 그의 눈을 피하지 않았을 뿐 아니라 다른 사람들의 시선도 의식하지 않았다. 윈터본을 바라보면서도 어색함에 얼굴을 붉히지도 않았고, 사람들이 자신을 빤히 쳐다보아도 신경 쓰지 않았다. 사람들은 계속 그녀를 쳐다보았고, 윈터본은 주위 시선을 개의치 않는 아름다운 처녀의 태도에 오히려 즐거움을 느끼기까지 했다. 그는 그녀가 크게 말하거나, 지나치게 요란하게 웃거나, 증기선을 돌아다니며 눈에 띄고 싶어 하지 않을까 은근히 걱정이 되었다. 그러나 그는 곧 그런 걱정을 잊어버렸다. 그는 웃음 가득한 눈빛으로 그녀를 쳐다보았고, 그녀는 좌석에 딱 붙어 앉아 다양하고 독창적인 생각들을 털어놓았다. 그가 일찍이 들어 본 적이 없는 솔직한 수다였다. 그 자신의 경험에 비추어 볼 때, 젊은 사람이 정직할 때에는 그처럼 수다스럽지 않고 또 그처럼 자신감이 넘칠 때에는 아주 세련되지 않은 것이 보통이었다. 그녀가 '평범하다'는 지적에 그가 동의한다면, 그녀는 이제 그것을 증명하고 있는 것인가, 아니면 그가 그녀의 평범함에 익숙해지고 있는 것인가? 그녀의 논평은 주로 그들을 둘러싼 즉각적이고 피상적인 것들에 대한 소감이었다. 하지만 오랜 관찰과 깊은 통찰을 보여 주는 순간들도 있었다.

"도대체 당신은 무얼 그리 심각하게 생각하고 계시나요?" 그녀가 아름다운 눈을 그에게 고정시키면서 갑자기 물어 왔다.

"제가 심각하다고요? 전 지금 입이 귀에 걸릴 정도로 웃고 있다고 생각하는데요."

"마치 저를 예배당이나 장례식장으로 데려가는 듯한 모습이에요. 지금 그 표정이 웃는 거라면 당신의 두 귀는 아주 가깝게 붙어 있군요."

"그럼 갑판에 올라가서 뱃사람 춤이라도 추어야 할까요?"

"제발 그래 보세요. 전 당신 모자를 돌려서 돈을 걷지요. 그럼 우리 여행 비용은 충분히 떨어질 거예요."

"제 생활에서 이렇게 즐겁기는 처음입니다." 윈터본이 대답했다.

그녀는 잠시 그를 쳐다보더니 다시 명랑한 목소리로 말했다. "당신이 그런 말을 하다니 기분이 좋아요. 당신은 여러 가지가 뒤섞인 기이한 사람이에요!"

배에서 내려 성에 들어갔을 때, 그 어떤 것도 그녀의 경쾌하고도 독립적인 기상을 제어하지 못했다. 데이지는 천장이 둥근 방들을 돌아다니면서 나선형 계단에서 치맛자락을 스치며 걸었고, 지하 감옥 가장자리에서는 자그맣게 비명을 지르고 몸서리를 치면서 홱 물러서기도 했으며, 그 성에 대하여 윈터본이 들려주는 모든 얘기에 예쁜 귀를 내밀며 경청했다. 그러나 그녀는 중세의 역사에는 별 관심이 없었고, 시용성의 음울한 유령들도 그녀 앞에서는 별로 힘을 발휘하지 못하는 것 같았다. 다행스럽게도 관광안내인 이외에는 다른 구경꾼들은 없었다. 윈터본은 안내인에게 필요할 때마다 걸음을 멈추면서 천천히 보고 싶으니 너무 서두르지 말아 달라고 요청했다. 안내인은 그 요청을 관대하게 받아들였고—윈터본 자신도 관대한 팁을 주었다—결국에는 자리를 뜨면서 두 남녀만 있게 해 주었다. 밀러 양의 논평에는 아무런 논리적 일관성이 없었다. 그녀는 자기가 말하고 싶은 어떤 대상에 대해서든 반드시 적절한 구실을 찾아냈다. 그녀는 시용성의 구불구불한 통로를 지나가고 거친 총안들을 살펴보는 사이사이 윈터본 자신, 그의 가족, 경력, 취미, 습관, 계획 등을 물어보았고, 반대로 그녀 자신에 대해서도 똑같은 것들을 알려 주었다. 자신의 취미, 습관, 계획에 대하여 이 매력적인 처녀는 아주 구체적이고 또 아주 자신에게 유리하게 발언했다.

"당신은 정말 아는 게 많군요!" 윈터본이 그녀에게 불행한 애국지사 보니바르의 이야기를 들려주자 그녀가 말했다. "당신처럼 박식한 분은 처음이에요!" 보니바르가 시용성에 투옥된 이야기는 분명 그녀의 한쪽 귀로 들어가서 다른 쪽 귀로 나갔다. 그러나 이렇듯 박식하고도 편안하게 알려 주는 태도는 그녀에게 깊은 감명을 주었고, 그래서 그녀는 윈터본이 자기 가족과 함께 여행하면서 '어울려 주길' 바랐다. 그러면 그녀 가족은 이런저런 여러 가지 것들을 배울 수 있을 터였다. "우리에게 와서 랜돌프를 좀 가르쳐 주지 않으시겠어요?" 그녀가 물었다. "신사 선생님을 모시면 남동생이 많이 좋아질 텐데." 윈터본은 그것은 자신의 적성에 딱 맞는 일이지만, 불운하게도 다른 일 때문에 어렵겠다고 대답했다. "다른 일요? 조금도 안 믿기네요!" 그녀가 항의했다. "그게 무슨 소리예요? 당신은 사업을 하는 것도 아니잖아요?" 젊은 남자는 사업을 하지는 않지만 약속이 있어서 하루 이틀 안에 제네바로 돌아가야 한다고 대답했다. "어머나!" 그녀가 탄식했다. "저는 그 말

94

도 안 믿어요!" 그러면서 그녀는 다른 얘기를 하기 시작했다. 잠시 뒤 그가 오래된 벽난로의 흥미로운 디자인에 대해 지적했을 때, 그녀는 뜬금없이 이런 말을 내질렀다. "제네바로 돌아가겠다는 얘기는 진심이 아니지요?"

"우울하게도, 내일 아침까지 반드시 가 있어야 합니다."

그녀는 그를 우쭐하게 만들 정도로 아주 생기발랄하게 말했다. "아, 윈터본 씨, 당신은 정말 너무해요!"

"아, 그런 가슴 아픈 말은 하지 마세요." 그가 진정으로 호소했다. "이 마지막 순간에요."

"마지막이라고요?" 젊은 처녀가 소리쳤다. "전 오히려 맨 처음 순간이라고 말하겠어요! 당신을 여기 두고 저 혼자 호텔로 돌아갈까 하는 생각도 드네요." 그리고 그 후 10분 동안 그녀는 그가 너무하다는 말만 계속했다. 불쌍한 윈터본은 정말 당황했다. 자신의 개인 일정에 대해 이처럼 동요하는 아가씨를 일찍이 만나 본 적이 없기 때문이었다. 데이지는 그 후로 시용성의 기이한 유물이나 호수의 아름다움에 대해서는 전혀 관심을 두지 않았다. 그녀는 그가 황급히 돌아가서 지켜야 할 약속이란 게 다름 아니라 제네바에 있는 매력적인 특별한 여성일 거라고 생각하고, 그 여성에 대한 포화砲火를 개시했다. 어떻게 데이지 밀러 양은 그의 운명을 조종하는 제네바의 여인에 대해서 알았을까? 그런 여인의 존재를 부정하면서, 윈터본은 그것참 알 수 없는 노릇이라고 생각했다. 하지만 그는 데이지의 대담한 추리에 대한 놀라움과, 그녀의 뜬금없는 비판의 방향에 대한 즐거움 사이에서 묘하게 헷갈렸다. 이처럼 공격적으로 구는 그녀는 그에게 순진함과 대담함이 뒤섞인 아주 특별한 여인이라는 느낌을 주었다. "그 여자는 당신에게 한 번에 사흘 정도의 시간도 주지 않나요?" 이런 식으로 비꼬면서 밀러 양은 정보를 캐내려고 했다. "그녀는 여름에 당신에게 휴가도 주지 않나요? 아무리 열심히 일하는 사람이라도 이런 계절에는 어디론가 떠날수 있는 휴가를 받을 수 있다고요. 당신이 하루 더 머물면 아마 그녀는 배를 타고 이리로 득달같이 건너올 거예요. 금요일까지 기다려 보세요. 그러면 제가 선착장에 내려가 여기에 도착하는 그녀를 볼 수 있을 테니까!" 그는 막 시작된 이 젊은 처녀의 신경질에 실망하는 것은 잘못이라는 느낌마저 들었다. 지금껏 그녀의 개인적 특성을 잘 몰랐다고 한다면 이제 그것이 드러나는 것이었다. 그런 특성은 그녀의 마지막 말에 더욱 뚜렷하게 드러났다. "이번 겨울에 로마로 내려와 준다고 굳게 약속하면 이제 당신을 '놀리지' 않겠어요."

"그건 뭐 그리 하기 어려운 약속은 아닙니다." 그가 선선히 시인했다. "숙모님이 1월부터 그곳에 집을 잡아 놓으셨고, 한번 내려오라고 하셨으니까요."

"숙모 때문에 내려오는 것은 싫어요." 데이지가 말했다. "절 보러 내려왔으면 좋겠어요." 이것은 그녀가 윈터본의 기분 나쁜 친척 아주머니에 대해 한 유일한 언급이었다. 그는 아무튼 로마로 내려가겠다고 약속했고 그녀는 그 후에는 더 이상 그를 놀리지 않았다. 윈터본은 마차를 잡았고 그들은 저물녘에 브베로 돌아왔다. 그의 옆에 앉은 처녀는 에너지가 어느 정도 소진되고 이제 아주 수동적인 상태가 되어 있었다.

밤에 코스텔로 부인을 만난 그는 오후에 데이지 밀러 양과 시용성에 다녀왔다고 말했다.

"그 미국인 가족— 관광안내인을 데리고 있는?" 숙모가 물었다.

"아, 다행스럽게도 안내인은 호텔에 남아 있었습니다."

"그 처녀가 너와 단둘이서 갔다고?"

"네, 단둘이요."

코스텔로 부인은 장뇌병을 들어 살짝 냄새를 맡았다. "그런 혐오스러운 애를," 그녀가 탄식했다. "너는 내게 소개하려 했구나!"

3

시용성으로 소풍을 다녀온 다음 날 윈터본은 제네바로 돌아갔다가 1월 말쯤 로마로 내려갔다. 그는 숙모로부터 독특한 편지 두 통을 받았는데, 그녀는 이미 거기서 상당한 시간을 보낸 터였다.

네가 지난여름 브베에서 그토록 헌신적으로 대해 준 그 사람들이, 관광안내인을 대동하고 마침내 여기에 나타났다. 그들은 여러 명의 사람들을 사귄 것 같으나, 관광안내인이 그들과 가장 친한 듯하다. 그러나 그 젊은 처녀는 이곳의 여러 삼류 이탈리아인들과 아주 친하게 지낸다. 그런 자들과 돌아다니는 바람에 그 처녀는 여기서 구설수에 올라 있다. 셰르불리에의 멋진 소설 『폴 메레』*를 좀 가지고 오너라. 그리고 23일 전에 이곳에 내려오도록 해라.

* 샤를 빅토르 셰르불리에(1822~1890)의 소설 『폴 메레』(1864)의 줄거리는 「데이지 밀러」와 비슷한 데가 있다. 순진하지만 비관습적인 여주인공 폴 메레는 제네바 사회의 악의적인 구설수에 올라 명성에 먹칠을 하고, 결국에는 그런 악평에도 불구하고 그녀를 사랑하는 남자 주인공과는 좋은 관계를 맺지 못한다. 그녀는 결국 상심으로 죽는다. 데이지 밀러를 우습게 보는 코스텔로 부인이 이 소설을 '멋지다'고 생각하는 것은 다소 역설적이다.

윈터본은 로마에 도착하자마자 아주 자연스럽게 아메리카 은행에 들러 밀러 부인의 주소를 알아내어 데이지 양에게 인사를 하러 가려 했다. "브베에서 이미 안면을 텄으니 한번 찾아가 봐야겠습니다." 그가 코스텔로 부인에게 말했다.

"브베에서든 어디에서든 그런 일이 벌어지고 난 뒤인데 네가 누구와 사귀든 말리지 않겠다. 너는 뭐 그리 까다로운 애가 아니니까. 남자는 가능한 한 많은 사람을 아는 게 좋지. 남자들에게는 그런 특권이 있어!"

"여기서 '벌어진' 일이 구체적으로 뭡니까?" 윈터본이 물었다.

"글쎄, 그 처녀는 저질 외국인들과 제멋대로 돌아다닌다는구나. 그 이상은 다른 데 가서 알아보도록 해라. 그 처녀는 재산을 노리고 결혼하려는 로마 남자를 여섯 명이나 알아 가지고는 이런저런 집으로 그 자들을 데리고 온다는구나. 파티에 올 때—그 여자가 올 수 있는 파티라고 해 봐야 그렇고 그렇겠지만—멋진 콧수염을 기른 매너 좋은 신사를 데리고 온단다."

"그럼 그녀 어머니는요?"

"그건 잘 모르겠어. 그들은 아주 한심한 사람들이야."

윈터본은 이 새로운 관점에서 그들을 생각해 보았다. "그들은 아주 무식합니다. 아주 순진한 면은 있지만 전혀 문화가 없어요. 이런 점들을 생각해 보면 '나쁜' 사람들은 아니에요."

"그들은 구제 불능일 정도로 천박해." 코스텔로 부인이 말했다. "구제 불능일 정도로 천박한 것이 '나쁜' 것인지 아닌지는 형이상학자들이 결정할 문제지만. 아무튼 그들은 얼굴이 붉어질 정도로 나쁜 사람이야. 이 짧은 인생에서 그 정도면 충분히 판단을 내릴 수 있어."

스위스의 호반에서 알게 된 자연의 아이인 젊은 처녀가 멋지게 콧수염을 기른 여섯 신사들에게 둘러싸여 있다는 소식을 듣자, 윈터본은 당장 그녀를 찾아가고 싶던 마음이 다소 식어 버렸다. 그가 그녀의 마음에 지울 수 없는 인상을 남겼으리라고 단정할 수는 없었지만, 로마의 상황이 최근에 그의 생각 속으로 넘나들던 그 이미지와는 너무나 어울리지 않아 윈터본은 심란해졌다. 그는 로마의 오래된 창문으로 고개를 빼꼼 내밀고 이리저리 둘러보며 윈터본 씨가 언제나 올까 하고 간절히 중얼거리는 아주 예쁜 처녀를 상상했었다. 그리하여 윈터본은 그 젊은 처녀를 찾아가 지난여름의 약속을 충실히 지켰노라고 말하기 전에, 다른 친구 두셋을 빨리 만나 보기로 했다. 한 친구는 제네바에서 겨울을 여러 번 지내면서 자녀를 그곳 학교에 보낸 미국 부인이었다. 아주 교양 높은 부인이었는데 그레고리아나 거리에 살고 있었다. 윈터본은 3층의 진홍색 응접실에 앉아 있는 그녀를 발견했다. 응접실 안에는 남쪽의 햇살이 가득했다. 그가 10분도 채 있지 않았는데, 하인이 문턱에 나타나 "밀라 부인이 오셨습니다!"라고 느긋한 목소리로 알렸다. 뒤이어 어린 랜돌프 밀러가 응접실 안으로 들어서더니 방 한가운데에 우뚝 서서 윈터본을 빤히 쳐다보았다. 잠시 뒤 아름다운 그의 누나가 방 안으로 들어섰다. 그리고 상당한 시간 간격을 두고서 남매의 어머니가 천천히 걸어왔다.

　"내가 아는 사람 같은데!" 랜돌프가 곧장 말문을 열었다.

　"정말 넌 많은 것을 알고 있구나." 옛 친구가 다정하게 아이의 팔을 잡았다. "공부는 어떻게 되어 가고 있니?"

　데이지는 그 집 여주인과 가벼운 잡담을 하고 있다가 윈터본의 목소리를 듣자 재빨리 고개를 돌리며 "어머, 여기서 만나는군요" 하고 말했다. "제가 내려오겠다고 약속하지 않았습니까." 그는 미소를 지으며 화답했다.

"하지만, 전 그 말을 믿지 않았어요." 그녀가 대답했다.

"그것 참 고맙군요." 젊은 남자는 농담이라는 듯 웃음을 터트렸다.

"그렇다면 곧바로 절 찾아올 수도 있었을 텐데요." 데이지는 그들이 마치 지난주에 헤어진 것처럼 말했다.

"전 어제 도착했습니다."

"전 그런 말 안 믿어요!" 처녀가 다시 소리쳤다.

윈터본은 그 말에 반박하듯 미소를 지으며 고개를 돌려 데이지의 어머니를 쳐다보았다. 그러나 밀러 부인은 그의 시선을 피하면서 자리에 앉은 채로 아들에게 시선을 고정시켰다. "우리는 여기보다 더 큰 집에 살아요." 랜돌프가 끼어들었다. "우리 집 벽은 모두 황금 칠을 했어요."

전보다 더 운명론자의 기색이 역력한 밀러 부인이 의자에서 불안하게 들썩거렸다. "너를 데리고 오면 네가 뭔가 쓸데없는 말을 할 거라고 이미 말했지?" 들을 사람은 들으라는 듯한 투였다.

"내가 엄마한테 말했지!" 랜돌프가 대꾸했다. "그리고 아저씨한테 하는 말입니다만," 소년은 윈터본의 무릎을 살짝 치더니 유쾌한 목소리로 덧붙였다. "우리 집은 여기보다 더 커요!"

데이지가 여전히 여주인과 대화를 나누고 있어서 윈터본은 그녀의 어머니와 몇 마디 나누는 것이 좋겠다고 판단했다. "브베에서 헤어진 후로 잘 지내셨지요?"

밀러 부인은 이제 그를—정확히 말해서 그의 턱을—쳐다보았다. "그렇게 잘 지내지는 못했어요."

"엄마는 소화불량이에요!" 랜돌프가 말했다. "나도 그런 증세가 있어요. 아버지는 증세가 좀 심하고 나는 그보다 더 심해요!"

아이의 말은 밀러 부인을 당황하게 만들기보다는, 그 부인이 가장 익숙한 환경을 재구성함으로써 오히려 안도감을 안겨 주는 듯했다. "나는 간이 나빠서 고생하고 있어요." 그녀는 윈터본에게 낮은 목소리로 다정하게 말했다. "내 생각엔 이게 기후 때문인 것 같아요. 여긴 스키넥터디보다 덜 상쾌해요. 특히 겨울철에는 말이에요. 우리 집이 스키넥터디에 있다는 걸 아시는지 모르겠군요. 나는 딸애에게 데이비스 선생님 같은 의사는 이 세상에 없다고 말해요. 설사 그런 의사를 만난다 하더라도 믿지 않을 거고요. 그는 내 고향 스키넥터디에서 최고의 의사랍니다. 고향 사람들은 그분을 아주 대단하게 생각하죠. 할 일이 아주 많으시지만 나를 위해서는 안 해 주려는 일이 없어요. 내 소화불량 같은 증세는 처음이라고 하시더라고요. 하지만 결국에는 치료해 주실 거예요. 그분은 내게 모든 조치를 다 해 주실 거고, 나는 고통을 덜 수만 있다면 그분이 무슨 치료를 하시든 신경 쓰지 않을 거예요. 뭔가 새로운 것을 제게 시도하려 하시고 저도 간절히 그걸 기다리고 있는데, 그 무렵에 이 여행을 떠나게 되었어요. 남편은 데이지가 유럽을 직접 둘러보아야 한다고 생각하거든요. 저번에 남편한테 편지를 보내면서, 데이지는 유럽 여행을 하는 데 아무 문제도 없지만 저는 데이비스 선생님 없이 앞으로 얼마나 오래 버틸 수 있을지 의문이라고 썼어요. 스키넥터디에서 그분은 최고의 의사예요. 물론 거기에도 아픈 사람들이 많지요. 아무튼 저는 소화불량 때문에 잠을 잘 못 자요."

윈터본은 데이비스 선생의 환자를 상대로 여러 가지 질병에 대해서 얘기를 나누었고, 그동안 데이지는 여주인을 상대로 끊임없이 수다를 떨었다. 윈터본은 밀러 부인에게 로마가 마음에 드느냐고 물었다. "글쎄요, 실망했다고 해야 할 것 같은데요." 그녀가 고백했다. "이 도시에 대한 얘기는 많이 들었어요. 아니, 너무 많이 들었나 봐요. 하지만 그건 피할 수가 없죠. 그래서 뭔가 다른 것을 기대하게 되어 버렸어요."

윈터본은 아주 확신에 찬 어조로 말했다. "아, 조금만 더 기다려 보세요. 그러면 부인은 이 도시를 아주 사랑하게 되실 겁니다."

"전 날이 갈수록 로마가 점점 더 싫어져요!" 랜돌프가 말했다.

"너는 꼬마 한니발 같구나."* 그의 친구가 말했다.

"전 아니에요. 전 어린애가 아니라고요." 랜돌프가 무턱대고 말했다.

"그건 그래. 넌 어린애인 적이 없지." 그의 어머니가 동의했다. "하지만 우리는 로마보다 훨씬 나아 보이는 도시들을 여러 곳 갔어요." 부인이 다시 말했다. 어떤 도시들이냐고 윈터본이 묻자 부인이 대답했다. "산속에 있는 도시 취리히가 좋더군요." 그녀가 구체적 사례를 들었다. "나는 취리히가 정말 아름답다고 생각하는데, 여기 오기 전에는 그 도시 얘기를 별로 듣지 못했어요."

"우리가 본 가장 멋진 곳은 '시티오브리치먼드'예요!" 랜돌프가 말했다.

"저 애는 배를 말하는 거예요." 밀러 부인이 설명했다. "그 배를 타고 이곳으로 건너왔거든요. 랜돌프는 시티오브리치먼드호에서 좋은 시간을 보냈어요."

"그건 제가 본 가장 멋진 곳이었어요." 어린애가 되풀이했다. "단지 엉뚱한 방향으로 갈 뿐이지만요."

---

* 카르타고의 장군 한니발(기원전 247~기원전 183?)은 로마를 철천지원수로 여겼다.

"그럼 언젠가 우리가 그 방향을 올바로 돌려놓으면 되지." 밀러 부인이 다소 긴장하면서 자신 없는 낙관론을 폈다. 윈터본은 그녀의 딸은 로마의 다양한 흥밋거리를 제대로 평가해 주었으면 좋겠다고 말했고, 부인은 데이지는 아주 매혹되었다고 열띠게 대답했다. "그건 사교계 때문이에요. 이곳 사교계가 아주 멋지다는 거예요. 저 애는 아무 데나 돌아다녀요. 사람을 많이 사귀기도 했고요. 물론 저 애는 나보다 훨씬 많이 돌아다니지요. 사람들은 우리를 아주 상냥하게 대해 주어요. 특히 저 애를 잘 받아 주었지요. 그래서 데이지는 많은 신사들을 알게 되었어요. 그 애는 로마 같은 곳이 없다고 생각해요. 물론 젊은 처녀야 신사들을 많이 알면 한결 즐거워지지요."

그 무렵 데이지가 다시 윈터본에게 시선을 돌리면서 아주 활달하게 말했다. "전 워커 부인에게 당신이 아주 쩨쩨한 사람이라고 말하고 있었어요!"

"그럼 그 증거로 무엇을 제시했나요?" 그는 언제나 씩씩한 남자였지만 그녀의 말에 약간 당황했다. 그는 자신의 멋진 호기심과 즐거운 상상 때문에 중간에 볼로냐와 피렌체에 들르지도 않고 로마에 직접 내려온 숭배자에 대한 평가가 고작 그거냐고 그녀에게 물어보고 싶은 심정이었다. 어떤 냉소적인 미국인이 한 말이 기억났다. 미국 여자들, 특히 아름다운 미국 여자들—이것은 그 격언의 범위를 상당히 제한하는 것이지만—은 이 세상에서 가장 요구가 많으면서도 동시에 조금도 고마워할 줄 모른다는 것이다.

"당신은 저 위쪽 브베에서 아주 쩨쩨하게 굴었어요." 데이지가 말했다. "아무것도 해 주려 하지 않았잖아요. 제가 청했는데도 하루 더 머물지도 않고요."

"이봐요, 아름다운 아가씨," 윈터본이 약간 열을 내며 소리쳤다. "제가 당신이 쏘는 은빛 화살을 맞으려고 여기 로마까지 천 리 길을 쉬지도 않고 내려왔겠습니까?"

"저기 저분이 말하는 거 좀 들어 보세요!" 그녀는 여주인 드레스의 나비매듭을 귀엽게 살짝 비트는 시늉을 했다. "저런 고색창연한 얘기를 들어 본 적이 있으세요?"

"'고색창연'하다고, 데이지?" 워커 부인이 윈터본을 두둔하는 어조로 약간 비판적인 논평을 가해 왔다.

"글쎄, 잘 모르겠네요." 처녀는 부인의 드레스에 달린 리본들을 계속 만지작거렸다. "워커 부인, 전 당신에게 뭐가 말해 드리고 싶어요."

"엄마아아," 랜돌프가 말꼬리를 길게 늘이며 끼어들었다. "이제 그만 가요. 에우제니오가 난리를 칠 거예요!"

"난 에우제니오가 무섭지 않아." 데이지가 머리를 살짝 흔들었다. "보세요, 워커 부인." 그녀가 계속 말했다. "전 부인 파티에 참석할 거예요."

"그 말을 들으니 정말 기쁘네요."

"예쁜 드레스를 입고 올게요."

"틀림없이 그러겠지요."

"하지만 청이 하나 있어요. 친구를 데려와도 될까요?"

"당신 친구라면 누구든 환영이에요." 워커 부인이 고개를 돌려 밀러 부인에게 미소 지었다.

"오, 그 사람들은 내 친구들이 아니에요." 밀러 부인이 수줍은 목소리로 그 사실을 부정했다. "그들은 날 좋아하는 것 같지 않아요. 난 그 사람들이랑 말도 해 본 적이 없어요."

"데리고 올 사람은 제 친한 친구, 조바넬리 씨예요." 데이지가 한 점 그늘 없는 밝은 얼굴을 치켜들며 한 자락 떨림도 없는 청명한 목소리로 말했다.

워커 부인은 잠시 말을 멈추고 윈터본을 재빨리 쳐다보았다. "조바넬리 씨를 만나면 즐겁겠네요." 그녀가 대답했다.

"그 사람은 아주 멋진 이탈리아인이에요." 데이지가 귀엽고 차분한 목소리로 말했다. "제 친한 친구이고 세상에서 가장 잘생긴 남자예요. 물론 윈터본 씨는 빼고요! 그는 이탈리아인 친구들이 많고 미국인들과 알고 지내고 싶어 해요. 미국인들을 아주 좋아하는 것 같아요. 아주 똑똑하고 아주 멋진 남자예요!"

그리하여 그 모범적인 남자를 워커 부인의 파티에 데려오는 것으로 결정이 났고, 밀러 부인은 자리를 뜰 준비를 했다. "우리는 호텔로 돌아가 봐야겠어요." 그녀는 자신이 상상력은 별로 없는 사람이라고 고백하는 듯한 어조로 말했다.

"어머니는 호텔로 돌아가세요." 데이지가 대답했다. "전 산보를 좀 하려고요."

"누나는 조바넬리 씨와 함께 산책하려고 해요." 랜돌프가 노골적으로 말했다.

"핀초로 가 볼까 해요."* 데이지가 차분하게 미소 지었다. 그녀가 그런 것들을 '무시'해 버리는 태도는 윈터본의 가슴을 거의 녹여 놓았다.

"이 시간에 혼자서요?" 워커 부인이 물었다. 오후는 거의 저물어 가고 있었고 마차와 생각에 잠긴 보행자들이 몰려드는 시각이었다. "데

---

* 핀초 언덕은 공원으로 조성되어 있는데, 여기서 내려다보이는 로마의 전경이 아름답다.

이지, 그게 안전해 보이진 않는데." 여주인이 단호하게 주장했다.

"나도 그렇게 생각해요." 밀러 부인이 여주인의 말에 자신감을 얻고서 대화에 끼어들었다. "네가 살아 있는 것만큼이나 확실하게 열병에 걸리게 될 거야. 데이비스 선생님이 하신 말을 기억하렴!"

"누나가 출발하기 전에 그 약을 좀 줘요." 랜돌프가 제안했다.

밀러 부인 일행은 일어섰다. 데이지는 아름다운 치열을 드러내며 허리를 숙여 여주인에게 키스했다. "워커 부인, 당신은 아주 완벽해요." 그녀는 간단히 말했다. "전 혼자 가지 않을 거예요. 친구를 만나러 가요."

"친구라고 해서 열병에 걸리는 걸 막아 주지는 않아. 설사 그게 그의 제2의 본성이라고 해도." 밀러 부인이 말했다.

"조바넬리 씨가 그토록 위험하고도 매력적인 남자라는 뜻인가요?" 워커 부인이 사정을 봐주지 않고 물었다.

윈터본은 처녀를 쳐다보았다. 그 질문에 어떤 대답이 나올지 그의 주의력이 집중되기 시작했다. 그녀는 거기 서서 미소를 지으며 모자의 리본을 쓰다듬었다. 그녀는 윈터본을 흘낏 쳐다보았다. 그녀가 미소를 짓더니 일말의 주저함도 없이 긍정적으로 대답했다. "조바넬리씨— 아주 멋진 조바넬리 씨."

"우리 예쁜 아가씨," 워커 부인이 데이지의 손을 잡으며 호소했다. "이 시간에 멋진 이탈리아 남자를 만나려고 핀초에서 어슬렁거리지는 말아요."

"하지만 그는 영어를 아주 잘해요." 밀러 부인이 앞뒤가 맞지 않는 말을 했다.

"어머나," 데이지가 소리쳤다. "전 건강이나 성격에 영향을 미치는 일은 무엇도 하고 싶지 않아요. 그걸 해결할 수 있는 쉬운 방법이 있어요." 그녀의 두 눈은 계속 윈터본을 바라보았다. "핀초는 여기서 100미터 정도 떨어져 있어요. 만약 윈터본 씨가 자기 말처럼 예의 바른 남자라면 저와 함께 거기까지 걸어가겠다고 하겠죠!"

윈터본은 서둘러 자신이 예의 바른 남자임을 표명했고, 처녀는 자신을 따라와도 좋다며 우아하게 허락했다. 남녀는 데이지의 어머니 앞을 지나 아래층으로 내려갔다. 그들은 현관문 앞에 밀러 부인의 마차가 세워져 있는 것을 보았다. 마차 안에는 윈터본이 브베에서 수인사를 나누었던 화려하게 치장한 관광안내인이 앉아 있었다. "잘 가요, 에우제니오." 데이지가 소리쳤다. "나는 산책을 나가요!" 그레고리아나 거리에서 핀초 언덕의 한쪽 끝에 있는 아름다운 공원까지는 사실 거리가 얼마 되지 않았다. 그러나 날이 화창했고 마차들이 몰려드는 데다 보행자와 산책자들이 많아서, 두 미국인 남녀의 발걸음은 상당히 늦추어졌다. 윈터본은 자신이 좀 독특한 상황에 빠졌음을 의식했지만 그런 지체는 그에게 아주 유쾌한 것이었다. 나른한 시선으로 주위를 둘러보며 천천히 걸어가던 로마의 행인들은 그의 팔에 매달려 다소 어렵게 인파 사이를 헤쳐 나가고 있는, 저 아주 아름다운, 영어로 말하는 처녀에게 시선을 집중했다. 데이지가 보호자도 없이 군중의 시선에 그녀 자신을 내맡기겠다고 했을 때, 도대체 머릿속으로 무슨 생각을 했을지 그는 의아했다. 그녀가 그에게 요구한 임무는 그녀를 조바넬리의 손에 무사히 인도하는 것이었다. 그는 한편으로는 즐거웠지만 다른 한편으로는 짜증이 나서 그런 일은 해 줄 수 없다고 결심했다.

"왜 저를 보러 오지 않았지요?" 그녀가 물어 왔다. "당신은 비난을 모면할 길이 없어요."

"방금 기차에서 내렸다고 이미 말했습니다."

"기차가 멈춰 선 후에도 차량 안에 오래 계셨나 봐요!" 그녀가 조롱하듯 말했다. "아마 졸았나 보죠. 하지만 워커 부인을 만나러 갈 시간은 있었군요."

"워커 부인은 잘 아는 사이입니다." 윈터본이 설명하기 시작했다.

"전 당신이 그녀를 어디서 알았는지 알아요. 제네바에서 알았지요. 그녀가 말해 주었어요. 그리고 당신은 나를 브베에서 알았어요. 그러니 피차 마찬가지예요. 당신은 당연히 나를 찾아왔어야 해요." 그녀는 그에게 그것 외에는 질문하지 않았다. 이어 자신의 일들에 대하여 조잘대기 시작했다. "우리는 호텔에 멋진 방들을 얻었어요. 에우제니오가 그러는데 로마에서 제일 좋은 방이래요. 우리는 겨울 내내 여기에서 머무를 거예요. 열병으로 죽지 않는다면 말이에요. 살아남는다면 그 후에도 계속 있을 거고요. 여긴 제 생각보다 훨씬 더 멋져요. 이 도시가 아주 적적하고 또 아주 느리게 움직일 거라고 생각했죠. 또 그림과 유물에 대해서 설명해 주는 아주 늙은 관광안내인을 따라다니면서 시간을 다 허비하고 말 거라고도요. 하지만 이 도시에 온 지 일주일도 채 되지 않아 저는 이곳에서 즐기기 시작했어요. 저는 많은 사람을 알고 있는데 그들은 모두 매력적이에요. 그 사회는 아주 선별적이에요. 영국인, 독일인, 이탈리아인 등 온갖 사람들이 있는데, 전 영국인이 가장 좋아요. 그 사람들이 대화하는 방식이 마음에 들어요. 그렇지만 멋진 미국인들도 몇몇 있어요. 전 이처럼 사람을 환대하는 사회를 본 적이 없어요. 날마다 무슨 행사가 벌어져요. 춤은 그리 많이 추지 않아요. 춤이 전부는 아니니까요. 전 늘 대화하는 게 좋아요. 워커 부인의 파티에서는 대화를 많이 나누게 될 거예요. 방들이 비좁으니까." 핀초 정원의 정문을 통과했을 때, 밀러 양은 조바넬리 씨가 어디에 있을까 하고 중얼거렸다. "저기 앞쪽으로 곧바로 가는 게 좋겠어요. 저기 바로 보이는 곳 말이에요."

여기서 윈터본은 저항하고 나섰다. "당신이 그 사람을 찾는 걸 도와 드리지는 못할 것 같습니다."

"그럼 당신 없이 찾죠 뭐." 데이지가 씩씩하게 말했다.

"여기다 저를 놔두고 가려는 건가요?" 그가 항의했다.

그녀가 그 낯익은 가벼운 웃음을 터트렸다. "길을 잃거나 마차에 치일까 봐 걱정하는 거예요? 아무튼 저기 나무에 조바넬리 씨가 기대어 서 있네요. 마차 속에 앉아 있는 여자들을 쳐다보고 있네요. 저렇게 세련된 모습을 보신 적이 있나요?"

그 시점에서 윈터본은 약간 떨어진 곳에 서 있는 키 작은 남자를 보았다. 그는 팔짱을 낀 채 지팡이를 만지작거리고 있었다. 잘생긴 얼굴이었고, 모자를 약간 비스듬하게 썼으며, 외알 안경을 쓰고, 신사복 상의 단춧구멍에 꽃 한 송이를 꽂고 있었다. "저 친구에게 말을 걸 겁니까?"

"그에게 말을 걸 생각이냐고요? 그와 손짓으로 의사소통하라는 얘기는 아니겠지요!"

"제 마음을 좀 헤아려 주십시오." 젊은 남자가 말했다. "전 당신과 단둘이 있고 싶습니다."

데이지는 걸음을 멈추고 그를 쳐다보았다. 그녀의 얼굴과 매력적인 눈, 반짝거리는 치아와 귀여운 보조개 등에서는 혼란스러운 기미가 전혀 없었다. 정말이지 침착하군, 그는 생각했다.

"전 당신이 그렇게 말하는 게 싫어요." 그녀가 말했다. "너무 오만하게 들려요."

"말이 거칠었다면 용서하세요. 중요한 건 제 진심을 말씀드렸다는 겁니다."

처녀는 그를 아까보다 더 심각하게 바라보았으나 그 눈빛은 전보다 더 아름다웠다. "전 신사가 제게 명령을 하거나 제 일에 간섭하는 걸 절대로 못 참아요."

"전 그 점이 당신의 착각이라고 생각합니다." 그가 대답했다. "때로는 신사, 그것도 제대로 된 신사의 말을 들어야 합니다."

그러자 그녀는 다시 웃기 시작했다. "전 신사들의 말을 잘 들어요! 조바넬리 씨가 제대로 된 신사인지 좀 말해 주세요."

옷깃에 꽃 한 송이를 꽂은 남자는 이제 그들을 알아보았고 처녀의 환심을 사려는 듯 빠른 걸음으로 다가왔다. 그는 데이지뿐만 아니라 윈터본에게도 목례를 했다. 그는 처녀를 기쁘게 하고 또 자신의 즐거움을 세련되게 드러내는 방식으로 환한 얼굴을 하고, 나름 멋쟁이다운 자태를 뽐내고 있었다. 윈터본은 그 친구가 못생기지는 않았다고 생각했다. 그렇지만 그는 데이지에게 말했다. "아닙니다. 그는 제대로 된 신사가 아니에요."

그녀는 자연스럽게 상대방을 서로 소개하는 능력을 갖고 있었다. 그녀가 아주 우아하게 두 남자에게 서로의 이름을 알려 주었다. 그리고 양손에 두 남자를 잡고서 앞으로 걸어갔다. 조바넬리는 영어를 아주 잘했고—윈터본은 그가 많은 미국인 상속녀들을 상대로 연습하면서 회화 실력을 갈고닦았으리라고 생각했다—데이지에게 정중하지만 실없는 잡담을 많이 늘어놓았다. 또 아주 매너가 좋았다. 아무 말도 하지 않던 윈터본은 앵글로색슨의 단순함과 좋은 대조를 이루는 이탈리아인들의 세련미를 깊이 생각했다. 그 덕분에 그들은 상대방이 불쾌하게 나올수록 더욱 매끈한 표면을 내보이는 경향이 있었다. 조바넬리는 물론 현재보다 더 친밀한 상황을 기대하고 있었다. 세 사람의 데이트는 그가 바라는 바가 아니었다. 하지만 그는 원대한 목표를 위하여 감정을 억눌렀다. 윈터본은 상대 남자의 정체를 알아보았다고 자부했다. '저자는 결코 신사가 아니야.' 젊은 미국인 남자는 생각했다. '신사 흉내를 내고 있지만 결코 남을 속일 수 없어. 그는 음악을 하거나 싸구려 통속 문인이거나 삼류 화가일 거야. 하지만 행동거지는 아주 훌륭하군. 젠장, 두 눈도 아주 서글서글한데!' 조바넬리 씨는 여러모로 멋진 용모를 자랑했다. 하지만 데이지가 본능적으로 이런 부류의 인간의 단점들을 파악하지 못하다니 정말 혐오스러운 일이었다. 조바넬리는 수다를 떨고 농담을 하면서, 로마인 나름의 경쾌한 방식으로 데이지의 비위를 맞추었다. 그가 가짜 신사라면 그건 잘 연구된 가짜 신사였다. "그렇기는 하지만," 윈터본은 중얼거렸다. "선량한 처녀라면 가짜 신사쯤은 알아보아야지!" 그 순간 윈터본은 데이지가 과연 그런 선량한 처녀인가 하는 끔찍한 질문을 대면하게 되었다. 과연 선량한 처녀—데이지가 바람둥이 미국인 처녀라는 점을 감안하더라도—가 저급해 보이는 외국인과 데이트를 하려고 할까? 이 경우 그 데이트는 백주에 로마의 가장 번화한 장소에서 벌어지고 있었다. 그녀가 이런 상황을 선택했다는 것은 그 무엇보다도 그녀의 천박함을 분명하게 보여 주는 증거가 아닐까? 좀 기이하게 보일지도 모르지만, 윈터본은 데이지가 애인을 만나는 자리에 자신이 함께 있어도 별로 초조해하지 않는다는 사실에 화가 났고, 더 나아가 그런데도 이 자리까지 따라온 스스로에게 더욱 화가 났다. 그녀를 아무도 발견하지 못한 심산유곡의 꽃으로 여기기란 불가능했다. 그녀는 숙녀에게 필수라고 할 수 있는 섬세함이 부족했다. 따라서 그녀를 로맨스 작가들이 즐겨 묘사하는 '무람없는 열정'을 발산하는 여자로 취급할 수 있다면 사태는 한결 간단해질 것이었다. 그녀가 윈터본을 따돌리고 싶어 하는 기색을 보였더라면, 그녀를 행실이 가벼운 처녀로 보아 넘기는 데 한결 도움이 되었을 것이다. 그처럼 행실 나쁜 처녀로 볼 수만 있다면 그녀의 지금 저 태도는 덜 곤혹스러웠을 것이리라. 그렇지만 그 상황에서 데이지는 기이하게도 대담함과 순진함이 적절히 혼합된 모습을 보였다.

그녀는 두 신사의 호위를 받으며 15분 정도 공원을 산책했다. 윈터본의 눈에 데이지는 조바넬리의 세련된 말솜씨에 어린애처럼 쾌활한 어조로 응수했다. 그러다 윈터본은 친구인 워커 부인—방금 떠나온 집의 여주인—이 마차 안에 앉은 채 자신에게 손짓하는 것을 보았다. 그는 밀러 양 곁을 떠나 황급히 마차로 다가갔다. 부인은 얼굴을 붉히고, 흥분하면서, 창피하다는 표정을 짓고 있었다. "이건 정말 너무 끔찍해요!" 그녀가 간절한 목소리로 윈터본에게 호소했다. "저 한심한 처녀는 정말로 이런 짓을 해서는 안 돼요. 공원에서 두 남자와 산책을 하다니요. 벌써 50명이나 되는 사람들이 그녀를 지적했어요."

그런 지적에 갑자기, 기이하게도 기분이 상한 윈터본은 눈썹을 치켜세우며 심각한 표정을 지었다. "그걸 가지고 그처럼 소란을 피우다니 유감입니다."

"오히려 저 처녀가 저렇게 자기를 망치도록 내버려 두는 게 유감이에요!"

"그녀는 매우 순진합니다." 그는 혼란스러움을 느끼면서 나름대로 그녀를 옹호했다.

"그녀는 아주 무모한 거예요." 워커 부인이 소리쳤다. "그냥 내버려 두면 어디까지 갈지 알 수 없어요. 당신은 혹시," 그녀가 물어 왔다. "그 어머니가 얼마나 무능한 사람인지 아나요? 아무튼 당신이 나간 뒤에 나는 그걸 생각하면서 가만히 앉아 있을 수가 없었어요. 저들을 구제하려고 시도조차 하지 않는다니 너무 한심하다는 생각이 들더군요. 그래서 마차를 준비시키고 모자를 쓰고 여기까지 재빨리 달려온 거예요. 그런데 다행스럽게도 당신을 발견했군요!"

"그래서 우리를 어떻게 하시려고요?" 윈터본이 어색한 미소를 지으며 물었다.

"저 처녀에게 어서 마차에 타라고 하려고요. 여기서 그녀를 한 30분쯤 드라이브시키다가—그래야 사람들이 그녀를 완전히 미친 이상한 여자라고 생각하지 않을 거 아니에요—집까지 안전하게 데려다주려는 거지요."

"난 그게 썩 좋은 아이디어 같지는 않군요." 그가 잠시 생각한 후에 말했다. "하지만 그런 시도를 해 보는 것은 부인 자유입니다."

그래서 워커 부인은 시도를 했다. 윈터본은 젊은 처녀를 찾아서 걸어갔다. 데이지는 멀리 떨어진 자리에서 마차에 타고 있는 워커 부인에게 목례를 하고 미소를 지어 보이더니 조바넬리와 함께 다른 곳으로 걸어갔다. 그러나 부인이 자신을 뒤쫓아 왔다는 사실을 알고서, 그녀는 조바넬리 씨를 옆에 달고 아주 우아한 자세로 되돌아왔다. 그녀는 좋은 친구에게 이 신사를 소개할 기회를 얻게 되어 "신난다"라고 말했고, 곧 두 사람을 서로에게 소개해 주었다. 그러면서 그게 별로 중요한 것은 아니라는 투로 워커 부인의 마차용 무릎 덮개가 아주 멋지다고 말했다.

"칭찬해 주어서 고마워요." 그녀를 뒤쫓아 온 부인이 부드럽게 미소 지었다. "당신이 마차 안에 들어오면 이 덮개로 덮어 줄 수 있을 텐데 요. 그럴래요?"

"고맙지만 거절하겠습니다." 데이지는 자기주장이 분명했다. "부인 께서 그걸 덮고 마차를 타고 달리면 그게 훨씬 더 멋져 보일 거예요."

"어서 들어와 나랑 같이 드라이브를 하도록 해요." 워커 부인이 호소 했다.

"그건 멋질 것 같군요. 하지만 지금 이대로도 멋져요!" 그러면서 처 녀는 양옆에 서 있는 두 신사의 팔을 의기양양하게 잡았다.

"이봐요, 젊은 처녀, 그건 멋진 일일지 모르지만 여기 관습은 아니에 요." 마차에 탄 부인은 양손을 경건하게 깍지 끼고 상체를 앞으로 숙이 면서 말했다.

"그렇다면, 새롭게 관습으로 만들어야겠군요." 데이지는 태평하게 웃음을 터트렸다. "전 산책을 하지 않으면 숨이 넘어갈 것 같아요."

"아가씨, 당신은 어머니와 함께 산책해야 돼요." 워커 부인이 참을성 이 바닥이 나서 소리쳤다.

"어머니와 함께요?" 처녀는 재미있다는 듯이 그 말을 반복했다. 윈 터본이 보기에 그녀는 그것을 간섭으로 생각하는 듯했다. "어머니는 평생 열 걸음 이상 걸어 본 적이 없으세요. 그리고 부인도 아시다시 피," 그녀가 부드럽게 말했다. "전 다섯 살짜리 애가 아니에요."

"당신은 좀 더 합리적으로 행동할 정도로 나이가 들었어요. 밀러 양, 당신은 구설수에 오를 수 있는 나이가 되었다고요."

데이지는 깜짝 놀라며 의아해했다. "구설수요? 무슨 말씀이세요?"

"마차에 타면 얘기해 주지요."

데이지는 환하게 빛나는 눈으로 양옆의 신사들을 번갈아 쳐다보았다. 조바넬리 씨는 이리저리 고개를 흔들고 장갑을 쓸어내리며 무책임하게 웃고 있었다. 윈터본은 아주 불쾌한 상황이라고 생각했다. "부인이 하려는 말씀이 무엇인지 알고 싶지 않아요." 처녀가 곧 말했다. "또 그 말이 좋게 들릴 것 같지도 않고요."

윈터본은 워커 부인이 마차 무릎 덮개를 말고 가 버리길 바랐다. 그러나 이 부인은, 그녀가 나중에 윈터본에게 해 준 말에 따르면, "그 정도로 놔두고" 싶어 하지 않았다. "아주 무모한 처녀라는 얘기를 듣는 게 좋은가요?"

"어머나!" 데이지가 소리쳤다. 그녀는 먼저 조바넬리를, 이어 윈터본을 쳐다보았다. 그녀의 뺨에 자그마한 홍조가 떠올랐다. "윈터본 씨는," 그녀가 아주 강렬하게 호소하는 목소리로 그에게 물었다. "제가 평판을 생각해서 저 마차에 타야 한다고 생각하나요?"

그 질문은 그를 당황하게 했다. 그는 잠시 주위를 둘러보았다. 그녀가 자신의 '평판'에 대하여 그렇게 노골적으로 말하는 것을 듣다니 좀 이상한 느낌이 들었다. 그러나 그는 용감하게 진실을 말해야 할 입장이었다. 여기서 보여 줄 수 있는 용기는 진실을 말하는 것이었다. 내가 지금껏 말한 몇 가지 사항들로 미루어 독자들도 이미 짐작하듯이, 그 진실은 그 젊은 처녀가 문명사회의 목소리에 귀를 기울여야 한다는 것이다. 그는 처녀의 아름다운 얼굴을 쳐다보면서 아주 또렷하게 말했다. "전 당신이 마차에 타야 한다고 생각합니다."

데이지는 아주 재미있다는 듯한 표정을 지었다. "이렇게 황당한 얘기는 처음 들어 보네요! 워커 부인, 이게 부적절하다면," 그녀는 계속 말했다. "그렇다면 저라는 사람이 온통 부적절하다는 얘기예요. 부인은 차라리 절 포기하시는 게 좋겠어요. 잘 가세요! 멋진 드라이브가 되기를 바랍니다!" 그녀가 말하고는, 부인에게 의기양양하고 아첨하는 목례를 건넨 조바넬리 씨와 함께 돌아섰다.

워커 부인은 데이지를 눈으로 좇으며 앉아 있었고 그 눈에는 눈물이 글썽했다. "여기 타세요." 그녀는 윈터본에게 옆자리를 가리켜 보였다. 젊은 남자는 밀러 양을 따라가야 한다고 대답했다. 그러나 마차의 부인은 만약 이 제안을 거절한다면 앞으로 다시는 그와 말을 하지 않겠다고 말했다. 단단히 결심한 것 같았다. 그는 데이지와 더욱 충실해진 그녀의 우군에게 달려가서 그녀에게 손을 내밀며 워커 부인이 마차에 함께 타고 가자고 제안했다고 말했다. 그는 그녀가 제멋대로인 대답을 하리라고 기대했다. 문명화된 사회가 워커 부인의 입술을 통하여 진정으로 만류하려 했던 그녀의 괴팍한 무모함을 드러내는 그런 대답 말이다. 그러나 그녀는 윈터본이 어색하게 내민 손을 살짝 잡았을 뿐 그를 거의 쳐다보지도 않았다. 설상가상으로 조바넬리 씨가 모자를 아주 화려하게 흔들어 대며 작별을 고했다.

자신에게 희생을 강요한 사람의 옆에 앉으며 윈터본은 썩 기분이 좋지 않았다. "그건 그리 현명한 처사는 아니었습니다." 마차가 다른 마차들의 행렬에 뒤섞이자 그가 솔직하게 말했다.

"이런 경우에," 워커 부인이 대답했다. "나는 현명하게 행동하고 싶지 않아요. 나는 진실하게 행동하고 싶어요!"

"하지만 당신의 진실은 그 이상한 아가씨를 기분 나쁘게 만들었습니다. 그래서 그녀를 쫓아 버렸을 뿐입니다."

"차라리 잘된 일이에요." 워커 부인이 자신의 처사를 옹호했다. "그녀가 자기 자신을 망쳐 먹기로 결심했다면, 우린 그런 사실을 빨리 알수록 좋지요. 거기에 맞추어 행동할 수 있으니까."

"그 처녀가 당신에게 해를 입힐 생각은 아니었잖습니까." 윈터본이 신중하게 말했다.

"나도 한 달 전에는 그렇게 생각했어요. 하지만 그녀는 너무 나갔어요."

"그녀가 무슨 행동을 했는데요?"

"여기서는 다들 하지 않는 짓을 했지요. 만난 아무 남자하고 시시덕거리고, 수상한 이탈리아인들과 구석진 곳에 앉아서 얘기를 하고, 그런 남자들과 밤새 춤을 췄지요. 밤 11시에 방문객을 받았고요. 그런 방문객들이 찾아오면 그 어머니는 어디론가 사라졌고요."

"하지만 그녀의 남동생은," 윈터본은 웃음을 터트렸다. "새벽 2시까지 자질 않아요."

"그 애는 그런 걸 보고서 교육이 잘도 되겠군요. 그 가족이 머무르는 호텔에 있는 모든 사람이 그녀에 대해서 얘기하고, 또 어떤 신사가 밀러 양을 방문하면 하인들 사이에서 은밀한 웃음이 오가곤 한다는 얘기를 들었어요."

"아, 하인들 따위는 신경 쓸 필요 없어요!" 윈터본은 다소 격앙되었다. "그 불쌍한 처녀의 잘못은," 그가 곧 말을 덧붙였다. "교양이 전혀 없다는 거예요."

"원래 투박한 여자예요." 워커 부인이 나름대로 추리했다. "오늘 오전에 있었던 일만 해도 그래요. 당신은 브베에서 저 처녀를 얼마나 알았나요?"

"이틀요."

"그런데도 저 아가씨가 당신이 브베를 갑자기 떠나갔다면서 그게 마치 개인적으로 중요한 일인 양 호들갑을 떨던 광경을 한번 생각해 보세요! 그걸 고상한 취미라고 할 수 있어요?"

그는 고상한 취미가 밀러 가족의 장점은 아니라는 점에 동의했다. 그는 잠시 말없이 있다가 다시 덧붙였다. "하지만 워커 부인, 당신과 나는 제네바에 너무 오래 산 게 아닌가 싶습니다!" 이어 그는 부인에게 어떤 특별한 의도로 자신을 마차에 타게 했는지 좀 알려 달라고 말했다.

"난 당신에게 더 이상 밀러 양과 교제하지 않는 게 좋겠다고 알려 주고 싶었어요. 당신이 그녀와 시시덕거리는 것처럼 보이지 않는 게 중요하다고 생각했지요. 그녀가 저런 식으로 사람들 앞에 노출되는 기회를 더 이상 주지 않는 것도요. 간단히 말해서 당신은 이제 그녀에게서 손 떼는 게 좋아요."

"하지만 나는 그런 현명한 조치는 취하지 못할 것 같군요." 그가 대답했다. "부인도 알다시피, 나는 그녀를 아주 좋아합니다."

"그렇다면 더더욱 그녀가 스캔들을 일으키지 못하도록 해야죠."

"내가 그녀에게 관심을 기울이는 것은 스캔들하고는 무관합니다." 그가 기꺼이 약속했다.

"하지만 그녀의 행동거지를 보면 틀림없이 스캔들이 터질 거예요. 하지만 나는 양심에 있는 말을 이제 다 했어요." 워커 부인이 말했다. "당신이 그 젊은 처녀에게 가고 싶다면 내려 드리지요. 여기 마침 기회가 있군요."

마차는 마침 로마 성벽 위쪽, 저 아래쪽의 아름다운 보르게세 별장이 내려다보이는 차로를 달리고 있었다. 그 지역은 높은 난간이 둘러

쳐져 있었고 그 근처에는 여러 개의 벤치가 놓여 있었다. 벤치 하나에 데이지와 그녀의 친구가 앉아 있었고, 워커 부인은 턱으로 그 지점을 가리켰다. 그 순간 남녀는 일어서서 난간 쪽으로 걸어갔다. 윈터본은 마부에게 마차를 멈추라고 말했다. 워커 부인은 한순간 아무 말 없이 그를 쳐다보았고, 윈터본은 모자를 벗어 인사했다. 마차는 다시 달려 나갔다. 그는 마차에서 내린 곳에서 가만히 서 있다가 고개를 돌려 데이지와 조바넬리를 쳐다보았다. 남녀는 주위 사람들을 의식하지 못하고 이야기에 깊이 빠져 있었다. 낮은 정원 담에서 그들은 잠시 멈춰 서서 우듬지 부분을 평평하게 잘라 내어 잘 단장한 보르게세 공원*의 소나무 숲을 내려다보았다. 데이지의 숭배자가 평평한 담장 위에 편안한 자세로 앉았다. 서쪽 하늘에 걸린 해가 조각구름들 사이로 따가운 햇볕을 내리쬐었다. 그러자 씩씩한 조바넬리가 그녀의 손에서 양산을 건네받아 활짝 폈다. 그녀가 좀 더 가까이 다가오자 그가 양산으로 그녀의 머리를 가려 주었다. 이어 그는 손에 쥔 양산을 그녀의 어깨 위로 살짝 내렸고 남녀의 머리는 윈터본의 시야에서 가려졌다. 젊은 남자는 잠깐만 더 서 있다가 터벅터벅 걷기 시작했다. 양산 밑의 두 남녀를 향해서가 아니라, 숙모인 코스텔로 부인의 집으로.

4

그다음 날 밀러 부인의 호텔을 찾아간 윈터본은 하인들 사이에서

---

* 17세기에 보르게세 추기경이 조성한 로마 최대의 공원.

미소가 번지지 않아서 내심 기쁘게 생각했다. 그러나 부인과 딸은 집에 없었다. 그 다음다음 날에도 찾아갔지만 윈터본은 만남을 거절당했다. 워커 부인의 파티는 사흘째에 개최되었다. 사회 비평가와의 마지막 만남 때 최종적인 유보 통지를 받았음에도 그 젊은 남자는 손님들 사이에 끼게 되었다. 워커 부인은 신세계에서 온 순례자들의 일원이자, 그녀가 구세계와 접촉하는 동안에는, 그들 자신의 말을 빌리자면, 유럽 사회를 연구하는 것을 목적으로 삼는 여성이었다. 그녀는 교범이 될 만한 아주 다양한 인간의 표본들을 초청했다. 윈터본은 그 파티장에서 만나고자 했던 젊은 처녀는 발견하지 못했다. 그러나 몇 분 뒤 밀러 부인이 아주 수줍고 또 우울한 표정으로 혼자 들어오는 모습을 보았다. 밀러 부인의 지친 관자놀이 위로 흘러내린 머리카락이 전보다 더 곱슬곱슬했다. 그녀가 여주인에게 다가갈 때 윈터본도 그쪽으로 갔다.

"혼자서 왔어요." 혼자 온 데이지의 어머니가 말했다. "너무 긴장되어서 어떻게 해야 할지 모르겠어요. 파티에 혼자 온 건 이번이 처음이에요. 특히 이 나라에서는요. 랜돌프나 에우제니오를 데리고 오려고 했는데 데이지가 혼자서 가라고 밀어붙여서요. 나는 혼자서 돌아다니는 데 익숙하지 않은데 말이죠."

"따님은 오늘 여기에 안 오나요?" 워커 부인이 의아하게 물었다.

"글쎄요, 데이지가 옷은 잘 차려입었는데." 밀러 부인은 딸이 뭘 하고 있는지 얘기할 때면 언제나 그러하듯이 철학자 같은 혹은 냉정한 역사가 같은 어조로 대답했다. "저녁 식사 전에 이미 옷을 다 차려입고 있었어요. 그렇지만 친구도 같이 있었지요. 그 애가 파티에 데려오고 싶어 하는 아주 잘생긴 이탈리아 신사예요. 그러다가 둘은 피아노

를 열심히 쳐 대더니 출발하려고 들지 않는 거예요. 조바넬리 씨는 정
말이지 노래를 멋지게 부르더군요. 아무튼 둘이 곧 나타날 거예요." 밀
러 부인이 희망 섞인 결론을 내렸다.

"꼭 그런 식으로 올 거라니 유감이로군요." 워커 부인이 억지로 한마
디 했다.

"난 딸애가 세 시간이나 기다릴 거라면 저녁 식사 전에 옷을 차려입
을 필요가 없다고 얘기해 주었어요." 데이지의 어머니가 대답했다. "일
껏 옷을 잘 차려입고 나서 조바넬리 씨와 빈둥거리다니 잘 이해가 안
돼요."

"그건 정말 끔찍하군요!" 워커 부인이 몸을 돌리고 윈터본에게 말했
다. "불쌍한 아가씨 같으니라고. 자기를 구경거리로 만들고 있어. 내가
전날 훈계했다고 해서 복수하려 드는 거야. 그 애가 와도 나는 말을 걸
지 않을 거야."

데이지는 11시가 넘어서 왔다. 그녀는 그런 경우에 누가 말을 걸어
주기를 기다리는 젊은 처녀가 아니었다. 그녀는 옷자락 스치는 소리
를 내며 아주 화려하고 사랑스러운 모습으로 들어왔다. 미소를 짓고
재잘거렸으며 손에는 커다란 꽃다발을 들고서 조바넬리 씨의 에스코
트를 받고 있었다. 모두들 말을 멈추고 고개를 돌려 그녀를 보았다. 그
동안 그녀는 워커 부인에게 다가갔다. "제가 아예 오지 않으리라고 생
각하실까 봐 어머니께 먼저 가서 말씀드려 달라고 했어요. 전 조바넬
리 씨가 여기 오기 전에 연습을 좀 해 두었으면 했거든요. 조바넬리 씨
는 노래를 아주 잘 부르는데 당신이 그에게 노래를 한 곡 신청했으면
좋겠어요. 여긴 조바넬리 씨예요. 이미 소개해 드린 적이 있지요. 그는
목소리가 정말 좋고 또 매혹적인 노래들을 많이 알아요. 그래서 일부

러 오늘 밤에 그 노래들을 연습시켰어요. 우리는 호텔에서 아주 재미 있는 시간을 보냈지요." 데이지는 아주 부드럽고 밝고 요란하게 자신 감에 차 말했다. 말을 하는 도중에 여주인을 보기도 하고 잠시 시선을 돌려 좌중을 쳐다보기도 했다. 그러는 동안에 드레스의 가장자리 부 분까지 맨살이 노출된 하얀 어깨를 살짝 두드려 댔다. "제가 아는 사람 이 혹시 있나요?" 그녀가 자신에 찬 어조로 물었다.

"다들 당신을 알고 있을 거예요!" 워커 부인이 의미심장하게 말했다. 하지만 조바넬리 씨는 쳐다보는 둥 마는 둥 했다. 신사는 행동거지가 의젓했다. 그는 미소를 짓고 목례를 하고 하얀 치아를 드러내며 웃고 콧수염을 비틀고 눈알을 굴리는 등 멋쟁이 이탈리아 남자가 디너 파 티에서 할 만한 동작들은 다 해 보였다. 그리고 대여섯 곡의 노래를 아 주 멋지게 불렀다. 하지만 워커 부인은 나중에 누가 그에게 노래를 신 청했는지 잘 모르겠다고 말했다. 그에게 노래를 시킨 것은 데이지는 아니었다. 그 젊은 처녀는 피아노에서 멀찍이 떨어진 곳에 자리 잡고 있었다. 그녀는 자신이 그의 음악적 동지 혹은 후원자라고 자처했지 만, 그가 노래 부르는 동안에, 손님들을 상대로 쾌활하고 목청 높은 담 론을 즐기는 데 여념이 없었다.

"방들이 너무 비좁은 게 유감이에요. 춤을 출 수가 없잖아요." 그녀 는 마치 그를 5분 전에 만난 것처럼 윈터본에게 말했다.

"전 춤을 추지 못해도 유감스럽지 않습니다." 그가 솔직하게 대답했 다. "춤을 못 춰서요"

"물론 그러시겠지요." 처녀가 동의했다. "당신의 두 다리는 그 마차 에 너무 오랫동안 갇혀 있어서 상당히 뻣뻣해졌을 거니까요."

"아, 제 다리는 사흘 전에 아주 불편함을 느꼈지요." 그가 다정하게 웃었다. "제 다리는 당신의 시중을 들고 싶어 안달이 났지요."

"오, 제 다른 친구—어려울 때의 친구죠—는 제 곁을 지켰지요. 그는 당신보다는 팔다리를 자기 마음대로 부릴 수 있는 것 같더군요. 그것 하나는 보장하겠어요. 하지만 당신은 그런 뻔뻔한 얘기를 들어 본 적이 있나요?" 데이지가 물었다. "워커 부인은 불쌍한 조바넬리 씨를 내버려 두고 어서 마차 안으로 들어오라고 했지요. 적절하지 않은 일이라는 구실로요. 사람들은 저마다 생각이 달라요! 만약 그렇게 했다면 그건 아주 불친절한 일이 되었을 거예요. 그는 그 산책 얘기를 열흘 전부터 계속했다고요."

"그가 그 얘기는 안 하는 게 좋았을 겁니다." 윈터본은 그 문제에 대하여 답변을 해야겠다고 생각했다. "그도 이 나라의 처녀에게라면 자신과 함께 거리를 산책하자고 제안하지 않았을 겁니다."

"거리 산책요?" 그녀가 예쁜 눈으로 빤히 노려보았다. "그럼 그는 그 처녀에게 어디를 산책하자고 제안해야 하나요? 그리고 핀초 공원은 거리가 아니에요. 게다가 전 이 나라의 처녀도 아니지요. 제가 본 바로는, 이 나라의 젊은 처녀들은 아주 한심할 정도로 따분한 시간을 보내고 있어요. 전 그런 어리석은 사람들을 위하여 제 습관을 좀 바꾸어 본 것뿐인데 그게 왜 안 된다는 거지요?"

"당신의 그 습관은 무모한 바람둥이의 습관이 아닌가 합니다." 윈터본이 짐짓 근엄한 표정을 지어 보였다.

"물론 그렇지요!" 그녀는 도발적으로 말하며 그에게 충격을 안겨 주고 싶어 했다. "전 아주 무섭고 영악한 바람둥이예요! 하지만 그렇지 않은 멋진 여자를 본 적이 있나요? 이렇게 말하면 이제 당신은 제가 멋진 여자가 아니라고 하겠지요."

그는 그녀의 냉소적인 발언에 충격을 받아 잠시 심각한 표정을 지으며 아무 말도 하지 않았다. "당신은 아주 멋진 아가씨입니다. 하지만 저하고 시시덕거리며, 오로지 저한테만 바람둥이였으면 좋겠습니다."

　"아, 고마워요. 아주 고마워요. 당신은 결코 시시덕거리고 싶은 생각이 들지 않는 사람이에요. 미리 말씀드리겠는데, 당신은 너무 뻣뻣해요."

　"그 말을 너무 자주 하는군요." 그가 유감스러운 어조로 말했다.

　데이지는 기분 좋은 웃음을 터트렸다. "당신을 화나게 만들 수만 있다면 그 말을 다시 할 수도 있어요."

　"그러지 마세요. 전 화가 나면 평소보다 더 뻣뻣해집니다. 그렇지만 저와 시시덕거릴 생각이 없다 해도, 적어도 저 피아노에 앉은 남자하고는 더 이상 교제하지 마세요. 이곳 사람들은," 그는 이곳 사람들에게 백 퍼센트 동의한다는 어조로 말했다. "그런 것을 이해하지 못합니다."

　"그들은 다른 것들도 이해하지 못한다고 생각해요!" 데이지가 놀라운 세속적 지혜를 발휘하며 말했다.

　"젊은 미혼 여성들에 대해서는 그렇지요."

　"남자들과 교제하는 것은 늙고 결혼한 여자보다는 젊고 미혼인 여자에게 더욱 적절한 일이에요."

　"하지만," 윈터본이 말했다. "어떤 나라 사람들을 상대할 때에는 그 나라의 관습을 따라야 합니다. 미국적인 시시덕거림은 순전히 미국적인 어리석음입니다. 그것―잘 적응하지 못하는 순진성―은 이 제도 내에서는 자리 잡을 수가 없습니다. 그래서 당신이 어머니 없이 조바넬리 씨와 단둘이서 대중 앞에 나서면―"

　"어머나, 우리 불쌍한 어머니와!" 그녀는 아주 매력적인 표정과 목소리로 말했다.

윈터본은 그것을 보고서 마음이 약간 찡했으나 그래도 태도를 바꾸지 않았다. "당신은 조바넬리 씨와 순전히 교제를 하는 것이겠지만, 그는 그렇지 않을 수도 있습니다. 그는 뭔가 다른 의도가 있을 수 있어요."

"그는 결코 설교를 하지 않아요." 그녀가 대답했다. "그리고 솔직히 말씀드리는데 우리는 서로 시시덕거리지도 않아요. 조금도요. 우리는 아주 좋은 친구니까요. 그런 짓은 하지 않아요. 우린 정말 친한 친구예요."

그렇게 항의하는 데이지는 그에게 정말이지 점점 더 매력적으로 보였다. "아!" 그가 판단했다. "당신들이 서로 사랑하고 있다면 그건 전혀 다른 문제이지요!"

그녀가 이때까지 자신의 솔직한 얘기를 아주 잘 듣고 있어서, 그는 자신의 논리가 그녀에게 충격을 주리라고는 생각하지 않았다. 그러나 그녀는 자리에 벌떡 일어서더니 얼굴을 크게 붉혔다. 그래서 그는 속으로 이 젊은 미국인 바람둥이의 이름은 '논리 없음'이라고 중얼거렸다. "조바넬리 씨는 적어도," 데이지가 그를 기이하게 흘끗 쳐다보았는데, 그가 평소 그녀에게서 받았던 시선보다 훨씬 더 기이했다. "제게 그런 불쾌한 말을 한 적이 없어요."

그 말은 그를 당황하게 만들었다. 그는 놀라서 그녀를 빤히 쳐다보았다. 그들 화제의 주인공이 노래를 끝마치고, 피아노를 떠났다. 그는 공연에 대한 칭송을 받으면서 커튼 앞에 나가 유명한 오페라 가수처럼 경례하는 것을 기대했을지 모르나—다소 어색하게도—그런 일은 벌어지지 않았다. 그래서 그는 간단히 데이지에게 목례를 했다. "다른 방으로 가서 차를 한잔 마시지 않겠어요?" 그가 물었다. 지구상의 모든 왕국에서 그렇게 할 법한 자세로 워커 부인이 마련해 놓은 간단한 음료를 그녀에게 권하면서.

데이지는 마침내 좀 더 자연스럽고 영리한 눈빛으로 그를 쳐다보았다. 그녀가 뜬금없는 미소로 그 어떤 것도 분명하게 밝혀 주지 않아 그는 다소 혼란스러웠다. 하지만 그건 그녀의 아름다움과 부드러움이 본능적으로 잘못을 용서해 주는 쪽으로 돌아설 수 있게 한다는 걸 증명했다. "윈터본 씨는 제게 차를 권할 생각은 하지도 못했어요." 그녀가 가학적이고 의기양양한 태도를 은밀히 드러냈다.

"전 당신에게 훌륭한 조언을 해 주었습니다." 윈터본이 으르렁거리듯이 말했다.

"난 향미가 연한 차가 더 좋은데!" 데이지가 소리쳤다. 그리고 멋쟁이 조바넬리와 함께 걸어갔다. 그녀는 옆방의 창문 앞 우묵한 곳에서 그날 밤 내내 조바넬리와 함께 앉아 있었다. 멋진 피아노 연주가 있었지만 두 사람은 전혀 신경 쓰지 않았다. 데이지가 워커 부인에게 작별 인사를 하러 왔을 때, 부인은 데이지가 파티장에 도착했을 때 그녀가 보였던 취약점을 의도적으로 교정하려고 마음먹고 그녀에게서 아예 등을 돌려 버렸다. 데이지가 무안을 느끼든 말든 개의치 않았다. 마침 문가에 있던 윈터본은 그 광경을 다 지켜보았다. 데이지는 얼굴이 아주 창백해져서 어머니를 쳐다보았다. 그러나 밀러 부인은 겸손하게도 규칙이나 관습이 무시되고 위반되었다는 걸 전혀 의식하지 못한 태도를 취했다. 부인은 자신이 그런 규칙이나 관습을 철저히 지킨다는 사실을 알리고 싶은 황당한 충동을 느끼는 듯했다. "안녕히 계세요, 워커 부인." 부인이 말했다. "멋진 밤이었어요. 데이지가 종종 혼자서 파티에 온 걸 양해해 주세요. 제가 바란 건 아니에요." 데이지는 현관문 근처 반원형 공간 앞에서 예쁜 얼굴이 창백해지고 멍해져 돌아섰다. 윈터본은 그녀가 너무 충격을 받고 어리둥절하여 화도 내지 못하고 있다는 것을 알았다. 마음이 크게 아팠다.

"너무 잔인한 처사였어요." 그가 워커 부인에게 말했다.

그러나 부인의 얼굴은 돌처럼 차가웠다. "그녀는 앞으로 내 응접실에 다시는 발을 들여놓지 못할 거예요."

윈터본은 그때 이후 워커 부인의 응접실에서는 그녀를 만날 수가 없었고, 밀러 부인의 호텔에 자주 놀러 가게 되었다. 모녀는 자주 집에 없었고, 집에 있을 때에는 언제나 조바넬리가 함께 있었다. 키가 작고 세련된 로마인은 종종 평온하게 자신의 성공을 누리고 있었다. 당연히 그에 따라 거만한 면도 없지 않았다. 그는 에우제니오가 정성스레 꾸며 놓은 화려한 살롱에서 데이지와 단둘이 있었다. 밀러 부인은 딸에게 애원하기보다는 신중한 태도를 취하는 것이 더 좋다고 여기는 듯했다. 자신이 찾아갔을 때 데이지가 당황하지도 짜증을 내지도 않는다는 사실에 윈터본은 처음엔 다소 놀랐다. 그러나 그녀 또한 그의 출입에 놀라지 않는다는 것을 알았고, 또 그녀의 '속셈' 모르는 상태를 오히려 즐기기 시작했다. 그녀는 조바넬리와의 독대가 방해받는 것에 대하여 그 어떤 불쾌감도 표시하지 않았다. 그녀는 두 남자 대하기를 마치 한 남자를 대하듯 신선하고 자유롭게 대화를 나누었는데, 그렇게 유창한 대화 흐름은 윈터본에게 마치 그녀가 그런 자유로운 대화 분위기를 활용하지 않더라도 원래부터 그처럼 자유로웠던 것이 아닐까 하는 기이한 느낌을 안겨 주었다. 또 그녀가 그 이탈리아 남자에게 진지한 관심을 갖고 있음에도 단둘이 만나려고 애쓰지 않는 것도 이상하게 여겨졌다. 그는 그녀의 순진하게 보이는 무관심과 끝이 없는 명랑함 때문에 더욱더 그녀가 좋았다. 왜 그런지 그 이유를 말할 수는 없어도 그녀는 골치 아픈 질투심 따위는 아예 가지고 태어나지 않은 사람처럼 보였다. 독자들은 이런 고백에 미소를 지을지 모르지만, 그것은 지금껏 그의 관심을 끌었던 여자들과 비교해 보면 확실히 대조적인 측면이었다. 그런 여자들은 어떤 위급한 상황이 되면 그때까지의 태도에서 돌변하여 위험한 사람이 되어 버렸고, 그러면 윈터본은 자신이 그들을 아주 두려워하게 되리라는 것을 잘 알았다. 이런 생각은 윈터본을 즐겁게 했다. 설사 스무 번의 각종 다른 위급한 상황들이 벌어진다 하더라도 데이지는 여전히 그를 사랑하고, 그는 그것을 알고 또 좋아할 것이며, 여전히 그녀를 두려워하지 않을 것이다. 그러나 이런 생각이 그녀에게 그리 유쾌한 것은 아니라는 점을 부연해야 마땅하다. 그녀는 너무나 경쾌한 사람이어서 그런 심각한 생각 따위는 손사래 치며 물리칠 것이기 때문이다.

그렇지만 그녀가 조바넬리에게 큰 관심을 가지고 있는 것은 분명했다. 그녀는 그가 말을 할 때마다 그를 쳐다보았다. 늘 그에게 이것 해달라 저것 해 달라고 말했다. 늘 그를 놀리고 괴롭혔다. 그녀는 윈터본이 워커 부인의 파티에서 자신을 불쾌하게 했다는 사실을 까맣게 잊어버린 듯했다. 어느 일요일 오후 윈터본은 숙모와 함께 산피에트로 대성당에 갔다가 숙모가 끔찍하다고 비판했던 젊은 처녀가 코르소*의 멋쟁이 신사에게 에스코트를 받으며 대성당 주위를 산책하는 것을 보았다. 한참 생각한 끝에, 그 문제의 남녀를 숙모에게 알려 주는 것이 흥미로워 보였다. 비록 외알 안경으로 그들을 살펴본 코스텔로 부인

* 로마의 중심부 번화가.

이 곧바로 윈터본을 나무라기는 했지만. "그래서 네가 요사이 그리도 침울한 거니?"

"전혀 침울하지 않은데요." 그가 대답했다.

"너는 뭔가 골똘히 생각하고 있어. 늘 뭔가를 생각하고 있다고."

"제가 뭘 생각하고 있다고 보시는데요?" 그가 물었다.

"저 젊은 처녀지. 베이커 양인가 챈들러 양인가—그 이름이 뭐였더라?—밀러 양인가 하는 처녀*가 저 키 작은 가발걸이 같은 녀석과 음모를 꾸미고 있는 것에 대해서 말이다."

"그걸 음모라고 생각하시나요?" 그가 물었다. "저렇게 온갖 사람이 보는 데서 벌어지는 사건이오?"

"그건 저들의 어리석음이지, 저들의 현명함이 아니야." 코스텔로 부인이 말했다.

"아니에요." 그는 숙모가 지적한, 그 골똘히 생각하는 기색을 조금 보이면서 대답했다. "음, 뭐라고 할 만한 것은 없다고 봐요."

"그렇지만," 숙모가 외알 안경을 내리면서 말했다. "10여 명의 사람들이 저 일에 대해서 하는 얘기를 들었어. 사람들 말로는 저 처녀가 저 남자에게 홀딱 빠졌다는 거야."

"두 사람이 도둑들처럼 가까운 건 사실입니다." 젊은 남자는 당황했다.

코스텔로 부인은 잠시 후에 그들을 다시 쳐다보았다. 윈터본은 그 행동에서 숙모가 침울한 그의 상태보다 두 남녀의 사건에 더 관심이 많음을 알 수 있었다. "저 남자는 정말 잘생겼군. 저들의 사정을 금방

---

* 베이커는 빵 굽는 사람, 챈들러는 잡화상, 밀러는 방앗간 하는 사람 등의 뜻으로, 여기서는 데이지가 천한 계급 출신임을 의미한다.

파악할 수 있겠어. 저 처녀는 저 남자가 이 세상에서 가장 우아하고 또 가장 훌륭한 신사라고 생각하는 거야. 아마도 저런 남자를 본 적이 없겠지. 관광안내인보다는 나아 보여. 아마도 그를 소개한 것은 관광안내인일 테고, 저 친구가 젊은 처녀와 결혼하는 데 성공한다면 관광안내인은 상당한 알선료를 받을 것 같군."

"전 그녀가 그와 결혼할 생각이라고는 보지 않는데요." 윈터본이 반대 의견을 말했다. "또 그가 그녀와 결혼하겠다는 희망을 가진 것 같지도 않고요."

"너는 저 처녀가 아무런 생각도 없이 살아간다고 생각하겠지. 황금시대 사람들이 그랬던 것처럼, 그녀는 날이면 날마다 혹은 시간이면 시간마다 즐겁게 뛰어다니겠지. 하지만 그보다 더 천박한 것은 없어." 코스텔로 부인이 말했다. '황금시대' 비유는 현 상황과 잘 맞아떨어지지는 않았다.* "그렇지만 동시에," 그녀가 덧붙였다. "저 처녀는 틀림없이 앞으로 아무 때나 네게 '약혼'했다고 말해 올 거야."

"전 조바넬리가 기대하는 게 그거라고 생각합니다." 윈터본이 말했다.

"그런데 조바넬리가 누구지?"

"저 빛나는—좀 더 공평하게 말하자면 지저분하지 않은—키 작은

---

* 고대 로마의 시인 오비디우스는 『변신 이야기』에서 금은동철의 네 시대를 구분하여 노래했는데, 황금시대에는 법률 없이도 자발적으로 신의와 권리를 숭상했다. 인간은 자신이 태어난 해안 지역 이외의 곳은 알지 못했고 종족들은 아무 근심 없이 평화롭고 안일하게 살았다. 팽이로 일구지 않고 보습으로 상처를 주지 않아도 땅은 저절로 모든 것을 생산했다. 사람들은 천연의 노동으로 생산된 식량에 만족했다. 봄날은 영원히 계속되었고 따뜻한 서풍은 씨 뿌리지 않아도 저절로 피어난 꽃들을 위로했다. 곧 쟁기질하지 않은 땅에서 곡식이 생겨났다. 이런 황금시대를 데이지 밀러의 자유분방한 행동에다 비유한 것이 적절하지 않다고 윈터본은 생각한 것이다. 그러나 데이지를 순진함과 대담함을 표상하는 '아메리칸 이브'로 보는 시각이 은연중에 드러나 있어 묘한 아이러니를 풍긴다.

로마인요. 그에 대하여 수소문하여 정보를 좀 얻어 냈습니다. 그는 아주 점잖은 남자 같아요. 그다지 신분이 높지 않은 하급 관리인 걸로 알고 있습니다. 그러니까 소위 상류사회에서 활동하는 남자는 아니에요. 관광안내인이 저 친구를 소개했을 가능성이 있다고 생각합니다. 그는 분명 밀러 양에게 굉장히 매혹당했어요. 그녀가 그를 이 세상에서 제일 멋진 남자라고 생각한다면, 그 또한 저 젊은 처녀처럼 멋지고, 부유하고, 우아한 여자를 만나 본 적이 없었을 거예요. 그녀는 그에게 아주 예쁘고 흥미로운 여자로 보이겠죠. 하지만 약혼은 언감생심이라고 생각할 거예요. 거의 불가능한 행운이라고요. 그는 잘생긴 얼굴 이외에는 내세울 게 없어요. 달러화와 6연발 권총으로 대표되는 저 신비로운 나라에 사는 부유하고 또 언제 폭발할지 모르는 밀러 씨도 상대해야 하고요. 자신에게 내세울 작위가 없다는 것도 의식하고 있을 거예요. 그가 백작이나 후작이라도 된다면 사정은 달라지겠지요! 아마도 밀러 가족이 자기를 받아들여 주는 것도 좀 어리둥절할 겁니다."

"그는 자신이 잘생긴 데다 밀러 양이 제멋대로 행동하는 젊은 처녀라 이렇게 되었다고 보겠지."

"데이지와 그 어머니가, 뭐라고 할까, 어떤 문화적 수준에 도달하지 못한 것은 사실입니다. 그런 수준에 올라야 백작이나 후작을 붙잡을 생각을 하지요. 저는 밀러 모녀가 그런 생각을 할 정도의 지적 수준은 안 된다고 생각합니다."

"아, 하지만 저 하급 관리는 그 모녀에 대해서 그렇게 생각하지 않아." 코스텔로 부인이 말했다.

데이지의 '음모'에 의해 촉발된 견해에 대하여, 윈터본은 그날 산피에트로 대성당에서 충분한 증거를 수집했다. 로마에 사는 10여 명의 미국인들이 윈터본의 숙모에게 다가와 대화를 나누었다. 숙모는 그 순간 거대한 벽기둥의 주춧돌 옆에 마련된 조그만 이동식 의자에 앉아 있었다. 인근 예배당에서는 때마침 화려한 찬송가와 오르간 반주 속에서 저녁 예배가 이루어지고 있었다. 그동안에 코스텔로 부인과 미국인들은 '너무 멀리 나간' 젊은 밀러 양의 소행을 비난했다. 윈터본은 그런 이야기들에 기분이 좋지 않았다. 하지만 성당의 대형 계단 앞에서 데이지를 보았을 때에는 그런 생각이 어쩌면 당연하다는 느낌이 들었다. 그녀가 남자 친구와 함께 무개 마차에 올라타 사람들이 그녀를 비난하는 로마의 거리를 달려갔던 것이다. 그 순간 그는 그녀가 정말 너무 멀리 나갔다는 생각이 들었다. 그녀가 안됐다는 기분이 들었다. 그녀가 완전 정신이 나가 버렸다고 생각해서가 아니라, 그처럼 아름답고 무방비하고 자연스러운 처녀가 그토록 평판이 추락해 버린 것에 대한 안타까움이었다. 그는 그 일이 있은 후에 밀러 부인에게 그런 상황을 암시하려고 했다. 그는 어느 날 코르소에서 그처럼 관광객인 한 친구를 만났다. 그 친구는 도리아 왕궁의 아름다운 화랑을 둘러보고 막 나오는 길이었다. 그가 궁전의 한 진열실에 걸린, 벨라스케스가 그린 교황 이노센트 10세의 거대한 초상화를 잠시 '거론하더니' 이런 말을 했다. "그런데 그 진열실에서 말이야, 그 초상화와는 아주 종류가 다른 얼굴을 보았다네. 젊은 미국인 처녀였는데 예술 작품이라기보다는 자연의 작품에 더 가까웠어. 바로 자네가 지난주에 내게 말했던 미국 처녀였네." 윈터본이 자세히 캐묻자 친구가 얘기를 더 했다. 그 젊은 미국인 처녀—전보다 더 예뻐진—가 어떤 남자와 함께 교황의 초상화가 걸린 진열실의 한적한 구석에 앉아 있었다는 것이다.

"단둘이서?" 젊은 남자가 다소 의뭉한 어조로 물었다.

"양복 옷깃에 꽃 한 송이를 꽂은 키 작은 이탈리아 남자와 단둘이 있었어. 처녀는 눈부신 미인이더군. 그리고 전날 자네한테서 그녀가 아주 훌륭한 신분의 젊은 처녀라고 들었던 게 기억났네."

"그녀는 정말 그렇지!" 원터본이 말했다. 친구에게 바로 10분 전에 두 남녀가 그런 한적한 곳에 단둘이 앉아 있었다는 얘기를 듣고서, 그는 급히 마차에 올라타 밀러 부인을 만나러 갔다. 그녀는 집에 있었으나 데이지가 없다며 미안하다는 말을 했다.

"딸애는 조바넬리 씨와 어디론가 외출했어요. 늘 조바넬리 씨와 함께 돌아다니네요."

"두 사람이 친하다는 건 압니다." 원터본이 동의했다.

"둘은 서로 떨어져 있을 수 없는 것 같아요!" 밀러 부인이 말했다. "아무튼 그는 진짜 신사예요. 그래서 전날 혹시 약혼한 게 아니냐고 데이지에게 농담을 했지요!"

"그래, 따님은 그 농담을 어떻게 받아들였습니까?"

"아니라고 하더군요. 하지만 약혼했을 수도 있어요!" 이 철학적인 어머니는 말을 계속했다. "그 애는 마치 약혼한 것처럼 돌아다니고 있어요. 하지만 데이지가 말을 안 해 준다면 조바넬리 씨라도 말해 달라고 약속을 받았어요. 이 문제에 대하여 바깥양반에게 편지를 써야 할까 봐요. 그래야겠지요?"

원터본은 자신도 그렇게 할 것이라고 대답했다. 그런데 데이지 어머니의 심리 상태는 부모가 딸을 감시해 온 역사에서 전례가 없을 정도로 자유로운 것이어서, 그는 단 한 번의 만남으로 그 어머니의 양심이나 정신에 대하여 훈계하려던 시도를 포기하고 말았다.

그 이후에 데이지는 집에 붙어 있는 적이 없었고, 그는 두 사람이 아는 사람의 집에서 그녀를 만날 수도 없었다. 그 예민한 사람들은 그녀가 이미 너무 나갔다는 판결을 내려 놓은 상태였기 때문이다. 그들은 주위 유럽인들의 이목을 생각하여 그녀를 집에 초대하지 않는 것으로 자신들의 입장을 강력히 표출했던 것이다. 그들은 데이지 밀러 양이 아름다운 젊은 미국 처녀이기는 하지만, 행동거지가 결코 아름답지 않고, 또 로마에 사는 미국인들은 그것을 아주 해괴하게 생각한다고 널리 선포한 것이었다. 윈터본은 데이지가 자신에 대한 이런 노골적인 냉대를 어떻게 받아들일지 궁금했다. 하지만 때때로 그는 데이지가 그런 냉대를 전혀 느끼지도 알아채지도 못할 것이라고 생각하며 아주 초조해졌다. 그는 그녀가 못 말릴 정도로 어린아이 같고 또 천박하다고 여겼다. 그녀는 경쾌함과 무지함 그 자체라서, 남들 얘기를 신경 쓴다거나 그로 인해 고통을 받지 않을 것이라고 느꼈다. 그러다가 또 어떤 때는 그녀의 우아하고 무책임한 젊은 육체 속에는 자신이 일으키는 인상에 대한 도전적이고, 열정적이고, 관찰적인 의식이 깃들어 있으리라고 믿어 의심치 않았다. 그는 스스로 이런 질문을 던지기도 했다. 그런 도전의식은 순진함에서 나오는 것인가, 아니면 그녀가 본질적으로 젊은 여자라는 무모한 부류라는 사실에서 나오는 것인가? 그러다가 그녀의 '순진함'을 철저하게 믿는 것은, 너무 지나치게 정밀하게 구분하는 비실용적인 태도라는 느낌도 점점 강해졌다. 이미 앞에서 말했지만, 그는 이런 억지 논리에 함몰된 것이 별로 유쾌하지 않았다. 그는 자신의 한심한 바보스러움, 좀 더 구체적으로 말해서, 그녀의 과도한 행동이 어디까지 국가적 혹은 일반적 현상이고 또 어디까지 조잡한 개인적 특성인지 본능적으로 확실하게 구분하지 못하는 자신의 태도에 화가 난 것이었다. 그가 정확하게 파악하지 못한 그녀의 정체가 무엇이든 간에, 이제는 너무 늦었다. 그녀는 조바넬리 씨에게 푹 '빠졌다'.

그녀의 어머니와 면담하고 나서 며칠 뒤에 그는 카이사르궁으로 알려진, 꽃이 만발한 쓸쓸한 고대 유적지에서 그녀를 만났다. 로마의 이른 봄은 그 일대의 공기를 꽃가루와 향기로 가득 채우고 있었다. 팔라티노 언덕의 거친 표면은 부드러운 신록으로 뒤덮였다. 데이지는 이끼 낀 대리석 둑이 둘러지고 비문이 새겨진 비석들이 즐비한 높은 고대의 유적지를 천천히 걷고 있었다. 그는 로마가 그때처럼 아름답게 보인 적이 없다고 생각했다. 그는 저 멀리 도시를 둘러싼 매혹적이고 조화로운 선과 색들을 아득히 쳐다보았고, 그 축축하고 부드러운 냄새를 깊이 들이마시면서 한 해의 신록을 느꼈으며, 고대 유적지가 신비로운 융합 속에서 되살아나고 있는 느낌을 받았다. 데이지 또한 그때처럼 아름답게 보인 적이 없는 듯했다. 그렇지만 그는 그녀를 만날 때마다 새로운 아름다움이 일어난다고 확신하고 찬탄했다. 물론 그녀 옆에 있던 조바넬리는 또한 이탈리아인의 영광을 드러내듯 전보다 더 환하게 빛나고 있었다.

"전 당신이 아주 외로울 거라 생각했어요." 조바넬리의 라이벌이라고 지목하면 조롱을 느낄 법한 윈터본에게 그녀가 말했다.

"외롭다고요?" 윈터본이 체념한 어조로 물었다.

"당신은 언제나 혼자 다니잖아요. 함께 다닐 사람 없어요?"

"전 당신의 멋쟁이 친구처럼 그리 운이 좋지 않거든요." 그가 대답했다.

조바넬리는 처음부터 그를 아주 정중하게 대해 왔다. 그는 아주 공손한 자세로 그의 말을 경청했다. 윈터본의 농담에는 어김없이 웃음을 터트렸고, 밀러 양의 차분한 동포에 대해 자신이 찾아낼 수 있는 좋은 말을 구사하며 아주 중요한 사람이라고 말했다. 그는 결코 질투심 많은 구애자 같은 태도를 취하지 않았다. 아주 재주가 많은 사람이었다. 남들이 자신을 약간 놀리려고 해도 거기에 대하여 반발하려 들지도 않았다. 조바넬리는 윈터본과 어떤 공통된 이해에 도달하기 위해 은밀하게 대화를 나누고 싶어 하는 듯했다. 또 윈터본에게 이런 말을 할 기회를 잡기를 바라는 것 같았다. 조바넬리 자신도 지적인 남자이고, 이 젊은 여자가 대단히 비범하다는 것을 알고 있으며, 결혼과 달러화를 얻을 희망에 대해 자신—혹은 지나친 자신이나 망상—하고 있지 않다고 말이다. 그럴 때면 그는 매혹적인 처녀에게서 잠시 벗어나 편도 나무 꽃가지를 하나 꺾어 상의 옷깃에다 조심스럽게 꽂았다.

"당신이 왜 그런 말을 하는지 알아요." 데이지가 대답했다. "제가 저 사람과 너무 자주 돌아다닌다고 생각해서 그런 거잖아요!" 그녀가 고개를 끄덕이며 신중한 남자 친구를 가리켰다.

"다들 그렇게 생각하고 있습니다. 당신이 알고 싶어 할지는 모르겠지만." 윈터본이 가까스로 대답했다.

"물론 알고 싶죠!" 그녀가 크게 강조했다. "하지만 전 그 말을 단 한 마디도 믿지 않아요. 사람들은 단지 충격받은 척하는 것뿐이에요. 실제론 내가 뭘 하든 눈곱만큼도 신경 쓰지 않아요. 게다가 전 그리 많이 돌아다니지도 않아요."

"사람들이 신경 쓰고 있다는 걸 알게 될 겁니다. 그리고 그걸 표시할 거고요. 불쾌한 방식으로요." 그가 감히 선언했다.

데이지는 그 말의 중요성을 마음속으로 달아 보았다. "불쾌한 방식이라니, 어떻게요?"

"아무것도 눈치채지 못했습니까?" 그가 동정하는 어조로 물었다.

"당신이 어떤 사람인지는 눈치챘죠. 처음 만난 이래로 당신은 마치 쇠기둥이나 되듯이 전혀 '양보'하지 않았어요."

"제가 다른 사람들에 비해 많이 '양보'했다는 것을 알게 될 겁니다." 그가 침착하게 미소 지었다.

"그걸 어떻게 하면 알 수 있죠?"

"다른 사람들 집을 찾아가 봐요."

"그들이 나를 어떻게 대하는지요?"

"당신을 차갑게 대할 겁니다. 무슨 뜻인지 알죠?"

데이지는 그를 빤히 쳐다보았다. 그녀의 얼굴이 붉어지기 시작했다. "저번 날 밤에 워커 부인이 제게 했던 것처럼요?"

"그렇습니다. 다른 사람들도 워커 부인하고 똑같이 행동할 겁니다."

그녀는 아직도 편도 가지를 만지작거리는 조바넬리를 쳐다보았다. 이어 그 중요한 화제로 다시 돌아왔다. "당신은 사람들이 그렇게 불친절하게 나오는 것을 내버려 둬서는 안 된다고 생각해요."

"제가 그걸 어떻게 말릴 수 있습니까?"

"당신 제게 뭔가 할 말이 있는 것 같군요."

"있습니다." 윈터본은 잠시 말을 멈추었다. "당신 어머니가 내게 당신이 약혼한 것으로 믿고 있다고 말씀하더군요."

"그래요. 어머니는 그렇게 믿고 있지요." 데이지가 아주 간단하게 말했다.

윈터본은 웃음을 터트렸다. "랜돌프도 그렇게 믿고 있나요?"

"랜돌프는 그 어떤 것도 믿지 않을 거예요." 랜돌프의 회의적인 태도에 대한 얘기가 나오자 윈터본은 더욱 즐거워하며 계속 웃음을 터트렸다. 그때 조바넬리가 그들 쪽으로 돌아왔다. 데이지는 조바넬리를 쳐다보면서 다시 윈터본에게 말을 걸었다. "그 말이 나왔으니 하는 말인데," 그녀가 말했다. "전 약혼했어요." 그는 그녀를 빤히 쳐다보았고 웃음을 멈추었다. "믿지 않는군요!" 그녀가 덧붙였다.

그는 자문했고 잠시 가슴이 뛰는 것을 느꼈다. "아니요, 믿습니다." 그가 말했다.

"아니에요. 당신은 믿지 않아요." 그녀가 대답했다. "하지만 만약 당신이 믿는다면," 그녀가 좀 더 변덕스러운 어조로 말했다. "그럼 전 약혼한 게 아니에요!"

밀러 양과 단짝 친구는 궁터의 출입문 쪽으로 걸어갔고 그들보다 훨씬 뒤에 그곳에 들어선 윈터본은 곧 그들과 작별했다. 일주일 뒤 그는 첼리오 언덕에 있는 어떤 아름다운 저택에 저녁 식사를 하러 갔고, 도착하자 타고 온 마차를 돌려보냈다. 아름다운 저녁이라 돌아갈 때에는 콘스탄티누스 개선문 밑을 지나 조명이 흐릿한 포럼의 기념비들 사이로 산책하기로 한 것이다. 하늘에는 반달이 걸려 있었는데, 달빛은 얇은 구름 커튼에 가려져 그리 밝지 않았고 구름은 그 빛을 골고루 넓게 뿌리는 듯했다. 밤 11시에 저택에서 돌아오다 어두운 반원형 콜로세움 경기장에 접근했을 때, 낭만적인 생각이 슬그머니 떠올랐다. 이런 분위기라면 저 경기장 안을 한번 구경해 볼 만하지 않을까. 그는 걸음을 옆으로 틀어서 비어 있는 아치 하나로 걸어갔다. 거기서 그는 무개 마차─로마 거리에서 흔하게 볼 수 있는 작은 마차─가 근처에 세워져 있는 것을 보았다. 이어 그 커다란 건물의 동굴 같은 그림자들 사이를 통과하여 적막한 경기장이 보이는 탁 트인 곳으로 나섰다.

그곳은 일찍이 윈터본에게 그처럼 인상적인 광경을 연출한 적이 없었다. 거대한 원형 경기장의 절반은 깊은 그림자 속에 들어가 있었고 나머지 절반은 달빛 어린 어둠 속에 잠들어 있었다. 그는 거기 서서 바이런의 장시 「만프레트」 중 콜로세움의 야경을 노래한 저 유명한 시행을 중얼거리기 시작했다. 그러나 그 시를 다 암송하기도 전에, 바이런의 시에 나오는 한밤중의 명상은 풍부한 문학적 전통의 결과물이기는 하지만, 의학계에서는 그것을 못마땅하게 여긴다는 것이 떠올랐다. 다른 시대들의 나쁜 공기가 사람을 둘러싸고 있다는 것이다. 그 다른 시대들의 공기는 엄밀히 분석해 보면 몸에 해로운 장기瘴氣에 지나지 않았다. 그러나 윈터본은 경기장 가운데로 걸어가 좀 더 먼 쪽을 쳐다보다가 급히 돌아갈 생각이었다. 중앙에 있는 기독교 순교자들을 기념하는 대형 십자가는 어둠 속에 파묻혀 있었다. 가까이 다가가자 그것이 뚜렷이 보였다. 그는 동시에 그 기반을 형성하는 낮은 계단에 두 사람이 있는 것을 분명하게 보았다. 한 사람은 여자인데 앉아 있었고, 동반자는 그녀 앞에서 서성이고 있었다.

곧 여자의 목소리가 따뜻한 밤공기를 뚫고서 그에게까지 또렷하게 전달되었다. "아, 그가 예전에 사자나 호랑이가 기독교 순교자들을 노려보았을 법한 자세로 우리를 쳐다보고 있는데요!" 그 말의 억양에는 날개가 달려 있어서, 마치 하얀 비둘기처럼 공중을 날아와 그의 주변 어둠 속에 사뿐히 내려앉았다. 그 말을 날려 보낸 사람은 데이지 밀러 양이었다.

"그가 너무 배고프지 않기를 바랍시다." 자상한 조바넬리가 그녀의 비위를 맞추었다. "나를 먼저 잡아먹고 그다음에 당신을 디저트로 삼게요."

원터본은 최종적인 두려움, 아니 최종적인 안도감을 느끼며 멈춰 섰다. 그 젊은 처녀를 둘러싼 불분명함이 갑자기 분명해졌고 그녀가 제시한 모순적인 사항들의 수수께끼를 풀기가 쉬워졌기 때문이다. 그녀는 변덕스러운 젊은 처녀였고, 그런 변덕의 가락에 매혹된 어리석은 신사는 더 이상 그녀 때문에 고민하거나 마음을 괴롭힐 필요가 없었다. 한때 의문투성이였던 여자의 정체는 이제 아무런 그림자도 갖고 있지 않았다. 그것은 단지 작고 검은 점에 지나지 않았다. 그는 거기서서 그녀와 남자 친구를 쳐다보았다. 그에게는 그들이 희미하게 보였지만 그들에게는 그가 아주 분명하게 보인다는 사실을 의식하지 않았다. 그는 그러한 관점 변화에 화가 났다. 그동안에 자신이 품었던 부드러운 양심의 가책과 자신이 보였던 정신 나간 자비에 대하여 부끄러운 생각도 들었다. 그는 다시 앞으로 나아가려다가 또다시 걸음을 멈추었다. 그녀에게 부당한 행동을 할지 모른다는 우려 때문은 아니었다. 여태껏 신중한 비판의 자세를 보이다가 그것을 내던져 버린 지금, 지나치게 안도하고 있는 그의 감정을 그녀에게 들킬 위험이 있기 때문이었다. 그는 경기장 입구로 발길을 돌렸다. 하지만 그 순간 데이지가 다시 소리쳤다.

"어머나, 원터본 씨예요! 나를 보고도 내가 죽은 사람인 양 구는군요!"

이 얼마나 영리한 바람둥이인가! 이 얼마나 영악하게 행동하는가! 그는 그녀의 말을 듣고서 그런 생각을 했다. 그녀는 깜짝 놀라고 또 상처 입은 순진한 여자의 역할을 해 보이고 있는 것이었다. 하지만 그는 그녀를 '죽은 사람' 취급할 생각도 없었고 또 그녀의 목숨을 향해 저 유명한 '1인치'*를 더 가까이 다가설 의사도 없었다. 그는 다시 몸을 돌려서 대형 십자가 쪽으로 걸어갔다. 데이지는 계단에서 일어섰고 조바넬리는 모자를 살짝 들어 올렸다. 윈터본은 몸이 약한 젊은 처녀가 이런 야심한 시간에 말라리아 소굴에서 배회하다가 열병에 감염될지도 모르는 그런 미친 행동에 대해서만 생각했다. 설사 그녀가 가장 그럴듯한 젊은 바람둥이 여자라 해도, 그게 어쨌다는 것인가? 그게 말라리아에 걸려 죽어야 할 이유는 되지 않는다. "여기서 얼마나 오래 '빈둥'거렸습니까?" 그가 일부러 거친 말로 물었다.

달빛 은은한 괴기스러운 분위기에서도 여전히 아름다운 데이지가 잠시 그의 거친 말투를 비난했다. "어, 저녁 내내요." 그녀가 활기차게 대답했는데, 심지어 그때에도 그는 그녀가 약간 과장하고 있다는 것을 느꼈다. "이렇게 아름다운 분위기는 정말 처음이에요."

"하지만," 그가 대답했다. "로마 열병에 걸려서 드러눕게 된다면 그리 아름답게 느껴지진 않을 겁니다. 사람들이 이런 곳에서 배회하다가 그 병에 걸리지요." 그는 이어 조바넬리에게 따졌다. "로마 시민이면서 이렇게 지독하게 무모한 짓을 용납하다니 정말 기가 차는군요."

"아," 그 노련한 남자는 말했다. "전 그 병이 두렵지 않습니다."

"저도 당신을 우려하는 건 아닙니다." 윈터본이 프랑스어로 대답했다. "이 젊은 처녀 얘기를 하고 있는 겁니다."

조바넬리는 잘생긴 눈썹을 한번 슬쩍 들어 올리고 가지런한 치아를 한번 보여 준 후에 비난을 온순하게 받아들였다. "전 아가씨에게 이게 아주 부주의한 일이라고 말씀드렸어요. 그렇지만 아가씨가 언제 신중

---

* 스파르타의 부자가 주고받은 말로, 아들이 자신의 칼이 상대방을 찔러 죽이기에는 짧다고 불평하자 아버지가 "그럼 얘야, 네 발걸음을 1인치만 더 앞으로 내디뎌 보렴" 하고 말했다는 고사에서 나온 것이다.

한 적이 있었습니까?"

"전 아파 본 적이 없고, 또 앞으로도 그럴 거예요!" 아가씨가 소리쳤다. "별로 건강해 보이지 않지만 전 그래도 건강해요! 달밤의 콜로세움을 꼭 보고 싶었어요. 여길 구경하지 않고서는 집으로 돌아가려고 하지 않은 건 저예요. 그래서 우린 아주 멋진 시간을 보냈죠. 그렇지 않나요, 조바넬리 씨? 무슨 위험이 있다면 에우제니오가 필요한 약을 줄 거예요. 에우제니오에게는 아주 좋은 약이 있거든요."

"그렇다면 지금 당장," 윈터본이 말했다. "마차를 타고 빨리 집으로 돌아가 그 약을 들라고 조언하고 싶습니다."

조바넬리가 아주 좋은 생각이라는 듯이 미소를 지었다. "아주 현명한 말씀입니다. 제가 가서 마차를 준비시키겠습니다." 그리고 그는 재빨리 밖으로 달려 나갔다.

데이지는 윈터본과 함께 갔다. 그는 그녀를 쳐다보는 고역을 모면하려고 무척 애를 썼으나 두 눈이 뜻을 따라 주지 않았다. 그러나 그녀는 조금도 당황하는 눈치가 아니었다. 그는 아무 말도 하지 않았다. 데이지가 경기장이 너무나 아름답다고 조잘거렸다. "그래요, 저는 달빛 속의 콜로세움을 보았어요. 그게 정말 자랑스러워요!" 이어 상대방이 아무 말이 없자 왜 그렇게 뻣뻣하게 구느냐고 물었다. 툭하면 그녀가 써 먹는 말이었다. 그는 아무 대답도 하지 않았지만, 자신의 웃음이 그 뻣뻣함을 강하게 부정하는 거라고 여겼다. 그들은 아치 아래 어두운 길을 통과했다. 조바넬리는 경기장 앞에 마차를 대기시켜 놓고 있었다. 여기서 데이지는 잠시 걸음을 멈추더니 윈터본을 쳐다보았다. "전날 제가 약혼했다는 말을 믿었나요?"

"전날 제가 무엇을 믿었는지는 이제 중요하지 않습니다!" 그의 말에는 무한한 함축이 담겨 있었다.

그 말을 듣고 그녀는 얼굴을 찡그리지 않았고, 그는 그것이 좀 이상했다. "그럼 지금은 무엇을 믿나요?"

"당신이 약혼했건 아니건 아무 차이도 없다고 믿죠!"

그녀의 밝은 눈이 아치 아래의 짙은 어둠을 관통하며 빛나는 듯했다. 그에게 다가가는 접근로를 찾고 있는데 아직 파악하지 못한 것 같았다. 그러나 조바넬리가 서둘러야 한다면서 우아하게 끼어들었다. "빨리, 빨리. 우리가 자정까지 들어간다면 아주 안전합니다!"

데이지가 마차에 올랐고 운 좋은 이탈리아 남자가 그 옆에 앉았다. "에우제니오의 약을 잊지 마세요!" 윈터본이 모자를 들어 보이며 말했다.

"전 신경 쓰지 않아요." 그녀가 예기치 않은 대답을 했다. "내가 로마 열병에 걸리든 말든!" 그 순간 마부가 채찍으로 말 등을 때렸고 마차는 울퉁불퉁한 고대의 포도 위를 덜컹거리며 달려갔다.

윈터본은—그에게 공정하게 대하자면—자정에 콜로세움에서 남자와 같이 있는 밀러 양을 만났다는 사실을 아무에게도 말하지 않았다. 그러한 사려 깊은 신중함에도 불구하고 그 스캔들성 모험은 이틀 후 아주 생생하게 살이 붙어 로마 내의 소규모 미국인 공동체에 널리 알려졌고, 당연히 구설이 되었다. 윈터본은 호텔 주위의 사람들에게 일차적으로 책임이 있다고 판단했다. 데이지가 호텔로 돌아온 후에 수위와 마부 사이에 즐거운 농담이 오고 갔을 것이다. 하지만 윈터본은 동시에 그 젊은 미국인 바람둥이가 저질스러운 하인들의 '입방아'에 오르고 있다는 사실이 자신을 별로 화나게 하지 않는다는 사실을 의식했다. 이틀 뒤에 그 나쁜 소문은 추가 정보로 넘쳐 나게 되었다. 소문인즉, 그 젊은 미국인 바람둥이가 아주 아파서 의사들이 거처를 들락거린다는 것이었다. 윈터본은 그 소문을 듣고 더 많은 소식을 얻으러 즉각 호텔로 달려갔다. 그는 두세 명의 친구들이 자기보다 앞서 문병을 온 것을 보았다. 그들은 밀러 부인의 살롱에서 팔방미인 랜돌프의 영접을 받고 있었다.

"밤중에 그렇게 돌아다녀서 탈이 난 거예요. 틀림없어요. 그래서 누나가 아픈 거예요. 늘 밤에 돌아다녔거든요. 누나가 이걸 바랐다고는 생각하지 않아요. 여기는 밤이 전염병을 일으킬 정도로 너무 어두워요. 달이 뜨지 않으면 아무것도 볼 수가 없어요. 미국에서는 달을 중심으로 움직이지는 않아요!" 반면 밀러 부인은 눈에 안 보이는 능력에 관한 한 천재성을 발휘했다. 부인은 살롱에는 점점 더 모습을 드러내지 않았다. 그녀는 이제 오로지 딸을 돌보는 데에만 전념하는 듯했다. 데이지가 위험할 정도로 아프다는 것은 분명했다.

윈터본은 병실에서 흘러나오는 소식을 듣기 위해 자주 호텔을 찾아갔다. 하지만 그 소식이라는 것은 감질나게도 간접적으로 전해지는 것뿐이었다. 그는 딱 한 번 데이지의 의사와 짧은 대화를 나누었고 또 밀러 부인을 딱 한 번 보았다. 부인은 비록 크게 놀라기는 했지만 그의 예상보다는 생기가 있었고 또 소리 없이 유능하게 병간호를 하는 것 같았다. 그녀는 데이비스 선생의 영향을 많이 받은 듯했고, 윈터본은 부인이 전에 생각했던 것과는 다르게 어리석은 사람이 아님을 알아보고 부인에게 칭찬의 뜻을 전했다. 하지만 그가 이런 호의를 표시하게 된 것은 부인이 지나가듯이 슬쩍 전한 말 탓도 있었다. "데이지가 전날 당신에 대하여 아주 유쾌하게 말했어요. 그 애는 하루의 절반 정도는 자기가 무슨 말을 하고 있는지 몰라요. 하지만 그때에는 뚜렷이 알고 있었다고 생각해요. 그 애가 내게 메시지를 전했어요. 그걸 당신에게 말해 달라고요. 그 애는 당신이 우선 이걸 알아주길 바랐어요. 늘 자기 주위에 붙어 있던 그 잘생긴 이탈리아 남자와 약혼하지 않았대요. 그래서 정말 기뻐요. 조바넬리 씨는 딸애가 아픈 이후로 우리 근처에 오지 않았어요. 그가 신사라는 것은 알지만 그런 행동이 예의 바르다고는 생각되지 않는군요! 한 부인이 말해 주었는데, 그 사람은 내가 늘 그 애와 붙어 다니는 자기를 인정하지 않을까 봐 걱정했다는군요. 물론 그 둘의 저녁은 우리가 보낸 저녁처럼 그리 유쾌하지는 않았던 것 같아요. 우리가 그 독을 품은 장기를 그런 식으로 느끼지 않았기 때문이죠. 그렇지만 이제 그의 속셈이 무엇인지 모르겠어요. 그는 내가 숙녀이고 또 야단법석을 싫어한다는 걸 알아요. 아무튼 딸애는 자기가 약혼하지 않았다는 걸 당신에게 알려 달라고 했어요. 왜 그걸 그렇게 중시하는지는 모르지만 그 얘기를 세 번이나 했어요. '윈터본 씨에게 그 얘기를 꼭 해 줘.' 그리고 스위스에서 그 성에 함께 올라갔던 일을 기억하는지 당신에게 물어봐 달라고 하더라고요. 나는 그런 메시지는 전하지 않겠다고 했지만요. 그 애는 약혼을 하지 않았고, 이제 그걸 알아서 기뻐요."

그러나 윈터본이 당초 판단했던 것처럼, 이 문제의 진실은 실제로는 별로 중요하지 않았다. 그로부터 일주일 뒤 그 불쌍한 처녀는 죽었다. 말라리아의 무서움에 관한 사례였다. 그녀의 무덤은 근처 자그마한 개신교 공동묘지에 마련되었다. 로마 제국의 성벽 한 귀퉁이에 있는 묘지는, 삼나무와 무성한 봄꽃들로 뒤덮여 있었다. 윈터본은 다른 조문객들과 함께 그 무덤 옆에 섰다. 젊은 처녀의 스캔들이 불러올 수 있는 것보다 더 많은 사람들이 보였다. 조바넬리가 윈터본이 돌아서

기 전에 다가와 그의 옆에 섰다. 상복을 단정하게 차려입은 조바넬리는 전보다 얼굴이 더 창백했다. 그의 양복 옷깃에는 꽃이 꽂혀 있지 않았고, 그는 뭔가 긴급히 할 말—혹은 하기가 거북한 말—이 있는데 그것을 어떻게 '토로'해야 할지 잘 모르는 것 같았다. 그가 마침내 창백한 얼굴에 가볍게 경련을 일으키며 윈터본에게 말했다. "그녀는 제가 만나 본 가장 아름다운 처녀였습니다. 그리고 가장 다정했습니다." 그리고 이렇게 덧붙였다. "그리고 당연하게도, 가장 순진한 처녀였습니다."

윈터본은 건조하고 냉정한 눈으로 그를 쳐다보면서 그의 말을 되풀이했다. "가장 순진한?"

"가장 순진한!"

하지만 그 말은 다소 늦은 것이었고, 윈터본은 그제야 그 말이 나온 것에 대하여 분노를 느끼기까지 했다. "그런데 왜," 그가 물었다. "당신은 그런 위험한 곳에 그녀를 데려갔습니까?"

조바넬리는 어깨와 눈썹을 슬쩍 치켜 올리며 가벼운 체념의 표시를 했다. "저로서는 두렵지 않았습니다. 그녀는 자신이 좋아하는 것을 했고요."

윈터본의 시선은 땅바닥에 고정되었다. "그녀는 자신이 좋아하는 것을 했다!"

그것은 불쌍한 조바넬리로부터 좀 더 경건하고 좀 더 솔직한 고백을 끌어냈다. "설사 그녀가 살아났더라도 나는 아무것도 얻지 못했을 겁니다. 그녀는 결코 나와 결혼하려고 하지 않았을 겁니다."

그것은 정말 성실하고 사심 없는 심경 고백인 듯했다. 하지만 윈터본은 그것을 어떻게 받아들여야 할지 잘 알지 못했다. 그러나 그는 조바넬리보다는 덜 우아한 태도로 말했다. "아마도 그랬겠지요."

조바넬리는 그런 대답에도 낙담하지 않았다. "잠시 그런 생각을 품었지만, 아니었습니다. 곧 그것을 확신하게 되었어요."

윈터본은 그 말을 그대로 받아들였다. 그는 거기 서서 4월의 데이지 꽃들 사이로 뭉툭하게 솟아오른 무덤을 내려다보았다. 그가 다시 돌아서자 동료 조문객이 옆으로 비켜섰다.

그는 거의 곧바로 로마를 떠났고 그다음 해 여름 또다시 브베에서 코스텔로 부인을 만났다. 그녀는 그 오래된 매력적인 호텔에서 요령부득인 밀러 가족이 얻어 내지 못한 가치를 뽑고 있는 중이었다. 그동안 윈터본은 밀러 가족 세 사람 중 가장 흥미로운 사람인 데이지의 수수께끼 같은 태도와 기이한 모험을 종종 생각했다. 어느 날 그는 숙모에게 그녀 얘기를 했다. 그녀를 공정하게 대하지 못한 것이 양심에 찔린다고 말이다.

"글쎄, 난 잘 모르겠구나." 부인이 조심스럽게 말했다. "너의 공정치 못한 대우가 그녀에게 어떤 영향을 미쳤다는 거니?"

"그녀가 죽기 전에 제게 메시지를 전했는데 전 당시에 그 뜻을 이해하지 못했어요. 하지만 그때 이후로 이해할 것 같아요. 그녀는 제가 그녀를 존중해 준 것에 대하여 감사 표시를 하려 했던 거예요."

"그 애가 아주 이상한 방식으로 남에게서 존중을 받았구나. 그러니까 네 말은," 코스텔로 부인이 물었다. "그녀가 너의 애정에 보답하려 했다는 뜻이나?"

대답이 없자 그녀는 고개를 돌려 그를 쳐다보았다. 그는 숙모의 시야에서 살짝 벗어나 있었던 것이다. 하지만 숙모는 같은 질문을 되풀이하지는 않았다. 하지만 그는 잠시 뒤에 이렇게 말했다. "지난여름에 숙모님이 하신 말씀이 옳았습니다. 저는 틀림없이 엄청난 실수를 하게 되어 있었어요. 외국에서 너무 오래 살았던 겁니다." 숙모는 이번엔 아무 대답도 하지 않았다.

그렇지만 그는 곧 제네바의 생활로 되돌아갔다. 그곳에서 원터본은 그 도시에 머무는 동기에 대하여 가장 모순적인 이야기들을 계속해 댔다. 자신이 열심히 '공부'를 하고 있다는 것이었는데, 그것은 아주 똑똑한 외국 숙녀에 대하여 무척 관심이 많다는 암시였다.

제자
The Pupil

1

그 가난한 젊은 남자는 망설이며 시간을 끌었다. 오로지, 말하자면 귀족적인 감정들에 대해서만 말하는 여주인에게 고용 조건, 특히 돈 문제를 꺼낸다는 것은 그에게 아주 힘든 일이었다. 그렇지만 고용이 확정된 이상, 듣고 싶은 얘기에 대해서 의례적인 다짐의 말을 듣지 않고서는 그 자리를 뜨고 싶은 마음은 없었다. 덩치가 크고 상냥한 여주인은 보석 반지를 낀 살찐 손에 약간 때 묻은 스웨이드 장갑을 쥐고는 되풀이해서 장갑을 눌렀다 밀었다 할 뿐 정작 그가 듣고 싶어 하는 얘기는 해 주지 않았다. 그는 급여 액수가 듣고 싶었다. 그가 긴장하면서 그 얘기를 막 꺼내려는 순간, 모린 부인이 부채를 가지고 오라며 방 밖으로 내보냈던 소년이 되돌아왔다. 아이는 부채 없이 돌아와서 못 찾았노라고 심드렁하게 말했다. 그리고 이런 냉소적인 말을 하고 나서 앞으로 그의 교육을 담당할 사람을 똑바로 노려보았다. 가정교사 후보는 어린 제자에게 첫 번째로 가르쳐야 할 것은, 어머니에게 그런 식으로 말해서는 안 된다고 가르치는 일이 되겠구나 하고 다소 음울하게 생각했다. 어머니에게 이렇게 불손하게 대꾸를 하다니.

모린 부인이 어린 아들을 방 밖으로 내보내려고 그런 심부름을 시켰을 때 펨버턴은 자신의 봉급이라는 미묘한 문제를 언급하려고 일부러 그랬구나, 하고 생각했다. 그러나 부인은 열한 살 소년이 하지 말아야 할 일들에 대해서만 몇 마디 했을 뿐이었다. 그 피해야 할 일들은 모두 소년에게 유리한 것이었고, 마지막에 부인은 목소리를 거의 한숨처럼 낮추면서 자신의 왼쪽 옆구리를 가볍게 쳤다. "그리고 모든 것이 이것에 지나치게 영향을 받고 있어요. 그러니까 모두가 그 약점을 의식하면서 절절매고 있다고요!" 펨버턴은 그 약점이 심장과 관련된 병이리라고 짐작했다. 그는 소년이 튼튼하지 않다는 것을 알았다. 지금 니스에 와 있는 옥스퍼드 시절의 지인인 영국 숙녀는 그에게 이 일자리를 소개하면서 그것이 그가 가장 유의해야 할 점임을 미리 일러주었다. 그녀는 펨버턴에게 필요한 것과, 우수한 자질을 지닌 가정교사를 찾는 상냥한 미국인 가정이 요구하는 걸 동시에 다 알고 있었다.

그가 맡게 될 어린 제자는 펨버턴이 방 안에 들어오자 마치 가정교사를 직접 보려는 듯이 따라서 들어왔다. 제자의 인상은 가정교사라면 당연히 기대하게 되는 온순하게 호소하는 듯한 그런 것이 아니었다. 모건 모린은 우아한 기색은 없이 다소 병약했으나 그래도 총명해 보였다(사실 펨버턴은 그가 우둔했더라면 더 좋아했을 것이다). 그런 인상에다 큰 입과 큰 귀가 더해져 제자는 예쁘다고 할 수 없고 오히려 상대방에게 불쾌한 느낌마저 주었다. 펨버턴은 겸손한 데다 소심하기까지 한 사람이었다. 어린 제자가 그보다 더 영리할 가능성은 그가 한 번도 해 보지 않은 실험의 위험성 중 하나였고, 그를 긴장하게 만들었다. 그렇지만 개인 가정교사 일자리를 맡으려면 그런 정도는 감내해야 하는 위험이었다. 특히 대학 우등 졸업장이 금전적으로 아무런 힘을 발휘하지 못하는 상황에서는 더욱 그러했다. 아무튼 모린 부인이 자리에서 일어서 몇 주 내에 가정교사로 들어오는 것이 상호 양해되었다고 알리면서 그를 물리치려는 순간, 그는 아이가 옆에 있음에도 불구하고 봉급 수준에 대하여 부인에게 한마디를 얻어 내는 데 성공했다. 그 말이 다소 천박하게 들리지 않았다면, 그건 부인의 부유한 신분을 드러내는 듯한 의식적인 미소 때문도 아니었고, 또 어떻게 보면 막연하지만 뚜렷하게 드러나는 과시적 태도 때문도 아니었다. 그보다는 대답을 하면서 취한 아주 우아한 자세로 인해 부인의 말은 천박성을 모면한 것이었다. "아, 그 모든 것이 정상적으로 처리될 것이니 안심하세요."

펨버턴은 모자를 집어 들면서 '그 모든 것'이 어느 정도의 액수를 가리키는지 의아했다. 사람들은 그 어느 정도에 대하여 각자 생각이 다르기 때문이다. 아무튼 모린 부인의 말은 그 가족이 어떤 확정적 약속을 하는 것처럼 들렸는데, 그러자 어린 제자는 "오, 라—라!" 하고 조롱하는 듯한 낯설고 이상한 감탄사를 내뱉었다.

펨버턴은 다소간 혼란을 느끼며 아이를 쳐다보았다. 아이는 등을 돌리고 양손을 호주머니에 찔러 넣은 채 천천히 창문으로 걸어갔는데, 밖에 나가 놀지 않는 아이의 위축된 어깨에는 힘이 잔뜩 들어가 있었다. 젊은 가정교사는 저 아이에게 놀이하는 방법을 가르칠 수 있을지 의아했다. 비록 그의 어머니가 놀이를 해서는 절대 안 되고 그 때문에 학교에 보내지 않는 거라고 미리 말하기는 했지만 말이다. 모린 부인은 아무런 불편한 기색도 내보이지 않으면서 부드러운 어조로 계속 말했다. "바깥양반은 당신의 청을 들어주는 것을 기쁘게 생각할 겁니다. 이미 말씀드린 것처럼 남편은 일주일 동안 런던으로 출장을 갔어요. 그이가 돌아오면 당신은 그 문제를 남편과 결말지을 수 있을 겁니다."

너무나 솔직하고 다정한 말이어서 젊은 남자는 웃고 있는 여주인을 따라 웃으면서 대답했다. "오! 그 문제로 다툼이 없길 바랍니다."

"엄마 아빠는 선생님이 원하는 건 뭐든지 해 줄 거예요." 소년이 창문에서 돌아오면서 느닷없이 말했다. "우리는 비용 따위는 신경 쓰지 않아요. 우리는 아주 잘살거든요."

"얘야, 너무 이상한 말을 하는구나!" 어머니가 그에게 손을 내밀며 습관처럼 쓰다듬으려 했으나 성공하지 못하고 소리쳤다. 아이는 그 손을 뿌리쳤으나 똑똑하고 순진한 눈으로 펨버턴을 쳐다보았다. 그는 소년의 냉소적인 표정이 시시각각으로 바뀌는 것을 이미 알아차렸다. 지금 이 순간, 그것은 어린아이의 표정이었으나, 기이한 직관과 지식의 영향에 따라 얼마든지 바뀔 수 있는 것처럼 보였다. 펨버턴은 조숙한 태도를 다소 싫어하는 사람이었고, 아직 10대도 안 된 제자에게서 그런 기미를 발견하고서 실망했다. 그렇지만 모건이 따분한 애는 아닐 거라고, 오히려 아주 흥미로운 아이일 거라고 순간적으로 짐작했다. 그래서 젊은이는 다소 혐오감을 느끼기는 했지만 그런 식으로 좋게 생각하면서 버티기로 했다.

"허세를 부리다니, 이 철없는 것아! 우리는 부자가 아니야!" 모린 부인이 또다시 아이를 곁으로 끌어당기려다 실패하면서 즐거운 목소리로 항의했다. "선생님은 뭘 기대해도 될지 미리 아셔야겠죠." 부인이 펨버턴에게 말했다.

"적게 기대할수록 더 좋을 거예요!" 어린 제자가 끼어들었다. "하지만 우리 가족은 유행을 따르죠."

"네 말을 들으면 정말 그런 줄 알겠구나!" 모린 부인이 부드러운 어조로 조롱했다. "자, 그럼 금요일에 뵈어요. 미신을 믿는다고는 하지 마시고, 꼭 약속을 지키세요. 그때에는 우리 가족을 모두 보실 수 있을 거예요. 딸들이 마침 외출 중이어서 미안해요. 제 딸들도 좋아하시게 될 겁니다. 그리고 저 아이와는 아주 다른 큰아들도 있어요."

"형은 나를 흉내 내려 해요!" 모건이 펨버턴에게 말했다.

"그 애가 그런다고? 그 애는 스무 살인데!" 모린 부인이 소리쳤다.

"너는 아주 재치가 넘치는구나." 펨버턴이 아이에게 말했다. 그 말에 그의 어머니가 적극적으로 화답했고 모건의 공격은 온 집안의 즐거움이라고 선언했다. 소년은 그 말에는 신경 쓰지 않고 갑자기 새 가정교사에게 물었다. 펨버턴은 나중에 소년의 질문이 아주 공격적이었다는 느낌은 들지 않았다고 기억했고, 그게 좀 놀라웠다. "선생님은 정말로 여기 오고 싶으신 거예요?"

"내가 이렇게 얘기를 다 들은 마당에, 그걸 의심하는 거니?" 펨버턴이 대답했다. 그러나 젊은 남자는 실은 거기에 오고 싶지 않았다. 1년 간의 해외 생활로 돈이 다 떨어져서 어디론가 가야 하기 때문에 할 수 없이 온 것이었다. 그는 얼마 안 되는 유산을 단 한 차례 경험의 파도에 다 써 버리기로 했고, 실제로 그런 풍부한 체험을 했으나, 이제 더 이상 호텔비를 지불할 돈이 없었다. 게다가 그는 소년의 두 눈에서 아득히 호소하는 눈빛을 읽을 수 있었다.

"그럼 저도 선생님을 위하여 최선을 다하겠어요." 모건이 말했다. 그리고 그 말을 하고 다시 돌아서서, 기다란 창이 달린 문을 통하여 밖으로 나갔다. 펨버턴은 소년이 밖으로 나가서 테라스의 난간에 기대는 것을 보았다. 소년은 젊은 가정교사가 어머니와 작별하는 순간에도 테라스에 그대로 있었다. 모린 부인은 펨버턴이 소년으로부터 작별 인사를 기다린다는 것을 알아차리고 재빨리 끼어들었다. "저 애는 그냥 놔두세요. 저 애는 좀 이상해요!" 펨버턴은 모린 부인이 애가 어떤 말을 할지 몰라 걱정하고 있다는 생각이 들었다. "저 애는 천재예요. 선생님도 저 애를 좋아하시게 될 거예요." 부인이 덧붙였다. "우리 가족 중 가장 재미난 애예요." 그가 부인의 말에 대하여 공손한 답례 인사를 하려 하자 그녀가 하던 말을 마무리 지었다. "하지만 우리 가족은 모두 훌륭해요!"

'저 애는 천재예요. 선생님도 저 애를 좋아하시게 될 거예요.' 펨버턴은 금요일이 돌아오기 전에 이 말을 자주 생각했다. 그 말은 무엇보다도 천재가 반드시 사랑스러운 사람은 아님을 암시했다. 하지만 가정교사 노릇을 흥미롭게 만드는 요소가 한 가지라도 있다면 그건 좋은 일이었다. 가정교사 일이 지루할 것임을 그가 너무 당연시한 것인지도 몰랐다. 그는 면담을 마치고 저택을 떠나면서 발코니를 쳐다보았는데, 소년은 아직도 난간에 기대서 있었다. "우리 앞으로 재미난 일을 많이 하자!" 그가 위를 보며 소리쳤다.

모건은 잠시 망설였다. 그러다 웃으면서 대답했다. "선생님이 돌아오실 즈음에는 제가 뭔가 재치 있는 것을 생각해 낼 거예요!"

그 대답을 듣고서 펨버턴은 중얼거렸다. "아무튼 착하긴 하구나."

2

금요일에 그는 모린 부인이 약속한 대로 그 집 식구들을 모두 만났다. 남편은 출장에서 돌아왔고 두 딸과 큰아들도 집에 있었다. 모린 씨는 하얀 콧수염을 기른 자신감 넘치는 남자였는데, 신사복 단춧구멍에 외국 훈장을 달고 있었다. 펨버턴은 그게 우수한 근무 성적에 대한 포상으로 수여받은 것임을 나중에 알게 되었다. 어떤 근무 성적을 냈는지에 대해서는 알아보지 않았다. 모린 씨가 화통한 매너에도 불구하고 결코 알려 주지 않으려는 사항—그런 많은 사항들 중 하나—이었다. 모린 씨가 특별히 강조하려는 건 그 자신이 경험 많은 노련한 세상 사람이라는 점이었다. 맏아들 울릭은 아버지와 똑같은, 세상 사람이라는 직업을 훈련받는 중이었다. 그러나 맏아들은 단춧구멍에는 훈장 대신 시든 꽃이 꽂혀 있고 콧수염은 아직 일정한 형태로 길러지지 않은 다소 불리한 입장이었다. 두 딸은 머리카락과 몸매를 잘 단장하고 매너가 있었으며, 통통하고 작은 발을 지녔고, 혼자서 외출하는 법은 절대로 없었다. 모린 부인에 대해서 말해 보자면, 펨버턴이 가까이 관찰한 결과, 그녀의 우아함은 산발적이고 그녀의 역할들이 늘 서로 일치하는 것은 아니었다. 그녀의 남편은 부인이 약속한 대로, 펨버턴의 봉급 조건에 대하여 아주 긍정적인 자세로 경청했다. 젊은 가정교사는 가능하면 높은 조건을 내놓지 않으려 애썼고, 모린 씨는 오히려 그 조건이 다소 낮지 않으냐고 말하기까지 했다. 모린 씨는 아이들에게 '스타일'이 좀 결핍되어 있다고 공공연하게 말했다. 그는 또 가정교사에게 아이들과 친밀하게 지내고, 좋은 친구가 되어 달라고 부탁했다. 또 자신이 늘 아이들을 위한 기회를 살펴보고 있다는 말도 했다. 그가 런던이나 다른 도시로 출장을 가는 것도 다 그런 목적에서라고 말이다. 그런 근면함은 온 가족의 인생철학이었고 동시에 진정한 관심사였다. 그들은 모두 기회를 살폈고 그것을 찾아내야 하는 필요성에 대하여 아주 솔직하게 토로했다. 자신들이 진지한 사람임을 알아주기를 바랐고, 또 자기들 재산은 성실하게 살아가기에는 충분하지만 그래도 아주 조심스럽게 절약을 해야 한다고 말했다. 집안을 지키는 부모 새인 모린 씨는 둥지에 집어넣을 양식이 필요했다. 울릭은 주로 클럽에서 생활비를 벌었는데, 펨버턴은 주로 녹색 천* 위에서 벌어들일 거라고 짐작했다. 두 딸은 스스로 머리를 말아 올리고 옷을 지어 입었다. 젊은 가정교사는 모건의 공부와 관련하여 가장 좋은 교육을 베풀어 주되 돈이 그리 많이 들지 않았으면 좋겠다는 모린 씨의 호소를 기쁘게 받아들였다. 실제로 얼마 지나지 않아 가정교사는 기쁨을 느꼈다. 아이의 성품과 교육 그리고 아이의 공부를 조금이라도 쉽게 해주려는 노력 등에 즐거움을 느낀 나머지 때때로 그 자신의 궁핍함을 잊어버렸던 것이다.

사제 관계를 맺게 된 첫 주에 제자 모건은 모르는 언어로 쓰인 책장처럼 수수께끼투성이였다. 펨버턴이 볼 때 어린 시절을 불우하게 보낸 다른 앵글로색슨 소년들과는 너무나도 달랐다. 실제로 모건 모린이라는 소년을 아주 서투르게 제본한 저 신비로운 책은 상당한 번역

---

* 당구대와 도박 테이블을 암시한다.

훈련을 요구했다. 상당한 시간이 흘러간 지금, 모린 가족의 기이함에 대한 펨버턴의 기억 속에는 몽환적인 어떤 것, 가령 프리즘 굴절이나 연재소설 같은 그런 것이 남아 있다. 몇몇 구체적인 표시들—모건이 직접 잘라 준 머리카락, 사제가 떨어져 있었을 때 주고받은 편지 여섯 통 등—이 없었더라면 그 모든 일화와 등장인물들은 너무 부조리하여 꿈나라에서나 만날 법할 것들로 보였을 것이다. 모린 가족에게서 가장 기이한 점은 그들의 성공이었다(그에게는 한동안 그들이 성공한 것처럼 보였다). 하지만 그는 그처럼 멋지게 실패에 대비하고 있는 가족을 일찍이 본 적이 없었다. 우선 젊은 가정교사를 그토록 오래 데리고 있었던 것도 성공이 아니었을까? 그들이 그 첫날 아침에 점심 식사를 그와 함께하고, 또 금요일에—금요일을 기피하는 미신에도 불구하고—오게 하여 교사 일에 헌신하게 만든 것도 성공이 아니었을까? 그 것도 어떤 계산이나 신호에 의해서가 아니라, 어떤 행복한 본능에 이끌려서 그렇게 하게 만들었으니 말이다. 그런 본능은 모린 가족을 한 무리의 집시처럼 만들어 아주 잘 협력하게 했다. 그들은 정말 자신들이 집시 무리인 양 애써 그를 즐겁게 하려 했다. 가정교사는 아직 젊었고 그래서 세상 구경을 많이 하지 못했다. 그가 영어를 쓰면서 지낸 세월은 아주 범상했다. 그래서 모린 가족의 전도顚倒된 관습들—그들은 나름대로 자기들만의 절망적인 특징을 가지고 있었으므로—은 그에게 모린 가족이 삶을 뒤죽박죽 살아간다는 느낌을 안겨 주었다. 옥스퍼드 대학에서는 그런 사람들을 만난 적이 없었다. 예일 대학에서 보낸 4년 동안에도 그의 젊은 미국인의 귀에 그런 곡조가 들려온 적은 더더욱 없었다. 예일 시절에 그는 자신이 청교도주의에 맹렬하게 반발한다고 생각했다. 아무튼 모린 가족이 보여 주는 사회에 대한 반발은 그보다 훨씬 더 지나친 것이었다. 그는 자신이 아주 예리하다고 생각했고 그래서 그 가족을 만난 첫날에 그들에게 '세계주의자'라는 딱지를 붙였다. 그러나 나중에 가서 그것은 희미하고 색이 바래 버렸고, 거의 대책 없을 정도로 잠정적인 허세임이 판명되었다.

하지만 그들에게 그 딱지를 처음 붙였을 때 가정교사는 어느 정도 즐거움을 느꼈다. 가정교사로서 그는 아직 더 경험을 쌓아야 했고 그들과 함께 살면 실제로 인생을 좀 더 많이 볼 수 있으리라고 생각했던 것이다. 그들의 사교적 기이함은 그런 노련함을 예고하는 것이었다. 그들의 수다스러움, 유쾌함과 좋은 기분, 한없는 빈둥거림(그들은 언제나 뭔가를 준비하면서 엄청난 시간을 보냈는데, 펨버턴은 한번은 모린 씨가 응접실에서 면도를 하는 것을 보았다), 프랑스어, 이탈리아어, 약간 양념을 친 유창하면서 냉정하고 거친 미국 영어를 섞어서 사용하는 그들의 말투 같은 것들 말이다. 또 그들은 마카로니와 커피를 먹고 살았다(이 물품들은 언제나 완벽하게 준비되어 있었다). 그러면서도 100가지 요리의 조리법을 알고 있었다. 집 안에서는 음악과 노래가 넘쳐흘렀고, 그들은 언제나 흥얼거리면서 다른 사람의 노래를 따라 불렀으며, 대륙의 도시들에 대하여 거의 전문가적인 식견을 갖고 있었다. 산책을 하는 놀이꾼인 양 '좋은 장소들'에 대해서 말했고, 니스에 저택, 마차, 피아노, 밴조를 가지고 있었으며, 공식 파티에 다녔다. 또 그들은 친구들의 '기념일'을 기억하는 완벽한 달력이었다. 펨버턴은 그들이 몸이 아플 때에도 그런 기념일을 지키기 위해 침대에서 벌떡 일어나는 걸 알았다. 모린 부인이 두 딸 폴라와 에이미와 함께 그런 날들에 대하여 얘기하고 있으면 그 한 주는 실제보다 더욱 풍성한 주처럼 보였다. 두 딸의 낭만적인 성년식은 새로 온 가정교사에게 거의 현혹적인 정도의 문화적 감각을 안겨 주었다. 모린 부인은 이전 시대의 어떤 작가의 작품을 번역해 왔다. 펨버턴은 그 작가의 이름은 전혀 들어 본 바가 없어서 자신이 교육적으로 부족하다고 느꼈다. 모린 가족은 베네치아 방언을 흉내 냈고 나폴리 방언으로 노래를 불렀다. 뭔가 특별한 것을 말하고 싶을 때에는 아주 교묘한 자기들만의 방언으로 서로 의사소통을 했다. 그것은 일종의 암호였는데 펨버턴은 처음에는 그들이 머물렀던 나라의 지방 방언쯤으로 착각했다. 비록 그는 스페인어나 독일어의 지방 방언은 알아듣지 못했지만 얼마 지나지 않아 모린 가족이 쓰는 독특한 방언은 '대충 이해하게' 되었다.

"그건 우리 가족만이 쓰는 울트라모린어예요." 모건이 그에게 유쾌하게 설명했다. 그러나 소년은 그 방언을 절대로 사용하지 않았다. 하지만 마치 자신이 어린 고위 성직자라도 되는 것처럼 구어체 라틴어만 가끔씩 사용했다.

모린 부인은 자신이 애써 기억하는 모든 '기념일들' 사이에 그녀 자신의 날도 하나 끼워 넣으려 했으나 그녀의 친구들은 때때로 그날을 잊어버렸다. 모린 가족의 집은 멋진 사람들이 많이 찾아와서 다소 붐볐다. 그 집에서는 그런 멋진 사람들 얘기를 많이 했다. 외국 호칭에 영국인 복장을 한 여러 명의 신비한 남자들이 모린 부부의 집을 찾아왔을 때, 모건은 그들을 '프린스'들이라고 불렀다. 부부는 두 딸과 함께 소파에 앉아 커다랗게 프랑스어로 말했는데 마치 부적절한 말은 하나도 하지 않는다는 것을 일부러 과시하려는 듯한 모습이었다. 펨버턴은 프린스들이 어떻게 그런 어조로 또 그런 공개적인 태도로 청혼을 할 수 있는지 의아했다. 그는 모린 가족이 그런 청혼을 프린스들에게 바란다는 사실을 다소 냉소적으로 받아들였다. 그러나 그런 기회를 잡는 데 유리할 텐데도 모린 부인은 폴라와 에이미가 그런 프린스를 집 안에서 단독으로 맞이하는 것은 허용하지 않았다. 두 처녀는 그리 소심한 여자가 아니었지만 이들을 좀 더 우아하게 만들려는 안전 조치의 일환이었다. 그 집에는 속물이 되고 싶어 하는 집시들이 가득했다.

그러나 어떤 점에서 그들은 그리 엄격하지 않았다. 그들은 막내아들 모건에 대해서는 놀라울 정도로 다정하고도 열성적이었다. 진정으로 부드러운 태도였고, 가식 없는 존경심을 내보였는데, 식구 모두가 그런 감정을 똑같이 가지고 있었다. 모건의 덩치가 작은 것을 아름다움으로 여겼고, 그가 마치 자기들보다 더 우수한 흙으로 빚어진 것처럼 그를 두려워했다. 그를 작은 천사, 작은 신동이라 불렀고, 아이의 건강이 좋지 않은 것을 아주 안쓰러워했다. 펨버턴은 처음에 그런 과도한 정성 때문에 자신이 소년을 미워하게 되는 게 아닌가 걱정했으나 그 자신이 곧 소년에게 그런 정성을 바치게 되었다. 나중에 그가 다른 식구들을 미워하게 되었을 때, 그런 정성은 그들을 참아 주는 하나의 뇌물 같은 것이 되었다. 아무튼 그들은 모건에게 잘해 주었으며, 소년이 신경질적 증상이라도 보인다고 생각되면 발끝을 들고 살금살금 걸어 다니고, 소년의 환심을 사기 위해 누군가의 '기념일'을 포기하기까지 했다. 하지만 이런 정성에는 소년이 독립적 개인이 되기를 바라는 기이한 소망이 섞여 있었다. 마치 그들 자신이 소년에게 충분히 좋은 식구가 되지 못한다는 그런 뉘앙스가 풍겼다. 그들은 소년을 펨버턴에게 아예 통째로 넘겨 버렸다. 제자를 좋아하는 총각 가정교사에게 건설적인 입양을 강요하여 자기들의 책임을 아예 회피하려는 듯한 자세도 보였다. 그들은 모건이 가정교사를 좋아하는 것을 보고 기뻐하면서 가정교사를 극찬했다. 그들이 막내 아이를 좋아하고 있다고 허세 부리는 외양(실제로 이것이 본질이었다)과, 그 아이로부터 손을 떼고 싶다는 열망을 어찌나 서로 조화시키려고 하는지, 참으로 기이했다. 가정교사가 자기들의 속셈을 알아차리기 전에 소년을 자기들로부터 떼어 내어 가정교사에게 통째로 안기려는 것인가? 펨버턴은 한 달 한 달 세월이 갈수록 그들의 정체를 파악하게 될 것이었다. 아무튼 소년의 식구들은 과장되게 다정한 태도를 취하면서도 동시에 소년에게서 등을 돌렸는데, 마치 간섭과 비난을 받기 싫다는 태도였다. 그는 곧 소년이 집안 식구들과는 별로 공통점이 없음을 발견했다. 그들 덕에 그런 차이점을 알게 된 것인데, 그들은 아주 겸손하게도 그 사실을 인정했다. 펨버턴은 어떻게 그들 사이에서 저런 소년이 태어났을까, 의아해하면서 유전자의 도약을 생각해 보게 되었다. 소년은 집안 식구들이 지닌 공통점에서 아주 초연하게 떨어져 나와 있었는데, 외부 관찰자는 그런 초연함이 어디서 왔는지 의아할 것이었다. 아마도 두서너 세대 동안 유전자의 가장 깊숙한 부분에 잠복되어 있던 특징이 격세 유전으로 튀어나온 것이 아니었을까.

제자에 대한 펨버턴의 평가를 언급해 보자면, 그가 그런 관점을 갖게 된 것은 상당한 시간이 흘러간 후의 일이다. 그는 가정교사의 직업적 전통으로 어린 제자는 보통 장난꾸러기에다 악동인 경우가 표준적인 그림이라고 생각했기 때문에 모건의 그런 격세유전적 특성에 전혀 준비가 되어 있지 않았고, 그리하여 적응에 시간이 좀 걸렸다. 모건은 산만한 데다 사람을 놀라게 하는 측면이 있었다. 어린 소년에게 일반적으로 나타나는 그런 여러 가지 성격들은 결핍되어 있지만, 아주 뛰어나게 똑똑한 소년에게서만 발견되는 그런 독특한 성격이 풍부했다. 어느 날 펨버턴은 크게 깨달았다. 그것은 그동안 그가 품었던 의문을 해소해 주었고, 그에게 모건이 초자연적으로 똑똑한 아이라는 것을 직시하게 했다. 비록 그 공식은 잠정적으로 정식화되었지만, 그는 이것이 소년을 성공적으로 다루기 위한 밑바탕이 되어야 한다는 것을 깨달았다. 소년은 학교 교육으로 생활이 단순화된 아이와는 다른 특성을 갖고 있었다. 그것은 집에서 만들어진 감수성이었는데, 아이 자신에게는 나쁠지 몰라도 다른 사람들에게는 매력적인 것이었다. 모건은 자주 이주하는 가족을 따라 유럽 곳곳을 전전하다 보니 아주 폭넓은 세련미와 감수성을 갖게 되었는데, 마치 습득된 허세처럼 감정적 반응을 거의 동반하지 않고 자연적으로 그것을 과시할 수 있었다. 교육적으로 권장할 만한 건 아니지만, 그런 교육의 결과는 모건 같은 아주 특별한 제자에게서 마치 최고급 도자기에 새겨진 무늬처럼 구체적으로 드러났다. 동시에 소년은 놀라울 정도로 견인주의적인 태도를 갖고 있었다. 아마도 어린 나이부터 고통을 견디는 법을 알게 된 결과였으리라. 그것은 소년에게 용감하다는 인상마저 주었고, 그리하여 학교에 다녔더라면 외국어를 많이 아는 어린 짐승으로 간주되었을 법한 사실을 무시할 수 있게 만들었다. 펨버턴은 소년이 아예 학교에 다닐 수 없다는 사실을 내심 기뻐하게 되었다. 100만 명의 아동이 취학을 한다면 그중 한 명 정도는 학교 생활이 맞지 않을 수도 있는데 그 100만 분의 1이 바로 모건이었다. 학교는 그를 비교의 대상으로 만들고 또 우수하다는 것을 알려 주었을 것이다. 또 모건을 까다로운 아이로 만들었을지도 모른다. 그리고 모건은 학교 생활에는 철저하게 적응하지 못하는 아이가 되었을 것이다. 펨버턴은 그 자신이 모건에게 학교가 되어 주기로 결심했다. 500명의 멍청한 학생들을 수용하는 것보다

더 큰 마음의 학교. 이 학교에서는 아무런 상벌 조치도 없으므로, 소년
은 무의식적이고, 무책임하고, 유쾌한 아이 그 자체가 되어 뛰어놀 수
있으리라. 삶의 고단함이 이미 그 어린 몸에 깊이 스며들어 있지만, 그
래도 신선한 생각이 아이의 머릿속에 떠올라 농담을 만들어 내는 강
력한 텃밭이 되어 주었다. 모건은 여러 신체적 약점들로 인해 조용히
앉아 있을 때에도 풍부하게 농담을 구사했다. 그는 창백하고, 홀쭉하
고, 날카롭고, 미성숙한 나이 어린 세계주의자였다. 그는 정신적 유희
를 좋아하고 또 인간의 행동에 대하여 독자가 상상하는 것보다 훨씬
더 많은 것들을 보아 왔다. 그렇지만 그 자신이 운영하는 미신의 놀이
방에서는 하루에도 몇 개씩 장난감을 망가트리는 어린아이였다.

3

　니스에 있을 때, 사제는 저녁 무렵에 산책을 하고서 해변 벤치에 앉
아 쉬고 있었다. 그들은 바다 위로 하늘이 서쪽에서 분홍빛으로 서서
히 물들어 가는 광경을 바라보았다. 갑자기 제자가 스승에게 물었다.
"선생님, 여기서 우리와 함께 이렇게 친하게 지내는 것이 좋으세요?"
　"얘야, 내가 좋아하지 않는다면 여기 머무르겠니?"
　"선생님이 앞으로 계속 계시리라는 걸 제가 어떻게 알죠? 선생님이
머지않아 떠나가실 걸 저는 알아요."
　"네가 나를 자를 생각이 아니었으면 좋겠다." 펨버턴이 말했다.
　모건은 석양을 쳐다보며 잠시 생각에 잠겼다. "제가 선생님을 자르
는 게 옳은 일이라고 생각해요."

"글쎄, 나는 네게 미덕을 가르쳐야 하는 가정교사가 아니니? 네가 그렇게 생각한다면 나는 옳은 일을 하지 않은 게 돼."

"선생님은 아주 젊어요. 다행스럽게도." 모건이 다시 펨버턴에게 고개를 돌리면서 말했다.

"아, 그렇지. 너와 비교해 보면!"

"그러니 선생님이 상당한 시간 낭비를 해도 그리 큰 문제는 되지 않을 거예요."

"그래, 그렇게 보는 게 좋지." 펨버턴이 수긍하는 어조로 말했다.

사제는 잠시 아무 말도 없이 앉아 있었다. 잠시 뒤 소년이 물었다. "선생님은 제 아버지와 어머니를 아주 좋아하세요?"

"그럼, 좋아하지. 아주 매력적인 분들이야."

모건은 그 말을 듣고 또다시 침묵에 빠졌다. 그러다 갑자기 아주 친숙하면서 애정 어린 목소리로 말했다. "선생님은 아주 웃기는 엉터리예요."

어떤 특별한 이유 때문에 펨버턴은 잠시 얼굴이 붉어졌다. 소년은 즉시 그것을 알아보았고 이번에는 그의 얼굴이 붉어졌다. 사제는 한참 시선을 교환했다. 표면적으로 언급된 것 이상으로 많은 것들을 의식하는 눈빛이었다. 그들의 사제 관계에는 오히려 묵시적인 의사소통이 더 많았다. 그 말에 펨버턴은 당황했다. 그 말은 아주 희미한 형태로 어떤 질문을 떠올리게 했다. 그때가 그 질문을 흘깃 엿본 최초의 때였다. 그 질문은 어린 제자와 그의 관계에서 아주 특이하고 전례 없는 역할을 하게 될 것이었다. 모런 집안의 아주 특별한 생활 조건 때문에 말이다. 나중에 그는 이 소년을 상대로, 소년과의 통상적인 대화 방식과는 다른 형태로 대화를 나누게 되었을 때, 니스의 해변 벤치에서 맞이한 이 어색한 순간이 그 후 점점 확대되어 온 이해의 첫 시작이었다고 생각했다. 그 상황에서 어색함을 더욱 가중시킨 것은 펨버턴의 생각이었다. 모건은 얼마든지 선생인 펨버턴을 모욕해도 좋지만 부모님을 모욕해서는 안 된다는 생각 말이다. 그런 생각을 말하자 모건은 부모님을 모욕하는 것은 꿈에도 생각해 보지 않았다고 선선히 대답했다. 그것은 사실인 듯했다. 그러자 펨버턴은 상황을 잘못 짚고서 이렇게 말했다.

"그럼 왜 내가 네 부모님을 매력적이라고 말했을 때 내게 엉터리라고 했니?" 가정교사가 다소 무모하다는 느낌을 받으며 물었다.

"글쎄요— 두 분은 선생님의 부모가 아니니까요."

"두 분은 이 세상 그 무엇보다도 너를 사랑해. 그걸 잊지 마." 펨버턴이 말했다.

"그게 선생님이 부모님을 좋아하는 이유인가요?"

"두 분은 내게 아주 친절하시지." 펨버턴은 다소 회피하는 대답을 했다.

"선생님은 엉터리예요!" 모건이 팔을 가정교사의 팔에 끼면서 웃었다. 그는 교사의 몸에 기대었고 니스의 바다를 다시 바라보면서 길고 가는 다리를 흔들었다.

"내 정강이 차지 마!" 펨버턴은 그렇게 말하면서 이런 생각을 했다. '젠장, 내가 아이한테 그 부모에 대해서 불평할 수는 없잖아!'

"또 다른 이유도 있어요." 모건이 흔들던 다리를 멈추며 말했다.

"무슨 다른 이유?"

"두 분이 선생님의 부모가 아니라는 것 이외의 이유요."

"무슨 말인지 모르겠구나." 펨버턴이 말했다.

"오래지 않아 알게 되실 거예요. 자, 됐어요!"

실제로 펨버턴은 오래지 않아 알게 되었다. 하지만 그는 그 문제를 실토하기 전에 먼저 자신을 상대로 싸워야 했다. 그는 그런 갈등을 어린아이와 함께 고민하는 것은 아주 기이한 일이라고 생각했다. 그는 이런 힘든 갈등을 일으킨 모린 가족의 희망에 대하여 염증을 느끼지 않은 자신이 이상했다. 그러나 그 문제가 불거졌을 때 그가 제자를 미워하기란 불가능했다. 모건은 특별 케이스였고 그 아이를 이해한다는 것은 곧 그 아이의 기이한 조건들을 받아들이는 것이었다. 펨버턴은 그 문제에 봉착하기 전에 이미 특별 케이스에 대한 염증이 사라져 버렸다. 그리고 마침내 그 문제에 봉착하자 그는 자신이 아주 심한 곤경에 빠졌다고 느꼈다. 그는 지금껏 자신의 개인적 이익과는 무관한 일을 해 왔기 때문이다. 사제는 함께 그 일에 대처해야 할 것이었다. 그날 저녁 니스에서 사제가 함께 집으로 돌아갈 때, 소년은 그의 팔에 매달리며 말했다.

"아무튼 선생님은 최후까지 매달리셔야 할 거예요."

"최후까지?"

"선생님이 엄청 두드려 맞을 때까지."

"너야말로 엄청 두드려 맞아야겠구나!" 가정교사가 그를 가까이 잡아당겼다.

4

펨버턴이 모린 집안에 들어와서 살게 된 지 1년 후에 모린 부부는 갑자기 니스의 저택을 포기했다. 펨버턴은 그런 갑작스러운 이사에 익숙해져 있었다. 과거 두 번의 작은 여행 동안에 그런 일이 상당히 대대적으로 벌어지는 것을 직접 목격한 까닭이었다. 한 여행은 부임 첫해 여름에 스위스를 다녀온 것이었고, 다른 여행은 늦겨울에 떠난 것이었다. 그들은 피렌체로 내려갔는데 그곳에서 열흘 정도를 보내고 나서는 생각보다 상황이 좋지 않다고 판단하여 아주 우울하게도 니스로 되돌아왔던 것이다. 당시 모린 부부는 니스로 '영원히' 돌아왔다고 말했다. 하지만 그렇게 말해 놓고서도 5월의 어느 비 오고 무더운 날밤에 그들은 이등 열차에 올라탔다. 그들이 어떤 등급의 열차를 타게 될지는 결코 미리 알 수 없었다. 펨버턴은 그들이 상당한 보따리와 가방을 역까지 수송하는 것을 도왔다. 이 갑작스러운 기동 훈련에 대해, 그들은 '좀 상쾌한 곳'에서 여름을 보내기로 작정해서라고 설명했다. 하지만 파리에 내린 그들은 가구가 딸린 소형 아파트에 들어갔다. 남루한 거리에 있는 4층 아파트였는데, 계단에서는 냄새가 났고 수위는 불쾌한 사람이었다. 그들은 그 후 넉 달을 아주 빈궁한 상태로 보냈다.

이 지루한 체재 기간 중에 그래도 사제가 좋았다고 생각한 부분은, 앵발리드, 노트르담, 콩시에르쥬리, 기타 박물관 등으로 100번도 넘게 영양가 높은 산책을 나갈 수 있다는 것이었다. 그들은 파리를 구석구석 알게 되었고, 그런 지식은 나중에 아주 유익한 것으로 판명되었다. 그들은 1년 뒤에 다시 파리로 오게 되어 그 도시를 더 잘 알게 되는데, 오늘날 펨버턴의 기억 속에서 파리의 전반적인 특징은 혼란스럽게도 이 첫 번째 궁핍한 체류의 기억과 뒤섞여 있다. 그는 기억 속에서 모건의 남루한 니커 바지를 본다. 그 단벌 바지는 아이의 블라우스와도 어울리지 않았고 또 아이가 몸집이 커지면서 점점 더 빛바래져 갔다. 그는 서너 짝밖에 없는, 소년의 색깔 있는 양말에 구멍이 숭숭 나 있던 것도 기억한다.

모건은 그의 어머니에게 소중한 아들이었다. 하지만 필요 이상으로 멋지게 옷을 입히는 법은 없었다. 그렇게 된 데는 부분적으로 소년의 잘못도 있는데, 그가 독일 철학자처럼 외모에는 무심했기 때문이다. "이봐 제자, 옷이 너덜너덜해지는구나." 펨버턴은 못마땅하여 항의하는 어조로 지적하곤 했다. "선생님, 그건 선생님도 마찬가지예요! 저는 선생님을 무색하게 만들고 싶지 않아요." 펨버턴은 거기에 대해서는 할 말이 없었다. 아주 사실에 부합하는 말이었기 때문이다. 선생이 입고 있는 옷도 남루했지만, 그래도 선생은 제자가 그처럼 초라하게 보이는 것을 원치 않았다. 나중에 제자는 이렇게 말하곤 했다. "결국 우리가 가난하다면 가난하게 보이는 게 정상 아니에요?" 펨버턴은 모건의 누추함에는 노련하고 신사다운 구석이 있다고 생각하는 것으로 스스로를 위로하려 했다. 그것은 장난을 치다가 물건들을 망쳐 놓는 장난꾸러기 꼬맹이의 지저분함과는 다른 것이었다. 펨버턴은 모린 부인의 대응 태도를 단계적으로 살펴볼 수 있었다. 어린 아들이 점점 더 가정교사를 대화 상대로 삼는 것을 보면서 부인은 영악하게도 아들의 옷을 개비하는 걸 거부했다. 그녀는 겉으로 드러나지 않는 일은 하지 않았고, 아이가 사람들의 눈에 띄지 않으므로 아예 그를 무시했다. 그리고 아이가 이런 영악한 방침에 잘 부응하자, 집에서도 아이가 사람들이 있는 곳에 나오는 것을 만류했다. 부인의 입장은 논리적이었다. 남 앞에 나타나 보여 줄 일이 있는 식구만 번드레하면 되는 것이었다.

이 시기에 그리고 그 후의 여러 시기에 펨버턴은 사제가 남들에게 어떻게 보일까를 많이 의식했다. 갈 데라고는 아무 데도 없는 것처럼 자르댕 데 플랑트*를 나른하게 돌아다닌다거나, 추운 겨울날에는 오로지 중앙난방이 된다는 이유로 루브르의 회랑에 앉아 있기도 했다. 그 회랑은 집 없는 사람에게는 냉소적일 정도로 너무 화려하게 보였다. 그들은 때때로 그 점에 대해서 농담을 했다. 그것은 충분히 소년의 이해 범위에 있는 농담이었다. 사제는 그들 자신이 그 거대한 도시에 사는, 그날 벌어 그날 먹는 이름 없는 많은 사람들의 한 부분이라고 생각했고 그들 중에 한 자리를 차지하는 것을 자랑스럽게 여기는 척했다. 그것은 스승과 제자에게 '이런 많은 인생들'이 있다는 것을 보여 주었고 일종의 민주적 형제애를 의식하게 만들었다. 만약 펨버턴이 어린 제자와 함께 그런 곤궁함에 동감하지 않았더라도—아무튼 모건의 자애로운 부모는 그런 동감을 결코 허용하지 않을 것이므로—소년이 스승과 함께 그런 공감을 했을 것이므로 결국 마찬가지였다. 그는 때때로 사람들이 사제를 어떻게 생각할지 궁금했다. 혹시 저건 유소년 납치가 아닐까 하고 삐딱한 시선으로 바라볼까? 모건은 가정교사와 함께 외출 나온 귀족 자제로 보이지는 않을 것이었다. 소년은 우선 외모가 충분히 말쑥하지 못했다. 그는 펨버턴의 병든 동생 정도로 여겨질 가능성이 더 많았다. 가끔 소년은 5프랑 지폐가 생기면 헌책을 사는 데 집중적으로 썼다. 딱 한 번 예외가 있었는데, 그 돈으로 멋진 넥타이를 두 개 사서 하나를 펨버턴에게 건네주었다. 헌책을 사들이는 날은 참 신나는 날이었는데 언제나 센 강변의 헌책방으로 가서 강변 철책의 난간에 세워 놓은 먼지 가득한 책 상자를 뒤졌다.

그해 여름에 상쾌한 날씨의 혜택을 포기해야 되었다면, 젊은 가정교

* 식물 정원.

사는 그들의 입술까지 올라온 이 즐거움의 컵을 마시지 못하게 된 것은 자신이 거칠게 일을 밀어붙인 결과라고 생각하지 않을 수 없었다. 그는 그것을 모린 부부와의 첫 번째 전투라고 불렀다. 부부에게 그의 어려운 입장을 각인시키려는 첫 번째 성공적인 시도였다(하지만 그 각인 이외에 다른 작은 성공은 없었다). 겉치레뿐인 값비싼 여행의 전야제로, 그는 상징적 항의—일종의 최후통첩—를 하기에 알맞은 순간이 찾아왔다고 생각했다. 우스꽝스럽게 들릴지 모르지만, 가정교사는 지금까지 그 부부를 둘 다 혹은 따로따로 단독으로 만나 개인적으로 면담해 본 적이 없었다. 부부는 언제나 다 큰 자식들과 함께 있었고, 펨버턴은 늘 어린 제자를 옆에 데리고 있었다. 그는 모린 집안이 그 안에서 한참 살다 보면 표면상의 예의가 언제나 뭉개져 버린다고 생각했다. 그래도 그는 예의를 지키면서 공개적으로 모린 부부에게 자기 주장을 펴는 것을 삼가 왔다. 앞으로 보수를 지불하지 않으면 더 이상 가정교사 노릇을 하지 못하겠다고 차마 말하지 않았던 것이다. 그는 아직도 사람이 소박해서 자신이 부임 이후 지금까지 보수라고는 고작 140프랑밖에 받지 못했다는 것을 울릭과 폴라와 에이미가 모르고 있으리라고 생각했다. 가정교사는 다 큰 자식들의 눈에 부모가 신의 없는 사람으로 보이게 되는 일은 피하고 싶었다. 이제 펨버턴이 보수 얘기를 꺼내자, 모린 씨는 모든 사람과 모든 일에 그러듯이 가정교사의 말을 경청했다. 닳고 닳은 세속적인 사람다운 모습이었다. 그리고 모린 씨는 가정교사에게 그 자신도 좀 더 세속적인 사람다운 모습을 보여 주기를 호소하는 듯했다(물론 아주 노골적으로 그런 건 아니었다). 펨버턴은 그런 캐릭터가 모린 씨에게 어떤 장점을 부여한다는 것을 알았다. 그는 당황하지 않았고, 오히려 불쌍한 펨버턴이 그럴 이유가 없는데도 더 당황하고 있었다. 모린 씨는 그리 놀라는 것 같지도 않았다. 뭐라고 할까, 자신이 약간 충격을 받았다고 스스럼없이 시인하는 신사가 내보일 법한 그런 놀람이었다. 거기다 그 놀람은 엄격히 말해서 펨버턴을 향한 것도 아니었다.

"여보, 우리는 이 문제를 처리해야겠지?" 그가 아내에게 말했다. 그는 젊은 가정교사에게 그 문제를 최우선으로 다룰 것이라고 말했다. 그는 문 앞에 서서 다소 실례되지만 불가피한 일이 있어서 나가 보아야 한다는 태도를 취했다. 그리고 마치 공기 속으로 녹아드는 것처럼 밖으로 나갔다. 그리고 펨버턴은 모린 부인과 단둘이 있게 된 그다음 순간, 부인에게 이런 말을 들었다. "아, 알았어요, 알았어요." 부인은 둥 그런 턱을 쓰다듬으면서 열두 가지의 손쉬운 선택 중에서 어떤 것을 꺼내 들지 망설이는 것 같았다. 만약 그들 부부가 평소처럼 그냥 막무가내로 밀어붙일 생각이 아니라면, 모린 씨는 적어도 며칠 동안 사라져 버릴 수 있었다. 그가 없는 동안에 그의 아내는 그 문제를 다시 꺼냈으나, 해 준 말이라고는 고작 그들 부부가 지금 상당히 잘나간다는 얘기뿐이었다. 그 말에 대하여 펨버턴은 부부가 당장 상당한 금액을 내놓지 않으면, 곧 이 집에서 영원히 떠나겠다고 대답했다. 그는 부인이 과연 그가 떠나갈 수 있을까 의심한다는 것을 알았고 잠시 그녀가 그런 질문을 해 주기를 기대했다. 그녀는 질문하지 않았고 그는 그런 부인에게 거의 고마울 지경이었다. 그는 그런 질문에 대답할 입장에 있지 못했던 것이다.

"당신은 그렇게 하지 못할 거예요. 알잖아요. 당신은 너무 깊이 관여되어 있어요." 부인이 말했다. "당신은 깊이 관여되어 있다고요. 스스로도 그걸 잘 알잖아요!" 그녀는 거의 나무람과 장난이 뒤섞인 어조로 말하면서 웃음을 터트렸다. 하지만 그런 비난을 계속하려는 뜻은 없어 보였다. 그러면서 부인은 때 묻은 손수건을 그에게 흔들어 댔다.

펨버턴은 그다음 주에 그 집을 떠나기로 굳게 결심했다. 그 정도 기간이면 그가 영국에 보낸 편지의 답장을 받을 만한 시간이었다. 하지만 그는 그렇게 하지 못했다. 그는 1년을 더 그 집에 머물렀고 그다음엔 3개월 정도만 그 집을 떠나 있었을 뿐이었다. 런던에서 회신—막상 받아 보니 실망스러운 것이었다—을 받기 전에, 닳고 닳은 세상 사람의 조심스러운 태도를 보이는 모린 씨로부터 300프랑이라는 비교적 큰돈을 받았기 때문이다. 하지만 그가 떠나지 못한 이유는 그것만이 아니었다. 그는 모린 부인의 말이 옳다는 것을 확인하고서 더욱 화가 났다. 그는 차마 그 아이를 놔두고 떠날 수가 없었던 것이다. 그가 모린 부부에게 최후통첩성의 호소를 하던 밤에 이 문제는 더욱 뚜렷하게 불거졌다. 그는 그때 처음으로 자신의 입장이 어떤지 명확히 인식했던 것이다. 모린 부부는 그들의 기술을 발휘하여 그처럼 오랫동안 진실을 비추는 빛을 피해 왔으니, 이것은 그들의 또 다른 성공을 보여 주는 증거가 아니고 무엇이겠는가? 펨버턴은 그런 기괴한 생각이 들었는데, 옆에서 혹시 구경하는 사람이 있었다면 아주 우스운 상황이라고 여겼을 것이다. 그는 자신의 비좁고 누추한 방으로 되돌아갔다. 그 방은 사방이 꽉 막힌 안뜰을 내려다보고 있었는데, 맞은편의 아무것도 없는 지저분한 벽은 기이하게 덜그덕거리는 소리를 내면서 불 켜진 뒤창의 불빛을 반사하고 있었다. 그는 저 모험꾼들에게 자신의 몸을 내맡긴 꼴이었다. 그런 생각—아니 그 생각이라는 단어 자체—은 그에게는 일종의 낭만적 공포였다. 그는 언제나 안전한 노선을 지키며 살아왔던 것이다. 나중에 그 생각에 좀 더 흥미롭고 위안을 주는 측면이 가미되었다. 그것은 하나의 교훈을 가리켰고, 펨버턴은 그 교훈을 얼마든지 즐길 수 있었다. 모린 부부는 왜 모험꾼인가? 그들이 빚을 갚지 않고 사회에 빌붙어서 살아가기 때문에 그런 것도 있지만, 그보다는 그 흐리멍덩하고 혼란스럽고 본능적인 인생관이 마치 영리하지만 색맹인 동물들의 그것처럼, 투기적이고, 약탈적이고, 노골적이었기 때문이다. 아, 그들은 겉으로는 '점잖았지만', 그게 오히려 그들을 더 혐오스럽게 만들었다. 젊은 가정교사는 모린 부부를 간단히 요약했다. 그들은 비열한 속물이기 때문에 모험꾼이었다. 이 말은 그들을 온전하게 설명했다. 그것이 그들의 존재 법칙이었다. 똑똑한 가정교사는 이런 진실이 생생하게 드러났을 때조차도, 자신의 마음이 그런 진실에 얼마나 대비되어 있는지 알지 못했다. 그렇게 된 것은 이제 그의 인생에 아주 복잡한 문제로 떠오른 저 영리한 어린 소년 때문이었다. 가정교사는 그 소년에게 이 참담한 진실을 어느 정도나 알려 주어야 하는지 짐작조차 할 수 없었다.

5

하지만 진짜 문제는 그 뒤에 나타났다. 그것은 부모의 지저분한 처사를 12세, 13세, 14세의 아이와 논의하는 것이 어느 정도까지 허용될 수 있는가 하는 문제였다. 물론 처음에 그 문제는 절대로 허용되지 않고 또 가능하지도 않다고 여겨졌다. 실제로 그 문제는 펨버턴이 300프랑을 받은 후 한동안 그리 급박한 것이 아니었다. 그 돈은 어느 정도 고통을 달래 주는 자장가 효과가 있었고 또 아주 심각한 금전적 압박

을 덜어 주었다. 펨버턴은 돈을 아껴 가며 옷을 개비했고 그러고도 약
간의 돈이 수중에 남았다. 그는 모린 부부가 그가 너무 멋져졌다면서
쳐다보는 것을 느꼈고 앞으로 가정교사가 호사를 부리지 못하도록 신
경 써야 하는 것이 아닌가 하는 표정을 짓는 것도 보았다. 만약 모린
씨가 그처럼 노련한 세상 사람이 아니었더라면 그의 넥타이에 대하
여 한마디 했을지도 모를 노릇이었다. 그러나 언제나 노련한 세상 사
람이었던 모린 씨는 그 모든 것을 묵과했고, 그리하여 그가 확실히 노
련하다는 걸 보여 주었다. 모건은 그 문제에 대해서 아무 말도 하지 않
았지만 무슨 일이 벌어졌는지 알고 있는 듯했고, 가정교사는 소년이
어떻게 그걸 알았는지 의아했다. 그러나 300프랑은 별로 오래가지 않
았고, 특히 누군가에게 빚을 지고 있을 때에는 더욱 그러했다. 그 돈
이 다 사라졌을 때—소년은 그것도 알고 있었다—모건은 그 문제에
대하여 한마디 하며 운을 뗐다. 모린 가족은 겨울 초입에 니스로 돌아
왔으나 전의 그 멋진 저택으로 들어가지는 않았다. 그들은 호텔에 들
었다. 그곳에서 석 달쯤 묵다가 또 다른 호텔로 옮겼는데, 아무리 오
래 기다려도 원하는 방을 얻을 수 없기 때문이라고 했다. 그들이 원하
는 방은 일반적으로 아주 화려한 것이었다. 그러나 운 좋게도 그 방을
구할 수가 없었다. 운이 좋다는 것은 펨버턴에게 그랬다는 것인데, 만
약 그런 비싼 방을 얻었다면 교육비는 더욱 절감될 것이라고 생각했
기 때문이다. 모건이 한 말은 갑자기, 당시 상태와는 무관하게 불쑥 나
온 것이었다. 사제는 공부 중이었는데 모건이 분명 이런 무덤덤한 말
을 했던 것이다. "선생님은 '피에filer' 하셔야 돼요. 반드시요."

펨버턴은 놀라서 소년을 쳐다보았다. 그는 모건으로부터 프랑스어
은어를 많이 배워서 '피에'가 '가 버리다'라는 뜻임을 알았다. "아, 얘

야, 나를 쫓아내지 마!"

모건은 펨버턴에게 단어 뜻을 물어보지 않고 직접 찾으려고 그리스어 사전을 앞으로 끌어당겼다(그는 그리스어-독일어 사전을 쓰고 있었다). "선생님은 이런 식으로 계속 버틸 수 없어요."

"얘야, 어떤 식으로 말이니?"

"선생님은 부모님이 돈을 지불하지 않으리라는 걸 알잖아요." 모건은 얼굴을 붉히며 사전을 넘겼다.

"지불하지 않는다고?" 펨버턴은 소년을 다시 빤히 쳐다보며 놀라는 척했다. "대체 무엇 때문에 그런 생각을 하는 거니?"

"오래전부터 머릿속에서 맴돈 생각이에요." 소년이 계속 사전을 뒤적이며 말했다.

펨버턴은 잠시 말이 없다가 입을 뗐다. "얘, 너 무슨 단어를 찾는 거니? 부모님들은 내게 멋지게 교사비를 지불하셨어."

"'빤한 허구'라는 뜻의 그리스어 단어를 찾고 있어요." 모건이 맥없이 대답했다.

"차라리 '뻔뻔한 무례함'이라는 뜻을 찾아보면 어떻겠니? 너는 빨리 미몽에서 깨어나는 게 좋겠구나. 내가 돈이 무슨 필요가 있겠니?"

"아, 그건 다른 문제예요!"

펨버턴은 망설였다. 그의 마음은 여러 방향으로 내달렸다. 가장 정확한 방향은 소년에게 그런 문제는 네가 신경 쓸 것이 아니니 그리스어 작문이나 계속하라고 말해 주는 것이었다. 하지만 사제는 너무 친밀하여 그런 식으로 냉정하게 나갈 수는 없었다. 그건 평소 그가 소년을 대하는 방식도 아니었다. 또 그런 식으로 대해야 할 이유도 없었다. 반면에 모건은 진실을 완전히 파악하고 있었다. 펨버턴은 그 문제를 오래 비밀로 유지할 수도 없었다. 그러니 그가 소년을 떠나려고 하는 이유를 알려 주지 못할 이유가 무엇인가? 그렇지만 제자를 상대로 그의 가족을 비난한다는 것도 예의는 아니었다. 그러니 그렇게 하기보다는 사실을 왜곡하는 게 더 나았다. 모건의 마지막 말에 응대하면서, 가정교사는 그 문제를 얼른 끝내고 싶어서 여러 번 보수를 받았다고 선언했다.

"여보세요— 여보세요!" 소년이 웃으며 감탄했다.

"자, 그 문제는 이제 됐어." 펨버턴이 고집했다. "이제 작문한 걸 보여 다오."

모건은 테이블 위로 습자책을 내밀었고, 가정교사는 그 장을 읽기 시작했으나 머릿속에서 계속 뭔가가 돌아가고 있어서 그 뜻을 파악하기가 어려웠다. 1~2분 뒤 고개를 쳐든 그는 소년의 두 눈이 자신에게 고정되어 있는 것을 발견했다. 그는 그 눈빛이 이상하다고 생각했다. 이어 모건이 말했다. "전 냉혹한 현실을 두려워하지 않아요."

"나는 지금껏 네가 두려워하는 걸 보지 못했어. 네 말을 인정하마!"

그 말이 순간적으로 가정교사의 입에서 튀어나왔고—정말로 그랬다—모건은 그 대답을 듣고 즐거워했다. "전 그걸 오랫동안 생각해 왔어요." 소년이 곧 말했다.

"그렇다면 이제 더 이상 생각하지 마."

소년은 그 말을 순순히 따르는 듯했고 사제는 그 후 편안하고 즐거운 한 시간을 보냈다. 사제는 자신들이 아주 철저한 사람이며, 학과 공부는 한 터널에서 다음 터널까지 그 중간에 들어 있는 가장 즐거운 부분으로, 길가의 사물과 풍경을 즐긴다는 이론을 가지고 있었다. 그러나 그날 오전 공부는 갑작스럽게 끝났다. 모건이 갑자기 양팔을 테이블 위에 올려놓고 머리를 파묻더니 울음을 터트리는 것이었다. 펨버턴은 그러지 않아도 놀랄 판이었다. 그런데 아이가 울음을 터트리는 걸 본 것은 그때가 처음이라 이중으로 놀랐다. 그건 아주 오싹했다.

그다음 날 많은 생각 끝에 그는 결정을 내렸고 그것이 옳다고 믿으면서 그 결정에 따라 행동에 나섰다. 그는 모린 씨와 부인을 한쪽으로 불러 세우고서 지금 즉시 밀린 봉급을 다 지불하지 않는다면, 그 집을 떠날 뿐만 아니라 모건에게 무슨 사유로 그렇게 떠나게 되었는지 그 정확한 이유를 말하겠다고 통보했다. "아, 당신이 아이에게 말하지 않았다고요?" 모린 부인이 가슴에 손을 얹으며 말했다. 그녀는 아주 좋은 옷을 입고 있었다.

"부인에게 미리 말하지도 않고요? 도대체 저를 뭘로 보시는 겁니까?"

모린 부부는 서로를 처다보았고 펨버턴은 그들이 안도하고 있다는 것과, 그 안도에는 어떤 놀람이 깃들어 있음을 볼 수 있었다. "선생님," 모린 씨가 물었다. "선생님은 우리 모두와 마찬가지로 조용한 삶을 보내고 있는데 그렇게 많은 돈이 무슨 필요가 있습니까?" 그 질문에 펨버턴은 대답하지 않았다. 그는 모린 부부의 머릿속에서 흘러가는 생각은 아마도 이런 것이리라고 짐작했다. '오, 우리는 우리의 작은 천사가 이미 우리를 판단했을 것이고 또 우리를 어떻게 보는지 알 것 같습니다. 그런데 우리의 입장이 고발당하지 않았다니, 그렇다면 그 애는 스스로 상황을 짐작했겠지요. 그럼 그건 다 알려진 일이나 다름없지 않습니까.' 펨버턴이 당연히 그러리라고 예상한 것처럼 사직 제안은 모린 부부를 다소 동요하게 만들었다. 동시에 그는 자신의 위협이 모린 부부를 동요시켰다는 생각이 들자 실망했다. 그가 이미 제자에

게 그들의 입장을 고발했으리라는 것을 모린 부부가—이 부부의 생각
은 얼마나 천박한가!—당연시한다는 걸 알게 된 까닭이었다. 물론 부
부의 가슴속에는 부모로서 묘한 불안감이 있었으나 그들은 그걸 아주
희미하게만 느꼈을 뿐이었다. 그렇지만 그의 협박은 그들에게 어느
정도 타격을 가했다. 설사 그들이 지금 이 순간을 모면한다고 하더라
도 앞으로 새로운 위험을 만나야 하는 까닭에서다. 모린 씨는 평소처
럼 노련한 세상 사람답게 펨버턴에게 사정을 했다. 그러나 그의 아내
는 가정교사가 부임한 이래 처음으로 아주 오만한 태도를 취하며 슬
하에 자녀를 둔 자모는 과도한 사실 왜곡으로부터 자기 자신을 보호
하는 방법을 안다고 대답했다.

"부인에게는 보통 수준으로 정직하다는 비난도 과하군요!" 젊은 가
정교사가 대답했다. 그가 부부를 충분히 공격하지 못했다는 미흡함을
느끼며 문을 쾅 닫고 방을 나설 때, 모린 씨는 또다시 담배에 불을 붙
였고, 모린 부인은 그의 등 뒤에다 대고 날카롭게 소리쳤다.

"아, 당신은 그렇게 했어요. 그렇게 했다고요. 사람 목에다 칼을 꽂
았어요!"

그다음 날 아침 아주 일찍 부인이 그의 방을 찾아왔다. 그는 부인의
노크 소리를 단번에 알아들었으나 그녀가 돈을 가져왔으리라는 희망
을 가지지는 않았다. 그 점에 대해서는 그가 잘못 짚었는데, 그녀는 손
에 50프랑을 들고 있었다. 그녀는 화장복을 입은 채 방 안으로 들어
섰고 그도 화장실과 침실 사이에서 화장복을 입은 상태로 그녀를 맞
았다. 그는 이즈음 모린 부부의 '이국적 방식'에 상당히 익숙해져 있
는 상태였다. 모린 부인은 열성적인 사람이었고 뭔가를 열심히 노리
고 있을 때에는 자신이 무엇을 하고 있는지 신경 쓰지 않았다. 그래서

그녀는 그의 침대 위에 털썩 앉았다. 그의 옷들은 의자에 놓여 있었다. 그녀는 너무나 생각에 몰두한 나머지 방 안을 돌아다보면서도 그에게 이런 누추한 방을 제공한 것에 부끄러움을 느끼지 못했다. 모린 부인이 열심히 노리는 것은 다음 두 가지를 가정교사에게 설득하는 것이었다. 첫째로 이처럼 50프랑을 가져왔으니 그녀가 아주 선량한 사람이라는 점, 둘째로 그가 사물을 제대로 보는 능력이 있는 사람이라면, 보수를 받기를 기대하는 것은 아주 어리석은 태도라는 점이다. 부인은 비록 주기적인 봉급은 주지 못했지만 그는 이미 충분히 보수를 받았다고 주장했다. 그는 근심, 불안, 혼자 지내는 외로움 등이 없이 모린 가족과 함께 편안하고 사치스러운 가정생활을 함으로써 보답을 받지 않았는가? 그의 가정교사 자리는 정말로 안전하지 않은가? 그는 이름도 없고 특별히 내세울 자질도 없는, 그처럼 과도한 요구를 할 근거가 없는 젊은이인데, 이런 안전한 자리를 잡았으니 그걸로 충분하지 않은가? 무엇보다도 그는 모건과의 즐거운 사제 관계로 보답을 받지 않았는가? 유럽 전역을 찾아봐도—부인은 글자 그대로 말하는 것이었다—그보다 더 뛰어난 재주를 가진 아이가 없는데, 그런 아이를 가르치고 또 그 아이와 함께 생활한다는 것 자체가 얼마나 큰 특혜인가? 이제 모린 부인이 남편의 노련한 세상 사람의 수법을 답습하여 가정교사에게 호소했다. "이보세요, 선생님, 그런 점들을 한번 생각해 보세요." 그녀는 그에게 합리적으로 생각하라면서 그게 마치 펨버턴에게 좋은 기회라도 된다는 듯이 말했다. 그가 당연히 합리적으로 나올 것이므로, 아들의 가정교사 노릇을 계속하여 모린 부부가 그에게 베푼 신임에 보답할 것으로 여기는 말투였다.

결국 그것은 견해의 차이일 뿐이라고 펨버턴은 생각했다. 그런데 각자의 견해는 그리 중요한 것이 아니었다. 모린 부부는 지금껏 보수 지불 방식으로 그를 고용해 왔는데 이제 무보수 근무를 요구하려는 것이었다. 그런데 왜 그런 방식 변경에 대하여 구구하게 그리도 설명이 많은가? 모린 부인은 계속 상대방을 설득하려 했다. 50프랑을 손에 들고 앉아서, 여인네들이 그렇듯 한 말을 자꾸 되풀이했다. 그것은 그를 따분하고 짜증 나게 만들었다. 그는 벽에 기대서서 양손을 화장복 호주머니에 찔러 넣고 옷자락을 양다리 주위로 단단하게 여미고서 모린 부인의 머리 너머로 창문 밖 아무것도 없는 우중충한 풍경을 내다보았다. 그녀는 마무리를 지었다. "그래서 선생님에게 결정적인 제안을 하려고요."

"결정적 제안요?"

"말하자면 우리의 관계를 정상화하는 거예요. 그걸 편안한 바탕 위에 올려놓자는 거지요."

"그러니까 제도화하자는 거군요." 펨버턴이 말했다. "일종의 공갈 협박으로요."

모린 부인은 놀라서 펄쩍 뛰었고 그건 젊은 가정교사가 바라는 바였다.

"그게 무슨 소리죠?"

"부인은 상대방이 느끼는 공포를 볼모로 협박을 하는 겁니다. 내가 가 버리면 아이는 어찌 되나 하는 공포요."

"좋아요, 그 경우 아이에게 무슨 일이 벌어진다는 거지요?" 모린 부인이 아주 근엄한 표정을 지었다.

"뭐, 그럼 그 아이는 부인과 단둘이 있어야겠지요."

"아이가 가장 사랑하는 사람들 이외에 누구하고 함께 있어야 한다는 거죠?"

"만약 그렇게 생각한다면 왜 나를 해고하지 않습니까?"

"그 아이가 우리 가족보다 당신을 더 사랑한다는 얘기예요?" 모린 부인이 소리쳤다.

"그러리라 생각합니다. 난 아이를 위해 희생을 했습니다. 부인이 그 앨 위해 했다는 희생에 대해서 듣기는 했습니다만, 직접 보지는 못했습니다."

모린 부인은 순간적으로 가정교사를 빤히 쳐다보았다. 이어 울컥한 감정으로 펨버턴의 손을 잡으며 말했다. "선생님은 그걸 해 줄 겁니까, 희생을요?"

펨버턴은 웃음을 터트렸다. "두고 봐야죠. 내가 뭘 할 수 있는지. 나는 잠시 더 있을 겁니다. 부인 계산이 맞았습니다. 나는 그 아이를 포기하고 싶지 않아요. 여러 불편함을 겪고 있지만 나는 그 애를 좋아하고 또 그 애는 나를 아주 흥미롭게 합니다. 부인은 내 사정을 잘 알지요. 주머니에 땡전 한 푼 없다는 걸요. 모건에게 전념하기 때문에 돈을 벌 수가 없지요."

모린 부인은 접은 지폐로 맨팔뚝을 탁탁 두드렸다. "잡지 기사를 쓸 수는 없나요? 나처럼 번역을 하거나요?"

"나는 번역에 대해서 잘 모릅니다. 보수도 형편없고요."

"나는 그거나마 벌 수 있어서 기쁘게 생각해요." 모린 부인이 고개를 빳빳이 쳐들고 자랑스럽게 말했다.

"누구를 위해서 그런 번역을 하는지는 말씀 안 하셨는데요." 펨버턴이 잠시 뜸을 들였으나 그녀는 아무 말도 하지 않았다. 그래서 그가 말했다. "풍경을 묘사한 글을 몇 편 쓴 적이 있습니다만, 잡지사에서 받아 주지 않았어요. 정중한 거절 답변만 들었지요."

"그러니 당신은 불사조가 아니로군요. 비록 요구 사항은 많지만." 모린 부인이 날카롭게 미소 지었다. "당신이 우리 때문에 희생한다는 그 능력을 자랑할 정도로는요."

"나는 글을 제대로 쓸 시간이 없었습니다." 펨버턴이 대답했다. 하지만 이런 구구한 설명을 하고 있자니 자신이 참 한심하다는 생각이 들었다. 그래서 재빨리 이렇게 덧붙였다. "좀 더 오래 머무른다면 한 가지 조건이 있습니다. 모건에게 나의 입장이 어떤지 정확하게 알려 주고 싶습니다."

모린 부인은 망설였다. "선생님은 아이에게 뭔가 보여 주려고 하는 것은 아니지요?"

"부인의 진면목을 말입니까?"

또다시 모린 부인은 망설였다. 그러나 이번에는 좀 더 멋진 대답을 내놓았다. "그런 선생님이 아까는 공갈 협박을 말씀하셨군요?"

"당신은 쉽게 그것을 막을 수 있습니다." 펨버턴이 말했다.

"그런 선생님이 아까는 공포를 가지고 협박을 한다고 말씀하셨군요?" 모린 부인이 계속 몰아붙였다.

"그래요. 내가 엄청난 악당이라는 데에는 의심의 여지가 없습니다."

모린 부인은 잠시 그의 눈을 쳐다보았다. 그녀가 곤궁한 입장에 있다는 것은 분명했다. 이어 부인은 그에게 돈을 내밀었다. "남편이 이걸 선생님에게 계약금 조로 드리라고 했어요."

"모린 씨에게 감사드립니다. 하지만 나는 계약을 맺지 않을 겁니다."

"이걸 받지 않겠다고요?"

"그렇게 해야 내가 좀 더 자유로워질 것 같습니다." 펨버턴이 말했다.

"사랑하는 내 아이의 마음에 독을 집어넣으려고요?" 모린 부인이 신음했다.

"아, 당신의 사랑하는 아이의 마음!" 젊은 가정교사가 웃었다.

그녀는 잠시 그를 노려보았다. 그는 그녀가 괴로워하며 뭔가 호소할 듯이 내뱉을 거라고 생각했다. '당신 속셈이 무엇인가요!' 하지만 그녀는 그런 충동을 억제했다. 또 다른 충동이 더 강력했던 것이다. 그녀는 그 돈을 호주머니에 집어넣고—또 다른 충동의 조잡함은 거의 희극이었다—방을 확 나서면서 절망적인 어조로 내뱉었다. "아이에게 당신 마음대로 무서운 얘기를 할 테면 해요!"

6

그 후 이틀 동안 펨버턴은 아들에게 무서운 얘기를 해도 좋다는 모린 부인의 말을 따르지 않았다. 그런데 사제가 15분 동안 묵묵히 산책을 하고 있는데 소년이 붙임성 좋게 이런 말을 꺼냈다. "제가 그걸 어떻게 알게 되었는지 선생님에게 말씀드릴게요. 제노비에 양이 알려 주었어요."

"제노비에? 그 여자가 대체 누구지?"

"절 돌봐 주던 간호사요. 여러 해 전의 일이지요. 매력적인 여자였어요. 저는 그녀를 아주 좋아했고 그녀도 저를 좋아했어요."

"사람의 취향은 각자 다른 거지. 그래, 그 여자가 뭘 알려 주었는데?"

"부모님의 속셈요. 그녀는 부모님이 보수를 지불하지 않아서 떠났어요. 그녀는 저를 아주 좋아했고 2년간 우리 집에 있었어요. 그리고 제게 그 문제에 대해서 모든 걸 말해 주었어요. 아무리 해도 월급을 받지 못할 것 같다고요. 부모님은 그녀가 절 좋아한다는 걸 눈치채자마자 보수를 주는 것을 중단했어요. 돈을 안 줘도 있을 거라고 생각한 거지요. 저에 대한 헌신 때문에요. 그녀는 자기가 할 수 있는 한 오래 머물렀어요. 가난한 여자였어요. 자기 어머니한테 돈을 보내기도 했고요. 마침내는 더 이상 참지 못하고 어느 날 밤 무척 화를 내면서 떠나갔지요. 물론 부모님에 대한 분노였지요. 그녀는 절 보면서 엄청 울었어요. 제가 숨 막혀 죽을 지경이 될 때까지 절 끌어안았어요. 그리고 제게 그 얘기를 다 해 주었어요." 모건은 같은 말을 되풀이했다. "그게 부모님의 속셈이라는 거예요. 그래서 전 아주 오래전부터 부모님이 선생님에게도 똑같은 속셈을 가지고 있을 거라고 짐작했어요."

"제노비에 양은 아주 날카로웠네." 펨버턴이 말했다. "또 너를 똑똑하게 만들었고."

"아, 그건 제노비에가 아니었어요. 그건 자연의 이치지요. 그리고 체험!" 모건이 웃었다.

"그래, 제노비에 양이 너의 체험 중 일부였구나."

"분명 저도 그녀의 체험 중 일부였지요, 불쌍한 제노비에!" 소년이 말했다. "선생님의 체험 중 일부이기도 하고요."

"아주 중요한 부분이지. 하지만 어떻게 내가 제노비에와 똑같은 대접을 받았다는 걸 알아냈는지 궁금하구나."

"절 멍청이 바보로 아세요?" 모건이 물었다. "우리가 함께 겪은 일을 제가 의식하지 못한다고 보세요?"

"우리가 함께 겪은 일?"

"우리의 박탈— 우리의 어두운 시절요."

"아니, 우리의 시절은 충분히 밝았잖아."

모건은 잠시 아무 말 없이 걸어갔다. 그리고 말했다. "선생님, 선생님은 영웅이에요!"

"너는 또 다른 영웅이지!" 펨버턴이 대꾸했다.

"전 아니에요. 그렇지만 아이도 아니에요. 더 이상 그것을 견디지 못하겠어요. 선생님은 보수가 나오는 다른 직업을 잡아야 해요. 전 부끄러워요. 부끄럽다고요!" 소년은 몸을 떨면서 열정적인 목소리로 말했다. 그것은 작은 성당에서 흘러나오는 고음의 은빛 종소리 같았고 펨버턴에게 깊은 감동을 주었다.

"우리는 어디 다른 데로 가서 함께 살아야 해." 젊은 가정교사가 말했다.

"선생님이 절 데려가 주신다면 전 총알처럼 따라갈 거예요."

"우리 두 사람이 함께 살아갈 수 있을 만한 일을 잡아 볼게." 펨버턴이 말했다.

"저도 일할게요. 제가 못 할 게 뭐예요? 전 더 이상 어린 멍청이가 아니에요!"

"문제는 네 부모님이 그것을 승낙하지 않을 거라는 점이야. 그분들은 너와 헤어지려 하지 않으실 거야. 그분들은 네가 밟고 다니는 땅도 숭배해. 그 증거가 안 보이니?" 펨버턴이 반론을 제기했다. "그분들은 나를 싫어하지 않아. 내게 해를 입히려 하지도 않지. 아주 다정한 분들이기도 해. 하지만 너를 위해서라면 나를 홀대할 준비가 되어 있지."

모건은 이 우아한 궤변을 아무 말 없이 받아들였는데, 그 침묵은 다소 인상적이었다. 잠시 뒤 모건이 같은 말을 반복했다. "선생님은 영웅이에요! 부모님은 절 오로지 선생님한테 떠넘겼어요. 선생님이 모든 책임을 지는 거죠. 아침부터 저녁까지 절 선생님한테 완전히 맡겨 놓았다고요. 그런 부모님이 왜 내가 선생님하고만 지내는 것에 반대한다는 거예요? 전 선생님을 도울 수도 있어요."

"그분들은 네가 나를 도와주는 것을 별로 달가워하지 않으셔. 네가 자기들 자식이라는 것만 자랑스럽게 여기시지. 그분들은 너를 아주 자랑스럽게 생각하셔."

"전 부모님이 자랑스럽지 않아요. 선생님도 잘 아시잖아요." 모건이 말했다.

"우리가 방금 말한 그 사소한 문제를 제외하고, 부모님은 매력적인 분들이야." 펨버턴이 말했다. 그는 자신이 명석하다는 소년의 주장을 받아들이지 않았고 오히려 소년의 명석함이 어디서 나왔는지 크게 의아했다. 그가 처음부터 의식해 왔던 점을 일깨우는 소년의 신선한 발언은 특히 놀라웠다. 소년의 특이한 체질, 기질, 감수성 그리고 개인적 이상 등은 그 집안사람들의 전반적 기질과는 너무도 다른 것이었다. 모건은 남다른 고상함이 있었고 그것 덕분에 깊이 명상할 수 있었으며 또 겉으로 드러난 저속함을 경멸했다. 모건은 가족의 매너에 대해서 아주 비판적인 입장을 취했는데, 그것은 소년의 특성으로는 전례가 없는 것이었다. 왜냐하면 그의 본성에는 아이들이 말하는 '낡은 것', 즉 고리타분하고, 쭈글쭈글하고 공격적인 것은 전혀 없었기 때문이다. 그는 어린 신사였고, 그 자신이 집안에서 유일한 신사라는 사실을 발견함으로써 그 벌금을 지불한 것 같았다. 하지만 이런 비교가 그를 교만하게 만들지는 않았다. 오히려 그를 우울하면서도 다소 견인주의적인 아이로 만들었다. 펨버턴은 소년의 이런 웅숭깊은 측면을 바라보면서 그가 진지하면서도 용감하다고 여겼다. 펨버턴은 점점 더 깊어지는 얕고 시원한 개울의 깊이를 측정하듯, 아이의 그런 성격에 매혹되는가 하면 거부감을 느끼기도 했다. 아이의 어린 시절에 안전하게 대응하기 위해 그 시절의 여명黎明을 짐작하려고 했을 때 그는 이런 점을 깨닫게 되었다. 아이의 소년 시절은 고정되거나 멈춰 있지 않았다. 아이의 무지無知는 그가 손을 대는 즉시 희미하게 지식으로 피어났다. 어떤 특정한 순간에 아이가 모르는 것은 하나도 없었다. 펨버턴은 자신이 너무 많이 알아서 모건의 순진함을 상상할 수가 없고 또 너무 적게 알아서 소년의 엉킨 실타래를 풀어 줄 수가 없다고 느꼈다.

소년은 그가 가장 나중에 한 말에는 신경 쓰지 않고 계속 말했다. "만약 부모님이 어떻게 대답할지 확신하지 않았다면, 방금 제가 말씀드린, 선생님에 대한 부모님의 속셈을 오래전에 부모님께 직접 말했을 거예요."

"그분들이 뭐라고 하실 것 같은데?"

"불쌍한 제노비에 양이 제게 해 준 말에 대해서 반박하셨던 그 말을 그대로 되풀이하실 게 뻔해요. 그녀에게 마지막 한 푼까지 다 지불했고, 그녀의 얘기는 끔찍하고 무서운 거짓말이라고요."

"글쎄, 어쩌면 지불하셨을 수도 있잖니." 펨버턴이 말했다.

"어쩌면 선생님한테도 지불하셨을 수도 있죠!"

"부모님이 지불하셨다 치고 그 얘기는 더 이상 하지 말자."

"부모님은 그녀가 거짓말하고 속였다고 비난하셨어요." 모건이 고집스럽게 계속 말했다. "그래서 전 그분들과 말을 하고 싶지 않아요."

"부모님이 나도 비난하실까 봐?"

그 말에 모건은 대답하지 않았다. 가정교사는 소년을 내려다보면서―소년은 눈길을 돌렸는데 눈물이 흥건했다―소년이 차마 말을 하지 못하고 있다는 것을 알았다.

"네 말이 맞아. 하지만 부모님을 너무 압박하지 마." 펨버턴이 말했다. "그 점만 제외하면, 매력적인 분들이야."

"거짓말과 속임수만 제외하면요?"

"여보세요― 여보세요!" 펨버턴이 소년의 어투를 흉내 냈다. 소년의 어투 또한 그 자체로 남의 흉내였다.

"우리는 결국에는 솔직해져야 돼요. 우리는 어떤 이해에 도달해야 돼요." 모건이 어린 소년답지 않게 의젓한 표정을 지었다. 자신이 중대한 일을 주관하고 있다는 표정이었는데, 자신이 난파선을 구출하고 있거나 인디언들과 전투를 벌이고 있기라도 한 듯했다. "저는 그 모든 것에 대해서 알고 있어요." 소년이 말했다.

"네 아버지도 무슨 이유가 있었겠지." 펨버턴은 다소 막연한 자신의 어조를 의식하며 말했다.

"거짓말과 속임수에 대해서요?"

"돈을 저축하고 관리하고 수입을 가장 적절히 쓰는 것에 대해서. 아버지는 돈 들어가는 일이 많아. 너희 집안은 돈이 많이 들어가."

"그래요. 전 돈이 아주 많이 들어가죠." 모건이 희극적으로 말했고 가정교사는 웃음을 터트렸다.

"그분은 너를 위해 저축하고 계셔." 펨버턴이 말했다. "부모님은 무슨 일을 하든 네 생각을 하시지."

"아버지가 저축을 한다면―" 소년이 말을 멈추었다. 펨버턴은 그다음 말을 기다렸다. 이어 모건이 기이한 말을 했다. "약간의 명성을 저축하는 게 더 좋을 거예요."

"아, 그런 명성은 충분히 있어. 그건 아무 문제 없어!"

"물론 아는 사람들 사이에는 충분히 있겠지요. 하지만 부모님이 아는 사람들은 다 끔찍해요."

"프린스들 말이니? 프린스들을 비난해서는 안 돼."

"왜 안 돼요? 그 사람들은 폴라 누나와 결혼하지 않았어요. 에이미 누나와도 결혼하지 않았고요. 오로지 울릭 형을 깨끗이 벗겨 먹었을 뿐이에요."

"너는 정말이지 전부 아는구나!" 펨버턴이 선언했다.

"아니, 그렇지 않아요. 그 사람들이 뭘 먹고 사는지, 어떻게 사는지, 또는 왜 사는지 몰라요! 무엇을 얻었고 또 그것을 어떻게 얻었는지도요. 부자인지 가난한지 혹은 수입이 넉넉한지도요! 왜 그 사람들은 언제나 절 데리고 널뛰기를 하는 거지요? 어떤 해는 대사들처럼 살다가 그다음 해에는 거지처럼 살지요? 그들은 누구이고 또 무엇을 하는 사람들이지요? 전 이 모든 것을 생각해 왔어요. 전 많은 것들을 생각해요. 그들은 너무나 세속적이고 너무나 짐승 같아요. 그게 제가 그 사람들을 제일 미워하는 이유예요. 오, 전 그 모든 것을 보았어요! 그 사람들이 신경 쓰는 것이라고는 오로지 그럴듯한 외양을 꾸미고서는 이런저런 사람으로 인정받는 거예요. 그렇게 인정을 받아서 어쩌자는 거지요? 선생님, 그 사람들의 속셈은 도대체 뭐지요?"

"대답을 들으려면 잠깐 쉬어." 펨버턴이 그 질문을 농담으로 받았다. 하지만 그도 그 속셈이 궁금했고 소년의 불완전하지만 강력한 항의에 깊은 인상을 받았다. "나도 전혀 모르겠구나."

"도대체 그것이 무슨 이득이 있지요? 저는 사람들이 부모님을 대하는 것을 보았어요. 그분들이 사귀고 싶어 하는 '멋진' 사람들 말이에요. 그 사람들은 부모님에게서 아무거나 가져갈 수 있어요. 그래도 그들은 엎드리고 마구 짓밟혀요. 멋진 사람들은 그런 것을 싫어해요. 그들은 멋진 사람들을 신물 나게 해요. 선생님은 우리가 아는 유일한 멋진 분이에요."

"정말이야? 나를 위해서는 엎드리지 않으시는데?"

"선생님은 부모님께 엎드리시면 안 돼요. 떠나셔야 해요. 그게 선생님이 해야 할 일이에요." 모건이 말했다.

"그럼 너는 어떻게 되지?"

"아, 전 자라고 있어요. 저도 머지않아 여기서 떠날 거예요. 그러면 나중에 선생님을 만날 수 있을 거예요."

"내가 너의 교육을 끝마쳐 주면 안 되겠니?" 아이의 기이한 우월감에 기대면서 펨버턴이 청했다.

모건은 발걸음을 멈추고 그를 올려다보았다. 이태 전에 비하여 덜 올려다보고 있었다. 그는 날씬한 체격을 유지하면서 키가 쑥 자라 있었다. "제 교육을 끝마친다고요?" 그가 반복했다.

"우리가 함께할 수 있는 재미있는 일들이 많아. 나는 너의 교육을 끝내 주고 싶어. 그리고 네가 내 공로를 인정해 주기를 바라."

모건은 계속 그를 쳐다보았다. "그러니까 선생님 말을 믿어 달라는 얘기인가요?"

"애야, 너는 그렇게 똑똑해서 어떻게 살아갈래?"

"그게 선생님이 생각하시는 거지요. 아니, 아니에요. 그건 공정하지 않아요. 저는 그것을 참을 수 없어요. 우리 다음 주에 헤어져요. 이게 빨리 끝날수록 전 편히 잘 수 있어요."

"다른 자리, 혹은 다른 기회가 있으면 가겠다고 약속하마." 펨버턴이 말했다.

모건은 그것을 고려해 보겠다고 동의했다. "하지만 선생님은 솔직히 말씀하셔야 돼요." 소년이 요구했다. "취업 소식을 못 들은 척하시면 안 돼요."

"나는 소식을 들은 척할 가능성이 더 높아."

"하지만 이런 식으로 이 구덩이에 우리와 함께 있으면 어떻게 소식을 들겠어요? 현장에 있어야 해요. 그러니 영국으로 가세요. 아니면 미국으로요."

"사람들이 들으면 네가 내 선생인 줄 알겠구나!" 펨버턴이 말했다.

모건은 계속 걸어갔고 잠시 뒤 말했다. "이제, 선생님이 제가 알고 있다는 것을 아시고 또 우리가 객관적 사실들을 바라보면서 아무것도 숨기지 않게 되었으니 한결 마음이 편안해요. 그렇지 않나요?"

"얘야, 너무 즐겁고 흥미로워서 내가 이런 귀중한 시간들을 포기하는 게 불가능할 것 같구나."

그러자 모건이 다시 한 번 발걸음을 멈추었다. "선생님은 뭔가 감추고 계세요. 아, 선생님은 솔직하지 않아요. 전 솔직한데."

"왜 내가 솔직하지 않다는 거니?"

"아, 선생님은 어떤 속셈을 갖고 있어요."

"어떤 속셈?"

"제가 앞으로 오래 살지 못할 것 같으니까, 끝날 때까지 버티고 보자는 속셈요."

"얘야, 너는 그렇게 똑똑해서 어떻게 살아갈래?" 펨버턴이 같은 말을 되풀이했다.

"전 그게 야비한 속셈이라고 생각해요. 만약 그렇다면 전 죽지 않고 버티면서 선생님을 벌줄 거예요."

"조심해. 내가 너에게 독약을 먹일지도 모르니까!" 펨버턴이 웃었다.

"전 해가 갈수록 더 강해지고 좋아지고 있어요. 선생님이 오신 이후에 제 주위에 의사가 얼씬거린 적이 한 번도 없는 것을 보셨지요?"

"내가 너의 의사야." 젊은 가정교사가 소년의 팔을 잡아 앞으로 당겼다.

모건은 앞서 걸어갔고, 몇 걸음 걸어가다가 피로와 안도가 뒤섞인 한숨을 내쉬었다. "아, 이제 우리가 사실들을 있는 그대로 바라보게 되었으니, 너무 좋아요!"

7

사제는 그 후 객관적 사실들을 아주 많이 바라보았다. 그 첫 번째 결과 중 하나는 그 목적에 맞게 펨버턴이 끝까지 얘기를 들어주었다는 것이다. 모건은 사실을 아주 생생하고 우스꽝스럽게 묘사했고 동시에 그것을 아주 노골적이면서도 추악한 것으로 만들었다. 그런 사실들에 대해 소년과 함께 얘기하는 것은 매혹적이었고, 그것들을 아이가 혼자만 알고 있게 놔두는 것은 비정한 일이 될 터였다. 그들이 이제 이처럼 공통의 인식을 갖고 있었기 때문에 사제가 그런 사람들을 판단하지 않는 척하는 것은 쓸데없는 일이었다. 그러한 판단, 그러한 인식의 교환은 사제 간에 또 다른 유대감을 만들어 냈다. 이런 비밀들을 털어놓으면서 모건은 모습이 더욱 분명해지고 전보다 훨씬 더 흥미로운 아이가 되었다. 그런 솔직한 고백에서 가장 많이 드러난 점은 그의 독특한 자존심이 크게 상처를 입었다는 것이었다. 펨버턴은 제자가 엄청난 자존심을 가지고 있다고 느꼈다. 그런 만큼 일찍부터 상처를 받아 그 자존심을 약간 허무는 게 좋을지도 모른다는 생각이 들 정도였다. 소년은 집안사람들이 용감하기를 바랐으나 그들이 너무 일찍 늘 비굴함의 파이를 삼킨다는 사실에 눈뜨게 되었다. 그의 어머니는 그 파이가 아무리 많아도 다 먹으려 했고 아버지는 어머니보다 오히려 더 많이 먹을 의향이 있었다. 모건은 또 형 울릭이 니스에서 '여자 문제'로 사고를 치고 간신히 거기서 빠져나왔다고 생각했다. 한번은 집에서 대소동이 벌어졌다. 다들 공포에 떨었고 수면제를 복용하고서 잠자리에 들었는데, 그 문제 말고는 그런 요란법석을 설명할 길이 없었다. 모건은 시와 역사를 많이 읽어서 낭만적 상상력을 갖고 있었는데, '자기 자신과 성이 같은'―이렇게 말하는 모건은 다소 비장했고 펨버턴이 보기에 그 때문에 그 감수성은 아주 남성적인 것이 되었다―사람들이 좀 더 씩씩한 기상을 가졌으면 좋겠다고 말했다. 하지만 모린 집안사람들의 주된 생각은 자기들을 원치 않는 사람들과 가깝게 사귀어야 한다, 남들로부터 받은 모멸을 영광의 상처라고 여겨야 한다는 것이었다. 왜 남들이 모린 집안사람들을 원하지 않는지 모건은 알지 못했다. 그건 그 사람들의 문제였다. 아무튼 그들은 겉보기에는 그리 혐오스러운 존재는 아니었다. 그의 식구들은 '저 잘난 척하는 자들'에 비하면 백배는 더 똑똑했다. 하지만 모린 집안사람들은 그런 대공大公들과 사귀기 위하여 유럽 전역을 방랑하고 있는 것이었다. "아무튼 그들은 흥미로워요, 그렇지 않나요?" 모건이 여러 시대에 걸쳐 내려온 지혜인 양 말했다. "흥미롭냐고, 저 잘난 모린 유랑극단이? 그래, 그들은 아주 재미있는 연기자들이지. 너와 내가―아, 신통치 못

한 연기자들!—함께 제기하는 애로 사항만 없었더라면 그들은 파죽지
세로 밀고 나갔을 거야."

소년이 이해할 수 없었던 점은, 이런 특별한 난국이 모린 집안의 자
존심의 전통에 비추어 볼 때 너무 이유 없는 것일 뿐만 아니라 너무
임의적이라는 것이었다. 물론 사람은 자신이 원하는 행동 노선을 선
택할 권리가 있다. 그렇지만 왜 그의 식구들은 강요와 아첨, 거짓말
과 속임수라는 노선을 선택한 것인가? 조상들—모건이 알기로는 다
점잖은 사람들—은 집안 식구들에게 무슨 행동을 했으며, 그(모건)
가 또한 그들에게 무엇을 잘못한 것인가? 누가 그들의 피에 아주 저급
한 사교성의 독을 집어넣었는가? 어떻게 하여 세련된 사람들과 사귀
고 화려한 사교계에 진입해야 한다는 고정관념을 갖게 되었는가? 그
런 노력이 실패와 정체 폭로로 이어질 운명임을 이미 알고 있으면서
말이다. 그들은 자신이 무엇을 추구하는지 노골적으로 드러내 보였다.
그래서 그들이 사귀고 싶어 하는 사람들은 그들을 거부하게 되었다.
그런데도 모린 집안사람들은 단 한 번도 위엄을 보여 주지 못했고, 부
끄러움 때문에 서로의 얼굴을 쳐다보는 적도 없었으며, 독립적인 기
상이나 분노와 혐오의 감정을 보여 준 적도 없었다. 그의 아버지나 형
이 1년에 한두 번쯤 어떤 사람을 두드려 팰 기상이 있다면 얼마나 좋
겠는가! 그들은 똑똑했지만 자기 겉모습이 사람들에게 어떻게 비칠
지는 전혀 짐작하지 못했다. 그들은 마음씨가 착했다. 그렇다. 옷 가
게 앞에 선 유대인들만큼이나 마음씨가 착했다! 하지만 과연 그런 것
이 집안 식구들이 모방해야 할 전범이라 할 수 있을까? 모건은 뉴욕에
살고 있는 아주 나이 많은 외할아버지를 희미하게 기억했다. 그는 다
섯 살 때 바다를 건너가 그 할아버지를 만나러 갔었다. 남성용 장식 목

도리를 두르고, 발음이 아주 명확하고, 오전에도 신사복을 입고 있어서 저녁에는 어떤 옷을 입는지 궁금해지는 신사였다. '재산'을 갖고 있거나 갖고 있을 것으로 짐작되었고, 성서 연구회와 관련이 있었다. 그가 선량한 인물인 것은 의심의 여지가 없었다. 펨버턴은 모린 씨의 여동생 클랜시 부인을 보았던 일을 기억했다. 그 부인은 과부이고 훈계만큼이나 따분했는데, 펨버턴이 이 집안에 들어온 직후 니스에 있는 모린가를 2주 동안 방문했었다. 에이미가 말한 것처럼 클랜시 부인은 '순수하고 세련된' 사람이었는데, 그들이 하는 말을 알아듣지 못했고 또 뭔가를 하지 않으려는 듯 보였다. 펨버턴은 그 부인이 모린 집안사람들의 행동 양식을 승인하지 않으려고 애썼던 것으로 판단했다. 그러므로 그 부인 또한 선량한 사람이었을 것으로 짐작해 볼 수 있다. 따라서 모린 씨, 모린 부인, 울릭, 폴라와 에이미는 마음만 먹는다면 지금보다 더 선량한 사람이 될 수 있었다.

하지만 그들이 그럴 의사가 없다는 것은 날이 흘러가면서 점점 더 분명해졌다. 그들은 모건이 말하듯 '널뛰기'를 계속했고, 곧 베네치아로 내려가야 할 여러 가지 이유들을 의식하게 되었다. 그들은 그런 이유들을 언급했다. 그들은 언제나 놀라울 정도로 솔직했고, 아주 밝고 다정하게 수다를 떨어 댔으며, 특히 여자들이 아직 화장을 하기 전인 늦은 아침 식사 때에는 화제가 만발했다. 그들은 테이블 위에 양팔을 올려놓고 커피를 한잔 마신 다음에는 언제나 하고 싶은 얘기가 많았다. 그들이 앞으로 무엇을 '반드시 해야 할 것인가'에 대하여 열띤 가족회의를 벌일 때면 자연스럽게 'vous(당신)'보다는 'tu(너)'라는 허물없는 호칭을 사용했다. 심지어 펨버턴조차도 그런 순간의 그들을 좋아했다. 그는 울릭이 그 맥없는 작은 목소리로 '아름다운 물의 도시'

운운하는 얘기도 들어 줄 만하다고 생각했다. 이런 점 때문에 그는 은근히 그들에게 친근감을 느꼈다. 그들은 노동이 있는 세상의 바깥으로 너무나 멀리 나와 있었고 그 때문에 펨버턴 자신도 그런 세상과는 무관하게 되었다. 여름이 지나갔을 때, 그들은 모두 황홀한 탄성을 내지르며 대운하가 내려다보이는 발코니에 나와서 운하를 구경했다. 석양은 찬란했고 도링턴 부부가 도착해 있었다. 도링턴 부부는 그들이 아침 식탁에서 언급하지 않는 유일한 베네치아 방문의 이유였다. 이들이 아침 식사에서 언급되지 않은 이유는 결국 밝혀졌다. 도링턴 부부는 별로 외출을 하지 않았다. 그들은 외출에 나서면 자연스럽게 몇 시간 정도 밖에 머물렀다. 그 시간에 모린 부인과 두 딸은 때때로 그들의 호텔을 방문했다(그들이 돌아왔는지 알아보려고 말이다). 세 모녀는 세 번 연속으로 확인하기까지 했다. 곤돌라는 모린 집안 여자들만 탔다. 베네치아에서도 '기념일'은 있었고, 모린 부인은 현지에 도착한 지 한 시간 만에 그 기념일들을 순서대로 죄다 외웠다. 그녀는 곧 자기 자신을 위한 기념일도 하나 끼워 넣었으나, 도링턴 부부는 그날에 나타나지 않았다. 그러나 펨버턴과 제자는 산마르코 광장에 산책을 나갔을 때—사제는 그 산책을 자주 나갔고, 100군데의 교회를 탐방하면서 많은 시간을 보냈다—모린 씨와 울릭의 안내를 받고 있는 도링턴 공을 보았다. 부자는 도링턴 공에게 어떤 이름 없는 교회를 안내하고 있었는데, 마치 그 교회가 부자의 것인 듯한 자세를 취했다. 펨버턴은 그때의 기이한 광경들 중에서 특히나 도링턴 공이 덜 세속적으로 보이는 것이 기이하게 여겨졌다. 부자가 그런 안내 서비스를 해 주고 도링턴 공으로부터 수수료를 받는 것이 아닐까 하는 생각마저 들었다. 아무튼 가을도 지나갔고, 도링턴 부부는 베네치아를 떠났으며, 그의 맏아들인 버스코일 경은 에이미나 폴라에게 청혼을 하지 않았다.

바람이 옛 왕궁 근처에서 세게 불고 비가 석호를 강하게 때리는 11월의 어느 우울한 날, 펨버턴은 산책과 체온 유지—모린 가족은 연료를 아주 아꼈고 그것은 가정교사에게 고통의 한 원인이었다—를 위해 제자를 데리고 외출하여 드넓은 왕궁 홀을 위아래로 걸어 다녔다. 인조 대리석 바닥은 차가웠고, 높은 곳에 달린 낡은 창문들은 바람에 심하게 흔들렸으며, 점점 쇠락해져 가는 장엄한 왕궁에는 단 한 점의 가구도 없어서 더욱 삭막하게 보였다. 펨버턴의 사기는 아주 떨어져 있었고 이제 모린 가족의 행운은 전보다 더 바닥이라는 생각이 들었다. 절망의 바람 줄기와 참사와 불명예의 예언이 그 텅 빈 홀 안으로 스며들어 오는 것 같았다. 모린 씨와 울릭은 광장에서 무언가를 찾고 있었다. 그들은 외투를 입은 채 아케이드 밑을 황량한 모습으로 걸어갔다. 외투를 입었음에도 불구하고 부자는 여전히 노련한 세상 사람들이었다. 폴라와 에이미는 침대에 누워 있었다. 아마도 온기를 유지하기 위해 거기에 들어갔을 것이다. 펨버턴은 옆에 있는 소년을 흘낏 쳐다보면서 이런 불운의 조짐을 어느 정도 파악하고 있는지 살폈다. 그러나 모건은 다행스럽게도 자신이 키가 커지고 몸이 더 단단해지는 것과, 자신이 열다섯 살이라는 것을 의식했다. 이는 모건에게 아주 흥미로운 사실이었다. 그것은 그의 은밀한 생각—그것을 이미 가정교사에게 털어놓은 바지만—즉, 조금만 더 있으면 그 자신이 독립할 것이라는 생각의 기반이 되어 주었다. 소년은 상황이 바뀔 것이라고 생각했다. 간단히 말해서 그의 교육이 '끝나고', 그는 어른으로 성장하여 세상에 나아가 그 자신의 뛰어난 능력을 증명하리라는 것이었다. 모건은 때때로, 스스로 말하는바, 자신의 인생을 날카롭게 분석할 수 있었지만,

동시에 '멋지게' 피상적인 행복을 누리는 시간들도 있었다. 사제가 그들의 올바른 이상으로 삼은 것이, 모건이 말했던 것처럼, 바로 그 '멋지게'였다. 그 증거는 소년의 이런 멋진 상상이었다. 그는 곧 펨버턴이 다녔던 옥스퍼드로 진학할 것이고, 그러면 펨버턴의 도움과 격려를 받아 가며 아주 멋진 일을 하게 될 터였다. 하지만 그런 멋진 계획에서, 소년이 수입과 지출에 대해서는 전혀 생각하지 않는다는 것은 펨버턴을 우울하게 했다. 그것 말고 다른 문제들에 대해서는 그처럼 합리적인 태도를 취하는 소년이 말이다. 펨버턴은 옥스퍼드로 이사한 모린 가족을 상상해 보려 했으나 다행스럽게도 실패했다. 그들이 가족 단위로 그곳으로 이사를 하지 않는 한, 모건으로서는 생계를 유지할 수단이 없을 것이었다. 그가 용돈 없이 어떻게 살 것이며, 그 용돈은 어디서 나올 것인가? 펨버턴은 모건 덕에 살 수가 있다. 하지만 모건이 어떻게 펨버턴 덕에 살 수 있을 것인가? 그러면 모건은 어떻게 될 것인가? 모건이 이제 덩치 큰 소년으로 자라났고 앞으로 건강도 좋아질 것을 감안하면 그의 미래는 더욱 암담해졌다. 그가 병약한 소년으로 계속 머무른다면, 그의 건강을 걱정하는 깊은 배려가 그 미래에 대하여 어느 정도 충분한 대답이 될 수도 있었다. 하지만 펨버턴은 마음속 깊숙한 곳에서 소년이 간신히 살아갈 정도의 체력은 있지만, 자력으로 투쟁하고 번창하며 살아갈 힘은 없다고 생각했다. 아무튼 모건에게서는 청소년답게 장밋빛의 낙관적인 생각이 막 피어나고 있었다. 그래서 폭풍우는 소년에게 삶의 목소리이며 운명의 도전 정도로 보였다. 그는 현재 옷깃을 세운 낡고 작은 외투를 입고 있지만 그래도 산책을 즐기는 중이었다.

그 산책은 홀 저쪽 끝에서 소년의 어머니가 나타나면서 중단되었다. 그녀가 자기에게 오라고 모건에게 손짓을 했다. 펨버턴은 소년이 즐거워하며 젖은 인조 대리석 바닥을 밟으며 기다란 통로를 걸어가는 모습을 쳐다보면서, 도대체 무슨 일일까 의아했다. 모린 부인이 소년에게 무어라 말했고 소년은 그녀가 나온 방 안으로 들어갔다. 이어 부인이 방문을 닫고서 빠른 걸음으로 펨버턴에게 다가왔다. 분명 무슨 일이 있는데, 아무리 상상력을 발동해 봐도 그게 무엇인지 짐작할 수가 없었다. 그녀는 일부러 구실을 붙여서 모건을 잠시 떼어 놓았다고 하더니, 전혀 망설이지 않고 젊은 가정교사에게 3루이를 좀 빌려줄 수 있겠느냐고 물었다. 그는 웃음이 터지기보다는 다소 놀라 그녀를 빤히 쳐다보았다. 그녀는 돈이 아주 급하다고 말했다. 자기 목숨을 살릴 수도 있는 돈이라고 꼭 필요하다고 말이다.

"아주머니, 이건 정말 너무하네요c'est trop fort!" 펨버턴은 멍하니 웃음을 터뜨렸다. 그의 프랑스어 표현은 모린 부부에 관한 일화들을 가장 잘 표현해 주는 화법이기도 했다. "내게 3루이가 있을 거라고 생각했다니. 도대체 그런 생각이 어디서 났습니까?"

"당신이 일을 한다고 생각했어요. 글 쓰는 거 말이에요. 그럼 돈을 주지 않나요?"

"땡전 한 푼도요."

"당신은 무료로 일을 해 줄 정도로 바보인가요?"

"아주머니는 지금쯤 제가 그런 사람인 걸 알고 있을 텐데요."

모린 부인은 잠시 그를 쳐다보더니 얼굴을 약간 붉혔다. 펨버턴은 그녀의 제안을 받아들여 끝장내 버린 고용 '조건'—그걸 조건이라고 부를 수 있다면—을 부인이 까맣게 잊어버렸다고 생각했다. 그런 조건 따위는 그녀의 양심만큼이나 그녀의 기억에 부담을 주지 않았다.

"아, 그래요, 무슨 소린지 알겠어요. 그 점은 정말 고마웠어요. 하지만 왜 그 얘기를 그리 자주 꺼내나요?" 그의 방에서 한차례 거친 설전이 오가고 가정교사가 모린 부인에게 그의 조건, 즉 무보수 상태를 모건에게 알리겠다는 것을 양해받은 이후에 그녀는 그를 아주 정중하게 대했다. 모건이 그 문제를 그녀에게 직접 따지고들 위험이 없다는 것을 안 이후에 그녀는 그에게 아무런 분노도 느끼지 않았다. 펨버턴이 아이에게 잘 말해서 그런 결과가 나왔다고 생각한 부인은 한번은 펨버턴에게 이렇게 말했다. "선생님, 당신이 이처럼 신사라는 것을 알고 나니 얼마나 위로가 되는지 모르겠어요." 그녀는 이제 그 말을 실질적으로 되풀이하고 있었다. "물론 선생님은 신사이지요. 그래서 한결 부담을 덜었어요." 펨버턴은 자신이 현재 처한 상황 외에는 그 어떤 것도 '꺼내 들지' 않았음을 부인에게 상기시켰다. 그러자 그녀는 어떻게든 어디서든 그가 60프랑을 좀 구해 왔으면 좋겠다는 기도를 되풀이했다. 그는 설사 그런 돈을 얻을 수 있다 하더라도 부인에게는 돈을 빌려주지 않겠다고 눈치 보지 않고 말해 버렸다. 하지만 그는 자신의 말이 솔직하지 않다고 느꼈다. 만약 그 돈이 있었다면 틀림없이 그녀의 손에 쥐여 주었을 것이었으니까. 그는 마음속에서 그녀에 대하여 황당무계하고 근거 없는 동정심을 느낀다고 자신을 비난했으나 그래도 거기에는 일말의 진심이 깃들어 있었다. 비참함이 낯선 친구를 만들어 낸다면 동시에 낯선 감정도 친구를 만들어 낸다. 이런 사람들과 오래 살다 보면 사기가 저하되고 또 전반적으로 분위기가 거칠어지는데, 그 때문에 좋은 매너를 갖춘 사람이었으면서도 펨버턴은 그런 거친 대답을 하게 되었다. '모건, 모건, 나는 너 때문에 어느 정도까지 타락해야 하는 거니?' 그는 속으로 개탄했다. 한편 모린 부인은 아이를 해방시키기 위하여 홀 아래쪽으로 둥둥 떠가듯 바삐 걸어갔다. 그녀는 걸어가면서 모든 것이 너무나 끔찍하다는 듯이 신음 소리를 냈다.

그들의 어린 친구가 해방되기 전에 계단으로 연결된 문에서 덜컹거리는 소리가 났고, 한 소년이 빗물을 뚝뚝 떨어트리며 안으로 살짝 머리를 들이밀었다. 펨버턴은 그 소년이 전보를 가져온 전령이고, 전보가 자기 앞으로 온 것임을 알아보았다. 모건은 다시 돌아왔고 펨버턴은 발신자명—런던에 있는 어떤 친척—을 흘깃 보고 나서 전보를 읽었다. '자네를 위해 멋진 일자리를 찾았네. 자네가 원하는 급여 조건으로 부잣집 아이를 가르치는 일이야. 즉시 오게.' 다행히도 런던의 친구는 회신 비용까지 미리 지불했고, 전령은 기다리고 있었다. 가정교사 곁에 바싹 붙어 서 있던 모건도 그를 빤히 쳐다보았다. 펨버턴은 잠시 뒤 아이의 얼굴을 쳐다보고서 그에게 전보를 내밀었다. 두 사람의 은근한 눈빛—그들은 서로를 너무나 잘 알고 있었다—으로 그 문제는 그 자리에서 결정이 났다. 방수 겉옷을 입은 전령이 바닥에 커다란 물웅덩이를 만들면서 기다리고 있었다. 펨버턴은 프레스코화가 그려진 벽에다 종이를 대고서 연필로 회신을 썼고 전령은 떠났다. 그 후 펨버턴이 모건에게 말했다.

"나는 엄청난 월급을 달라고 요구할 거야. 짧은 시간 내에 많은 돈을 벌 거고, 우리는 그 돈으로 살아갈 수 있어."

"그 부자 소년이 멍청이였으면 좋겠어요. 아마 그럴 거예요." 모건이 강조했다. "그러면 선생님이 오래 근무할 수 있잖아요."

"물론이지. 그 애가 나를 오래 쓸수록 우리는 노년까지 살 수 있는 돈을 마련하는 거지."

"하지만 그들이 선생님에게 지불을 하지 않으면!" 모건이 끔찍한 말을 했다.

"아, 세상에 두 번씩이나 그런—!" 펨버턴은 기분 나쁜 말을 하려다가 얼른 말을 멈추었다. 그리고 그 말 대신에 이렇게 마무리했다. "그런 경우가 있으려고."

모건은 얼굴을 붉혔다. 그의 두 눈에서 눈물이 솟구쳤다. "하던 말씀을 계속하세요. 그런 악당 같은 놈들이라고 말하려고 하셨지요?" 그러다가 모건은 갑자기 어조를 바꾸면서 덧붙였다. "행복하여라, 부자 소년이여!"

"그 애가 한심한 멍청이라면 행복할 수도 없어."

"아니에요, 그렇다면 사람들은 더 행복하겠지요. 선생님은 모든 것을 가질 수는 없어요. 그렇지 않나요?" 소년이 미소를 지었다.

펨버턴은 양손을 소년의 어깨에 얹고서 꼭 잡았다. "너는 어떻게 되는 거지? 너는 어떻게 할 거야?" 그는 60프랑이 간절히 필요한 모린 부인을 생각했다.

"전 완성된 어른이 될 거예요." 이어 펨버턴이 무엇을 암시하는지 다 안다는 듯이 말했다. "선생님이 여기 없으면 전 저 사람들과 더 잘 지내게 될 거예요."

"아, 그렇게 말하지 마. 마치 내가 너를 그분들과 대립시키는 것 같잖니!"

"선생님은 그렇게 하고 계세요. 선생님의 표정을 보면요. 그래도 상관없어요. 선생님은 제 말뜻을 잘 알고 계시잖아요. 전 멋지게 행동할 거예요. 저 사람들의 일을 대신 떠맡을 거예요. 누나들과 결혼할 거예요."

"너는 너 자신과 결혼할 거야." 펨버턴이 농담을 했다. 그들의 이별을 위해서는 다소 긴장되고 고상한 농담이 분명 더 적절할 것 같았다.

그러나 모건은 그런 농담과는 전혀 다른 어조로 물었다. "그런데 그 멋진 일자리까지 어떻게 가실 거예요? 그 부자 소년에게 돈을 좀 보내 달라고 전보를 쳐야 하는 거 아닌가요?"

펨버턴은 잠시 생각했다. "그 사람들이 좋아하지 않을 거야."

"아, 그럼 그 사람들을 경계하세요."

이어 펨버턴은 그 나름의 대책을 생각해 냈다. "미국 영사한테 갈 거야. 영사한테 이 전보를 보여 주며 돈을 좀 빌릴 거야. 며칠간만."

모건은 갑자기 농담을 했다. "그에게 전보를 보여 주고, 돈을 챙겨서 그다음에는 가지 말아요!"

펨버턴은 그 분위기에 휩쓸려서 모건을 위해서라면 실제로 그렇게 할 수도 있다고 대답했다. 그러나 소년은 심각한 표정을 짓더니 자기 말이 농담이라는 것을 증명이라도 하려는 듯이 어서 서둘러서 영사관에 가라고 재촉했을 뿐만 아니라(펨버턴은 런던의 친구에게 전보를 치면서 그날 저녁에 출발하겠다고 알렸다), 그곳에 따라가겠다고 말했다. 그들은 길 위에 고인 물구덩이들을 피하고, 목재가 부풀어 오른 다리들을 철벅거리며 건너갔고 이어 광장을 통과했다. 그 광장에서 그들은 보석 가게로 들어가는 모린 씨와 울릭을 보았다. 영사는 그 요구를 받아들였고(펨버턴은 그 전보보다는 모건의 위풍당당한 태도 덕분이었다고 말했다), 사제는 돌아오는 길에 산마르코 성당에 들어가 아무 말도 하지 않고 10분쯤 있다가 다시 나왔다. 그들은 마지막 순간까지 그 비밀의 즐거움을 만끽했다. 펨버턴이 볼 때 그 즐거움의 한 부분은 모린 부인의 반응이었다. 그가 사직 이유를 밝히자 모린 부인은 화를 벌컥 내며 기괴하면서도 천박한 방식으로 그를 비난했다. 아까

미수에 그친 금전 차용 건과 관련하여, 모린 가족이 그로부터 '뭔가를 빼앗을까 봐' 두려워 도망치는 것이라고 악을 써 댔다. 반면 모린 씨와 울릭의 태도는 담담했다고 말하는 것이 공정하리라. 집에 들어와 그 잔인한 소식을 들은 부자는 노련한 세상 사람들답게 그것을 받아들였다.

8

펨버턴은 베일리얼 대학에 입학하려는 부자 소년의 가정교사 일을 맡았을 때, 그가 정말로 바보 같은 사람이었는지 혹은 아주 영리한 소년인 모건과의 오랜 인연 때문에 그 자신이 바보처럼 보이게 되었는지 잘 분간이 되지 않았다. 그는 모건으로부터 여섯 번 정도 소식을 들었다. 소년은 여러 언어를 섞어 쓴 매력적이고도 아이다운 편지를 써 보냈다. 가족이 쓰는 볼라퓌크어로 추신을 썼고, 편지 문면의 각진 곳이나 동그라미, 네모진 곳에다 우스꽝스러운 그림들을 그려 넣었다. 펨버턴은 그 편지들을 현재 맡은 부유한 제자에게 하나의 인센티브로 보여 줄까 하는 충동이 일었으나 동시에 그걸 공개하는 게 옳지 않다는 꺼림칙한 느낌이 들었다. 부자 소년은 곧 대학에 올라가 시험을 쳤으나 합격하지 못했다. 그러나 사람 좋은 부모는 아이의 머리가 갑자기 총명해질 수는 없는 노릇이라고 정상 참작을 하고서 그런 실패를 펨버턴의 잘못으로 돌리는 것을 가능한 한 억제했다. 그들은 아이에게 한 번 더 도전하라고 격려하면서 젊은 가정교사에게 재수하는 걸 도와 달라고 요청했다.

젊은 가정교사는 이제 모린 부인에게 3루이를 빌려줄 수 있는 위치에 있었고 우편환으로 그 금액을 그녀에게 송금했다. 이러한 혜택에 대한 답변으로 그는 급히 갈겨쓴 그녀의 편지를 받았다. '선생님이 즉시 되돌아오기를 간청합니다. 모건이 아주 아파요.' 모린 가족은 다시 이동 중이었고 그래서 다시 한 번 파리에 와 있었다. 펨버턴은 그들이 우울해하는 것을 자주 보았지만 그렇게 죽을 지경이 된 모습은 본 적이 없었다. 재빠른 서신 교환이 이루어졌다. 그는 소년의 건강 상태를 알아보기 위해 편지를 보냈으나 소년의 답장을 받지 못했다. 그래서 그는 부자 소년 곁을 급히 떠나서 해협을 건너가, 샹젤리제 지구에 있는 한 자그마한 호텔을 찾아갔다. 모린 부인이 그에게 호텔 주소를 알려 주었던 것이다. 그는 그 부인과 식구들에 대하여, 비록 말을 하지는 않았지만 깊은 불만을 느꼈다. 그들은 아주 천박하고 또 정직하지도 못한 주제에, 유럽에서 가장 비싼 도시에 있는 호텔에서, 값비싼 벨벳 장식이 깔리고 선향을 태우는 중이층中二層에 살고 있었다. 베네치아에서 모린 가족과 헤어졌을 때, 그는 뭔가 중대한 일이 그들에게 벌어질 것이라는 강한 의심을 떨치기가 어려웠다. 그러나 실제로 벌어진 일이라고는 그들이 또다시 도망치는 데 성공했다는 것이었다. "그 애는 어때요? 애는 어디 있나요?" 그가 모린 부인에게 물었다. 그녀가 대답하기도 전에 축 늘어진 소매에 둘러싸인 두 팔이 그의 목을 단단히 죄어 왔다. 그것은 풍부한 감정에 넘치는 옛 제자의 이국적인 포옹 방식이었다.

"아주 아프다고요? 그렇게 보이지 않는데요!" 펨버턴이 소리쳤다. 이어 모건에게 말했다. "왜 너는 내 근심을 덜어 주지 않았던 거지? 왜 내 편지에 답을 하지 않았어?"

모린 부인은 그 편지를 쓸 때에는 실제로 아이가 아주 아팠다고 대답했고 또 동시에 소년은 받은 편지에 대해서는 꼬박꼬박 답장을 했다는 답변을 했다. 그것은 펨버턴의 편지가 중간에서 가로채였다는 뜻이었다. 펨버턴이 보기에, 모린 부인은 그 사실이 드러나는 데 대비를 하고 있었다. 그가 따지자 아주 많은 것들을 얘기해 줄 준비가 되어 있던 것이다. 그녀는 무엇보다도 의무감에서 그렇게 행동했으며, 이제 사람들이 무슨 말을 하건 간에, 펨버턴이 이렇게 찾아와 주어 너무나 기쁘다고 말했다. 이런 위중한 때에 그가 자신이 있을 곳은 모건 옆임을 뼛속 깊이 느낄 것인데, 그걸 모른 척해 봐야 아무 소용이 없다는 것이었다. 그가 가족들로부터 소년을 빼앗아 갔으니 이제 그 아이를 내버릴 권리가 없다는 말도 했다. 이런 중대한 책임은 펨버턴 자신이 만든 것이었다. 그러니 일종의 자업자득이라고 말이다.

"내가 당신으로부터 아이를 빼앗아 갔다고요?" 펨버턴이 화난 목소리로 소리쳤다.

"그렇게 해 주세요. 제발. 절 불쌍히 여기셔서요. 그게 제가 원하는 거예요. 전 견딜 수가 없어요. 이런 광경들을요. 저들은 지독한 사기꾼들이에요. 불쌍한 우리 식구들은!" 이 말은 모건의 입에서 터져 나왔다. 소년은 잠시 포옹을 풀고서 아주 낮게 말했는데 그 때문에 펨버턴은 얼른 소년 쪽을 돌아다보았다. 그가 갑자기 의자에 앉았다. 아주 힘겹게 숨을 내쉬고 얼굴이 아주 창백했다.

"자, 이래도 내 귀여운 아들이 아프지 않다고 하시겠어요?" 그의 어머니가 소리쳤다. 그녀는 양손을 깍지 긴 채 소년 앞에서 무릎을 꿇었으나 그가 황금 우상이라도 되는 양 만지려고 하지는 않았다. "곧 괜찮아질 거야. 잠시 이럴 뿐이야. 그런 무서운 말은 하지 마!"

"전 괜찮아요. 괜찮다고요." 모건이 숨을 헐떡거리며 펨버턴에게 말했다. 소년은 소파에 앉은 채로 이상한 미소를 지으며 그를 올려다보았다. 두 손은 소파 양옆에 늘어트려져 있었다.

"이래도 내가 부정직했고 당신을 속였다고 하시겠어요?" 모린 부인이 자리에서 일어서면서 펨버턴에게 소리쳤다.

"그런 말을 한 건 선생님이 아니라 나였어요!" 소년이 아까보다는 한결 나아진 표정으로 대꾸했다. 하지만 그는 곧 벽에 기대었다. 한편 옆에 앉아 있던 펨버턴은 그의 손을 잡으면서 그를 내려다보았다.

"얘야, 사람은 자기가 할 수 있는 일을 하는 거야. 생각해 보아야 할 것들이 너무 많단다." 모린 부인이 호소하듯 말했다. "여기가 그의 자리야. 유일한 자리라고. 너도 이제 그렇다고 생각하지 않니?"

"절 데려가 줘요. 절 데려가 줘요." 모건이 창백한 얼굴을 들어 펨버턴에게 미소를 지으며 말했다.

"내가 너를 어디로 데려가겠니? 그리고 어떻게, 얘야?" 젊은 가정교사가 말을 더듬으며 대꾸했다. 펨버턴은 런던의 친구들이 순전히 자기 편의만을 위해 곧 돌아오겠다는 약속도 없이 그들을 헌신짝 버리듯 내버리고 파리로 건너온 그에게 아주 무례하다고 비난할 게 생각났다. 친구들은 지금쯤 화를 버럭 내며 이미 후임자를 불러들였을지도 몰랐다. 게다가 그가 맡았던 제자가 대학 입시에 실패했으니 그에게 쉽게 새로운 가정교사 일자리를 찾아 줄 가능성도 그리 많지 않았다.

"아, 우리는 그걸 해결할 수 있을 거예요. 한때 그런 얘기를 많이 했잖아요." 모건이 말했다. "함께 떠날 수 있다면 그 나머지 것들은 자잘한 것에 지나지 않아요."

"그 얘기를 물론 많이 해 볼 수는 있겠지만 실천에 옮기려고 하지는 마세요. 모린 씨는 절대로 승낙하지 않을 거고, 또 그건 너무나 황당한 미봉책이에요." 펨버턴의 여주인이 그럴듯하게 그에게 말했다. 이어 그녀는 모건에게 설명했다. "그건 우리의 평화를 깨트리고 우리의 가슴을 부수어 버릴 거야. 이제 선생님이 돌아오셨으니 우리는 예전과 똑같이 살 수 있어. 너는 너의 삶, 일, 자유를 가질 수 있고 우리는 모두 예전에 그랬던 것처럼 행복해지는 거야. 너는 건강이 좋아져서 잘 성장할 테고 우리는 더 이상 어리석은 실험 따위는 하지 않을 거야. 그것은 너무 어리석었어. 여기가 펨버턴 씨의 자리야. 모든 사람이 자기 자리에 있어. 너는 네 자리에 있고, 아빠는 아빠 자리에, 나는 내 자리에 있어. 그렇지 않니, 애야? 우리는 지금껏 어리석게 굴었던 것을 다 잊어버릴 거고 그러면 다시 좋은 시간을 보내게 될 거야."

그녀가 장식이 둘러쳐진 답답하고 작은 응접실을 멍한 표정으로 서성거렸다. 그동안 펨버턴은 아이와 함께 앉아 있었는데, 소년의 얼굴에는 화색이 돌아오기 시작했다. 그녀는 그런 식으로 이유들을 엮어 대면서 앞으로 집안 내에 변화가 있을 것이고, 다른 자녀들은 흩어질 것이며(누가 알겠는가? 폴라는 그녀 나름의 생각이 있었다), 그러면 불쌍한 늙은 부모는 어린 젖먹이를 간절히 필요로 하게 될 것이라고 말했다. 모건은 자신을 놓아주려 하지 않는 펨버턴을 쳐다보았다. 펨버턴은 소년이 자신을 어린 젖먹이라고 부르는 소리를 듣고서 어떤 심정일지 정확하게 알고 있었다. 소년은 자신이 하루 이틀 아픈 적은 있었지만 그걸 빌미로 불쌍한 펨버턴에게 다시 돌아와 달라고 호소한 어머니의 처사는 너무나 부당하다고 항의했다. 불쌍한 펨버턴은 이제 웃음을 터트릴 뿐이었다. 펨버턴은 모린 부인이 그처럼 많은 철학적 얘기를 지껄이며 변명한 것이 우스꽝스러울 뿐만 아니라—그녀는 가벼운 도금 의자에 내팽개쳐 둔 속옷 주머니에서 그런 얘기를 끄집어내는 것 같았다—병든 소년 또한 자신에게 앞으로 주어질 혜택을 단호히 거부할 정도는 되지 못한다는 느낌을 받았다.

아무튼 펨버턴 자신은 그 제안을 받아들이려는 입장이었다. 그는 또다시 무기한으로 모건을 맡아야 할 것이었다. 하지만 소년은 이런 힘든 상황을 다소 완화해 줄 요량으로 그 나름의 은밀한 생각을 갖고 있었다. 그는 가정교사에게 그 생각을 미리 알려 주었다. 하지만 소년이 말한 수정안은 가정교사의 낙담을 막아 주지도, 앞날의 암울한 전망을 덜어 주지도 못했다. 그보다는 지금 당장 저녁 식사를 할 수 있다면 그런 전망을 받아들이는 데 한결 도움이 되겠다는 생각이 들었다. 모린 부인은 현재 모색 중인 변화들에 대해서 좀 더 말했으나 미소와 전율이 마구 뒤섞인 상태라서—그녀는 자신이 긴장하고 있다고 고백했다—가정교사는 그녀가 의기양양한지 아니면 히스테리를 부리는 상태인지 잘 구분하기 어려웠다. 만약 모린 집안이 마침내 풍비박산 날 것 같다면 왜 그녀는 모건을 구명보트에 태워 내보내야 한다는 걸 인정하지 않는 것인가? 앞날에 대한 이런 추정은 그들이 쾌락의 도시에서도 가장 호화로운 지구에 자리를 잡았다는 사실로 뒷받침되었다. 정말 산산조각 날 거라면 그곳이야말로 그들이 자연스럽게 자리를 잡아야 하는 곳이었다. 더욱이 그녀는 지금 모린 씨와 다른 사람들이 그레인저 씨와 함께 오페라를 감상하고 있다고 말하지 않았는가? 풍비박산의 전야라면 그런 곳이야말로 그들이 있어야 할 곳이 아니겠는가? 펨버턴은 그레인저 씨가 돈 많고 머리는 텅 빈 미국인이리라고 짐작했다. 겉만 번드레하고 실질은 별로 없는, 자칭 거물일 것이었다. 그래서 폴라의 '그녀 나름의 생각'이라는 것은 이번에야말로 그 남자에게 명중탄을 날리는 것일 테고, 그녀는 그 총탄으로 모린 집안의 전반적 결속을 산산조각 낼 것이었다. 그런데 만약 그 결속이 끝장나 버린다면 불쌍한 펨버턴은 어떻게 될 것인가? 그는 이미 모린 집안과 너무나 단단히 결속되어 있어서, 허물어진 건물의 튕겨져 나간 벽돌 꼴이 되지 않겠는가? 그는 그런 자신을 상상하면서 깜짝 놀랐다.

마침내 가정교사에게 줄 저녁을 주문했느냐고 자연스럽게 물어본 것은 모건이었다. 그리하여 펨버턴은 소년과 함께 늦은 저녁 식사를 하게 되었다. 장식 테두리가 있는 초록색 플러시 천으로 단장되고, 장식용 비스킷 그릇이 나오고, 나른한 표정으로 웨이터가 옆에서 대기하는 식당이었다. 모린 부인은 집 밖에 손님용 방을 하나 확보했다고 설명했다. 모건에게 위안이 된 것은—펨버턴이 미지근한 소스가 너무 맛이 없다고 생각한 순간 소년이 그 얘기를 했다—독립된 방이 있다는 사실이 그들의 도망을 한결 쉽게 해 주리라는 점이었다. 소년은 마치 스승과 제자가 '소년용 모험 책'을 함께 쓰는 것처럼 그들의 도망에 대해서 말했다(그 후에도 그 얘기를 자주 했다). 그러면 가정교사는 뭔가 심각한 일이 벌어지고 있고 또 모린 가족은 오래 버티지 못할 것 같다고 말했다. 사실 나중에 펨버턴이 알게 된바, 그들은 5~6개월을 버텼을 뿐이다. 그러는 와중에도 모건은 가정교사의 사기를 높여 주려고 애썼다. 펨버턴은 돌아온 다음 날 모린 씨와 울릭을 만났고, 두 사람은 노련한 세상 사람들답게 그의 귀환을 받아들였다. 폴라와 에이미가 좀 덜 정중하게 그를 맞아들인 건 두 딸을 위해 양해해 주어도 되었다. 그레인저 씨가 결국 오페라 극장에 나타나지 않았던 것이다. 그는 자신이 확보한 오페라 좌석을 두 처녀에게 내주었고 각각 꽃다발을 보냈다. 심지어 모린 씨와 울릭에게도 각각 꽃다발을 보냈는데, 부자는 그레인저 씨의 손 큰 행동에 더욱 씁쓸함을 느꼈다. "사람들은 모두 다 그런 식이에요." 모건이 논평했다. "우리가 마침내 그들을 잡았다고 생각하는 바로 그 순간에, 그들은 다시 깊은 바닷속으로 들어가 버리죠!"

이 당시 모건의 논평은 점점 더 자유로워졌다. 펨버턴이 런던에 가 있던 동안에 그들이 아주 자상하게 모건을 대했다는 얘기도 해 주었다. 그들은 모건에게 잘해 주지 못해 안달이 났고, 그를 늘 생각하고 있었으며, 그동안의 손실을 만회하겠다는 듯한 태도를 보였다. 모건은 그런 호들갑을 더욱 슬프게 느꼈고, 그래서 펨버턴의 귀환이 너무나 반갑다고 말했다. 또 가정교사가 앞으로 사제 간의 애정과 의무감에서 다소 벗어나야 한다고도 했다. 펨버턴은 이 마지막 조언에 웃음을 터트렸고 모건은 얼굴을 붉혔다. "제기랄, 하지만, 선생님은 제 말을 아시잖아요." 펨버턴은 그가 무슨 말을 하는지 잘 알았다. 하지만 그런 논평이 더 이상 분명하게 밝혀 주지 못하는—여기서도 제기랄!—많은 것들이 있었다. 펨버턴의 이 두 번째 파리 체류는 다소 피곤하게 전개되었다. 사제는 독서와 산책과 잡담을 계속했다. 그들은 센 강변의 헌책방에 갔고, 박물관을 찾아갔으며, 가끔 팔레 루아얄에 들어가 보기도 했다. 겨울 들어 처음으로 추운 날씨가 들이닥쳤을 때 그들은 슈베 가게*의 화려한 진열장 앞에서 중앙난방의 안락함을 맛보았다. 모건은 부유한 소년에 대하여 많은 것을 듣고 싶어 하고 엄청난 관심을 갖고 있었다. 그 소년의 부유함을 보여 주는 세부적인 내용들—펨버

---

* 과일과 같은 다즙 식료품들을 파는 가게. 과거에 화랑이나 아케이드들은 궂은 날 피난처를 제공하는 장소 역할을 했고, 겨울철에는 난방이 되었다.

턴은 그것들을 소년에게 일일이 다 말해 주었다—은 펨버턴이 파리로 돌아오기 위해 포기한 많은 것들에 대한 모건의 고마움을 한층 강화시켰다. 하지만 그런 포기로 인한 상호 유대성이 더 강화된 데 더해, 소년은 약간 즐거움이 가미된 그 나름의 이론을 갖고 있었다. 그게 뭐냐 하면, 그들의 오랜 시련이 이제 끝나 가고 있다는 것이었다. 모건은 모린 가족이 한 달 한 달 힘들게 버티고 있는, 이 해소되지 않는 충격을 더 이상 견뎌 내지 못할 것이라고 확신했다. 펨버턴이 다시 부임한 지 3주 뒤에 그들은 다른 호텔로 이사를 했는데, 전보다 더 지저분한 곳이었다. 하지만 모건은 가정교사가 아직도 자신들의 거처 밖에서 기거하는 혜택을 받고 있는 걸 기뻐했다. 그들이 도망치는 날 혹은 밤이 찾아오면 그런 혜택이 도움을 주리라는 낭만적 환상에 아직도 매달리고 있었던 것이다.

이런 복잡한 관계 속에서 펨버턴은 자기 목에 걸린 목줄이 목을 찔러 대는 것을 느꼈다. 그것은 그가 베네치아에서 모린 부인에게 말했던 것처럼 '정말이지 너무한 것trop fort'이었다. 모든 것이 정말 너무했다. 그는 그 엄청난 부담을 벗어던지지도 못했고 또 그 부담에서 양심의 위무나 애정의 보상이라는 혜택을 얻지도 못했다. 그는 영국에서 번 돈을 다 써 버렸고 자신의 젊음이 지나가고 있는데 그에 대해 아무런 보상도 받지 못했다고 느꼈다. 모건이 일단 펨버턴과 영구히 같이 있게 되면 그 손실에 대해서 다 보상해 주겠다고 생각하는 것은 좋은 일이었다. 하지만 그런 생각에는 짜증 나는 결점이 있었다. 그는 소년이 어떤 생각을 하고 있는지 알았다. 가정교사가 관대하게도 그에게 돌아와 주었기 때문에 펨버턴에게 자신의 목숨을 내줌으로써 그 고마움을 표시해야 한다는 생각이었다. 하지만 가정교사는 그런 선물을 원하지 않았다. 자신이 어린 모건의 목숨을 가지고 무엇을 할 것인가? 물론 펨버턴은 짜증을 내는 순간에도 소년이 그렇게 생각하는 이유를 기억했다. 그것은 모건에게 아주 명예로운 것이었지만, 가정교사가 모건이 결국에는 누더기 옷을 입은 어린아이에 지나지 않는다는 사실을 망각할 때에나 가능한 것이었다. 펨버턴이 그런 사실과는 다른 관점에서 소년을 바라본다면, 그가 겪는 고통이나 분노는 결국 자업자득이었다. 그래서 펨버턴은 동경과 경악의 기이한 혼란 속에서 모린 집안에 드리운 채 아직 떨어지지는 않은 파국을 기다리고 있었다. 그는 파국의 징후가 두 뺨을 스쳐 가는 것을 느꼈고 그 파국이 어떤 생생한 형태로 들이닥칠지 궁금했다.

어쩌면 그것은 가족 이산의 형태를 취할 것이었다. 다들 겁먹은 상태로 각자도생에 나서서 자기에게 유리한 구석으로 달아날 것이었다. 확실히 그들은 예전과는 다르게 이제는 유연성이 별로 없었다. 그들은 찾아낼 수 없는 것을 찾으려 하는 것이 분명했다. 도링턴 부부는 다시 나타나지 않았고 프린스들은 사라졌다. 이것이 종말의 시작이 아닐까? 모린 부인은 저 유명한 '기념일'을 지키는 것을 그만두었다. 그녀의 사교 달력은 흐릿해졌고, 그마저도 앞면은 벽 쪽으로 돌려져 있었다. 펨버턴은 그 집안에 가장 크고 잔인한 불편을 안겨 주는 것은 그레인저 씨의 특이한 행동이라고 생각했다. 그레인저 씨는 자신이 원하는 것 혹은 더욱 나쁘게도, 그들이 원하는 것이 무엇인지 모르는 것 같았다. 그는 꽃다발을 계속 보내왔는데 그것은 퇴각의 길에다 뿌리는 것이었지, 그가 모린 집안에 되돌아오는 길에다 뿌리는 것은 아니었다. 꽃다발은 좋은 것이었지만 그러나— 펨버턴은 이제 그 문장을 끝맺을 수 있었다. 결국 모린 가족이 사회적 실패작이라는 사실이 이제 아주 분명하게 드러났다. 젊은 가정교사는 그런 결말이 이제라도 다가온 것을 감사하게 생각했다. 모린 씨는 아직도 때때로 사업 관계차 출장을 갔으나, 더욱 놀라운 것은 그가 여전히 집으로 돌아온다는 사실이었다. 울릭은 이제 다니는 클럽이 없었으나 외양만 보아서는 그런 멋진 클럽의 창문에서 삶을 느긋이 내다보는 모습 그대로였다. 그래서 펨버턴은 울릭이 어머니에게 하는 대답을 듣고서 이중으로 놀라고야 말았다. 그것은 최악의 가난에 익숙한 남자의 절망적인 목소리였다. 모린 부인이 아들에게 뭐라고 물었는지 펨버턴은 제대로 듣지 못했다. 그것은 에이미를 누가 데려갈 것인가 하는 애절한 질문인 것 같았다. "악마가 데려가라죠!" 울릭이 신경질적으로 말했다. 그래서 펨버턴은 그들이 평소의 상냥함을 잃어버렸을 뿐만 아니라 이제 그들 자신마저도 믿지 않는다는 것을 알았다. 또 모린 부인이 자녀들을 남에게 맡길 궁리를 한다는 것은 그녀가 이제 폭풍우에 대비하여 비상구를 닫아 버릴 생각이라는 것도 알았다. 하지만 그녀가 맨 마지막으로 헤어지려고 하는 자식은 모건일 것이라고 짐작했다.

어느 겨울 오후—그날은 일요일이었다—그와 소년은 불로뉴 숲을 함께 걸었다. 저녁 풍경은 너무나 아름다웠고 차가운 레몬 색깔 황혼은 너무나 청명했다. 거리에 넘쳐흐르는 마차와 사람들의 흐름은 너무나 흥미롭고 매혹적인 파리의 풍경이어서 사제는 평소보다 더 오래 밖에 있었고, 저녁 시간에 맞추어 집에 도착하려면 서둘러 가야 했다. 그들은 팔짱을 끼고 기분 좋게 배고픈 채로 서둘러 걸어갔다. 그들은 파리 같은 곳은 없다는 데 동의했다. 그동안에 오고 간 그 모든 일에도 불구하고 그들은 파리의 순수한 즐거움은 결코 물리지 않는다고 생각했다. 그들이 호텔에 도착했을 때는 무척이나 늦었지만 그래도 둘이 함께 저녁 식사는 할 수 있을 것 같았다. 그러나 모린 가족의 방들에는 혼란이 지배하고 있었다(이번에는 아주 남루한 방이었으나, 그래도 그 호텔에서는 제일 좋은 곳이었다). 식사 서비스는 갑자기 중단된 것 같았다. 싸움이 벌어진 것처럼 물건들이 어질러져 있었고 바닥에는 엎어진 와인병에서 흘러나온 와인 자국이 선명했다. 펨버턴은 본격적인 반란이 벌어졌다는 사실을 목도하지 않을 수 없었다. 폭풍이 닥쳐왔고 모두 피신에 나섰다. 비상구는 닫혔다. 폴라와 에이미는 보이지 않았다. 두 딸은 펨버턴 앞에서 조금도 꾸미려고 한 적이 없었지만, 원피스 옷이 압수당한 모습으로 그의 앞에 나설 정도로 그를 의식하지 않는 것은 아니었다. 그리고 울릭은 난파선에서 탈출하려는 모습이었다. 한마디로 호텔 주인과 직원들이 투숙객들의 의도대로 '움직이는' 것을 거부했고, 복도에 입 벌린 채 쌓인 여행 가방들은 어색한 압류의 분위기를 연출했다. 그 풍경은 호텔 직원들이 분노하면서 철수한 분위기와 기묘하게 뒤섞여 살벌하게 보였다.

모건은 이 모든 것을 알아보고는—그는 그것을 아주 재빨리 파악했다—얼굴이 머리끝까지 붉어졌다. 그는 어린 시절부터 난관과 위험 가운데를 걸어왔으나, 이런 노골적인 폭로는 일찍이 겪어 본 적이 없었다. 펨버턴은 두 번째로 소년을 살펴보았는데 소년의 두 눈에서는 눈물이 솟구쳤다. 깊은 수치심에서 우러나는 눈물이었다. 펨버턴은 그 순간 소년을 위해서라도 자신이 그것을 모르는 척하는 데 성공했는지 자신이 없었다. 아마 성공하지 못했을 것이라고 그는 느꼈다. 저녁도 못 먹은 모린 부부는 치욕스러운 압류 조치를 당한 응접실의 불 꺼진 벽난로 앞에 앉아 있다가 가정교사 앞에서 일어섰다. 부부는 번들거리는 눈알을 부라리며 이 폭풍우 속에서 기항해야 할 가장 가까운 항구가 어디인지 열심히 찾고 있는 듯했다. 그들은 완전히 굴복한 것은 아니었지만 얼굴이 아주 창백했다. 모린 부인은 울고 있었던 게 분명했다. 펨버턴은 그녀의 슬픔이 평소 즐기던 저녁 식사를 못 해서 그런 것이 아니라 그보다는 엄청나게 파괴적이고 강한 타격을 받은 결과임을 알아보았다. 그녀는 즉각 저간의 사정을 황급히 설명하기 시작했다. 현재 상황을 볼 때 펨버턴도 직감했겠지만, 집안에 커다란 변화가 발생했고, 갑자기 벼락이 내리쳤으며, 따라서 각자 방향 전환을 해야 한다는 것이었다. 그리고 자기 부부가 사랑하는 막내와 헤어지는 것이 잔인한 일이기는 하지만, 펨버턴이 소년에 대한 영향력을 좀 더 행사하여 소년을 데리고 다른 곳으로 잠시 가 있어 주면 다행스러울 것이라고 말했다. 간단히 말해서, 그들이 소중히 여기는 아들을 잠시 그가 맡아서 보호해 달라는 얘기였다. 그렇게 되면 모린 씨와 그녀 자신은 자유롭게 되어 그들의 문제를 재조정하는 데 적절한 신경—아! 지금까지는 유감스럽게도 너무 신경을 쓰지 않았다—을 쓸 수 있을 것이었다.

"우리는 선생님을 믿어요. 우리는 할 수 있을 거예요." 모린 부인은 통통한 하얀 손을 비비면서 양심의 가책을 느끼는 표정으로 모건을 빤히 쳐다보았다. 모린 씨는 아버지의 애정을 표현하려는 듯 조심스러운 자세로 소년의 턱을 검지로 가볍게 긁어 댔다.

"오, 그래. 우리는 할 수 있을 거야. 그리고 펨버턴 씨를 완전히 신임한단다, 모건." 모린 씨가 강조했다.

펨버턴은 또다시 무슨 말인지 모르는 척해야 하는 게 아닐까 생각했다. 그러나 모건의 깊은 통찰력 앞에서는 모든 허세가 쓸모없었다.

"선생님이 나를 데려가서 같이 지내도 된다는 거예요? 영원히?" 소년이 외쳤다. "선생님이 원하는 곳 아무 데나 멀리, 멀리?"

"영원히? 과장이 너무 심하구나!" 모린 씨가 느긋하게 웃음을 터트렸다. "펨버턴 씨가 해 줄 수 있는 한도 내에서만 가능한 거지."

"우리는 애를 썼고 또 고통받아 왔어요." 모린 부인이 말했다. "하지만 당신이 온전히 저 아이를 당신 것으로 만들었고 그래서 우리는 최악의 희생을 견뎌야 했어요."

모건은 아버지로부터 고개를 돌렸다. 소년은 환한 얼굴로 일어서서 펨버턴을 쳐다보았다. 소년에게서 그들의 굴욕스러운 상태에 대한 수치심은 사라졌다. 그런 사태 변화에는 또 다른 측면이 있었다. 중요한 것은 그 기회를 꽉 잡는 것이었다. 그는 순간적으로 소년다운 즐거움을 느꼈다. 사제의 '도망'—너무나 갑작스럽고 난폭하여 도무지 소년의 모험 책에 나올 법하지 않은 도망—이 마침내 예기치 않게 확보되었다는 생각도 소년의 즐거움을 진정시키지 못했다. 소년의 즐거움이 순간적으로 거기에 나타났다. 펨버턴은 소년이 일차적으로 굴욕을 느꼈음에도 불구하고 감사와 애정의 빛을 보이는 것에 대하여 거의 공포를 느꼈다. 모건이 "선생님, 저 제안에 대해서 어떻게 생각하세요?"라고 더듬거리며 물었을 때, 어떻게 열광적인 어조로 대답하지 않을 수 있겠는가? 그러나 그 직후에 벌어진 일은 더욱 용기를 필요로 했다. 소년이 갑자기 바로 옆의 의자에 털썩 주저앉은 것이다. 소년은 얼굴이 아주 창백해졌고 손을 왼쪽 옆구리로 들어 올렸다. 그들 세 사람은 모두 그를 쳐다보았으나, 제일 먼저 앞으로 뛰어나온 것은 모린 부인이었다. "아, 우리 아들 심장, 심장이 약한데!" 그녀가 소리쳤다. 그리고 아들 앞에 무릎을 꿇고서 우상에 대한 존경심은 내버린 채 갑자기 그를 두 팔로 껴안았다. "당신은 애를 데리고 너무 멀리까지 산보를 나갔어요. 그리고 너무 빨리 걸어 돌아왔어요!" 그녀는 어깨 너머로 펨버턴에게 말했다. 소년은 아무런 항의도 하지 않았고 다음 순간 어머니는 여전히 그를 껴안은 채 벌떡 일어섰다. 그녀는 얼굴에 경련을 일으키면서 겁먹은 목소리로 외쳤다. "도와줘요, 도와줘! 저 애가 가고 있어요. 저 애가 갔어요!" 펨버턴 또한 부인과 똑같이 겁을 먹었고, 모건의 굳어진 얼굴을 보고서 그들이 아무리 크게 소리쳐도 들을 수 없는 곳으로 소년이 가 버렸다는 것을 깨달았다. 그는 모린 부인의 품에서 아이를 절반쯤 끄집어냈고, 잠시 그들은 겁먹은 채 서로의 눈을 쳐다보았다. "허약한 몸으로 이걸 견디지 못한 거예요." 펨버턴이 말했다. "이 충격, 이 모든 장면, 이 격렬한 감정을 말입니다!"

"하지만 나는 저 애가 당신을 따라가고 싶어 했다고 생각했는데요!" 모린 부인이 슬픈 목소리로 말했다.

"여보, 그렇지 않다고 내가 말했잖아." 모린 씨가 주장했다. 그는 온몸을 떨고 있었고, 나름대로 아내 못지않게 깊이 충격을 받았다. 하지만 최초의 충격 후에 그는 노련한 세상 사람처럼 그 죽음을 받아들였다.

실제와 똑같은 것
The Real Thing

우리 집의 초인종에 응답하는 문지기의 아내가 "선생님, 신사분과 숙녀분이 오셨습니다"라고 알려 왔을 때, 나는 그 당시에 종종 그렇게 생각했듯이―소원은 생각의 아버지이므로―초상화 의뢰인의 얼굴을 떠올렸다. 물론 이 경우 방문자들은 그런 사람들이기는 했지만, 내가 선호하는 그런 방식의 의뢰인은 아니었다. 먼저 그들은 그 어디에도 초상화를 그리러 찾아왔다는 표시가 없었다. 신사는 키가 크고 허리가 꼿꼿한 쉰 살의 남자였다. 콧수염은 약간 반백이었고 짙은 회색 신사복 상의는 몸에 딱 맞았다. 나는 그 두 가지를 살펴보고 그가 직업적으로―나는 이발사나 양복쟁이로서 말하고 있는 건 아니다―재야의 저명인사이리라고 생각했다. 그들은 언제나 그런 식으로 눈에 띄기 때문이다. 그것은 내가 한동안 의식해 온 진실이기도 했는데, 외모가 준수한 인물은 공공기관에 근무하는 명사인 적이 거의 없었다. 숙녀를 한번 쳐다보면서 나는 이 역설적인 법칙을 또다시 생각하게 되었다. 그녀 또한 너무 뚜렷이 눈에 띄는 용모라서 '공인된 명사'는 아닌 듯 보였다. 게다가 그처럼 용모가 준수한 사람들을 쌍으로 만나는 것은 더욱 드문 일이었다.

두 사람은 입을 즉각 열지는 않았다. 서로 마주 보며 상대방이 먼저 말을 꺼내기를 기다리는 눈치였다. 그들은 눈에 띄게 수줍어했고, 거기 서서 내가 사태를 파악해 주기를 바라고 있었다. 나중에 회상해 보니, 그게 그들이 취할 수 있는 가장 현실적인 대응이었다. 그런 식의 당황하는 태도가 그들의 목적에 도움이 되었던 것이다. 나는 캔버스 위에 자신의 모습을 재현하는 천한 초상화 작업을 해 달라고 말하는 걸 그토록 고통스럽게 여기는 사람들을 본 적이 있었다. 그러나 이 두 사람의 망설임은 거의 극복 불가능해 보였다. 그 신사가 "내 아내의 초상화를 제작하고 싶습니다" 혹은 그 숙녀가 "남편의 초상화를 만들고 싶습니다"라고 말할 수는 있지 않은가. 어쩌면 남녀는 부부가 아닐 수도 있었다. 그것은 당연히 문제를 더 미묘하게 만든다. 어쩌면 그들은 두 사람이 동시에 나오는 초상화를 그리고 싶은지도 모르는데, 그렇다면 제삼자가 그런 의도를 대신 표명해 주어야 하리라.

"우리는 리벳 씨의 소개로 왔습니다." 숙녀가 마침내 희미하게 미소를 지으며 말했다. 그 미소는 젖은 스펀지가 '물에 젖은' 그림 위를 스치고 지나간 것 같은 혹은 사라져 버린 아름다움을 막연하게 보여 주는 효과를 냈다. 그녀는 나름대로 남편 못지않게 키가 크고 꼿꼿했으며 열 살 정도 어려 보였다. 얼굴에 아무런 표정을 담지 않아 오히려 슬퍼 보이는 여자였다. 그러니까 연하게 화장을 한 그녀의 달걀형 가면은 햇빛에 노출되어 마찰된 표면처럼 피폐함을 보여 주었다. 시간의 손길이 그녀의 얼굴을 자유롭게 매만져서 그 얼굴로부터 생기를 없애 버리는 효과를 냈다. 그녀는 날씬하지만 다소 뻣뻣했다. 주름, 호주머니, 단추 등을 갖춘 진청색 옷을 잘 차려입었는데 남편과 똑같은 의상실에서 맞춰 입은 것이 분명했다. 부부는 뭐라고 형언할 수 없으나 아주 검소한 분위기를 풍겼다. 그들은 그들의 돈보다 훨씬 더 사치를 부리고 있었다. 내가 그들의 사치품을 제공하는 사람이 될 예정이라면 내가 어떤 조건을 제시할지 생각해 두어야 할 것 같았다.

"아, 클로드 리벳이 저를 추천했다고요?" 내가 대꾸했다. 나는 그의 호의를 고맙게 생각한다고 덧붙였다. 하지만 리벳은 풍경만 그리는 화가였기에 이런 추천이 그리 큰 희생이라는 생각은 들지 않았다.

숙녀는 신사를 빤히 쳐다보았고 신사는 방 안을 한번 둘러보았다. 이어 잠시 방바닥을 내려다보고 콧수염을 쓰다듬더니 부드러운 눈빛을 내게 고정시켰다. "그분이 당신이 적당한 분이라고 하더군요."

"사람들이 초상화 때문에 찾아오면 그런 사람이 되려고 애쓰고 있습니다."

"그래요. 우리도 그 건으로 찾아왔습니다." 숙녀가 초조하게 말했다.

"함께 말입니까?"

남녀는 서로 시선을 교환했다. "선생님이 그러신다면, 당연히 이중 초상화가 되어야겠지요." 신사가 더듬거리는 목소리로 말했다.

"아, 그렇군요. 하지만 한 사람일 때보다는 좀 비용이 더 듭니다."

"물론 보수가 있어야 하겠지요." 신사가 말했다.

"아주 자상하신 말씀입니다." 나는 좀처럼 찾아보기 어려운 그런 호의에 감사하며 즉각 대답했다. 나는 그가 화가에게 보수를 지불한다는 뜻으로 알아들었던 것이다.

그러자 숙녀가 기이한 표정을 지었다. "우리는 삽화 때문에 왔습니다. 리벳 씨가 선생님이 삽화를 그린다고 하던데요."

"삽화요?" 나도 그녀 못지않게 혼란을 느꼈다.

"그러니까 제 아내를 스케치하는 거요." 신사가 얼굴을 붉히며 말했다.

나는 그제야 클로드 리벳이 내게 해 준 서비스가 무엇인지 알아차렸다. 그는 내가 잡지, 이야기책, 풍물 스케치 등 흑백 스케치를 많이 하고 있으니 내게 가면 모델 일거리가 꽤 있을 거라고 말했던 것이다. 그것은 사실이었으나, 내가 머릿속에서 아직도 위대한 초상화가라는 명예와 나아가 보수를 완전히 내몰지 못한 것 또한 사실이었다. 이제 와서 고백하는 바이지만, 그처럼 위대한 초상화가가 되겠다는 열망이 전부全部 혹은 전무全無의 결과를 가져왔는지 여부는 독자의 판단에 맡기겠다. 나의 '삽화들'은 하찮은 돈벌이 수단에 지나지 않았다. 나는 앞으로 나의 명성을 영원한 것으로 만들기 위하여 예술의 다른 분야를 살폈다. 그 분야가 멀리 떨어져 있을수록 내게는 더욱 흥미롭게 보였다. 돈을 벌기 위해 그런 분야를 살펴보는 것은 부끄러운 일이 아니었다. 그러나 두 방문객이 돈을 지불하기는커녕 '모델 노릇'을 하고 싶어 한다는 것을 알아 버린 그 순간부터 돈벌이는 물 건너간 얘기가 되었다. 나는 실망했다. 나는 그림의 측면에서 그들을 재빨리 간파했다. 그들의 타입을 알아보았고 이미 내가 그런 타입의 인물을 가지고 어떤 작업을 할 수 있을지 파악했다. 나중에 회상한 바이지만, 그 작업은 결코 부부를 즐겁게 할 그런 것이 되지 못했다.

"아, 그러니까, 두 분은 어어—?" 나는 경악감을 억누르자마자 재빨리 대답했다. 그러나 '모델'이라는 천한 말은 잘 나오지 않았다. 그 말은 도저히 그 부부에게 어울리지 않았다.

"우리는 별로 실전 경험이 없어요." 숙녀가 말했다.

"우리는 뭔가 일을 해야만 합니다. 그래서 선생님 계통에 종사하는 화가가 뭔가 우리를 활용할 수 있지 않을까 생각했습니다." 남편이 옆에서 거들었다. 그는 또 알고 있는 화가가 많지 않으며, 그래서 먼저 리벳 씨를 찾아갔다고 덧붙였다. "그분은 풍경화를 그립니다만 내 기억으로는 때때로 초상화도 그렸지요. 몇 년 전에 노픽에서 스케치를 하고 있는 리벳 씨를 처음 만났지요."

"우리 부부도 과거에 스케치를 좀 했거든요." 숙녀가 말했다.

"아주 당돌합니다만, 그래도 우리는 뭔가 해야만 해서요." 그녀의 남편이 말했다.

"물론 우리는 그리 젊지 않아요." 그녀가 창백한 미소를 지었다.

그 말을 듣고서 나는 나름대로 그들의 형편에 대해서 짐작할 수 있었다. 남편은 그때 아주 새것인 지갑—그들이 몸에 지닌 물건들은 모두 새것이었다—에서 명함을 한 장 꺼내 내게 건넸는데, '모나크 소령'이라는 이름이 새겨져 있었다. 그 이름은 인상적이기는 하지만 그 부부에 대해서 더 이상의 정보를 주지는 못했다. 하지만 방문객은 곧 이렇게 덧붙였다. "난 육군에서 제대했고 그 후에 불운하게도 돈을 잃었습니다. 사실 우리는 수입이 아주 적습니다."

"정말 괴로워요. 계속 고통을 받고 있어요." 모나크 부인이 말했다.

그들은 분명 신중하게 행동하려고 했다. 자신들이 신사 계급임을 과시하지 않으려고 조심했다. 나는 그들이 그런 신분이 단점임을 기꺼이 시인하면서도 그 이면에는—역경 속에서의 위안이라고나 할까—

나름의 장점이 있다고 생각하는 것을 느낄 수 있었다. 실제로 그들은 장점이 있었다. 하지만 그 장점들은 너무 지나치게 사교적인 것이라는 느낌이었다. 가령 그들의 존재는 응접실 분위기를 좋게 할 것이었다. 그러나 그 응접실은 그림 속의 응접실이어야 마땅했다.

아내가 그들의 나이를 언급하자 모나크 소령이 덧붙였다. "당연히 우리는 얼굴보다는 몸매가 더 소용이 있을 거라 생각합니다. 우리 몸은 여전히 꼿꼿해요." 그 순간 나는 몸매가 그들의 장점임을 알아보았다. 그의 '당연히'는 허세가 아니었고 그 문제에 빛을 비춰 주었다. "아내의 몸매는 최고지요." 그가 저녁 식사 후의 기분 좋은 완곡어법 냄새를 풍기면서 아내 쪽으로 고개를 끄덕였다. 나도 우리가 와인 한잔을 나누며 잡담이라도 하고 있는 양, 그의 몸매도 그리 나쁜 편은 아니라고 대답했다. 그러자 그가 내 말을 받아서 설명을 해 왔다. "우리 같은 사람을 그린다면 아주 근사할 거라고 생각합니다. 특히 아내는요. 책에 나오는 숙녀로 말입니다."

나는 그들에게 흥미를 느꼈고, 그래서 좀 더 흥취를 느끼고자 그들의 관점을 취하려고 최선을 다했다. 그 부부는 정상적인 상황이라면 비판은 속으로만 해야 하는 사회적 관계에서나 만날 법한 사람들이어서, 마치 애완동물이나 쓸모 있는 흑인들인 양 그들을 신체적으로 살펴보기가 좀 어색했다. 하지만 나는 모나크 부인을 잠시 찬찬히 쳐다보다가 확신에 찬 목소리로 찬탄했다. "아, 그래요, 책에 나오는 숙녀!" 그러나 그녀는 삽화 인물로는 영 아니었다.

"원하신다면, 우리는 일어서 보일 수도 있습니다." 소령이 말했다. 그가 아주 의젓한 자세로 내 앞에서 일어섰다.

나는 그의 키를 한눈에 알아볼 수 있었다. 그는 190센티미터였고 완벽한 신사였다. 현재 짓고 있거나 외부에 좋은 인상을 주어야 하는 클럽이 그를 고용하여 주 출입문 앞에 세워 두면 큰 효과가 있을 것이었다. 내게 문득 떠오른 생각은 나한테 올 것이 아니라 다른 직업을 알아보는 게 더 좋았을 텐데 하는 것이었다. 부부는 홍보 목적으로 고용된다면 훨씬 효과가 클 것이었다. 나는 그것을 자세히 말하지는 못하지만 부부에게는 남들에게 돈—부부의 돈이 아니라—을 만들어 주는 능력이 있다고 생각했다. 가령 양복점, 호텔 사장, 비누 제조 회사 등에서는 그들이 필요할 것 같았다. 부부가 "우리는 언제나 이것을 사용합니다"라는 광고 쪽지를 가슴에 붙이고서 큰 광고 효과를 내는 광경이 눈앞에 훤히 보였다. 호텔의 최고급 정찬을 멋지게 홍보하는 모습도 상상할 수 있었다.

모나크 부인은 여전히 의자에 앉아 있었는데, 자부심보다는 부끄러움 때문이었다. 그녀의 남편이 말했다. "여보, 일어나서 당신이 얼마나 스마트한지 보여 드려." 그녀는 그 말을 따랐으나 일부러 보여 줄 필요도 없었다. 그녀는 스튜디오의 한끝까지 걸어갔다가 부끄러워하며 되돌아왔는데 파르르 떠는 두 눈이 배우자에게 뭔가를 호소하는 것 같았다. 나는 그 순간 파리에서 흘낏 엿보았던 사건이 생각났다. 당시 나는 연극 연출을 맡은 어떤 극작가와 함께 있었는데 한 여배우가 배역을 달라며 그를 찾아왔다. 그녀는 방금 모나크 부인이 한 것처럼 그 앞에서 방 안을 위아래로 한번 걸어 보였다. 모나크 부인은 아주 잘 해냈으나 나는 칭찬을 삼갔다. 이런 사람이 이런 보수가 형편없는 일자리를 얻으려는 게 너무나 기이했다. 그녀는 겉모습만 보아서는 연봉 1만 파운드는 받아야 적당할 성싶었다. 남편은 자기 아내를 형용하는 멋진 말을 사용했다. 그녀는 당시 런던에서 유행하는 말 그대로 앞뒤 어디로 보나 전형적인 '스마트'였다. 같은 이야기의 연장선상에서 그녀의 몸매는 눈에 띄게 멋지고 흠 잡을 수 없을 정도로 '훌륭했다'. 나이 치고는 허리가 놀라울 정도로 잘록했다. 게다가 팔꿈치도 아주 부드럽게 휘어져 있었다. 그녀는 평소의 각도를 유지하며 머리를 처들고 있었다. 왜 그녀는 내게 왔을까? 그녀는 백화점의 숙녀복 코너에서 옷을 입어 보는 것이 더 어울릴 법했다. 부부는 가난할 뿐만 아니라 '예술적'이기까지 했는데 그건 복잡한 골칫거리였다. 그녀가 다시 의자에 앉았을 때 나는 감사 표시를 했고, 화가가 모델의 능력 중에서 가장 높이 치는 것은 조용히 앉아 있는 능력이라고 말해 주었다.

"오, 아내는 조용히 앉아 있는 걸 잘해요." 모나크 소령이 말했다. 이어 쾌활하게 덧붙였다. "난 언제나 아내가 조용히 있게 했지요."

"전 속 썩이는 덜렁이는 아니지요?" 그녀가 남편의 넓은 가슴에 타조처럼 고개를 파묻는 모습을 보고서 나는 눈물이 나려 했다.

그 넓은 가슴의 소유자는 내게 이런 말을 했다. "지금까지 사업적인 얘기만 해 와서, 이건 좀 튀는 말이 될지 모르겠습니다만, 내가 결혼했을 때 아내는 사람들 사이에서 아름다운 조각상이라고 불렸지요."

"아, 여보!" 모나크 부인이 말리는 듯한 어조로 말했다.

"물론, 나는 그런 아름다운 조각상이 어느 정도 필요합니다." 내가 대답했다.

"물론이죠!" 그처럼 즉각적으로 동의하는 말은 들어 본 적이 없었다.

"하지만 두 분은 곧 지치게 될지도 모릅니다."

"아, 우리는 지치지 않습니다." 두 사람이 적극적으로 소리쳤다.

"혹시 이런 일을 실제로 해 본 적이 있습니까?"

그들은 망설이다가 서로 쳐다보았다. "사진은 많이 찍혀 봤어요. 아주 많이요." 모나크 부인이 말했다.

"아내 얘기는, 사람들이 우리에게 졸라 댔다는 뜻입니다." 소령이 덧붙였다.

"그렇겠죠. 두 분은 용모가 훌륭하니까요."

"그들이 무슨 생각을 하는지 모르지만, 늘 우리를 쫓아다녔지요."

"우리는 언제나 공짜로 우리 사진을 얻었지요." 모나크 부인이 말했다.

"여보, 그 사진들 좀 가져올 걸 그랬네." 남편이 말했다.

"남은 사진들이 있는지 모르겠어요. 상당히 많이 나눠 주어서요." 그녀가 내게 설명했다.

"그 사진에다 우리의 서명과 인사말을 넣어서요." 소령이 말했다.

"그럼 가게에서도 그 사진을 구할 수 있습니까?" 내가 실없이 농담했다.

"아, 그럼요. 아내의 사진은요. 예전엔 그랬어요."

"하지만, 지금은 아니에요." 모나크 부인이 방바닥에 시선을 고정시킨 채 말했다.

2

나는 그들이 증정본 사진에다 넣었을 '인사말'을 상상할 수 있었고, 또 그들이 아름다운 필체로 글을 쓰리라고 확신했다. 그들에 관해 모든 걸 이처럼 재빨리 확신할 수 있게 되다니 희한한 일이었다. 그들이 지금 푼돈을 벌어야 할 정도로 가난하다면, 지난 세월에 저축을 많이 하는 생활을 하지는 못했을 것이다. 좋은 용모는 그들의 재산이었고, 그들은 이 밑천이 자신들에게 부여해 준 생활 방식을 최선을 다하여 유쾌하게 즐겼을 것이다. 그 밑천은 그들의 얼굴, 그 무표정, 20년 동안 시골 별장을 방문하면서 갈고닦은 평온한 정신적 분위기 등이었다. 그런 것들이 부부에게 유쾌한 분위기를 부여하고 있었다. 나는 햇빛 환한 응접실을 상상할 수 있었다. 그곳에는 모나크 부인이 계속 표지 모델로 나섰던, 그렇지만 그녀가 읽지는 않는 잡지들이 널려 있을 것이었다. 나는 그녀가 산책하는 이슬 젖은 덤불도 눈앞에 볼 수 있었다. 거실에 있든 산책을 나가든 그녀는 몸단장을 놀랄 만큼 잘했을 것이다. 소령은 숲속에서 사냥할 때 동료들을 위한 원호사격에 폭넓게 가담했을 것이고, 밤늦게 옷을 멋지게 차려입고서 신사들의 끽연실로 가서 그에 대하여 잡담을 나누었을 것이다. 나는 그들의 각반과 방수포, 그들이 잘 아는 트위드 옷감과 무릎 담요, 그들이 사용하는 지팡이를 넣어 두는 통, 낚시 도구 상자와 산뜻한 우산 등을 상상할 수 있었다. 시골 기차역 플랫폼에 나타난, 그들이 거느린 하인들과 잘 꾸려진 다양한 짐들도 떠올릴 수 있었다.

그들은 소액의 팁을 주었지만 그래도 사랑을 받았다. 직접 하는 것은 없었지만 그래도 그들은 환영을 받았다. 어디에서나 잘 어울렸다. 그들은 신분, 안색, '형식' 등에 대한 일반적 욕구를 만족시켰다. 그들은 우둔하지도 천박하지도 않은 자세를 취하면서 그것을 받아들였고 그 결과 그들 자신을 존경했다. 그들은 피상적이지 않았다. 그들은 완벽했고 스스로를 잘 가꾸었다. 그것이 그들의 생활 철학이었다. 이런 활동에 취미가 있는 사람은 그런 철학을 갖고 있어야 했다. 심지어 따분한 집에 들어갔더라도 생활의 즐거움을 만들어 내는 사람들로 여겨졌을 것이다. 그러다가 현재 무슨 일이 발생했고—그게 무슨 일인지는 중요하지 않다. 보잘것없던 수입은 더 적어졌고, 그다음에는 거의 없는 것이나 다름없어졌을 뿐이다—그들은 용돈 벌이를 위해 뭔가 해야만 하게 되었다. 친구들은 그들과 함께 어울리기는 좋아하지만, 내 짐작에, 이들을 도와줄 생각은 없었을 것이다. 옷, 매너, 신분 등 그들의 몸에서는 어떤 품위가 풍겨져 나왔다. 그러나 품위는 속이 깊은 커다란 호주머니이고, 거기에서는 가끔 동전이 찰그랑거리는 소리가 나야, 적어도 그것이 밖에까지 들려야 했다. 그들이 내게 바라는 것은 그런 소리가 나게 해 달라는 것이었다. 다행스럽게도 그들은 자녀가 없었다. 나는 곧 그것을 짐작했다. 그들은 또 우리의 사무적 관계를 비밀로 유지하고 싶어 했다. 이 때문에 '몸매'를 강조한 것이다. 얼굴을 재현하면 정체가 드러나 버리므로.

　나는 그들의 친구들이 과거에 그랬던 것처럼 그들을 좋아했다. 그들은 아주 소박했다. 일에 적당하다면 그들을 쓰지 않을 이유가 없었다. 그러나 그처럼 완벽한데도 나는 그들을 쉽사리 믿을 수가 없었다. 그래 봐야 그들은 아마추어였고, 나를 한평생 지배해 온 열정은, 내가 아마추어를 싫어한다는 것이었다. 여기에 더하여 내게는 나만의 특이한 부분이 있었다. 나는 실제와 똑같은 것보다는 재현(묘사)된 것을 더 좋아했다. 실제와 똑같은 것의 결점은, 무엇인가 하면, 재현이 잘 안 된다는 것이다. 나는 외양이 그럴듯한 것들을 좋아한다. 그러면 그런 것들에 대하여 확신을 가질 수 있다. 그것들이 실제와 똑같으냐 혹은 그렇지 않으냐는 부차적인 문제이고, 거의 언제나 쓸데없는 질문이다. 이것들 이외에도 또 다르게 고려하는 것들이 있었다. 우선 나는 두세 명의 모델과 일하고 있었다. 그중에서는 발이 크고, 알파카 옷을 입는, 킬번 출신 젊은이가 있었다. 그는 벌써 이태 동안 정기적으로 삽화 작업을 위해 내 스튜디오에 왔는데, 나는 그 친구와 여전히—좀 창피한 일인지 모르지만—만족스럽게 작업하고 있다. 나는 부부에게 이런 사정을 솔직하게 말해 주었다. 그러나 그들은 내 생각보다 사전 조사를 많이 하고서 나를 찾아온 것이었다. 클로드 리벳은 내가 우리 시대 유명한 작가의 특별 호화판 전집 작업을 하기로 되어 있다고 말해 주었고, 그래서 이들은 충분히 기회가 있을 것이라고 짐작한 것이다. 그 작가는 아주 진귀한 소설가인데, 수많은 천박한 대중에게는 무시되었으나 소수의 정예 독자들에 의해서는 높이 평가되다가(내가 굳이 필립 빈센트라고 그 이름을 말해야 할까?), 생애 만년에 들어 서광이 비춰 고상한 평론가들의 완벽한 조명을 누리게 된 아주 운 좋은 작가였다. 이러한 때늦은 평가는 일반 대중의 입장에서 보자면 속죄의 뜻도 있었다. 한 고상한 출판사가 준비하고 있는 이 판본은 실제적으로 뜻깊은 보상 행위이기도 했다. 그 책을 화려하게 장식해 줄 목판화는 영국 문학의 가장 독립적인 작가에게 바치는 영국 예술의 헌사이기도 했다. 소령과 모나크 부인은 그 전집 작업에 자기들을 써 달라고 했다. 그들은 내가 그 전집의 첫 번째 권인 『러틀랜드 램지』의 삽화 작업을 하기로 되어 있다는 것을 알았다. 하지만 나는 그들에게 이런 사정을 분명히 일러 주었다. 전집의 나머지 권에 참여하는 것은—이 첫 권이 테스트이므로—내가 출판사를 얼마나 만족시키느냐에 달려 있었다. 별로 만족스럽지 않다면 출판사는 인정사정 보지 않고 나를 자를 것이었다. 따라서 나로서는 위기였고, 자연히 특별한 준비를 하면서 필요하다면 새로운 사람들도 찾아보고 또 가장 좋은 타입을 확보해야 했다. 그러면서 나는 최종적으로 두세 명의 좋은 모델을 확정하여 그들과 끝까지 작업하고 싶다는 말도 했다.

"우리는 때때로 어, 특별한 의상을 입고 와야 하나요?" 모나크 부인이 수줍게 물어보았다.

"그렇지요. 그게 일의 절반이에요."

"그럼 우리가 직접 의상을 조달해야 하나요?"

"아닙니다. 내게 많이 있어요. 화가의 모델은 그가 좋아하는 것이면 아무것이나 입고 또 벗습니다."

"그러니까 어, 어, 같은 것으로요?"

"같은 것요?"

모나크 부인은 남편을 다시 쳐다보았다.

"아, 아내는 그 옷들이," 그가 설명했다. "다목적 기성복이냐는 겁니다." 나는 그렇다고 시인했다. 어떤 것은—나는 때 묻은 지난 세기 옷들을 많이 가지고 있었다—100년 전에 이 세상에 살아 있던 남녀들이 실제로 입었던, 그 사라진 세상에서 모나크 부부와 타입이 별로 다르지 않던 사람들, 즉 짧은 바지에 가발을 쓰던 시대의 사람들이 입던 옷이라고 부연했다. "맞는 옷이라면 뭐든지 입겠습니다." 소령이 말했다.

"오, 내가 그걸 조정할 수 있습니다. 그 옷들이 삽화에 맞도록 말입니다."

"현대의 책에 들어갈 거라면 옷에 더 신경 써야 하지 않을까요? 선생님이 원하는 대로 차려입고 올 수 있습니다." 모나크 부인이 말했다.

"아내는 집에 옷이 많이 있습니다. 현대 생활을 묘사하는 데 도움이 되리라 봅니다." 남편이 덧붙였다.

"아, 나는 두 분이 아주 자연스럽게 나올 수 있는 장면을 상상할 수 있습니다." 실제로 나는 그 따분한 주택들—내가 본문을 읽어야 하는 짜증 나는 작업을 생략한 채 삽화를 그리려고 하는 소설들—을 임시 방편으로 재배치하는 광경을 상상할 수 있었다. 그렇게 하여 이 멋진 숙녀는 그 집의 모래투성이 마당을 사람 사는 곳같이 만들어 줄 수 있으리라. 하지만 나는 이런 종류의 작업—날마다 하는 기계적인 일—에 이미 충분한 인원을 갖추었다는 사실로 돌아와야 했다. 내가 함께 일하고 있던 사람들은 모두 유능했다.

"우리는 어떤 캐릭터에 더 잘 어울리지 않을까 생각하고 있어요." 모나크 부인이 의자에서 일어서면서 부드럽게 말했다.

그녀의 남편도 의자에서 일어서면서 뭔가 아쉬운 표정으로 나를 쳐다보았다. 그처럼 완벽한 신사가 그렇게 애처로운 표정을 짓고 있으니 나는 마음이 짠해졌다. "혹시 장점이 되는 게 아닐까요? 때때로 우리 같은—?" 그는 말을 멈추었다. 그다음 말을 내가 맞혀 주기를 바라고 있었다. 하지만 나는 그럴 수가 없었고 또 그게 뭔지도 몰랐다. 그가 다소 어색하게 그다음 말을 꺼냈다. "실제와 똑같은 것, 그러니까 신사와 숙녀 말입니다." 나는 그 말에 전반적으로 동의할 준비가 되어 있었다. 그래서 거기엔 큰 장점이 있다는 것을 시인했다. 이 말에 격려된 모나크 소령은 마른침을 삼키며 자신의 형편을 털어놓았다. "정말 어렵습니다. 우린 모든 것을 다 시도해 봤어요." 마른침을 삼키는 그 동작은 전염성이 있었다. 그의 아내는 도저히 그것을 견디지 못했다. 모나크 부인은 갑자기 소파에 쓰러지더니 울음을 터뜨렸다. 남편이 그녀 옆에 앉아서 한 손을 잡았다. 그러자 그녀가 다른 손으로 눈물을 훔치고서 은근히 나를 쳐다보아 나는 당황했다. "나는 무수한 일자리에 지원하고 기다리고 기도를 올렸습니다. 우리는 처음부터 잘 안 되었어요. 비서직이나 뭐 그런 일요. 그런데 차라리 귀족을 시켜 달라고 요구하는 것이나 마찬가지였습니다. 나는 뭐든지 하려고 했어요. 나는 튼튼합니다. 전령이든 석탄 운반인이든 할 수 있습니다. 금실 모자를 쓰고 잡화점 앞에 서서 마차 문을 열어 줄 수도 있습니다. 기차역에서 서성이다가 여행 가방을 들어다 줄 수도 있습니다. 우편배달부 노릇도 할 수 있습니다. 하지만 그들은 나를 쳐다보려고도 하지 않았습니다. 이미 세상에는 나 정도 일을 할 수 있는 사람들이 수천 명이나 있습니다. 과거에 와인을 마시고 사냥꾼을 두었으나, 지금은 불쌍한 거지가 되어 버린 신사들이 말입니다."

나는 할 수 있는 한 그들을 위로했고 부부는 곧 소파에서 일어섰다. 나는 우선 시험 삼아 한 시간만 작업해 보기로 했다. 그 일을 의논하고 있는데 문이 열리고 첨 양이 젖은 우산을 든 채 안으로 들어섰다. 첨 양은 승합마차를 타고 마이다베일까지 와서 50미터가량을 걸어 스튜디오로 온 것이었다. 그래서 약간 단정치 못하게 보였고 또 몸에 물기가 약간 배어 있었다. 나는 방 안으로 들어서는 그녀를 보자 정작 그녀 자신은 저처럼 왜소한데 어떻게 다른 사람의 모습을 취하면 아주 풍성해지는지 참으로 기이하다고 생각했다. 실물은 바싹 마르고 키가 작았지만 로맨스의 여주인공이라는 허구의 인물로는 아주 풍만했다. 얼굴에 주근깨가 가득한 런던 여자이지만 멋진 숙녀에서 목녀牧女에 이르기까지 온갖 인물을 다 재현할 수 있었다. 그녀는 아름다운 목소리나 기다란 생머리처럼 그것을 타고났다. 철자법을 제대로 모르고 맥주를 좋아했지만 그녀는 두세 가지 '매력'을 소유했고 그것을 표출했다. 요령이 좋았고 타고난 재치가 있었으며 변덕스러운 감수성의 소유자이고, 연극을 좋아했으며, 일곱 자매 중 한 사람이었고, 뭐든지 존경하는 마음은 요만치도 없었는데, 특히 에이치H는 발음하지 않고 빼먹었다. 부부가 먼저 본 것은 그녀의 젖은 우산이었고, 한 치의 오점도 허용하지 않는 완벽주의자인 그들은 그것을 보고 얼굴을 찌푸렸다. 비는 그들이 스튜디오에 도착한 이래 계속 내리고 있었다.

"옴팡 젖었어요. 마차에 사람들이 너무 많았어요. 선생님이 역 근처에 살았으면 좋겠어요." 첨 양이 말했다. 나는 빨리 준비하라고 일렀고, 그녀는 언제나 옷을 갈아입는 방으로 들어갔다. 그 전에 그녀는 오늘은 무슨 역할을 하게 되느냐고 물었다.

"러시아 공주잖아?" 내가 대답했다. "검은 벨벳 옷에 황금 눈을 가진. 《치프사이드》에 들어갈 장기 연재물이야."

"황금 눈? 아, 알았어요!" 첨 양이 소리쳤다. 모나크 부부는 방 안으로 들어가는 그녀를 뚫어져라 쳐다보았다. 그녀는 지각을 했을 때에는 내가 숨 돌릴 사이도 없이 준비를 하고 나왔다. 나는 부부를 일부러 약간 잡아 두었다. 그녀를 보고서 그들이 어떻게 행동해야 하는지 감을 잡을 수 있도록 말이다. 나는 그녀가 내가 생각하는 훌륭한 모델이라고 말했다. 그녀는 정말 영리했다.

"그녀가 러시아 공주처럼 보인다고 생각하세요?" 모나크 소령이 약간 놀란 눈빛으로 물었다.

"내가 그렇게 만들면요."

"아, 당신이 그렇게 **만들어야** 한다면―!" 그가 따져 왔고, 거기에는 나름 일리가 있었다.

"그렇게 물으실 수 있습니다. 하지만 그렇게 만들 수 없는 사람들이 많이 있습니다."

"자, **여기에** 숙녀가 있습니다." 그는 자신의 팔을 아내의 팔에 끼워 넣으며 설득하려는 듯 미소를 지었다. "이미 만들어져 있습니다!"

"오, 나는 러시아 공주가 아니에요." 모나크 부인이 약간 차가운 어조로 항의했다. 러시아 공주들에 대해서는 어느 정도 알고 있어서 그들을 싫어하는 것 같았다. 그 순간, 내가 첨 양에게서는 우려해 본 적이 없는 종류의 복잡한 문제가 발생했다.

첨 양은 검은 벨벳 옷을 입고—그 가운은 좀 오래된 것이었고 그녀의 빈약한 어깨에서 너무 밑으로 내려와 있었다—붉은 양손에는 일본식 부채를 들고 있었다. 나는 곧 작업하려는 장면에서 그녀가 누군가의 머리 위를 올려다보는 자세를 취해야 한다고 일러 주었다. "그게 누구 머리인지는 잊어버렸어. 하지만 그건 상관없어. 그냥 머리 위를 올려다보면 돼."

"그럼 난로 위를 올려다보는 게 낫겠네요." 첨 양이 말했다. 그녀는 벽난로 근처에 위치를 잡았다. 이어 그녀는 오만하게 서 있는 자세를 취하고 머리는 약간 뒤쪽으로, 부채는 약간 앞쪽으로 처지게 조정했다. 그 순간, 나의 편파적인 관점에서, 그녀는 충분히 지위 높고, 매력적이고, 이국적이며, 위험한 인물이 되었다. 그녀에게 그 자세를 계속 취하라고 말한 뒤, 나는 모나크 소령과 부인과 함께 아래층으로 내려갔다.

"나도 저 정도는 비슷하게 할 수 있어요." 모나크 부인이 말했다.

"아, 당신은 그녀가 초라하다고 생각하는군요. 하지만 예술의 연금술을 감안하셔야 합니다."

하지만 그들은 자신들이 실제와 똑같다는 객관적 증거에 큰 위로를 느끼며 물러갔다. 나는 첨 양을 두고서 몸을 부르르 떨었을 그들의 모습이 상상되었다. 내가 다시 스튜디오로 돌아와서 그들의 용건을 말해 주었을 때 그녀는 부부에 대해서 아주 우스운 얘기를 했다.

"만약 그 여자가 모델을 한다면 나는 회계사도 할 수 있을 거예요, 선생님." 나의 모델이 말했다.

"그 여자는 아주 숙녀답잖아." 나는 슬쩍 그녀를 약 올려 보았다.

"그게 선생님한테는 더 나쁠 거예요. 그녀는 변신을 하지 못할 테니까."

"그녀는 인기 높은 소설들의 모델로 나설 거야."

"아, 그 여자가 그걸 한다고요!" 나의 모델이 유쾌하다는 듯이 소리쳤다. "그 여자가 없어도 그 소설들은 이미 형편없는 거 아니에요?" 나는 종종 전에 첨 양에게 그 소설들이 형편없다고 스스럼없이 비난했던 것이다.

3

나는 그런 통속적 작품의 신비로운 장면 하나를 그리는 데 모나크 부인을 먼저 모델로 세워 보기로 했다. 그녀의 남편은 그녀와 함께 왔다. 혹시 필요하다면 옆에서 도움을 주기 위해서였다. 그가 전반적으로 그녀와 함께 오는 것을 좋아한다는 건 아주 분명해졌다. 처음에 나는 그것이 '남녀 간의 예의범절' 때문인가 하고 생각했다. 가령 그가 질투를 느낀다거나 간섭을 하려는 게 아닐까 의심했던 것이다. 만약 그렇다면 아주 피곤한 일이었다. 실제로 그렇다고 확인되었다면 우리의 거래는 신속하게 끝장났을 것이다. 하지만 나는 곧 그런 문제가 아님을 파악했다. 그가 부인을 따라온 것은 혹시 필요할 때를 대비하기 위한 것도 있지만 그보다는 그것 말고 특별히 할 일이 없었기 때문이었다. 부부가 떨어질 경우 그는 할 일이 없어지게 되어서 떨어지지 않은 것뿐이었다. 이 어색한 상황에서 그들의 깊은 유대는 그들의 주된 위로였고 또 거기에 전혀 약점이 없다는 것을 나는 곧 알았다. 그것은 진실한 결혼이었다. 결혼을 망설이는 사람에게는 격려였으며, 비관론자들에게는 이해하기 어려운 수수께끼였다. 그들의 주소지는 누추한 곳이었는데, 나는 후에 그 주소가 모델이라는 직업에 어울리는 유일한 것이라고 생각했었다고 기억한다. 나는 소령이 그 누추한 숙소에 혼자 남겨진다면 아주 비참했을 것임을 상상할 수 있었다. 그는 아내와 함께 다소 엄숙한 얼굴로 앉아 있었는데, 아내가 없었다면 아예 거기에 앉을 수도 없는 것이었다.

그는 써먹고 싶은 재간이 너무 많았고, 별 필요가 없을 때에도 그 자신을 유쾌한 존재로 만들었다. 내가 일에 몰두하여 말을 할 수 없을 때면 그냥 거기 앉아서 기다렸다. 그러나 나는 그가 말하는 걸 듣는 게 좋았다. 그의 말은 내 일을 방해만 하지 않는다면 오히려 일을 덜 기계적이고, 덜 특별한 것으로 만들어 주었다. 그의 말을 듣는 것은 집 안에 그대로 남아 절약을 하면서도 외출할 때의 흥분을 동시에 느끼게 했다. 그러나 한 가지 장애가 있었다. 나는 이 총명한 부부가 알고 있는 사람들을 단 한 명도 몰랐다. 우리가 거래하는 내내, 그는 도대체 내가 어떤 사람을 알고 있는지 대단히 궁금해하는 것 같았다. 그가 아무리 궁리해 보아도 그것을 전혀 알 수 없었으므로 우리는 그 문제를 가지고 길게 얘기를 나누지는 않았다. 우리는 가죽과 주류 등의 주제로 화제를 국한시켰다. 우리는 마구 제조업자와 짧은 바지 제조업자 그리고 적포도주를 싸게 구입하는 방법 등에 대해서 얘기했다. 그리고 '멋진 기차들'과 자그마한 사냥감들의 습성 등도 논의했는데, 이 두 가지 사항에 대한 그의 지식은 너무나 해박하여 기차역 역장과 조류학자의 지식을 종합해 놓은 것이나 다름없었다. 그는 커다란 주제에 대해서 얘기할 것이 없으면 자그마한 주제에 대해서도 쾌활하게 얘기할 수 있었다. 나는 그가 한때 살았던 호화로운 세계의 추억을 좇아갈 수가 없었는데, 그는 별 내색도 하지 않고 대화를 나의 수준으로 낮추어 주었다.

상대방을 얼마든지 제압할 수 있을 정도로 당당한 남자가 그처럼 열심히 남의 비위를 맞추려고 애쓰는 모습은 정말 감동적이었다. 그는 벽난로의 불 상태를 살펴봐 주었고 물어보지도 않았는데 난로의 통풍 상태에 대하여 의견을 제시했다. 그가 내가 해 놓은 방 배치가 상당 부분 뭘 모르고 해 놓은 것이라고 생각하는 듯했다. 만약 내가 부자라면 그에게 나한테 생활 방식을 가르치는 유급 보직을 주겠노라고 말한 것도 기억이 난다. 때때로 그는 한숨을 내쉬었는데 그 속뜻을 말해 보면 이렇게 되리라. "이런 앙상하고 낡은 병영 같은 집이라도 내게 준다면 이걸 멋지게 꾸며 놓을 텐데!" 내가 그만 원하면 그는 혼자 왔다. 그것은 여자들의 뛰어난 용기를 보여 주는 사례였다. 그의 아내는 혼자 2층에 있는 것을 감내했다. 그리고 그녀는 전반적으로 아주 신중했다. 여러 가지 자질구레한 유보 사항들을 철저히 지킴으로써 우리의 거래가 사교 관계로 발전하지 않고 철저히 직업적인 관계로 유지되게 했다. 그녀는 자신과 소령이 고용된 것이지 사교적 관계는 아님을 명확히 하려 했다. 나를 상급자로 인정하고 그게 걸맞은 대접을 하려 했지만 내가 부부와 충분히 동급자가 될 정도의 인물이라고 보지는 않았다.

그녀는 아주 집중하고 그 일에 온 정성을 기울였으며 마치 사진작

238

가의 렌즈 앞에 있는 것처럼 한 시간 동안 미동도 하지 않고 앉아 있을 수 있었다. 나는 그녀가 여러 번 사진 촬영 작업을 했다는 것을 알 수 있었다. 그러나 그 작업에 도움이 되었던 그녀의 습관은 나의 작업에는 오히려 어울리지 않았다. 처음에는 그녀의 숙녀 같은 분위기가 아주 흡족했다. 그녀의 몸매 윤곽을 따라가면서 그 선이 아주 훌륭하다고 생각했고 또 나의 스케치 연필을 저절로 이끌어 주는 것 같았다. 하지만 잠시 작업하고 나서 나는 그녀가 극복 불가능할 정도로 뻣뻣하다는 것을 발견했다. 아무리 애를 써도 나의 드로잉은 사진이나 사진을 복사한 것같이 보였다. 그녀의 몸매는 다양한 표현을 하지 못했다. 그녀 자신도 다양성에 대한 감각이 없었다. 독자는 그 다양성을 부여하는 것은 나의 일이며 그녀를 어떻게 앉히느냐의 문제라고 말할 것이다. 그러나 그녀를 어떤 자세로 앉혀 보아도 그녀는 그 차이를 다 말소해 버렸다. 그녀는 정말이지 언제나 숙녀였고, 그것도 똑같은 숙녀였다. 그녀는 실제와 똑같은 것이었으나 언제나 동일한 그것이었다. 그녀는 자신이 실제와 똑같은 숙녀라는 자신감 아래 언제나 평온함을 유지했지만 나는 그것 때문에 번민해야 하는 순간들이 있었다. 그녀와 남편이 나를 대하는 태도에는 그것이 내게는 아주 다행스럽고 좋은 요소라는 뉘앙스가 풍겨 나왔다. 나는 그녀의 타입을 내가 필요한 데 맞추어 변형시키는 것이 아니라, 그녀의 타입에 맞추어 내 그림 속 타입을 만들어 내는 나 자신을 발견했다. 그렇지만 첨 양의 경우에는 그런 변형이 얼마든지 가능했다. 내가 이리저리 바꾸어 보고 또 조심을 했음에도 그녀는 내 그림 속에서 언제나 너무 키가 큰 여자였다. 그리하여 나는 매력적인 여자의 키가 210센티미터나 되는 것처럼 재현해야 하는 난관에 봉착했는데, 그것은 내가 구상하는 이상적인 여주인공의 모습과는 천리만리 떨어진 것이었다(이렇게 된 데에는 나 자신이 그처럼 키가 크지 않다는 점도 작용했으리라).

소령의 경우는 사정이 더 나빴다. 내가 아무리 열심히 작업해도 그의 분위기를 완화시킬 수가 없어서 그는 힘센 거인들을 묘사할 때에나 소용될 뿐이었다. 나는 다양성과 변동성을 좋아하고, 인간적 우연을 사랑하고, 뭔가 보여 주는 분위기를 선호했다. 나는 캐릭터*를 원했고, 어떤 타입에 고정되어 그것의 지배를 받는 것을 제일 싫어했다. 이 문제를 두고서 나는 몇몇 친구들과 다투기도 했다. 특히 이렇게 말하는 친구들과는 헤어지기도 했다. 화가는 타입의 지배를 받아야 하고, 그 타입이 아름답다면—가령 라파엘로나 레오나르도를 보라—그것에 복종하는 것은 오히려 득이 된다. 나는 라파엘로나 레오나르도가 아니었다. 나는 주제넘게도 뭔가를 추구하는 젊은 현대 화가일지도 모른다. 하지만 캐릭터를 구현할 수 있다면 나머지 것은 다 희생해도 좋다고 생각했다. 어떤 사람들이 강박적인 형태도 쉽게 캐릭터가 될 수 있다고 주장하면 나는 다소 피상적으로 되받았다. "그건 누구의 캐릭터인가? 그건 모든 사람의 캐릭터는 될 수가 없으니 결국 그 누구의 것도 아닌 게 되어 버린다."

모나크 부인을 10여 차례 그려 본 후에 나는 전보다 더 확실하게 이런 사실을 깨닫게 되었다. 첨 양 같은 모델의 가치는 그녀가 어떤 고정된 인상을 거부한다는 데 있었다. 거기에다가 그녀가 모방이라는 야릇하면서도 설명하기 어려운 재능을 갖고 있다는 점도 부연해야 할 것이다. 그녀는 평소 겉모습이 일종의 커튼 같은 것으로, 공연이 있을

---

* 어떤 독특한 특징.

때마다 그것을 들어 올렸다. 이 공연은 단지 암시할 뿐이나, 현자에게 주는 결정적 한마디이다. 그것은 생생하고 예쁘다. 심지어 나는 때때로 그녀 자신은 평범한 사람이나, 그것이 나른할 정도로 예쁘다고 생각하는 적도 있었다. 그래서 그녀를 보고 그리면 인물들이 단조로울 정도로—혹은 지독하게—우아하게 나온다고 나무랐다. 그것처럼 그녀를 화나게 하는 것은 없었다. 그녀는 서로 공통점이 없는 다른 캐릭터들을 위해서도 모델 노릇을 할 수 있다는 것을 자부심으로 삼았던 것이다. 이럴 때 그녀는 내가 자신의 '명성'을 앗아 간다고 비난했다.

모나크 부부가 자주 방문하게 되면서부터 그녀가 이런 독특한 분위기를 발휘할 기회가 다소 줄어들게 되었다. 첨 양은 수요가 많아서 일거리가 부족하지는 않았다. 그래서 나는 가끔 그녀를 쉬게 하고 좀 더 편안한 마음으로 모나크 부부를 그려 보기로 했다. 처음에 실제와 똑같은 것을 작업하는 건 아주 흥미로웠다. 모나크 소령의 바지를 그리는 건 즐거웠다. 바지가 너무 크게 나와서 그렇지 아무튼 실제와 똑같았다. 그의 아내의 뒷머리—거의 수학적으로 단정한—를 작업하는 것도 즐거웠다. 특히 그녀가 입고 있는 코르셋의 '스마트한' 긴장 상태도 그러했다. 그녀는 얼굴을 옆으로 약간 돌리거나 얼굴이 다소 흐릿하게 보이는 자세가 잘 어울렸다. 숙녀 같은 뒤태라든지 흐리게 처리된 옆얼굴이 매력적이었다. 그녀가 똑바로 서면 자연스럽게 궁정화가들이 그린 여왕이나 공주의 모습이 되었다. 그래서 나는 이런 그녀의 특징을 보여 주기 위해《치프사이드》의 편집자를 설득하여 『버킹엄궁의 이야기』 같은 진짜 왕실의 로맨스를 한번 출판하도록 하는 게 좋지 않을까 생각하기도 했다. 그러나 때때로 실제와 허구가 서로 만나기도 했다. 무슨 뜻인가 하면, 첨 양이 약속을 지키러 오거나 내가 일이 많은 날 약속을 잡으러 올 때, 그녀가 기분 나쁜 경쟁자들을 만나게 되었다는 것이다. 물론 모나크 부부로서는 그건 만남도 아니었다. 그들은 집 안의 하녀를 의식하지 않는 것처럼 첨 양을 거들떠보지도 않았다. 그건 거만해서 의도적으로 그런 것이 아니라, 그들이 그렇게 하고 싶어도 혹은 소령만이라도 그렇게 하고 싶어 했더라도, 동료 모델들과 어떻게 어울릴지 몰랐기 때문이다. 부부는 승합마차에 대해서는 할 얘기가 없었다. 언제나 걸어 다녔기 때문이다. 게다가 그들은 다른 얘기는 무엇을 해야 할지 막막해했다. 첨 양은 훌륭한 기차나 값싼 적포도주에 관심이 없었다. 또 부부는 막연하게 그녀가 자기들을 우습게 보고 또 자기들이 언제나 아는 체를 하는 것을 몰래 조롱한다고 느꼈다. 그녀는 자신이 별로 믿지 않는 것을 감추는 사람이 아니었고, 기회가 되면 그것을 드러냈다. 반면에 모나크 부인은 그녀가 단정하지 않다고 생각했다. 그렇지 않다면 왜 나한테—모나크 부인으로서는 아주 이례적인 일이었다—자신은 지저분한 여자들을 싫어한다고 말했겠는가?

어느 날 내가 모나크 부부와 작업을 하고 있는데 첨 양이 스튜디오에 불쑥 들렀다. 그녀는 시간이 맞으면 잡담을 하러 그런 식으로 들르기도 했다. 나는 그녀에게 미안하지만 차를 좀 내와 달라고 부탁했다. 그녀는 전에도 익숙하게 그런 서비스를 해 주었는데, 나는 가정부 없이 궁색하게 살아서 그런 일들을 모델들에게 스스럼없이 부탁하곤 했던 것이다. 그러면 모델들은 작업 중에도 일어서서 차 그릇을 덜그럭거렸다. 때로는 도자기에다 차를 내왔는데 그건 그들에게 보헤미안 같은 느낌을 주었다. 그 일이 있고 난 후 첨 양을 만났을 때 그녀는 그 일에 대해 항의하여 나를 크게 놀라게 했다. 내가 그녀에게 모욕을 줄

셈으로 일부러 그런 일을 시켰다는 것이었다. 그녀는 그 순간에는 그 모욕에 대하여 분개하지 않고 순순히 따르면서 흥미롭다는 표정을 지었었다. 그러면서 과장된 선웃음을 지으며, 아무 말 없이 망연히 앉아 있는 모나크 부인에게 차에다 크림과 설탕을 넣겠느냐고 물어보는 희극적인 상황을 즐기기까지 했었다. 첨 양은 마치 자신도 실제와 똑같은 것으로 인정받고 싶다는 듯이 일부러 기묘한 숙녀의 억양을 썼는데, 나는 저러다가 모나크 부부가 화를 내면 어쩌나 걱정되기까지 했었다.

오, 그들은 그런 반응을 보이지 않으려고 단단히 결심했다. 그 감동적인 인내심은 그들이 얼마나 곤궁한지 보여 주는 증거이기도 했다. 그들은 내가 앉으라고 할 때까지 아무런 불평도 하지 않고 기다렸다. 혹시 일이 있을지 모른다는 생각으로 스튜디오를 찾아왔다가 일이 없으면 쾌활하게 되돌아갔다. 나는 문 앞까지 전송하면서 그들이 아주 품위 있게 물러가는 모습을 지켜보았다. 나는 다른 일거리를 찾아 주려고 여러 화가들에게 부부를 소개했다. 하지만 그들은 내가 이해할 수 있는 이유로 부부를 '쓰지' 않았고, 이런 실망을 겪은 후 부부가 더욱더 나에게 기대어 오고 있음을 나는 다소 불안하게 의식했다. 그들은 내가 그들의 형식에 맞는 화가라는 명예를 안겨 주었다. 부부는 화가의 눈으로 볼 때에는 충분히 낭만적이지 못했다. 그런 데다 당시에는 본격 화가치고 흑백 삽화 작업을 하는 사람이 별로 없었다. 게다가 부부는 내가 이미 말해 준, 앞으로 나올 커다란 전집 일에 눈독을 들이고 있었다. 그들은 내가 맡은 훌륭한 소설가를 위한 삽화 작업에 온 정성을 기울이기로 내심 마음먹고 있었다. 또 이 작업에는 의상 효과도 과거 시대의 장식품도 필요 없다는 것을 알고 있었다. 이 소설의 분위기는 현대적이고, 풍자적이고, 아마도 신사 계급을 다룬 그런 것이리라고 짐작했다. 만약 내가 부부의 모습으로 작업한 것이 그 작품의 삽화로 채택된다면 미래는 보장된 거나 마찬가지였다. 장기 작업이니 모델 일이 안정적으로 이어지는 것이다.

　어느 날 모나크 부인이 남편 없이 혼자 왔다. 그녀는 남편이 시내로 가야 할 일이 생겼다고 설명했다. 그녀가 평소의 의젓하고 품위 있는 자세로 앉아 있는데 문에서 노크 소리가 났다. 나는 즉각 그것이 일거리가 떨어진 모델의 숨죽인 호소임을 알았다. 뒤이어 어떤 젊은 남자가 방 안으로 들어섰다. 나는 즉각 그가 외국인이라는 것을 알아보았는데, 영어 단어라고는 내 이름밖에 모르는 이탈리아인이었다. 그나마 내 이름도 전혀 다른 사람 이름처럼 우물거리면서 발음했다. 나는 당시 그의 나라를 방문한 적이 없었고 또 그 말을 유창하게 하지도 못했다. 그러나 그는 이탈리아인답게, 혀에만 의존하여 의사를 전달하는 그런 빈약한 체질의 소유자가 아니었다. 그는 낯익고도 우아한 몸짓으로 내 앞에 앉은 숙녀가 하고 있는 바로 그런 일을 원한다고 내게 알려 왔다. 나는 처음엔 그에게서 별다른 인상을 받지 못했고 드로잉을 계속하면서 그에게 관심이나 격려의 표시를 하지 않았다. 그래도 그는 버티고 가지 않았다. 귀찮게 들러붙지는 않았으나, 순진하면서도 좀 뻔뻔스러운 눈빛으로 말 못하는 개의 충성심 같은 것을 보여 주었다. 마치 어떤 집에 수년간 근무했을 법한 하인이 부당한 의심을 받는 듯한 표정이었다. 갑자기 그런 자세와 표정이 멋진 그림이 되겠다는 생각이 들었다. 내 말에 순종하는 그의 태도에는 역시 좋은 그림이 들어 있었다. 나는 계속 작업을 하면서 그를 살폈는데, 그가 머리를 뒤로 젖히고 천장이 높은 스튜디오를 이리저리 둘러보는 모습에도 역시 그림이 되는 측면이 있었다. 그는, 뭐라고 할까, 산피에트로 대성당에서 성호를 긋는 모습을 연상시켰다. 작업을 끝내기 전에 나는 중얼거렸다. "저 친구는 과일 장수를 하다가 망한 것 같지만, 그래도 물건인데."

모나크 부인이 물러가려고 하자 그가 번개처럼 방 안을 가로지르더니 그녀를 위해 문을 열어 주었다. 그 모습은 황홀하면서도 순수한 눈빛으로 넋이 빠진 채 베아트리체를 바라보는 젊은 단테의 바로 그것이었다. 내가 그런 상황에서 영국 하인들의 멍한 표정을 고집한 것은 아니었으므로, 그는 하인은 물론이고 모델의 자질이 충분했다. 실제로 하인이 필요했지만 그 일 하나로만 돈을 지불할 능력은 없었다. 간단히 말해서 그가 두 가지 일을 동시에 해 줄 수 있다면 나는 이 그럴듯한 모험을 한번 해 볼 생각이었다. 그는 쌍수를 들어 내 제안을 환영했고─사실 나는 그에 대해서 아는 게 전혀 없었으므로─내가 무모한 결정을 내렸다는 생각은 별로 들지 않았다. 그는 마음은 착하지만 좀 건성으로 일하는 하인이었다. 그러나 모델로서 감정을 넣어 자세를 취하는 능력만큼은 풍성하게 가지고 있었다. 그것은 배워서 아는 것이 아니라 본능적으로 타고난 것이었다. 그런 행복한 본능 덕분에 그는 나의 문을 두드리고 명패에 적힌 내 이름을 떠듬떠듬 발음했던 것이다. 그는 어림짐작 이외에는 나에 대해 아는 바가 전혀 없었다. 밖에서 볼 때 내 집의 높은 북창은 그곳이 스튜디오임을 알려 주었고, 그런 만큼 그 집에는 화가가 있을 거라고 생각한 것이다. 그는 다른 방랑자들과 마찬가지로 돈을 벌기 위해 영국을 방랑했다. 다른 동업자와 함께 자그마한 녹색 손수레를 끌고 다니면서 1페니짜리 아이스크림을 파는 사업을 했는데, 아이스크림은 곧 녹아 버렸고, 그와 함께 동업자도 사라져 버렸다. 젊은이는 붉은 빗금이 쳐진 꽉 끼는 노란 바지를 입고 왔고, 이름은 오론테였다. 안색은 나빴지만 살결은 하얬고, 나의 헌 옷가지를 입혀 보자 영국인처럼 보였다. 그는 첨 양만큼이나 훌륭한 모델이었다. 사실 그녀는 요청을 받으면 얼마든지 이탈리아 여자처럼 보일 수 있었다.

4

모나크 부인은 남편과 다시 내 스튜디오에 왔다가 오론테가 일하는 모습을 보더니 얼굴에 약간 경련을 일으켰다. 그런 부랑자에게서 그녀의 멋진 소령과 경쟁할 수 있는 자질을 보았다니 참으로 이상한 일이었던 것이다. 소령은 거의 백치나 다름없을 정도로 그런 상황을 의식하지 못했으므로 위험을 먼저 감지한 것은 그녀였다. 오론테는 우리에게 차를 내왔고 100가지 부산한 행동을 하면서 모델 일에 임했다. 전에는 이런 괴상한 일을 해 본 적이 없기에 당연한 태도였다. 모나크 부인은 내가 마침내 '상시 인력'을 둔 것을 축하하며 좋게 넘어가려 했다. 내가 그 상시 인력을 상대로 그린 두 장의 드로잉을 보더니 모나크 부인은 과연 그가 저 그림의 모델이 맞는지 의아하다고 말했다. "그런데 당신이 우리를 앞에 두고 그린 그림은 정확히 우리를 닮았어요." 그녀는 의기양양하게 미소 지었다. 하지만 나는 그것이 부부의 결점임을 알았다. 모나크 부부를 드로잉할 때, 나는 그들로부터 벗어나서 내가 재현하고자 하는 캐릭터 속으로 들어갈 수가 없었다. 게다가 나는 그림 속에서 모델의 정체가 드러나는 것을 아주 싫어했다. 첨 양은 결코 정체가 드러나는 법이 없었는데, 모나크 부인은 첨 양이 천박한 여자라 내가 그것을 적절히 감추는 거라고 생각했다. 반면에 모나크 부인이 정체를 잃어버리는 경우는 죽어서 하늘로 올라가는 망자가 되는 때뿐일 것이었다. 그것도 천사의 모습을 얻어서 말이다.

이 무렵 나는 전집의 첫 번째 권인 『러틀랜드 램지』의 삽화 작업을 상당히 진척시켰다. 좀 더 자세히 말해서 열두 점의 드로잉을 그렸는데, 그중 여러 점이 소령과 부인의 도움을 얻은 것이었다. 나는 승인을 받기 위해 그 드로잉을 출판사로 보냈다. 이미 앞에서 말했듯이 출판사와 나 사이에 양해된 점은 이러했다. 나는 첫 번째 권에 대해서는 전편에 걸쳐 내 마음대로 삽화 작업을 할 수 있었다. 그러나 전집의 나머지 권들의 삽화 작업 수주는 조건부였다. 솔직히 말해서 실제와 똑같은 모델을 확보해서 커다란 위안을 느끼는 순간들도 있었다. 『러틀랜드 램지』에는 그런 실물과 유사한 인물들이 많이 등장하기 때문이었다. 소령처럼 꼿꼿한 자세를 가진 인물들, 모나크 부인처럼 옷을 잘 차려입은 여자 주인공들이 등장했다. 비록 아주 냉소적이면서도 일반적인 방식으로 묘사가 되었지만 시골 별장 생활도 많이 나왔다. 또한 니커 바지와 남자들이 입는 체크무늬 치마 등도 많이 소개되었다. 내가 첫 시작부터 결정해야 할 사항들도 있었다. 가령 남자 주인공의 구체적 겉모습과 여자 주인공의 피어나는 모습 등이 그런 것들이었다. 소설의 저자가 내게 힌트를 주었지만 해석의 여지가 상당 부분 남아 있었다. 나는 모나크 부부에게 이런 사정을 알려 주면서 내가 해야 할 일을 솔직하게 말해 주었다. 즉 내가 느끼는 당황스러움과 대안에 대해서 언급했던 것이다. "아, 저이를 선택하세요!" 모나크 부인이 남편을 쳐다보면서 부드럽게 속삭였다. "제 아내보다 더 좋은 사람이 있을까요?" 소령은 이제 우리들 사이에 통하는, 그런 편안하고 솔직한 태도로 내게 물어 왔다.

나는 그런 말에 대답할 의무가 없었다. 나는 단지 모델들을 내 앞에 앉힐 의무만 있었다. 나는 마음이 편치 않았고 다소 소심하게 그 문제를 해결하는 걸 미루었다. 그 소설은 대작인 만큼 등장인물들도 많았다. 그래서 나는 남녀 주인공이 등장하지 않는 몇몇 에피소드를 먼저 그렸다. 남녀 주인공을 일단 설정하면 끝까지 그들과 함께 가야 하기 때문이었다. 젊은 남자 주인공이 어느 곳에서는 키가 210센티미터인데, 다른 곳에서는 180센티미터로 처리할 수는 없는 노릇이었다. 나는 전반적으로 후자의 키 쪽으로 마음이 기울어지고 있었다. 물론 소령은 자신의 외모가 그 누구보다도 젊게 보인다고 여러 번 내게 말했다. 소령을 몸매 위주로 묘사해 놓으면 그의 나이를 파악하기는 쉽지 않을 것이었다. 즉흥적인 오론테가 내 집에서 일한 지 한 달쯤 되었을 때, 나는 그의 타고난 분방함이 앞으로 우리가 더 함께하는 데 극복하기 어려운 장애가 될 것이라고 그에게 여러 번 경고했다. 그러다가 나는 그의 영웅적 능력에 눈을 뜨게 되었다. 그는 키가 170센티미터밖에 되지 않았지만 나머지 키는 잠복되어 있었다. 나는 먼저 몰래 그를 시험해 보았다. 다른 모델들이 내 이런 선택을 비판할 것이 두려웠던 까닭이다. 부부는 첨 양을 달팽이나 다름없이 여기는데, 이탈리아인 행상으로 실물과는 전혀 닮은 데가 없는 그런 남자를 사립학교를 졸업한 남자 주인공으로 재현한다면, 그것을 어떻게 생각하겠는가?

내가 부부를 약간 저어한 것은 그들이 나를 괴롭힌다거나 억압적인 자세를 취하기 때문은 아니었다. 그들은 눈물겨울 정도로 예의를 갖추고 기이할 정도로 항구적인 새로운 희망을 내게 걸고 있었다. 그래서 잭 홀리가 귀국했을 때 나는 아주 기뻤다. 그는 언제나 좋은 조언자였다. 그 자신은 그리 훌륭한 그림을 그리지 못하지만, 문제점을 꼭 집어내는 데에는 그만 한 사람이 없었다. 그는 1년 동안 영국을 떠나 있었다. 새로운 눈을 얻기 위해 해외 어디론가—어디인지는 기억나지 않는다—나가 있었다. 나는 그의 그런 눈을 아주 두려워했으나 그래도 우리는 오랜 친구였다. 그가 여러 달 동안 해외에 나가 있자 어떤 공허감이 내 인생으로 스멀스멀 기어들어 왔다. 나는 1년 동안 비난의 미사일을 피하려고 애쓰지 않아도 되었다.

그는 새로운 눈을 가지고 돌아왔지만, 예전에 입던 것과 똑같은 검은색 벨벳 블라우스를 입고 있었다. 그가 내 스튜디오를 찾아와 첫 번째 밤을 묵고 가던 날 우리는 새벽녘까지 담배를 피웠다. 그는 《치프사이드》에 줄 그림을 보고 싶어 했고, 이어 내놓은 그림들을 보더니 실망했다. 그가 내뱉은 두세 번의 신음이 내게 그것을 포괄적으로 말해 주었다. 양다리를 포개고 커다란 소파에 앉아 나의 최신작들을 살펴보더니 담배 연기와 함께 신음 소리를 토해 냈던 것이다.

"자네는 뭐가 문제인가?" 내가 물었다.

"**자네야말로** 뭐가 문제인가?"

"의아하다는 것 이외에 아무런 문제가 없네."

"자네는 정말로 문제야. 핵심에서 완전히 벗어나 있어. 이 새로운 변덕은 무슨 의미인가?" 그러면서 그는 우아한 두 모델을 그린 드로잉을 아주 불손하게 내 쪽으로 던졌다. 나는 그에게 그 그림이 훌륭하지 않느냐고 물었다. 그는 아주 형편없다고 대답했다. 내가 평소 그에게 말해 주었던, 내가 도달하고자 하는 높은 목표를 감안하면 정말 영 아니라는 것이었다. 하지만 나는 그 지적을 못 들은 척했다. 나는 무엇보다도 그의 말뜻을 정확하게 파악하고 싶었다. 그림 속의 두 인물은 거대하게 보였지만 그 점이 그가 지적하는 것은 아니라고 생각했다. 그가 정반대로 알고 있을지 모르지만, 나는 어떤 효과를 내기 위해 그렇게 제작했던 것이다. 지난번에 그는 내가 언젠가 멋진 물건을 만들어 낼 것이라고 나를 칭찬한 적이 있었다. 나는 바로 그런 정신에 입각하여 이 드로잉을 그렸다고 주장했다. "글쎄, 뭔가 나사가 풀린 것 같아." 그가 대답했다. "잠시만 기다려 봐. 그게 뭔지 알아내 볼게." 나는 그가 그렇게 해 주기를 바랐다. 신선한 눈이 할 일이 그게 아니라면 무엇이겠는가? 하지만 그는 결국에 신통치 못한 대답밖에는 내놓지 못했다. "모르겠어. 난 자네가 그린 타입들이 마음에 안 들어." 나와 의논할 때면 반드시 그림 제작의 문제, 운필의 방향, 신비로운 예술적 가치 등을 거론하던 평론가치고는 아주 궁색한 대답이 아닐 수 없었다.

"저 그림 속 타입들은 아주 잘생겼잖나."

"아, 하지만 이런 타입들은 안 돼!"

"나는 새로운 모델들과 작업을 했네."

"그런 것 같군. 하지만 그런 모델로는 안 돼."

"자네, 그거 확실한가?"

"아무렴. 이 사람들은 멍청해."

"자네 말은, 내가 모델의 그런 특징을 우회해야 한다는 뜻인가?"

"자네는 할 수 없을 걸세. 이런 사람들하고는. 누구인가?"

나는 필요한 만큼만 말해 주었다. 그는 무정하게 결론 내렸다. "이들은 호텔 문 앞에 세워 놓으면 좋을 사람일세."

"자네는 그들을 본 적이 없잖나. 아주 좋은 사람들이야." 나는 그들을 옹호하고 나섰다.

"보지 못했다고? 이봐, 자네가 최근에 그린 그림들은 이들 때문에 박살이 나 버린 거야. 그런 사람들은 보지 않아도 훤하다네."

"자네 말고 이 그림을 나쁘게 말한 사람들은 없어.《치프사이드》사람들도 좋다고 했어."

"나머지 사람들은 다 바보 멍청이야.《치프사이드》친구들은 그중에서도 최고 멍청이지. 이봐, 오늘날에도 대중, 특히 출판사와 편집자에 대해서 환상을 갖고 있는 척하지 말게. 자네가 작업하는 건 그런 동물들을 위해서가 아니야. 예술을 아는 사람들을 위해서라고. 스스로에게 솔직해지지 못하겠다면 적어도 나한테는 솔직해져 보게. 자네는 과거에 어떤 목표에 도달하기 위해 노력했어. 그건 아주 고상한 것이었지. 하지만 이 엉터리 그림에는 그런 것이 없어." 나중에 내가 홀리에게 『러틀랜드 램지』 건과 그 후속작에 대해서 얘기해 주자 그는 빨리 나의 원래 보트로 돌아오라고 권하면서 그렇지 않으면 강바닥에 가라앉아 버릴 것이라고 선언했다. 간단히 말하면 그의 목소리는 경고의 목소리였다.

나는 그 경고에 주목했지만 내 친구들을 내쫓지는 않았다. 그들은 나를 엄청 따분하게 만들었다. 하지만 그 사실이 나에게 이런 생각을 갖게 했다. 그들을 어떻게 처리하든 짜증이 난다고 해서 그들을 희생시켜서는 안 된다는 생각이었다. 지금 그 단계를 회고해 보니 그즈음에 부부는 나의 생활에 적잖이 스며들어 있었던 것 같다. 지금도 그들이 내 눈앞에 보인다. 그들은 대부분의 시간을 내 스튜디오에서 보냈는데, 방해가 되지 않으려고 벽에 딱 붙여 놓은 낡은 벨벳 장의자에 죽치고 앉아 있었다. 그들은 왕궁 알현 대기실에서 왕가의 호출을 기다리는 끈덕진 궁정 신하의 모습이었다. 한겨울 가장 추웠던 기간 동안 연료비를 아끼려고 그런 식으로 버틴 것이라는 생각이 든다. 그들의 새로움은 이제 그 빛을 잃기 시작했고 이제 자선 대상이 되었다는 느껌을 지우기 어려웠다. 첨 양이 도착하면 그들은 갔다. 그리고 『러틀랜드 램지』 작업을 상당히 진행한 후에는 첨 양이 꽤 자주 내 스튜디오에 들렀다. 모나크 부부는 책에 나오는 하층 계급 사람 때문에 그녀를 자주 쓰는 거냐고 내게 암묵적인 의사 표시를 해 왔다. 나는 그렇게 생각하도록 그냥 내버려 두었다. 그들도 그 소설을 읽었으나—책이 스튜디오에 돌아다녔다—거기에는 오로지 최상류층만 다루어져 있다는 사실도 발견하지 못했다. 그들은 우리 시대의 가장 탁월한 소설가의 책을 읽었으나 몇 문장도 제대로 해독하지 못했다. 나는 잭 홀리의 경고에도 여전히 가끔 그들과 시간을 보냈다. 해고가 필요하다면 이제 해고해야 할 시간이었다. 추운 겨울도 거의 다 끝나 가니까. 홀리도 그들을 직접 보게 되었다. 그는 벽난로 옆에 앉아 있는 부부를 보았고 참으로 우스꽝스러운 한 쌍이라고 생각했다. 그가 화가라는 사실을 알고서 부부는 그에게도 접근하여 자기들이 실제와 똑같다는 것을 보여 주려 했다. 하지만 그는 스튜디오 반대편을 쳐다보면서 그들이 몇 미터나 떨어진 곳에 있는 듯한 표정을 지었다. 조국의 모든 사회 제도에 대하여 반대하는 그에게 부부는 그 모든 것들의 총합이었다. 관습과 특권을 주장하고 감탄사로 대화를 중단시키는 이런 사람들은 스튜디오와는 무관한 자들이었다. 스튜디오는 사물을 바라보는 방법을 배우는 곳인데, 어떻게 저런 응석받이들을 통하여 사물을 바라볼 수 있겠는가?

내가 부부와 함께 있기 가장 불편해진 건, 나의 예술적인 키 작은 하인이 이제 『러틀랜드 램지』의 주인공 모델을 하게 되었다는 사실을 알리기가 망설여졌기 때문이다. 그들은 내가 기이한 사람이라는 것을 알았고, 그 무렵 예술가에게 어느 정도 기이함을 부여할 정도는 준비가 되어 있었다. 멋진 구레나룻를 갖춘 신사의 자질이 충분한 사람을 냐두고 거리에서 행상을 하던 외국인을 모델로 삼은 것부터가 범상한 일이 아니었다. 하지만 그것은 내가 그의 재능을 얼마나 높이 평가하는지 부부가 아직 잘 모르던 때의 얘기였다. 부부는 그가 모델 노릇을 하는 것을 여러 번 보았지만, 거리의 풍각쟁이를 그릴 때라고 믿어 의심치 않았다. 부부가 짐작조차 하지 못하는 것들도 있었다. 그중 하나는 소설의 한 장면에 제복 차림의 하인이 등장하는데, 내가 모나크 소령을 그 하인의 모델로 쓰려고 마음먹고 있었다는 점이었다. 하지만 나는 그 일을 자꾸 미루었다. 나는 그에게 하인 제복을 입으라고 요구하기가 싫었다. 그의 몸에 맞는 하인 제복이 있을지도 의문이었다. 마침내 어느 늦은 겨울날, 이런 일이 벌어졌다. 나는 경멸받는 오론테를 모델로 열심히 작업 중이었다. 그는 화가의 아이디어를 기가 막히게 알아차리면서 반응했고 나는 일이 잘 풀린다는 느낌에 행복해하며 열심히 작업을 했다. 그런데 그때 소령과 아내가 별 의미 없는 사교적인 웃음을 지으며(하지만 웃을 일이 점점 더 없어져 가고 있었다) 스튜디오 안으로 들어섰다. 예배를 마치고 공원을 산책하고 곧 점심 식사를 하고 가라는 요청을 받은 시골 별장의 방문객 같은 태도였다. 나는 그들을 볼 때마다 언제나 그런 느낌이 들었다. 하지만 점심시간은 이미 지났고 그들은 차를 마시고 가라는 요청을 받을 수는 있을 것이었다. 나는 그들이 그것을 기다리고 있다는 걸 알았다. 하지만 나는 짜증이 났다. 일이 잘 풀리고 있는데 그걸 중단해야 한다는 것, 또 겨울이라 해가 짧은데 작업을 한참 뒤로 미루어야 하는 것에 짜증이 난 것이다. 게다가 나의 모델은 준비를 끝내고 있었다. 그래서 나는 모나크 부인에게 차를 좀 내올 수 없겠느냐고 요청했다. 그녀는 그 요청에 순간적으로 얼굴이 붉어졌다. 그녀의 두 눈은 잠시 남편의 두 눈을 쳐다보았고 그들 사이에 어떤 침묵의 교신이 이루어졌다. 그들의 어리석음은 그다음 순간에 끝났다. 소령의 쾌활한 민첩함이 그것에 종지부를 찍었다. 나는 그들의 상처받은 자존심을 동정하기는커녕, 그 자존심에 내가 할 수 있는 한 최대한의 교훈을 안겨 주어야겠다는 생각이 들었다. 부부는 함께 부산을 떨면서 찻잔과 잔받침을 꺼내 오고 또 주전자로 물을 끓였다. 나는 그들이 나의 하인에게 시중을 드는 느낌을 받으리라는 것을 알았다. 차가 준비되었을 때 내가 말했다. "저 친구에게도 한 잔 주세요. 그는 피곤해요." 모나크 부인은 그가 서 있는 곳에 차를 가져다주었고 그는 마치 파티장에서 오페라 모자를 팔꿈치로 끼고 있는 신사처럼 그 잔을 받았다.

　이어 나는 그녀가 나를 위해 아주 힘든 일을 해 주었고—그것도 일종의 고상함을 발휘하며—그런 만큼 보상을 기다린다고 느꼈다. 그 사건 이후 그녀를 볼 때마다 그 보상은 어떤 것이어야 할까 생각했다. 하지만 그들에게 친절을 베풀기 위해 안 되는 일을 계속할 수는 없었다. 아, 그것은 안 되는 일이었다. 그들을 모델로 하여 작업을 한다는 것은. 이제 그 사실을 지적하는 것은 홀리뿐만이 아니었다. 나는 『러틀랜드 램지』에 넣을 삽화 여러 장을 출판사에 보냈고, 홀리의 경고보다 더 정곡을 찔렀다. 내가 일하는 출판사의 예술 담당자는 내 삽화들 중 상당수가 당초의 기대에 못 미친다고 지적한 것이다. 그렇게 지적받은 삽화들은 대부분 모나크 부부를 모델로 쓴 것들이었다. 당초의 기대가 무엇인지 따져 보지 않더라도, 이런 반응이라면 전집의 다른 책들을 맡을 수 없다는 것이 분명해졌다. 절망에 빠진 나는 첨 양에게 매달리면서 그녀에게 여러 가지 포즈를 취하도록 요구했다. 나는 오론테를 노골적으로 주인공 모델로 삼아서 작업했을 뿐만 아니라, 어느 날 아침 소령이 스튜디오에 나타나, 지난주에 자신이 모델을 했던《치프사이드》의 삽화 건을 마무리해야 하지 않느냐고 물어 왔을 때, 나는 그동안 생각을 바꾸었고 이제부터 오론테를 모델로 작업할 것이라고 솔직하게 대답했다. 그러자 소령은 얼굴이 창백해진 채로 서서 나를 빤히 쳐다보았다. "그 사람이 당신이 생각하는 영국 신사입니까?" 그는 물었다.

나는 실망했고, 긴장이 되었으며, 작업을 계속하고 싶었다. 그래서 짜증 섞인 목소리로 대답했다. "아, 소령님, 나는 당신 때문에 망해 버릴 수는 없습니다!"

그것은 끔찍한 말이었으나, 그는 잠시 더 서 있더니 아무 말도 하지 않고 스튜디오를 나갔다. 나는 길게 한숨을 내쉬었다. 그러면서 이제 마침내 그 사람을 더 이상 보지 않아도 되겠구나 하고 중얼거렸다. 나는 그에게 일거리가 떨어질 위험에 처했다고 직접적으로 말하지는 않았다. 하지만 스튜디오에 어른거리는 재앙의 분위기를 눈치채지 못하고, 우리의 협력이 별 성과가 없었다는 결과를 알아보지 못하고, 예술의 기만적 분위기에서는 아주 높은 수준의 품위가 별 도움이 안 된다는 교훈을 깨우치지 못하는 소령에게 나는 화가 났다.

나는 부부에게 밀린 대금은 없었으나 그래도 그들을 다시 보게 되었다. 부부는 사흘 뒤에 함께 나타났는데, 다른 여러 사실들을 감안할 때 그 방문에는 비극적인 분위기가 감돌았다. 그것은 부부가 생활 속에서 다른 할 일을 찾을 수 없다는 명백한 증거였다. 부부는 우울하게 의논하면서 그 문제를 분석했고, 이어 자신들이 전집의 삽화 모델로는 아니라는 나쁜 소식을 받아들였다. 그런데 심지어《치프사이드》모델로도 나에게 도움이 안 된다니, 이제는 그들이 해 줄 일이 별로 없는 것이다. 그래서 처음에는 그들이 나의 무례를 용서하면서 예의를 차리는 가운데 마지막 작별 인사를 하러 왔으리라고 짐작했다. 나는 내심 서로 얼굴을 붉힐 일은 없겠구나 하고 안도했다. 나는 첨 양과 오론테를 함께 앉혀 놓고 나의 명성을 다시 회복하기 위한 작업에 열중하고 있었다. 두 남녀를 함께 배치한 것은 『러틀랜드 램지』의 어떤 문장에서 영감을 받은 것이었다. 주인공 러틀랜드 램지가 피아노 앞에 앉아 있는 아르테미시아의 옆에다 의자를 바싹 갖다 놓고서 멋진 말을 속삭이고, 이어 그녀가 아주 어려운 곡을 과시적으로 연주하는 장면이었다. 나는 전에 첨 양을 피아노 앞에 앉혀 본 적이 있었다. 그녀는 아주 시적인 우아함을 발휘하면서 그런 자세를 취할 줄 알았다. 나는 두 모델이 함께 강렬한 인상을 '만들어 내기를' 바랐고, 키 작은 이탈리아인은 나의 구상에 완벽하게 맞추어 주었다. 두 남녀는 내 눈앞에 생생하게 서 있었고 피아노 뚜껑은 열려 있었다. 잘 어울리는 남녀가 사랑을 속삭이는 멋진 장면이었고, 나는 그 분위기를 포착하여 계속 앞으로 달리기만 하면 되었다. 모나크 부부는 스튜디오에 서서 그 모습을 쳐다보았고, 나는 어깨 너머로 그들에게 다정한 수인사를 보냈다.

그들은 아무 대답도 하지 않았으나 나는 그들의 침묵에 익숙해 있었으므로 작업을 계속해 나갔다. 이렇게 작업하는 것이 이상적인 구도라고 즐겁게 생각하면서도, 나는 부부를 완전히 보내지 못한 것이 약간 불안했다. 곧 모나크 부인의 상냥한 목소리가 내 옆에서 혹은 위에서 들려왔다. "첨 양의 머리 모양을 약간 손보면 좋겠군요." 나는 고개를 쳐들었고 그녀는 이상한 눈빛으로 등을 돌리고 있는 첨 양의 머리를 뚫어져라 쳐다보았다. "저 머리를 제가 좀 매만져도 될까요?" 나는 그 질문에 놀라서 펄쩍 일어섰다. 그녀가 첨 양에게 해코지를 할지도 모른다는 본능적인 공포를 느낀 것이다. 하지만 그녀는 침착한 눈빛으로 나를 안심시켰다. 나는 그 눈빛을 결코 잊지 못할 것이고 그것을 그림으로 그려 보고 싶다는 생각마저 들었다. 부인은 첨 양에게 다가가서 부드럽게 말을 걸더니 그녀의 어깨에 한 손을 내려놓고서 허리를 숙였다. 첨 양은 이해한다는 듯이 감사하는 표정으로 동의했고 모나크 부인은 재빠른 손놀림으로 첨 양의 거친 머리카락 몇 가닥을 가다듬어 주었다. 첨 양의 머리는 전보다 두 배는 더 매력적으로 보였다. 그것은 내가 받은 가장 멋진 서비스 중 하나였다. 이어 모나크 부인은 낮게 한숨을 내쉬며 돌아서더니 뭔가 할 일이 없는지 주위를 돌아보았다. 이어 고상하면서도 겸손한 자세로 허리를 숙이면서 화구통에서 떨어진 지저분한 헝겊을 집어 들었다.

한편 소령도 뭔가 할 일이 없는지 두리번거렸다. 그는 스튜디오의 저 먼 반대쪽까지 걸어가더니 내가 먹고 나서 옆으로 밀쳐놓은 아침 식사 그릇이 처리되어 있지 않은 것을 발견했다. "내가 여기서 좀 도움이 되지 않을까요?" 그는 어쩔 수 없이 떨리는 목소리로 내게 소리쳤다. 나는 다소 어색하게 웃으며 동의했고 그 후 10분 동안 내가 일을 하고 있는데 사기그릇이 덜거덕거리는 소리와 숟가락과 유리컵이 쟁그랑거리는 소리가 들려왔다. 모나크 부인은 남편을 도와주었다. 그들은 내 식기를 설거지하여 잘 치워 놓았다. 이어 나의 자그마한 주방으로 들어갔다. 나는 나중에 그들이 내 칼과 얼마 안 되는 식기를 전례 없이 잘 닦아 놓은 것을 발견했다. 그들이 저렇게 행동하는 속뜻을 파악하게 되자, 일순 스케치가 뿌옇게 보이고, 그림이 이리저리 일렁이며 보였다고 나는 고백해야겠다. 부부는 자신들의 실패를 받아들였지만 자신들의 운명은 받아들일 수 없었다. 그들은 모조물이 실물보다 훨씬 더 가치가 있는 예술의 기괴하면서도 잔인한 법칙에 놀라면서 머리를 숙였다. 하지만 그들은 굶어 죽기를 바라지는 않았다. 나의 하인들이 나의 모델 노릇을 한다면, 나의 모델이 나의 하인이 될 수도 있었다. 그들은 역할을 바꾸어서 하려고 했다. 다른 사람들이 신사 숙녀 노릇을 한다면, 그들은 하인 노릇도 하려고 했다. 그러면 그들은 여전히 스튜디오에 나올 수 있을 것이었다. 그것은 자신들을 내쫓지 말아 달라는 강렬한 묵시적 호소였다. "우리를 받아 주세요" 하고 말하고 있는 것 같았다. "뭐든지 하겠습니다."

연필이 내 손에서 떨어졌다. 내 작업은 망쳐졌고 나는 두 모델을 물리쳤다. 그들은 의아해하면서 놀라는 기색이 역력했다. 이어 소령과 아내를 대면하게 된 나는 아주 불편한 시간을 맞이했다. 그는 그들의 소원을 단 한 문장으로 말했다. "그러니까, 우리가 당신을 위해서 다른 일이라도 좀 해 드리면 안 될까요?" 나는 그렇게 할 수가 없었다. 그들이 내 밥그릇을 설거지하는 모습을 보는 것은 생각만 해도 끔찍했다. 하지만 나는 그들에게 일주일의 말미는 줄 수 있다고 말했다. 그 시간이 흘러간 다음 약간의 돈을 주어 그들을 보냈고 그 후 다시는 보지 못했다. 나는 전집 나머지 권들의 작업을 맡았고 내 친구 홀리는 모나크 부부가 나를 엉뚱한 방향으로 끌고 가 내게 큰 피해를 입혔다고 반복해서 말했다. 설사 그게 사실이라 하더라도, 나는 그들에 대한 기억을 위해 그런 대가를 치른 것을 만족하게 생각한다.

중년
The Middle Years

4월의 그날은 밝고 부드러웠다. 체력이 회복될 것이라는 생각에 행복해진 불쌍한 덴콤은 호텔 정원에 서서 약간 나른한 기운이 남아 있는 머릿속으로 편안한 산책의 장점들을 비교해 보았다. 그는 북부에서도 느낄 수 있는 남부의 느낌을 좋아했고, 저 아래 모래사장이 펼쳐진 절벽들과 소나무 숲을 좋아했으며, 심지어 색깔 없는 바다도 좋아했다. '요양 리조트 본머스'는 순전히 광고 문구였지만 그래도 그는 아주 흔한 편의시설들을 고맙게 여겼다. 호텔 정원을 지나가던 붙임성 좋은 시골 우체부에게 조금 전에 건네받은 소포를 손에 들고, 덴콤은 호텔 오른편을 돌아서 여러 번 가 보았던 벤치로 천천히 걸어갔다. 그곳은 절벽 위에 있는 안전한 휴식처였다. 남쪽으로는 와이트섬의 색조 어린 벽들이 내다보였고, 뒤쪽으로는 다운 평지의 완만하게 물결치는 어깨로 보호받고 있었다. 그는 그곳에 도착했을 때 약간 피곤했고 잠시 실망했다. 물론 좀 나아지기는 했지만 무엇에 비하여 나아졌다는 말인가? 과거의 위대했던 한두 번의 순간들에 비교해 본다면 그는 결코 그라는 사람 이상으로 더 좋아질 수는 없었다. 인생의 무한함은 사라졌고, 그 자리에 남아 있는 것이라고는 약사가 처방해 준, 온도계처럼 눈금이 그려진 작은 유리병뿐이었다. 그는 벤치에 앉아 바다를 응시했다. 바다는 오로지 반짝이는 표면뿐이었고, 인간의 정신보다 훨씬 더 얕은 것 같았다. 실재하는 것 그리고 조수가 없는 바다 같은 것은, 인간이 만들어 내는 환상의 심연일 뿐이었다. 그는 등기 소포를 개봉하지 않은 채 무릎 위에 내려놓았다. 많은 즐거움이 사라진 상태에서—병은 그를 아주 늙은이 같은 느낌이 들게 했다—그는 그 소포가 그냥 거기에 있다는 사실을 즐기고 있었다. 동시에 그 자신의 분신이 '출간'된 것을 목격하는 즐거움은 젊은 사람이라면 소중한 것이겠으나, 이제 그런 즐거움을 완벽하게 소생시킬 수는 없다는 사실을 당연하게 여겼다. 작가로서 명성이 있는 덴콤은 그런 출간이 너무 잦았고, 그래서 자신의 모습이 남들에게 어떻게 보인다는 것을 이미 잘 알고 있었다.

그는 이처럼 소포를 열어 보는 걸 미루고 있다가 잠시 뒤 저 아래쪽 모래밭을 걷고 있는 세 사람, 숙녀 두 사람과 젊은 남자 한 사람을 보았다. 그들은 아무 말 없이 모래사장을 힘들게 걸어가고 있었다. 젊은 신사는 어떤 책을 읽고 있었는데 가끔 그 책에 매혹되어 걸음을 멈추었다. 덴콤은 멀리 떨어져 있었지만 책표지가 매력적인 붉은색임은 알아볼 수 있었다. 숙녀들은 그보다 앞서가다가 그가 다가오기를 기다렸다. 두 숙녀는 양산을 모래사장에 찔러 넣고 바다와 하늘을 둘러

보았는데 분명 아름다운 날씨를 찬양하고 있었다. 그러나 손에 책을 든 젊은이는 그 아름다운 풍경에 분명 무관심했다. 머뭇거리면서, 감동을 받은 상태로 독서에 몰두하는 젊은이는, 문학과 관련하여 그런 순박함이 완전히 사라져 버린 관찰자에게는 선망의 대상이었다. 한 숙녀는 덩치가 크고 나이가 들어 보였다. 다른 숙녀는 그보다는 젊고 날씬했지만 사회적 지위는 좀 떨어지는 차림새였다. 덩치 큰 여자는 덴콤의 상상력을 크리놀린*의 시대로 되돌려 놓았다. 그녀는 푸른 베일로 장식된 버섯같이 생긴 모자를 썼고, 그 공격적인 태도로 보아 사라진 유행 혹은 끝나 버린 대의大義에 아직도 매달려 있는 듯한 인상을 주었다. 곧 날씬한 여자가 망토 안에서 휴대용 접이식 간이의자를 꺼내어 폈고 뚱뚱한 여자가 의자에 앉았다. 이 행동과 두 여자의 움직임으로 미루어, 한 여자는 부유한 여주인, 다른 여자는 가난한 식솔인 듯했다. 덴콤은 그들이 자신의 지적 오락을 위하여 그런 연기를 한다고 임의적으로 상상했다. 그런 인물들을 보고서 그들의 관계를 미리 규정짓지 못한다면 이름 높은 소설가의 미덕을 어디서 찾아볼 수 있겠는가? 그런 상상의 연장선상에서 젊은 남자는 부유한 여주인의 아들이고, 가난한 식솔은 목사 혹은 장교의 딸인데 그 젊은이에게 은밀한 연정을 품고 있다고 볼 수 있으리라. 날씬한 여자가 뚱뚱한 여주인의 등 뒤로 젊은 남자를 돌아보는 광경에서 그것이 느껴지지 않는가? 어머니는 이제 앉아서 쉬고 아들은 걸음을 완전히 멈추고 독서에 몰두하고 있다. 그가 손에 든 책은 소설이고 그 빨간 표지는 싸고 번지레한 것임에 틀림없다. 실제 생활의 로맨스는 옆에다 밀쳐 두고서 순회

---

* 여성의 스커트를 빳빳이 펴지게 하기 위해 말총과 아마 등으로 짠 딱딱한 천 혹은 그런 스커트를 말하는데, 19세기 후반에 유행했다.

도서관에서 빌린 듯한 책에 코를 박고 있는 것이었다. 젊은이는 무의식중에 모래가 부드러운 곳으로 가서 펄썩 주저앉으면서 막 읽고 있던 장을 편안한 자세로 끝내려고 한다. 가난한 식솔 여자는 청년의 무관심에 낙담하면서 마치 순교자처럼 머리를 숙이고 이제 다른 방향을 처다본다. 그리고 뚱뚱한 부인은 파도를 바라보며 그것이 추락하는 비행기와 비슷하다는 다소 황당한 생각을 한다.

덴콤은 거기서 자신의 드라마가 더 이상 나아가지 않음을 발견했지만, 그래도 즐겁게 오락 시간을 보내지 않았느냐고 생각했다. 출판사가 이처럼 신속하게 책을 발송해 주는 건 드문 일이었지만, 그는 이제 출판사가 보내 준 소포에서 그의 '최신작'이면서 최후의 작품인 책을 꺼냈다. 『중년』의 표지는 값싸고 번드레했고, 신선한 책장 냄새는 유덕有德의 향기를 풍겼다. 그러나 그는 거기서 더 앞으로 나아가지 않았다. 그는 이상한 소외감을 의식했다. 그 책의 주제가 무엇이었는지 생각나지 않았다. 그를 본머스까지 내려와 요양하게 만든 오래된 지병의 갑작스러운 습격이 그 책을 쓰게 된 경위를 완전히 망각하게 만든 것일까? 그는 런던을 떠나기 전에 교정지의 재교를 마쳤고, 그후 2주 동안 침대에 누워 병치레를 하면서 화가가 스펀지로 수채화를 지우듯 그것을 모두 지워 버렸다. 그는 작가인 그 자신에게 단 한 줄의 칭찬도 해 줄 수 없었고 또 그 책의 어떤 쪽도 호기심이나 자신감을 가지고 들춰 볼 수가 없었다. 그가 지녔던 주제는 이미 그에게서 사라졌고 그 뒤에 그 어떤 미신도 남겨 놓지 않았다. 그는 이 어두운 허공의 한기를 호흡하면서 낮게 신음을 내질렀다. 너무나 절망적인 신음이 어떤 기괴한 과정의 완성을 보여 주는 듯했다. 그의 부드러운 눈에 눈물이 고였다. 어떤 귀중한 것이 떠나 버렸다. 이것이 지난 몇 년간 그의 가슴을 찔러 댄 가장 큰 고통이었다. 시간이 사라지고, 기회가 없어져 간다는 느낌이었다. 이제 자신에게 마지막 기회가 사라지고 있다는 게 아니라 이미 사라졌다는 생각이 들었다. 해야 하는 것을 다했으나 정작 하고 싶은 것은 하지 못했다. 그것은 파열이었다. 사실상 소설가로서 그의 경력은 끝났다. 그것은 강하게 멱살을 잡힌 것 같은 폭력이었다. 그는 벤치에서 불안하게 일어섰다. 무서움에 사로잡힌 사람의 모습이었다. 이어 그는 다리가 후들거려 다시 벤치에 앉았고 불안한 마음으로 책을 펼쳤다. 그것은 한 권짜리 소설이었다. 그는 단권을 좋아했고 그런 만큼 남들과는 다르게 멋지고 진귀하게 압축하는 걸 목표로 삼았다. 그는 책을 읽기 시작했고, 조금씩 조금씩 독서에 몰두하면서 마음이 진정되고 위안을 얻었다. 모든 것이 그의 머릿속에 되돌아왔다. 생각은 경이로움과 함께 되돌아오는가 하면, 무엇보다도 고상하고 장엄한 아름다움과 함께 되돌아왔다. 그는 자신의 문장을 읽었고, 자신의 책을 넘겼으며, 봄 햇살이 책장 위를 어른거리는 가운데 특별하고 강렬한 정서를 느꼈다. 물론 그의 경력은 끝났으나, 모든 것을 말해 놓은 지금, 그런 특별한 정서와 함께 끝난 것이었다.

아파서 누워 있는 동안 그는 지난해에 쓴 작품을 잊어버렸다. 그러나 주로 잊어버린 것은 그 작품이 아주 비상하게 훌륭하다는 사실이었다. 그는 다시 한 번 자신의 이야기 속으로 자맥질했고, 세이렌의 손길에 잡힌 듯이 허구의 어두운 지하세계로 이끌려 들어갔다. 예술의 윤이 나는 거대한 수조水槽인 그 세계에서는 기이하면서도 말없는 주제들이 표류하고 있었다. 그는 자신의 동기를 알아보았고 자신의 재주에 감탄했다. 비록 별것은 아니지만 그의 재주는 그때처럼 빛난 적이 없었다. 그가 가지고 있던 애로점들은 여전히 거기 남아 있었으나,

그가 보기에(그러나 슬프게도 남은 알아주지 못하는 상태로), 대부분의 경우 예술은 그런 애로점들을 극복하게 해 주었다. 그는 놀라움을 느끼면서 이런 자신의 능력을 감상했고, 어쩌면 경력이 끝나는 데 있어 집행유예를 받을 수 있지 않을까 하는 희미한 빛을 보았다. 확실히 예술의 힘은 다 소진된 것이 아니었다. 그 안에는 아직도 생명과 봉사 정신이 남아 있었다. 그러나 그것은 그에게 손쉽게 찾아오는 것은 아니고 언제나 뒷걸음치듯이 혹은 빙 에둘러서 왔다. 그것은 시간의 아이였고 지연遲延의 젖먹이였다. 그는 그것을 위해 고군분투했고 고통을 받았으며, 시효가 다 되었다는 평가를 받지 않기 위해 희생 제물을 바쳐 왔다. 그런데 이제 예술적 능력이 원숙해진 지금, 그 자신이 철저히 패배당했다는 것을 고백하면서 더 이상 집필을 하지 않으려 한단 말인가? 덴콤은 근면함이 모든 것을 이긴다고 느끼면서, 그런 느낌에 무한하게 매혹되었다. 이 작은 책에서 만들어진 결과는 그의 의식적인 창작 의도를 넘어서는 결과였다. 마치 그가 자신의 천재성을 심고 자신의 방법을 신임했는데 그 두 가지가 무럭무럭 자라서 이런 달콤한 결과로 피어난 것 같았다. 그러나 그 성취가 실제적인 것이라면, 그 과정은 무척 고통스러웠다. 그가 오늘 강렬하게 보는 것, 박힌 못처럼 생생하게 느끼는 것은, 마침내 지금에 와서야 비로소 소유하게 된 것이었다. 그는 비정상적으로 느리고 기괴하리만큼 점진적으로 발전해 왔다. 경험으로 인해 지장을 받거나 지체가 되었고 오랜 기간 동안 자신의 방법을 모색해 왔다. 그의 예술은 비록 보잘것없었지만 그것을 만들어 내기 위해 그는 너무나 많은 삶을 바쳤다. 예술은 그에게 다가오기는 했지만 다른 모든 것보다 뒤에 왔다. 이런 속도라면 첫 번째 존재는 너무 짧다. 필요한 소재를 수집할 정도의 시간밖에 되지 않는다. 그러니 열매를 맺기 위하여, 그 소재를 활용하기 위하여 예술가는 두 번째 시대, 즉 삶의 확장이 필요하다. 이 확장을 얻지 못할까 봐 불쌍한 덴콤은 한숨을 내쉬는 것이었다. 그는 그 책의 마지막 장을 넘기면서 중얼거렸다. "아, 다르게 시도할 수 있었을 텐데. 아, 더 나은 기회가 있었을 텐데!"

그의 관심을 끌었던 모래사장의 세 사람은 사라졌다가 다시 나타났다. 그들은 이제 인위적으로 만들어진 짧고 쉬운 등반로를 따라 절벽을 올라오고 있었다. 덴콤이 앉아 있는 벤치는 그 등반로의 중간에 좀 못 미친 곳, 튀어나온 암벽에 있었다. 씩씩한 검은 눈과 자상한 붉은 뺨을 가진 우락부락하고 덩치 큰 숙녀가 이제 잠시 앉아 휴식을 취했다. 그녀는 지저분한 장갑을 끼고 엄청 큰 다이아몬드 귀고리를 차고 있었다. 처음에는 좀 천박하게 보였으나 그녀의 유쾌하고 거침없는 어조는 그런 인상을 많이 완화시켰다. 두 동행이 서서 기다리는 동안에, 뚱뚱한 부인은 덴콤이 앉아 있는 벤치 끝까지 치맛자락을 펼쳤다. 금테 안경을 쓴 젊은 남자는 한 손에 예의 그 빨간 표지의 책을 손에 들고서, 벤치에 앉아 있던 사람의 무릎 위에 있는 똑같은 빨간 장정의 책을 흘깃 내려다보았다. 조금 후 덴콤은 그 청년이 두 책의 유사성을 눈여겨보고 있다는 걸 느꼈다. 청년은 빨간 천 표지에 금박으로 적힌 『중년』이라는 제목을 보았고, 자기 이외의 다른 사람도 그 책을 읽고 있다는 사실에 주목했다. 낯선 청년은 자신이 그 소설의 초기 배포본을 입수한 유일한 독자가 아님을 알고 놀라면서도 약간 화가 났다. 그 책을 가진 두 사람의 시선이 잠시 마주쳤다. 덴콤은 경쟁자의 표정, 혹은 이게 더 가능성이 높은데, 그의 숭배자의 표정에서 은근한 즐거움을 느꼈다. 그 표정은 약간 화를 내는 듯했고 이렇게 말하는 듯했다.

"제길, 저 사람도 초기 배포본을 벌써 구한 거야? 저 사람은 짐승 같은 평론가겠지!" 덴콤은 책을 보이지 않게 감추었다. 뚱뚱한 노부인이 휴식을 취하고 일어서더니 갑자기 소리쳤다. "벌써 이 상쾌한 공기의 효험을 보는 것 같아!"

"전 그렇지 않은 것 같아요." 날씬한 여자가 말했다. "전 다소 기분이 울적해요."

"나는 정말 배가 고픈데. 점심은 몇 시에 맞추어 주문했지?" 여주인이 물었다.

젊은 여자가 그 질문에 대답했다. "주문은 늘 휴 선생님이 하세요."

"전 오늘 아무것도 주문하지 않았습니다. 다이어트를 하셔야 돼요." 젊은 남자가 말했다.

"그럼 난 오늘 집에 가서 잠이나 자야겠네. 잠자는 게 곧 식사하는 거야!"

"부인을 버넘 양에게 맡겨도 될까요?" 휴 선생이 노부인에게 물었다.

"나는 당신이 맡아 주었으면 좋겠는데?" 노부인이 장난스럽게 물었다.

"그러시면 안 되죠!" 버넘 양이 시선을 땅에 고정시킨 채 대꾸했다. "선생님은 적어도 우리를 따라서 집까지 함께 가야 해요." 날씬한 여자가 움직였고, 두 남녀의 시중을 받는 노부인은 이제 더 높이 오르기 시작했다. 그녀는 이제 말소리가 들리지 않는 지점까지 가 버렸다. 하지만 버넘 양이 청년에게 하는 말은 간신히 들려왔다. "당신은 백작 부인에게 빚진 것을 제대로 깨닫지 못하는 것 같아요!"

한순간 휴 선생은 멍한 표정을 지었고 그가 쓴 금테 안경이 반짝였다. "내 태도가 당신에겐 그렇게 보입니까? 알았어요. 알았다니까요!"

"백작 부인은 우리에게 아주 잘해 줘요." 버넘 양이 계속 말했다. 그가 사사로운 일을 논의하는데도 걸음을 멈추는 바람에 여자도 따라서 멈춰 섰다. 그 동작에서 덴콤이 트위드 외투를 걸친 말없는 늙은 여자 환자의 기이한 영향력을 보지 못한다면, 사물의 음영에 민감한 그의 감수성이 도대체 무슨 소용인가? 버넘 양은 갑자기 그런 영향력을 의식한 듯했고 그래서 곧 이렇게 덧붙였다. "선생님이 여기서 해바라기를 하고 싶으면 부인과 절 집까지 바래다준 후에 다시 돌아오면 돼요."

그 말을 듣자 휴 선생은 망설였고, 덴콤은 모른 체하려는 욕구에도 불구하고 젊은 청년을 몰래 쳐다보게 되었다. 이번에 덴콤의 시야에 들어온 것은 젊은 여자의 유리처럼 번들거리는 기이한 눈빛이었다. 그는 그 얼굴을 보고서 연극 혹은 소설 속의 어떤 등장인물—누군지 이름을 댈 수는 없었다—이 연상되었다. 좀 괴이한 여자 가정교사나 비극적인 노처녀 하녀가 생각났다. 그녀는 그를 살펴보고, 그에게 도전하면서, 어떤 총체적인 악의를 느끼며 이렇게 말하는 듯했다. "당신이 우리와 무슨 상관인가요?" 바로 그 순간 백작 부인의 유머러스한 목소리가 절벽 위에서 흘러내려 왔다. "어서, 어서 와. 나의 어린 양들. 너희들은 나이 든 목녀를 따라다녀야 한단다!" 버넘 양은 그 말을 듣자 돌아서서 등반로를 올라갔고, 휴 선생은 아무 말 없이 덴콤에게 호소하면서 1분쯤 이의를 제기하는 듯하더니 마치 자리를 맡아 놓는 것처럼 혹은 반드시 돌아오겠다는 의사 표시인 양 책을 벤치 위에다 내려놓고 아무 어려움 없이 절벽 꼭대기로 연결되는 등반로를 성큼성큼 걸어 올라갔다.

관찰의 즐거움도 순수하면서 무한한 것이지만 인생을 분석하는 재주가 만들어 내는 자료들 역시 그러하다. 온화한 해변의 공기 속에서 빈둥거리면서, 그 멋진 젊은이의 마음속에서 나오게 될 어떤 계시를 기다리는 것도 불쌍한 덴콤을 즐겁게 하는 일이었다. 그는 벤치 끝에 놓인 책을 유심히 살펴보기만 했을 뿐 절대로 그 책에 손을 대려 하지 않았다. 반박의 여지가 없는 이론을 갖고 있는 게 그의 목적에도 부합했다. 그는 이미 우울증을 극복했다. 그의 오래된 공식에 의하면, 그는 창문에 머리를 기댄 것이었다. 창문 밖에 지나가는 백작 부인은 그의 공상을 충분히 이끌어 낼 만했다. 특히 방금 지나간 두 여자 중, 행렬 속의 여자 거인임이 분명한 그런 부인이 지나갔다면 말이다. 정말로 무서운 것은 일반적 견해이다. 반면에 때때로 표명되는 의견과는 다르게, 구체적 견해는 피난처이며 치유제이다. 휴 선생은 평론가가 틀림없고 출판사나 신문사에 아는 사람이 있어서 초기 배포본을 얻었을 것이다. 15분 만에 다시 나타난 그는 덴콤이 벤치에 그대로 앉아 있는 모습을 보고 안도의 한숨을 내쉬었고, 다소 당황하면서 사람 좋은 미소를 지으며 반짝이는 치열을 드러냈다. 그는 자신의 책이 아닌 다른 책이 사라진 것을 보고 적잖이 실망했다. 점잖은 신사에게 말을 걸 구실이 그만큼 적어지기 때문이었다. 그렇지만 그는 말을 걸어왔다. 자신의 책을 집어 들면서 호소하듯 말했다. "혹시 선생님께서 이 책에 대해 말씀하실 기회가 있다면, 작가가 지금껏 쓴 것들 중에서 최고라고 말해 주세요!"

덴콤은 웃으면서 반응했다. '지금껏'이라는 말은 그의 귀를 즐겁게 했고 미래로 들어가는 넓은 진입로를 만들어 주었다. 게다가 더욱 좋은 것은, 젊은 남자가 자신을 비평가로 여기고 있다는 점이었다. 그는 외투 아래에서 『중년』을 꺼냈으나 본능적으로 자신이 저자임을 보여 주는 그 어떤 표정도 짓지 않았다. 작가가 남들에게 자신의 작품을 강요하는 건 언제나 어리석은 짓이기 때문이었다. "그럼 당신은 스스로에게 앞으로 그렇게 말할 건가요?" 그가 젊은 남자에게 물었다.

"제가 그런 글을 쓰게 될지는 확실하지 않습니다. 보통 그런 글은 안 씁니다. 하지만 조용한 가운데 책 읽는 것을 즐기지요. 이건 아주 훌륭한 책입니다."

덴콤은 잠시 생각했다. 만약 청년이 그를 비난하기 시작했다면 그 자리에서 자신의 신분을 밝혔을 것이다. 하지만 찬사를 늘어놓으려는 청년의 충동을 그대로 내버려 두고 얘기를 들어 보는 것도 나쁘지 않을 것 같았다. 그는 청년의 말을 성공적으로 이끌어 냈고 몇 분 사이에 새로운 친구는 그의 옆에 나란히 앉아서 솔직한 고백을 했다. 이 책의 저자가 써낸 작품들은 모두 두 번씩 읽었고, 그런 경우는 이 책의 저자가 유일하다는 것이었다. 그는 어제 런던에서 내려왔고, 그곳에서 신문 기자로 일하는 친구가 그 책을 빌려주었다. 친구의 신문사에 보도자료로 송부가 된 책으로, 신문사는—다소 과장이 섞인 말이겠지만—단 15분 만에 그 책의 '홍보' 기사를 작성했다고 했다. 그는 그런 조잡한 방식으로 기사를 작성한 기자 친구가 좀 창피하게 느껴졌는데, 이 책이야말로 깊이 연구하고 또 그렇게 함으로써 보람을 얻을 수 있는 걸작이기 때문이었다. 청년은 그 책을 높이 평가하고 또 파격적이게도 그런 생각을 남에게 알리고 싶어 했다. 불쌍한 덴콤에게 특이하면서도 즐거운 길동무가 갑자기 등장한 것이다. 피곤한 문인은 우연한 계기에 자신을 아주 높이 평가하는 신세대 독자를 만나게 되었고, 그런 사실에 대하여 당연히 가슴이 뿌듯해졌다. 그 추종자는 실제로 기이한 인물이었다. 문학적 형식을 사랑하는 젊고 강건한 의사—

그는 독일 생리학자처럼 생겼다—를 발견하기란 정말 진귀한 일이니 말이다. 그것은 우연이었지만 대부분의 우연보다는 더 행복한 경우였다. 그래서 덴콤은 당황하면서도 즐거운 가운데 약 반 시간 동안 의사에게 말을 걸었고, 그 자신은 입을 다물고 듣기만 했다. 덴콤은 자신이 『중년』을 남들보다 먼저 입수하게 된 경위를 이렇게 설명했다. 알고 지내는 출판사 친구가 요양차 자신이 본머스로 내려간다는 것을 알고서 쾌유를 바라는 마음에서 이런 은전을 베풀어 주었다고. 휴 선생이 분명 그 사실을 짐작하리라고 여겨 그는 자신이 좀 아프다는 사실을 시인했다. 덴콤은 그런 문학적 열광에다 현재 유행 중인 치료제를 상당히 알고 있을 법한 그 의사에게 위생 관련 '조언'을 구해 보는 것도 좋지 않을까 하는 생각도 들었다. 자신의 작품을 그토록 진지하게 평가하는 청년 의사를 진지하게 상대해야 한다는 것은 그의 평소 신념을 다소 흔들어 놓는 일이었다. 그러나 그는 이 정력적이고 현대적인 청년과 함께 있는 것을 즐겼고, 한편으로는 이런 기이한 조합의 인물을 만나다니 이 세상에 아직도 할 일이 남아 있다는 생각에 가슴이 찌르르했다. 그가 경력을 포기하기 위하여 모든 조합들이 이미 탕진되었다고 생각한 것은 잘못된 일이었다. 그런 조합들은 결코 탕진되는 법이 없고 또 무한하다. 비참한 예술가만 능력이 탕진되어 버리는 것이다.

열성적인 생리학자인 휴 선생은 시대의 정신이 충만했다. 달리 말해서 그는 방금 학위를 딴 사람이었다. 그는 독립적이고 다양한 분야에 취미가 있었으나 문학을 가장 사랑할 법한 사람처럼 말했다. 그는 아주 멋진 문장을 구사하고 싶어 했으나 자연은 그에게 그런 기술을 부여해 주지 않았다. 『중년』에서 어떤 부분이 그에게 아주 강한 인상을 주었는데, 그래서 그는 자신의 감동을 뒷받침하기 위하여 그 책의 일부분을 덴콤에게 읽어 주었다. 좋은 공기 속에서 덴콤에게 점점 더 열을 올리기 시작한 그는 이 소설가를 소생시키려고 이 휴양지에 내려온 것 같았다. 그는 자신이 이 소설가를 최근에 알게 되어 즉각 매혹된 경위를 아주 멋지게 설명했다. 미신들만 신봉하다가 굶어 죽어 가는 예술의 갈비뼈 사이에다 살을 붙여 주는 유일한 작가라는 것이었다. 또한 그는 너무 깊이 존경한 나머지 아직까지 작가에게 편지를 보내지 못했다. 이 순간 덴콤은 사진사들의 요청을 거부해 온 결정이 그어느 때보다 내심 흐뭇해졌다. 휴 선생의 태도는 앞으로 둘 사이에 많은 교제가 있을 것을 예상하게 했으나, 이 의사에게 주어지는 자유는 상당 부분 백작 부인의 뜻에 달려 있는 것도 확실했다. 그는 곧 백작 부인이 어떤 타입의 인물인지 알아냈고, 동시에 그 기이한 세 사람을 묶어 놓은 유대의 성격도 파악했다. 뚱뚱한 백작 부인은 영국에서 저명한 바리톤의 딸로 태어났다. 그녀는 아버지의 재주는 물려받지 못하고 그 취미만 고스란히 물려받았으며, 프랑스 귀족에게 시집갔다가 과부가 되었고, 아버지가 벌어들인 상당한 재산을 지참금으로 가져갔다가 여태까지 가지고 있었다. 기이한 존재이면서 뛰어난 피아니스트인 버넘 양은 봉급을 받으면서 백작 부인을 수행하는 일을 하고 있었다. 백작 부인은 관대하고, 독립적이고, 기이했다. 그녀는 일종의 음유 시인과 의사를 대동하고 여행을 다녔다. 또 무식하고 열정적이라 못 말릴 정도로 다루기 어려울 때가 왕왕 있었다. 덴콤은 휴 선생이 초상화 스케치를 하는 앞에서 다소곳이 앉아 있었을 백작 부인을 상상했고, 또 젊은 의사의 그림 속에 그녀가 어떤 모습으로 나왔을지도 짐작해 보았다. 새로운 심리학*의 대표인 이 젊은 친구는 그 자신이 쉽게 최면에 걸렸고, 기이할 정도로 말이 많은 것은 그가 실은 백작 부인에게 종속되어 있다는 표시였다. 따라서 덴콤은 스스로 자신의 정체를 밝히지 않으면서도 그 청년이 원하는 대로 말하도록 내버려 두었다.

　백작 부인은 스위스를 여행하던 도중 병에 걸렸는데 그때 호텔에서 이 젊은 의사를 골랐다. 그런데 이 젊은이가 마음에 쏙 들게 치료해 주자 백작 부인은 그에게 아주 후한 봉급을 제시하며 수행 의사가 되어 달라고 요구했다. 환자도 별로 없는 초임 의사에다가 그동안 공부를 하느라고 돈이 말라 버린 청년에게 아주 매혹적인 조건이었다. 그렇게 시간을 보내는 건 그가 바라던 바는 아니었으나 그런 시간은 금방 지나갈 것이었고, 게다가 그녀는 아주 자상했다. 끊임없이 보채고 요구가 많긴 했으나 그녀를 좋아하지 않기란 불가능했다. 그는 이 기이한 환자에 대하여 자세히 말했다. 만약 그런 것이 있다고 한다면 그녀는 하나의 '타입'이었다. 그녀는 혈색 좋은 비만한 신체와 관련하여 심각한 신체적 장애를 겪고 있고, 또 병적일 정도로 난폭하고 목적 없는 고집을 부리는 타입이었다. 그러나 그는 다시 사랑하는 소설가 얘기로 돌아왔다. 젊은 의사는 이 소설가가 소위 시인이라고 자처하는 많은 사람들보다 본질적으로 더 시에 가까이 다가선 작가라고 열띤 목소리로 말했다. 옆에서 덴콤이 맞장구를 쳐 주고 또 그들의 취미가 우연히 일치하다 보니 젊은이의 무모한 솔직함은 더욱 자극을 받았다. 덴콤은 자신이 『중년』의 작가와 개인적으로 약간 아는 사이라고 고백했다. 그러나 아직 작가를 만나 보지 못한 젊은 의사가 그 작가에 대해 구체적으로 물어 올 때 적절히 대답할 정도로 자세히 알지

* 최면.

272

는 못한다고 덧붙였다. 그러나 그는 그 순간에도 휴 선생의 두 눈에서 약간 의심의 빛이 스쳐 지나가는 것을 짐작할 수 있었다. 그러나 젊은이는 너무 흥분하여 총기가 좀 흐려졌고 거듭 책을 집어 들며 외쳤다. "이 부분을 주목하셨습니까?" "저 부분에서 엄청난 감동을 받지 않으셨습니까?" "끝부분에 가면 아주 아름다운 문장이 나옵니다." 그러면서 그는 다시 책표지를 손으로 어루만졌다. 그리고 책장을 넘기다가 갑자기 무엇을 발견했다. 덴콤은 젊은이의 얼굴빛이 갑자기 바뀌는 것을 보았다. 그는 방금 전 자신의 책이 아니라 덴콤의 책을 집어 들었고, 덴콤은 젊은이의 낯색이 갑자기 바뀐 이유를 짐작했다. 휴 선생은 잠시 심각한 표정을 짓더니 말했다. "문장을 바꾸고 계셨군요!" 덴콤은 아주 열심히 문장을 수정했고 또 문체를 아주 중시했다. 그가 도착하게 될 종착점은 그 자신을 위한 최종적 형식이었다. 그가 이상적으로 생각하는 출판 형식은 남들 몰래 출판을 하는 것이었다. 그런 다음 이미 발간된 문장 위에다 지독할 정도로 수정을 가하여 언제나 초판본을 희생시키면서, 후세를 위하여 그리고 수집가를 위하여 수정본을 제공하는 것이었다. 그날 오전에도 그는 발간된 『중년』에다 연필로 열 군데 이상 수정을 가했다. 그는 젊은이의 비난을 흥미롭게 받아들이다가 잠시 얼굴을 붉혔다. 그는 다소 애매하게 중얼거렸고, 약간 의식이 흐릿해지는 가운데 휴 선생이 의아한 눈빛으로 자신을 쳐다보는 것을 알았다. 그는 자신의 몸 상태가 다시 나빠지고 있다는 것만 순간적으로 느낄 수 있었다. 그 격렬한 감정, 흥분, 피로, 뜨거운 태양, 좋은 공기 등이 서로 결합하여 그에게 충격을 주었고, 그리하여 그는 낮은 신음과 함께 젊은이에게 손을 내뻗으며 의식을 잃고 말았다.

나중에 그는 자신이 기절했고 휴 선생이 이동식 의자를 준비하여 자신을 호텔로 데려왔다는 것을 알았다. 손님을 찾기 위해 주변에서 돌아다니던 이동식 의자의 기사는 마침 덴콤을 호텔 정원에서 본 적이 있는 사람이었다. 그는 호텔로 돌아가던 도중에 의식을 회복했고 그날 오후 침대에서 오전의 일을 회상했다. 호텔로 수송되어 올 때 휴 선생의 젊은 얼굴이 그를 내려다보았는데 젊은이는 아주 편안하게 웃음을 터트리며 이제 당신의 정체를 알았다는 표정을 지었다. 그 정체는 이제 지워 버릴 수 없는 것이 되었고 그런 만큼 그는 후회와 아픔을 느꼈다. 그는 무모하고 어리석었으며, 너무 일찍 외출하여 너무 오래 머물렀던 것이다. 낯선 사람들에게 노출되어서는 안 되었고, 하인을 데리고 갔어야 했다. 하늘이라고는 손바닥만큼도 안 보이는 아주 깊은 구덩이에 빠진 느낌이었다. 또 이미 흘러간 시간에 대해서도 혼란을 느꼈다. 그는 의식의 단편들을 종합해 보았다. 이곳 휴양지에 내려온 그날부터 그를 돌보던 의사가 다녀갔고 또 오늘도 아주 친절하게 치료해 주었다는 것을 알았다. 하인은 의사가 다녀간 후에 아주 조심하면서 발뒤꿈치를 들고서 방 안을 살금살금 돌아다녔다. 하인은 아주 총명하게 생긴 젊은 의사 얘기를 두서너 번 했다. 그 나머지 것들은 절망스럽지 않았으나 또한 막연했다. 그 막연함은 이런저런 꿈들과 선잠에서 오는 불안을 수반했다. 그러다가 그는 갑자기 의식을 또렷하게 되찾아 어두운 밤과 갓이 씌운 램프를 의식했다.

"곧 괜찮아지실 겁니다. 전 이제 선생님에 대하여 모두 알고 있어요." 근처에서 젊은 목소리가 말했다. 이어 그는 휴 선생과 만났던 일이 기억났다. 그는 너무 낙담하여 그 일에 대하여 아직 농담을 할 입장은 아니었지만 잠시 뒤 그 방문객이 아주 큰 관심을 가지고 있다는 것을 알아보았다. "물론 전 직업적으로 선생님을 돌보아 드릴 수는 없습니다. 선생님의 주치의가 따로 계시니까요. 그 의사 선생님과 얘기를 나누어 보았는데 훌륭한 분이더군요." 휴 선생은 계속 말했다. "하지만 제가 좋은 친구로서 자주 와서 만나 뵙게 해 주셔야 합니다. 전 잠자리에 들기 전에 잠시 들렀어요. 선생님은 아주 잘하고 계세요. 오전에 절벽에서 선생님과 나눈 얘기도 정말 좋았습니다. 내일 아침 일찍 찾아뵙겠습니다. 뭔가 해 드리고 싶어요. 모든 것을 해 드리고 싶습니다. 선생님은 이미 절 위해 많은 것을 해 주셨습니다." 젊은이는 덴콤의 손을 잡고서 그를 내려다보았다. 젊은이를 희미하게 의식하고 있던 불쌍한 덴콤은 그냥 침대에 누워서 그의 헌신을 받아들였다. 그는 달리 행동할 수가 없었다. 너무나 도움이 절실했다.

그날 밤 도움이 필요하다는 생각은 간절해졌다. 그는 조용히 누워서 머리는 명료한 채로 밤을 보냈고, 자신이 무기력하게 보낸 몇 시간에 대한 반작용으로 강렬한 생각을 하게 되었다. 그는 길을 잃었다. 길을 잃었다. 만약 구제가 되지 않는다면 말이다. 그는 고통과 죽음도 두렵지 않았고 심지어 삶을 사랑하지도 않았다. 그는 자신의 욕망이 구체적으로 현시되는 것을 보았다. 그것은 그가 『중년』과 함께 허공을 비상飛翔했던 그 조용하고 긴 시간 동안에 찾아왔다. 소리 없는 성령의 방문을 받았던 그날에 비로소 그는 자신의 왕국을 알아보았다. 그는 자신이 비상할 수 있는 범위에 대하여 계시를 받았다. 정말로 두려운 것은 자신의 명성이 미완성인 작품에 의해 판단될지 모른다는 생각이었다. 그 평가는 마땅히 그의 과거가 아니라 그의 미래에 의해 결정되어야 했다. 눈앞에서 질병과 노령이 무자비한 눈을 가진 유령처럼 떠올랐다. 이런 운명에게 뭘 먹여야 두 번째 기회를 부여받을 수 있을까? 그는 모든 사람이 누리는 한 번의 기회는 이미 누렸다. 일생의 기회는 이미 획득했다. 그는 아주 늦게야 잠이 들었고 눈을 떠 보니 휴 선생이 가까이 앉아 있었다. 그즈음 그 젊은이에게는 아주 친근한 분위기가 감돌고 있었다.

"제가 선생님 주치의를 쫓아냈다고 생각하지 마세요." 그가 말했다. "그분 허가를 받고서 이렇게 있는 겁니다. 벌써 오셔서 선생님을 보고 가셨어요. 아무튼 그분은 절 믿는 눈치였어요. 우리가 어제 어떻게 우연히 만났는지 말해 드렸고, 그래서 제가 특별한 권리를 갖고 있다는 걸 알아보셨죠."

덴콤의 얼굴이 굳어졌다. "백작 부인의 허락은 받았나요?"

젊은이는 약간 얼굴을 붉혔으나 곧 평온을 되찾았다. "아, 부인은 신경 쓰지 마세요!"

"그 부인이 아주 까다롭다고 하지 않았나요?"

휴 선생은 잠시 뜸을 들였다. "그렇지요."

"게다가 버넘 양은 음모꾼이고요."

"그건 어떻게 아셨습니까?"

"난 모든 걸 아오. 글을 멋지게 쓰려면 그래야 하니까!"

"전 그 여자가 미쳤다고 생각합니다." 두뇌가 명석한 휴 선생이 말했다.

"그렇지만 백작 부인과는 싸우지 말아요. 그녀는 당신에게 현재 도움을 주고 있잖아요."

"전 싸우지 않습니다." 휴 선생이 대답했다. "그렇지만 어리석은 여자들하고는 잘 지낼 수가 없어요." 그가 곧 말을 이었다. "선생님은 혼자서 적적하신 것 같습니다."

"내 나이에는 그런 일이 종종 벌어지지요. 나는 너무 오래 살았어요. 그래서 길을 잃어버렸지요."

휴 선생의 얼굴이 어두워졌다. 이어 약간의 양심의 가책을 극복하면서 그가 물었다. "무엇을 잃어버리셨습니까?"

"모든 사람을."

"오, 아닙니다." 젊은이가 덴콤의 팔에 손을 내려놓으며 부드럽게 말했다.

"나는 한때 아내가 있었어요. 아들도 있었지요. 아내는 아들을 낳다가 죽었어요. 그리고 아들은 학교에 다닐 때 장티푸스에 걸려서 세상을 떠났고요."

"제가 옆에 있었더라면 도움을 드릴 수 있었을 텐데!" 휴 선생이 소리쳤다.

"그렇지만, 젊은이는 지금 여기에 있소!" 덴콤은 미소를 지었다. 약간 어두웠지만 그가 젊은이의 도움을 아주 소중하게 여긴다는 것을 보여 주는 미소였다.

"이상하게도 선생님은 나이를 언급하시는군요. 선생님은 늙지 않았어요."

"거짓말쟁이. 그렇게 젊은 나이에 벌써!"

"전 생리학적으로 말하고 있는 겁니다."

"그게 내가 지난 5년 동안 말하던 방식이고 또 나 자신을 상대로 말했던 바로 그것입니다. 우리는 늙은이가 되어야 비로소 자기가 늙지 않았다고 말하기 시작하죠."

"그렇지만 전 제가 젊다는 것을 알고 있습니다." 휴 선생이 말했다.

"내가 한 것처럼 그렇게 잘 아는 것 같지는 않군요!" 환자가 웃음을 터트렸다. 방문객은 관점을 바꾸어서 자신이 하는 말의 진실을 입증하려 했다. 가령 나이 듦의 매력—특히 높은 명성을 얻은 사람의 나이 듦—은 자신이 열심히 노력하여 명성을 얻었다고 느끼는 것이라고 말했다. 그러면서 그런 명성을 얻었으니 이제 휴식을 취할 만하다는 평범한 논평을 했는데, 그것은 즉각 덴콤의 은근한 분노를 일으켰다. 그렇지만 그는 곧 진정하면서 아주 명석하게 이런 설명을 해 주었다. 볼썽사납게도 그는 이런 위안에 대해 알지 못하는데, 그건 분명 그가 무수히 많은 세월을 낭비했기 때문이다. 그는 어린 시절부터 문학을 추구해 왔고 평생에 걸쳐서 그 문학과 나란히 걸으려고 애써 왔다. 그러나 마침내 오늘에야 깨닫게 되었다. 그가 지금까지 보인 것이라고는 방향 없는 움직임일 뿐이었다는 걸 말이다. 그는 너무 늦게 성숙했고 너무 엉성한 성격이라 실수를 하며 그 스스로 깨우쳐야만 했다고.

"그렇지만 전 다른 사람들의 과일보다는 선생님의 꽃을 더 좋아합니다. 다른 사람들의 성공보다는 선생님의 실수를 더 높이 평가합니다." 휴 선생이 씩씩하게 말했다. "전 그 실수 때문에 선생님을 존경합니다."

"행복한 당신은 그게 뭔지 모릅니다." 덴콤이 대답했다.

젊은이는 손목시계를 내려다보며 일어섰다. 그는 오후에 언제 자신이 다시 찾아올지 말했다. 덴콤은 자신의 일에 너무 깊이 관여하지 말라고 경고하면서 백작 부인을 소홀히 했다가 그녀의 불만을 사면 어떻게 하느냐고 우려를 표시했다.

"전 선생님처럼 되고 싶습니다. 저도 실수를 하며 배우고 싶습니다." 휴 선생이 웃었다.

"당신이 너무 심각한 실수를 저지르지 않도록 조심하십시오. 하지만 다시 와 주세요." 새로운 생각이 떠올랐는지 덴콤의 얼굴이 약간 환해졌다.

"선생님은 좀 더 스스로를 자랑스럽게 생각하셔야 해요!" 젊은이는 문인을 정상적인 사람으로 만드는 데 필요한 칭찬이 정확히 어느 정도인지 아는 사람 같았다.

"아니, 아니. 나는 단지 시간이 조금 더 있었으면 좋겠소. 나는 한 번 더 시도해 보고 싶소."

"한 번 더 시도요?"

"나는 확장을 원해요."

"확장요?" 휴 선생은 덴콤의 말을 또다시 반복했다. 그 말이 그에게 좀 깊은 인상을 준 듯했다.

"모르겠나요? 나는 사람들이 말하는 '삶'을 원해요."

젊은이는 작별 인사 삼아 그의 손을 잡았고 그 손은 아주 힘차게 악수를 해 왔다. 그들은 서로 빤히 쳐다보았다. "선생님은 삶을 사시게 될 겁니다." 휴 선생이 말했다.

"그렇게 피상적으로 말하지 말아요. 이건 아주 심각한 겁니다!"

"삶을 살아가시게 될 거예요." 덴콤의 방문객은 그렇게 말하면서 얼굴이 창백해졌다.

"아, 그러면 더 좋지요!" 그리고 젊은 의사가 물러가자 환자는 곤혹스러운 웃음을 터트리며 다시 느긋하게 침대에 드러누웠다.

그날 하루 내내 그리고 그다음 날 밤까지 그는 그런 삶을 살 수 있지 않을까 생각했다. 주치의도 왔고 하인도 정성을 기울여 보살폈지만 그가 심정적으로 매력을 느끼는 것은 그 자신감 넘치는 젊은 친구였다. 그가 절벽에서 기절한 것은 그럴듯하게 설명될 수 있었고, 그는 속박에서 벗어났으며, 그것은 더 좋은 바탕에서 희망찬 내일을 약속했다. 반면 그는 깊이 명상하면서 더욱 차분해지고 또 무관심해질 수 있었다. 그를 사로잡는 생각은 그럼에도 불구하고 매혹적이었는데, 그것이 병적인 공상이기 때문이었다. 여기에 이 시대의 똑똑한 아들이 있었다. 그는 기교가 넘치면서도 열성적인 사람이며 덴콤을 숭배한다. 덴콤의 제단 앞에 나타난 이 봉사자는 새로운 과학을 익혔고, 또 신앙에 대하여 오래된 숭배 의식을 가지고 있다. 그러니 그가 자신의 지식을 덴콤을 동정하는 데 사용하고, 그의 기술을 덴콤을 사랑하는 데 사용하지 않을까? 그가 불쌍한 예술가를 위하여 치료약을 조제해 줄 수 있지 않을까? 게다가 그는 그 예술가의 예술에 크나큰 칭송을 바치지 않았는가? 만약 그가 그렇게 할 수 없다면 그 대안은 가혹할 것이었다. 덴콤은 자신의 주장을 정당화하지도 못하고 또 자신의 의도를 널리 알리지도 못한 채 침묵 속에 빠져들어야 하리라. 그날의 나머지 시간과 그다음 날 내내 그는 이런 달콤한 공상을 은밀하게 즐겼다. 그처럼 두뇌가 명석하고 열정을 두루 갖춘 그 젊은이가 아니라면 누가 그를 위해 기적을 일으킬 수 있을 것인가? 그는 과학적 동화들을 생각했고 스스로를 매혹시켜 자신이 이 세상에는 없는 마법을 찾고 있다는 사실을 망각했다. 휴 선생은 하나의 유령이었고 그것은 그를 세상의 법칙을 초월하는 곳에다 위치시켰다. 그는 왔다가 갔고 그동안 그의 환자는 이제 일어나 앉아 애원하는 눈빛으로 그의 뒤를 좇았다. 위대한 소설가를 직접 알게 되었다는 사실에 젊은이는 『중년』을 다시 읽었고, 또 그 지우知遇 덕분에 그 책에서 좀 더 풍성한 의미를 발견하게 되리라고 생각했다. 덴콤은 젊은이에게 자신이 그 책에서 '시도한 것'

을 말해 주었다. 아주 똑똑한 사람이기는 하지만 휴 선생은 처음 읽었을 때는 그것을 알아내지 못했다. 좌절감을 느낀 소설가는 그렇다면 이 세상에서 과연 누가 그것을 알아낼 수 있을지 의문이 들었다. 그처럼 작가의 의도를 놓쳐 버리고 엉뚱한 곳에다 다양한 의미를 부여하는 것을 보고서 덴콤은 다시 한 번 정말로 우습다는 생각을 했다. 그렇지만 그는 오늘날 사람들이 보여 주는 그런 일반적인 마음가짐에 분노하지 않으려 했다. 비록 그렇게 화를 내는 것이 과거에는 다소 위안을 주기는 했지만 말이다. 그 자신의 의도가 천천히 드러나기 때문에 온갖 어리석은 해석들이 오히려 신성한 것으로 여겨지는 듯했다.

잠시 뒤 휴 선생은 눈에 띄게 걱정을 했고 덴콤이 왜 그런가 물어보니 집에서 아주 당황스러운 일이 벌어졌다고 고백했다. "백작 부인을 잘 모셔요. 나는 신경 쓰지 말고." 덴콤은 거듭 말했다. 젊은 의사가 그 덩치 큰 부인의 태도에 대해서 아주 솔직하게 털어놓은 것이다. 그녀는 너무 질투를 느껴서 병이 났다. 그녀는 휴의 태도가 동맹 위반이라고 분개했다. 그리고 그의 충성심을 얻고자 높은 보수를 지불했으니 무슨 일이 있어도 자신에게 충성해야 한다고 주장했다. 그녀는 그가 다른 관심사에 주의를 기울일 권리를 거부했고, 그가 그녀를 혼자 죽게 내버려 두는 음모를 꾸미고 있다고 비난했다. 이런 골칫거리의 원천이 버넘 양인 것은 말할 필요조차 없었다. 휴 선생은 백작 부인을 침대에 누워 있도록 조치하지 않았더라면 그녀가 당장 본머스를 떠나려 했을 것이라고 말했다. 그러자 불쌍한 덴콤은 그의 팔을 꽉 잡으면서 단호하게 말했다. "부인을 모시고 즉시 떠나도록 하시오." 그들은 함께 산책을 나가서 지난번에 만났던 아늑한 벤치까지 걸어갔다. 젊은 의사는 소설가를 옆에서 부축하면서 자신의 양심은 깨끗하다고 힘주어

선언했다. 자신은 동시에 두 마리의 말*을 몰 수 있다는 것이었다. 하지만 그가 자신의 미래를 위하여 500필의 말을 모는 꿈**을 꾸어야 하지 않겠는가? 덴콤은 그런 꿈 못지않게 미덕을 동경하면서, 이것이 황금시대라면 그 어떤 환자도 젊은 의사의 주의력을 백 퍼센트 요구하는 계약을 맺었노라고 허세를 부리지는 않을 것이라고 대답했다. 그러나 백작 부인의 입장에서 보면 그런 탐욕은 합법적인 것이 아닐까? 휴 선생은 그것을 부정하면서 그런 계약은 맺은 바 없고 오직 자유로운 양해가 있었을 뿐이며 관대한 정신을 가진 사람에게 철저한 복종은 불가능한 요구라고 말했다. 더욱이 젊은 의사는 예술에 대해서 얘기하는 것을 좋아했다. 이제 두 사람이 햇빛 환한 절벽의 벤치에 앉아 있을 때, 젊은이는 그 주제를 가지고『중년』의 저자와 논의하고자 했다. 덴콤은 회복기 환자의 허약한 날개로 가볍게 솟아오르면서 조직적인 구조救助라는 행복한 관념에 사로잡혔다. 그는 자신의 대의를 호소하는 또 다른 웅변의 가락이요, 화려하면서도 멋진 '마지막 설명의 매너'를 발견했다. 앞으로 증명될 것이지만, 그 웅변은 그의 명성의 요새이며 또 그의 진짜 보물을 담고 있는 강력한 성채였다. 그를 상대하는 젊은이가 오전 근무를 포기하면서 덴콤의 말을 들어 줄 준비를 하고 또 조용한 바다마저도 듣기를 청하는 것처럼 보일 때, 그는 아주 멋진 설명의 시간을 가졌다. 그는 구체적인 보물이 무엇인지 말해 주면서 자기 자신 역시 영감을 받았다고 생각했다. 그는 광산에서 채굴한 귀금속, 진귀한 보석, 진주알 등을 그의 신전의 기둥 사이에다 걸어 놓을 것이었다. 덴콤 자신도 자신이 경이롭다고 생각했다. 그가 확신하

* 백작 부인에게 봉사하고 덴콤을 돌보는 것을 말한다.
** 예술가가 되어 세상의 모든 일을 다루는 것을 말한다.

는 것들이 아주 조밀하게 그 신전에 가득 들어차 있었기 때문이다. 휴 선생도 이 저명한 소설가를 아주 경이롭게 바라보면서, 그가 막 펴낸 책의 책장마다 이미 보석들이 가득 상감되어 있다고 말했다. 그러면서 이 숭배자는 어떤 멋진 조합이 앞으로 발생할 것이라며, 그 아름다운 날을 칭송하면서, 자신의 직업이 그런 삶을 책임질 것이라고 덴콤에게 새롭게 보증했다. 갑자기 젊은이가 시계용 호주머니를 툭 치더니 30분만 자리를 비워도 되겠느냐고 허락을 구했다. 덴콤은 거기서 그의 귀환을 기다렸으나 땅바닥에 그림자가 길게 떨어지는 것을 보고서 마침내 현실 세계로 돌아왔다. 그 그림자는 점점 더 짙어지더니 백작 부인을 수행하는 버넘 양의 모습으로 바뀌었다. 덴콤은 그녀를 쳐다보고 그녀가 자신과 얘기를 하러 왔다는 것을 즉각 알아보았고, 공손한 태도를 보이고자 벤치에서 일어섰다. 정말로 버넘 양은 그리 공손한 여자가 아니었다.

"실례합니다만," 그녀가 말했다. "휴 선생을 그만 놓아주시라고 청한다면 너무 지나친 희망일까요?" 이어 크게 당황한 우리의 불쌍한 친구가 대답을 하기도 전에 그녀는 이렇게 덧붙였다. "선생님이 그의 빛을 가로막고 있다는 것을 아셔야 합니다. 선생님은 그에게 엄청난 손해를 입힐 수도 있어요."

"저 때문에 백작 부인이 그를 해고할지도 모른다는 뜻인가요?"

"부인이 그에게 상속하지 않을 수도 있다는 거지요." 덴콤은 그 말에 놀라서 그녀를 빤히 쳐다보았다. 버넘 양은 자신의 말이 상대방에게 깊은 인상을 남긴 것을 흐뭇해하며 계속 말했다. "상당히 많은 상속을 받을 수 있느냐는 순전히 그에게 달려 있어요. 그는 아주 앞날이 창창해요. 하지만 선생님이 그것을 망치고 있다는 생각이 드는군요."

"다짐하는 바이지만, 의도적으로 그런 건 아닙니다. 그 사고를 개선할 희망은 없습니까?" 덴콤이 물었다.

"부인은 그를 위해 뭐든지 다 해 줄 생각이었어요. 엄청난 공상을 아주 잘하시죠. 한번 생각을 하면 계속 밀고 나가요. 그게 그분 방식이에요. 그리고 부인은 일가친척이 없어요. 돈을 마음대로 처분할 수 있단 거죠. 그리고 매우 아파요." 버넘 양이 클라이맥스를 강조하며 말했다.

"그것 참 안됐군요." 덴콤이 중얼거렸다.

"선생님이 본머스를 떠나실 수는 없나요? 그걸 알아보려고 왔어요."

그는 벤치에 털썩 주저앉았다. "나 역시 매우 아픕니다. 하지만 노력해 보겠습니다!"

버넘 양은 빛깔 없는 눈을 부라리고 또 자신의 선량한 양심을 노골적으로 과시하면서 거기 서 있었다. "더 늦기 전에 제발 그래 주세요!" 이 말을 하고 나서 그녀는 재빨리 질서 정연하게 등을 돌려 그의 시야에서 사라졌는데 마치 귀중한 시간을 조금이라도 아껴 보겠다는 듯한 태도였다.

그리고 이 일이 벌어진 직후에 덴콤은 정말 많이 아팠다. 버넘 양은 거칠고 사나운 소식을 가져와서 그의 건강을 뒤흔들어 놓았다. 좋은 자질을 가진 땡전 한 푼 없는 젊은이에게 아주 큰 위기가 닥쳐왔음을 알게 된 건 그에게 엄청난 충격이었다. 그는 온몸을 떨면서 벤치에 앉아 망망한 바다를 응시했고 그 노골적인 강타에 비틀거렸다. 그는 정말로 너무 허약하고, 불안정하고, 또 놀랐다. 그러나 그는 그 도시에서 벗어나려고 애써야 했다. 간섭의 죄악을 용납할 수 없었고 또 자신의 명예가 걸려 있었기 때문이다. 그는 힘들게 방으로 걸어 돌아가면서 어떻게 해야 할지를 궁리했다. 호텔로 돌아오는 길에 그는 버넘 양의 야심만만한 동기가 무엇인지 분명하게 알아차렸다. 물론 백작 부인은 여자들을 싫어했다. 뎅콤은 그 점에 대해서는 분명하게 알았다. 그래서 그 배고픈 피아니스트는 개인적으로 희망이 없었다. 그러니 휴 선생을 도와 그가 재산을 상속받은 후에 자신과 결혼을 하도록 유도하거나, 아니면 자신의 노고를 인정하도록 강요하여 적절한 보상을 받아 내야 한다는 과감한 생각으로 그녀 자신을 위로할 수 있을 뿐이었다. 만약 그녀가 성패가 걸린 위기에서 그의 우군이 되어 도와준다면 그는 예의 바른 남자로서—그리고 그녀는 그런 점을 잘 활용해야 한다고 생각했다—그녀에게 보상을 해 줄 것이었다.

호텔로 돌아오자 하인이 뎅콤에게 어서 침대에 누우라고 강권했다. 환자가 기차를 잡고 어서 짐을 싸라는 지시를 내렸기 때문이다. 그 직후에 예민해진 그의 신경은 무너져 내렸고 그는 병이 날 것 같은 느낌이 들었다. 그는 하인에게 주치의를 만나는 데 동의하고 곧 주치의를 부르러 가라고 했으나, 단 휴 선생에게는 절대로 방문을 열어 주지 말라는 뜻을 전했다. 그는 나름대로 멋진 계획을 갖고 있었고 그것을 기뻐하면서 침대에 들었다. 갑자기 무자비하게 출입 금지를 당한 휴 선생은 자연스럽게 혐오감을 느끼면서 백작 부인과의 동맹을 새롭게 하여 버넘 양을 즐겁게 할 것이었다. 주치의가 왕진을 왔을 때, 뎅콤은 몸에 열이 있다는 것을 알았는데 그건 아주 잘못된 징후였다. 그는 마음의 평온을 유지하면서 가능한 한 생각을 하지 말아야 했다. 그는 그날 내내 자신의 어리석음을 한탄했다. 그렇지만 자꾸만 의식되는 고통이 있었는데, 그건 그 자신의 '확장'을 희생시켜 자신의 행동 노선을 제약해야 한다는 것이었다. 주치의는 이런 사태를 좋아하지 않았다. 병이 자꾸만 재발한다는 것은 좋지 못한 징조였다. 그는 환자에게 강경하게 대응하면서 휴 선생을 마음에서 지워 버리라고 주문했다. 그래야 안정에 크게 도움이 될 터였다. 혼란을 일으키는 그 이름은 그의 방에서 다시는 거명되지 않았다. 그러나 이런 안전은 공포가 잠복된 것이었고, 밤 10시에 온 전보로 더욱 불확실해졌다. 하인이 전보를 받아서 읽어 주었다. 거기에는 런던 주소가 적혀 있었고, 발신자는 버넘 양이었다. '어떻게 해서든 우리 친구가 오전 중에 여기에 도착할 수 있게 해 주세요. 백작 부인은 끔찍한 여행 때문에 상태가 아주 나빠요. 하지만 모든 것이 아직은 구제 가능합니다.' 두 여자는 용기를 내서 그날 오후에 적개심에 가득 찬 혁명을 일으킬 수 있었다. 그들은 수도를 향해 출발했고, 버넘 양이 말한 것처럼 백작 부인이 아주 아프다면, 부인은 그에 못지않게 무모할 수도 있다는 것을 분명하게 드러낸 전보였다. 무모하지도 않고 모든 것이 '구제' 가능하기만을 바라는 불쌍한 덴콤은 그 전보를 즉시 젊은 의사의 숙소로 보냈고, 다음 날 아침 젊은이가 이른 기차를 타고 본머스를 떠났다는 얘기를 듣고서 기뻐했다.

이틀 뒤 젊은이는 손에 문학잡지 한 부를 들고서 덴콤의 방에 들어섰다. 그는 불안하기도 한 데다 『중년』에 대한 멋진 서평 기사를 읽고 다시 돌아왔다고 했다. 여기에 마침내 적절한 비평이 나왔다. 작품의 의미를 제대로 짚었다. 찬사인가 하면, 보상이었고, 저자를 그가 얻어 마땅한 위치에다 자리매김한 멋진 비평문이었다. 덴콤은 그것을 받아들이고 승복했다. 반대도 질문도 하지 않았다. 합병증이 발생하여 이틀 동안 아주 힘들게 보낸 까닭이었다. 덴콤은 이제 다시는 침대를 떠나지 말아야 한다고 확신했다. 그래야 젊은 친구도 옆에 머무르는 것이 허용될 것이었다. 또 소설가는 가능한 한 주변 사람들에게 요구를 적게 해야겠다고 생각했다. 휴 선생은 런던에 갔다 왔다. 덴콤은 그의 눈빛에서 백작 부인이 진정했고 그리하여 상속이 확보되었다는 표시를 발견하고자 했다. 그러나 그가 발견한 것이라고는 문학잡지에서 덴콤을 칭찬하는 문구 두서너 줄을 읽고서 그 젊은이가 너무나 기뻐한다는 사실뿐이었다. 덴콤은 그 문구들을 읽을 수가 없었으나 그의 방문객은 그것들을 한 번 읽는 데 만족하지 못하고 여러 번 읽어 주려고 했다. 거기에 별로 도취되지 않은 덴콤은 머리를 힘없이 흔들었다. "아, 아니요. 그 문구들은 내가 해낼 수도 있었던 것을 말해 주려 하는 것일 뿐이오."

"사람들이 '해낼 수 있었던' 것은 대체로 그들이 실제로 한 것입니다." 휴 선생이 주장했다.

"대체로 그렇지요. 하지만 나는 바보였소!" 덴콤이 말했다.

휴 선생은 계속 머물렀다. 종말이 빠르게 다가오고 있었다. 이틀 뒤 그의 환자는 아주 허약한 농담의 형식으로, 이제 두 번째 기회는 없을 것 같다는 말을 했다. 그 말에 젊은이는 덴콤을 빤히 쳐다보았다. 이어 젊은이가 찬탄했다. "그것은 이미 발생했습니다! 이미 발생했다고요! 두 번째 기회는 일반 대중의 것입니다. 선생님의 관점을 발견하고, 진주알을 집어 드는 것 말입니다!"

"오, 진주알!" 불쌍한 덴콤이 불안하게 한숨을 내쉬었다. 겨울 석양처럼 차가운 미소가 그의 다문 입술 위로 스쳐 지나갔다. 그는 이렇게 덧붙였다. "진주알은 글로 쓰지 않은 것이오. 진주알은 합금되지 않은 것, 그 나머지 것, 잃어버린 것이오!"

그 순간부터 덴콤은 점점 더 의식이 흐릿해졌고, 주위에서 벌어지는 일의 외양에 신경 쓰지 않았다. 그의 질병은 치명적이고, 커다란 배를 뚫고 들어오는 누수처럼 사정없었다. 그 질병이 잠시 멈춘 동안에 그는 휴 선생을 만났던 것이다. 덴콤은 점점 가라앉고 있었으나, 특별한 재주를 가진 이 젊은 방문객, 주치의가 친절하게도 치료를 승인해 준 이 젊은 의사는 덴콤을 고통으로부터 지켜 내는 데 끝없는 재주를 보여 주었다. 불쌍한 덴콤은 호의와 무관심을 구분하지 못했고 후회나 명상의 징후를 내보이지도 않았다. 그러나 마지막을 향해 갈 무렵에 그는 휴 선생이 자기 방에 이틀 동안이나 보이지 않았다는 것을 의식한다는 표시를 했다. 갑자기 두 눈을 뜨고서 질문을 한 것이었다. 그 사람이 그 이틀 동안 백작 부인과 함께 보낸 건가?

"백작 부인은 죽었습니다." 휴 선생이 말했다. "전 어떤 특별한 위급 상황이 오면 부인이 버티지 못하리라는 것을 알았습니다. 전 그분 무덤에도 갔습니다."

덴콤의 두 눈은 더욱 크게 뜨였다. "그분이 당신에게 '상당한 유산'을 남겼습니까?"

젊은이는 너무 가벼워서 병실 분위기와는 어울리지 않는 웃음을 터트렸다. "땡전 한 푼도요. 부인은 절 노골적으로 저주했습니다."

"당신을 저주했다고요?" 덴콤이 슬픈 목소리로 말했다.

"자기를 포기했다고요. 전 선생님 때문에 그녀를 포기했습니다. 전 선택을 해야 했습니다." 젊은이가 설명했다.

"당신이 유산을 포기하기로 했다고요?"

"전 그게 무엇이 되었든 제가 미혹된 결과를 받아들이기로 선택했습니다." 휴 선생이 미소를 지었다. 이어 통 큰 농담을 던졌다. "유산은 아무래도 좋습니다! 제가 선생님의 일을 제 머릿속에서 지워 버리지 못한 것은 선생님 잘못입니다."

그의 농담에 대한 즉각적인 반응은 놀람 가득한 장탄식이었다. 그 뒤로 여러 시간, 여러 날 동안 덴콤은 미동도 하지 않고 의식 없이 누워 있었다. 그런 절대적인 평온함, 최종적 결과에 대한 인식과 자신의 공로에 대한 확신 등이 그의 마음속에서 함께 작용하여 이상한 동요를 낳았고, 그리하여 그의 절망을 천천히 변모시켰다. 차가운 침잠의 느낌은 그에게서 사라졌다. 그는 전혀 힘들이지 않고 물 위에 떠 있는 것처럼 보였다. 그 일은 놀라운 증거였고 아주 강렬한 빛을 던졌다. 마지막에 그는 휴 선생에게 가까이 와서 들으라고 손짓했다. 의사가 베개 옆에 무릎을 꿇고 앉아서 가까이 다가왔다. "당신은 나로 하여금 그것이 모두 망상이라고 생각하게 만들었습니다."

"선생님, 당신의 영광은 망상이 아닙니다." 젊은이가 나지막하게 말했다.

"나의 영광이라니. 그 영광은 남아 있는 것이 없습니다! 시련을 당하고, 우리의 자그마한 능력을 발휘하고, 우리의 작은 마법을 사람들에게 거는 것, 그것이 영광입니다. 정말로 중요한 것은 누군가에게 진정한 관심을 갖게 만드는 것입니다. 물론 당신은 미쳤습니다만, 그것이 이런 법칙에 영향을 미치지는 못합니다."

"선생님은 엄청난 성공을 거두셨습니다!" 휴 선생의 젊은 목소리에는 결혼식 종소리 같은 강조된 억양이 있었다.

덴콤은 병상에서 그 말을 들었고 마지막 힘을 모아 한 번 더 말했다. "두 번째 기회, 그것은 망상입니다. 원래 기회는 단 한 번밖에 없는 것이었습니다. 우리는 어둠 속에서 작업을 합니다. 우리는 우리가 할 수 있는 것을 합니다. 우리는 우리가 가진 것을 내어놓습니다. 우리의 의심은 우리의 열정이고, 우리의 열정은 우리의 직무입니다. 그 나머지는 예술의 광기입니다."

"만약 선생님이 의심을 하고, 절망을 했다 하더라도, 선생님은 언제나 그것을 '해내셨습니다.'" 방문객이 미묘한 주장을 했다.

"우리는 어떤 것 혹은 다른 것을 합니다." 덴콤이 인정했다.

"어떤 것 혹은 다른 것이 결국 모든 것입니다. 그것은 그럴 법한 것이고, 그것은 선생님 당신입니다!"

"위로를 주려고 하는 자여!" 불쌍한 덴콤이 냉소적인 한숨을 내쉬었다.

"하지만 그건 진실입니다." 그의 친구가 고집했다.

"그건 진실이지요. 좌절은 결국 중요하지 않습니다."

"좌절이야말로 삶입니다." 휴 선생이 말했다.

"그래요. 그건 지나가는 것이지요." 불쌍한 덴콤의 말은 거의 들리지 않았다. 그러나 그는 그 말과 함께 자신의 첫 번째이자 유일한 기회에 실제적 종말을 고했다.

양탄자의 무늬

The Figure in the Carpet

1

그 당시 나는 문학 평론 몇 편을 써서 돈을 약간 벌었다. 그래서 나 자신을 출판사가 생각한 것보다 더 훌륭한 재주꾼이라고 생각한 적도 있었다. 그러나 내가 걸어온 길을 간단히 살펴보니(그것은 일종의 좌불안석하는 습관이었는데 아주 오래가지는 않았다), 내 문필업의 진정한 시작은 조지 코빅이 우려스러운 표정으로 황급히 기고를 요청해온 그 저녁부터 시작되었다. 그는 나보다 글을 더 많이 썼고 돈도 더 벌었다. 내 생각에 명민함을 발휘할 기회가 좀 더 많이 있었지만 그는 그런 기회를 놓친 듯했다. 그렇지만 그날 저녁 나는 그가 친절을 베풀 기회는 놓치는 법이 없는 사람 같다고 선언했다. 우리의 돈벌이 수단인《미들》에 게재할 원고를 내게 준비하라고 했을 때, 나는 황홀할 지경이었다. 그 잡지사는 주의 중간에 발간돼서 그런 제명이 붙었는데, 코빅이 거기에 글을 써 주기로 했다가 다른 바쁜 일이 생겨 그 원고를 내게 부탁해 온 것이었다. 나는 그 기회—그건 그 주제의 첫 번째 권이었다—를 냉큼 붙잡았고, 코빅이 해 준 간절한 설명 따위는 별로 신경 쓰지 않았다. 내가 그 서평의 적임자라는 것 이외에 더 이상 무슨 다른 설명이 필요하겠는가? 나는 휴 베레커에 대한 글을 써 본 적은 있었으나《미들》에는 단 한 번도 써 보지 못했다. 그 잡지에 실린 내 글은 주로 여류 작가와 이류 시인들에 관한 것이었다. 이 서평용 가제본은 베레커의 새로운 소설이었다. 이 소설이 베레커의 명성에 어떤 영향을 미칠지는 알 수 없었으나, 나의 명성에는 엄청난 영향을 미칠 것이 분명했다. 나는 그의 책이 나올 때마다 열심히 읽곤 했는데, 이제 그의 책을 읽을 더욱 확실한 이유를 갖게 되었다. 나는 그다음 일요일 브리지스 저택으로 오라는 초대를 받았고 초대장에는 베레커 씨가 거기 참석할 것이라는 레이디 제인의 메모가 들어 있었다. 아직 젊던 나는 그처럼 유명한 소설가를 만나게 되어 가슴이 설렜고 또 나름 순진하여 그 만남에서 그의 '최신작'을 읽은 얘기를 할 수 있으리라 기대했다.

내게 서평을 부탁한 코빅은 막상 그 소설을 읽어 볼 시간조차 없었다. 그는 그날 밤 파리행 야간열차를 타고 건너와 달라는—물론 그가 황급히 판단한 것이기는 하지만—심란한 소식을 받았기 때문이다. 그가 파리의 그웬돌런 엄에게 편지를 보냈다가 그녀로부터 어서 와서 도와 달라는 전보를 받은 것이었다. 나는 그녀를 만나 보지는 못했지만 나름대로 그들의 관계를 짐작하고 있었다. 코빅은 그녀와 결혼하려 했지만, 그녀의 어머니가 돌아가시기 전에는 어렵다고 했다. 이제 그 어머니의 용태는 코빅에게 도움이 되는 쪽으로 나아가고 있는 듯했다. 해외의 기후와 '치료 방법'에 대해서 크게 판단 착오를 한 후에 그 어머니는 해외에서 돌아오자마자 갑자기 쓰러졌다. 딸인 그웬돌런은 아무런 도움도 받지 못하고 경악한 채 귀국을 서두르려 했고, 그런 모험이 두렵던 차에 코빅에게 도움을 요청하고 그 도움을 받아들였던 것이다. 하지만 코빅을 보는 순간 그 어머니가 병에서 회복될 것이라는 게 나의 은밀한 생각이었다. 반면에 코빅의 생각은 비밀이랄 것도 없었지만, 아무튼 그의 생각은 내 생각과는 완전히 달랐다. 그는 내게 그웬돌런의 사진을 보여 주면서 그녀가 예쁘지는 않지만 아주 흥미로운 여자라고 말했다. 그녀는 열아홉 살 나이에 세 권짜리 장편소설을 냈다. 제목은 『내면 깊숙이』로, 코빅은 《미들》에서 그 소설을 아주 호평해 주었다. 그는 자신의 원고를 대신 써 주는 역할을 적극 받아들인 나의 열성을 칭찬하면서 그 잡지사도 그에 못지않은 열성을 보여 줄 것이라고 말했다. 방 밖으로 나가려고 문고리에 손을 얹은 그가 마지막으로 내게 한 말은 이랬다. "물론 자네는 올바르게 일을 처리해야 할 거야." 내가 약간 의아해하자 그가 덧붙였다. "어리석은 짓은 하지 말아야 한다는 얘기야."

"어리석은 짓? 베레커에 대해서! 그에게서는 아주 영리한 것 말고는 발견할 게 없을 텐데?"

"그게 어리석은 게 아니고 뭔가? '아주 영리한 것'이 도대체 무슨 뜻인가? 제발, 그의 본질을 알아내려고 애쓰게. 우리 서평 때문에 그가 고통받아서는 안 되네. 가능하다면, 그에 대하여 내가 쓸 법한 그런 얘기를 쓰도록 하게."

나는 그 순간 의문이 들었다. "아주 원대하고 심오한 주제 말인가? 뭐 그런 걸 말하는 건가?"

코빅은 거의 신음을 내질렀다. "오, 자네도 알지 않나. 나는 그런 식의 노골적인 표현을 하지는 않네. 그건 아주 유치한 예술이지! 아무튼 베레커는 내게 아주 진귀한 즐거움을 줘. 뭐라고 할까," 그는 잠시 생각했다. "그 어떤 것에 대하여 감을 잡게 한다고."

나는 다시 의아해졌다. "아니, 뭐에 대한 감 말인가?"

"아니, 이 친구야, 그게 바로 자네가 서평에서 말해 주어야 할 부분일세!"

그가 문을 쾅 닫고 나가자마자 나는 가제본을 손에 들고서 그것에 대해 말할 준비를 했다. 나는 그날 밤 새벽까지 베레커의 소설 서평과 씨름했다. 코빅이라도 그렇게까지는 하지 못했을 것이었다. 그 소설가는 아주 영리했다. 나는 그런 판단을 고수했다. 하지만 그는 결코 심오한 주제를 내세우는 작가가 아니었다. 나는 그 주제를 언급하지 않았지만 나의 서평이 유치한 수준은 모면했다고 자부했다. "이거 아주 좋군." 잡지사 사람들은 기분 좋게 말했다. 그리고 잡지가 발간되자 나는 위대한 소설가를 만날 환경이 조성되었다고 생각했다. 하지만 자신감은 하루 이틀 동안은 넘쳤으나 곧 사라졌다. 나는 소설가가 서평을 즐거운 마음으로 읽을 것이라고 상상했다. 하지만 코빅이 만족하지 못한다면 베레커가 어떻게 만족하겠는가? 나는 서평가의 열기가 때때로 작가의 욕구에 비해 훨씬 더 조잡한 것이 될 수도 있구나 하고 생각했다. 코빅은 파리에서 다소 우울한 어조로 내게 편지를 보냈다. 그웬돌런의 어머니는 회복 중이었고 왜 자신이 베레커의 소설에서 느낀다고 했던 '감'에 대해서는 전혀 언급하지 않았느냐고 지적하는 편지였다.

2

브리지스 저택을 방문하고 나서 나는 좀 더 심오한 쪽으로 시선을 돌리게 되었다. 직접 만나 보니 휴 베레커는 모난 구석이 전혀 없이 동글동글한 사람이었다. 그래서 나는 그와의 만남을 준비하면서 상상력을 제대로 발휘하지 못한 데 대하여 부끄러움을 느꼈다. 그가 좋은 기분이었던 것은 나의 서평을 읽었기 때문은 아니었다. 사실 일요일 아침이 되자 나는 그가 그것을 읽지 않았음을 확신했다. 그때《미들》이 나온 지는 이미 사흘이나 되었고, 나는 정기 간행물들이 빽빽이 꽂혀 있는 브리지스 저택의 황금빛 도금 테이블—마치 기차역 가판대 같은 분위기를 풍기는—에서 그 잡지를 분명 확인했다. 그는 개인적으로 나에게 좋은 인상을 주었고, 그래서 나는 그가 서평을 읽었더라면 좋았을 텐데 하는 생각이 들었다. 그래서 그런 목적을 달성하기 위하여 한쪽 구석에 박혀 있던 그 잡지를 좀 더 쉽게 눈에 띄는 곳으로 남몰래 옮겨 놓기도 했다. 그리고 그 결과를 관찰하기까지 했으나 점심 식사 때까지 아무런 성과가 없었다.

그 뒤 사람들이 함께 모여 산책을 할 때 나는 그 위대한 소설가 곁에서 반 시간 정도 함께 걸었는데 또 다른 조치를 해 보고 싶은 생각이 간절했다. 그가 너무나 자상하게 사람들을 대해서, 그가 자신을 칭찬하고 제대로 공정하게 평가해 준 나의 서평을 몰라서는 안 된다는 욕구가 더욱 강렬해졌다. 하지만 그가 공정함에 목말라 있는 것 같지는 않았다. 최근에 들어 그는 명성이 더욱 높아졌고, 그 덕분에 밖으로 자주 나왔는데, 우리가《미들》잡지사에서 자주 하는 말처럼, 그건 즐거운 일이었다. 그는 물론 대중적 인기가 높지는 않았다. 하지만 그가 지닌 훌륭한 유머의 원천은, 그의 작가적 성공이 대중적 인기와는 무관하다는 사실에 있다고 나는 판단했다. 그렇지만 그는 어느 의미에서 하나의 패션(유행)이 되었다. 그래서 비평가들은 그의 현황을 따라잡는 데 더욱 박차를 가했다. 우리 비평가들은 마침내 그가 아주 영리하다는 것을 발견했고, 그가 대중과의 접촉을 확대하여 신비함을 잃어버린 현상을 최대한 활용해야 하게 되었다. 나는 그의 곁에서 걸으면서 내 서평이 베일에 가려진 그의 정체를 폭로하는 데 상당히 기여했다고 말하고 싶은 욕구를 느꼈다. 더 이상 참지 못하고 막 말하려는 순간, 우리 일행 중 어떤 숙녀가 그의 반대편 쪽으로 바싹 붙으면서 아주 이기적인 방식으로 그에게 뭔가를 호소하는 바람에 그것은 무산이 되고 말았다. 그건 아주 실망스러웠다. 나는 그 여자가 마치 나를 상대로 무람없는 짓을 한 것 같다고 느꼈다.

나로서는 적당한 때에 적당히 할 말 한두 마디를 혀끝에 올려놓고 있는 상태였다. 하지만 나중에 나는 발설하지 않기를 잘했다고 생각했다. 왜냐하면 우리가 돌아와서 차를 마실 때, 함께 산책을 나가지 않았던 레이디 제인이 기다란 팔을 자랑하며 《미들》을 흔들어 대고 있었기 때문이다. 그녀는 그 여유 시간에 그 잡지를 집어 들었고 거기서 발견한 서평을 즐거운 마음으로 읽었다. 그리고 남자의 실수는 때때로 여자의 축복이 될 수 있는데, 그녀는 사실상 나 자신조차도 그렇게 할 수 없을 정도로 나를 위해 대대적인 선전을 해 주었다. "반드시 말해야 할 몇 가지 작은 진실을 말했어요." 그녀는 잡지를 벽난로 옆에 앉아 어리둥절해하고 있는 부부에게 내밀면서 선언했다. 그리고 휴 베레커가 나타나자 잡지를 부부에게서 낚아챘다. 소설가는 산책 후 옷을 갈아입으려고 2층으로 올라가는 길이었다. "당신이 원래 이런 글을 읽지 않는다는 건 알아요. 하지만 이번에는 한번 읽어 볼 만해요. 아직 읽지 못했지요? 그럼 한번 꼭 읽어 봐요. 이 서평가는 실제로 당신의 본질에 접근했어요. 내가 늘 느끼던 것을 말했다고요." 레이디 제인은 그녀가 늘 느끼던 것을 표현하는 눈빛을 지었다. 잡지의 서평가가 그것을 아주 놀라운 방식으로 표현한 것이다. "여기, 여기를 좀 보세요. 내가 표시를 해 놨어요. 이 비평가가 얼마나 그걸 잘 표현해 놓았는지요." 그녀는 소설가를 위하여 내 서평의 가장 멋진 부분을 손가락으로 가리키기까지 했다. 나는 은근히 기뻤고 아마 베레커 자신도 그랬을 것이다. 레이디 제인이 우리 앞에서 서평 일부를 큰 소리로 읽으려고 하자 소설가는 자신도 기쁘다는 표시를 했다. 나는 그가 잡지를 그녀의 손아귀에서 부드럽게 낚아챔으로써 그녀의 의도를 좌절시키는 방식이 마음에 들었다. 그는 잡지를 가지고 2층으로 올라갔고 또옷을 갈아입으러 가면서 그것을 쳐다보았다. 그는 반 시간 정도 그것을 가지고 있었다. 나는 그가 방으로 돌아갈 때 잡지가 그의 손에 들려 있는 것을 보았다. 그 순간, 나는 레이디 제인을 기쁘게 할 생각으로 그 서평의 저자가 나임을 알렸다. 그건 그녀를 기쁘게 하기는 했지만 내가 기대한 반응은 아니었다. 저자가 '겨우 나'인 건, 그건 그리 특기할 만한 사실이 되지 못하는 것 같았다. 내가 그 서평의 광휘를 보태준 것이 아니라 오히려 덜어 버린 효과가 된 게 아닐까? 레이디 제인은 갑자기 흥이 식은 것 같았다. 하지만 상관없었다. 내가 정말로 신경쓰는 건 침실 난로 곁에 앉아 있는 베레커에게 미치는 효과였다.

저녁 식사 때 나는 소설가가 그 서평을 읽었는지 기색을 살피면서 그의 두 눈에 즐거운 빛이 도는지 아닌지 열심히 엿보았다. 실망스럽게도 레이디 제인은 그것을 확인할 수 있는 기회를 내게 주지 않았다.

나는 그녀가 식탁 아래쪽으로 의기양양하게 소설가를 부르면서 자신의 말이 맞지 않느냐고 물어 주기를 은근히 바랐다. 식사에 참석한 사람은 꽤 많았다. 외부에서 초빙된 사람들까지 포함되었기 때문이다. 나는 레이디 제인이 의기양양하게 아래쪽으로 말을 걸지 못할 정도로, 그토록 크고 기다란 식탁은 그때 처음 보았다. 그래서 나는 이 대형 식탁 때문에 승리의 개가를 부를 기회는 아예 물 건너가나 보다고 생각했다. 그런데 바로 그때 내 바로 옆에 앉은 여자—목사의 여동생인 포일 양이었는데, 몸집이 크고 세련되지 못했다—가 갑자기 떠오른 영감에 비상한 용기를 발휘하며 식탁 맞은편에 대각선으로 앉아 있는 베레커에게 말을 걸었다. 소설가가 대답을 할 때 두 사람은 서로 몸을 앞으로 기울였다. 그 주책없는 여자는 서평에 대한 레이디 제인의 '칭송'을 어떻게 생각하느냐고 물었다. 자기 오른쪽에 앉은 남자가 그 저자인 것은 전혀 모르고서. 나는 그의 대답을 잘 들으려고 귀를 기울였으나 깜짝 놀라고 말았다. 그는 빵 조각이 가득한 입을 벌리면서 유쾌하게 대답했다. "아, 그거요. 늘 있는 헛소리지요!"

나는 그렇게 말하는 베레커의 눈빛을 살폈다. 그러나 포일 양의 놀란 태도는 나 자신을 가려 주기에 충분한 은폐 효과가 있었다.

"그가 당신을 공정하게 다루지 않았다는 건가요?" 그 대담한 처녀가 물었다.

베레커는 웃음을 터트렸고 나도 따라서 웃을 수 있어서 기뻤다. "매력적인 서평이에요." 그가 우리에게 말했다.

포일 양은 식탁보 절반쯤 너머로 턱을 내밀었다. "오, 당신은 너무 심오해요!" 그녀가 정곡을 찔렀다.

"마치 바다처럼 깊지요! 내가 말하려는 건, 그 서평가가 보지 못한─"그 순간 음식 접시가 그의 어깨 너머로 전달되었고, 우리는 그가 접시에서 음식을 덜어 낼 때까지 기다려야 했다.

"보지 못한 건 뭐였나요?" 나의 이웃이 물었다.

"아무것도 보지 못했습니다."

"어머나! 정말로 멍청하군요!"

"전혀 그렇지 않습니다." 베레커가 다시 웃었다. "그 사람뿐만 아니라 아무도 보지 못하니까."

그때 소설가 옆에 있던 여자가 뭔가를 물었고 포일 양은 다시 제자리에 앉았다. "아무도 보지 못한다는군요." 그녀는 쾌활하게 말했다. 그러자 나도 때때로 그렇게 생각한다고 대답했으나, 나는 그 생각을 거대한 눈[眼]의 존재를 알려 주는 증거로 삼았다. 나는 그녀에게 그 서평을 내가 썼다고는 말해 주지 않았다. 그리고 식탁 상석에 앉아 있는 레이디 제인이 베레커의 말을 듣지 못했다는 것을 알았다.

나는 저녁 식사 후에는 소설가를 피했다. 솔직히 고백하거니와, 그는 다소 거만하게 보였고 또 그런 논평이 고통스러웠던 까닭이다. '늘 있는 헛소리.' 나의 날카로운 평론을 그런 식으로 평가하다니! 그의 책을 전반적으로 칭찬하는 가운데 한두 마디 비판적인 언사를 한 것에 화가 나서 그런 식으로 반응한 걸까? 나는 그가 평온한 사람이라고 생각했고, 실제로 만나 보니 그랬다. 그런 표면은 그의 값싼 허영심을 감추는, 잘 닦아 놓은 단단한 유리 같은 것이었다. 나는 정말로 화가 났고 그 분노에서 한 가지 위안을 얻는다면 이런 것이었다. 그것을 아무도 보지 못한다고 했으니, 조지 코빅도 그걸 못 보기는 나와 마찬가지였다. 하지만 그 위안은 충분하지 않았다. 여자들이 식탁에서 흩어지고 난 뒤에, 나는 적절하게 폼을 잡으며─그러니까 물방울무늬 상의를 입고 콧노래를 부르며—끽연실에 들어갈 기분이 나지 않았다. 그래서 우울한 마음으로 침실로 물러갔다. 그런데 통로에서 나는 베레커 씨를 만났다. 그는 다시 한 번 옷을 갈아입으러 2층으로 올라왔다가 방에서 나서는 길이었다. 그는 물방울무늬 옷을 입은 채 콧노래를 흥얼거리고 있었으나, 나를 보는 순간 그의 즐거움은 놀라움으로 바뀌었다.

"젊은이," 그가 말했다. "다시 만나서 반갑소! 내가 아까 저녁 식사 테이블에서 포일 양에게 무심코 말을 건네다가 본의 아니게 당신에게 상처를 준 것 같소. 겨우 반 시간 전에야 레이디 제인으로부터 당신이 《미들》에 실린 서평의 저자라는 걸 알았소."

나는 그렇다고 해서 내 뼈가 부러진 것은 아니라고 대답했다. 그는 나와 함께 내 방문 앞까지 왔는데, 자상하게도 한 손을 내 어깨에 얹고서 골절을 확인하는 것 같았다. 그는 내가 일찍 잠자리에 들려고 한다는 말을 듣고서 잠시 방 안으로 들어가도 좋겠느냐고 물어본 뒤, 내 서평을 단 세 마디*로 요약한 것이 무슨 뜻인지 말해 주고 싶다고 했다. 그는 내가 상처받았을 것을 정말로 걱정했고, 그의 그런 간절한 태도는 내 마음가짐에 큰 변화를 가져왔다. 나의 값싼 서평은 허공중에 사라졌고 내가 지껄인 가장 멋진 말들은 소설가가 거기 현장에 있다는 빛나는 사실에 의해 초라하게 변질되어 버렸다. 나는 지금도 내 방의 난로 옆 양탄자 위에서 물방울무늬 상의를 입고 서 있던 그의 모습을 기억한다. 부드럽고 밝은 그의 얼굴은 젊은 나를 자상하게 대하려는 마음이 더해져 더욱 환히 빛났다. 나는 처음에 그가 무슨 말을 할

* 늘 있는 헛소리.

생각인지 알지 못했다. 하지만 마음을 푸는 내 모습이 그를 감동시키고, 흥분시켜서, 그의 깊은 내부에 있는 말들을 그의 입술까지 끌어 올리는 것 같았다. 그리하여 그가 내게 해 준 말은 전에는 그 누구에게도 해 준 적이 없는 말이었다. 나는 그가 관대한 충동에 사로잡혀 그런 말을 해 준 것을 늘 고맙게 생각한다. 그것은 자신보다 열등한 지위에 있는 문인, 그것도 자신을 칭찬한 문인에게 무의식적으로 험한 말을 한 데 대한 양심의 가책 때문이었다. 그래서 그런 사태를 시정하기 위하여 그는 우리가 서로 가장 사랑하는 터전 위에서 완전히 동등한 자격으로 내게 자상한 말들을 해 주었다. 그 시간, 장소, 예기치 못한 상황 등은 그 인상을 더욱 깊게 만들었다. 그는 그보다 더 효과적인 가르침은 줄 수 없었을 것이다.

3

"그것을 당신에게 어떻게 설명하면 좋을지 모르겠소." 그가 말했다. "내 책에 대한 당신의 서평은 약간의 지성이 빛났고 또 뛰어난 명석함이 번쩍거렸는데 이런 것들이 그런 느낌을 만들어 낸 것 같소. 솔직히 말하지만 이건 내게는 아주 오래된 이야기라오. 그런 느낌이 순간적으로 들어서, 그 여성에게 그런 세 마디를 하게 되었는데, 당연히 당신은 기분이 상했겠지요. 나는 신문이나 잡지에 난 기사들을 읽지 않습니다. 아까처럼 누가 억지로 읽어 보라고 해야 읽어요. 그렇게 권유하는 사람은 언제나 나의 가장 친한 친구고요! 하지만 10년 전에는 그런 서평들을 읽었습니다. 전반적으로 말해서 그때의 비평은 지금보다 더 우둔했습니다. 아무튼 그때의 느낌은 평론가들이 나의 '작은 주제'를 전혀 알아채지 못한다는 것이었습니다. 내 등을 두드리며 칭찬할 때나 내 정강이를 걷어차며 비난할 때나 한결같이 모르기는 마찬가지였어요. 그 후로 내가 서평을 우연히 읽게 되었을 때도 그들은 여전히 열심히 논의하기는 하지만 여전히 그 주제를 놓치고 있었어요. 흥미롭게도 말입니다. 젊은이, 당신도 정말 엄청난 확신을 가진 채 그것을 놓치고 있어요. 당신이 아주 똑똑하고 당신 서평이 아무리 멋지다고 해도, 그건 머리카락 한 올의 차이도 만들어 내지 못해요. 당신처럼 떠오르는 젊은이들을 상대로 할 때," 베레커는 웃음을 터트렸다. "나는 내가 실패작이라는 걸 아주 강하게 느껴요!"

나는 강렬한 흥미를 느끼며 그의 말을 들었다. 그가 말할수록 그런 느낌은 더욱 강렬해졌다. "선생님이 실패작이라고요! 맙소사! 그렇다면 그 '작은 주제'란 대체 무엇입니까?"

"오랜 세월 그토록 힘들게 써 왔는데 이제 그것을 당신에게 말해 주어야 하나요?" 그 자상한 비난—약간 쾌활하게 과장된—으로 진리의 열렬한 탐구자인 나는 얼굴이 머리끝까지 붉어졌다. 어느 의미에서 나는 나 자신의 아둔함에 익숙해져 있었지만 그래도 전보다 더 어둠 속에 빠진 듯했다. 바로 그 순간 베레커의 즐거운 어조는 나를 나 자신에게뿐만 아니라 소설가에게도 아주 멍청한 바보로 보이게 만들었다. 내가 "아, 말씀하지 마세요. 그 기술의 주제를. 말씀하지 마세요!"라고 대답하려는 순간, 소설가는 마치 나의 생각을 읽기라도 한 것처럼 언젠가 우리들이 우리 자신을 구제하는 가능성에 대하여 말하기 시작했다. "'작은 주제'라 함은—아, 그것을 어떻게 말해야 할까?—나로 하여금 소설을 쓰게 만드는 바로 그것입니다. 모든 작가는 바로 그것을 가지고 있지 않습니까? 그것 때문에 전력으로 글쓰기에 매달리고, 그것을 성취하려는 목적이 없으면 글을 아예 쓰지 못할 것입니다. 그것은 작가의 열정 중의 열정이요, 예술의 불꽃이 계속 강렬하게 타오르게 만드는 핵심 중의 핵심입니다. 예, 바로 그것입니다!"

나는 잠시 생각했다. 나는 놀라면서도 존경하는 거리를 유지하면서 그의 말을 따라갔고 또 매혹되었다. 그러나 경계를 완전히 늦출 생각은 없었다. "선생님의 묘사는 정말 아름답습니다. 하지만 그게 그 묘사를 아주 구체적으로 만들어 주지는 않습니다."

"만약 그것이 당신의 머릿속에 떠오른다면 그건 아주 구체적인 모습을 띠게 될 겁니다." 소설가는 이 매력적인 주제에 흥이 나서 나만큼 생생한 감정을 느끼는 것 같았다. "아무튼," 그는 계속 말했다. "나는 내 얘기를 할 수 있을 뿐입니다. 내 작품에는 어떤 아이디어가 깃들어 있는데, 그게 없다면 나는 작품 쓰는 것을 아예 그만두었을 것입니다. 그것이 작품의 가장 충실하고 진실한 의도이고, 그걸 적용하는 건 인내와 기교의 개가凱歌가 되는 것입니다. 나는 이것을 다른 사람이 말하게 두어야 합니다. 하지만 아무도 그것을 말하지 않으니, 지금 우리가 그것을 말하고 있는 것입니다. 나의 이 작은 트릭[技巧]은 이 책에서 저 책으로 계속 확장됩니다. 그 외의 모든 것은 그것의 표면 위에서 놀 뿐입니다. 내 책들의 질서, 형식, 질감 등은 언젠가 입문한 사람들에게는 그것의 총체적 구현으로 나타날 것입니다. 그러니 당연히 비평가들은 그것을 찾아야 합니다. 내가 보기에," 소설가는 미소 지으며 덧붙였다. "비평가들이 발견해야 하는 것은 바로 그것입니다."

그것은 비평가의 책임처럼 보였다. "선생님은 그것을 작은 트릭이라고 하셨지요?"

"그건 다소 겸손하게 표현한 겁니다. 실제로는 아주 절묘한 계획입니다."

"그리고 선생님은 그 계획을 계속 실천해 오셨고요?"

"내가 그것을 실천해 온 방식은, 내 인생에서 나 자신을 칭찬해 마땅한 일이지요."

나는 잠시 뜸을 들였다. "선생님이 조금이라도 비평가를 도와주어야 한다고 생각하지 않으십니까?"

"도와준다고요? 내가 펜으로 글을 쓸 때마다 그렇게 하지 않는다면 나는 과연 무엇을 하는 것이겠습니까? 나는 비평가의 멍청한 얼굴에다 대고 내 의도를 크게 외쳐 왔습니다." 베레커는 웃음을 터트렸고, 그 말이 내게 개인적으로 해당되는 것은 아니라는 듯이 내 어깨에 손을 얹었다.

"하지만 선생님은 입문한 사람들을 말씀하셨습니다. 그러니 입문 과정이라는 게 필요하지 않을까요?"

"비평이 그게 아니라면 도대체 무엇입니까?" 나는 그 말에 약간 얼굴이 붉어졌다. 하지만 나는 그가 말하는 은빛 라이닝*은 일반인이 사물을 이해하는 방식에 비교해 보면 너무 추상적이라고 거듭 말하면서 그것을 피난처로 삼았다. "그건 당신이 그것을 흘낏이라도 보지 못했기 때문에 그렇습니다." 그가 대답했다. "당신이 그것을 한 번이라도 엿본다면, 우리가 지금 말하고 있는 그것이 당신이 볼 수 있는 모든 것이 될 겁니다. 내게는 그것이 이 굴뚝의 대리석처럼 구체적으로 만져집니다. 게다가 비평가는 평범한 사람이 아닙니다. 만약 그렇다면 그

---

* silver lining. 먹구름 속의 밝은 희망.

는 이웃의 정원에 와서 무엇을 하고 있는 겁니까? 당신 자신도 결코 평범한 사람이 아닙니다. 당신들이 존재 이유는, 당신들이 사물들 사이의 미묘함을 구분하는 작은 악마들이라는 데 있습니다. 나의 중대사는 비밀이지만, 일부러 비밀로 하려고 그런 것이 아니라 저절로 그런 비밀이 된 겁니다. 놀라운 사건이 그것을 비밀로 만들었지요. 나는 그것을 비밀로 유지하려고 조금이라도 조심한 적이 없고 또 이런 우연한 사건을 꿈꾸지도 않았어요. 만약 내가 그걸 꿈꾸었다면 아예 앞으로 계속 나아갈 엄두가 나지 않았을 겁니다. 있는 그대로 말해 보자면, 나는 조금씩 조금씩 그것을 의식하게 되었고 그리하여 내 일을 다한 것입니다."

"그럼 이제 그 일을 좋아하시나요?" 내가 물었다.

"내 작품요?"

"선생님의 비밀요. 결국 같은 것이지만요."

"그것을 짐작한다는 것은," 베레커가 대답했다. "아까 말한 대로 당신이 영리하다는 증거입니다." 나는 그 말을 듣고서 격려가 되어서 그러니 이제 그것과 헤어지려면 굉장히 고통스럽겠다고 소설가에게 말했다. 그러자 그는 이제 그것이 인생의 가장 큰 즐거움이라고 대답했다. "나는 그것이 발견될지 어쩔지 살펴보려고 지금껏 살아왔소." 그는 농담하듯 도전을 걸면서 나를 쳐다보았다. 그의 눈 깊숙한 곳에서 뭔가가 내다보는 듯했다. "하지만 난 걱정할 필요 없어요. 그건 발견되지 않을 겁니다!"

"선생님은 일찍이 제가 겪어 본 적이 없을 정도로 제게 불을 붙이셨습니다." 내가 선언했다. "선생님은 제게 그것을 알아내든 아니면 죽든 하겠다고 결심하게 만드셨습니다." 이어 내가 물었다. "그것은 일종의 비교적秘教的 메시지입니까?"

그 말에 그의 얼굴이 어두워졌다. 그는 작별 인사를 고하려는 듯이 손을 내밀었다. "아, 젊은이, 그것은 값싼 신문 기사체로 묘사할 수 있는 게 아니라오!"

나는 물론 그가 아주 까다로운 사람이라는 것을 알았다. 하지만 그런 대화를 나누다 보니 그도 상당히 신경이 날카로워졌음을 알 수 있었다. 나는 불만이었다. 나는 그의 손을 잡았다. "그런 표현은 다시는 쓰지 않겠습니다." 내가 말했다. "제가 앞으로 발견하게 되는 것을 써서 발표하는 평론에서 말입니다. 하지만 그것 없이 글을 쓰려면 아주 열심히 노력해야 할 것 같습니다. 하지만 그 어려운 출산을 촉진하기 위해, 평론가에게 어떤 단서를 제공해 주실 수는 없는지요?" 나는 이제 한결 느긋한 기분이 되었다.

"나는 명쾌하게 평론가에게 단서를 주고 있습니다. 모든 쪽, 모든 문장, 모든 단어가 그렇지요. 그것은 새장 속의 새, 갈고리에 꿰인 먹이, 쥐덫 속의 치즈만큼이나 구체적입니다. 그것은 당신 발이 신발에 들어가 있는 것처럼 내 모든 책에 들어가 있습니다. 그것이 모든 문장을 지배하고, 모든 단어를 선택하며, 모든 종지부를 찍고, 모든 쉼표를 집어넣습니다."

나는 머리를 긁적였다. 나의 질문은 우둔하고 나의 통찰력은 한심하게 느껴졌다. "안녕히 주무시오, 젊은이. 너무 신경 쓰지 말아요. 결국 당신은 다른 평론가들처럼 할 테니까."

"약간의 지성이 그것을 망쳐 놓을 수 있을까요?" 나는 아직 그를 붙잡았다.

그는 망설였다. "자, 당신의 몸속에는 심장이 있습니다. 그것은 형식

요소입니까, 아니면 감정 요소입니까? 아무도 내 작품에 대해서 제대로 언급하지 못했다고 내가 주장하는 것은 무엇일까요? 그것은 곧 생명의 기관器官을 말하는 겁니다."

"알겠습니다. 그건 삶에 관한 어떤 아이디어 혹은 어떤 철학이로군요. 그리고," 나는 어떤 좀 더 즐거운 생각에서 영감을 받으며 말했다. "선생님이 문체를 가지고 노는 일종의 게임, 혹은 선생님이 언어 속에서 추구하는 어떤 것일 수도 있겠습니다. 가령 철자 P로 시작되는 단어를 선호하는 일일 수도 있겠지요." 나는 생각나는 대로 내질렀다. "Papa, potatoes, prunes. 뭐 이런 것들 말입니다." 소설가는 그럴듯하다는 관용의 태도를 취했으나, 올바른 철자를 제시하지는 못했다고 말했다. 하지만 그는 더 이상 즐거워하지 않았다. 따분해하고 있었다. 하지만 나는 꼭 알고 싶은 다른 것이 있었다. "손에 펜을 들고서 스스로 그것을 분명하게 진술하실 수 있었습니까? 그것의 이름을 말하고, 그것을 문구로 표현하고, 그것을 규정하는 거 말입니다."

"오," 그가 열정적이다시피 한숨을 내쉬었다. "내가 펜을 손에 들고 그것을 할 수 있었느냐고? 오, 당신네 평론가들이란!"

"그것은 선생님으로서는 커다란 기회가 되었을 겁니다. 하지만 선생님 자신도 할 수 없는 것을 왜 우리들이 못한다고 경멸하십니까?"

"할 수 없다고?" 그가 두 눈을 번쩍 떴다. "내가 스무 권의 책을 쓰는 동안에 그렇게 하지 않았는가? 나는 그것을 내 방식대로 하지." 그가 계속 말했다. "당신은 가서 그것을 당신 방식대로 하든지 말든지 마음 대로 하시오."

"우리의 방식도 아주 어렵습니다." 내가 다소 자신 없이 말했다.

"그건 내 방식도 마찬가지요! 우리는 각자 자기 방식을 선택하는 거요. 여기에 강요는 없어요. 자네, 아래층으로 가서 담배를 피우지 않겠는가?"

"아니요. 전 이 문제를 머릿속에서 정리하고 싶습니다."

"그럼 내일 아침에, 나를 완전 벌거벗겼다고 말해 주겠는가?"

"제가 무엇을 할 수 있는지 살펴보겠습니다. 그것을 깊이 생각하다가 잠이 들겠습니다. 하지만 한 말씀만 더," 내가 덧붙였다. 우리는 이미 방 밖으로 나왔다. 나는 복도를 따라서 그와 함께 몇 걸음 더 걸어갔다. "선생님이 말씀하신 이 비상한 '전반적 의도'—제가 선생님으로부터 들을 수 있었던 가장 인상적인 묘사이기도 합니다—는 전반적으로 말해서 일종의 묻힌 보물입니까?"

그의 얼굴이 밝아졌다. "그렇다네. 자네가 그렇게 말했지. 내가 그렇게 부르는 것은 좀 그래."

"별말씀을요!" 내가 웃었다. "선생님은 그것을 아주 자랑스럽게 여기고 있다는 걸 스스로 알고 계십니다."

"그래, 내가 자네한테 그렇게 말하지는 않겠네만, 내 영혼의 즐거움이지!"

"그것이 아주 진귀하고, 아주 멋진 미美라는 뜻입니까?"

그는 잠시 뜸을 들였다. "세상에서 가장 사랑스러운 것이지!" 우리는 걸음을 멈추었고 그 말과 함께 그는 나를 떠나갔다. 나는 그를 계속 아쉬운 듯이 쳐다보았고, 복도 끝에 이르자 그는 고개를 돌려서 의아해하는 나의 얼굴을 보았다. 그는 진정으로 혹은 초조하게 고개를 흔들더니 손을 흔들었다. "포기하세요! 포기해요!"

그것은 도전이라기보다 아버지 같은 조언이었다. 만약 내게 그의 책이 있었더라면 나는 최근의 신념에 입각한 행위를 반복했을 것이다.

다시 말해 그의 책을 읽으며 새벽까지 깨어 있었을 것이다. 새벽 3시가 되었을 때, 아직도 잠이 들지 못한 나는 그가 레이디 제인에게 아주 소중한 존재라는 것을 기억하면서 촛불을 들고서 몰래 서재로 가 보았다. 아무리 찾으려 해도 그 집에서는 그의 글을 단 한 줄도 발견할 수 없었다.

4

런던으로 돌아와 나는 그의 모든 책을 열심히 수집했다. 그리고 순서에 입각하여 한 권씩 집어 들고 밝은 빛에 비추면서 읽어 나갔다. 이 작업을 하느라고 나는 정신없는 한 달을 보냈다. 그리고 그 한 달 동안 여러 일들이 벌어졌다. 곧 언급하겠지만, 그중 맨 마지막 일은 내가 "그것을 포기하라"는 베레커의 조언을 실천했다는 것이다. 나는 그 우스꽝스러운 작업을 포기했다. 나는 그 일에서 아무런 성과도 올리지 못했다. 그것은 완전한 실패였다. 그가 지적했듯이, 나는 늘 그를 좋아했다. 그런데 나의 새로운 지성과 헛된 몰두는 그런 호감을 완전 망쳐 놓았다. 나는 베레커 문학의 전반적 의도를 알아내는 데 실패했을 뿐만 아니라, 전에 내가 곧잘 즐기곤 했던 하위下位의 의도 또한 찾아내지 못하는 나 자신을 발견했다. 그의 소설들은 한때 나에게는 매혹적이었으나 이제 더 이상 그런 매혹을 안겨 주지 않았다. 그 의도를 알아내기 위해 미친 듯이 몰두하다 보니 오히려 그 소설들이 싫어졌다. 그 책을 읽는 것은 즐거움을 주는 게 아니라, 어떤 탐구의 대상이 되었고, 그에 비례하여 즐거움이 줄어들었다. 저자의 힌트를 따라가지 못하는 그 순간부터 나는 그 책들에 대한 지식을 직업적으로 사용하지 않는 것이 명예로우리라고 생각했다. 나는 전반적 의도에 대한 지식을 갖고 있지 않았다. 아무도 그런 지식을 얻지 못했다. 그것은 굴욕스러운 일이었으나 참을 만했다. 단지 나를 짜증 나게 만들었을 뿐이다. 마침내 그 책들은 나를 따분하게 했고, 나는 그런 혼란스러움에 대하여 베레커가 나를 바보로 만들었다고 해명—혹은 좀 기이하게도 용납—했다. 묻힌 보물은 시시한 농담이었고, 전반적 의도는 괴상한 허세였다.

그런데 정말로 중요한 점은, 내가 베레커와 나 사이에 있었던 일을 조지 코빅에게 말해 주었는데, 그 정보가 코빅에게 엄청난 영향을 미쳤다는 사실이다. 그는 마침내 파리에서 돌아왔으나 불운하게도 그웬돌런의 어머니도 돌아왔고, 내가 보기에 그가 그웬돌런과 결혼할 가능성은 별로 없어 보였다. 내가 브리지스 저택에서 베레커를 만나 들은 얘기를 해 주자 그는 크게 동요했다. 그는 처음부터 베레커의 작품에는 눈에 보이는 것 이상의 의미가 있다고 생각했는데, 그 얘기는 평소 자신의 생각과 완벽하게 일치한다고 말했다. 내가 인쇄된 베레커의 책이 바로 그 눈에 보이는 것이라고 주장하자, 코빅은 즉시 내가 그 의미를 파악하지 못해서 악의적으로 그런 말을 한다고 반격했다. 우리의 교제에는 언제나 그런 즐거운 느긋함이 있었다. 베레커가 내게 말해 준 그것은, 코빅이 내가 서평에서 해 주기를 바랐던 바로 그것이었다. 그러나 나는 이런 제안을 했다. 이제 내가 그에게 말해 준 정보를 활용하여 코빅 자신이 그것에 대해서 직접 발언해 보는 것이 어떨까. 하지만 코빅은 그런 글을 쓰기 전에 좀 더 알아내야 할 것이 있다고 대답했다. 만약 그가 베레커의 새 책 서평을 맡았더라면, 그가 했을 법한 말은 이런 것이었다. 이 작가의 가장 깊은 예술 한가운데에는 반드시 알아내야 할 무엇이 있다. 그런데 나는 베레커의 책 서평을 쓰면서 그 무엇에 대해서는 암시조차 하지 않았다는 것이다. 그러니 소설가가 별로 흡족해하지 않은 것은 그리 놀랍지 않다고! 나는 코빅에게 방금 말한 그런 심오함은 무엇을 의미하느냐고 물었다. 그는 분명 그 말에 자극받아 이렇게 대답했다. "그건 천박한 사람들을 위한 게 아니야. 천박한 사람들을 위한 게 아니라고!" 그는 무언가의 꼬리를 붙잡았다. 그는 그것을 세게 그리고 제대로 잡아당길 것이라고 말했다. 그는 베레커가 해 준 그 기이한 말에 대하여 꼬치꼬치 캐물었고 내게 이 세상에서 가장 운 좋은 사람이라고 말했다. 그가 간절히 물어보고 싶어 했던 10여 가지 질문들 중 절반 정도를 내가 배짱 좋게 소설가에게 물어보았다는 것이다. 그렇지만 반면에 코빅은 너무 많은 얘기를 듣지 않으려는 태도도 보였다. 그렇게 하면 앞으로 닥쳐오게 될 것을 미리 보는 즐거움이 반감된다는 것이다. 코빅을 만났을 때, 즐거움을 느끼지 못하는 나의 열패감은 아직 완벽한 것은 아니었으나 예상된 것이었고, 코빅 또한 나의 그런 예상을 파악했다. 나로서는 그가 베레커와 관련된 대화를 나누고 제일 먼저 할 일은 그 정보를 가지고 그웬돌린에게 달려가는 것임을 예상할 수 있었다.

코빅과 대화를 나눈 그날, 나는 휴 베레커의 편지를 받고서 깜짝 놀랐다. 그는 어떤 잡지에서 내 이름으로 나온 기사를 보고 브리지스에서 나를 만났던 일이 생각났다고 적었다.

그 기사를 아주 흥미 깊게 읽었습니다. 그래서 우리가 당신의 방 난로 앞에서 나누었던 생생한 대화가 기억났습니다. 그 결과 나는 당신이 부담스럽게 여길지도 모르는 지식을 뻔뻔스럽게도 당신에게 안겨 주었음을 깨닫게 되었습니다. 이제 그날의 흥분이 지나가자, 내가 어떻게 평소와는 다르게 그처럼 한계 이상으로 나아갈 수 있었는지 정말 의아합니다. 나는 전에는 아무리 흥분했더라도 나의 작은 비밀에 대해서 언급한 적이 없고, 앞으로도 다시는 그 신비에 대해서 얘기하지 않을 생각입니다. 우연찮게도 너무 노골적으로 당신을 나의 게임 안으로 들여놓았고, 그래서 이 게임—그 비밀을 가지고 즐겁게 노는 것—은 상당히 피해를 보게 되었습니다. 간단히 말해서 당신이 그것을 이해해 버린다면, 나의 게임은 상당히 재미가 반감될 것 같습니다. 나는 당신네 똑똑한 젊은 사람들이 원하는 조언을 그 누구에게도 해 주고 싶지 않습니다. 그것은 물론 이기적인 처사입니다, 당신에게 혹시 가치가 있을지 몰라서 그것을 말해 준 것입니다. 만약 당신이 나를 생각해 줄 요량이라면 내가 고백한 것을 남에게 옮기지 말아 주세요. 나를 치매 노인이라고 생각해 주세요. 그건 당신의 권리입니다. 하지만 누구에게도 그 이유를 말하지 마세요.

이런 편지를 받고서 나는 그다음 날 아침 일찍 마차를 타고서 베레커의 집을 찾아갔다. 그 당시 그는 켄싱턴스퀘어에 있는 수수하고 오래된 집에 살고 있었다. 그는 즉시 나를 맞아 주었고, 나는 집 안으로 들어서면서 내가 여전히 그에게 즐거움을 주는 사람임을 알았다. 그는 당황하는 내 얼굴을 보자 웃음을 터트렸다. 나는 심한 양심의 가책을 느끼고 있었다. "이미 그 비밀을 누군가에게 말해 버렸습니다." 내가 숨을 헐떡이며 말했다. "그리고 그 사람은 지금쯤 또 다른 사람에게 말했을 겁니다! 게다가 그 사람은 여자입니다."

"말해 주었다는 사람이요?"

"아니, 다른 사람 말입니다. 전 그가 그녀에게 말해 주었을 것이라고 확신합니다."

"그녀에게도 그렇지만 나에게도 좋은 일이로군요! 여자는 그것을 발견하지 못할 겁니다."

"그렇지요. 하지만 그녀는 온 사방에다 그걸 말해 버릴 겁니다. 그 여자는 선생님이 원하지 않는 바로 그 일을 할 겁니다."

베레커는 잠시 생각에 잠겼으나 우려했던 것만큼 당황하지는 않았다. 그는 어떤 피해가 발생한다면 다 자신의 탓이라고 생각하는 듯했다. "그건 상관없습니다. 걱정하지 마세요."

"제가 선생님께 약속드리겠는데, 선생님과 저와 나눈 얘기가 더 이상 퍼져 나가지 않도록 최선을 다하겠습니다."

"아주 좋아요. 당신이 할 수 있는 한 해 주세요."

"그런데," 내가 말했다. "조지 코빅은 그런 조언을 알고 있으면 뭔가 한 건 해낼 것 같습니다."

"멋진 일이 되겠군요."

나는 그에게 코빅의 명민함과 존경심, 나와 그 사이에 오간 대화에 대한 깊은 관심을 말해 주었다. 코빅과 내가 각자 상이한 견해를 갖고 있는 것에 대해서는 언급하지 않고, 코빅이 다른 사람들보다 그 문제에 대하여 더 깊이 들어가 있는 것 같다고 말했다. 내가 브리지스 저택에서 베레커의 조언을 듣고서 불붙은 것처럼 그 역시 아주 불타올라 있다는 것도. 게다가 그는 젊은 여자와 사랑에 빠져 있었다. 어쩌면 그 둘은 그 수수께끼를 풀 수 있을지도 몰랐다.

베레커는 그 말에 깊은 인상을 받은 듯했다. "그들이 앞으로 결혼할 거라는 얘기인가요?"

"아마도 그럴 것 같습니다."

"그건 그들을 도와줄 겁니다." 그가 말했다. "하지만 우리는 그들에게 시간을 주어야 합니다!"

나는 그 수수께끼를 알아내기 위해 최근에 열심히 공부했다는 것과 그 과정에서 겪은 어려움을 고백했다. 그러자 그는 전에 했던 조언을 반복했다. "포기하세요! 포기해요!" 그는 내가 그런 모험을 걸 정도의 지적인 사람은 되지 못한다고 생각하는 게 분명했다. 나는 반 시간쯤 머물렀고 그는 호의적으로 응대했으나 그가 기분이 불안정한 사람이라는 느낌을 지울 수가 없었다. 그는 어떤 때에는 나를 자유롭게 대했으나, 어떤 때는 후회를 했고, 이제는 무관심한 분위기를 풍겼다. 그런 경박한 태도를 보고서 나는 이런 생각을 하게 되었다. 그 조언이라는 게 실은 별 내용이 없는 게 아닐까. 그래도 나는 그에게 그 주제에 대하여 몇 가지 질문을 던져 보았으나 그는 약간 짜증 나는 기색으로 대답했다. 우리가 그처럼 깜깜하게 모르는 그 주제가, 그로서는 아주 생생하게 거기 있다는 점은 의심할 여지가 없었다. 그것은 원초적 계획 속에 들어 있는 어떤 것이리라고 나는 짐작했다. 페르시아 양탄자의 복잡한 무늬 같은 어떤 것. 내가 이렇게 표현하자 그는 적절한 비유라고 칭찬하면서 또 다른 비유를 했다.

"그것은 내 진주알들을 꿰는," 그가 말했다. "줄 같은 것이지요!" 내가 듣기에 그 말은 우리에게 조금이라도 도움의 손길을 내밀 의사가 없다는 표시였다. 우리의 아둔함은 그 나름대로 너무나 완벽해서 도저히 손댈 수 없는 것이었다. 그는 그런 아둔함을 예상하는 습관을 형성했고, 만약 어떤 마법이 터져 나오려면, 그 아둔함 자체의 힘으로 터져 나와야 했다. 그 마지막 만남에서—그 후 다시는 그를 만나지 못했다—나는 그에게서 게임에서 안전한 놀이터를 가진 사람이라는 인상을 받았다. 나는 그의 집을 물러나면서 그가 어디에서 그런 요령을 얻었는지 궁금했다.

5

내가 조지 코빅에게 소설가의 당부를 전해 주었을 때, 그는 자신의 은근하고 신중한 태도를 의심하는 것은 모욕이나 다름없다고 말했다. 그는 일전에 베레커의 비밀을 듣는 즉시 그웬돌런에게 말해 주었으나, 그웬돌런의 열광적인 반응은 그 자체로 신중함의 맹세이니 걱정할 필요 없다고 했다. 그 주제는 이제 그들을 완전 사로잡고, 그들에게 아주 멋진 오락거리를 제공할 것인데, 그것은 너무 진귀해서 일반 대중과 공유할 수가 없다는 얘기였다. 그들은 베레커가 말한, 비밀을 즐긴다라는 고상한 아이디어에 본능적으로 매혹되었다. 하지만 그들의 지적 자부심이 아무리 높다 하더라도, 내가 그들이 이미 가지고 있는 정보에 추가로 흘릴 빛에 대하여 무관심할 정도는 아니었다. 그들은 정말로 '예술적 기질'의 소유자였고, 나는 예술의 문제로 그처럼 쉽사리 흥분하는 코빅의 태도에 깊은 인상을 받았다. 그는 그것을 문예文藝라고 부르는가 하면 때때로 삶이라고 부르기도 했는데, 결국 같은 것이었다. 나는 그가 말하는 것은 역시 그웬돌런에게도 그대로 해당한다는 것을 알게 되었다. 그웬돌런의 어머니가 좀 쾌차하여 그녀에게 시간 여유가 좀 생기면 그는 나를 그녀에게 소개할 계획이었다. 8월의 어느 일요일, 첼시의 주택단지를 코빅과 함께 찾아갔던 일이 아직도 기억난다. 나는 코빅이 그의 빛에다 추가적인 빛을 제공할 수 있는 여자 친구를 갖고 있다는 데 부러움을 느꼈다. 그는 내가 그에게 절대 할 수 없는 말을 그 여자 친구한테는 할 수 있었다. 그녀는 유머 감각은 없었으나, 머리를 한쪽으로 약간 기울이는 모습이 아름다운 여자였는데, 시쳇말로 그 머리를 살짝 흔들어 보고 싶은 충동을 안겨 주었다. 그녀는 또한 혼자 힘으로 헝가리어를 배웠다. 그녀는 어쩌면 코빅과는 헝가리어로 대화를 나눌지 모른다. 그녀는 나를 상대로는 몇 마디의 영어밖에 하지 않았다. 코빅은 나중에 이렇게 해명했다. 내가 베레커와 나눈 대화를 아주 세세하게 말해 주지 않으려고 하면서 그녀를 불쾌하게 했다는 것이다. 나는 그 주제에 대해서는 충분히 생각을 해 봤다고 대답했다. 그리하여 나는 그 주제를 탐구하는 일이 헛된 일이며 아무런 결실도 맺지 못할 것이라고 판단을 내리기까지 했다. 그래서 두 남녀가 그 주제를 그토록 중시하는 것은 나를 짜증 나게 하고 또 나의 의심을 더욱 깊어지게 했다.

이런 말이 다소 심술궂게 보일 것이다. 사실을 털어놓자면, 나는 다른 사람들이 내게는 짜증만 일으키는 실험에 그토록 몰두한다는 사실에 굴욕감을 느꼈다. 나는 아무것도 모른 채 추운 곳으로 나와 있는데, 저들은 저녁에 난로를 켜 놓고 램프 불빛 아래에서 내가 일차적으로 경종을 울린 주제를 열심히 추적하고 있는 것이다. 그들은 내가 그랬던 것처럼 베레커의 전집을 샅샅이 뒤졌으나 좀 더 철저하고 끈기 있게 했을 뿐이었다. 그들은 처음부터 베레커의 작품을 다시 점검했다. 서둘러 하지는 않겠다, 라고 코빅은 말했다. 미래는 그들 앞에 놓여 있었고 매혹은 점점 커져 갈 것이었다. 그들은 고전 책자를 대하듯이 그 소설을 한 장 한 장 천천히 읽으면서 그를 천천히 들이마실 것이고 그의 분위기가 자기들 내부 깊숙이 잠기도록 할 것이었다. 두 남녀는 서로 사랑하고 있지 않으면 그렇게 일해 볼 엄두를 내지 못했을 것이다. 베레커가 말한 내면적 의미는 그들에게 서로 머리를 맞대고 궁리할 기회를 많이 만들어 주었다. 하지만 그 문제는 코빅이 특별한 재능을 발휘하여 풀어 볼 만한 것이었고, 또 그의 끈질긴 인내심을 자극하는 것이기도 했다. 만약 그가 살아 있었더라면 멋진 사례를 많이 내놓았을 것이고, 또 더욱 많은 결실을 맺었을 것이다. 베레커의 말을 그대로 가져다 쓰자면, 그는 사물들 사이의 미묘함을 구분할 줄 아는 작은 악마였다. 우리는 토론을 함으로써 시작했으나 나는 곧 베레커의 작품에 그처럼 매혹된 그의 탐닉에는 그 나름의 불운한 시간이 있을 것임을 가만히 앉아서도 알아보았다. 그는 내가 그랬던 것처럼 엉뚱한 냄새를 맡고서 잘못된 방향으로 나아갔다. 그는 새로운 빛을 보고서 박수를 쳤으나 그 빛은 책장이 넘어가면서 일으키는 바람에 꺼져 버렸다. 나는 코빅에게 셰익스피어의 등장인물들이 마법으로 창조된 것이라는 황당한 이론을 받아들이는 편집증적인 평론가 비슷하게 보인다고 지적했다. 이에 그는 셰익스피어가 그 자신을 신비주의자라고 말한 증거가 있다면 나의 그런 이론을 받아들이겠노라고 대꾸했다. 셰익스피어의 경우는 베레커와는 사정이 전혀 다르고, 엉터리 비평가의 막연한 신비주의적 주장만 있을 뿐이라고 그는 반박했다. 나는 코빅이 그처럼 베레커 씨의 말을 중시하는 것을 보고 깜짝 놀랐다고 대답했다. 그러자 코빅은 그럼 베레커 씨의 말을 거짓말이라고 생각하느냐고 반문했다. 나는 비록 우울한 상태이기는 했지만 그 정도까지 막나가고 싶지는 않았다. 하지만 그것이 진실이라고 증명되지 않는 한, 그것을 아주 그럴듯한 상상이라고 보고 싶다고 주장했다. 그럼에도 나는 그 순간 느끼고 있는 것을 모두 다 말하지는 않았다. 사실 그것이 무엇인지 알지 못했다. 그웬돌런의 말처럼, 나는 내면 깊숙한 곳에서 불안했고, 뭔가를 기대했다. 나의 당황하는 심리 상태 한가운데에는, 코빅이 언젠가는 어떤 경지에 도달할지 모른다는 불길한 느낌이 꿈틀거리고 있었다. 나의 평소 호기심은 언제나 그 잿더미 속에서 살아나기 때문이었다. 코빅은 그것을 믿는 자신의 태도를 이렇게 옹호하며 강조했다. 그는 오래전부터 이 천재 작가를 연구하면서 뭔지 모를 냄새 혹은 암시를 포착했는데, 그것은 희미하게 떠도는, 감추어진 음악 가락 같다는 것이다. 그 무엇은 그처럼 진귀하면서도 매혹적인 것이었다. 그것은 내가 코빅에게 해 준 베레커의 얘기와 아주 딱 맞아떨어졌다.

나는 가끔 첼시의 그 작은 집을 찾아갈 때면 베레커의 소식을 듣는 것만큼이나 그웬돌런 어머니의 투병 상황을 듣게 되었다. 코빅이 그 집에서 보낸 시간은, 내가 보기에, 램프 등이 켜진 겨울 내내 장기판과 행마를 내려다보면서 조용히 얼굴을 찌푸린 채 장기 두는 사람의 모습과 비슷했다. 내 상상력이 그런 광경을 채워 나가는 동안, 그 그림은 나를 꼭 붙잡고 놓아주지 않았다. 장기판 반대쪽에는 유령 같은 형체가 앉아 있는데, 그 희미한 모습의 적수는 사람 좋은 듯한 분위기를 풍겼으나 약간 피곤하고도 느긋한 자세를 하고 있다. 앉아 있는 의자에 등을 기대고 양손을 호주머니에 집어넣은 채 깨끗하고 밝은 얼굴에 미소를 짓고 있다. 코빅 바로 뒤에는 어떤 여자가 있다. 나에게는 창백하면서도 초췌해 보였으나 좀 더 가까이 보니 다소 잘생긴 얼굴이다. 그녀는 코빅의 어깨에 기대면서 그의 행마를 유심히 지켜본다. 그는 장기 말을 하나 집어 들고 장기판의 네모 눈금 위에서 잠시 들고 있다가 실망으로 길게 한숨을 내쉬면서 말을 원래 위치에다 도로 내려놓

318

는다. 그러자 젊은 여자는 불안하게 자세를 약간 바꾸면서 장기판 건너편에 앉은 희미한 모습의 적수를 아주 빤히, 아주 오래, 아주 기이한 표정으로 노려본다. 나는 연구 초창기 단계에 그들이 소설가와 직접 교신을 하면 더 성공을 거두지 않겠느냐고 물어보았다. 두 남녀가 그런 특별한 상황에 있으니, 당연히 그들을 소설가에게 소개하는 것이 나의 의무가 아닌가 싶었다. 코빅은 희생 제물을 준비하지 않고서 제단에 가까이 다가가고 싶은 마음은 없다고 즉각 대답했다. 그는 사냥감을 추격하는 즐거움과 추격의 명예에 대하여 우리의 소설가가 한 말에 동의했다. 그는 자신의 엽총으로 사냥감을 쏘아 맞힐 생각이었다. 그웬돌런도 그만큼 훌륭한 사수냐고 묻자 그는 잠시 생각해 본 끝에 대답했다. "아니. 이렇게 말하기는 부끄럽지만 그웬돌런은 덫을 놓고 싶어 해. 베레커를 꼭 만나 보고 싶어 해. 조언이 더 필요하다는 거야. 정말로 광적일 정도로 그 문제에 집착하고 있어. 하지만 공정한 플레이를 해야 돼. 그녀가 그를 만나는 일은 없을 거야!" 그는 힘주어 말했다. 나는 두 남녀가 그 문제에 대해서 언쟁을 벌인 것이 아닐까 하는 의심도 들었다. 그가 여러 번 내게 이런 찬탄의 말을 했음에도 그 의심은 사라지지 않았다. "그녀는 믿을 수 없을 정도로 문학적이야. 아주 환상적일 정도로!" 나는 그녀가 이탤릭체로 감정을 느끼고 대문자체로 생각을 사유한다고 말하는 것을 그로부터 들은 기억이 있다. "마침내 내가 그의 비밀을 알아내면," 코빅이 말했다. "그러면 나는 그의 집을 찾아가서 노크를 하겠어. 내 말을 믿어 주게. 그 성공을 그에게 직접 확인받을 거야. '젊은이, 자네가 옳네. 자네는 이번에 제대로 해냈군!' 그러면 그는 나에게 승리의 관을 씌워 줄 거야. 비평의 월계관 말일세."

그는 런던 생활에서 오는, 그 저명한 소설가를 만날 수 있게 해 줄 법한 여러 기회를 일부러 피했다. 코빅이 소설가와 조우할 위험은 소설가가 무기한 영국을 떠남으로써 사라졌다. 그의 아내는 건강 때문에 오랫동안 은퇴 생활을 해 왔는데 이제 그 건강 때문에 유럽 남부로 내려간 것이었다. 브리지스 저택에서 그와 대화를 나눈 지 1년 혹은 1년 이상이 지났지만 나는 그를 더 이상 만나지 못했다. 내 마음의 밑바닥에는 다소의 부끄러움이 있었다. 나는 구제불능일 정도로 그가 쓴 글의 핵심을 놓치고 말았지만, 문단에서는 날카로운 평론가라는 명성이 점점 커져 가고 있었고, 그 사실을 그에게 숨기고 싶었기 때문이다. 그 명성에 대한 양심의 가책 때문에 나는 무도장에 자주 드나들면서도 레이디 제인의 저택은 멀리했다. 나의 그런 나쁜 매너에도 그녀는 그 아름다운 저택으로 놀러오라고 두 번째로 초대를 해 왔으나, 나는 거절했다. 한번은 한 공연장에서 베레커의 에스코트를 받으며 앉아 있는 레이디 제인을 보았고 또 그들도 나를 보았으리라고 확신하지만, 그들에게 들키지 않고 공연장을 살짝 빠져나온 적도 있었다. 나는 그때 비를 맞고 돌아오면서 그 밖에 달리 어떻게 행동할 수가 없다고 느꼈다. 또 그건 너무 어렵고 심지어 잔인하기까지 하다고 중얼거렸던 것이 기억난다. 나는 소설책들을 잃어버렸을 뿐만 아니라 그 책을 쓴 소설가마저도 잃어버렸다. 그 책들과 저자는 똑같이 내게서 사라진 것이었다. 나는 그 둘 중 어떤 손실을 더 후회하는지 알았다. 나는 그 책들보다는 그 소설가에게 더 매혹되었던 것이다.

6

우리의 소설가가 영국을 떠난 지 6개월 후에 펜으로 생계를 꾸려 나가던 조지 코빅은 의외의 일을 하나 맡게 되었다. 그 일을 하자면 장기간 해외로 나가 어려운 여행을 해야 하는데, 그런 일을 맡다니 크게 놀라웠다. 그의 매형이 대규모 지방 신문의 편집인이 되었는데, 그 신문사에서 갑자기 상상력이 폭발하여 '특별 위원'을 인도로 파견하는 계획을 세운 것이다. 그 당시 '대도시 신문'은 특별 위원을 두는 것이 유행이었고, 문제의 지방 신문사는 단순한 시골 마을 신문사로 지낸 지가 너무 오래되었다고 생각했음이 틀림없다. 내가 알기로, 코빅은 특파원에 합당한 허풍 떠는 글재주가 없었지만 그건 그의 매형이 알아서 할 문제였고, 또 그로서는 특파원 일이 평소 자신이 전문으로 하는 문학 일과는 다르다는 이유로 그 자리를 맡은 것이었다. 그는 대도시 신문의 특파원을 능가하는 일을 해낼 준비가 되어 있었다. 그래서 현학적인 태도나 파격적인 취미를 드러내지 않도록 조심을 했으나 아무도 그런 사실을 알지 못했다. 그가 억제한 원칙은 온전히 그 자신의 것이었기 때문이다. 그는 취재에 들어간 실제 경비를 환급받는 데 더하여 충분한 보수를 받기로 되어 있었다. 나는 또 그가 평소 이익을 많이 내는 출판사와 수익을 많이 올리는 책의 집필 계약을 맺는 일을 도와주기도 했다. 그가 이런 식으로 가욋돈을 벌려고 하는 것은 그웬돌런 엄과의 결혼 전망과 관련이 있다고 추측되었다. 그웬돌런의 어머니가 결혼에 반대하는 이유는 그가 수입이 적은 데다 돈 버는 능력이 부족하다고 보았기 때문이다. 마지막으로 그를 만났을 때 그 여자와 잠시 헤어지는 문제에 대해 내가 언급하자, 그는 나를 좀 놀라게 하는 말을 했다. "하지만 난 그녀와 약혼도 하지 않았는걸, 친구여!"

"겉으로야 그렇지." 내가 대답했다. "그녀의 어머니가 자네를 배척해서 말이야. 하지만 두 사람은 서로 깊이 이해하고 있는 걸로 아는데."

"그래, 그랬었지. 하지만 지금은 아니야." 그는 그렇게 말하고서 그 웬돌런의 어머니가 아주 놀랍게도 다시 건강을 회복하여 건강하게 잘 돌아다닌다는 말을 했다. 그 말은 두 남녀가 서로를 깊이 이해하고 있어도, 그게 어머니의 주치의가 도와주지 않는 한 별로 소용이 없다는 뜻이었다. 내가 좀 더 멋대로 상상하기에, 아마 그 처녀가 어떤 방식으로든 그를 피했을지도 모른다. 그리하여 그가 다른 남자에 대하여 질투심을 느끼는 사태가 발생한다고 해도, 그 용의자는 결코 내가 될 수 없었다. 만약 그렇다면—그런 황당한 일이 실제라고 가상하고—그는 결코 우리 두 사람만 남겨 놓고 먼 곳으로 떠나지 않았을 것이다. 그가 출국하기 얼마 전부터 우리는 묻힌 보물에 대해서는 얘기하지 않았다. 그의 침묵에 나의 소심함이 겹쳐지면서 나는 이런 날카로운 결론을 내리게 되었다. 그의 용기는 식어 버렸고 그의 열정도 내 경우처럼 식어 버렸다. 어쨌든 겉모습으로 보기에 그랬다. 코빅이 그보다 더 견딜 수 없는 것이 하나 있었다. 그것은 내가 널리 문단의 인정을 받으면서 개선하는 꼴은 결코 못 봐 주겠다는 것이었다. 하지만 그는 그걸 걱정할 필요가 없었다. 그 무렵 나는 이미 문단을 평정하고 개선하겠다는 욕망을 버렸기 때문이다. 나는 그의 열정이 식어 버린 데 대하여 아무런 질책도 하지 않음으로써 나의 관대함을 보여 주었다고 생각했다. 그가 그 보물찾기를 포기함으로써 나는 전보다 더 내가 그에게 의존하고 있음을 알게 되었다. 만약 코빅이 포기한다면 나는 그 보물을 결코 알지 못할 것이었다. 그가 내게 도움이 안 된다면 그 누구도 나에게 도움을 주지 못할 것이었다. 그러나 내가 지식*에 대하여 조금도 신경 쓰지 않는다는 것은 사실이 아니었다. 조금씩 조금씩 나의 호기심은 다시 나를 찔러 대기 시작했고 밤낮없이 나를 고문했다. 이런 종류의 고문이 질병에 의한 신체적 고문 못지않게 고통스러운 사람들이 분명 있다. 하지만 나는 왜 그 게임과 관련하여 이런 고문을 당해야 하는지 그 이유를 알지 못한다. 그러나 정상적이든 아니든 내가 베레커를 만난 이야기와 관련하여, 몇몇은 이렇게 생각하기도 할 것이다. 문학은 기량의 게임이고, 기량은 용기이며, 용기는 명예이며, 명예는 열정이고, 열정은 곧 인생이라는 것이다. 테이블 위의 판돈은 아주 크고 우리의 룰렛은 빙빙 돌아가는 마음이다. 우리는 몬테카를로 도박장에 나온 음울한 도박사들처럼 초록색 도박 테이블에 앉아 있다. 말이 난 김에 하는 말이지만, 하얀 얼굴에 올곧은 시선을 지닌 그웬돌런 엄은, 우리가 우연의 신전神殿에서 만나게 되는 날씬한 숙녀 타입이다. 코빅이 해외에 나간 동안 나는 그녀에 대한 이런 비유적 이미지를 생생하게 구체화했다. 그녀가 문필 기술을 위해 살아가는 방식은 정말이지 놀라웠다. 그녀의 열정은 분명 그녀를 압박하고 있었고 나는 그녀와 함께 있으면 내가 맥없는 존재로 느껴졌다. 나는 그웬돌런의 소설 『내면 깊숙이』를 다시 읽었다. 그건 그녀가 자기 자신을 잃어버리는 사막이었으나 그녀는 동시에 그 사막 한가운데 깊은 구덩이를 파 놓았다. 코빅은 그 구멍으로부터 그녀를 끌어내리려고 계속 그녀를 잡아당겼었다.

3월 초에 나는 그녀로부터 전보를 받았다. 급히 첼시의 그녀 집으로 가자 그녀가 내게 던진 첫 마디는 이러했다. "그가 알아냈대요. 그것을

---

* 그 보물의 구체적 내용.

알아냈대요!"

그녀가 깊이 감동하고 있는 것으로 보아 우리가 찾던 그것이 틀림없었다. "베레커의 작은 게임 말인가요?"

"그의 전반적 의도 말이에요. 조지가 뭄바이에서 전보를 쳤어요."

그녀는 전보를 펼쳐 놓고 있었다. 간결했지만 인상적이었다. '유레카. 엄청나.' 그게 전부였다. 그는 이름을 써 넣는 비용을 아끼고 있었다. 나는 그녀의 감정을 공유했으나 그래도 실망했다. "그게 뭔지는 쓰지 않았군요."

"전보로 어떻게 해요. 글로 쓰겠죠."

"하지만 그가 그것을 어떻게 알았을까요?"

"그 깨달음이 진짜인지요? 그건 보면 곧바로 아는 거예요. 진실한 여신은 그 걸음걸이로 존재를 드러내는 법이죠!"

"그런 소식을 제게 알려 주시다니 엄 양, 정말 '자상'하시군요." 나도 감정이 고양되어 말했다. "하지만 우리의 여신을 비슈누 신전에서 발견하다니! 그처럼 생판 다르고 강력한 신전에서 그것을 깨웠다니 조지는 정말 이상하군요!"

"그는 그것 안으로 들어가지 않았어요. 그것 자체죠. 6개월 동안 그것을 그냥 내버려 두었더니 정글의 암호랑이처럼 그것이 그를 덮친 거죠. 그는 일부러 베레커의 책을 가지고 가지 않았거든요. 실제로 그럴 필요도 없었어요. 그는 책을 모조리 암기하고 있었거든요. 그것들이 그의 내부에서 은밀하게 작용하다가 어느 날 어디에선가 그가 전혀 생각하고 있지 않을 때 아주 탁월한 정밀함을 발휘하면서 하나의 올바른 조합으로 맞아떨어진 거예요. 양탄자의 무늬가 밖으로 드러난 거죠. 그는 그런 방식으로 그것을 알게 된 거지요. 그가 출국한 일에 대해 당신은 조금도 이해를 하지 못할 텐데, 지금 말씀드려야겠네요. 그는 그것을 알기 위해 떠나갔고 나도 그것 때문에 그의 출국에 동의했어요. 우리는 환경을 바꾸면 그 일을 해낼 수 있다고 보았거든요. 생각의 차이, 장소의 차이가 그에게 필요한 촉수, 혹은 마법의 한 수를 제공할 거라고 판단한 거죠. 우리는 완벽하고도 멋지게 계산했어요. 그의 마음속에는 필요한 모든 원소가 들어 있었고, 새롭고 강력한 체험이라는 충격이 그것들에게 빛을 발하게 한 거예요." 그렇게 말하는 그녀 자신도 얼굴이 환히 피어오르면서 사실상 빛을 발하고 있었다. 나는 그게 혹시 무의식적 사고 작용은 아닐까 하고 중얼거렸으나, 그녀는 계속 말했다. "조지는 곧바로 귀국할 거예요. 그것이 그를 런던으로 데려올 거예요."

"베레커를 만나러 말입니까?"

"베레커를 만나고 또 저를 만나려고요. 그가 제게 무엇을 말해 줄지 한번 생각해 보세요!"

나는 망설였다. "인도에 대하여?"

"그런 당찮은 걸! 베레커에 대하여 그리고 양탄자의 무늬에 대하여죠."

"당신이 말한 대로, 우리는 한 통의 편지로* 그것을 알게 될 겁니다."

그녀는 영감을 받은 사람처럼 잠시 생각에 잠겼다. 코빅이 오래전에

---

* '한 통의 편지'의 원문은 in a letter이다. 그러나 곧바로 이어지는 대화에서 '나'는 베레커가 그 '무늬'가 한 글자 안에도 들어갈 수 있다into a letter고 말했음을 밝힌다. 이것은 제3장 끝의 다음과 같은 부분을 가리킨다. "'가령 철자 P로 시작되는 단어를 선호하는 일일 수도 있겠지요…… Papa, potatoes, prunes. 뭐 이런 것들 말입니다.' 소설가는 그럴듯하다는 관용의 태도를 취했으나, 올바른 철자를 제시하지는 못했다고 말했다." 따라서 '한 통의 편지'는 '하나의 글자'로 해석될 수도 있는데, 이하 '글자'로 해석했다.

그녀의 얼굴이 흥미롭다고 말한 것이 떠올랐다. "만약 그것이 '엄청나다면' 글자 속으로 들어가지 못할 거예요."

"아니요, 정반대로 그것이 엄청난 엉터리라면 글자 속으로 못 들어가겠지요. 그가 글자로 표현되지 못하는 어떤 것을 잡았다면 그것을 잡은 게 아닙니다. 베레커가 제게 해 준 말은 그 '무늬'가 한 글자 안에도 들어갈 수 있다는 것이었습니다."

"아무튼 나는 한 시간 전에 조지에게 전보를 보냈어요. 단 두 마디예요." 그웬돌런이 말했다.

"그게 무슨 말인지 물어보면 실례가 될까요?"

그녀는 잠시 주춤하더니 대답했다. "'천사여, 쓰세요.'"

"좋아요!" 내가 소리쳤다. "제가 그걸 다시 확인하겠습니다. 저도 그에게 같은 전보를 보내겠습니다."

7

내가 보낸 것은 그와 똑같지는 않았다. 나는 '천사여'의 자리에 다른 말을 집어넣었다. 결과적으로 내가 집어넣은 형용사가 더 적절한 것으로 판명되었다. 왜냐하면 우리가 마침내 코빅으로부터 소식을 들었을 때, 그건 우리를 아주 애태우는 것이었기 때문이다. 그는 자신의 승리에 의기양양해했고 자신의 발견을 엄청난 것으로 묘사했다. 하지만 그의 황홀은 오로지 그것을 더욱 애매모호한 것으로 만들었을 뿐이다. 그는 최고의 권위자에게 자기 생각을 인가받기 전에는 구체적인 내용은 아무것도 알려 줄 수 없다고 했다. 그는 특파원 노릇을 걸어

치우고, 책 쓰는 것도 때려치우고, 그 외의 모든 것을 다 포기했다. 왜? 오로지 당시 베레커가 묵고 있던 제노바의 해변 도시 라팔로로 달려가기 위해서였다. 나는 그에게 쓴 편지를 인도와 유럽의 중간 지점인 아덴으로 보내 그의 도착을 기다리게 했다. 나는 그에게 제발 애태우지 말고 내 긴장을 좀 해소시켜 달라고 호소했다. 아덴으로 보낸 편지를 그가 받았다는 것은 그의 전보로 확인되었다. 나는 먼저 뭄바이로 보낸 짧은 전보에 대한 어떤 답변도 받지 못하고 지루하게 기다리고 있었는데, 그러던 중에 도착한 그 전보는 뭄바이로 보냈던 전보와 아덴으로 보낸 편지에 대한 답변이었다. 그는 프랑스 구어로 된 글월 몇 자를 보내왔다. 시사 프랑스어는 코빅이 자기가 까다로운 사람이 아님을 과시하려 할 때 쓰는 언어이기도 했다. 그것을 번역하면 이러했다. '참을성을 가질 것. 그것을 자네에게 알려 줬을 때 자네 얼굴이 어떻게 변할지 정말로 궁금하네. 그 얼굴을 정말로 보고 싶네!' 나는 그 전보를 받고서 차분히 앉아 기다려야 했으나, 그렇게 할 수가 없었다. 나는 첼시의 작은 집과 나의 집을 무시로 왕복했다. 참지를 못하고 초조하기는 그웬돌런이나 나나 마찬가지였으나 그녀가 받은 빛이 나보다 더 밝을 것으로 나는 짐작했다. 우리는 수입이 많은 사람이 아닌데도 이 시기에 전보와 마찻값으로 상당한 돈을 썼다. 나는 발견한 자와 발견된 자의 만남이 이루어진 직후에 곧장 라팔로로부터 소식을 받을 것으로 기대했다. 일각이 여삼추 같은 기다림의 시간이 흘러갔고, 어느 날 오후 나는 뭔가 좋은 선물을 가져오는 듯이 내 집 앞에 이륜마차가 갑자기 멈춰 서는 덜커덩 소리를 들었다. 조마조마한 상태로 지내던 나는 그 소리를 듣는 즉시 창문으로 달려갔다. 그 순간 젊은 여자가 마차 발판에 꼿꼿이 서서 내 집을 올려다보고 있었다. 그녀는 나를 보자 전보를 흔들어 댔고 나는 급히 문밖으로 달려갔다. 그 재빠른 동작은, 멜로드라마였다면 교수대 밑동에서 손수건과 사형집행 연기 영장을 동시에 흔들어 대는 동작, 바로 그것이었다.

'방금 베레커를 만났소. 단 한 곳도 틀린 곳이 없었소. 그는 나를 끌어안았소. 나에게 한 달간 묵어 가라고 했소.' 전보를 거기까지 읽었을 때, 운전석에 앉은 마부가 빙그레 미소를 지었다. 나는 흥분하여 그에게 두둑한 팁을 주었고 그녀 또한 흥분하여 그것을 허락했다. 마부가 사라지자 우리는 산책을 하면서 대화를 나누었다. 우리는 전에도 많이 얘기를 주고받았지만 그것은 정말 놀라운 격려였다. 우리는 라팔로에서 벌어진 광경을 상상했다. 코빅은 그곳에 도착하자 내 이름을 거명하면서 베레커에게 방문해도 되겠느냐고 물었을 것이다. 나는 그 웬돌런보다 정보가 더 많았으므로 그런 정도는 상상할 수 있었다. 우리는 윈도쇼핑과는 무관하게 가게 진열장 앞에서 걸음을 멈추었고 그녀는 내 말을 하나도 놓치지 않으려고 귀를 기울였다. 우리는 한 가지 사항에 대해서는 확인할 수 있었다. 만약 그가 베레커와 더 소통을 나누고자 그곳에 머무를 거라면 적어도 우리에게 지루한 기다림을 덜어 줄 편지를 보내 주어야 한다는 것이었다. 우리는 그가 현지에 더 머물러야 한다는 것을 이해했지만, 그래도 그녀나 나나 그런 지연이 몹시 싫다는 것을 알았다. 며칠 뒤 우리가 예상했던 편지가 도착했다. 그웬돌런 앞으로 왔고, 나는 그녀가 그 편지를 들고서 나를 찾아오는 번거로움을 덜어 주려고 곧 그녀의 집을 방문했다. 당연한 일이지만 그녀는 편지를 읽어 주지는 않았고, 주된 내용을 말해 주었다. 그녀가 알고 싶은 그것을 결혼 직후에 말로 해 주겠다는 놀라운 얘기였다.

"그러니까, 내가 그의 아내가 된 후에나 알려 줄 수 있고 그 전에는 안 된다는 거예요." 그녀가 설명했다. "그러니까, 이건 나보고 곧장 그와 결혼해야 된다고 말하는 거나 다름없어요!" 나는 실망으로 얼굴이 붉어졌고 그녀는 내게 미소를 지었다. 또다시 기다려야 한다는 사실 때문에 나는 처음엔 내가 놀란 것을 의식조차 하지 못했다. 그건 코빅이 내게도 어떤 피곤한 조건을 부과할 것 같은 암시에 다름 아니었다. 그녀가 편지 내용을 몇 가지 말해 주는 동안, 그가 인도로 출국하기 전에 내게 했던 조건부의 말이 생각났던 것이다. 그웬돌런이 산발적으로 읽어 준 편지 내용은 이러했다. 조지는 베레커 씨가 아주 흥미진진한 작가임을 발견했고 그의 비밀을 그 자신이 소유하게 되어 정말 도취감을 느꼈다. 묻힌 보물은 모두 황금과 보석이었다. 이제 그것이 그의 앞에 있으므로 앞으로 점점 더 많이 발굴될 일만 남았다. 모든 시대와 모든 언어를 통하여, 그것은 문학예술의 기화요초琪花瑤草가 될 터였다. 일단 그것과 대면하게 되면, 그 어떤 것도 베레커의 작품처럼 잘 완성된 느낌을 줄 수는 없을 것이었다. 그것은 일단 겉으로 드러나면 확고히 드러나게 되고, 그 찬란함은 당신을 부끄럽게 만들 터였다. 그것이 사람들의 눈에 띄지 않을 이유는 조금도 없었다. 단, 바다모를 정도로 천박한 시대, 모든 사람이 아취雅趣가 전혀 없고 때가 묻은 시대, 모든 감각이 중단된 곳에서는 눈에 띄지 않을 것이었다. 그것은 위대한가 하면 단순하고, 단순한가 하면 위대한데, 그것에 대한 최종적 지식을 얻는 것은 전혀 별개의 체험이다. 그는 이런 체험의 매력, 그 신선함을 마지막 한 방울까지 맛보려는 욕망으로 그 원천 가까이에 머무르려 한다고 말했다. 그웬돌런은 이런 단편적인 정보들을 말해 주면서 얼굴이 환해졌고, 나보다 훨씬 확실한 전망에 한껏 고무되었다. 그 순간 그녀의 결혼 문제가 떠오른 나는 그 환한 얼굴이 그녀가 현재 약혼 중이기 때문이어서냐고 물어보았다.

"물론 전 약혼 중이에요! 그걸 모르셨어요?" 그녀는 놀라는 표정이었다. 하지만 그녀보다는 내가 더 놀랐다. 코빅은 내게 정반대로 말했던 것이다. 하지만 나는 그녀에게 그 말을 하지 않았다. 내가 그 문제와 관련하여 그녀, 또 어쩌면 코빅의 신임을 얻지 못한 것 같다고 말하면서, 그녀의 어머니가 두 사람의 결혼에 반대한다는 사실도 알고 있다고 덧붙였다. 나는 두 남녀의 서로 다른 이야기에 혼란을 느꼈고 잠시 뒤 코빅의 얘기 쪽이 더 신뢰할 만하다는 느낌이 들었다. 그래서 나는 곧바로 이런 의문을 품게 되었다. 이 여자는 즉석에서 약혼 얘기를 꾸며 낸 것이 아닐까? 자신이 바라는 만족을 얻기 위하여 예전의 약혼을 다시 꺼내 들었거나 아니면 새로운 약혼 얘기를 느닷없이 흘리는 게 아닐까? 그녀는 내게는 없는 밑천을 가지고 있는 게 틀림없었다. 그녀는 곧 자신의 입장을 좀 더 뚜렷하게 밝혔다. "그동안의 사태가 어떠했든 간에, 우리는 엄마가 살아 계신 동안에는 아무것도 할 수 없다고 느끼고 있었어요."

"그런데 이제는 어머니의 동의가 필요 없게 되었다는 얘기인가요?"

"그 정도까지 가지는 않을 거예요!" 나는 그럼 어느 정도까지 갈 거라는 말인지 의아했다. 그녀는 계속 말했다. "가엾게도 엄마는 이 쓴 약을 삼키실 거예요. 사실, 뭐라고 할까," 그녀는 웃으면서 말을 덧붙였다. "엄마는 그렇게 하셔야만 해요!" 내가 진실로 인정하는 바인데, 관련자 모두를 위해서 그녀가 내놓은 그 말은 아주 강력한 것이었다.

코빅이 영국에 도착하여 그것을 직접 물어볼 수 있게 되기 전에, 나는 다른 일로 영국 밖으로 나가게 되어 무척이나 짜증이 났다. 나는 막냇동생이 병을 얻는 바람에 갑자기 독일로 가야 했다. 막냇동생은 나의 만류에도 불구하고 뮌헨으로 가서 대가에게 유화 초상화를 배우고 있었다. 그에게 생활비를 부쳐 주던 가까운 친척은 막냇동생이 그럴듯한 구실을 내밀면서 숭고한 진실을 배우고자 파리로 가겠다고 할 경우엔 재정 지원을 끊겠다고 위협했다. 그 근엄한 친척이 보기에, 파리는 악의 소굴이며 마귀의 심연이나 다를 바 없었던 것이다. 나는 당시 그런 세간의 편견을 개탄했다. 그에 따른 심각한 피해가 이제 눈앞에 가시적으로 드러난 것이었다. 첫째, 그런 위협 때문에 원래 허약하고 어리석은 내 동생은 폐결핵에 걸렸다. 둘째, 동생의 와병으로 나는 런던에서 아주 멀리 떨어진 뮌헨으로 가야 한다. 그 초조한 몇 주 동안 내가 동생과 함께 파리에 있었다면 코빅을 충분히 만날 수 있었을 텐데 하는 아쉬운 생각이 내 머릿속을 지배했다. 그러나 그 어떤 관점에서 보아도 코빅을 만난다는 것은 불가능했다. 동생은 회복에는 3개월이 걸렸는데 그동안 우리는 할 일이 많았다. 나는 그의 곁을 떠날 수가 없었다. 회복기가 끝나자 우리는 의사로부터 영국으로 절대 돌아가서는 안 된다는 엄중한 지시를 받았다. 내 동생이 그런 기후 조건을 혼자서 감당하지 못한다는 것이었다. 나는 그를 메란*으로 데려가 그곳에서 여름을 보냈다. 그리고 동생에게 어떻게 일을 다시 할 것인지 구체

---

* 이탈리아 북동부 알프스 산기슭에 자리한 휴양지.

적인 모범을 보여 주려 하는 한편으로, 동생과는 종류가 다른 분노를 삭이면서, 특히 그것을 동생에게 들키지 않으려고 애썼다.

그 사건은 기이하게 서로 엮여 있는 일련의 현상 중 첫 번째 것이었다. 그 현상들을 종합해 보면—나는 실제로 그렇게 했는데—인간의 영혼을 좋은 쪽으로 단련시키기 위해 운명이 인간의 탐욕을 이용하는 방식을 잘 보여 주는 것 같았다. 이 사건들은 우리가 여기서 관심을 갖게 되는 비교적 빈약한 결과보다는 훨씬 큰 의미를 갖고 있었다. 물론 나는 그 결과도 다소 존중하면서 거론해야 한다고 생각한다. 그 시점에서 내 유배 생활의 흉측한 결실은 운명이 영혼을 단련시키는 측면에서 드러나게 되었다. 나는 앞서 말한 것처럼 인간의 탐욕에 사로잡혀 있었으므로, 그 유배 기간 동안 마음 편안하게 보냈다고 할 수가 없었다. 게다가 조지 코빅이 라팔로에서 돌아오기 전에 내게 보내온 편지는 정말 납득하기 어려웠다. 오늘에 와서야 고백하는 바이지만, 나는 그의 편지가 나의 마음을 진정시켜 줄 거라고 생각했는데, 전혀 그렇지 않았다. 그리고 그 후에 벌어진 사건들도 그런 결핍을 메워 주는 방식으로는 벌어지지 않았다. 그는 라팔로 현지에서 한 계간지에 게재될, 베레커의 작품에 대한 최종적인 멋진 판단을 내릴 논평을 쓰기 시작했다. 이 포괄적인 연구는 일찍이 나온 연구들 중에서도 독보적일 터인데, 베레커의 작품에 새로운 빛을 조명하고 또 상상되지 않은 진리에 대하여—아주 조용한 어조로!—말할 것이었다. 달리 말해서 양탄자의 무늬를 각 단계별로 추적하고, 그 무늬의 모든 색깔을 드러낼 것이었다. 그 결과는, 코빅에 따르면, 일찍이 나온 적이 없는 가장 위대한 문학적 초상화가 될 터였다. 그래서 그는 나에게 그 대작을 내 앞에 제시할 때까지 질문을 좀 하지 말아 달라고 요청했다. 그는 또 매사 초연하고 무관심한 초상화의 주인공을 제외하고, 나를 가상의 전문가로 상상하면서 글을 쓰고 있다고 말함으로써 나를 우쭐하게 만들었다. 그러니 나는 착한 사람처럼 충실히 기다리면서 최종 쇼가 준비되기 전까지 커튼 밑을 들여다보고 싶은 마음을 참아야 했다. 조용히 앉아서 기다리면 결국에는 그 최종 쇼를 더욱 즐기게 될 것이니.

나는 조용히 기다리려 했으나 《타임스》에서 그웬돌런 어머니의 갑작스러운 부고 기사를 읽고서 깜짝 놀랐다. 당시는 내가 뮌헨에 건너온 지 한두 주 지난 시점이었고 코빅은 아직 런던에 도착하기 전이었다. 나는 즉시 그웬돌런에게 편지를 보내 자세한 사정을 물어보았고 그녀는 어머니가 오랫동안 고생하던 심장병으로 돌아가셨다고 알려 왔다. 명시적으로 말한 건 아니었으나 나는 편지의 행간에서 이런 사실을 읽어 냈다. 그녀의 결혼이라는 관점에서 볼 때, 또 그녀가 양탄자의 무늬에 대하여 나 못지않게 열성적으로 알고 싶어 한다는 점을 살펴볼 때, 어머니가 그들의 결혼을 마지못해 허락해 주기를 기다리는 것보다 그런 갑작스러운 별세가 예상보다 한결 신속하고 또 급격한 해결안이라고 생각하는 것 같다고 말이다. 여기서 솔직하게 시인하는데 나는 그 당시—나는 그녀에게서 자주 소식을 듣고 있었으므로—그웬돌런의 발언에서 어떤 독특한 것을 읽어 낼 수 있었고 또 그녀의 침묵에서 그보다 더 비상한 무엇을 읽어 낼 수 있었다. 이런 식으로 펜을 손에 잡고 그 시절을 다시 회상해 보니 내가 여러 달 동안 본의 아니게 일종의 강요된 방관자로 살았던 게 아닌가 싶다. 나의 모든 생활은 그저 바라만 보는 것에 지나지 않았고, 일련의 사건들은 나로서는 단지 바라보아야만 하는 것일 뿐이었다. 휴 베레커에게 편지를 보내 차라리 그의 자비를 청해 보는 게 어떨까 생각하는 순간들도 있었다.

하지만 그 정도로까지 나 자신을 낮출 수는 없다는 자존심이 있었고, 만약 그랬다 해도 베레커가 내 할 일이나 열심히 하라면서 완곡히 거절할지도 몰랐다. 그웬돌런의 어머니가 사망하자 코빅은 곧바로 귀국했다. 그리고 한 달 이내에 그는 '아주 조용하게'—그가 양탄자의 무늬를 밝히는 논평을 아주 조용하게 발표하려고 하는 것처럼—그가 사랑했으나 일시적으로 헤어졌던 그 여자와 결혼했다. 내가 '헤어졌던'이라는 표현을 강조한 것은 그가 인도로 건너가던 당시 그리고 그가 뭄바이에서 멋진 소식을 전해 왔던 당시, 두 남녀 사이에는 어떤 확정적인 맹세 같은 것은 없었다고 내가 점점 확신하게 되었기 때문이다. 그녀가 내게 약혼했다고 확언하던 그 순간에도 약혼 같은 것은 없었다. 그러나 그는 귀국한 당일 그녀와 맺어졌다. 행복한 부부는 토키*로 신혼여행을 갔고, 거기서 어떤 무모한 모험심에 사로잡힌 코빅은 젊은 신부와 함께 직접 등을 맞대고 앉는 이륜마차를 몰고 드라이브를 하기로 했다. 하지만 그는 마차를 제대로 몰지 못했다. 과거에 나는 그와 함께 등을 맞대고 앉는 이륜마차 여행을 해 보아서 그가 마부 노릇에는 신통치 않다는 걸 잘 알고 있었다. 그는 이륜마차에다 신부를 태우고 데번셔 언덕길을 덜거덕거리며 달려갔다. 언덕길 한 곳에서 그는 말을 제대로 제어하지 못했고, 말이 놀라서 급히 언덕길을 달려 내려가는 바람에 두 승객은 허공에 튕겨져 나가 앞쪽으로 떨어졌는데, 코빅은 머리부터 추락하여 현장에서 급사했고, 반면에 그웬돌런은 부상을 당하지 않고 화를 모면했다.

이 비극적인 참사의 충격과 사랑하는 친구를 잃은 슬픔 등은 간단

* 영국 남서부 데번셔에 자리한 해변 휴양지.

히 지나가기로 하겠다. 나는 내 인내와 고통의 작은 역사를 다음과 같이 솔직하게 진술하는 것으로 끝내고자 한다. 참사를 접하고 미망인에게 보낸 첫 번째 편지의 추신에서, 나는 그녀의 남편이 베레커에 대한 위대한 논평을 완성했는지 솔직하게 물었다. 그녀의 답변은 나의 질문만큼이나 신속했다. 겨우 시작에 불과한 그 논평은 가슴 아프게도 산발적인 정보에 지나지 않는다는 것이었다. 코빅은 해외에 있을 때 그 일에 착수했으나 그웬돌런의 어머니가 사망하면서 작업이 중단되었고 귀국해서는 별세 이후에 두 사람 사이가 급속히 가까워지면서 일을 제대로 하지 못했다. 그래서 서문에 해당하는 부분들만 지금 남아 있다. 그 글은 멋지고 또 감동적이지만 아직 우상의 베일을 벗겨 내지는 못했다. 그런 지적인 베일 벗겨 내기 작업이 그 논평의 클라이맥스임은 틀림없었다. 그녀는 더 이상 말하지 않았고, 특히 그녀 자신이 그 지식을 얻어 냈는지에 대해서는 일언반구 없었다. 나는 그녀가 그 지식을 얻기 위해 엄청나게 노력했다고 생각해 왔다. 그 지식이야말로 내가 가장 알고 싶어 하는 것이었다. 그녀는 베일이 벗겨진 우상을 보았는가? 그런 우상을 떨리고 흥분되는 가슴으로 몸소 목격하는 사적인 의례가 있었는가? 바로 그 의례를 위해 결혼식이 거행된 것이 아닌가? 나는 그녀에게 대답을 해 달라고 강요하기 싫었다. 코빅이 해외에 있을 때, 그녀와 나 사이에 그 문제를 두고 나눈 대화를 생각하면, 나로서는 그녀의 그런 침묵이 놀라웠다. 그래서 그로부터 얼마 지나지 않아 나는 메란에서 약간 두려움을 무릅쓰고 그녀에게 호소하는 편지를 또 한 통 썼다. 그녀가 내게 아무런 말도 해 주지 않았기 때문이다. '짧았던 신혼 초창기에,' 나는 썼다. '우리가 그토록 듣고 싶어 했던 그 것을 들었습니까?' 나는 약간의 암시를 주기 위해 '우리'라는 말을 썼다. 그녀는 그것을 충분히 알아들었다는 답변을 해 왔다. '저는 모든 것을 들었습니다. 그리고 그것을 저 혼자서 간직하기로 했습니다.'

9

그녀를 무척이나 동정하지 않기란 불가능했다. 영국으로 돌아오자 나는 할 수 있는 모든 친절을 그녀에게 베풀었다. 어머니의 별세로 그녀의 수입은 넉넉해졌고 그녀는 좀 더 안락한 동네로 이사를 갔다. 하지만 그녀의 상실은 컸고 그녀의 참사는 잔인한 것이었다. 그녀가 생전의 코빅에게 받은 기술적 조언과 문학적 체험이 그녀의 슬픔에 균형을 잡아 주는 힘이 되리라는 생각은 내 머릿속에 떠오르지 않았다. 이렇게 말하기는 좀 이상하지만, 나는 그녀를 몇 번 만나고 나서 어떤 기이함을 흘깃 엿본 것 같았다. 또 그 외에도 내가 생각하거나 짐작하게 된 것들이 있다. 그것을 무엇이라고 딱 꼬집어서 말할 정도로 뚜렷하게 알지 못해서, 나는 우리가 예전에 그것을 그토록 알고 싶어 했다는 것을 그녀가 다시 떠올린다면, 그것이 무엇이라고 내게 알려 주리라 기대했다. 큰 불행을 당하여 고독한 상태에 빠져서 높은 성취감을 지닌 채, 이제 남편 상을 치르게 된 그녀는 훨씬 더 원숙한 우아함, 불평하지 않는 애수, 더할 나위 없는 아름다움을 보여 주었다. 그녀는 독특한 위엄과 아름다운 삶을 영위하고 있었다. 참사가 있은 지 일주일 만에 양탄자의 무늬에 대해서 내가 물어보자 그녀는 시기적으로 너무 생뚱맞지 않느냐면서 유보적인 태도를 취했다. 나는 그런 태도를 무시했어야 하는 게 아닐까, 나 자신을 설득해 보려고 애쓰기도 했다. 확실히 그 태도는 충격적이었다. 그 태도는 생각해 볼수록 수수께끼였다. 고양된 감정, 미신적인 주저함, 세련된 충성심 때문에 그런 것인가 하고 나 나름대로 해석하면서 때때로 그런 해석에 수긍하는 순간들도 있었다. 확실히 그런 유보적 태도는 베레커에 관한 비밀의 가치를 크게 높여 주었다. 특히 그 신비가 소중한 것으로 드러났기에 그 가치는 더욱 높아질 수밖에 없었다. 나는 여기서 비참한 기분으로 이렇게 고백할 수밖에 없다. 코빅 부인의 예기치 못한 태도는 나의 불길한 생각을 고착시키는 최후의 대못이 되었고, 그 생각을 하나의 강박 증세로 만들어 버려 나는 그것을 끊임없이 의식하게 되었다.

하지만 그런 강박증은 나를 더욱 교묘하고 능숙하게 행동하도록 만들었고, 어느 정도 시간이 흐르자 나는 다시 그녀에게 그것을 알려 달라고 청하기 시작했다. 그 중간에 내 머릿속에는 여러 가지 생각이 떠올랐는데 특히나 한 가지 생각은 아주 매혹적이었다. 코빅은 그웬돌런과의 친밀한 관계를 가로막는 마지막 장애물이 제거될 때까지 자신이 얻은 정보를 그녀에게 알려 주지 않았다. 그녀와 결혼을 하자 비로소 그것을 가방 속에 든 고양이처럼 꺼냈다. 그웬돌런이 그에게서 힌트를 받아서, 이런 혼인 관계를 새롭게 하는 경우에만 그 동물을 해방시킨다는 것, 이것은 그웬돌런 자신의 아이디어였을까? 양탄자의 무늬는 오로지 부부들—아주 깊은 사랑으로 맺어진 연인들—만 추적하고 묘사할 수 있는 것인가? 그러자 켄싱턴스퀘어의 저택에서 베레커와 나누었던 대화가 생각났다. 내가 코빅이 사랑하는 여자에게 소설가의 비밀을 말해 주었을지도 모른다고 하자, 베레커가 그런 가능성을 뒷받침하는 말을 했던 것이다. 그리 대단한 뒷받침은 아니었으나, 내게 원하는 것을 얻으려면 코빅의 미망인과 결혼해야 하는 것이 아닐까 하는 생각이 들게 만들었다. 그녀의 지식을 알기 위해 나는 이런 대가를 지불할 준비가 되어 있는가? 아, 그거야말로 미친 짓이 아닌가! 그런 생각에 어리둥절해지는 순간이면 나는 그런 식으로 혼잣말을 했다. 나는 그녀가 전수하기를 거부한 횃불이 그녀의 기억의 방에서 활활 타오르는 것을 볼 수 있었다. 그녀의 두 눈에서 뿜어져 나오는 빛은 그녀의 외로운 집을 비추었다. 6개월이 지났을 때 나는 그 따뜻한 불길이 그녀에게 어떤 보상을 해 주는지 알 수 있었다. 우리는 두 사람을 알게 만들어 준 고인에 대하여 얘기하고 또 얘기했다. 그의 재주, 성품, 개인적 매력, 확실했던 경력, 무서운 악운, 심지어 문학계의 뛰어난 초상—반다이크나 벨라스케스의 초상화에 필적하는—이 될 게 틀림없었던 그 위대한 논평의 뚜렷한 목적 등에 대해서 얘기했다. 그녀는 내게 여러 번 이런 말을 했다. 자신의 외고집과 또 고인에 대한 경건한 마음 때문에 혀가 더욱더 굳어지게 된다고. 그리하여 그녀는 '그 일에 관한 가장 적임자'인 고인도 깨트리지 못한 정적을 자신이 깨트리는 일은 결코 없을 것이라고 덧붙였다. 그러나 마침내 그 시간이 왔다. 어느 날 저녁 나는 평소보다 더 오래 그녀와 함께 앉아 있다가 그녀의 팔을 거세게 붙잡고 물었다. "자, 그것이 무엇입니까?"

그녀는 나의 그런 질문을 기대하고 거기에 준비가 되어 있었다. 그녀는 아무 말 없이 천천히 고개를 저었고 그런 묵언이 오히려 자비인 것처럼 굴었다. 하지만 그런 자비에도 불구하고 차갑고 강력하고 간결하게 "안 돼요!" 하고 말했다. 살면서 많은 거부를 당해 보았지만 그처럼 내 얼굴 전면을 강타한 건 그것이 처음이었다. 강타당한 순간 내 두 눈에서 눈물이 솟구쳤다. 우리는 잠시 그렇게 앉아서 서로 쳐다보았다. 그러고 나서 나는 천천히 일어섰다. 장래 언젠가 그녀가 나를 받아 주지 않을까 하는 생각도 들었다. 하지만 나는 그 생각을 발설하지 않았다. 나는 모자를 천천히 눌러쓰며 말했다. "그렇다면 어떻게 생각해야 할지 알겠군요. 그것은 아무것도 아닙니다!"

그녀는 희미하게 미소를 지었고 두 눈에는 나를 경멸하면서도 가엾게 여기는 눈빛이 떠올랐다. 그러고 나서 그녀가 한 말은 지금 이 순간에도 들리는 듯하다. "그것은 나의 삶이에요!" 내가 문턱에 서 있는데 그녀가 덧붙였다. "당신은 그를 모욕했어요!"

"베레커 말입니까?"

"고인 말이에요!"

거리로 나섰을 때 나는 그녀의 비난이 정당함을 알았다. 그렇다. 그것은 그녀의 삶이었다. 나도 그것을 알았다. 하지만 그녀의 삶은 시간이 흘러가면서 또 다른 관심사를 수용하는 공간을 만들어 냈다. 코빅이 죽고 1년 반 뒤에 그녀는 한 권짜리 두 번째 장편소설『압도되다』를 펴냈다. 나는 그 책에서 뭔가 알려 주는 메아리 혹은 어떤 엿보는 얼굴 등을 발견할 수 있을까 싶어서 재빨리 그 책을 읽어 보았다. 하지만 발견한 것이라고는 그녀가 어린 시절에 펴낸 첫 번째 장편소설보다는 훨씬 좋아졌고, 또 훌륭한 배우자를 둔 덕을 보았다는 것 정도였다. 나름대로 미묘한 직물이었고, 그 나름의 무늬를 가진 양탄자였다. 하지만 내가 찾고 있는 무늬는 아니었다. 나는《미들》에 그 책에 대한 서평을 보냈는데, 잡지사로부터 그 책에 대한 무기명으로 된 신간 안내 서평이 이미 인쇄 중이라는 얘기를 듣고 깜짝 놀랐다. 잡지가 발간되고 나서, 나는 다소 과장이 심한 그 서평이 드레이턴 딘의 글임을 자신 있게 말할 수 있었다. 그는 과거에 코빅의 친구였으나 지난 몇 주사이에 코빅의 미망인을 알게 된 사람이었다. 나는 그 책의 가제본을 갖고 있었으나 딘은 분명 그보다 더 앞서 가제본을 갖고 있었다. 딘은 생강 빵(값싼 것)에 황금 칠을 하는 코빅의 경묘한 글재주는 없는 사람이었고, 딘의 글은 얼룩이 가득한 페인트칠을 해 놓은 양철 조각 같았다.

10

6개월 뒤에 『통행권』이 나왔다. 비록 그것을 알지 못했으나 우리가 우리 자신을 구제할 수 있는 마지막 기회였다. 베레커가 해외에 있을 때 쓴 그 소설은 전과 마찬가지로 아주 진부한 수백 건의 평론으로 소개가 되었다. 나는 이번에는 그 책을 그 누구보다 일찍 입수했다고 자부하면서 코빅의 미망인에게 가져갔다. 내가 그 책을 입수한 것은 오로지 이 목적에서였다. 나는 《미들》에 실리게 될 찬사를 좀 더 교묘한 정신과 좀 덜 짜증 나는 비평가에게 양보해야 한다고 생각했다. "전 그 책을 이미 갖고 있어요." 그웬돌런이 말했다. "드레이턴 딘이 어제 가져다주었어요. 방금 다 읽었어요."

"어제요? 그가 어떻게 그리도 빨리 입수했을까요?"

"그는 뭐든지 빨리 입수해요! 그가 이 책의 서평을 《미들》에 게재할 예정이에요."

"그가, 드레이턴 딘이 베레커의 작품을 논평한다고요?" 나는 내 귀를 믿을 수가 없었다.

"왜 안 돼요? 또 하나의 멋진 무지無知는 그 어느 무지만큼이나 훌륭한 거예요."

나는 얼굴을 찌푸렸다. "당신이 그를 논평해야 한다고 생각합니다!"

"나는 '논평' 안 해요." 그녀가 웃었다. "논평을 받지요!"

그때 문이 열렸다. "아, 여기에 당신의 논평가가 있군요!" 다리가 길고 이마가 훤칠한 드레이턴 딘이 거기에 나타났다. 그는 『통행권』에 대한 그녀의 소감을 알아보고 또 그 소설과 관련된 특이한 정보를 알려 주기 위해 찾아온 것이었다. 석간신문들은 현재 로마에 머물고 있는 그 소설의 저자가 말라리아 열병으로 며칠째 고생 중이라고 소식을 전했다. 처음에는 그리 심각하지 않았으나 합병증이 생겨서 이제 불안을 일으킬 정도의 병세로 발전했고, 최근에는 심각해진 듯했다.

이런 소식들이 전해지자 코빅의 미망인은 깊은 우려를 표시했지만 동시에 그런 우려로도 감추지 못하는 근본적인 초연함을 드러냈다. 그것은 내게 그녀가 얼마나 완전한 독립성을 유지하고 있는지 잘 보여 주었다. 그 독립성은 그녀의 지식에 바탕을 둔 것이었다. 그 어떤 것도 파괴하지 못하고, 그 어떤 것도 바꾸어 놓지 못하는 지식. 양탄자의 무늬는 한두 군데 수정될 수는 있지만 그것을 보여 주는 문장은 사실상 집필되었다. 작가는 이제 자신의 무덤 속으로 들어갈 것이다. 그녀는—마치 그녀 자신이 소설가가 사랑하는 상속자인 양—이 세상에서 베레커의 존재가 조금도 필요 없는 그런 사람이었다. 이것은 내게 불현듯 옛일을 생각나게 했다. 코빅이 죽고 난 후에 그녀에게 베레커를 직접 만나고 싶다는 생각이 사라져 버린 순간이 있었는데, 내가 그것을 목격했던 것이다. 그녀는 소설가를 대면하지 않아도 원하는 것을 얻었다. 그렇지 않았더라면 소설가를 직접 만나서 심오한 생각들을 열거하면서 그 무늬를 알아내려는 충동을 억제하지 못했을 것이다. 그런 생각들은 여자보다는 남자 쪽에서 더 많이 하게 되는데, 내 경우에는 오히려 그것이 베레커와의 면담을 억제하는 힘이 되었다. 하지만 이런 기분 나쁜 비교에도 불구하고 내 경우는 결코 그 생각이 불분명하지 않았다. 그 순간 베레커가 죽어 가고 있다는 생각을 하자 고뇌의 파도가 나를 덮쳐 왔다. 내가 초지일관하며 혼자 힘으로 알아내지 못하고 아직도 베레커에게 의존하고 있다는 통렬한 느낌이 밀려왔다. 그러나 베레커를 찾아가지 않은 것은, 한 줄기 자존심이 내 인생에 허용한 보상이라고 생각한다. 그리하여 베레커에게 퇴짜를 맞을지 모른다는 은근한 걱정 때문에 여전히 그와 나 사이에는 알프스산맥과 아펜니노산맥이 가로놓여 있었다. 그래도 그가 죽어 가고 있다는 생각에 갑자기 절망에 빠져서 그에게 달려가고 싶기도 했다. 하지만 나는 그런 일은 결코 하지 않을 것이었다. 나는 미망인의 집에 5분 정도 더 머물렀고 두 사람은 계속 베레커의 새 책에 대해 논의했다. 드레이턴 딘이 그 책에 대해 나의 의견을 물어 오자, 나는 자리에서 벌떡 일어나 휴 베레커를 싫어하고 그의 작품은 도무지 읽을 수가 없다, 라고 대답했다. 나는 방 밖으로 나와 문을 닫으면서 딘이 나를 아주 피상적인 사람으로 여길 것이라고 확신했다. 미망인은 적어도 그런 논평을 부정하지는 않을 것이었다.

그 뒤에 벌어진 기이한 일들은 아주 간단하게 서술하겠다. 이 일이 있고 3주 뒤에 베레커가 죽었고 그해가 가기 전에 그의 아내도 죽었다. 나는 그 아내는 만나 본 적이 없었지만 그녀가 오래 살아서 그녀에게 공손하게 접근할 수 있었다면 내가 그동안 알고 싶어 했던 것을 알려 달라고 호소해 볼 수 있지 않았을까 하는 쓸데없는 생각을 해 보기도 했다. 그녀는 알고 있었을까? 안다면 얘기해 주려고 할까? 여러 가지 이유로 인해 그녀는 말해 줄 것이 없으리라고 짐작되었다. 하지만 그녀마저 접근 범위에서 벗어나 버리자 이제 알아내기를 포기하는 게 나의 운명인가 보다고 생각했다. 나는 영원한 강박증 속에 갇힌 것이었다. 간수들은 열쇠를 가지고 사라져 버렸다. 나는 토굴 속에 갇힌 포로처럼 답답했고, 시간이 더 흘러가면서 코빅의 미망인은 드레이턴 딘의 아내가 되었다. 나는 토굴의 철창을 통하여 이런 결말을 예상했다. 물론 재혼을 황급히 서두른 것도 아니었고 우리의 우정도 그즈음에는 시들해져 있었다. 그들은 '아주 지적인' 남녀였고, 사람들은 아주 적절한 혼사라고 생각했다. 하지만 나는 그 누구보다도 신부가 신랑에게 제공할 깊은 이해의 폭을 알고 있었다. 문학계의 결혼치고—신문들은 그들의 결혼을 그런 식으로 표현했다—신부가 그처럼 지참금을 많이 가져간 경우는 없었다. 나는 그 결합의 열매를 재빨리 찾아보기 시작했다. 그 열매를 보여 주는 징후는 특히 그 남편에게서 잘 드러날 것이었다. 신부의 지참금이 엄청나다는 것을 감안할 때, 그가 그런 수입에 부합하는 행동거지를 보이리라고 기대했다. 『통행권』에 대한 그의 글은 그가 지닌 당초 재산이 얼마 정도인지 분명하게 보여 주었다. 이제 그가 나로서는 생각해 보기 어려운 아득히 높은 위치에 있으므로, 나는 달마다 정기 간행물들을 뒤지면서, 죽은 코빅이 전하려고 했으나 실패하고 그의 후계자가 전할 책임이 있는, 그 중후한 메시지를 찾아내려고 애썼다. 과부였다가 지금은 아내가 된 그 여자는 이제 불이 켜진 벽난로 옆에서 과부이자 아내가 깨트릴 수 있는 정적을 깨트려 줄 것이었다. 그러면 코빅이 그의 전성기에 그리고 그웬돌런이 그녀의 전성기에 활활 타올랐던 그 지식을 전수받아 단단히 무장된 딘은 온몸이 활활 타오를 것이었다. 물론 그는 활활 타오르겠지만 그 불길은 일반 대중에게 보이는 그런 불길은 아니었다. 나는 정기 간행물들을 샅샅이 뒤졌으나 헛수고였다. 드레이턴 딘은 그 간행물들을 아주 화려하게 채웠으나 내가 열렬히 찾는 글은 내놓지 않았다. 그는 천 가지 주제에 대하여 다양하게 글을 썼으나 베레커에 대해서는 쓰지 않았다. 그의 특별한 전공은 다른 사람들이 '실패'—그가 한 말이다—했거나, 간과한 진실들을 말하는 것이었다. 하지만 그는 당시에 내가 가장 중요하다고 생각한 진실은 말하지 않았다. 나는 신문들이 말하는, 소위 문학계에서, 그 부부를 만났다. 우리는 이제 이런 문학계에서만 만나는 사람들이 되었다고 나는 부부에게 말했다. 그웬돌런은 세 번째 소설을 펴냄으로써 그 문학계에 더욱 깊이 들어가게 되었다. 나는 그 작품이 두 번째 작품보다 못하다는 의견을 확고하게 갖고 있었다. 전보다 못한 배우자를 두었기에 그렇게 나빠진 걸까? 만약 그녀가 내게 말해 준 것처럼 그녀의 비밀이 그녀의 삶이라고 해도—점점 더 피어나는 그녀의 얼굴, 자신의 특별한 지위를 의식하는 태도, 그 태도를 교정해 주는 사소한 자선 행위 등으로 드러나는, 비밀이 곧 삶이라는 사실은 그녀의 외모 전반에 뚜렷한 변화를 주었다—그것은 아직 그녀의 작품에 직접적인 영향은 미치지 않았다. 그것은 사람으로 하여금—아니, 그 밖의 모든 것이 사람으로 하여금—더욱더 그 비밀을 알아내고 싶어 하게 만들었고, 그 비밀을 더욱 정교하고 은밀한 신비로 포장했다.

11

따라서 나는 그녀의 남편에게서 잠시도 시선을 뗄 수가 없었다. 나는 그를 불안하게 할 수도 있을 법한 방식으로 그에게 따라붙었다. 나는 심지어 그와 대화를 나누기까지 했다. 그는 알고 있지 않을까? 그는 당연히 그것을 손에 넣지 않았을까? 이 질문이 내 머릿속을 맴돌았다. 물론 그는 알고 있었다. 그렇지 않다면 그가 내 시선을 그처럼 기묘하게 받아들이지 않았을 것이다. 그의 아내는 그에게 내가 원하는 것을 말해 주었을 것이고, 그는 나의 무능력을 내심 즐기고 있을 터였다. 그는 웃지 않았고 남의 웃음거리가 되지도 않았다. 딘이라는 사람 자체가 나를 짜증 나게 했다. 그리하여 나는 내 생각을 너무 거칠게 드러내 버렸고 이어 발생한 대화의 공백은 그의 크고 흰한 이마만큼이나 공허한 것이었다. 저 사람이 살지 않는 넓은 공허함은 공간적으로는 서로 보완할지 모르나, 드레이턴 딘의 목소리의 부재, 형식의 부재를 함께 상징하고 있었다. 나는 언제나 이렇게 확신하며 그와의 대화를 끝냈다. 그는 자신이 알고 있는 것을 사용할 재주가 없었다. 문학적으로 보아 그는 코빅이 남긴 문학적 임무를 떠맡을 만큼 유능하지 못했다. 나는 거기서 한 발 더 나아갔다. 그것은 내가 유일하게 엿본 행복이었다. 나는 문학적 의무가 그에게 호소력이 없다고 결정을 내렸다. 그렇다. 그는 너무 우둔하여 내게는 없는 그것을 즐기지 못한다. 이런 생각은 위안이 되었다. 그는 결혼 전에도 우둔했지만 결혼 후에도 마찬가지였다. 내 생각에 그것이 그 신비가 포장되어 있는 황금빛 영광을 더욱 심화시켰다. 나는 그의 아내가 그에게 여러 조건을 내세우고 요구를 했으리라고 짐작했다. 나는 무엇보다도 베레커가 죽음으로써 중요한 인센티브가 사라졌다고 생각했다. 그는 앞으로 행해지는 문학적 사업으로 영예를 얻을 수 있을지 모르나, 그 사업을 승인해 줄 수는 없다. 그 이외에 누가 권위를 갖고 있는가?

딘 부부 사이에 두 아이가 태어났고 두 번째 아이는 산모의 목숨을 앗아 갔다. 이 일이 벌어진 후에 나는 또 다른 기회를 보았고 생각 같아서는 당장 움켜잡고 싶었으나 예의를 차려 당분간 뜸을 들이며 기다렸다. 그러다가 마침내 아주 유익한 방식으로 기회가 찾아왔다. 그의 아내가 죽은 지 1년쯤 되었을 때, 나는 한 자그마한 클럽의 끽연실에서 드레이턴 딘을 만났다. 우리는 그 클럽의 회원이었으나 나는 여러 달 동안 그를 보지 못했다. 내가 그 클럽에 자주 드나들지 않았기 때문이다. 끽연실은 텅 비어 있었고 기회도 마침 적당했다. 나는 그 문제를 영원히 종결짓기 위하여, 오랫동안 찾았던 그 기회를 붙잡았다.

"당신보다 작고한 당신의 아내를 더 먼저 알았던 지인으로서," 내가 말했다. "제가 늘 생각해 오던 것 하나를 당신에게 말씀드려야겠습니다. 그녀가 조지 코빅으로부터 얻은 정보를 제게 말해 줄 수 있다면 그 어떤 요구 조건도 기꺼이 받아들이겠습니다. 그 정보는 코빅이 아주 행복한 인생의 한때에 휴 베레커로부터 직접 들었던 것입니다."

그는 아무것도 모르는 골상학용 흉상처럼 나를 쳐다보았다. "정보요—?"

"베레커의 비밀 말입니다. 그의 작품들이 지닌 전반적 의도, 진주알들을 꿰는 줄, 묻힌 보물, 양탄자의 무늬 말입니다."

그는 얼굴을 붉혔다. 머리에서 열이 나는 모양이었다. "베레커의 작품들에 전반적 의도가 깔려 있다고요?"

이번에는 내가 놀라서 쳐다보았다. "그걸 모른다고 하시는 건 아니겠지요?" 나는 잠시 그가 나를 상대로 장난을 치고 있다고 생각했다. "딘 부인은 그걸 알았어요. 그걸 가지고 있었어요. 코빅으로부터 직접 들었어요. 그는 엄청난 탐구 끝에 동굴의 입구를 찾아내 베레커를 무척 기쁘게 했지요. 입구가 어디에 있는지, 그는 결혼 후에 오로지 배우자 한 사람에게만 말해 주었고 상황이 적절한 때에 그녀는 당신에게 그걸 말해 주었을 거예요. 당연히 그녀가 당신을 그 비밀의 전수자로 삼았다고 생각하는 게 잘못된 건가요? 당신은 그녀와 아주 고상한 특혜적 관계를 맺었고, 그녀는 코빅이 사망한 후에 자신이 유일하게 보관해 온 그 지식을 당신에게 전했을 겁니다. 내가 아는 것이라고는 그 지식이 가늠할 수 없을 만큼 소중하다는 점입니다. 나는 이제 당신이 이런 점을 알아주었으면 좋겠습니다. 당신이 그 비밀을 이제 나에게 알려 준다면 당신의 친절을 영원히 고맙게 여길 겁니다."

그의 얼굴은 이제 아주 새빨개졌다. 처음엔 내가 돌았다고 생각한 모양이었다. 하지만 차츰차츰 내 말을 이해했다. 나도 처음에는 아주 놀랄 수밖에 없었다. 이어 그가 말했다. "나는 당신이 하는 말이 뭔지 모릅니다."

그는 연기를 하는 게 아니었다. 황당하지만 진실이었다. "그녀가 당신에게 말해 주지 않았습니까?"

"휴 베레커 얘기는 전혀 한 적이 없습니다."

나는 깜짝 놀랐다. 끽연실이 빙빙 도는 것 같았다. 그것은 결혼을 했음에도 알려 주지 않을 정도로 좋은 것이었구나! "당신의 명예를 걸고요?"

"명예를 걸고요. 당신은 도대체 뭐가 문제입니까?" 그가 큰 소리로 말했다.

"놀랐습니다. 실망했어요. 나는 그것을 당신에게서 알아내려 했습니다."

"그것은 전 모릅니다!" 그가 어색하게 웃음을 터트렸다. "그리고 설사 그것을 안다고 하더라도—"

"안다면 당신은 내게 그걸 알려 주었을 것입니다. 그래요, 보편적 인간애로요. 하지만 나는 당신을 믿습니다. 이제 알았습니다. 알았습니다!" 이제 상황이 역전되어 나는 그동안 엄청난 망상을 하고 있었음을 깨달았고 또 그 불쌍한 남자의 태도에 대하여 그릇된 견해를 갖고 있었음을 알았다. 입 밖에 내어 말할 수는 없었지만, 나는 그의 아내가 그를 깨우쳐 줄 가치가 있는 사람이라고 생각하지 않았음을 간파했다. 그를 결혼할 만한 대상으로 생각한 여자치고는 다소 기이한 행동이라는 느낌이 들었다. 마침내 나는 이런 설명에 도달했다. 그녀는 그의 이해력 때문에 결혼한 것이 아니라 다른 어떤 것 때문에 결혼했을 것이라고.

그는 이제 어느 정도 깨우쳤는지 당황한다기보다 깜짝 놀라고 있었다. 그리고 잠시 나의 이야기를 갑자기 깨어난 자신의 기억들과 비교해 보았고, 생각 끝에 이런 다소 맥없는 얘기를 했다. "당신이 말한 얘기는 나로선 처음 듣는 것입니다. 드레이턴 딘 부인이 언급하지 않은, 더 나아가 언급할 수 없는 어떤 지식을 갖고 있다는 당신의 생각은 오해라고 봅니다. 만약 그런 지식을 갖고 있었더라면—그리고 그게 그녀 작품의 등장인물과 관련이 되는 것이라면—틀림없이 그것을 활용하려 했을 겁니다."

"그건 활용되었습니다. 그녀 자신이 그것을 활용했습니다. 그녀는 자기 입으로 그것을 '생활'하고 있다고 말했습니다."

나는 그 말을 한 직후 그것을 후회했다. 그의 얼굴은 너무나 창백해졌는데, 마치 내가 주먹으로 한 대 갈긴 것 같았다. "아 '생활'했다고요!" 그가 그렇게 중얼거리더니 곧 내게서 고개를 돌렸다.

나는 정말 양심의 가책을 느꼈다. 나는 그의 어깨에 손을 얹었다. "용서하십시오. 제가 실수를 했습니다. 저는 당신이 그것을 가지고 있다고 생각했는데 그렇지 않았습니다. 제 생각이 옳았다면 당신은 내게 그것을 나누어 줄 수도 있었을 겁니다. 저는 당신이 나의 요구를 들어주리라고 생각할 만한 이유들이 있었습니다."

"이유요?" 그가 물었다. "그 이유가 무엇이었는데요?"

나는 그를 찬찬히 쳐다보았다. 나는 망설이면서 잠시 생각에 빠졌다. "여기 와서 옆에 앉으세요. 다 말씀드리겠습니다." 나는 그를 소파에 앉게 했고 시가에 불을 붙인 후 베레커가 단 한 번 구름 위에서 지상으로 내려온 일화부터 이야기하기 시작했다. 나는 그 뒤에 벌어진 일련의 사건들을 말해 주었다. 처음에는 어떤 빛을 본 듯했으나, 사건들이 계속 벌어지면서 내가 지금 이 순간까지 어둠 속에 남게 된 경위를 설명했다. 지금껏 여기에 쓴 얘기를 말로 해 준 것이다. 그는 집중해서 내 말을 들었고 나는 놀라운 사실을 알게 되었다. 그의 찬탄, 질문, 표정 등은 자신이 결국 아내의 신임을 받을 만한 가치가 없는 사람이었음을 깨달은 사람의 그것이었다. 아내가 자신을 신임하지 않았다는 사실을 갑자기 맞닥트린 일은 그에게 아주 충격을 주었다. 그러나 곧 충격파는 조금씩 조금씩 사라지고 경이와 호기심의 파도로 바뀌었다. 그 파도는—나는 이제 완벽하게 판단할 수 있었다—결국 나 자신의 최고조에 달한 파도의 분노처럼 부서지게 되어 있는 파도였다. 나는 지금 이 순간 충족되지 못한 욕망의 희생자로서, 그와 나 사이에 조금도 차이가 없다고 생각한다. 그 불쌍한 남자의 상태는 내게는 위안이 되다시피 한다. 때때로 그것이 나의 복수라고 느껴지는 순간도 있다.

나사의 회전

The Turn of the Screw

벽난로 주위에 모인 우리는 숨도 못 쉬고 그 이야기에 집중하느라 섬뜩하다는 말 외에는 별다른 논평을 하지 못했다. 오래된 고가古家에서 크리스마스이브를 보내던 우리는 본질적으로 기괴한 그 이야기에 그야말로 압도당했다. 내 기억으로는 누군가가 나서서 아이한테 그런 초자연적인 존재가 나타난 이야기는 처음 듣는다고 말할 때까지 좌중에는 정적만이 감돌았다. 그 유령 이야기는 우리가 모인 곳 같은 오래된 집에서 벌어진 일이었다. 엄마와 함께 방에서 잠든 소년은 끔찍하게 생긴 유령을 봤고, 잔뜩 겁에 질려 엄마를 깨웠다. 하지만 엄마가 깨어나도 두려움의 대상은 사라지지 않았고, 엄마가 아무리 달래도 소년은 다시 잠들지 못했다. 오히려 상황은 더 나빠져 이젠 엄마조차 아이를 덜덜 떨게 만들었던 바로 그 유령을 보게 되었다. 더글러스의 논평—그 즉시는 아니고 저녁 늦게 나왔지만—을 이끌어 낸 건 이 유령에 관한 이야기였다. 그 논평이 무척 흥미로워서 나는 주목하지 않을 수 없었다. 이어 다른 누군가가 나서서 어떤 이야기를 했지만, 별로 신통치 못했고, 더글러스는 거기에 그리 귀를 기울이지 않았다. 그런 심드렁한 모습을 보고서 나는 그에게 틀림없이 우리가 기다려 볼 만한 흥미로운 이야깃거리가 있으리라고 생각했다. 실제로 우리는 그 이야기를 들으려고 이틀 밤이나 기다렸다. 여하튼 그 유령 얘기가 나온 밤엔 우리가 파할 때가 되었을 즈음에야 그의 심중에 있던 생각을 들을 수 있었다.

"아까 그리핀이 해 준 유령 이야기, 그러니까 연약한 어린아이에게 먼저 유령이 나타났다는 이야기가 무척 특별한 분위기를 자아낸다는 말에 동감합니다. 그런데 제가 알기로는 유령이 아이에게 나타난 그런 매력적인 이야기는 처음은 아닙니다. 아이가 그 이야기에 나사를 비틀어 대는 효과를 준다면, 등장하는 아이가 둘인 경우에는 어떻게 되겠습니까?"

이에 누군가가 소리 높여 말했다. "당연히 효과가 두 배로 늘어나겠지요! 그 아이들 이야기를 꼭 듣고 싶습니다."

더글러스는 벽난로 앞에서 등을 돌리고 서서 양손을 주머니에 찔러 넣은 채 상대를 내려다봤다. "여태까지 저 말고는 이 이야기를 들은 사람이 없습니다. 아주 무서운 이야기죠." 이 말을 듣고 자연스럽게 여러 사람이 그 이야기에 갑자기 흥미를 보였다. 그러자 더글러스는 우리를 바라보고 차분하고 능숙하게 압도하며 말했다. "이 이야기는 비교 대상이 없습니다. 제가 아는 다른 이야기들은 도저히 이것을 따라갈 수 없어요."

352

"그 정도로 무섭습니까?" 나는 이렇게 물은 것을 기억한다.

그런데 더글러스는 그게 단지 무서운 얘기로만 끝나는 게 아니라고 말하는 것 같았다. 그는 정말로 그 이야기의 성격을 어떻게 규정해야 할지 몰라 난감한 듯했다. 그가 두 눈을 비비며 얼굴을 약간 찌푸렸다. "무서워요, 암, 무서움 그 자체지요!"

"정말 재밌겠군요!" 한 여자가 목소리를 높이며 말했다.

더글러스는 그녀를 무시하고 나를 바라봤다. 하지만 나를 바라보는 것이 아니라 마치 자신이 말하려는 어떤 것을 쳐다보는 듯했다. "전반적으로 오싹할 정도로 추악하고, 공포와 고통이 가득한 이야기죠."

"그렇다면 앉아서 바로 시작해 주시죠." 내가 말했다.

그는 벽난로의 불 쪽으로 몸을 돌리며 발로 땔감을 밀어 넣은 다음 잠깐 불이 타오르는 상태를 지켜봤다. 그런 다음 다시 우리를 마주 보았다. "아쉽게도 그럴 수가 없습니다. 사람을 도시로 보내야 하거든요." 그 말에 다들 신음했고 불평의 기색이 역력했다. 이후 목소리가 잦아들자 더글러스는 어딘가 좀 정신이 팔린 표정으로 해명했다. "그이야기는 글로 적혀 있습니다. 원고는 자물쇠로 잠긴 서랍 안에 있지요. 수년 동안 그 글은 서랍 밖으로 나오지 않았습니다. 하인한테 열쇠를 동봉해 편지를 보내면 꺼내서 소포로 보내올 겁니다." 나는 그가 나를 특정하여 제안하고 있다는 느낌을 받았는데, 자신이 망설이지 않도록 도와 달라고 거의 호소하는 것처럼 보였다. 그는 그 원고가 여러 번의 겨울을 거쳐 오며 생겨난 두꺼운 얼음을 이미 부쉈다. 그가 그런 차가운 침묵을 오랫동안 지켜 온 데에는 나름의 이유가 있었다. 그 이야기가 이틀 뒤로 미뤄지자 다른 사람들은 화를 냈지만, 나는 오히려 그의 주저하는 모습에 매력을 느꼈다. 그래서 나는 내일 첫 우편으로 편지를 보내고 또 가능한 한 빨리 원고를 송부받아 그 이야기를 들려달라고 요청했다. 이어 그 이야기가 본인의 경험이냐고 물었다. 이 말에 그는 즉시 대답했다. "다행히도 아닙니다."

"그렇다면 글은 어떤가요? 당신이 적은 것입니까?"

"제 글은 아닙니다만 그 인상은," 그는 가슴을 톡톡 두드렸다. "바로 여기에 있죠. 절대로 잊지 못할 겁니다."

"그렇다면 대체 그 원고는—"

"지극히 아름다운 필체로 적혀 있습니다. 지금은 오래되어 잉크 색깔이 바랬습니다." 여기서 더글러스는 다시 머뭇거렸다. "어떤 숙녀가 쓴 글입니다. 세상을 떠난 지 벌써 20년이나 되었군요. 문제의 원고는 숨을 거두기 전에 제게 전해졌습니다." 사람들은 모두 더글러스의 말에 귀를 기울이고 있었다. 물론 어떤 이는 그 말을 듣고 장난스러운 말을 하거나 혹은 나름대로 추측을 하기도 했다. 하지만 더글러스는 그런 추측에 냉소하거나 화내지 않고 의연하게 받아넘겼다. "정말 매력적인 사람이었습니다. 저보다 열 살이 많았죠. 제 여동생의 가정교사였어요." 더글러스가 조용히 말했다. "가정교사를 하며 그렇게 상냥한 사람은 본 적이 없습니다. 어떤 직업에 종사하더라도 그녀는 차고 넘치는 사람이었을 겁니다. 참 오래전이로군요. 지금 말하려는 사건도 그만큼 오래됐습니다. 당시 전 트리니티 단과대학을 다녔는데, 2학년 여름 방학에 집으로 왔을 때 그녀를 만나게 되었습니다. 그해엔 집에 오래 머물렀지요. 참 멋진 여름이었습니다. 그녀가 자유 시간일 때 우리는 정원에서 산책하며 이야기를 나눴습니다. 그리고 그런 대화를 통해 저는 그녀가 정말로 총명하고 품위 있는 여자라고 생각하게 되었지요. 그렇게 싱긋 웃지 마십시오. 저는 그녀를 아주 좋아했고 그녀 역시 저를 좋아했는데, 그 일을 떠올리면 지금도 무척 즐겁습니다. 저를 좋아하지 않았다면 그녀가 내게 그런 이야기를 들려주는 일은 없었을 겁니다. 그녀는 그 이야기를 아무한테도 하지 않았습니다. 그녀가 그랬다고 말한 건 아니었지만, 저는 직감적으로 알았습니다. 나는 확신합니다. 금방 알 수 있었습니다. 왜 그랬는지는 이야기를 들으면 쉽게 판단하실 수 있을 겁니다."

"그 이야기가 아주 무서운 것이었기 때문인가요?"

더글러스는 계속 나를 바라봤다. "이야기를 들으면 쉽게 판단하실 수 있을 겁니다. 정말입니다."

나 역시 그를 바라보며 말했다. "알겠습니다. 그녀는 사랑에 빠졌군요."

이에 더글러스가 처음으로 소리 내 웃었다. "예리하시군요. 맞습니다. 그녀는 사랑에 빠졌습니다. 다시 말하자면, 과거에 누군가를 사랑했다는 겁니다. 그건 이야기 속에서 저절로 드러나지요. 그걸 감추고서는 그 얘기를 할 수 없었던 겁니다. 저는 그걸 알아챘고, 그녀 역시 제가 눈치챘다는 걸 알았습니다. 하지만 그런 점을 서로 이야기하지는 않았습니다. 그 이야기를 들었던 때와 장소도 기억합니다. 잔디밭 모서리, 커다란 너도밤나무 숲의 그늘, 덥고 긴 여름의 오후. 그건 무서워서 오싹하게 몸을 떨 그런 환경은 아니었지요. 하지만, 아아!" 말을 끊은 더글러스는 벽난로에서 벗어나 의자에 풀썩 쓰러졌다.

"목요일 아침에 소포를 받으실 수 있겠지요?" 내가 물었다.

"두 번째 배달 때에나 받을 것 같습니다."

"좋습니다. 그렇다면 저녁 식사 이후에—"

"여러분 모두 여기서 저를 보실 겁니까?" 더글러스가 우리를 다시 둘러봤다. "떠나시는 분은 없습니까?" 떠나기를 바라는 듯한 어조였다.

"모두 여기 머무를 거예요!"

"저도, 저도요!" 이미 떠나는 날이 확정된 숙녀들이 소리 높여 말했다. 하지만 그리핀 부인은 좀 더 정보를 알아내려 했다. "그녀가 사랑했던 사람은 누구인가요?"

"이야기를 들으면 아시게 되겠지요." 내가 대신 답변했다.

"당장이라도 그 이야기를 듣고 싶네요!"

"그 이야기는 해 드리지 않을 겁니다." 더글러스가 말했다. "겉으로 분명하게 드러나는 통속적인 그런 방식으로는 말입니다."

"정말 애석하군요. 나는 그래야 이해할 수 있는데."

"더글러스, 이참에 말해 주면 안 되나요?" 다른 누군가가 물었다.

그러자 그가 의자에서 벌떡 일어났다. "그러지요. 다만 내일 말씀드리겠습니다. 이젠 자야겠어요. 편안한 밤 되시기를." 그는 재빨리 촛대를 들고 떠났고, 우리는 조금은 당황한 채 뒤에 남겨졌다. 커다란 갈색 홀 끝에서 그가 계단을 오르는 소리가 들렸다. 여기서 그리핀 부인이 말했다. "그 여인이 누구를 사랑했는지는 몰라도, 더글러스가 누구를 사랑했는지는 알겠네요."

"열 살이나 더 많다고 하지 않아." 남편 그리핀 씨가 말했다.

"더 그럴듯하지 않아요? 그 나이라면! 그나저나 그토록 오래 침묵을 지켰다니 정말 대단하네요."

"무려 40년이라고!" 그리핀이 거들었다.

"그러다가 마침내 터져 나온 거죠."

나 역시 이에 대답했다. "그렇게 감정이 터져 나왔으니 엄청난 목요일 밤이 되겠군요." 모두가 내게 동의했다. 목요일 밤에 어떤 이야기가 나올지 궁금했던 우리는 다른 것에 대해선 전혀 흥미를 느끼지 못했다. 누군가가 해 준 마지막 이야기는 비록 불완전하고 연재물의 시작 부분 같은 것이었으나, 그래도 이야기되었다. 그것이 끝나자 우리는 악수를 하고 누군가 말한 것처럼 '촛대를 들고' 잠을 청하러 갔다.

나는 다음 날 열쇠를 동봉한 편지가 첫 번째 우편으로 더글러스의 런던 집으로 발송되었음을 알았다. 그 소식이 방문객들 사이에 널리 알려졌음에도 불구하고—혹은 어쩌면 그것 때문에—우리는 더글러스를 저녁 식사 이후까지 홀로 있게 했다. 정확히 말하면 우리가 기대하는 그런 정서에 가장 잘 부합하는 저녁 시간이 될 때까지 그를 내버려 둔 것이었다. 더글러스는 우리가 기대한 만큼 속을 잘 털어놓았고, 실제로 왜 그렇게 하는지를 설명했다. 우리는 전날 밤 느꼈던 것에는 못 미치지만 그래도 경이로움을 느끼며 홀의 벽난로 앞에 다시 모였고, 그는 그 이유를 말해 주었다. 그가 우리에게 들려주기로 약속했던 이야기를 정확히 이해하려면 짧은 서론을 들어 두어야 했기 때문이다. 여기서 한 가지 분명하게 밝혀 둘 것이 있다. 앞으로 내가 하려는 이야기는 훨씬 시간이 흘러간 뒤에 내가 더글러스의 원본에서 베껴 쓴 필사본이라는 것이다. 불쌍한 더글러스는 죽기 전에—죽음이 목전에 닥쳤을 때—그 원본을 내게 맡겼다. 어쨌든 더글러스가 요청한 원본은 고가를 방문한 셋째 날에 도착했고, 그는 넷째 날 밤에 바로 그 자리, 벽난로 앞에서 몇 안 되는 사람들이 숨죽이고 있는 앞에서 그것을 읽어 주어 엄청난 효과를 거두었다. 고맙게도, 숙녀들 몇이 그 얘기를 들으러 남아 있겠다고 하다가 떠났는데, 잘된 일이었다. 그녀들은 약속 때문에 마지못해 떠났는데, 더글러스가 솜씨 좋게 불러일으킨 호기심을 충족시키지 못해 정말 유감이라고 말했다. 하지만 덕분에 마지막까지 벽난로 주위에 남은 몇 안 되는 청중은 소수 정예였고, 그런 만큼 벽난로 주위에 속닥속닥 모여 앉아 공통적인 전율을 느낄 수 있었다.

이야기를 들으며 처음 받은 느낌은 관련 사건이 어느 정도 진행된 이후에 그 원고가 집필되었다는 것이었다. 따라서 미리 알아 둬야 할 것들이 있었다. 더글러스의 여동생을 맡은 가정교사는 가난한 시골 교구 목사의 막내딸이었으며, 스무 살 나이에 처음 교사 노릇을 하러 떨리는 마음으로 런던으로 올라왔다. 구인 광고를 낸 사람과 면접을 보기 위해서였다. 이미 광고주와는 간단하게 서신을 주고받은 상태였다. 면접을 하고자 할리가街에 있는 광고주의 저택에 간 처녀는 그 웅장한 규모에 깊은 인상을 받았다. 광고주는 인생의 전성기에 있는 미혼 신사였는데, 햄프셔의 목사관에서 갓 나와 떨고 있는 불안한 젊은 처녀에게 꿈속이나 옛날 소설에서나 볼 수 있는 신사였다. 그는 쉽게 규정할 수 있는 유형의 사람이었고, 그런 식으로 얻은 인상은 행복하게도 절대로 기억에서 사라지지 않는다. 그는 잘생기고 대담하며 쾌활했고, 허세도 없고 명랑하며 자상했다. 당연히 젊은 처녀에게 정중하고 근사한 남자라는 인상을 주었다. 하지만 무엇보다 그녀를 사로잡고 또 나중에 임지任地에서 그녀가 보여 주게 될 용기를 북돋운 건 따로 있었다. 그는 마치 하나의 혜택인 양 혹은 당연히 그렇게 해야 할 책임인 양 그녀에게 그 일을 전적으로 위임했던 것이다. 그녀는 그를 부자라고 생각했지만, 동시에 아주 사치스러운 사람이라고 생각했다. 최신 유행 스타일을 따르고, 값비싼 취미를 가지고, 여자들에게 매력적인 태도를 보인다는 점에서 자연히 그럴 수밖에 없었다. 그는 여행

기념품과 사냥 전리품이 가득한 커다란 도시 저택에 살고 있으면서, 에식스에 있는 오래된 본가를 시골 별장으로 썼다. 그녀가 부임할 곳이 바로 그곳이었다.

그에겐 군인 남동생이 있었는데, 2년 전 인도에서 부인과 함께 세상을 떠나는 바람에 그가 어린 조카 남매의 후견인이 되었다. 오누이는 아주 기묘한 인연으로 영 안 어울리는 처지의 남자—육아 경험도 전혀 없는 데다 그럴 인내심 역시 조금도 없는 독신의 큰아버지—에게 맡겨졌는데, 그로서는 엄청난 부담이 아닐 수 없었다. 조카들을 키우는 건 큰 걱정거리였고, 그 과정에서 그는 명백하게 여러 번 큰 실수를 저질렀다. 하지만 그는 불쌍한 조카들을 대단히 딱하게 여겼고, 할 수 있는 일이라면 전부 다 해 줬다. 특히 그는 조카들을 시골에 살게 하는 게 적합하다고 생각하여 그들을 가장 잘 돌볼 수 있는 사람들을 함께 딸려 시골 별장으로 보냈다. 심지어 조카들의 시중을 들게 하려고 자기 하인들까지 보내고, 조카들이 어떻게 자라고 있는지 보려고 형편이 허용하는 한도 내에서 직접 시골로 내려가기도 했다. 그런데 곤란한 점은 오누이에게 사실상 다른 친척들이 없고 큰아버지는 자기 일이 바빠 별로 시간을 내지 못한다는 것이었다. 그는 조카들에게 위생적이고 안전한 시골 별장 블라이를 내주었고, 그 소규모 부대—물론 하인들이 사는 아래층만 말하는 것이지만—의 책임자로 능력이 뛰어난 그로스 부인을 임명했다. 그녀는 그의 어머니 시중을 들던 하녀였는데, 그는 신임 가정교사가 그녀를 좋아하게 되리라고 확신했다. 그로스 부인은 현재 저택 관리인 노릇을 하는 동시에 그의 조카딸 플로라를 당분간 돌보고 있었다. 자식이 없던 부인은 다행히도 그 아이를 무척 좋아했다. 시골집엔 도움을 줄 하인들은 많았지만, 가정교사를 맡을 젊은 처녀가 부임 후에는 당연히 그 시골 별장에서 가장 큰 권한을 가지게 될 예정이었다. 가정교사는 지금은 기숙사 학교에 있는 그의 남자 조카가 방학이 되어 돌아오면 그 역시 돌보아야 했다. 조카는 집에서 떨어진 학교에 보내기엔 다소 어렸지만, 그 외에는 달리 방법이 없었다. 어쨌든 방학이 얼마 남지 않았으니 그 아이는 조만간 시골 별장으로 돌아올 것이었다. 두 아이에게는 앞서 가정교사 역할을 하던 젊은 숙녀가 있었지만, 불행하게도 그 여인을 잃었다. 그녀는 세상을 떠날 때까지 오누이를 위해 무척 열심히 일했고, 또 아주 예의 바른 사람이었다. 하지만 그처럼 창졸간에 벌어진 아주 곤란한 일 때문에 그는 조카 마일스를 기숙사 학교에 보내는 것 외에 달리 대안이 없었다. 그때 이후 그로스 부인이 전임 가정교사가 했던 것처럼 예의범절에 관한 일들을 플로라에게 가르쳤다. 그 외에 요리사, 하녀, 우유 짜는 여자, 늙은 조랑말 담당, 늙은 마부, 늙은 정원사 등도 모두 똑같이 아주 훌륭했다.

더글러스가 여기까지 배경을 설명하자 누군가가 갑자기 질문을 던졌다. "그런데 이전 가정교사는 어떻게 죽은 건가요? 너무 예의가 발라서 죽었나요?"

그러자 우리 친구는 즉시 대답했다. "원고를 읽다 보면 다 밝혀집니다. 앞지르지는 마시죠."

"그렇지만 당신이 그런 배경지식을 말해 주는 것이 이미 이야기를 앞지르는 것이라고 생각하는데요."

이에 내가 끼어들었다. "그 빈자리를 메우는 후임 가정교사라면 그 이유를 알고 싶어 하지 않았을까요? 그 일에 무슨—"

"죽을지도 모르는 위험이 도사리고 있지 않은지 말이죠?" 더글러스가 내 말을 끝맺었다. "그 후임도 알고 싶어 했고, 결국 알게 되었습니다. 그녀가 알게 된 일은 내일 듣게 되실 겁니다. 물론 그녀는 앞날이 조금 암울하다고 생각했습니다. 그녀는 젊고 경험이 없었으며 불안해 했습니다. 자기가 중대한 의무를 수행해야 하는데, 도와줄 친구는 거의 없는 무척 외로운 상태로 보였으니까요. 그녀는 망설였고, 며칠 동안 아는 사람들과 상의도 해 보고 또 깊이 생각했지요. 하지만 제시된 봉급은 그녀가 예상했던 적은 수준의 액수를 훨씬 뛰어넘는 것이었고, 따라서 두 번째 면접을 봤을 때 그녀는 상황이 어렵다 해도 헤쳐 나갈 각오로 그 일을 받아들였습니다." 더글러스는 잠시 말을 멈췄고, 나는 청중을 위해 끼어들지 않을 수 없었다.

"그런 결심은 결국 근사한 젊은 신사가 발휘한 매력 때문 아닙니까? 거기에 굴복한 거죠."

더글러스는 그 전날 밤에 그랬던 것처럼 벽난로로 가서 발로 장작을 툭툭 걸어찼다. 그는 잠시 우리에게 등을 돌리고 서 있었다. "그녀는 그를 두 번밖에 보지 못했습니다."

"그래요, 하지만 그건 그녀의 아름다운 열정을 보여 주는 것 아니겠습니까?"

이 말에 더글러스는 돌아서서 나를 쳐다봤는데, 나는 그 행동에 조금 놀랐다. "그 열정은 정말 아름다운 것이었지요." 그가 계속 말했다. "왜냐하면 다른 후보들은 젊은 신사의 매력에 굴복하지 않았거든요. 그는 솔직하게 자신의 어려움을 그녀에게 이야기했습니다. 다른 지원자들은 그 조건들이 너무 엄청나다고 생각했죠. 간단히 말해서 그들은 걱정했던 겁니다. 게다가 그가 주요 조건으로 내세운 것도 그들에게 겁을 주었지요."

"대체 어떤 것이기에요?"

"절대 자신을 귀찮게 하지 말라는 조건이었죠. 절대, 절대로요. 호소하지도, 불평하지도 말고, 무슨 일이 생겨도 편지조차 보내지 말라는 것이었습니다. 모든 문제는 가정교사 스스로 처리하고, 모든 비용은 담당 사무 변호사에게서 받아 써야 했지요. 즉, 모든 일을 가정교사에게 일임하고 자신은 빠지겠다는 뜻이었죠. 그녀는 그렇게 하겠다고 약속했습니다. 커다란 짐을 내려놓게 된 그는 기뻐하며 그녀의 손을 잡고 그 희생에 감사를 표했습니다. 그녀는 내게 이렇게 말하더군요. 그 순간 이미 보상을 받은 느낌이었다고."

"그래도 그렇지! 정말 그게 보상의 전부였단 말이에요?" 한 여인이 물었다.

"그녀는 이후 그를 다시 보지 못했습니다."

"세상에!" 아까 그 여인이 놀라며 말했다. 우리 친구 더글러스는 지난번처럼 곧장 자리를 떠났고, 방금 여인이 내지른 감탄사가 그 화제에 대한 중요한 반응이었다. 다음 날 밤이 되자 더글러스는 난로 구석 옆 멋진 의자에 앉아 금테를 두른 빛바랜 표지의 얇은 구식 사진첩을 펼쳤다. 그 이야기를 전부 듣기까지는 실제로 며칠 밤이 걸렸다. 그런데 이야기를 처음 시작할 때 전날 밤 감탄사를 내지른 여인이 이런 질문을 던졌다. "이야기의 제목이 뭔가요?"

"없습니다."

나는 이에 이렇게 말했다. "제가 지어 볼까요?" 하지만 더글러스는 내 말을 염두에 두지 않고 멋지고 낭랑한 목소리로 원고를 읽기 시작했다. 그 목소리가 어찌나 아름답던지 저자의 아름다운 필체를 그대로 귀에다 옮겨 놓는 느낌이 들었다.*

1

나는 일이 어떻게 시작되었는지 기억하고 있다. 기분이 계속 오르
내렸고, 잘했다는 흥분과 잘못했다는 전율이 번갈아 찾아왔다. 내가
도시에서 그의 호소를 받아들인 이후 며칠간은 무척 좋지 못했다. 거
듭하여 의심이 생겼고, 실제로 잘못 판단했다는 확신이 들었다. 이렇
게 마음이 뒤숭숭한 상태로 나는 흔들리는 마차에서 이리저리 부딪히
며 오랜 시간 여행했고, 마침내 저택에서 보낸 마차를 탈 수 있는 정
류장에 도착했다. 미리 지시되고 제공된 편이었다. 6월의 오후가 저물
고 있는 그때, 그 편안한 마차가 나를 기다리고 있었다. 실로 아름다운
날이었고, 마차는 시골 풍경을 가로질러 달려갔다. 그 여름날의 멋진
날씨가 나를 다정하게 환영하는 것처럼 보였다. 나의 용기는 되살아
났다. 시골 별장으로 들어가는 길로 접어들었을 때 그 용기는 더욱 힘
이 붙었고 그건 내가 얼마나 바닥까지 사기가 떨어졌는지 보여 주는
증거였다. 나는 저택이 무척 음침하리라고 예상했고, 그래서 두렵기
도 했다. 하지만 나를 맞이한 광경은 아주 놀라운 것이었다. 처음 바라
본 저택은 무척 유쾌한 인상이었고, 그것은 여전히 내 기억 속에 남아
있다. 넓고 깨끗한 정면, 열린 창문, 말끔한 커튼, 밖을 내다보던 두 명
의 하녀들. 잔디밭과 산뜻하게 피어난 꽃, 진입로 자갈 위로 마차 바퀴
가 우두둑하며 굴러가는 소리, 나무 우듬지의 황금빛 하늘을 빙빙 돌
며 깍깍 울던 떼까마귀들의 모습도 기억이 난다. 그 웅장한 풍경은 내

---

* 위에서 '나'는 가정교사가 사랑에 빠졌다고 말하는데, 이 '나'가 생각하는 이야기의 제목은
'러브스토리'임을 암시하고 있다. 또 텍스트는 그 사랑이 누구를 향한 것인지에 대하여 아
주 은밀하고 세부적인 내용을 마련하고 있다.

가 살던 남루한 집과는 전혀 차원이 다른 것이었다. 곧바로 문에 나타난 사람은 어린 소녀의 손을 잡고 있었는데, 마치 내가 저택의 여주인이나 저명한 손님이라도 되는 것처럼 무릎을 굽혀 내게 정중하게 인사했다. 내 기억에 할리가에선 이 저택에 관해 아주 제한된 이야기만을 들었는데, 지금 이 상황을 마주하니 이 저택의 주인이 더욱더 신사처럼 여겨졌다. 그가 약속한 것 이상으로 이 저택에서의 생활을 즐길 수 있지 않을까 하는 생각도 들었다.

　다음 날이 될 때까지 기분이 처지는 일은 없었다. 이후 몇 시간 동안 어린 여제자에게 나를 소개하며 의기양양한 기분이 되었기 때문이다. 그로스 부인의 손을 잡고 나타난 여자아이는 보는 순간 매력이 넘쳤고, 그 아이와 인연을 맺게 된 것이 큰 행운으로 느껴질 정도였다. 정말 여태껏 본 아이 중 단연 가장 예쁜 아이였다. 아이를 만나고 나자 왜 내 고용주가 조카딸에 관해 더 말하지 않았는지 절로 의문이 들었다. 무척 들뜬 나머지 나는 그날 거의 잠을 이루지 못했다. 내 기억에 나는 매력적인 조카딸을 가르치게 되었다는 사실을 계속 의식하며 매우 놀랐고, 그로 인해 후한 대우를 받고 있다는 의식이 더 강해졌던 것 같다. 저택에서 최고로 좋은 크고 인상적인 방, 커다랗고 훌륭한 침대, 무늬 있는 긴 커튼, 처음 경험하는 머리부터 발끝까지 온전한 모습을 보여 주는 긴 거울 등 내게 제공된 많은 것들은 어린 제자의 비범한 매력처럼 깊은 인상을 남겼다. 그로스 부인과의 관계 역시 원만하게 잘 맺을 수 있을 것 같았다. 마차를 타고 오는 길에 부인과 잘 지내지 못하면 어쩌나 걱정했던 것이다. 이렇게 처음의 전망에서 나를 다시 움츠러들게 한 유일한 점은 그녀가 나를 보자 지나칠 정도로 기뻐했다는 것이다. 나는 30분도 되지 않아 그녀가 무척 좋아하고 있다는 걸 알았다. 통통하고, 소박하고, 솔직하고, 분명하고, 건강한 부인은 그런 기쁨을 과도하게 드러내지 않으려고 무척 신경 쓰고 있었다. 그래서 당시에도 왜 그녀가 있는 그대로 기쁨을 드러내지 않는지 의아했다. 그걸 다시 생각해 보면 미심쩍은 기분이 들고, 이로 인해 불편함을 느낀 건 당연했다.

하지만 내가 맡을 소녀의 눈부신 모습과 관련하여 불편함을 느끼는 일은 없을 것이었으므로 그 점은 어느 정도 위로가 되었다. 내 들뜬 기분은 무엇보다 천사같이 아름다운 그 아이의 모습과 관련이 있었다. 나는 아침이 오기도 전에 여러 번 침대에서 일어나 방을 서성이며 모든 상황과 전망을 받아들이고자 했다. 나는 열린 창문으로 어렴풋한 여름날의 새벽을 보았고, 볼 수 있는 데까지 저택의 나머지 부분을 살펴보았다. 또한 사라져 가는 어둠 속에서 가장 먼저 일어난 새가 지저귀기 시작할 무렵, 한두 가지의 소리에 귀를 기울이려고 애썼다. 그것은 자연적인 것이 아니었고, 외부가 아니라 내부에서 들려오는 소리 같았다. 어느 순간 나는 멀리 희미하지만 아이가 우는 소리를 들었다고 생각했다. 또 어느 때엔 방문 앞에서 가벼운 발소리가 들리는 것 같아 문득 놀라기도 했다. 하지만 이런 상상은 떨쳐 버릴 수 없을 만큼 뚜렷한 건 아니었다. 물론 이는 지금 이 글을 쓰고 있는 내게 다시 떠오르는, 그 이후에 벌어진 다른 일들에 비추어 볼 때 그리 뚜렷하지는 않았다는 뜻이다. 어린 플로라를 지켜보고, 가르치고, '훈육하는' 일은 분명 행복하고 만족스러운 삶이 될 것이었다. 그렇게 하려고 나는 아래층 사람들과 의논하여 첫 만남 이후 밤에도 플로라와 함께 지내려고 그 아이의 작고 흰 침대를 이미 내 방으로 들여놨다. 내가 할 일은 그 아이의 모든 걸 돌보는 일이었지만, 마지막 하룻밤만 아이가 그로스 부인과 함께 보내게 배려했다. 아직은 내가 낯선 사람이었고, 또 플로라가 수줍음을 크게 탄다는 점을 고려하여 내린 결정이었다. 그토록 수줍은 아이였지만, 무척 기이하게도 플로라는 자신의 수줍은 면에 관해서는 지극히 솔직하고 대담했다. 우리가 그런 수줍음에 관해 논하고 부당하게 그것을 천성 탓으로 돌렸음에도 아이는 불편한 기색을 드러내지 않았다. 플로라에게는 실로 라파엘로의 신성한 아기처럼 심오하고 매혹적인 평온함이 있었다. 나는 그 아이가 곧 나를 좋아하게 되리라고 확신했다. 저녁이면 우리는 긴 촛대 네 개를 놓은 식탁에 모였고, 플로라는 턱받이를 하고 높은 의자에 앉아 환히 빛나는 얼굴로 빵과 우유를 사이에 둔 채 나의 맞은편에 자리했다. 나는 그런 플로라의 모습에 감탄하고 놀라움을 금치 못했는데, 그로스 부인은 이런 내 감정을 눈치채고 있었다. 그런 부인은 내게 즐거움을 주었고, 그것은 내가 부인을 좋아하는 한 가지 이유였다. 이런 감정은 플로라가 있는 자리에서는 자연스레 흐뭇하고 놀란 표정을 통해서만 우리 사이를 오갔다. 일종의 우회적인 표시였던 것이다.

"남자아이는 어떤가요, 플로라를 닮았나요? 그 아이 역시 무척 비범한가요?"

아이는 치켜세우면 안 되는 법이다. "세상에, 선생님, 그 아이처럼 훌륭한 아이가 있을까요? 이 아이를 좋게 보셨다면 그건 너무도 분명하죠!" 접시를 손에 든 부인이 플로라를 보며 말했다. 그러자 플로라는 아무런 의심도 하지 않고 이 세상의 것 같지 않은 평온한 눈으로 우리를 번갈아 쳐다봤다.

"물론 저는 이 아이를—"

"그렇다면 그 꼬마 신사를 보셔도 매혹되고 말 거예요!"

"그래요, 저도 그래서 여기에 온걸요. 매혹되려고요. 하지만 걱정되는 건—"아직도 나는 내 안에서 이렇게 말을 이어 가고 싶은 충동이 일어났던 걸 기억한다. "제가 쉽게 매혹된다는 거예요. 런던에서도 그랬지요!"

나는 지금도 내 말을 들은 그로스 부인이 그 넓은 얼굴에 어떤 표정을 지었는지 그려 낼 수 있다. "할리가에서 말씀이시죠?"

"맞아요."

"선생님, 선생님만 그러셨던 게 아니에요. 앞으로도 그런 사람은 계속 나타날 거랍니다."

"제가 유일한 사람이라고 허세를 부리지는 않겠어요." 나는 그제야 웃으며 말했다. "그나저나 듣기로는 제 다른 제자가 내일 돌아온다던데요?"

"내일은 아니고 금요일이에요, 선생님. 선생님처럼 마차로 올 거랍니다. 선생님이 타셨던 것과 같은 마차가 마중하러 갈 거예요."

나는 부인의 말을 듣고 마차가 도착할 때 내가 플로라와 함께 정류장에 나가서 그를 기다리는 게 적절하면서도 즐겁고 다정한 일이 아니겠냐고 즉시 의견을 표시했다. 그로스 부인은 무척 열성적으로 동의했고, 나는 왜 그랬는지 모르겠지만, 그녀의 이런 태도를 보고서 우리가 앞으로 모든 문제에서 의견을 일치시킬 수 있겠다는, 일종의 위로가 되는 보증—고맙게도 이건 절대 어긋난 적이 없었다—으로 받아들였다. 아아, 그녀는 내가 있어 기뻤던 것이다!

다음 날 내가 느낀 기분 변화는 도착 첫날의 쾌활한 느낌에서 오는 부작용은 아닌 것 같다. 그것은 기껏해야 내가 저택 주위를 걷고, 바라보며 그에 대해 온전한 판단을 내리고 저택을 새로운 환경으로 받아들인 것에서 발생한 약간의 압박감에 지나지 않는다. 마음의 준비를 하지 못한 상태에서 둘러본 저택은 크고 넓었고, 나는 그래서 그 웅장함에 자부심을 느끼는 동시에 겁먹기도 했다. 이렇게 동요되어서야 분명 얼마 동안은 수업을 미뤄야 할 것이었다. 숙고해 보니 내가 처음으로 해야 할 일은, 내가 생각해 낼 수 있는 온유한 방법으로 아이가 내게 익숙해지게 만드는 것이었다. 따라서 나는 플로라와 함께 바깥에서 그날 하루를 꼬박 보냈다. 플로라는 이 저택을 내게 구경시켜 줄 사람이 자기밖에 없다는 점을 알고 무척 만족한 모양이었다. 아이는 걸음을 옮길 때마다, 방을 보여 줄 때마다, 비밀을 알려 줄 때마다 그것에 관련된 우스꽝스럽고, 사랑스럽고, 아이 같은 이야기를 들려주었다. 그 결과 30분도 되지 않아 우리는 무척 친근한 사이가 되었다. 함께 저택을 잠시 둘러보면서 나는 어린 그녀가 그 과정에서 내보인 자신감과 용기가 대단하다는 데 놀랐다. 빈방, 걸음을 멈추게 하는 비뚤어진 계단과 이어진 우중충한 복도, 심지어 저절로 아찔한 기분이 드는 돌출한 총안을 낸 직각 형태의 탑 꼭대기에서도 플로라는 음악 같은 목소리로 묻는 것 이상의 많은 이야기를 해 주면서 나를 이끌었다. 블라이를 떠난 이후 나는 그 저택을 다시는 가 보지 못했다. 이젠 그때보다 나이도 더 들고 아는 것도 많으니 지금 보면 저택은 그때보다 많이 왜소하게 보일 것이다. 하지만 금발에 푸른 드레스를 입은 내 작은 안내원이 내 앞에서 춤을 추며 구석을 돌아 가벼운 발걸음으로 통로를 지나가는 모습을 보면서, 나는 장밋빛 요정이 사는 로맨스 소설 속 성채를 보았고, 무슨 이유인지는 모르겠지만 아이들을 즐겁게 하고자 지은 이야기책이나 동화책에나 나올 법한 어떤 장소 같다고 생각했다. 읽다가 깜빡 잠이 들어 꿈을 꾸게 되는 이야기책에 나오는 광경이었느냐고? 아니다. 그 저택은 크고 흉하게 생긴 고가였지만 편리한 집이었다. 그곳은 절반은 교체되고 절반만 활용 중인 고가의 몇 가지 특성을 갖고 있었다. 나는 그 저택 안에 사는 우리가 커다란 표류선에 탄 몇 안 되는 승객처럼 난감한 상태라고 생각했다. 그리고 기묘하게도 그 표류선의 조타수는 나였다!

2

표류선의 조타수라는 느낌은 이틀 뒤 더욱 절실하게 다가왔다. 나는 그로스 부인이 말한 대로 꼬마 신사를 마중하려고 플로라와 함께 마차를 타고 갔다. 그런데 나는 두 번째 날 밤에 벌어진 사건 때문에 크게 당황했다. 저택에 도착한 첫날은 말했듯이 전반적으로 고무적이었으나 그러한 느낌이 갑자기 변하는 상황이 찾아왔다. 우편 행낭은 늦게 배달되어 두 번째 날 밤에 늦게 도착했는데, 거기에 내게 온 편지가 있었다. 고용주가 보낸 것이었는데 몇 마디 적혀 있지 않았다. 거기에는 고용주가 받은 또 다른 편지가 동봉되어 있었는데, 봉인조차 뜯기지 않은 상태였다.

내가 보기에 이 편지는 교장이 보낸 것이오. 아주 지겨운 작자지. 부탁인데 이 편지를 읽고 일을 처리해 주시오. 잘 알겠지만, 내게 보고는 마시오. 단 한 글자라도 말이오. 그럼 이만.

나는 편지의 봉인을 뜯느라 무척 애썼다. 봉인이 어찌나 크던지 뜯는 데 시간이 한참 걸렸다. 나는 결국 편지를 방으로 가져와 침대에 눕기 직전에 비로소 뜯어 보았다. 그리고 차라리 다음 날 아침이 될 때까지 기다릴 걸 하는 생각이 들었다. 그 편지를 읽는 바람에 두 번째로 날밤을 새워야 했기 때문이다. 상담할 사람도 없어 다음 날이 되었을 때 나는 정신적으로 무척 괴로웠다. 결국 나는 고뇌를 이기지 못하고 적어도 그로스 부인에게는 터놓고 말해야겠다고 결심했다.

"이게 무슨 뜻이죠? 아이를 학교에서 내보냈다니요."

내 말을 들은 부인은 순간 이상한 표정을 지었지만 재빨리 지우면서 원래의 표정으로 돌아가려고 애썼다. "하지만 아이들은 모두―"

"집으로 보낸다고요. 그렇죠. 하지만 애들은 방학 때만 집으로 보내지는 거지요. 그런데 마일스는 아예 학교로 돌아가지 못하게 되었어요."

주의 깊게 살펴보니 부인은 내 말을 의식하고 얼굴이 벌게져 있었다. "학교에서 받아 주지 않는다는 건가요?"

"절대 사양한다고 하네요."

이 말에 부인은 나를 외면하던 눈을 들어 올렸다. 부인의 눈엔 눈물이 고여 있었다. "대체 그 아이가 무슨 일을 했을까요?"

이에 나는 주저했다. 하지만 곧 내가 받은 편지를 그녀에게 넘겨주는 게 최선이라고 판단했다. 그런데 부인은 받지 않고 양손을 등 뒤로 숨기기만 할 뿐이었다. 그녀는 슬픈 표정을 지으며 고개를 저었다. "그런 물건은 제게 어울리지 않아요, 선생님."

내 상담역은 문맹이었다! 나는 실수를 깨닫고 움찔하며 놀랐고, 최대한 그 상황을 무마하려고 편지를 열어 그녀에게 읽어 주었다. 나는 더듬거리며 편지를 읽었고, 다 읽자마자 바로 편지를 접어 다시 주머니에 넣었다. "그 아이가 정말 나쁜 건가요?"

그녀의 눈엔 여전히 눈물이 고여 있었다. "학교에서 정말 그렇게 말했나요?"

"자세한 내용은 언급하지 않았어요. 그저 더는 마일스를 데리고 있지 못하겠다고 유감을 표시했을 뿐이에요. 여기엔 딱 한 가지 의미밖에 없어요." 그로스 부인은 말문이 막힌 채 멍한 표정으로 그저 듣기만 했다. 대체 이게 무슨 뜻인지 묻고 싶었지만, 참고 있었다. 나는 곧 일을 일관되게 정리하고 부인에게 정신적으로 의지하고자 이렇게 말했다. "그 아이가 다른 학생들에게 피해를 주었다는 뜻이에요."

단순한 사람들은 감정이 급변하는데, 부인 역시 이 말을 듣고 갑작스럽게 화를 벌컥 냈다. "아니, 마일스 도련님이! 못된 애라도 된다는 건가요?"

그로스 부인의 이 말 속엔 선의가 가득하여 흘러넘쳤고, 비록 나는 그 아이를 보지도 못했지만, 무척 걱정되는 마음에 피해 운운은 황당 무계한 얘기라고 속단했다. 나는 부인의 말에 맞장구를 치려고 즉석에서 이렇게 비꼬았다. "불쌍하고 순진하고 어린 동급생들에게 말이에요!"

"학교에서 그런 잔인한 말을 하다니 너무 끔찍해요!" 그로스 부인이 소리를 질렀다. "열 살도 안 된 아이한테 말이에요."

"그래요, 그래요. 믿기 어려운 얘기예요."

내가 이렇게 선언하자 그녀는 아주 고마워했다. "먼저 아이를 만나보세요, 선생님. 그러시면 그 말을 믿기 어려울 거예요!" 이 말을 들으니 나는 조급해져 어서 마일스를 만나 보고 싶어졌다. 이후 몇 시간 동안 깊어져 가는 호기심에 나는 무척 괴로웠다. 그로스 부인은 내 조급증을 알아채고는 확신에 찬 말을 덧붙였다. "아예 우리 꼬마 숙녀한테도 그런 말을 해 보라지 그래요. 원 세상에." 부인은 곧바로 말을 이었다. "자, 아가씨를 좀 보세요!"

나는 몸을 돌려 플로라를 봤다. 나는 10분 전에 공부방으로 플로라를 데려가 백지 한 장에 연필과 훌륭하게 '둥근 O 자'가 인쇄된 습자책을 주고 글자를 익히게 했는데, 아이가 열린 문 앞에 모습을 드러낸 것이었다. 플로라는 달갑지 않은 의무에 놀라울 정도로 초연한 모습을 드러내며 나를 보았다. 그 어린 제자의 행동은 공부를 잠시 그만두고 나를 따라올 만큼 내게 애정을 품고 있는 것처럼 보였다. 나는 그 행동 하나만으로도 그로스 부인의 지적이 타당함을 온전히 느낄 수 있었다. 그래서 나는 제자를 감싸 안고 속죄의 눈물을 흘리며 키스를 퍼부었다.

그렇기는 해도 나는 그날의 남은 시간에 그로스 부인에게 다가갈 기회를 노렸다. 하지만 저녁 무렵에 나는 그녀가 다소 나를 피하고 있다는 생각이 들기 시작했다. 내 기억에, 부인을 따라잡은 건 계단에서였다. 우리는 함께 계단을 내려갔고, 다 내려오자 나는 부인의 팔에 손을 올리며 다른 곳으로 가지 못하게 했다. "부인이 오늘 낮에 해 주신 말에 대한 건데요, 마일스가 못된 짓을 한 걸 단 한 번도 보신 적이 없다는 뜻으로 이해하고 있어요."

이 말을 들은 부인은 고개를 뒤로 젖혔다. 그 무렵에 그녀는 분명 어떻게 행동하자고 마음을 먹은 모양이었다. "아, 단 한 번도 본 적이 없다고는 하지 않았어요!"

나는 당혹스러웠다. "그렇다면 본 적도 있다는—"

"네, 선생님. 당황스럽게도요!"

깊이 생각해 보고 나는 그 말을 받아들이기로 했다. "그렇다면 부인께선 그 아이가 때로는—"

"제겐 아이가 아니에요!"

나는 부인을 더 꽉 붙들었다. "부인은 장난기가 있는 씩씩한 아이를 좋아하시는군요?" 나는 그녀가 방금 한 말에 보조를 맞추면서 말했다. "그건 저도 그래요!" 나는 진심으로 말했다. "그렇지만 오염시킬 정도로는—"

"오염요?" 부인은 이 거창한 단어에 당황한 모양이었다. 나는 곧장 설명했다. "다른 사람을 타락시킨다는 말이에요."

그녀가 말뜻을 알아듣고 나를 물끄러미 바라보더니 기묘한 웃음을 터트렸다. "그 애가 선생님을 타락시킬까 봐 두려우신 건가요?" 부인이 훌륭하고 대담한 유머를 발휘했다. 나 역시 거기에 응하기 위해 약간은 바보 같은 웃음을 터트리며 그 유머를 이해하는 척했다.

하지만 다음 날 마차를 타고 마중 나갈 시간이 다가오자 나는 다른 질문을 불쑥 꺼냈다. "제 전임자는 어땠나요?"

"저번 선생님요? 젊고 아름다웠죠. 선생님과 견줄 만큼요."

"그렇다면 그 선생님은 그 덕을 보셨겠네요." 아직도 나는 무심결에 내뱉은 이 말을 기억한다. "그분은 가정교사라면 젊고 아름답기를 바라시는 것 같아요!"

"정말 그렇죠." 그로스 부인이 동의했다. "그는 그런 사람이라면 모두 좋아했으니까요!" 하지만 부인은 그 말을 하자마자 곧바로 자신을 다잡았다. "그러니까, 우리 주인님이 그렇다고요."

나는 이 말에 놀라 부인에게 물었다. "그럼 방금 전에 말씀하신 '그'는 누굴 뜻하는 것이었나요?"

그녀는 별다른 표정을 짓지 않았지만 얼굴이 붉게 물들고 있었다. "아니, 그분에 대해서였지요."

"주인어른요?"

"그럼 또 누가 있나요?"

그 외에 다른 사람은 분명 없었기에 다음 순간 나는 그녀가 우연하게도 하고 싶은 말보다 더 많은 것을 말했다는 느낌조차 잃어버렸다. 그래서 나는 그냥 알고 싶은 걸 물었다. "전임자는 남자애에게서 뭐라도 보았나요?"

"올바르지 못한 행동요? 제게 말씀하신 적은 없어요."

나는 약간 망설였으나 그것을 억누르며 다시 물었다. "세심하거나 까다로운 분이셨나요?"

그로스 부인은 성실하게 대답하려는 듯했다. "어떤 면에선 그랬죠."

"매사에 그렇지는 않고요?"

이에 부인이 다시 깊이 생각했다. "저, 선생님. 그분은 이미 세상을 떠나셨어요. 그분 얘기를 나쁘게 하고 싶지 않아요."

"그런 기분은 충분히 이해합니다." 나는 서둘러 대답했다. 하지만 잠시 뒤 비록 한 발짝 물러나긴 했어도 조금 더 묻는 건 크게 문제 되지 않는다는 생각이 들었다. "그분이 여기서 돌아가셨나요?"

"아뇨, 여길 떠나셨어요."

그러나 그로스 부인의 간단한 대답에 뭔가 애매모호한 것이 있다는 느낌이 들었다. "떠난 다음에 돌아가셨다고요?" 이에 부인은 창밖을 내다보았다. 하지만 나는 가정교사로 부임해 왔으므로 전임자들이 블라이에서 어떤 일을 하기를 바랐는지 알 권리가 있다고 생각했다. "그러니까 전임자는 여기서 병에 걸려 집으로 돌아가셨다는 얘기인가요?"

"겉으로 드러난 것만 보면 여기서 병에 걸린 건 아니에요. 연말에, 그분 말에 따르면, 잠깐 집에 다녀오겠다고 하셨어요. 여기서 1년이나 계셨으니 그런 휴가를 떠날 권리가 있었지요. 그땐 젊은 보모가 있었는데, 친절하고 영리한 여자였어요. 전임 선생님이 휴가를 가신 동안 그 보모가 아이들을 맡았죠. 하지만 선생님은 돌아오시지 않았어요. 주인님께서 그분이 사망했다는 소식을 전해 주셨을 때까지만 해도 저는 블라이로 돌아오시리라고 생각했답니다."

나는 그 말을 듣고 곰곰이 생각했다. "그렇다면 무슨 일로 돌아가신 거죠?"

"주인님께서 그건 말씀해 주지 않으셨어요! 제발, 선생님." 그로스 부인이 대답했다. "이제 저는 일하러 가야겠어요."

3

부인은 내게 이렇게 말하고 떠나갔다. 하지만 다행스럽게도 내가 정신이 팔린 덕에 이런 무례한 행동도 나와 그녀의 상호 존중을 해치지는 못했다. 어린 마일스를 데리고 저택에 온 뒤 나는 다시 그로스 부인을 만났는데, 소년에 대한 나의 놀람과 전반적 정서 때문인지 그 어느 때보다도 친밀하게 이야기를 나눴다. 마중을 나가서 직접 보고 나는 그 아름다운 소년이 퇴학을 당한 건 너무나 터무니없는 결정이라고 말할 준비가 되었다. 나는 현장에 조금 늦게 도착했는데, 마일스는 이미 여관 문 앞에서 마차에서 내려 생각에 잠긴 채로 나를 기다리며

서 있었다. 나는 보자마자 겉으로나 속으로나 엄청난 산뜻함의 빛이 그 아이를 감싸고 있다고 생각했다. 마일스는 플로라를 처음 봤을 때 느낀 것과 같은 순수한 향기를 풍기고 있었다. 그로스 부인이 말해 준 것처럼 믿기 힘들 정도로 아름다운 아이였다. 그 아이의 모습을 본 이후 내 안에선 그 아이에 대한 일종의 열정적인 애정 이외에 다른 것들은 깨끗이 지워져 버렸다. 그때 그곳에서 마일스를 내 마음에 깊이 새기게 된 것은 전에 다른 아이에게서 전혀 느껴 보지 못한 신성한 어떤 것을 느꼈기 때문이다. 그 아이에겐 사랑 이외의 것은 전혀 모른다는 저 형언하기 어려운 분위기가 있었다. 그런 신성한 순수함을 갖춘 아이가 평판이 나쁜 짓을 한다는 건 있을 수 없었다. 따라서 마일스와 함께 블라이로 돌아갈 때 내 방 서랍 속에 보관된 그 끔찍한 편지를 생각하면서 나는 격분했을 뿐만 아니라 도무지 갈피를 못 잡고 있었다. 그로스 부인과 단둘이 이야기를 나누게 되자 나는 그것이 참으로 기괴한 처사라고 말했다.

이에 그녀는 즉시 내 말을 알아들었다. "그 잔인한 조치 말씀이시죠?"

"그건 전혀 말이 되지 않아요. 저 아이를 한번 보세요!"

부인은 내가 마일스의 매력을 발견한 걸 알고 미소를 지었다. "그렇고말고요, 선생님. 제가 말씀드린 그대로라니까요! 그나저나 뭐라고 답신할 생각이세요?" 부인이 곧바로 말을 덧붙였다.

"학교에서 온 편지에요?" 나는 이미 결심한 상태였다. "아무 답신도 하지 않을 거예요."

"아이 큰아버지에게는요?"

나는 단호하게 말했다. "아무 말씀도 드리지 않을 거예요."

"아이 본인에게는 뭐라고 하실 건가요?"

나 스스로도 놀라웠다. "아무 말도 하지 않을 거예요."

부인은 그러자 앞치마로 입 가장자리를 크게 훔쳤다. "그렇다면 저는 선생님과 한편이 되겠어요. 끝까지 한번 잘해 봐요, 우리."

"그래야죠!" 나는 열띤 목소리로 말하며 그녀에게 손을 내밀어 맹세를 했다.

부인은 한동안 내 손을 잡고 있다가 다른 손으로 다시 앞치마를 입가에 가져갔다. "선생님, 실례가 안 된다면 제가—"

"키스해도 괜찮냐고요? 당연하죠!" 나는 이 선량한 사람을 양팔로 감쌌다. 자매처럼 포옹하고 나자 힘도 나고 한결 분개하게 되었다.

어쨌든 당분간은 그러했다. 그때는 무척 흐뭇한 감정이 충만했던 때라 당시 일이 어떻게 진행되었는지 조금이라도 분명하게 되살리려면 모든 기교를 발휘해야 한다는 생각이 든다. 돌이켜 볼 때 놀라운 건 내가 받아들인 상황이다. 나는 그로스 부인과 끝까지 해 보기로 했다. 분명 나는 뭔가에 홀려 있었다. 그렇기에 엄청난 노력을 해야 하는 그렇게 규모가 크고, 또 그렇게 힘든 노력을 경주할 수 있었다고 생각된다. 나는 매혹과 연민의 커다란 파도 위에 올라타서 저 위로 들어 올려졌다. 나는 무지, 혼란 그리고 자만심 속에서, 이제 막 세상에 나아가기 위한 교육을 시작한 소년을 다루는 게 간단하리라고 생각했다. 그가 방학이 끝나고 학업을 재개하게 되었을 때 내가 어떤 학습 계획을 세웠는지는 지금 이 순간에도 기억나지 않는다. 실제로 그 매력적인 여름에 우리는 마일스가 나에게서 가르침을 받는다는 이론을 세웠지만, 이제 와서 생각해 보니 몇 주 동안 실제로 가르침을 받은 사람은 마일스가 아니라 나였다. 나는 사소하고 숨 막혔던 시골 목사관 생활에서 배우지 못한 뭔가를 배웠다(처음엔 특히 더 그러했다). 즐거움을 얻고, 심지어 남을 즐겁게 하며 내일에 관해 생각하지 않는 법을 배웠다. 공간과 분위기 그리고 자유, 또 여름의 음악과 모든 자연의 신비를 알게 된 건 어떤 면에서 그때가 처음이었다. 여기에 더해 깊이 생각하는 시간도 있었는데, 그런 생각은 감미로운 것이었다. 아아, 하지만 그것은 내 상상력과 연약함, 허영 그리고 내 안의 가장 흥분하기 쉬운 부분이라면 무엇이든 건드리는—계획되지는 않았지만 무척 깊은—함정이었다. 그 상황을 가장 잘 묘사하는 표현을 해 본다면, 나는 완전히 경계를 풀고 있었다. 아이들은 거의 문제가 되지 않았다. 오히려 비범할 정도로 점잖았다. 미덥지 못하고 동떨어진 생각이긴 했어도 나는 험난한 미래—모든 미래는 험난하니까!—가 어떻게 그 애들을 다루고 상처를 줄지 깊이 생각하곤 했다. 하지만 이런 생각은 막연하고 또 서로 연관 관계도 없는 것이었다. 아이들은 혈색도 좋고 행복했다. 나는 마치 고관의 자녀나 혈통 있는 왕가의 자녀를 맡은 것처럼 아이들 주위에 울타리를 두르고 모든 것으로부터 보호해야 한다고 생각했고, 그렇게 하는 게 옳다고 믿었다. 내 상상에서 훗날 그 아이들이 맞이할 삶의 형태는 낭만적이고 호화로운 광대한 정원과 공원 이외에 다른 건 없었다. 그런데 이 낙원에 갑자기 발생한 사건은, 그 사건 이전을 고요함의 매력이 있는 것으로 만들었다. 그 고요함 속에는 무언가가 힘을 모으면서 웅크리고 잠복해 있었다. 그리고 닥쳐온 변화는 정말로 갑자기 튀어나온 짐승 같았다.

처음 몇 주는 하루가 길었다. 아이들이 착했던 시기에 그들은 내가 나만의 시간이라 부르곤 하던 자유 시간을 나에게 주었다. 제자들이 차를 마시고 잠자리에 들면 나 역시 잠자리에 들었는데, 그 전에 짧게 혼자 있을 시간이 있었다. 나는 제자들과 함께하는 시간도 무척 좋아했지만, 아무래도 가장 좋아하는 건 바로 이 시간이었다. 특히 해가 저물 때가 가장 좋았다. 햇빛이 사라질 듯 사라지지 않고, 붉게 물든 하늘을 배경으로 오래된 나무에 앉은 새들이 마지막으로 울어 대는 소리를 듣는 건 무척 즐거운 일이었다. 나는 주위를 산책하며 저택의 아름다움과 장엄함을 즐겼는데, 마치 저택의 주인이라도 된 것 같은 기분이 들어 즐겁고 우쭐했다. 그 순간의 평온함과 또 부임하기를 잘했다고 느끼는 것은 즐거웠다. 또한 나의 신중함, 온건하고 훌륭한 판단, 높은 수준의 예의 등을 보고 내게 부담스러운 임무를 맡겼을 그분— 아아, 그분이 이런 점을 생각해 주신다면!—을 즐겁게 하고 있다는 점을 떠올리는 것도 확실히 즐거웠다. 내가 지금 하는 일은 그분이 진정으로 바라던 것이며 내게 직접 부탁한 것이었고, 내가 그 일을 할 수 있다는 것은 기대 이상의 커다란 즐거움이었다. 간단히 말해서 나는 스스로를 뛰어난 젊은 여자로 생각했고, 이런 사실이 앞으로 좀 더 뚜렷하게 드러날 것이라고 믿으며 편안함을 느꼈다. 물론 곧 첫 징후를 드러낼 놀라운 일들에 맞서려면 내가 비범한 사람임을 보여 주어야 할 필요가 있었다.

그 일은 어느 날 오후 자유 시간에 갑자기 발생했다. 아이들은 다 방으로 돌아갔고 나는 산책을 나섰다. 지금 이 순간 주저하지 않고 기록하는 바이지만, 나는 그런 산책을 나갈 때마다 이런 생각을 했다. 그 산책이 어떤 사람을 갑자기 만나는 멋진 이야기처럼 멋졌으면 좋겠다는 생각. 거기 소로의 굽잇길에 누군가가 나타나 내 앞에 우뚝 서 미소를 짓고서 나를 칭찬해 주리라는 생각. 나는 그 이상의 것은 바라지 않았다. 그저 그가 나를 알아주기만을 바랐다. 그런 인정을 받고 있다는 것을 확인하는 유일한 방법은 그의 잘생긴 얼굴에서 그런 자상한 인정의 빛을 직접 목격하는 것이었다. 그리고 바로 그것—여기서 그것은 얼굴을 의미한다—이 내 앞에 나타났다. 해가 긴 6월의 어느 날이 끝나 갈 무렵 나는 산책을 하다가 숲속에서 빠져나와 집이 보이는 곳에 들어서면서 갑자기 걸음을 멈추었다. 나를 그 자리에 멈춰 세운 것은—그리고 그 어떤 장면보다 훨씬 더 강력한 충격을 안겨 준 것은—갑자기 나의 상상이 현실로 바뀌었다는 느낌이었다. 그가 바로 거기에 서 있었다! 그러나 그는 잔디밭 뒤쪽에 있는 탑 꼭대기에 우뚝 서 있었다. 어린 플로라가 부임 첫날에 나를 데려가 보여 준 탑이었다. 그 탑은 네모나고 총안이 있고 서로 어울리지 않는 두 유사한 구조물 중 하나였는데, 나는 그 차이점을 잘 알아볼 수 없었지만 사람들은 그 둘을 오래된 탑과 새로운 탑으로 구분해서 불렀다. 저택 양옆으로 우뚝 서 있는 두 탑은 저택과는 좀 어울리지 않는 엉뚱한 구조물이었으나, 저택으로부터 완전히 떨어져 있지는 않고 또 아주 까마득히 높지는 않아서 그런대로 그 엉뚱함이 가까스로 구제된 상태였다. 건축 연대는 겉보기만 그럴듯한 의고풍擬古風인 것으로 보아 낭만주의가 부흥되던 시절에 지어진 듯한데, 이미 그때만 해도 상당히 오래된 과거였다. 나는 두 탑을 멋지다고 생각했고, 그것들을 보면서 공상에 잠겼다. 두 탑이 석양 속에 우뚝 서서 위용을 자랑할 즈음이면, 그 흉벽의 장엄한 모습이 어느 정도 공상의 혜택을 주었기 때문이다. 그러나 그처럼 높은 곳은, 내가 머릿속에서 자주 상상하던 그 인물이 나타날 법한 장소로는 영 어울리지 않았다.

지금 기억하는 바이지만, 청명한 석양 무렵 탑 위에 나타난 그 인물은 내게 두 가지 뚜렷한 감정을 안겨 주었다. 그것은 처음의 놀람에 뒤

이어 두 번째의 놀람으로 이어지는 충격의 느낌이었다. 두 번째로 놀랄 때 나는 아주 갑작스럽게 첫 번째의 놀람이 착각이었다는 인식을 하게 되었다. 내 눈을 마주 보고 있는 그 남자는 내가 성급히 상상했던 그 인물이 아니었다. 그렇게 하여 나는 아주 놀라운 광경을 보게 되었는데, 여러 해가 지난 지금에도 있는 그대로의 생생한 모습을 그려 낼수가 없다. 평범한 가정에서 조신하게 성장한 젊은 여인에게, 그런 외딴곳에 등장한 미지의 남자는 당연히 공포의 대상이다. 나를 빤히 쳐다보는 그 인물은—몇 초가 지나면서 확신하게 되었는데—내 마음속에 있던 그 사람의 모습이 아니었을 뿐만 아니라, 내가 아는 그 누구와도 닮지 않았다. 그건 할리가에서 본 얼굴도 아니었고, 그 어디에서도 본 적이 없는 생면부지의 얼굴이었다. 탑은, 이 세상 사물의 기이한 진행 방식에 따라, 그 인물이 나타난 순간 그리고 그 나타났다는 사실로 인해 아주 황량한 곳이 되어 버렸다. 지금 이 순간, 다른 어느 때보다 더욱 신중하게 생각하면서 진술하는 바이지만, 그 인물을 만난 순간의 느낌이 내게 생생하게 되돌아오고 있다. 그것은 마치 내가 그 광경을 받아들인 그 순간에 그 장면 속의 다른 모든 것들은 죽음의 그림자가 뒤덮인 것 같았다. 이 글을 쓰는 지금, 나는 그 당시에 저녁 무렵의 만뢰萬籟가 아주 강렬한 정적 속으로 가라앉았던 소리를 듣고 있다. 까마귀들은 황금빛 하늘에서 울기를 멈추었고, 그 안온한 시간은 형언할 수 없는 그 몇 분 동안에 모든 소리를 잃어버렸다. 그러나 내가 그 낯설고 예민한 느낌으로 사물을 바라보는 것이 변화라면 변화일까, 자연에는 아무런 변화가 없었다. 하늘은 여전히 황금빛이었고, 공기는 청명했으며, 흉벽 위에서 나를 내려다보는 그 남자는 사진틀 속에 넣어 둔 사진처럼 선명했다. 나는 그 남자가 사진틀 속의 어떤 사람에 해

당하는지 여러 사람들을 아주 재빨리 생각해 보았으나, 다들 상합하지 않았다. 우리는 상당한 거리를 두고 떨어져 있어서 나는 도대체 저 사람은 누구일지 곰곰 생각해 볼 수 있었고, 또 아무런 말도 할 수 없었기에 어떤 경이로움을 느꼈는데, 그런 감정은 몇 초 사이에 점점 더 강렬해졌다.

어떤 문제들과 관련하여 중요한 질문, 혹은 중요한 질문들 중 하나는 그것이 얼마나 오래 지속되었는가 하는 것이다. 하지만 나의 이 문제는, 독자가 그것을 어떻게 생각하든 간에, 내가 10여 가지의 가능성들을 생각해 보는 동안에도 지속되었다. 그 가능성들은 그 어떤 것도 좋은 쪽으로 발전되지 않았고, 그래서 내가 모르는 어떤 사람이 집 안에 살고 있는 게 아닐까 하는 생각이 들었다. 만약 그렇다면 얼마나 된 걸까? 내가 한참 내 직책상 이러한 상황을 모르고 있었다는 것과 이러한 사람의 존재는 용납할 수 없다는 데 사명감을 느끼면서 약간 새침해져 있는 동안, 그것은 지속되었다.* 아무튼 이 방문자가 그 위치에서 나를 응시하는 동안 그것이 지속되었다. 그는 방문객답지 않게 모자를 쓰고 있지 않아서, 지금 떠올리건데, 좀 기이해 보이는 자유로움과 친숙한 분위기를 풍기면서 나를 응시했다. 그 남자의 존재는 저물어 가는 석양빛 속에서 나로 하여금 그 문제를 더욱 찬찬히 살피면서 생각해 보게 했다. 우리는 너무 떨어져 있어서 소리쳐 부를 수는 없었다. 하지만 좀 더 가까운 거리였더라면 그처럼 빤히 쳐다보기만 하는 것이 아니라 그 만뢰의 정적을 깨트리며 당신은 도대체 누구냐고 물어볼 법한 순간도 있었을 것이다. 내 보기에, 그는 저택에서 좀 떨어진

---

* 심령 연구자들이 유령을 보았다고 주장하는 사람들에게 물어보는 표준 질문 중 하나는 "유령이 그곳에 얼마나 오래 머물렀는가?"이다.

흥벽 모퉁이에 꼿꼿이 서서 양손을 흥벽 가로대 위에 내려놓고 있었다. 그래서 나는 지금 쓰고 있는 글을 내 눈으로 볼 수 있는 것처럼 그를 보았다. 그리고 정확히 1분쯤 뒤에 그 광경에 변화를 주려는 듯, 그가 천천히 다른 곳으로 이동했다. 그는 이동 중에도 나를 빤히 응시하면서 흥벽 반대편 모퉁이로 걸어갔다. 그것은 내게 아주 강렬한 인상을 주었다. 그는 이동 중에 내게서 시선을 떼지 않았다. 그리고 지금 이 순간에도 한 총안에서 다른 총안으로 옮겨 가면서 그가 흔들어 대던 팔이 아주 생생히 보인다. 그는 다른 모퉁이에서 멈춰 섰으나 아까보다 오래 있지는 않았다. 그러나 그는 거기서 몸을 돌리는 동안에도 나를 계속 응시했다. 이윽고 그는 몸을 돌려 사라졌고 그게 내가 알았던 전부이다.

4

나는 좀 더 기다리면서 그다음은 어떻게 되는지 지켜보았다. 나는 심히 동요하고 있었지만 발걸음이 땅에 붙어 떨어지지 않았다. 블라이에 비밀이 있는 걸까? 우돌포의 신비 같은 것 혹은 대외비인 정신 나간 친척이 어느 오싹한 골방에 갇혀 있는 건가?*

내가 얼마나 그런 생각을 하면서 거기에 서 있었는지 알지 못한다. 또 호기심과 두려움이 뒤범벅된 혼란스러운 감정 속에서 그 남자를 만났던 그 자리에 얼마나 오래 머물렀는지도 기억하지 못한다. 하지만 온 사방이 어둑어둑해지자 저택 안으로 들어섰던 것은 기억한다. 그러기 전에 심적 동요가 나를 지탱하고 움직이게 한 것은 확실하다. 왜냐하면 그곳 주위를 맴돌면서 5킬로미터를 걸었기 때문이다. 하지만 그 뒤에 더 크게 놀랄 일이 일어났는데, 이 경고의 예고편은 그에 비하면 어느 정도 거리가 있던지라 인간미가 있는 오싹함이었다. 그중에서 가장 특기할 만한 것은—나머지도 물론 그러했지만—홀에서 그로스 부인을 만나면서 의식하게 된 부분이었다. 그 순간의 그림이 지금도 내 머릿속에 정연하게 떠오른다. 집에 들어서는 순간 내가 받았던 인상은 이러했다. 램프 불빛을 받고 있는 하얀 패널을 댄 넓고 환한 공간, 초상화들이 걸려 있는 벽면과 붉은 카펫, 내 동료의 선량하면서도 놀라는 표정— 그 표정을 보니 그로스 부인이 내가 돌아오지 않아 기다리고 있었음을 알 수 있었다. 그녀를 만나는 순간 이런 생각이 들었다. 내가 집으로 돌아와 기쁘기도 하고 불안에서 놓여나 그녀는 내가 무엇을 말하려는지 전혀 감을 잡지 못하는 듯했다. 나는 그녀의 편안한 표정이 내 말을 제지하리라는 것을 짐작하지 못했다. 나는 방금 벌어진 사건을 말하기가 망설여졌는데, 그럼으로써 그 일의 중요성을 어느 정도 가늠할 수 있었다. 그 사건의 흐름을 통틀어 보면,

---

* 앤 래드클리프(1764~1823)의 『우돌포성의 신비』(1794)는 18세기 말에 큰 인기를 끌었던 고딕 소설로, 후대 영국 소설가인 샬럿 브론테와 에밀리 브론테에게 큰 영향을 주었다. 귀족 처녀 에밀리 생토베르는 아버지가 갑자기 돌아가시자 툴루즈에 있는 숙모의 집에 맡겨졌으나, 이 숙모가 베네치아의 귀족 몬토니와 결혼하는 바람에 이탈리아로 건너가게 된다. 그러나 몬토니는 에밀리와 숙모의 재산을 빼앗기 위해 숙모와 결혼한 것이었다. 결혼 후 몬토니는 에밀리와 숙모를 아펜니노산맥의 우돌포성으로 데려가 재산 포기 각서에 서명하라고 숙모를 윽박지른다. 몬토니는 숙모가 거부하자 그녀를 골방에 가두어 버리고, 에밀리를 이탈리아 귀족과 강제 결혼시키려 하나 그녀는 거부한다. 이때 과거 에밀리가 아버지와 함께 피레네산맥을 여행했을 때 알게 된 발랑쿠르라는 귀족 청년이 에밀리를 찾아 우돌포성으로 온다. 위협하는 몬토니, 달아나려는 에밀리, 그녀를 구하려는 미남 청년, 이렇게 세 사람이 공포 분위기 속에서 달아나고 다시 잡히고 하는 줄거리가 계속 이어진다. 전형적인 고딕 로맨스답게 귀신 들린 성, 공포스러운 분위기, 재앙의 예감 등이 교묘하게 제시되어 있다. '대외비인 정신 나간 친척'은 샬럿 브론테의 『제인 에어』에 나오는, 다락방에 갇힌 로체스터의 미친 아내 버사를 가리킨다.

나의 공포는 동료를 지켜 주어야 한다는 본능에서 시작되었는데, 그건 정말이지 기이한 일이 아닐 수 없다. 그래서 불빛 환한 홀에서 그녀가 나를 지켜보는 가운데, 나는 뭐라고 형언할 수 없는 이유로 인해 하나의 내적 혁명을 달성했다. 나의 늦은 귀가에 대하여 밤이 너무 아름다워 그랬다며 막연한 변명을 둘러대고 이슬에 발이 흥건히 젖었다는 핑계를 대면서 곧바로 내 방으로 물러갔다.

이제부터 말하는 건 또 다른 사건이다. 아주 괴이한 그 사건은 여러 날이 흘러간 후에 벌어졌다. 나는 날마다 약간의 시간을 낼 수 있었고—심지어 근무 시간 중에도 어떻게든 짬을 낼 수 있었다—그럴 때면 방 안에 틀어박혀 생각에 잠겼다. 참을 수 없을 정도로 신경과민이 된 것은 아니었고, 오히려 실제로 그렇게 될까 봐 은근히 걱정이 되는 수준이었다. 내가 깊이 생각해 보아야 할 진실은 이제 너무나 분명하고 뚜렷했다. 그건 내가 기이한 방식으로 만난 그 사람, 또 뭐라고 할까, 어떤 내밀한 근심 걱정을 안겨 주는 그 방문자에 대하여 어떤 타당한 설명을 내놓을 수 없다는 것이었다. 나는 공개적으로 물어보거나 어떤 놀라운 말을 꺼내지 않아도, 이 집의 복잡한 문제를 손쉽게 알아낼 수 있다는 걸 금방 파악했다. 내가 받았던 충격은 나의 감각을 예민하게 만들어 놓았음이 틀림없었다. 나는 사흘 뒤, 집을 면밀히 관찰한 끝에 하인들이 나를 교묘하게 속이거나 아니면 내가 그 어떤 '장난'의 대상이 된 일은 없다고 확신했다. 내가 알게 된 것이 무엇이든 간에 내 주위에서 그것에 대해 알고 있는 사람은 없었다. 그래서 오로지 단 하나의 건전한 추측만이 가능했다. 누군가가 제멋대로 버릇없이 굴었다는 것이다. 그것이 내가 방문을 잠그고 내 방에 틀어박혀 혼자 여러 번 되풀이하여 한 말이었다. 우리는 집단적으로 외부 침입자에게 노출된 것이었다. 양심이 불량한 어떤 여행자가 오래된 저택에 흥미를 느낀 나머지 식구들 몰래 저택에 들어와 가장 관찰하기 좋은 지점에서 주변 풍경을 감상한 후에 들어올 때와 마찬가지로 나갈 때도 도둑처럼 사라졌다고 말이다. 그 사람이 나를 노골적으로 응시한 것은 엄청난 무례함의 일부분일 뿐이었다. 그렇지만 정말 좋은 건 이제 확실히 그 사람을 더 이상 볼 일이 없으리라는 점이었다.

하지만 이 점도 매력적인 나의 일에 비하면 나머지는 다 하찮다는 사실만큼 좋은 건 아니었다. 매력적인 일이란 다름 아닌 마일스와 플로라와 함께하는 생활이었다. 나는 어려운 일이 있을 때에는 무엇보다도 아이들을 가르치는 데 전적으로 몰두하여 그 어려움을 극복할 수 있다고 보았고, 따라서 가정교사 일을 더욱 소중하게 여겼다. 또 두 아이는 너무나 매력적이라 끊임없는 즐거움을 주었다. 그러면서 내가 부임하기 전에 느꼈던 두려움, 즉 이 가정교사 일이 어쩌면 아주 칙칙할지도 모른다고 다소 꺼림칙해했던 게 얼마나 헛되었던가 하고 다시 한 번 놀라게 되었다. 칙칙한 일 같은 것은 없었고 또 힘든 일을 아주 오래 해야 하는 것도 아니었다. 그러니 날마다 아름답게 여겨지는 가정교사 일이 어떻게 매력적이지 않을 수 있겠는가? 그것은 아동실의 로맨스이고 공부방의 시정詩情이었다. 물론 이렇게 말한다고 해서 우리가 소설과 시만 공부했다는 얘기는 아니다. 나의 두 제자가 불러일으킨 흥미로운 영감을 그렇게밖에는 표현할 수가 없는 것뿐이다. 날마다 그 아이들이 지겨워지는 것이 아니라—이것은 가정교사로서는 경이로운 일인데, 나는 동료 가정교사를 증인으로 내세우고 싶다—그들에게서 끊임없이 새로운 것을 발견한다고 말하는 것 말고, 어떻게 그 매력적인 일을 설명할 수 있겠는가. 그렇지만 이런 발견이 미치지 못하는 방향이 딱 하나 있었다. 마일스가 학교에서 어떤 행동을 했는지에 대해서는 짙은 안개가 드리워져 있었던 것이다. 그러나 이미 언급한 바와 같이, 나는 곧 그 수수께끼를 아무런 고통 없이 대면할 수 있게 되었다. 어쩌면 단 한 마디의 설명도 없이 그 아이 자신이 그 수수께끼를 해명했다고 하는 게 더 진실에 가까울 것이다. 그는 그 모든 비난을 황당한 것으로 만들어 버렸다. 그곳에서 나의 결론은 그의 순수함이라는 장미 꽃봉오리와 함께 활짝 피어났다. 그는 너무나 멋지고 아름다워서 저 쩨쩨하고 무섭고 불결한 학교 세계와는 어울리지 못하는 존재였고, 그 때문에 대가를 치른 것이었다. 어떤 개인의 이런 특별한 차이점, 혹은 어떤 뛰어난 특성에 대한 질투—여기에는 우둔하고 지저분한 학교 선생들의 그것도 포함된다—는 반드시 보복적 성격을 띠게 된다는 것이 내 깊은 사색의 결론이었다.

두 아이는 온유함 그 자체였다. 그 온유함은 오히려 결점에 가까울 정도였으나 그런 부드러움이 마일스를 멍청이로 만드는 것은 아니었다. 그 자질로 인해 두 아이는—뭐라고 표현해야 좋을까?—거의 몰개성적이고 거의 처벌 불가능한 존재로 보였다. 두 아이는 그 어떤 비난도 받을 수 없는—적어도 도덕적인 차원에서는—천사들의 영성을 강조하는 일화 속의 어린 천사들이나 다름없었다! 나는 마일스에게는 죄의식을 느낄 만한 과거가 조금도 없다고 느꼈던 것을 지금 기억한다. 우리는 몇 살 먹지 않은 어린아이라도 약간의 '전례'는 있다고 생각한다. 그러나 이 아름다운 어린 소년은 특출할 정도로 민감한 무엇을 가지고 있었고, 그러면서도 그 누구보다도 행복했다. 그리하여 내가 만난 그 연령대의 어떤 소년보다도 마일스는 매일매일을 완전히 새롭게 시작하는 것처럼 보였다. 그는 단 1초라도 고통스러운 적이 없었다. 나는 이것이 그가 실제로 처벌을 받았다는 것을 부정하는 직접적인 반증이라고 보았다. 만약 그가 사악한 아이라면 그 악을 '붙들었을' 것이고 나는 틀림없이 그 반사된 악을 포착할 수 있었을 것이다. 적어도 그 흔적을 발견했을 것이고, 그와 관련된 상처와 불명예를 느꼈을 것이다. 나는 그 어떤 것도 캐낼 수 없었고, 그래서 그는 천사였다. 그는 학교 얘기는 물론 급우나 교사에 대한 얘기도 하지 않았다. 나 역시 그 학교에 너무나 혐오감을 느껴서 그들 얘기를 하고 싶지 않았다. 물론 나는 매혹의 마법에 빠져 있었는데, 아주 멋진 건 그 당시에도 내가 이미 그 사실을 완벽하게 알고 있었다는 점이다. 나는 그 마법에 자발적으로 나 자신을 바쳤다. 그것은 고통을 막아 주는 진통제였고, 당시 나는 한 가지 이상의 고통을 앓고 있었다. 나는 그 당시에 집에서부터 연달아 심란한 편지를 받았는데 집안 형편이 별로 좋지 않다는 내용이었다. 하지만 두 아이와 함께 있는 즐거움에 비하면 이 세상 무슨 일이 문제가 될 것인가? 자투리 시간을 이용하여 내 방으로 물러갈 때면 나는 이 문제에 대해 이렇게 대답했다. 나는 아이들의 사랑스러움에 완전히 매혹되었다.

각설하고 이야기를 계속해 보자면, 그날은 일요일이었고, 비가 아주 억수로 퍼부었으며, 그래서 여러 시간 동안 교회로 가는 사람들의 행렬을 볼 수가 없었다. 그래서 낮이 저물 무렵, 나는 그로스 부인과 상의하여 저녁에 날씨가 좋아지면 저녁 예배에 참석하기로 했다. 다행히도 비는 멈추었고 나는 교회까지 걸어갈 준비를 했다. 공원을 지나 마을까지 가는 좋은 길을 걸어가면 20분 정도 걸리는 거리였다. 홀에서 그로스 부인을 만나기 위해 계단을 내려가던 중에, 세 바늘 꿰맨 장갑이 생각났다. 아이들이 예외적으로 일요일에는 마호가니와 놋쇠의 차갑고 정결한 신전이라 할 수 있는 '어른들의' 식당에서 차를 마시는 동안에 나는—교육적으로는 그리 보기 좋은 광경은 아니었겠지만— 장갑을 꿰맸던 것이다. 그리고 장갑을 식당에 그대로 놔두고 와서 나는 그것을 가져오려고 식당 안으로 들어갔다. 날은 어둑해지고 있었으나 그래도 오후의 햇빛이 아직 남아서 식당 문지방을 통과하며 나는 닫힌 널찍한 창문 근처 의자에 찾던 물건이 놓여 있는 것을 볼 수 있었다. 그러나 나는 그 창문 반대편에 어떤 사람이 붙어 서서 식당 안을 들여다보고 있는 것을 의식했다. 한 걸음만 내디디면 안으로 들어올 수 있을 정도의 거리였다. 나는 즉각 모든 것을 알아보았다. 식당 안을 빤히 들여다보는 사람은 내게 나타난 적이 있던 바로 그 사람이었다. 그는 그 전보다 더 뚜렷한 모습이라고는 할 수 없지만—그럴 수는 없는 노릇이므로—우리의 왕래는 진일보하여 더 가까워진 느낌이었다. 나는 그를 쳐다보면서 숨이 막혀 왔고 동시에 온몸이 차갑게 얼어붙었다. 그는 지난번과 같은 모습이었다. 지난번과 마찬가지로 이번에도 창문에 붙어 서 있어서 허리 윗부분만 보였다. 식당은 1층에 있었지만 그가 서 있는 테라스 아래쪽으로 내려가지 않는 구조였다. 그의 얼굴은 창문 유리에 가까이 붙어 있었으나, 이렇게 잘 보이자 기이하게도 지난번에 보았던 때가 더 강렬했음을 나는 알게 되었다. 그는 단 몇 초 거기에 서 있었다. 하지만 그가 나를 보고 또 인식했다는 것을 내게 확신시키기에는 충분한 시간이었다. 마치 그를 여러 해 동안 보아 왔고 또 늘 알고 있었던 듯한 느낌이 들었다. 하지만 이번에는 전에 없던 일이 벌어졌다. 그는 유리를 통하여 식당 건너편에 이르기까지 나를 빤히 응시했다. 그의 시선은 지난번처럼 깊고 강렬했으나 잠시 나를 건너뛰고 다른 곳으로 향했다. 그동안에 나는 그를 관찰하면서 그가 여러 다른 대상들을 연속적으로 응시한다는 것을 알았다. 바로 그 순간에 그가 나타난 것은 나 때문이 아니라는 확신에 찬 또 다른 충격을 받게 되었다. 그는 누군가 다른 사람을 찾아온 것이었다.

이 번개 같은 인식—그것은 두려움 속에 생겨난 지식이었으므로—은 나에게 아주 놀라운 효과를 발휘했고, 거기 식당에 서 있던 순간, 내 안에서 전에 없는 의무감과 용기가 갑자기 샘솟았다. 용기라고 한 것은 내가 이미 의심의 여지 없이 이 일에 너무 깊숙이 들어갔기 때문이었다. 나는 재빨리 식당 문밖으로 나가 현관문까지 달려가 곧바로 진입로로 올라서서 테라스를 따라 가능한 한 빨리 모퉁이를 돌아아까 그 남자가 서 있던 자리가 환히 보이는 지점까지 달려갔다. 하지만 나는 아무것도 볼 수가 없었다. 방문자는 이미 사라지고 없었다. 그러나 나는 걸음을 멈추고 격심한 안도감을 느끼며 그 자리에 거의 쓰러질 뻔했다. 하지만 그곳을 계속 주시하면서 그가 다시 나타날 시간을 주었다. 나는 지금 그걸 시간이라고 말하고 있으나, 그건 얼마간이었을까? 나는 현재 이에 대하여 딱 알맞게 말할 수가 없다. 그런 측정 단위는 내겐 없었다. 내가 실제로 느낀 것처럼 그리 오래는 아니었을 것이다. 테라스와 그 주위, 잔디밭, 그 너머의 정원 그리고 내게 보이는 공원의 한쪽 부분 등은 완전히 텅 비어서 공허했다. 키 작은 나무와 키 큰 나무들이 있었으나, 그 나무들이 그를 가려 주지 못한다고 확신했던 것을 나는 기억한다. 그는 거기에 있거나 아니면 거기에 있지 않았다. 하지만 내가 그를 보지 못했으니 거기에 없는 것이었다. 나는 이 생각이 옳다고 믿었다. 이어 본능적으로 나는 왔던 길을 되짚어가는 것이 아니라 식당 창문으로 다가갔다. 그가 서 있었던 곳에 한번 서 보아야겠다는 혼란스러운 생각이 떠올랐던 것이다. 나는 얼굴을 유리창에 대고 그가 했던 것처럼 식당 안을 들여다보았다. 그런데 바로 이 순간, 아까 그의 시야에 들어온 그림이 어떤 것인지 정확히 내게 보여 주기라도 하듯이, 방금 전 나처럼 그로스 부인이 식당 안으로 들어왔다. 그렇게 하여 나는 완벽히 똑같은 사건을 보게 되었다. 부인은 내가 아까 방문자를 쳐다보았던 것처럼 나를 쳐다보았다. 그리고 내가 그랬던 것처럼 깜짝 놀라 멈춰 섰다. 내가 받은 충격을 일부 그녀에게 나누어 준 것이다. 그녀의 얼굴이 창백해졌고, 나는 아까 나도 저렇게 창백해졌던가 하고 스스로 물어보게 되었다. 그녀가 나를 빤히 쳐다보더니 곧 내가 행동한 경로를 그대로 따라서 퇴각했다. 나는 그녀가 거실 밖으로 나와 내게로 오리라는 것을 알았다. 나는 식당 창문 옆에 그대로 서 있었고, 그녀를 기다리는 동안 여러 가지 생각을 했다. 하지만 여기서는 딱 한 가지만 언급하기로 하겠다. 왜 그녀는 그렇게 놀랐을까?

5

그녀가 저택 모퉁이를 돌아서 곧 내 시야에 나타났다. "도대체 무슨 일인가요?" 그녀는 얼굴이 상기되고 숨을 헐떡거렸다.

나는 그녀가 가까이 다가올 때까지 아무 말도 하지 않았다. "제가요?" 내 얼굴이 좀 이상했던 게 틀림없다. "제 얼굴에 그게 나타나나요?"

"얼굴이 백지장처럼 하얘요. 아주 무서워요."

나는 생각했다. 나는 이 문제와 관련하여 조금도 망설이지 않고 그 어떤 순진한 사람이라도 상대해 줄 수 있었다. 그로스 부인의 순수한 붉은 얼굴을 존중해야 한다는 생각은 마치 어깨에서 옷이 떨어져 내리듯이 아무런 소리도 내지 않고 사라져 버렸다. 만약 내가 잠시 망설였다면 그건 이 문제를 유보할까 생각해서는 아니었다. 나는 부인에게 손을 내밀었고 그녀는 그 손을 잡았다. 나는 그녀를 가까이 느끼고 싶어 그 손을 잠시 잡고 있었다. 부인의 수줍게 놀라는 모습은 내게 일종의 원군이 되었다. "물론 교회에 가자고 오신 거겠지요. 하지만 저는 갈 수 없어요."

"무슨 일이 벌어졌나요?"

"네. 부인도 이제 아셔야 해요. 제가 아주 괴상해 보였나요?"

"창문을 들여다본 거요? 무서웠어요!"

"네," 내가 말했다. "저도 무서웠어요." 그로스 부인의 두 눈은 무서운 일을 당하고 싶은 생각이 없음을 분명하게 드러내고 있었다. 자신의 처지를 잘 알고 있던 그녀는 내가 느끼는 어떤 뚜렷한 불편함을 공유할 준비가 되어 있었다. 이제 부인이 그것을 공유해야 한다는 것은 분명해졌다! "아까 식당 창문에서 부인이 본 것이 바로 그 원인이에요. 제가 부인보다 조금 전에 본 것은 그보다 훨씬 더 무서운 것이었어요."

부인이 손을 꽉 쥐었다. "그게 뭔데요?"

"어떤 이상한 남자였어요. 안을 들여다보고 있었어요."

"이상한 남자요?"

"전 그게 누군지 전혀 몰라요."

그로스 부인은 헛되이 주위를 둘러보았다. "그럼 그는 어디로 갔나요?"

"그건 더더욱 모르겠어요."

"전에도 본 적이 있나요?"

"예— 딱 한 번요. 오래된 탑 위에 서 있었어요."

부인은 나를 더욱 빤히 쳐다보았다. "그럼 그가 낯선 사람이라는 얘기인가요?"

"아, 맞아요!"

"그런데도 선생님은 제게 말하지 않았군요?"

"안 했어요. 여러 가지 이유로요. 하지만 이제 부인이 짐작을 하고 있으니—"

그로스 부인의 동그란 두 눈이 그 말을 막아섰다. "그렇지 않은데요!" 그녀가 아주 간단하게 말했다. "선생님이 생각 못 하는 것을 제가 어떻게 짐작할 수 있겠어요?"

"전 전혀 상상 같은 건 하지 않아요."

"그를 탑 말고 다른 곳에서는 보지 못했나요?"

"방금 전에 이곳에서요."

그로스 부인은 주위를 다시 둘러보았다. "그가 탑에서는 무엇을 하고 있었나요?"

"그냥 거기 서서 저를 내려다보고 있었어요."

부인은 잠시 생각에 잠겼다. "신사였나요?"

나는 깊이 생각할 필요가 없었다. "아니요." 부인이 더욱 의아해하며 쳐다보았다. "아니요."

"그럼 이 근처 사람이 아니에요? 마을 사람도 아니고요?"

"아니에요. 부인에게 말하지는 않았지만 확인해 보았어요."

부인은 막연한 안도의 한숨을 내쉬었다. 기이하게도 그녀의 안도가 무슨 이유인지는 모르나 좋게 생각되는 부분이 있는 것 같았다. 하지만 그것은 잠깐 동안의 안도일 뿐이었다. "하지만 그가 신사가 아니라면—"

"그가 무어냐고요? 그는 공포예요."

"공포요?"

"그는— 제가 그 사람이 무엇인지 어떻게 알겠어요?"

그로스 부인은 주위를 다시 한 번 둘러보았다. 그녀는 어두워지는 저 먼 쪽을 응시하더니 몸을 꼿꼿이 세우고서 완전히 다른 얘기를 꺼냈다. "교회에 빨리 가야 하는데요."

"오, 전 교회에 갈 마음이 아니에요!"

"그게 선생님께 좋지 않을까요?"

"그건 저들에게 도움이 안 돼요—!" 내가 집 쪽으로 고개를 주억거리며 말했다.

"아이들요?"

"전 지금 애들을 혼자 놔둘 수 없어요."

"선생님이 혹시 두려워하시는 게—?"

나는 과감하게 말했다. "제가 두려워하는 건 그 사람이에요."

그로스 부인의 넓적한 얼굴은 이제 처음으로 뭔가를 좀 알겠다는 희미한 이해의 빛을 띠기 시작했다. 나는 그녀의 얼굴에서 뒤늦게 어떤 생각이 떠오르는 것을 간파했는데 그것은 내가 알려 준 생각은 아니었고 나 또한 아주 막연하게 여기는 어떤 것이었다. 그 순간 내가 그녀로부터 뭔가를 알아낼 수 있겠다는 생각이 들었다는 게, 글을 쓰는 이 순간 떠오른다. 나는 그것이 부인이 곧 드러낸 바와 같이, 뭔가 좀 더 알고 싶다는 욕망과 관련이 있다고 느꼈다. "탑 위에 나타난 게 언제였나요?"

"이달 중순 무렵이었어요. 이 시간쯤이었고요."

"어둑해질 때네요." 그로스 부인이 말했다.

"아니, 그렇지 않아요. 전 지금 부인을 보고 있는 것처럼 그 사람을 보았어요."

"그럼 그가 어떻게 들어왔지요?"

"그리고 어떻게 나갔느냐고요?" 나는 웃었다. "그에게 물어볼 기회가 없었어요! 그렇지만 오늘 밤에 그는 부인도 알다시피 안으로 들어오지 못했어요."*

"그가 들여다보기만 했나요?"

"그것만 한다면 정말 좋겠어요." 부인은 내 손을 놓고 조금 돌아섰다. 나는 잠시 기다렸다가 말했다. "교회에 혼자 가세요. 저는 애들을 돌봐야겠어요."

부인은 천천히 내 얼굴을 다시 쳐다보았다. "아이들 때문에 두려우신 건가요?"

우리는 한참 서로의 얼굴을 쳐다보았다. "부인은 그렇지 않은가요?" 그녀는 대답을 하지 않고 창문 쪽으로 가까이 다가가서 잠시 유리창에 얼굴을 밀착시켰다. "그가 어떻게 들여다보았는지 부인은 느낄 수 있나요?" 내가 옆에서 말했다.

---

* "어떻게 들어왔느냐/어떻게 나갔느냐"라는 이 대화는 《영국 심령학회 의사록》(1885)에 보고된 유령 이야기를 연상시킨다. 헨리 제임스는 이 학회의 모임에 참석하여 형 윌리엄 제임스의 논문을 낭독한 일도 있고, 또 평소 유령에 관심이 많았다. 그중 심슨 부인의 사례는 「나사의 회전」과 비슷한 내용을 여러 군데 담고 있어서 헨리 제임스가 이 소설의 밑바탕으로 활용했을 가능성이 있다. 두 어린아이와 함께 집에 남겨진 심슨 부인은 난데없는 갓난아이의 울음소리를 듣는다. 그녀는 두 명의 유령을 본 것을 보고하는데, 하나는 남자 모습이고 다른 하나는 여자 모습이다. 좀 더 구체적으로 부인은 집 안에 들어온 낯선 사람에게 놀라서 이렇게 중얼거린다. "그런데 이 남자는 어떻게 들어왔지? 아니, 그는 어떻게 나갔지?"

그녀는 움직이지 않았다. "그가 여기에 얼마나 있었나요?"

"제가 밖으로 나올 때까지요. 전 그를 만나러 갔어요."

그로스 부인이 마침내 몸을 돌렸다. 그녀의 얼굴에는 뭔가 더 많은 것이 드러나 있었다. "전 밖으로 나가지 않았을 거예요."

"그건 저도 마찬가지예요." 내가 다시 웃었다. "하지만 전 밖으로 나왔어요. 그건 제 의무니까요."

"저도 의무가 있지요." 그녀가 대답하고 이렇게 덧붙였다. "그가 어떻게 생겼나요?"

"저도 정말 말해 주고 싶네요. 그는 누구와도 닮지 않았어요."

"누구와도요?" 그녀가 복창했다.

"그는 모자를 쓰지 않았어요." 이런 특기 사항 하나만으로도 그녀가 깊은 불안을 느끼며 어떤 그림을 떠올리는 것이 얼굴에 드러났고, 나는 재빨리 생김새를 조목조목 말하기 시작했다. "머리카락은 아주 붉고 곱슬곱슬했고, 얼굴은 다소 길쭉하고 창백했지요. 이목구비는 뚜렷한 편이었고 구레나룻은 머리카락처럼 붉은 색깔이었어요. 눈썹은 다소 짙은 편이었지요. 특별한 반원형이었고 크게 움직이는 듯한 느낌을 주었어요. 두 눈은 날카로우면서도 살벌했어요. 하지만 눈은 작은 편이었고, 시선은 고정되어 있었어요. 입은 넓적하고 입술은 얇은데 약간 기른 구레나룻을 제외하고는 면도를 깨끗이 하고 있었고요. 다소 배우처럼 보였어요."

"배우!" 그 순간 그로스 부인처럼 배우를 꼭 닮은 사람은 다시 없을 것이다.

"배우를 본 적은 없지만 배우가 그렇게 생겼을 거라고 생각해요. 그는 키가 크고, 활동적이고, 몸을 꼿꼿이 세우고 있었어요." 내가 계속 말했다. "하지만 결코— 결코— 신사는 아니었어요."

내가 말하는 동안 내 동료의 얼굴은 창백해졌다. 동그란 두 눈은 크게 뜨였고 부드러운 입술은 떡 벌어졌다. "신사요?" 그녀가 혼란스러워하고 당황하면서 가쁜 숨을 내쉬었다. "신사라고요?"

"그럼 부인은 그 사람을 알고 있나요?"

그녀는 눈에 띄게 중심을 잡으려고 애를 썼다. "그런데 그가 잘생겼다고요?"

나는 그녀를 도와줄 방도를 보았다. "그럼요. 아주 잘생겼어요!"

"그런데 옷은—?"

"남의 옷을 입고 있었어요. 멋진 옷이었지만 그의 것은 아니었어요."

그녀가 숨을 멈추고 뭔가를 확인해 주는 듯한 신음을 내뱉었다. "그건 주인님 옷이에요!"

나는 재빨리 다그쳐 물었다. "부인은 그를 아나요?"

그녀는 잠시 망설이다 소리쳤다. "퀸트!"

"퀸트?"

"피터 퀸트— 주인님이 여기 내려오셨을 때 데리고 온 시종이에요."*

내 동료는 입을 더욱 크게 벌리면서 나를 쳐다보더니 그 정보들을 통으로 이어 붙이며 말했다. "그는 모자를 쓰지 않았으나 양복을 입었

---

* 이 대화는 「나사의 회전」의 해석과 관련하여 학자들이 많이 논의한 부분이다. 이 소설을 유령 소설로 읽는 학자들은 이 대화를 근거로 가정교사가 실제로 유령을 보았다고 주장한다. 그녀는 유령을 보기 전에 피터 퀸트의 이름을 들은 적이 없고 또 블라이 저택에 주인의 시종이 내려온 적이 있다는 사실을 알지 못했다. 그런데도 그녀는 그로스 부인에게 퀸트의 인상착의를 자세하게 말해 줄 수 있었다. 반대로 이 소설을 유령 소설이 아니라 가정교사의 노이로제가 일으킨 환각으로 보는 학자들은 가정교사가 유령을 보았다고 상상하는 것일 뿐이며, 퀸트에 대한 정보를 사전에 파악한 가정교사가 속아 넘어가기를 잘하는 그로스 부인에게 퀸트의 유령(실은 그녀의 환상)이 나타났다고 말해 주는 것이다, 라고 해석한다.

는데— 그래요, 주인님의 조끼가 사라졌지요! 두 사람은 지난해 여기에 같이 내려왔어요. 그러다가 주인님은 떠나시고 퀸트 혼자 여기에 남았어요."

나는 약간 뜸을 들이며 다그쳤다. "혼자요?"

"혼자 남아 우리와 함께 있었지요." 마치 깊은 곳에서 울려오는 메아리처럼 그녀가 덧붙였다. "집안일을 돌보면서요."

"그런데 그는 어떻게 되었나요?"

그녀는 한참 말을 멈추었고 그래서 나는 더욱 의아해졌다. "그도 떠났어요." 그녀가 마침내 말했다.

"어디로 갔나요?"

그 물음에 그녀의 표정이 뜨악해졌다. "하느님께서 아시는 곳으로 요! 그는 죽었어요."

"죽었다고요?" 나는 비명을 내지를 뻔했다.

부인은 어깨를 곧게 펴고서 그 기이한 일을 말하기 위해 땅 위에 두 발을 굳건히 대고 섰다. "네, 퀸트 씨는 죽었어요."

6

우리가 그것에 가능한 한 맞대응하며 살아 나가야 하는 상황에서, 우리 두 사람을 함께 엮어 주는 데에는 이 특별한 사건 이외의 다른 것들도 도움을 주었다. 그건 이미 생생하게 구체화된 유령의 세계에 대한 암시에 내가 특별히 민감하다는 것과, 나의 이런 감수성에 대해서 그로스 부인이 알게 되었다는 것이다. 물론 부인의 감정은 절반은 경악이었고 절반은 공감이었다. 유령의 출현으로 내가 한 시간 동안 침대에 드러누워 있던 그날 저녁, 우리 두 사람은 함께 공부방으로 물러가서 그 안에 꼭 틀어박힌 채 눈물과 맹세, 기도와 약속, 서로 간에 전의를 다지고 확약하는 것 이외에는 특별히 다른 일은 할 수가 없었다. 우리는 모든 것을 공개했고, 그 결과 그 상황의 마지막까지 세부적으로 샅샅이 살펴보게 되었다. 부인 자신은 유령은커녕 그 그림자의 그림자조차도 못 보았고, 가정교사를 제외한 집 안의 모든 사람들도 그녀와 같은 곤경을 겪지 않았다. 하지만 부인은 내가 털어놓은 진실에 대하여 나의 정신 상태를 노골적으로 의심스럽게 여기는 법 없이 그것을 있는 그대로 받아들였다. 그녀는 그런 관점에 입각하여 겁에 질려 있었음에도 내게 자상함을 보였고 나의 좀 의심스러운 특권*도 존중했다. 이런 자상함의 숨결은 인간이 발휘한 자비심의 가장 아름다운 사례로 오늘날까지 나에게 남아 있다.

　그날 밤 우리 두 사람은 힘을 합쳐 이 사태를 이겨 나가야 한다는 데 합의했다. 하지만 나는 부인이 유령을 보지 못했음에도 불구하고 가장 큰 부담을 떠안게 되는 것은 아닐까 하는 생각을 떨치기 어려웠다. 그 순간에는 물론이고 그보다 훨씬 뒤에도, 나는 두 제자를 보호하기 위해 하지 못할 것은 없다고 확신했다. 하지만 정직한 부인이 그처럼 까다로운 합의를 과연 지킬 만한 강단이 있는지 확인하는 데에는 좀 더 시간이 걸렸다. 그녀가 보기에 나는 괴상한 여자였을 것이다. 내가 보았던 그 유령 못지않게 괴상했으리라. 하지만 우리가 겪은 일을 지금 회상해 보니 단 하나의 생각**이 우리에게 엄청난 공통의 터전을 제

---

* 유령을 보는 능력.
** 함께 힘을 합쳐 아이들을 지켜야 한다는 생각.

공해 주었고, 행운 덕분에 그 생각이 우리를 지탱해 주었다. 그 생각은 나의 두 번째 움직임과 관련되는 것인데, 비유적으로 말하자면, 두려움에 떨며 내면의 방에 갇힌 것이 첫 번째 움직임이라면 그 방에서 걸어 나와 앞뜰 마당에서 공기를 들이마실 수 있게 된 게 두 번째 움직임이며, 바로 거기에서 그로스 부인이 나에게 합류한 것이었다. 그날 밤 우리가 헤어질 때 내 안에서 힘이 불끈 솟아났던 그 독특한 현상을 나는 아직도 기억한다. 우리 두 사람은 내가 보았던 유령을 모든 측면에서 조목조목 살펴보았다.

"그가 선생님이 아닌 다른 사람을 찾고 있었다고 했지요? 선생님이 아닌, 다른 어떤 사람인가요?"

"그는 어린 마일스를 찾고 있었어요." 내 머리는 오싹할 정도로 명석하게 굴러갔다. "그 애를 찾고 있었어요."

"선생님은 그걸 어떻게 알죠?"

"전 알아요, 알아요, 알아요." 나는 점점 더 흥분되었다. "그리고 부인도 그걸 알고 있잖아요!"

그녀는 내 말을 부정하지 않았다. 사실 내가 그 정도로 다그칠 필요도 없었다. 부인이 곧 그 문제를 다시 꺼냈다. "그 애가 그를 보면 어떻게 되는 거죠?"

"어린 마일스 말인가요? 그자는 그 애를 찾고 있다니까요!"

부인은 아주 겁먹은 표정이었다. "그 애를요?"

"하느님 맙소사! 그자. 그자는 애들에게 나타나려고 해요." 그자가 아이들 앞에 나타나려 한다는 것은 생각만 해도 끔찍했다. 하지만 지금껏 나는 그 생각을 다소 억누를 수가 있었다. 우리는 그 문제를 검토하면서, 그런 생각이 억제되었던 걸 사실상 증명했다. 나는 그 유령을 앞으로 다시 보게 되리라고 확신했다. 하지만 나의 내면의 목소리는 이렇게 말했다. 용감하게 나 자신을 그런 체험의 단독 인물로 제공하고, 그것을 기꺼이 받아들여 극복함으로써 자발적인 속죄양이 될 것이고, 그리하여 온 집안의 평온을 지켜 줄 수 있으리라. 특히나 두 아이 주위에는 이런 식으로 울타리를 쳐서 완벽하게 보호해 줄 생각이었다. 이 글을 쓰는 지금 나는 그날 저녁 그로스 부인에게 했던 마지막 말을 기억한다.

"두 아이가 제게 그 사실에 대해 전혀 말하지 않는 게 좀 이상—!"

내가 생각에 잠기며 말을 멈추자 부인이 나를 빤히 쳐다보았다. "그가 여기에서 일할 당시에 두 아이와 함께 있었던 걸 말하는 건가요?"

"두 아이가 그와 함께 보낸 시간, 그의 이름, 그의 존재, 그의 내력 등에 대해서 말이에요. 그런 건 전혀 얘기하지 않았어요."

"아, 어린 아가씨는 기억을 못 할 거예요. 그 앤 듣지도 보지도 못했으니까."

"그가 죽은 상황에 대해서요?" 나는 잠시 깊은 생각에 잠겼다. "어쩌면 모르겠지요. 하지만 마일스는 기억할 텐데. 그 애는 알고 있을 거예요."

"아, 그 아이를 시험하지 마세요!" 그로스 부인이 소리쳤다.

아까 그녀가 그랬듯이 이번에는 내가 그녀를 빤히 쳐다보았다. "두려워하지 마세요." 나는 계속 생각했다. "그건 좀 이상한 일이에요."

"마일스가 그자에 대하여 아무 얘기도 안 했다는 거요?"

"간접적으로도 언급한 적이 없어요. 그리고 부인은 두 사람이 '친한 친구'라고 했잖아요."

"아, 마일스는 아니에요!" 그로스 부인이 목소리에 힘을 주었다. "퀸트만 좋아했을 뿐이에요. 마일스와 함께 노는 걸요. 그런 식으로 같이 놀면서 아이를 망쳐 놓는 거요." 그리고 잠시 말을 멈추었다가 다시 덧붙였다. "퀸트는 너무 자유분방했어요."

나는 그의 얼굴―아, 그 괴상한 얼굴!―을 떠올리며 부인의 그 말에 갑작스러운 혐오감을 느꼈다. "마일스와 자유분방하게 놀았다고요?"

"누구하고든 다 자유분방하게 놀았지요."

나는 그 말을 듣고서 집에 있는 다른 식구들, 아직도 우리의 자그마한 공동체의 구성원인 여섯여 명의 하녀와 하인들을 떠올리는 것 이외에는, 더 이상 분석하려 들지 않았다. 하지만 사람들의 기억 속에서, 그 어떤 불편한 진실 혹은 하인들의 불미스러운 행동이 이 오래된 저택에서 벌어진 일이 없었다는 다행스러운 사실은 우리의 근심 걱정에 비추어 볼 때 참으로 고마운 일이었다. 그 저택에는 그 어떤 악명이나 악평이 전해지지 않았다. 그래서 그로스 부인은 내게 꼭 달라붙어서 아무 말 없이 가볍게 몸을 떨고 있는 것처럼 보였다. 정말 하기 싫었지만 나는 그녀도 시험해 보았다. 자정이 되어 그녀가 공부방 문손잡이를 잡으며 자리를 뜨겠다고 할 때였다. "그러니까 부인 말씀으로는― 이건 아주 중요한 거라 그래요―그자가 정말로 나쁜 사람이고 누구나 그렇게 생각한다는 거지요?"

"아, 누구나는 아니에요. 그래요, 아무튼 주인님은 인정하지 않으시죠."

"그럼 부인은 주인님에게 아무 말도 하지 않았나요?"

"글쎄, 주인님은 고자질을 별로 좋아하지 않으세요. 불평도 싫어하시고요. 그런 걸 얘기하면 화를 벌컥 내시죠. 특히 주인님이 좋아하는 사람들에 대해서는―"

"주인님이 신경을 안 쓰려 했다는 거지요." 그것은 주인에게 내가 받았던 인상과 일치하는 점이었다. 그는 골치 아픈 일을 싫어하는 신사였고, 사귀는 사람들에 대해서도 그리 까다롭지 않은 것 같았다. 그 순간 나는 부인에게 강조했다. "고자질하지 않겠다고 약속할게요."

그녀는 내 진심을 느꼈다. "어쩌면 제가 틀렸을지도 몰라요. 하지만 실제로는 두려웠어요."

"무엇이 두려웠나요?"

"그자가 할 수 있는 것들에 대해서요. 퀸트는 아주 영리한 데다 음흉했지요."

나는 그 말을 너무 심각하게 받아들이는 표시를 한 것 같다. "그 외에 다른 건 두려워하지 않았나요? 그의 영향력에 대해서는—?"

"그의 영향력요?" 부인은 고뇌와 기다림의 표정을 지으며 내 말을 따라 했고 나는 머뭇거렸다.

"순진하고 사랑스러운 두 아이에 대해서 말이에요. 두 아이는 부인 소관이었잖아요."

"아니요. 내 소관이 아니었어요!" 그녀가 힘차면서도 고통스러운 어조로 대답했다. "주인님은 그를 신임했고, 건강이 안 좋은 그에게 시골 공기가 몸에 좋을 거라고 생각해서 그자를 여기에 남겨 두신 거였어요. 그래서 그자가 모든 발언권을 갖게 되었지요. 그래요," 그녀는 내게 강조했다. "심지어 두 아이에 대해서도요."

"두 아이에 대해서도— 그자가요?" 나는 터져 나오려는 비명을 억지로 참아야 했다. "그런데 부인은 그걸 참을 수 있었나요?"

"아니요. 참을 수 없었어요. 그건 지금도 그래요!" 그 불쌍한 여인은 이제 울음을 터트렸다.

이미 말한 바와 같이, 나는 다음 날부터 아이들을 엄격하게 단속할 것이었다. 그러나 일주일 동안 우리는 아주 빈번하게 그리고 아주 열정적으로 그 주제로 다시 돌아왔다! 일요일 저녁 우리는 그 문제를 많이 논의했음에도 불구하고, 나는 그 후의 늦은 시간들에—아이들은 잠자고 있는 것으로 짐작되었다—부인이 내게 말하지 않은 어떤 것의 그림자에 사로잡혀 있었다. 나는 아무것도 숨기지 않았지만 그로스 부인은 어떤 말을 숨기고 있었다. 아침이 되자 그녀의 그런 태도는 솔직하지 못해서가 아니라 온 사방에 공포가 널려 있기 때문이어서라고 나는 생각했다. 그 모든 정보를 다시 곰곰 생각하면서, 아침 해가 높이 떠오를 무렵에는, 그 드러난 사실들을 너무도 깊이 해석하여, 그 뒤에 벌어진 잔인한 일들로 확인하게 되는 모든 의미를 거기에다 부여하게 되었다. 이런 심층적 해석이 알려 준 건 이러했다. 그 괴이한 자가 살아 있을 당시에—죽은 유령 얘기는 잠시 제쳐 두고!—블라이에서 여러 달을 연이어 보냈다고 하는데, 모두 합쳐 보면 상당히 긴 기간이었다. 그런 사악한 시간은 어느 겨울날 이른 새벽에 일찍 출근하던 일꾼이 마을에서 블라이로 들어오는 길 위에 죽어 나자빠진 퀸트를 발견하면서 끝나게 되었다. 그 참사는 그의 머리에 나 있는 뚜렷한 상처로 비록 피상적이기는 하지만 적절히 해명되었다. 그런 치명상은 한밤중에 술집을 나선 그가 엉뚱한 길로 들어섰다가 얼어붙은 가파른 고갯길에서 미끄러져 그 아래로 추락하면서 입었다고 여겨지는 것이었는데, 실제로 최종 증거도 이런 판단을 뒷받침했다. 결국 미끄러운 고갯길, 한밤중에 길을 잘못 든 것, 술에 취한 상태 등이 상당 부분 추락사에 기여했고, 결국 사건 조사와 많은 소문 끝에 모든 것이 해명되었다. 그의 인생에서는 많은 문제들, 괴상한 사건과 위험한 일, 은밀한 무질서, 추측되는 것 이상의 악덕 등이 있었는데 이런 것들은 앞으로 벌어질 더 많은 사건들에 상당한 빛을 비춰 줄 것이었다.

내 심리 상태를 진실하게 묘사하기 위해 나의 이야기를 어떻게 말로 표현해야 할지 잘 모르겠다. 하지만 그 당시에 벌어진 상황이 내게 요구한 비상한 영웅적 행동에서 나는 즐거움을 얻었다. 나는 존경받을 만하지만 까다로운 임무를 부여받았음을 명확하게 알았다. 그 임무를 잘 수행하여 남에게 보여 줄 수 있다면—물론 적절한 사람에게!—그것은 멋진 일이 될 터이고, 나는 다른 많은 가정교사들이 실패한 곳에서 성공하게 되는 것이었다. 나의 임무를 그처럼 단순 명료하면서도 강하게 명심하는 건 큰 도움이 되었다. 나는 지금 그 일을 회고하면서 나 자신을 칭찬하고 싶은 심정을 솔직하게 고백한다! 내가 블라이에 내려간 것은 이 어린 두 아이를 보호하고 방어하기 위해서였다. 이 아이들은 양친을 여읜 천애고아였으나 그래도 가장 사랑스러운 아이들이었다. 그들이 무방비 상태에 있다는 애잔함이 불현듯 아주 분명해지고, 나 자신의 관심 어린 애정에 비수 같은 아릿한 고통을 계속 안겨 주었다. 우리는 그야말로 함께 고립되어 있었고, 우리가 처한 위험 속에서 단결되어 있었다. 두 아이에게는 나밖에 없었고, 그런 나에게도 결국 그 애들밖에 없었다. 간단히 말해서 그것은 아주 멋진 기회였다. 그 기회는 아주 구체적인 이미지로 나에게 나타났다. 나는 두 아이 앞에 서 있는 하나의 가림막이었다. 내가 많이 보면 볼수록 아이들은 덜 보게 될 것이었다. 나는 숨 막히는 아슬아슬함 혹은 위장된 긴장감 속에서 아이들을 지켜보기 시작했고, 그런 감각이 아주 오래 지속되었더라면 결국 광기 비슷한 것이 되고 말았을 터이다. 내가 지금 분명하게 알고 있는 것처럼, 그것이 전혀 다른 문제로 급속히 전환

되면서 나는 구제되었다. 그 아슬아슬한 상태는 오래 지속되지 않았다. 그것은 아주 무서운 증거들로 대체되었다. 그렇다, 증거들. 그리고 그 순간부터 나는 주도적으로 나서기 시작했다.

그 일은 어느 오후에 벌어졌다. 나는 소녀와 단둘이서 마당에서 시간을 보내고 있었다. 마일스는 실내에 남아 있었다. 그는 깊숙한 창 아래에 마련된 의자의 빨간 쿠션 위에 앉아 있었다. 아이가 책을 다 읽고 싶다고 해서 나는 유일한 결점이라고는 차분하게 있지 못하고 뭔가 해야 할 일을 재주 좋게 만들어 낸다는 것뿐인 어린 소년에게 그처럼 멋진 계획을 세웠다니 칭찬받을 만하다고 기쁘게 말했다. 반면에 플로라는 밖에 나가고 싶어 했다. 나는 시원한 곳을 골라 다니면서 플로라와 30분 정도 산책했다. 해가 높이 떠 있었고 날이 아주 무더웠기 때문이다. 나는 함께 걸으면서 플로라도 오빠를 닮아서 아주 영악하다는 것을 다시 한 번 깨달았다. 플로라는 나를 떼어 내는 느낌을 주지 않고 내가 혼자 있게 했고, 귀찮다는 느낌을 주지 않고 나를 따라다녔다(이런 매력적인 점은 두 아이 다 마찬가지였다). 두 아이는 귀찮게 하는 법이 없었고 불안해하는 적도 없었다. 아이들에 대한 나의 주된 관심사는 애들이 나 없이도 아주 즐겁게 놀 수 있도록 하는 것이었다. 두 아이는 그처럼 즐겁게 노는 광경을 적극적으로 준비하여 나를 적극적인 찬양자로 끌어들이는 듯했다. 나는 두 아이가 만들어 낸 세계에서 걸어 다녔다. 반면에 그들이 나의 세계에 의존하는 경우는 없었다. 그래서 나는 두 아이에게 어느 순간의 놀이가 요구하는 어떤 대상이나 사람이 되어 주면서 시간을 보냈다. 그 놀이 속에서 나에게 부여된 높은 지위와 고상한 특징 덕분에 아주 즐겁고 명예롭게 그 일을 쉽게 할 수 있었다. 내가 플로라와 함께 있던 그 순간에 무슨 역할을 하고 있었는지는 지금 기억이 나지 않는다. 아주 중요하고 또 조용한 어떤 존재였는데 플로라는 나를 상대로 열심히 놀이를 하고 있었다. 우리는 호수 가장자리에 있었고, 최근에 지리 공부를 시작해 그 호수를 아조프해*라고 불렀다.

그러다 갑자기 나는 아조프해 건너편에 이쪽을 관심 있게 지켜보는 구경꾼이 있다는 것을 의식했다. 그 사실은 이 세상에서 가장 기이한 방식으로 인지되었다. 구경꾼을 깨닫는 과정은 천천히 이루어졌지만, 그것이 하나의 굳건한 인식으로 굳어진 방식이 훨씬 더 기이했던 것이다. 나는 플로라가 시킨 역할을 맡아서 연못이 내려다보이는 오래된 석조 벤치에 앉아 있었다(당시 내가 맡은 역할은 앉을 수 있는 것이었다). 나는 그처럼 앉은 자세에서 뚜렷한 확신을 가지고 그 제삼자의 현존을 받아들이기 시작했다. 하지만 거리가 상당히 떨어져 있어서 구경꾼의 모습이 뚜렷이 보이지는 않았다. 오래된 나무들과 빽빽한 관목들은 시원하고 커다란 그늘을 만들어 주었으나 그 그늘에도 무더운 오후의 열기가 스며들어 있었다. 주위의 그 어떤 사물도 불분명하게 보이지 않았다. 내가 눈을 들어서 내 앞 호수 건너편에서 보이는 것에 대하여 순간적으로 형성한 인식에는 그 어떤 불분명함도 없었다. 그 순간 내 두 눈은 아이가 시킨 바느질 작업에 고정되어 있었다. 나는 이 글을 쓰는 지금 이 순간에도, 어떻게 대응할지 결단을 내릴 수 있게 해 줄 마음의 평정을 되찾기 전까지는 그 일에서 두 눈을 떼지 않으려고 안간힘을 쓰면서 몸을 떨던 게 느껴진다. 거기에 분명 낯선 대상이 있었다. 그 인물이 과연 거기에 나타날 권리가 있는지 나

---

* 흑해와 연결되는 내륙의 바다로, 길고, 좁고, 얕고, 바람이 많이 분다.

는 즉각적으로 강렬하게 의문을 품었다. 나는 여러 자연스러운 가능성들을 생각했던 게 기억난다. 가령 집안의 하인들 중 하나라든지, 혹은 마을에서 온 전령, 우체부, 가게의 사환 아이 등일 수도 있었다. 그러나 그런 생각은 나의 실제적 확신에 조금도 영향을 미치지 못했다. 나는 더 이상 쳐다보지 않고서도 호수 건너편에 나타난 방문자가 그런 사람들과는 너무나 다르다는 걸 의식했다. 그 방문자의 특징이나 태도는 그들의 인상착의와는 생판 달랐다.

내 용기의 자그마한 시계가 올바른 분침을 작동시키는 그 순간에, 비로소 나는 그 유령의 진짜 정체에 대해 알아보아야겠다고 생각하게 되었다. 동시에 아주 정신을 집중하고서 시선을 어린 플로라에게 돌리고 고정시켰다. 아이는 그 순간 약 10미터 떨어진 곳에 있었다. 아이도 역시 유령을 보았을까 하는 생각이 드니 경이와 공포가 몰려와 심장이 순간적으로 멎어 버렸다. 나는 숨을 멈추고 아이에게서 어떤 비명이나 혹은 관심 혹은 경악을 드러내는 순진한 신호가 나오지 않을까 기다렸다. 그러나 아무런 신호도 없었다. 그리고 무엇보다도 먼저—여기에는 내가 앞으로 얘기해야 하는 것보다 더 오싹한 무엇이 있다—나는 지난 1분 동안 아이의 입에서 흘러나오는 자연스러운 흥얼거림이 싹 사라졌음을 직감적으로 알아차리고 결정적인 단안을 내렸다. 그리고 이어서 아이는 그 1분 동안에, 하고 있던 놀이를 계속하면서도 호수 쪽으로는 등을 돌리는 행동을 했다. 내가 시선을 플로라에게 고정시켰을 때 아이는 바로 이런 자세로 있었다. 나는 다시 한 번 검증된 확신을 가지고서 나와 그 애가 여전히 그 제삼자의 주목을 받고 있음을 알았다. 아이는 작고 판판한 나뭇조각을 들고 있었는데, 마침 그 나뭇조각에는 자그마한 구멍이 나 있었다. 그래서 아이는 그 구

408

멍을 보고서 나뭇조각을 거기다 끼워 넣어 돛대와 배를 만들어 보자는 생각을 한 듯했다. 내가 바라본 순간, 플로라는 이 두 번째 나뭇조각을 들고서 아주 열심히 구멍에다 맞추어 넣으려고 애쓰고 있었다. 그 애가 무슨 일을 하는지 알아차리고 나는 다소 평정심을 회복했고 그래서 몇 초 후에는 그 유령을 더 쳐다볼 준비가 되었다. 이어 나는 두 눈을 들고서 내가 바라보아야 하는 것을 바라보았다.

7

나는 이 일 직후에 가능한 한 빨리 그로스 부인을 만나려 했다. 그녀를 만나기 전까지 내가 무엇을 했는지 잘 기억이 나지 않는다. 하지만 내가 그녀의 품 안에 덜퍼덕 쓰러지면서 내질렀던 소리는 아직도 기억한다. "애들은 알고 있어요. 이건 너무 기괴해요. 애들이 알고 있다니까요!"

"아니, 도대체 무슨 소리—?" 나를 붙잡는 부인의 손길에서 그녀가 내 말을 믿지 않는다는 느낌이 들었다.

"우리가 알고 있는 모든 것을 알고 있고, 또 그 외에도 더 알고 있는지도 몰라요!" 부인이 내 팔을 놓자 나는 그녀에게 털어놓았다. 이제 나 자신에게도 완전한 일관성을 갖춘 그 얘기를. "두 시간 전에, 정원에서," 나는 말을 제대로 할 수가 없었다. "플로라가 봤다니까요!"

그로스 부인은 복부를 강타당한 것처럼 그 얘기를 받아들였다. "그 애가 선생님에게 말해 주었나요?"

"단 한 마디도 안 했어요. 그게 무서운 일이에요. 그 애 혼자 비밀로 하고 있다고요! 여덟 살짜리 애가 말이에요!" 그 기막힌 일은 정말 말로 표현할 수가 없었다.

그로스 부인의 놀라서 벌어진 입이 더 벌어졌다. "그런데 선생님은 그걸 어떻게 알았나요?"

"제가 현장에 있었어요. 제가 두 눈으로 보았어요. 그 애가 완벽하게 그걸 의식하고 있는 걸 봤어요."

"그자를 말하는 건가요?"

"아니― 그 여자예요." 나는 말하면서 내가 유령을 보았다는 것을 의식하게 되었다. 그것이 부인의 얼굴에 천천히 반영되어 가고 있었기 때문이다. "또 다른 사람이에요. 이번에는. 틀림없이 알아볼 수 있는 공포와 사악함, 바로 그 자체예요. 검은 옷을 입은 여인이고, 창백하고 무시무시했어요. 그 오싹한 분위기며 그 창백한 얼굴이라니! 호수 반대편에 나타났어요. 전 아이와 함께 호수 주변에서 한 시간쯤 놀고 있었어요. 그러고 있는데 그 여자가 불쑥 나타났어요."

"어떻게― 어디에서 왔죠?"

"온 데서 왔겠지요! 그 여자가 불쑥 나타나서 거기 서 있었어요. 하지만 그리 가까운 곳은 아니었어요."

"더 가까이 다가오지는 않고요?"

"하지만 그 인상이나 느낌은 마치 부인이 지금 여기 있는 것처럼 가깝게 느껴졌어요."

부인은 기이한 충동을 느끼며 한 걸음 뒤로 물러섰다. "전에 본 적이 없는 여자인가요?"

"본 적이 없어요. 하지만 플로라가 본 적이 있는 사람이에요. 부인도 본 적이 있을 거고요." 이어 내가 그걸 어떻게 생각해 냈는지 밝히기 위해 불쑥 이렇게 말했다. "제 전임자였어요. 죽었다는 그 여자."

"제슬 양요?"

"제슬 양요. 부인은 제 말을 안 믿나요?" 내가 다그쳤다.

그녀는 고뇌하며 좌우를 둘러보았다. "선생님은 그걸 어떻게 확신하지요?"

그런 질문이 나오자 나는 긴장한 상태에서 약간 초조해졌다. "그럼 플로라에게 물어보세요. 그 애는 확실히 알 거니까!" 하지만 그 말을 내뱉고 나서 나는 곧 나 자신을 다잡았다. "아니, 아니, 애한테 물어보지 마세요. 그 애는 확신하지 못한다고 거짓말할 테니까!"

그로스 부인은 놀라기는 했지만 정신이 나갈 정도는 아니었으므로 본능적으로 항의했다. "그 애가 그러리라는 것을 어떻게 아세요?"

"저는 환하게 안다니까요. 플로라는 제가 아는 것을 원하지 않아요."

"선생님에게 폐를 끼치지 않으려고 그러는 게 아닐까요?"

"아니, 아니에요. 그보다 더 깊은 것이 있어요. 그 문제를 곰곰 생각할수록 더 많은 것을 보게 되고, 많이 볼수록 두려움이 더 커져요. 제가 무엇을 보지 못하는지, 뭘 두려워하지 않는지 잘 모르겠어요!"

그로스 부인은 내 말을 이해하려고 애를 썼다. "선생님은 그 여자를 다시 만나는 게 두려우신 건가요?"

"아니요. 그건 아무것도 아니에요, 이제!" 나는 설명했다. "그 여자를 다시 보지 못하는 게 두려워요."

하지만 부인의 얼굴은 창백해질 뿐이었다. "이해하지 못하겠어요."

"뭐냐면 아이가 그 여자와 계속 만날 거라는 얘기예요. 틀림없이 그렇게 할 거예요. 저 몰래."

이런 가능성이 제기되자 그로스 부인은 잠시 팔다리에 맥이 풀리는 듯했다. 그렇지만 곧 그 유령에 대한 생생한 느낌으로부터 벗어나려는 듯 자신을 다잡았다. 유령은 우리가 1인치를 내주면 그만큼 더 밀고 들어올 테니까. "어머나, 어머나. 냉정해져야 해요! 플로라가 그 여자를 개의치 않는다니—!" 그녀는 심지어 음산한 농담을 하기도 했다. "어쩌면 애가 그 여자를 좋아할 수도 있겠군요!"

"그런 걸 좋아한다고요— 그 쪼그만 애가!"

"그건 그 애의 축복받은 순진함을 증명하는 게 아닐까요?" 부인은 용감하게 물어보았다.

그 순간 그녀의 말은 내 정신을 번쩍 들게 했다. "오, 우리는 그것을 붙잡아야 해요— 그것에 꼭 매달려야 해요! 그게 부인이 말한 걸 증명하는 게 아니라면 정말 무서운 어떤 것을 증명하는 거지요. 그 여자는 무서움 중의 무서움이었으니까요."

그 말을 듣자 그로스 부인은 잠시 시선을 바닥에 고정시켰다가 곧 들어 올렸다. "선생님이 어떻게 알았는지 말해 주세요."

"부인도 그게 그 여자라는 걸 인정하는군요." 내가 소리쳤다.

"선생님이 어떻게 알았는지 말해 주세요." 부인이 같은 말을 되풀이 했다.

"어떻게 알았냐고? 봤으니까 알지요. 그 여자가 절 쳐다보는 모습을 보았으니까요."

"선생님을, 그러니까 사악한 눈빛으로 쳐다보았다는 얘기인가요?"

"아니, 아니에요. 전 그런 시선쯤은 견딜 수 있었을 거예요. 그 여자는 제게 눈길 한번 주지 않았어요. 오로지 아이만 쳐다보았다니까요."

그로스 부인은 그것을 상상하려 애썼다. "아이에게 시선이 고정되어 있었다고요?"

"예, 그 무서운 눈으로요!"

부인은 내 눈이 마치 그 여자의 눈을 닮기라도 한 듯이 나를 응시했다. "싫어하는 눈빛이었다는 얘기인가요?"

"하느님 맙소사, 아니에요. 그보다 훨씬 더 나쁜 어떤 것이었어요."

"싫어하는 것보다 더 나쁜 것요?" 그렇게 말하면서 부인은 난감해했다.

"형언할 수 없는 어떤 결단의 눈빛이었어요. 아주 맹렬한 의도를 가진 그런 눈빛요."

내 말에 부인의 얼굴이 창백해졌다. "의도요?"

"그 애를 붙잡으려는 의도요." 내 눈을 쳐다보던 그로스 부인은 몸을 한번 부르르 떨더니 창문 쪽으로 걸어갔다. 그녀가 거기 서서 밖을 내다보는 동안 나는 말을 끝맺었다. "그 의도를 플로라는 알고 있어요."

잠시 뒤 부인이 몸을 돌렸다. "그 여자가 검은 옷을 입고 있다고 했지요?"

"상복이었어요. 다소 남루하고 볼품없는 것이었어요. 그렇지만 아주 아름다운 여자였어요." 마침내 나는 내 한 마디 한 마디가 그녀에게 어떤 인식의 변화를 일으켰는지 알아볼 수 있었다. 그녀가 내 말을 곰곰 생각하고 있었기 때문이다. "그래요, 아름다웠어요. 아주, 아주." 내가 고집스레 말했다. "놀라울 정도로 아름다웠지요. 하지만 천박해 보였어요."

부인이 천천히 내게로 돌아왔다. "제슬 양은 실제로 천박했어요." 그녀는 양손으로 내 오른손을 잡더니 그 폭로에 내가 더욱 놀라지 않을까 나를 보호해 주려는 듯 손에 힘을 주었다. "그자와 그 여자는 둘 다 천박했어요." 그녀가 이윽고 말했다.

그리하여 잠시 우리는 함께 그 문제를 바라보게 되었다. 이제 그 문제를 그처럼 정면으로 바라보게 된 데에서 나는 상당한 도움을 받았다. "부인이 예의상 여태까지 그 얘기를 하지 않으신 건 고맙습니다." 내가 말했다. "하지만 이제 그 모든 것을 말해 주실 때가 되었어요." 그녀는 내 말에 동의하는 듯했으나 여전히 침묵을 지키고 있어서 나는 말을 이었다. "자, 이제 말해 주세요. 그 여자는 어떻게 죽었나요? 자자, 그자와 그 여자 사이에는 뭔가가 있었어요."

"많은 것이 있었지요."

"차이에도 불구하고—?"

"아, 계급 차이, 신분 차이가 있었지요." 부인이 슬픈 목소리로 말했다. "그 여자는 숙녀였어요."

나는 그것을 곰곰 생각하면서 다시 그것을 이해했다. "그래요— 그녀는 숙녀였군요."

"그리고 그자는 신분이 아주 떨어지는 사람이었지요." 그로스 부인이 말했다.

나는 부인과 나의 관계를 고려할 때 사회 계급상 하인의 지위를 너무 강조해서는 안 되겠다고 느꼈다. 그렇지만 내 전임자의 타락을 비판하는, 그녀의 신분 위배적인 말을 못 들어 줄 것도 없었다. 이런 문제를 다루는 방법은 신분 얘기를 아예 꺼내지 않고 얘기를 진행하는 것이 최고여서 나는 그대로 밀고 나갔다. 증거 수집상, 주인님이 '마음에 들어 했던' 잘생긴 하인에 대한 정보를 얻어 내기 위해서였다. 알고보니 그자는 건방지고, 자신감 넘치고, 버릇없고, 타락한 자였다. "성적으로 문란한 자였어요."

그로스 부인은 그자를 형용하는 것이 미묘한 뉘앙스 차이 문제이기라도 하다는 듯 깊이 생각하며 말을 가려서 했다. "전 그자 같은 사람은 처음 봤어요. 그는 자기 하고 싶은 대로 했어요."

"그 여자를 상대로요?"

"모든 사람들을 상대로요."

부인의 두 눈에 마치 제슬 양이 다시 나타난 것 같았다. 나는 연못 반대편에서 그 여자의 유령을 보았던 것처럼 그 여자가 부인의 두 눈에 떠오르는 것을 순간적으로 보았다. 그래서 단호하게 내가 생각한 바를 표명했다. "그건 그 여자도 하고 싶어 했던 것임에 틀림없어요."

그로스 부인의 얼굴은 맞는 말이라는 표정을 짓고 있었다. 그렇지만 동시에 이런 말도 했다. "불쌍한 여자— 그녀는 그 일 때문에 대가를 치렀어요!"

"그럼 부인은 그녀가 어떻게 죽었는지 아나요?" 내가 물었다.

"아니요. 나는 몰라요. 알고 싶지도 않았어요. 오히려 몰라서 내심 기뻤어요. 그 여자가 여기서 떠나서 하늘에 감사했어요!"

"그렇다면 부인은 그녀에 대해서—"

"그 여자가 떠난 진짜 이유를 묻는 건가요? 아, 그래요, 그거라면…… 그녀는 여기 계속 있을 수가 없었어요. 여기서 가정교사에게 그런 일이 있었다고 한번 상상해 보세요! 그리고 그 후에 대해서 난 상상만 했어요. 지금도 상상하고 있고요. 좀 무서운 상상요."*

---

* 부인은 제슬 양이 퀸트의 아이를 임신했기 때문에 블라이를 떠났다고 암시하고 있다. 그녀의 유령이 연못가에서 나타난 것은 그녀가 투신자살하여 익사했을 가능성을 언급하는 것이다. 퀸트도 술집에서 돌아오다 미끄러운 고갯길에서 추락하여 죽은 것으로 되어 있으나 타살이 의심된다. 전통적으로 유령은 주로 비명에 죽거나 타살당한 사람이 지상에 대한 미련을 떨치지 못하고 죽음의 원인을 제공한 자 혹은 그와 관련이 있는 자에게 나타나는 것으로 여겨져 왔다.

"하지만 제가 상상하는 것처럼 그렇게 무섭지는 않을 거예요." 내가 대답했다. 그리고 나는 그 문제에 대하여 참담한 패배의 얼굴을 그녀에게 드러내고 말았다. 사실 나는 그 패배를 아주 깊이 의식하고 있었다. 나의 그런 표정은 나에 대한 부인의 공감을 불러일으켰다. 그녀가 또다시 그런 자상함을 보여 주자 나는 더 이상 버티지 못하고 무너졌다. 지난번에는 내가 그녀를 울렸는데, 이번에는 내가 울고 말았다. 그녀가 어머니 같은 가슴에다 나를 끌어안자 내 비탄의 신음 소리가 흘러넘쳤다. "전 해내지 못했어요!" 나는 절망하며 흐느꼈다. "전 아이들을 구제하지도 못하고 보호해 주지도 못했어요! 이건 제가 꾼 꿈보다 훨씬 더 나빠요. 아이들은 길을 잃어버렸어요."

8

내가 그로스 부인에게 말한 것은 진실이었다. 내가 그녀 앞에 제시한 문제에는 내가 도무지 측량해 볼 용기가 나지 않는 깊이와 가능성이 있었다. 그래서 그 문제를 경이롭게 여기면서 또다시 만났을 때 우리는 그 기이한 현상에 대하여 저항해야 할 의무가 있다는 데 공감했다. 설사 우리가 달리 어떻게 할 수 없다 하더라도 냉철한 머리를 유지해야 했다. 그 현상이 일어났다는 것이 조금도 의심의 여지가 없는 상황에서 그렇게 하기란 어렵기는 했지만 말이다. 그날 밤 늦게 집 안의 다른 식구들이 모두 잠들었을 때 우리는 내 방에서 만나 또 다른 대화를 나누었다. 부인은 내가 목도한 그 기이한 현상이 내가 본 그대로 사실인지 나와 함께 처음부터 끝까지 차근차근 검토했다. 나는 그 현상의 진실성을 충분히 납득시키는 데는 이런 반문으로 충분함을 깨달았다. 만약 내가 '그것을 꾸며 냈다면', 내게 나타난 그 두 유령에 대하여, 어떻게 마지막 세세한 부분까지 그들의 특징과 일치하는 정확한 그림을 제시할 수 있었을까. 그 그림을 제시하자 부인이 즉각 그들을 알아보고 이름을 대지 않았는가. 물론 그녀는 그 문제를 아예 거론하지 않기를 바랐으나 그건 그럴 만도 했다. 그래서 나는 재빨리 그녀를 안심시켰다. 내가 그 문제에 관심을 갖는 것은 이제 거기에서 벗어나기 위해 더욱 분명하게 탐색전을 하려는 거라고 말이다. 만약 유령이 다시 출현한다면—우리는 그것을 당연시했다—내가 그런 위험에 익숙해질 가능성이 높다는 것을 부드러운 목소리로 각인시켰다. 또 앞으로 그런 현상에 더 노출된다 하더라도 조금도 불편하게 여기지 않겠노라고도 힘차게 말했다. 그러나 참으로 견딜 수 없는 것은 새로운 유령의 출현으로 새로운 의심이 따랐다는 점이다. 하지만 문제가 이처럼 복잡하게 꼬여 있어도, 그날 늦은 시간에 부인과 나눈 대화가 나에게 어느 정도 위안을 가져다주었다.

최초로 울음을 터트린 직후에 부인과 헤어지자 나는 곧바로 두 제자에게 돌아갔다. 내 불안에 대한 좋은 치료약은 아이들의 매력을 다시 한 번 느끼는 것이었다. 나는 아이들의 매력이 내가 적극적으로 개발해야 할 자원임을 알고 있었고, 그 매력은 지금껏 나를 실망시키지 않았다. 나는 플로라의 특별한 아우라에 새롭게 뛰어들었고, 즉시— 아, 그것은 사치라 할 만했다!—그 아이는 내가 아픈 곳에다 그 섬세하고 사려 깊은 손을 얹어 놓았다. 플로라는 환한 얼굴로 나를 찬찬히 쳐다보더니 나의 얼굴에 대고 내가 '울었다'는 사실을 지적했다. 나는 보기 흉한 눈물 자국이 이미 지워진 줄 알았다. 하지만 이 한없는 자비를 느끼고 보니 그 자국이 완전히 사라지지 않은 데 대하여 글자 그대로—아무튼 그 순간에는—기쁨마저 느꼈다. 아이의 깊고 푸른 눈을 들여다보면서 그 사랑스러움을 일종의 조숙한 교활함이라고 단언하는 것은 너무 냉소적일 터였다. 그렇게 하고 싶지 않아 나는 판단을 유보하고 또 가능한 범위 내에서 동요하는 마음도 무시하기로 했다. 하지만 그렇다고 해서 판단을 완전히 유보할 수는 없었다. 나는 그로스 부인에게—실제로 밤늦은 시간에 그녀를 만나서 그렇게 했지만—어린 두 제자의 목소리가 공중에 솟아올라 내 가슴을 압박하고 아이들의 향기로운 얼굴이 내 뺨을 스칠 때면, 아이들의 무고함과 아름다움 이외에는 다른 모든 것이 땅바닥으로 떨어져 존재조차 없어져 버린다는 말을 수차례 되풀이했다. 그렇지만 이 문제를 완전하게 해결하기 위해서, 그날 오후 호숫가에서 나로 하여금 침착한 태도를 취하게 만들었던, 아이에게서 풍겨 나오는 표시들을 다시 거론할 수밖에 없는 점은 참으로 유감스러웠다. 그 순간 호숫가에서 느꼈던 확신을 다시 검토해 보아야 하는 것 아닌가 하고 말이다. 내가 갑자기 목격하게 된, 생각하기 어려운, 아이와 유령 사이의 소통이 서로 간의 습관이었다는 사실이 내게 계시로 다가왔던 것이다. 아이는 분명 내가 그로스 부인을 보고 있는 것처럼 그 유령을 보고 있었다. 내가 엉뚱한 생각*에 빠져 왜 그것을 의심하지 않았는지 떨리는 목소리로 부인에게 말해야 했던 것도 유감스러운 일이었다. 플로라는 실제로 유령을 보았으면서도 정작 자신이 유령을 보지 못했다고 나에게 믿게 하려고 했다. 아무 내색 없이 내가 그 유령을 보았는지 어땠는지도 알아내려고 했다. 이

* 이렇게 아름다운 아이에게 무슨 유령이 나타날 것인가 하는 생각.

깜찍한 아이가 이런 식으로 나에게 들키지는 않았는지 눈치를 살폈다는 사실을 부인에게 누누이 다시 설명해야 하는 것은 정말 유감스러웠다. 또 영악한 아이가 내 주의를 다른 곳으로 돌리려고, 갑자기 소란스럽게 움직이고, 더 활발하게 놀고, 노래를 부르고, 말이 안 되는 소리를 재잘거리고, 함께 깡충깡충 뛰자고 한 것 등을 일일이 다시 얘기하자니 괴로웠다.

하지만 그 사건에 아무런 중요성이 없다는 것을 증명하려고 부인과 함께 이렇듯 철저하게 재검토를 하지 않았더라면, 나는 오늘날까지도 내게 소중하게 남아 있는 두세 가지 위안을 놓쳤을 것이다. 가령 나는 내 의도를 플로라에게 들키지 않았음을 확신했기에—그건 정말로 좋은 일이었는데—그 사실을 부인에게 단언할 수 있었던 것이다. 또한 내가 긴급한 필요 혹은 절망적 심리 상태—그것을 뭐라고 불러야 할지 모르겠다—에 내몰려서 부인을 일방적으로 궁지에 몰아넣고서 도움이 되는 정보를 억지로 뽑아낼 수밖에 없었다는 것이다. 부인은 내 압박에 조금씩 조금씩 많은 것을 말해 주었다. 그러나 그 많은 정보의 안쪽에서는 가끔 아직도 풀리지 않은 의혹이 박쥐 날개처럼 내 이마를 스쳐 지나갔다. 그 순간—온 식구가 잠들어 있는 상황에서 우리의 위험과 감시가 집중되는 것은 도움을 주었으므로—내가 정보의 안쪽에 드리워진 커튼을 마지막으로 확 열어젖히는 것이 중요하다고 느껴졌다. "전 무슨 무서운 일이 있었다고는 믿지 않아요." 내가 그렇게 운을 뗀 것을 기억한다. "제가 그걸 믿지 않는다는 것을 좀 더 명확하게 말해 두고 싶어요. 하지만 그런 일이 혹시라도 있었다면, 이제 부인에게 아주 사소한 것이라도—아, 단 한 조각도 빠트리지 말고요!—관련된 정보를 알아내야만 해요. 저기, 마일스가 집으로 돌아오기 전에 학교에서 편지가 왔었잖아요. 우리가 심란해하고 있는데, 부인은 마일스가 글자 그대로 그리 '나쁜' 아이가 아닌 척하지는 않겠다고 말했지요. 그때, 부인 머릿속에는 어떤 생각이 있었던 건가요? 제가 그 아이와 함께 보낸 몇 주 동안 그 아이는 '단 한 번도' 나쁜 적이 없었어요. 함께 지내면서 아주 면밀히 관찰했지만 말이죠. 흠잡을 데 하나 없는 사랑스럽고 유쾌하고 선량한 소년 그 자체였지요. 이런 인상에 위배되는 어떤 예외적인 것을 알고 있지 않았더라면 부인이 그런 말을 했을 리가 없어요. 그게 뭐죠? 부인이 직접 본, 아이와 관련된 어떤 사건을 말하는 건가요?"

아주 노골적인 질문이었으나 우리의 어조에는 조금도 장난기 같은 것은 없었다. 그리고 희붐한 새벽이 우리가 헤어져야 할 때가 되었음을 알려 주기 전에 나는 답변을 얻어 냈다. 당시 부인이 떠올리고 있던 사실은 현안에 엄청나게 도움이 되는 것이었다. 그것은 여러 달 동안 퀸트와 아이가 아주 가깝게 지냈다는 사실이었다. 그녀는 두 사람이 그처럼 가깝게 지내는 것을 못마땅하게 여기면서 그것이 부당함을 넌지시 암시해 보기도 했고 마지막에는 솔직하게 제슬 양에게 접근하여 문제를 제기하기도 했다. 그러나 제슬 양은 아주 고압적으로 부인 할 일이나 하라고 대꾸했다. 그러자 선량한 부인은 어린 마일스에게 직접 충고를 하기로 마음먹었다. 내가 무어라 했느냐 채근하니, 부인은 마일스에게 신사의 신분을 잊지 않았으면 좋겠다고 말했다고 한다.

나는 그와 관련하여 좀 더 캐물었다. "마일스에게 퀸트가 천박한 하인이라고 말했나요?"

"뭐 그런 셈이지요! 그런데 첫째로 그 아이의 대답이 나빴어요."

"그럼 두 번째도 있나요?" 나는 기다렸다. "마일스가 부인의 말을 퀸트에게 전한 건가요?"

"아뇨. 그건 아니었어요. 그러진 않으려 했어요!" 내 동료는 아직도 마일스의 좋은 점을 내게 각인시킬 수 있었다. "그건 확신해요. 그런 건 하지 않았어요. 하지만 다른 것들은 부인했어요."

"다른 것들이라니요?"

"퀸트가 마치 아주 잘난 가정교사인 양 마일스와 장시간 함께 있는 것과, 제슬 양이 어린 플로라만 맡은 것요. 마일스는 그자와 함께 나가서 여러 번 시간을 보내기도 했죠."

"애가 그 사실을 얼버무린 거군요. 그런 일이 없다고 한 거지요?" 부인의 동의하는 표정에 나는 그 순간 한마디를 더 덧붙였다. "알았어요. 애가 거짓말을 했군요."

"오!" 그로스 부인은 중얼거리듯 말했다. 그건 중요한 일이 아니라는 듯한 암시였다. 그런 입장은 이 말로 뒷받침되었다. "그건 뭐, 제슬 양도 신경 쓰지 않았는걸요. 그녀는 마일스가 그러는 걸 내버려 두었어요."

나는 잠시 생각에 잠겼다. "그렇다면 마일스가 그걸 핑계로 댔나요?"

그렇게 물어보자 부인은 잠시 낙담했다. "아니요, 마일스는 그런 얘기는 하지 않았어요."

"퀸트와 관련해서 마일스가 그녀 얘기를 한 적은 없나요?"

부인은 눈에 띄게 얼굴을 붉히면서 내가 무슨 말을 끌어내려고 하는지 알아차렸다. "마일스는 아무것도 내색하지 않았어요. 그 애는 부인했어요." 그녀가 같은 말을 되풀이했다. "그 애는 부인했어요."

그래도, 나는 그녀를 심하게 몰아붙였다. "부인은 타락한 두 남녀의 관계를 마일스가 알고 있었다는 걸 짐작했군요."

"나는 몰라요. 나는 몰라요!" 불쌍한 부인이 신음했다.

"부인, 당신은 알고 있었어요." 내가 대답했다. "저처럼 과감하고 단호한 마음가짐이 없었을 뿐이에요. 그래서 무섭고 소심하고 예의를 차리느라고 입을 꼭 다물고 있었던 거예요. 과거에, 저의 도움이 없을 때, 혼자서 침묵하며 끙끙거리고 있을 때 부인은 아주 비참했지만 어떻게 해 볼 수가 없었지요. 하지만 전 알아내고 싶어요! 마일스의 태도에는 뭔가 암시하는 바가 있었지요?" 내가 계속 말했다. "그 아이가 두 남녀의 관계에 대하여 두둔하고 감추는 것에는요."

"그렇지만 그 아이는 가로막지는 못했어요."

"부인이 진실을 아는 것을요? 그렇지요?" 나는 계속 생각하면서 열띤 목소리로 말했다. "그건 그들이 그 정도로까지 마일스를 거짓말쟁이로 만들었다는 것을 보여 주지요!"

"하지만 지금은 못된 점이 하나도 없지 않나요!" 그녀가 애원하는 듯한 슬픈 목소리로 말했다.

"제가 마일스의 학교에서 온 편지를 보여 주었을 때 부인이 괴상한 표정을 지었던 게 조금도 이상하지 않군요!"

"제가 선생님보다 더 괴상하게 보였다고는 생각하지 않아요!" 그녀가 힘주어 말했다. "그리고 그 애가 그 정도로까지 나쁜 애가 되었다면 지금 천사처럼 보이는 건 어찌 된 일인가요?"

"그러게 말이에요. 만약 그 애가 학교에서 악마 같은 짓을 했다면 뭘 도대체 어떻게 했다는 거지요?" 내가 괴로워하며 말했다. "부인이 그 질문을 제게 다시 한 거예요. 하지만 전 앞으로 며칠 동안 그 질문에 대답하지 못할 거예요. 그런데 부인이 그 질문을 제게 다시 한 거예요!" 나는 소리쳤고 그녀는 놀라서 나를 빤히 처다보았다. "현재로서는 제가 따라가서는 안 되는 방향들이 있어요." 그리고 나는 그녀가 방금 말한 것, 즉 마일스가 가끔 실언을 했다는 점으로 되돌아갔다. "만약 퀸트가—부인이 그를 비난했던 그 시점에—천박한 하인이었다면, 마일스는 부인을 가리켜 퀸트와 똑같은 천박한 하인이라고 말했으리라 짐작되는데요." 또다시 그녀는 내 말에 수긍했고 나는 말을 계속 이었다. "그리고 부인은 그 애의 그런 말을 용서해 주셨지요?"

"선생님도 용서해 주시지 않았을까요?"

"아, 물론이에요!" 우리는 침묵 속에서 서로 기이한 즐거움의 탄식을 교환했다. 나는 계속 말했다. "아무튼 마일스가 그자와 함께 있을 때—"

"플로라는 그 여자와 함께 있었어요. 그게 그들의 목적에 전부 들어맞는 거였어요."

그 대답은 나의 목적에도 딱 들어맞는 것이었다. 무슨 소리인가 하면, 내가 억지로 금지하려고 하는 저 무서운 생각*과 정확하게 일치하는 것이었다. 그렇지만 나는 그 생각을 내색하지는 않았고 그로스 부인에게 나의 최종 소감을 슬쩍 말해 주는 것으로써 그런 생각의 일단을 피력하는 데 그쳤다. "마일스가 거짓말을 하고 무례한 말을 했다는 것은, 제가 저 어린 자연인自然人에게서 보이리라 기대했던 그런 결정적인 단서는 아니로군요. 하지만," 내가 생각하듯 말했다. "그런 단서들만으로도 충분히 도움이 돼요. 앞으로 좀 더 단단히 감시해야 한다

---

* 두 아이가 타락한 남녀인 퀸트와 제슬과 함께 어울리면서 나쁜 짓을 배웠다는 생각.

는 걸 알았으니까요."

그러나 다음 순간 나는 부인의 표정을 보고서 부끄러움을 느꼈다. 부인은 내가 보기에 그런 사건을 당한 사람이 할 수 있는 범위를 훨씬 넘어선 무조건적인 방식으로 마일스를 용서하는 표정이었고, 그것은 나처럼 소년에게 부드러운 감정을 가진 사람이 용서를 어떻게 해야 하는지를 보여 주었기 때문이다. 그것은 그녀가 공부방 문을 열고서 밖으로 나설 때 더욱 명확하게 드러났다. "아무튼 선생님은 그 애를 비난하지 않으시겠지요─"

"그런 일이 있었던 것을 제게 숨긴 것 말인가요? 아, 이걸 하나 말씀 드릴게요. 추가 증거가 나타날 때까지 저는 그 누구도 비난하지 않아요." 이어 부인이 다른 통로를 통해 자기 방으로 돌아가려 내 방을 나서기 전에 나는 이렇게 마무리 지었다. "하지만 좀 더 기다려야겠지요."

9

나는 기다리고 기다렸다. 여러 날이 흘러가면서 공포는 어느 정도 가셨다. 두 아이를 늘 곁에서 주시했지만 어떤 새로운 사건이 발생하지 않고 사나흘이 지나가자, 나의 무서운 환상과 끔찍한 기억들도 스펀지로 닦아 낸 듯 지워졌다. 내가 아이들의 특별한 우아함에 매혹되었고, 그 사실을 적극 활용해야 한다고 생각했음은 앞서 말한 바와 같다. 그래서 독자는 내가 그런 우아함에서 나올 수도 있는 치료약을 얻어 내려는 노력을 포기한 게 아닐까 생각할지도 모른다. 새로 알게 된 사실들을 애써 억누르고 아이들의 매력에만 집중하려고 노력하는 데는, 말로 표현할 수 있는 것보다 훨씬 이상한 무엇이 있었다. 아무튼 아이들에게 매혹되어 잠시 고민을 잊지 않았더라면 나의 긴장 상태는 훨씬 더 심각해졌을 것이다. 나는 어떻게 어린 제자들이 내가 자기들에 대하여 기이한 생각을 품고 있다는 것을 눈치채지 못하게 할 수 있을까 하고 가끔 생각했다. 이런 여러 사실들로 인해 두 아이가 더욱 흥미롭게 되어 버리는 상황은, 그 애들에게 내 생각을 감추는 데에는 직접적인 도움이 되지 않았다. 나는 그들이 내게 너무나 흥미로운 존재라는 사실을 그들에게 들킬까 봐 노심초사했다. 내가 혼자 생각에 잠기면 종종 그러하듯이, 최악의 상황을 상상하거나 두 아이의 순진함을 미심쩍게 보는 일 등은—아이들이 비난받을 구석이 없고 또 그런 운명에 놓인 것뿐이라면—더 큰 모험을 해야 하는 이유가 될 수 있었다. 내가 어떤 물리칠 수 없는 충동에 사로잡혀 아이들을 꼭 잡고서 가슴에 끌어안은 순간들도 여러 번 있었다. 그렇게 하자마자 나는 이런 생각이 들었다. '아이들이 이걸 어떻게 생각할까? 이런 행동이 너무 많은 것을 드러내는 건 아닐까?' 그러면서 내가 어느 정도까지 속내를 드러내는 게 좋을지에 대해서 우울하고 복잡한 갈등에 쉽사리 빠져 버리는 것이었다. 그렇지만 내가 즐기는 평화로운 시간에 대하여 이런 생각도 들었다. 두 아이의 즉각적인 매력은, 설사 꾸며진 것일지도 모른다는 가능성이 어른거린다 하더라도 여전히 강한 매혹이라는. 아이들에 대하여 종종 날카로운 감정을 표출하여 나는 그들의 의심을 샀지만, 동시에 아이들이 거기에 반응하여 내게 더 큰 애정을 표시하는 것도 정말 기이하지 않을 수 없었다.

아이들은 그런 시기에 지나치게 혹은 초자연적일 정도로 나를 좋아했다. 그것은 늘 귀염을 받고 포옹을 받은 아이들의 우아하고 자연스러운 반응일 수도 있었다. 아이들이 그토록 나를 존경해 준 것은 사실 나의 긴장을 크게 완화시켰고 또 아이들의 그런 행동에 무슨 의도가 있는 것이 아닐까 하는 의심도 사라지게 했다. 아이들은 힘들어하는 가정교사를 위하여 아주 많은 것을 해 주려고 하는 듯했다. 교과 내용을 점점 더 잘 습득하여 자연스럽게 선생님을 기쁘게 하기도 했지만, 그보다는 선생님을 깜짝 놀라게 하고, 즐겁게 하고, 신나게 하는 방식으로 잘해 주려 했다. 아이들은 선생님에게 멋진 문장들을 읽어 주고, 이야기를 들려주고, 무언극을 연기하고, 동물이나 역사적 인물로 변장하여 갑자기 달려들고, 또 무엇보다도 유명한 '문학적 구절들'을 정성 들여 암기하여 끝없이 암송함으로써 선생님을 놀라게 했다. 당시 우리는 내가 문학작품 구절들을 멋지게 논평하면 다시 아이들이 나름의 논평을 내놓는 식으로 시간을 많이 보냈는데—지금 다시 한다면 과연 그렇게 할 수 있을까 의심이 들 정도로—그런 논평 게임은 결코 바닥나는 법 없이 끝없이 이어졌다. 아이들은 처음부터 모든 것에 뛰어난 재주가 있었고, 일단 시작하면 공중으로 날아오를 정도로 폭넓은 재능을 보였다. 아이들은 정말로 좋아하는 마음으로 교과 공부에 임했다. 아이들은 그런 천부적인 재능을 발휘하여 시키지 않았는데도 거의 기적에 가까운 기억력으로 교과 내용을 암기했다. 아이들은 호랑이, 로마인, 셰익스피어의 작품 속 등장인물, 천문학자, 항해사 등으로 변장하여 나를 깜짝 놀라게 했다. 아이들과의 관계가 이런 식으로 된 건 지금 이 순간도 내가 달리 설명할 수 없는 그 사건과 관련이 있다고 나는 생각한다. 여기서 말하는 건 마일스가 다닐 다른 학교를 알아보는 문제에 대하여 내가 부자연스러울 정도로 태평했다는 것이다.

이런 기억이 난다. 당시 나는 당분간은 그 문제를 꺼내지 않기로 마음 먹었다. 이런 태평함은 마일스가 아주 영리하게 굴고 있다는 생각에서 비롯된 것이었다. 그 아이는 너무 영리해서 목사의 딸인 평범한 가정교사가 망칠 수 있는 수준이 아니었다. 이런 사려 깊은 생각들의 자수에서 가장 화려하지는 않다 해도 가장 기이한 수繡는, 감히 그것을 드러내 놓고 말하자면, "저 아이의 영리한 머릿속에는 엄청난 자극으로 작용하는 어떤 영향력이 깃들어 있다"는 것이었다.

이처럼 영리한 아이이니 학교 가는 걸 다소 늦추어도 별문제 없다고 생각하기 쉬웠다 하더라도, 왜 그런 아이가 학교에서 '퇴학'을 당했을까 하는 의문은 그 자체로 끝없는 수수께끼였다. 그런데 여기서 한 가지 사실을 덧붙이고 싶다. 두 제자와 함께 있을 때는—나는 언제나 아이들이 보이는 곳에 있으려고 애를 썼다—무슨 수상한 낌새를 멀리까지 추적할 수가 없었다. 우리는 음악, 애정, 성공, 과장된 몸짓 등 뜬구름같이 지냈다. 아이들은 음악적 반응이 빨랐는데, 특히 마일스는 음을 재빨리 알아채고 반복하는 능력이 뛰어났다. 공부방에 있는 피아노는 온갖 괴이한 공상이 연출되는 도구였다. 그것이 잘 안 되면 두 아이는 구석에서 수군거리다가 하나가 아주 상기한 채로 밖에 나갔다 뭔가 새로운 것이 되어서 다시 공부방으로 '들어왔다.' 나 자신도 오빠들이 있었기 때문에 어린 소녀가 노예라도 된 듯 어린 오빠를 숭배하는 것은 그리 놀랍지 않았다. 무엇보다도 놀라운 것은 이 어린 소년이 나이, 성별, 지능 등이 뒤떨어지는 여동생을 아주 자상하게 배려한다는 점이었다. 두 아이는 놀라울 정도로 마음이 잘 맞았다. 두 아이가 싸움이나 불평을 하지 않았다고 말하는 건 오누이의 특별한 형제애에 대한 아주 천박한 칭찬일 따름이다. 어떤 때 내가 신경질을 부리면 두 아이는 자기들끼리 짜고 한 아이는 어디론가 사라지고 다른 아이는 내 곁에 달라붙어 심심치 않게 해 주었다. 이런 외교적 행동에는 어딘지 모르게 순진한 구석이 있었다. 두 제자가 나를 달래려고 장난을 칠 때 거기에는 거칠거나 야비한 점이 거의 없었다. 하지만 잠시 휴지기가 지나간 후에, 전혀 다른 방면에서 야비한 점이 튀어나왔다.

나는 지금껏 이야기의 변죽만 울렸음을 깨닫는다. 그러나 이제 무섭지만 돌진해야 할 때이다. 블라이에서 벌어진 무서운 일을 계속 기록해 나가는 데 있어, 나는 먼저 아주 관대한 믿음에 도전하게 될 것이다(하지만 나는 이를 개의치 않는다). 그뿐만 아니라 이것은 전혀 다른 문제인데, 이제 나는 내가 겪은 고통을 되새기면서 그 무서운 길을 통과하여 막바지에 도달할 때까지 나 자신을 밀어붙이며 글을 써 나가야 한다. 이제 돌이켜 생각해 보니, 갑자기 그 모든 일이 내게는 지독한 고통이었다고 느껴지는 순간이 닥쳐왔다. 그러나 나는 적어도 문제의 핵심에 도달했고, 거기서 빠져나오는 가장 곧바른 길은 의심할 나위 없이 앞으로 직진하는 것뿐이었다. 어느 날 저녁—어떤 전조나 준비도 없이—나는 블라이에 부임한 첫날 밤에 느꼈던 그 차가운 감촉을 느꼈다. 그 느낌은 앞서 말한 것처럼 날이 흘러가면서 가벼워졌는데, 만약 그 뒤에 블라이에서의 생활이 덜 동요되었더라면 아마도 그것은 내 기억 속에서 희미해지다가 결국 사라져 버렸을 것이다. 나는 아직 잠자리에 들지 않았고 촛불 두 개를 켜 놓고 독서를 했다. 블라이에는 고서들이 한 방 가득이었다. 그중 일부는 지난 세기에 나온 소설들이었는데, 확실히 인기가 떨어진 상태이지만 그렇다고 해서 아무렇게나 주워 모은 것은 아닌 작품들로, 이 한적한 저택에 흘러들어와 나 같은 젊은 여자의 은밀한 호기심에 호소하고 있었다. 내가 그 순간 손에 들고 있던 책은 헨리 필딩의 『어밀리아』*였다. 나는 책을 읽느라고 완전히 깨어 있었다. 아주 늦은 시간이었고 시계를 들여다볼 생각을 별로 하지 않았다는 것이 막연하게 기억난다. 플로라의 침대 머리맡에는 당시 유행인 하얀 커튼이 쳐져, 오래전에 확인한 바와 같이 아이의 편안한 잠을 도와주고 있었다. 나는 저자에게 깊은 흥미를 느끼고 있었지만 그래도 책장을 넘길 때마다 그 매혹이 산산이 흩어진 상태로 책에서 고개를 쳐들고 방문을 똑바로 응시했다. 그렇게 귀를 기울이는 동안에, 내가 블라이에 부임한 첫날 밤에 받았던, 뭔가 형언할 수 없는 것이 집 안에 돌아다니는 것 같다는 저 희미한 느낌이 떠올랐다. 또한 열린 창문으로 흘러들어 오는 부드러운 숨결 같은 바람이 절반쯤 닫힌 덧문을 가볍게 흔드는 것을 보았다. 누군가 현장에 있었더라면 틀림없이 경탄했을 법한, 정말이지 멋지다 싶을 만큼 신중하게 나는 책을 내려놓고 일어섰다. 그리고 촛대 하나를 들고서 곧바로 방 밖으로 나갔고, 나의 촛불이 별 효과를 발휘하지 못하는 통로에 서서 소리 없이 문을 닫고 또 잠갔다.

　지금 나는 당시 무엇이 내 결단을 이끌어 내고 나를 인도했는지 자

* 헨리 필딩(1707~1754)의 장편소설 『어밀리아』(1751)는 부스 대위와 그의 부인 어밀리아가 온갖 역경을 견뎌 내고 마침내 농장 생활로 돌아간다는 내용이다. 「나사의 회전」을 가정교사의 환상을 적어 놓은 책이라고 해석하는 학자들은 이 『어밀리아』에서 그 근거를 찾는다. 가령 가정교사를 어밀리아와 동일시할 수 있다는 것이다. 소설 초반부에는 어밀리아가 '신경쇠약'을 앓았다는 얘기가 나오고 남편인 부스 대위도 아내가 광기에 가까운 질병을 앓았다고 말한다. 또 어밀리아가 남편인 부스 대위가 채권자 감옥에 가 있는 동안에 어린 남매를 키웠다는 얘기도 가정교사의 상황과 비슷하다. 남편이 옥에 있을 때 두 명의 남자가 끈질기게 구애를 해 오는데, 한 남자의 이름은 작가와 성이 같은 '제임스 대위'이고, 다른 한 명의 이름은 끝내 나오지 않고 '고상한 귀족'이라고만 제시된다. 「나사의 회전」에서도 가정교사의 이름은 끝내 나오지 않는데, 이것은 미혼으로 신경쇠약을 앓다가 죽은 헨리 제임스의 여동생 앨리스 제임스가 「나사의 회전」에 영감을 주었다는 것을 철저히 피하기 위한 전략이라고 한다.

신 있게 말하지 못하지만, 촛대를 높이 쳐들고 응접실을 따라 똑바로 걸어가 계단 모퉁이를 굽어보는 높다란 창문이 보이는 곳까지 나왔다. 이 지점에서 나는 갑작스럽게 세 가지를 인식하게 되었다. 거의 동시에 일어난 인식이었는데, 그래도 섬광 같은 계기는 있었다. 내가 촛대를 높이 치켜들고 흔드는 바람에 촛불이 꺼져 버렸다. 나는 장식 없는 창문을 통하여 첫새벽의 희붐한 기운 덕분에 촛불이 필요 없음을 깨달았다. 그리고 바로 다음 순간, 나는 계단에 누군가가 있다는 것을 알았다. 나는 계기에 대해서 말하고 있는데, 불과 몇 초 사이에 퀸트와의 세 번째 만남에 대비하여 내 온몸이 돌처럼 굳어졌다. 유령은 계단 중간 층계참까지 올라와 창문 가장 가까운 지점에 있었고, 그곳에서 나를 보더니 우뚝 멈춰 서서 지난번 탑과 정원에서처럼 나를 뚫어져라 응시했다. 내가 그를 아는 것처럼 그도 나를 알고 있었다. 그래서 약간 차가운 첫새벽 높은 유리창에는 희붐한 빛이 번들거리고 저 아래 잘 닦아 놓은 참나무 계단 또한 희미하게 빛날 때 우리는 아주 강렬한 눈빛으로 서로를 응시했다. 그 순간 그는 아주 혐오스럽고 위험한 유령이었다. 그러나 그것은 경이들 중의 경이는 아니었다. 그런 최고의 경이는 또 다른 상황을 위해 남겨 두기로 하겠다. 내가 두려움을 완전히 떨쳐 버리고 그 유령과 맞서서 힘을 겨루며 그를 제압하려 했던 마지막 상황 말이다.

나는 그 비상한 순간 직후에 엄청난 고뇌를 느꼈으나 천만다행으로 무섭지는 않았다. 유령도 내가 자신을 두려워하지 않는다는 것을 알았다. 나는 그 순간 이 사실을 아주 자랑스럽게 여기며 우뚝 섰다. 나는 자신감이 강하게 차오른 상태에서 내가 1분만 그렇게 버티고 서 있다면—적어도 그 시간 동안만이라도—더 이상 그는 내 상대가 되지 못하리라고 생각했다. 따라서 그 1분 동안, 유령은 실제로 만나 대화를 나누는 것처럼 인간적이면서 흉측한 존재였다. 그것이 흉측하게 느껴진 것은 인간적인 모습을 하고 있었기 때문이다. 가령 첫새벽에 다들 잠든 저택에서 어떤 적, 어떤 모험가, 어떤 범죄자를 만났다고 한다면 그거야말로 유령이라기보다 살아 있는 인간에 더 가깝고, 그래서 인간적이라고 해야 하지 않겠는가. 이처럼 아주 가까운 거리에서 아무 말 없이 서로 노려보기만 하는 것은, 그 공포가 비록 엄청난 것이기는 하지만, 어떤 부자연스러운 분위기를 연출했다. 만약 그런 시간, 그런 장소에서 내가 어떤 살인범을 만났다고 하더라도 우리는 적어도 수인사는 나누었을 것이다. 만약 그것이 이승의 일이었더라면 우리 사이에는 무슨 일이 벌어졌을 것이다. 설사 무슨 일이 벌어지지 않았더라도 어느 한 사람이 먼저 움직였을 것이다. 그 응시의 순간은 연장되었고 만약 그 시간이 조금만 더 오래 지속되었더라면 나 자신도 이것이 과연 이승의 일인지 의심했을 것이다. 그다음에 벌어진 일은 이렇게밖에는 표현할 수 없다. 정적 그 자체—그것은 어떻게 보면 내 용기를 증명하는 것이기도 한데—는 이제 텅 빈 공기로 바뀌었고, 유령이 그 허공중으로 사라졌다. 나는 분명 그 유령이 돌아서는 것을 보았다. 한때 그 유령의 모습을 띠고 있던 그 천박한 자가 어떤 명령을 받기나 한 듯이 돌아서는 듯한 느낌이었다. 어떤 곱사등도 그처럼 흉악하게 보이지는 않을 만큼 볼썽사나운 그 등을 나는 응시했다. 유령은 계단을 내려가 다음 모퉁이의 어둠 속으로 사라졌다.

　나는 계단 위에 잠시 서 있었다. 그러나 이윽고 나의 방문객이 사라진 것의 영향을 느꼈고, 그는 정말로 가 버렸다. 나는 방으로 돌아왔다. 켜 둔 채 놔두었던 촛불로 인해 방에서 가장 먼저 눈에 띈 것은 어린 플로라의 침대가 비어 있다는 사실이었다. 그걸 보는 순간, 나는 숨이 막혔고, 바로 5분 전에 물리친 그 공포가 고스란히 되돌아왔다. 나는 플로라가 잠들어 있던 곳으로 재빨리 달려갔으나—자그마한 비단 침대 커버와 시트가 어질러져 있었다—침대 위로 하얀 커튼만이 오싹하게 너울거리고 있었다. 그렇게 걸어가니 어떤 소리가 들려와서 나는 형언할 수 없는 안도감을 느꼈다. 창문 덧문이 가볍게 흔들리고는 그 뒤에서 장미꽃처럼 얼굴이 상기된 플로라가 깡충 뛰어내렸다. 아주 순진하고, 또 잠옷을 입어 아주 자그마한 그 애가 분홍빛 맨발을 내밀고 황금빛 머리카락을 가볍게 날리고 있었다. 표정은 자못 엄숙했다. 나는 이제 현장을 잡았다, 라는 유리한 입장—그 흥분은 정말 엄청났다—이 갑자기 역전되는 열패감을 느꼈다. 아이가 비난조로 이렇게 말을 걸어왔기 때문이다. "이 장난꾸러기 선생님, 어디 다녀오신 거예요?" 나는 아이의 괴상한 행동을 따지기는커녕 비난당하여 수세에 내몰린 채 변명을 해야 하는 나 자신을 발견했다. 말이 난 김에, 아이는 아주 사랑스럽고 열성적이고 단순 명료한 어조로 자신의 입장을 설명했다. 침대에 누워 있는데 내가 갑자기 방 밖으로 나가는 것을 발견하고, 내게 무슨 일이 벌어졌는지 알아보러 벌떡 일어났다는 것이었다. 나는 아이가 다시 나타난 것을 너무 고맙게 여기며 덜퍼덕 내 의자에 앉아 있었다. 그제야 비로소 가벼운 현기증이 일어났다. 아이는 내게 곧장 다가오더니 내 무릎에 털썩 몸을 내던졌고, 아직도 잠기운이 가득한 사랑스러운 작은 얼굴을 촛불의 환한 손길에 내맡겼다. 나는 그 순간 항복하듯이 의식적으로 눈을 감았다. 갑작스럽게 환히 빛나는, 아이의 넘쳐 나는 아름다움에 그만 압도되고 말았던 것이다. "그럼 창문 밖을 살펴보면서 나를 찾고 있었던 거니?" 내가 말했다. "내가 정원에서 산책이라도 한다고 생각했니?"

"누군가가 산책하고 있다고 생각했어요." 나를 바라보는 아이의 미소는 그처럼 창백할 수가 없었다.

아, 내가 어찌나 매혹되어 아이를 쳐다보았던지! "그래, 누군가를 보았니?"

"아, 아니요!" 아이는 전후를 따지지 않는 어린아이의 특권을 마음껏 활용하면서 화난 듯한 목소리로 대답했다. 하지만 아니요, 라는 부정어를 길게 끄는 어조에는 달콤한 사랑스러움이 그대로 묻어났다.

그 순간, 나는 신경이 아주 날카로운 상태였고 아이가 거짓말을 하고 있다는 것을 확신했다. 아무튼 내가 눈을 감는 순간, 내 앞에는 그 문제에 접근할 수 있는 서너 개의 방안이 별빛처럼 눈부시게 반짝거렸다. 그중 한 가지 방안이 아주 강하게 나를 유혹했고, 그것을 물리치기 위해 나는 발작적으로 어린아이의 팔을 꽉 잡았는데, 놀랍게도 아이는 비명이나 무서워하는 반응 없이 그것을 견뎌 냈다. 왜 현장에서 아이에게 내 생각을 털어놓고 결말을 보지 않는가? 촛불이 환히 비춘 아이의 사랑스러운 얼굴을 빤히 쳐다보면서 곧바로 이실직고하라고 다그치지 않는가? "얘야, 얘야, 너는 이미 그들과 소통하고 있지 않니? 내가 그걸 의심하고 있다는 걸 너는 이미 알고 있어. 그러니 솔직하게 털어놓으렴. 그러면 우리는 함께, 적어도 그 문제를 감당할 수 있고,

어쩌면 이 기구한 우리의 운명 속에서, 우리가 어디에 서 있는지 또 그게 무슨 의미인지 똑바로 깨우칠 수 있지 않겠니?" 하지만 이런 호소는 머릿속에 떠오르는 순간 사그라들고 말았다. 만약 내가 그 순간 그런 식으로 솔직히 말해 버리고 싶은 유혹에 굴복했더라면 나는 아마도 나 자신을 구제할 수 있었을 것이다. 하지만 나는 그렇게 하지 못했다. 그 유혹에 굴복하는 대신에 나는 의자에서 벌떡 일어서면서 아이의 침대 쪽을 바라보고 맥없는 중도 노선을 추구했다. "왜 커튼을 당겨서 침대 위로 너울거리게 했니?"

촛불이 환히 비춘 플로라의 얼굴이 잠시 생각에 잠겼다. 이어 그 아름다운 미소를 지으며 아이가 대답했다. "선생님을 무섭게 하지 않으려고요!"

"하지만 네 말대로라면 나는 이미 밖에 나갔는데—?"

아이는 난처한 질문에 조금도 당황하지 않았다. 아이는 촛불 쪽으로 시선을 돌리면서, 그 질문이 마치 마셋 부인의 어린이책이나 9 곱하기 9 같은 구구단처럼 현재의 상황과는 무관한 몰개성적인 질문인 양 행동했다. "그렇지만 말이에요, 선생님," 아이는 아주 적절하게 대답했다. "곧 돌아오실 거였고, 실제로 돌아오셨잖아요!" 잠시 뒤 아이가 침대에 들고 나서, 나는 오랫동안 그 옆에 앉아 손을 쥐어 주었고 또 내가 방으로 돌아와 이렇게 아이를 위로해 줄 수 있으니 잘되었다고 여겼다.

독자는 그 순간부터 내가 밤이면 어떻게 시간을 보냈는지 상상할 수 있을 것이다. 나는 몇 시인지 잘 모르지만 침대에서 자주 일어나 앉았다. 그리고 같은 방에서 자는 플로라가 확실히 잠들었다고 생각되는 순간을 골라서 몰래 방 밖으로 나가 통로를 어슬렁거리며 왕복했다. 심지어 지난번에 퀸트를 보았던 지점까지 가 보았다. 하지만 거기서 그를 만나지 못했는데, 다른 때에도 그를 실내에서 만난 적이 없다는 것을 여기서 분명하게 말해 두고 싶다. 그렇지만 계단에서 또 다른 모험을 가까스로 피한 적은 있었다. 한번은 계단 꼭대기에서 아래를 내려다보았는데, 어떤 여인이 등을 내 쪽으로 돌린 채 계단 밑에 앉아 있었다. 얼굴을 양손에 파묻고 슬퍼하는 모습이었다. 내가 거기에 도착한 순간, 그녀는 내게 몸을 돌리지도 않고 사라졌다. 하지만 나는 그 여자가 내보였을 아주 무서운 얼굴을 정확하게 알고 있었다. 만약 내가 계단 위쪽이 아니라 아래쪽에서 그녀와 조우했더라면, 지난번에 퀸트를 만났을 때 내보였던 용기를 발휘하며 계단 위쪽으로 올라갈 수 있었을지 잘 모르겠다. 그렇지만 내 용기를 시험하는 일은 계속하여 많이 벌어졌다. 퀸트를 세 번째로 만난 밤 이후로 열하루가 되는 날 밤에—날짜들을 일일이 표시해 두었다—나는 퀸트 건에 버금가는 위태로운 사건을 겪었고 그 사건의 예기치 못한 측면은 정말로 아주 큰 충격을 주었다. 그날 밤 처음으로 나는 지난 여러 날 동안의 경계심으로 피곤해진 나머지, 긴장을 늦추지 않은 상태에서 예전의 취침 시간에 잠자리에 들었다. 나는 곧 잠이 들었는데, 나중에 안 것이지만 새벽 1시까지 잠을 잤다. 그렇지만 잠에서 깼을 때 나는 곧바로 일어나 앉게 되었다. 마치 어떤 손이 나를 흔들어 깨운 듯이 완전히 잠이 깨어 버렸다. 잠들기 전에 켜 놓은 촛불은 꺼져 있었다. 나는 즉각 플로라가 껐다고 확신했다. 그래서 벌떡 일어나 어둠 속에서 플로라의 침대까지 갔다. 침대는 비어 있었다. 나는 창문 쪽을 쳐다보았고 성냥불을 켜서 사태의 진상을 파악했다.

아이는 또다시 일어나 앉아 있었다. 이번에는 촛불을 끄고서 관찰인지 소통인지 그 어떤 목적으로 창문 덧문 뒤로 비집고 들어가서 어두운 밤의 허공을 내다보고 있었다. 아이가 유령을 보았다는 사실—지난번에는 보지 못했다는 것을 나는 확신했다—은 아이의 행동으로 증명되었다. 아이는 내가 성냥불을 켠 것이나 내가 슬리퍼와 겉옷을 황급히 입고 있는 데에 전혀 동요하지 않았다. 덧문 뒤에서 몸을 감추고 보호받은 상태로 뭔가에 몰두하며 창틀에 올라앉아 있었다. 창문은 밖으로 열려 있었다. 마침 떠 있던 보름달이 아이를 도와주었다. 내가 재빠른 결정을 내린 데에는 그 사실도 감안되었다. 아이는 지난번 호숫가에서처럼 유령과 대면하고 있었다. 단, 지난번에는 못 했지만 지금은 소통을 하고 있었다. 내가 지금 하려는 것은 아이를 방해하지 않고 통로 반대편으로 가서 똑같은 지점이 내려다보이는 창문으로 가는 것이었다. 나는 아이가 듣지 못하게 방문까지 나왔다. 그리고 방 밖으로 나와서 문에다 귀를 대고 아이에게서 무슨 소리가 나는지 살폈다. 복도에 서 있는 동안, 나는 열 걸음 정도 떨어진 곳에 있는 마일스의 방문을 살펴보았다. 그러자 앞서 내가 '유혹'이라고 말했던 저 기이한 충동이 내 안에서 다시 살아났다. 지금 곧바로 저 방으로 가서 그의 창문을 살펴보면 어떨까? 마일스가 놀라든 말든 나의 동기를 그런 식으로 드러냄으로써, 이 수수께끼의 유령과의 소통에다 내 과감한 용기의 오랏줄을 던져 보는 것은 어떨까?

그런 생각이 들자 나는 그의 방 앞 문턱까지 나아가서 멈추어 섰다. 그리고 정상이라고 할 수 없을 정도로 세심하게 귀를 기울였다. 나는 저 안에 음산한 무엇이 있을지 모른다고 상상했다. 그의 침대 역시 비어 있고 그 역시 은밀하게 뭔가를 관찰하고 있는 게 아닐까. 그것은 깊고 고요한 1분 정도의 한순간이었다. 하지만 그 순간이 지나가자 나의 충동은 힘이 빠져 버렸다. 방 안에서는 아무 소리도 나지 않았다. 그는 아무 일 없는 것일 수도 있었다. 아이와 맞대면한다는 것은 너무 큰 위험 수였다. 나는 돌아섰다. 정원에는 어떤 자가 있었다. 무언가를 보려고 어슬렁거리는 자는, 플로라가 현재 소통하고 있는 방문자였다. 하지만 그것은 마일스에게 관심 있는 방문자가 아니었다. 나는 다른 이유에서 몇 초간 다시 망설였다. 그리고 선택했다. 블라이에는 빈방이 많았다. 그것은 단지 적당한 방을 선택하기만 하면 되는 문제였다. 그 방은 아래층에 있지만 정원보다는 약간 높은 곳에 위치한, 내가 전에 오래된 탑이라고 말한 바 있는, 저택 내의 구석방이었다. 커다란 정사각 형태에 위풍당당한 침실로 단장되어 있었으나 너무 커서 불편했기 때문에 몇 년째 사용되지 않았다. 하지만 그로스 부인이 평소에 아주 깨끗하게 청소해 놓고 있었다. 나는 평소 그 방을 멋지다고 생각하여 가끔 들러 보았던지라 거기로 가는 길을 알았다. 쓰지 않고 비워 둔 방이라 처음에는 오싹하고 어두운 기분이 들어 망설여졌으나 나는 곧 그 방을 가로질러 가서 아주 조용하게 덧문 하나를 살짝 열었다. 그리고 소리 내지 않고 창유리의 덮개를 벗겨 내고는 유리창에 얼굴을 바싹 갖다 대고 밖을 내다보았다. 밖의 어둠은 오히려 실내보다 덜 어두웠고, 그래서 나는 제대로 방향을 잡을 수 있었다. 이어 나는 뭔가를 좀 더 볼 수 있었다. 달빛 덕분에 밤중의 풍경이 아주 잘 보였고, 나는 잔디밭에 서 있는 한 사람을 보았다. 거리가 있어서 실물보다 좀 작게 보였으나 뭔가에 매혹된 듯 미동도 없이 서 있었다. 그 인물은 내가 옮겨 간 곳의 위쪽을 올려다보았는데 내가 아니라 분명 나보다 더 위쪽에 있는 무언가를 보는 것 같았다. 내 위쪽에 분명 또 다른 사람이 있었다. 탑 위에 사람이 있었다. 그러나 잔디밭에 서 있는 사람은 내가 누구라고 생각하고 또 자신 있게 황급히 만나려고 했던 그것은 아니었다. 나는 그를 알아보고 속이 메스꺼워졌다. 그것은 불쌍한 어린 마일스였다.

11

그다음 날 오후 늦게가 되어서야 나는 그로스 부인과 대화를 할 수 있었다. 나는 두 제자를 엄중히 감시하고 있었던지라 종종 부인을 몰래 만나는 것이 어려웠다. 우리가 내심 동요한다든지 신비로운 일에 대하여 의논한다는 의심을 받지 않아야—두 아이에게는 물론이고 집안의 하인들에게도—했기 때문에 단둘이 만나기란 더욱 어려웠다. 이런 점과 관련하여 부인의 온화한 외양은 큰 보안이 되었다. 그녀의 선한 얼굴에는 내게서 끔찍한 비밀을 들었다는 흔적이 조금도 드러나 있지 않았던 것이다. 분명, 그녀는 내 말을 절대적으로 믿었다. 그녀가 그렇게 믿어 주지 않았다면 나는 과연 어떻게 되었을지 알 수 없는 노릇이다. 나 혼자서는 그런 긴장을 도저히 감당하지 못했을 것이다. 하지만 그녀는 천연기념물 수준이라고 할 정도로 상상력이 빈곤했다. 부인은 두 아이에게서 오로지 아름다움, 친화력, 행복, 명민함을 볼 수 있었던 반면에, 내 고통의 근원인 유령과는 아무런 직접적 소통이 없었다. 만약 아이들이 눈에 띄게 초췌하거나 맥없는 모습을 보인다면 그녀는 그렇게 된 원인을 따져 가면서 틀림없이 아이들 못지않게 초췌하거나 맥없어졌을 것이다. 부인이 하얗고 두툼한 팔뚝을 팔짱 끼고 평소처럼 아주 온화하게 두 아이를 지켜보는 자랑스러운 태도를 옆에서 보고 있노라면, 정말이지 그 아이들이 설사 망가진다 하더라도 그 망가진 조각조차도 여전히 사랑스럽다고 생각할 게 틀림없어 보였다. 그녀의 마음속에서는 상상력이 비상하며 용솟음치는 일은 사라지고, 그 대신 천천히 타오르는 난로의 불길 정도로 쪼그라들어 이렇다 할 상상력의 작용이라는 것은 없게 되었다. 나는 이미 그녀의 심리가 어떻게 돌아가는지 파악했다. 별반 이렇다 할 사건 없이 여러 날이 흘러갔으므로, 두 애가 제 힘으로 앞가림을 할 수 있다는 확신을 갖게 되었고, 그리하여 새로 부임한 가정교사가 가져온 딱한 얘기에는 정성껏 관심을 가져 주기만 하면 된다는 것이었다. 내가 볼 때 평범한 사람의 너무나도 건전한 단순화였으나 도움이 되는 측면도 있었다. 내 단언하거니와, 나는 집안의 모든 사람들에게 내색을 하면 안 되었는데, 현재 블라이에서 돌아가는 상황들로 미루어, 부인의 표정 관리마저 신경 써야 했다면 더욱 엄청난 스트레스를 받았으리라.

앞서 말한 늦은 시간에 그녀는 내 압박으로 테라스에서 나를 만났다. 이제 여름이 물러가면서 오후의 햇살은 한결 따뜻해졌다. 우리는 거기 함께 앉았고, 우리 앞으로 약간 떨어진 곳에서 두 아이가 유쾌하게 이리저리 뛰어놀고 있었다. 두 아이는 우리 아래쪽 잔디밭에서 천천히 움직였다. 마일스는 그렇게 걸어가면서 이야기책을 소리 내어 읽었고, 가끔 여동생의 어깨에 팔을 둘러 동생을 가까운 거리에 두려고 애썼다. 그로스 부인은 아주 평온하게 그들을 쳐다보았다. 이어 가정교사로부터 양탄자 뒤의 지저분한 진상을 들어 주기 위해 힘들게 지능을 발동시키는 삐걱 소리가 들렸다. 나는 그녀를 괴상한 이야기의 수신자로 만들었다. 나의 압박 아래에서도 끈질기게 참고 들어 주는 그녀의 태도에는 나의 우월함—내가 하는 일과 성과—에 대한 기묘한 인정이 깃들어 있었다. 부인은 마음을 활짝 열고 나의 폭로를 받아들였다. 만약 내가 마녀의 탕약을 조제하고 싶다는 의견을 내어놓는다면 그녀는 그놈을 달일 크고 깨끗한 약탕관을 내밀었을 것이다. 이것이 우리가 대화를 나눌 무렵 그녀가 취하는 태도였고, 이제 지난밤 얘기를 하다가 내가 그런 늦은 시간에 잔디밭에 서 있는 마일스를 발견하고 그다음에 취한 행동을 언급하는 대목에 이르렀다. 그 장소는 마일스가 지금 여동생과 놀고 있는 곳 근처였다. 나는 아이를 데리고 오려고 잔디밭으로 내려갔다. 창문에 서 있던 나는 잠든 식구들을 깨워서는 안 된다며 주의를 일깨웠고, 그래서 아이를 소리쳐서 불러들이는 대신에 직접 내려가서 데려오기로 했다. 그렇게 하여 집 안으로 들어오자 나는 마침내 마일스에게 직접적인 언사로 도전을 걸었다. 그때 아이가 놀라운 기지를 발휘하며 멋지게 대답한 말에 나는 찬탄하고 말았는데, 아무리 애들 일이라면 무조건 공감부터 하고 보는 그로스 부인일지라도 그 얘기를 전해 듣고 그 순간에 내가 느낀 그 놀라움을 실감할 수 있을지 의문이 든다고 나는 말했다. 내가 달빛 가득한 테라스에 나타나자마자 아이가 곧바로 내게 다가왔다. 그러자 나는 아무 말도 하지 않고 그의 손을 잡고서 어두운 공간을 통과하여 퀸트가 그처럼 아이를 찾아 배회하던 그 계단을 올라가, 내가 그토록 노심초사하며 뭔가 귀 기울여 듣던 그 응접실을 지나가서 마일스의 텅 빈 방으로 갔다.

우리는 그 방까지 가는 동안 아무 말도 하지 않았다. 나는 의아한 생각이 들었다. 아, 어쩌나 의아했던지! 아이는 그 무서운 작은 머리를 굴려 가며 뭔가 너무 괴기하지 않은 그럴듯한 얘기를 궁리하고 있는 게 아닐까. 그렇게 억지로 꾸며 내려고 들면 머리깨나 아플 것이라는 생각도 들었다. 그리고 그 순간 아이의 당황하는 태도를 고소하게 여기며 묘한 승리의 기쁨마저 느꼈다. 그것은 지금껏 성공을 거두어 온 아이의 놀이에 날카로운 올무를 던진 것이었다. 아이는 더 이상 완벽하게 예의 바른 태도를 연기할 수 없었고, 또 그런 체할 수도 없었다. 자, 이제 이 아이는 이 난관을 도대체 어떻게 빠져나갈 것인가? 그 질문이 열정적으로 맥박 치면서 그와 동시에 내 가슴도 뛰기 시작했고, 그에 못지않게, 그렇게 말하는 나는 도대체 어떻게 처신해야 할 것인가 하는 둔중한 근심이 들기 시작했다. 나는 마침내, 전에 그렇게 해 본 적이 없는바, 나의 초조함과 근심을 노골적으로 드러내야 하는 모험에 직면하게 된 것이었다. 나는 아이의 작은 방으로 들어간 것을 기억한다. 침대는 아이가 잤던 흔적이 없었고 창문으로 그대로 들어오는 달빛이 방 안을 환하게 밝혀 주어 성냥을 켤 필요가 없었다. 그때 내가 침대 모서리에 맥없이 주저앉았던 것이 기억난다. 문득 마일스가 사람들이 말하는바, 가정교사를 '가지고 노는' 방법을 알고 있는 게 틀림없다는 생각이 들었기 때문이다. 마일스는 너무나 영리한 아이여서 자기 마음대로 하고 싶은 짓을 할 수가 있었다. 미신과 공포를 조장하면서 아이들을 가르치려는 가정교사는 범죄 행위를 저지르는 것이라는 저 오래된 전통을 내가 그대로 따르는 한, 아이는 나를 마치 갈라진 막대기 사이에 끼워 넣은 것처럼 '가지고 놀' 수 있었다.*

만약 우리들의 사제 관계에 그런 무시무시한 요소를 맨 먼저 도입한 사람이 나였다는 것이 알려진다면, 그 누가 나를 용서할 것이며, 그

---

* 마일스가 런던의 큰아버지에게 새로 온 가정교사가 미신적인 얘기를 하면서 겁을 준다고 고자질하면 가정교사는 해고될 우려가 있다. 그걸 가정교사가 두려워한다는 것을 마일스가 알고 있기에, 가정교사를 '가지고 논다'라고 완곡하게 표현한 것이다.

누가 나의 처벌을 원하지 않는다 할 것인가? 아니, 아니다. 그런 은밀한 뜻을 그로스 부인에게 전하려고 애쓰는 것은 쓸데없는 짓이다. 어두운 방에서 잠깐 격돌하는 동안에, 내가 아이의 행동에 경탄하면서 꽤나 동요했다는 사실을 이렇게 글을 쓰면서 암시하려는 것도 그에 못지않게 쓸데없는 짓이다. 나는 침대에 앉아 아이를 공격하는 동안 그보다 더 다정하게 두 손을 아이의 자그마한 어깨 위에 올려놓은 적이 없었다. 나는 형식적으로나마 그 질문을 아이에게 던지지 않을 수 없었다.

"이제 내게 말해야 돼. 모든 진실을. 무엇 때문에 밖으로 나갔니? 거기서 무엇을 하고 있었니?"

나는 여전히 아이의 아름다운 미소를 볼 수 있었다. 아름다운 두 눈의 흰자위와 가지런한 하얀 치아가 달빛 가득한 어둠 속에서 반짝거렸다. "제가 선생님에게 말씀드린다면 이해하시겠어요?" 나는 그 말에 놀라서 심장이 발바닥까지 떨어졌다. 이 애는 그 이유를 말해 줄 생각이 있는 것일까? 나는 어서 말하라고 채근하지는 못하고 막연히 얼굴을 찡그리며 고개를 끄덕거리기만 했다. 아이는 온유함 그 자체였다. 내가 머리를 끄덕이는 동안, 아이는 동화 속 어린 왕자 같은 자세로 서 있었다. 나에게 한숨 돌릴 여유를 준 것은 그 아이의 총명함이었다. 만약 아이가 내게 말해 준다면 그건 정말 멋진 일이 될까? "뭐라고 할까," 아이가 마침내 대답했다. "선생님이 이렇게 해 주셨으면 해서요."

"무엇을 해 달라고?"

"그러니까 절 **나쁜** 아이라고 생각하시는 거요!" 나는 아이가 그 말을 꺼내면서 풍긴 즐겁고 유쾌한 분위기를 결코 잊지 못할 것이다. 거기에 더하여 허리를 숙여 내 뺨에 키스한 것 역시. 그것은 실제적으로 그 모든 사건의 결말이었다. 나는 그 애의 키스를 받아들였고 잠시 그 애를 내 양팔에 안고 있는 동안 울지 않으려고 무진 애를 써야만 했다. 그는 내게 진상의 이면으로 들어가는 것을 전혀 허용하지 않으면서도 멋지게 자신의 행동을 설명한 것이었다. 내가 방 안을 둘러보며 한 말은 사실상 그 설명을 받아들인 것이나 다름없었다.

"그런데 왜 옷은 갈아입지 않았지?"

아이가 박명 속에서 예쁘게 반짝거렸다. "안 갈아입었어요. 앉아서 책을 읽었어요."

"그럼 언제 마당에 내려갔니?"

"자정에요. 전 나쁜 애가 되기로 마음먹으면 정말 나쁜 애가 되어 버려요."

"알았어. 알았어. 정말 그렇구나. 그런데 내가 그걸 눈치채리라는 것을 어떻게 알았니?"

"아, 그건 플로라와 미리 짰어요." 준비해 둔 것처럼 대답이 튀어나왔다. "플로라가 일어나서 밖을 내다보기로 되어 있었어요."

"그래서 그 애가 그렇게 행동했구나." 올무에 걸린 것은 오히려 나였다!

"그래서 여동생이 선생님을 흔들어 깨웠고, 그 애가 보는 것을 보기 위해 선생님도 밖을 내다보셨고, 그래서 보시게 된 거지요."

"그러는 너는," 내가 동의했다. "차가운 밤공기 때문에 죽을 뻔했고!"

그는 글자 그대로 이 성과로 활짝 피어났고 아주 환한 얼굴로 즉각 동의했다. "그렇게 하지 않으면 어떻게 나쁜 아이 소리를 들을 수 있겠어요?" 그렇게 해서 또 한 번의 포옹 끝에 그 사건과 우리의 면담은 끝이 났다. 나에게는 여전히 그 애를 좋게 해석하려는 마음의 잔고가 충분히 남아 있었고, 마일스는 그런 장난을 쳐 놓고서도 그것을 인출하여 사태를 무마한 것이었다.

12

내가 받았던 그 특별한 인상은, 그다음 날 아침이 되자 그로스 부인에게 성공적으로 말해 줄 수 있는 그런 것이 되지 못했다. 하지만 나는 우리가 헤어지기 전에 마일스가 했던 또 다른 말을 언급함으로써 그 인상을 강화하려 했다. "그 문제를 정말로 결말지은 것은," 내가 말했다. "여섯 마디 말이었어요. 마일스는 자신이 얼마나 좋은 아이인지 내게 보여 주기 위해 이렇게 말했지요. '제가 할지도 모르는 것을 생각해 보세요.' 그 애는 '할지도 모르는 것'을 철저히 알고 있었어요. 그게 그 애가 학교에게 사람들에게 맛보여 준 것이었어요."

"어머나, 선생님은 정말 변했군요!" 부인이 소리쳤다.

"저는 바뀌지 않았어요. 단지 그걸 알아냈을 뿐이에요. 그것에 따르면, 저 넷은 계속 만나고 있어요. 최근에 부인이 밤중에 그 애들 중 누구와 함께 있었다면 이 말을 분명하게 이해했을 거예요. 관찰하면서 기다릴수록 전 이런 생각을 하게 돼요. 그것을 분명하게 만들 다른 방법이 없다면 두 아이의 조직적인 침묵에 의해 분명하게 드러나게 될 거예요. 두 아이는 단순한 말실수라도 예전에 알았던 그 두 남녀에 대해서는 말을 하는 법이 없어요. 마일스는 또 자신의 퇴학에 대해서도 말하지 않아요. 그래요, 우리가 여기 앉아서 두 아이를 바라보면 저 애들은 순진한 모습을 마음껏 드러내고 과시하지요. 그러나 저 애들

444

은 동화 속에 살고 있는 것 같은 모습을 꾸미는 동안에도, 유령이 자기들에게 되돌아온다는 생각에 깊이 잠겨 있어요. 마일스는 플로라에게 글을 읽어 주는 게 아니에요." 내가 선언했다. "그 두 남녀에 대해서 얘기하고 있는 거예요. 무서운 유령 얘기를 하고 있는 거라고요! 제가 마치 미친 여자처럼 말한다는 거 알아요. 미치지 않는다면 그게 이상하죠. 제가 이미 본 것들은 부인조차도 그렇게 만들 거예요. 하지만 그건 절 더 명석하게 만들 뿐이고 또 다른 것들도 똑똑히 파악하게 만들죠."

나의 명석함은 분명 오싹했을 것이다. 그리고 그 명석함의 희생자인 매력적인 두 아이는 서로 어울려 사랑스러운 놀이를 하면서 우리 앞을 지나가고 또 지나갔다. 그 모습은 부인에게 뭔가 지탱해 주는 버팀목이 되었다. 그녀는 자상한 눈으로 아이들을 보고 있는 한편 나의 거침없는 토로에는 미동도 하지 않고 단단한 자세를 취했다. "선생님이 똑똑하게 파악한 다른 것들은 무엇인가요?"

"절 즐겁게 하고, 매혹시키고, 동시에—기이하게도 이제 그것을 알게 되었는데—의아하게 하고 괴롭히는 것들이지요. 저 아이들의 지상의 것 같지 않은 아름다움, 아주 부자연스러운 선량함, 그건 겉으로 꾸민 것, 놀이예요." 내가 계속 말했다. "그건 계책이고 사기일 뿐이에요!"

"저렇게 작고 귀여운 애들이요—?"

"사랑스러운 어린아이에 지나지 않는데, 라고요? 미친 소리처럼 들릴지 모르지만, 그게 사실이에요!" 이렇게 내뱉음으로써 나는 그것을 추적하여 점검하고 또 하나로 종합할 수 있었다. "저 애들은 선량하지 않아요. 표면적으로 나쁜 짓만 안 하고 있을 뿐이에요. 저 아이들은 자기들 나름의 생활을 영위하고 있고, 그래서 저 애들과 함께 살기란 쉬운 일이죠. 저 애들은 나의 것 혹은 우리의 것이 아니에요. 저들은 그 두 남녀의 것이에요!"

"퀸트와 그 여자요?"

"퀸트와 그 여자요. 둘은 저 애들을 데려가려 해요."

그러자 불쌍한 그로스 부인은 애들을 찬찬히 살펴보았다. "무엇 때문에요?"

"지난간 무서운 시절에, 그 둘이 저 아이들에게 주입한 사악함 때문이죠. 저 애들에게 악을 가르치고, 악마의 소행을 계속하게 만들려고 그들은 계속하여 돌아오고 있는 거예요."

"맙소사!" 나의 친구는 숨을 죽이며 말했다. 그 탄식은 소박했으나, 그 무서운 시절에—이것보다 더 나쁜 시절이 분명 있었으므로—벌어졌음이 틀림없는 것들에 대하여 내가 내놓은 추가 증거를 받아들이고 있었다. 그녀가 두 사악한 남녀가 얼마나 타락했는지를 겪은 대로 시인했을 때, 그것은 다른 무엇보다도 내 추정이 정확했음을 확인해 주었다. 그런 기억을 떠올리면서 부인은 잠시 뒤 이렇게 말했다. "두 남녀는 악당이었어요! 하지만 저들이 이제 무엇을 할 수 있지요?"

"뭘 하냐고요?" 내가 너무 크게 소리 지르는 바람에 멀리서 지나가던 마일스와 플로라가 잠시 걸음을 멈추고 우리를 쳐다보았다. "두 남녀는 이미 충분히 보여 주지 않았나요?" 나는 낮은 목소리로 물었다. 두 아이는 미소를 짓고 고개를 끄덕이며 우리에게 키스를 보낸 후 놀이를 계속했다. 우리는 그 광경을 1분쯤 지켜보았다가 내가 말했다. "두 남녀는 저 애들을 죽일 수도 있어요!" 그 말에 부인은 고개를 돌렸다. 하지만 그녀는 침묵으로 호소를 해 왔고 그 때문에 나는 더욱 분명하게 설명해야 했다. "두 남녀는 아직 어떻게 해야 그렇게 할 수 있을지 모르고 있어요. 하지만 아주 열심히 애를 쓰고 있어요. 그들은 저 너머 어떤 곳에 있는 것처럼 보여요. 가령 이상한 곳이거나, 높은 곳, 탑 꼭대기, 집의 지붕, 혹은 창문 밖, 호수의 가장자리 등에서 나타나요. 그러나 그 거리를 단축하고 장애를 극복하기 위해 두 남녀와 애들 양쪽 다 깊은 속셈을 감추고 있어요. 따라서 유혹하는 자들의 성공은 시간문제일 뿐이에요. 그들은 위험을 계속하여 암시하기만 하면 되죠."

"아이들을 자기들에게 가까이 다가오게 하기 위해선가요?"

"그러다가 죽게 하기 위해서요!" 그로스 부인은 천천히 일어섰고 나는 조심스럽게 단서를 붙였다. "물론 우리가 그걸 예방하지 않는다면요!"

나는 앉아 있고 부인은 선 채로 내 말을 찬찬히 생각했다. "애들 큰아버지가 그걸 예방해야겠군요. 주인님이 애들을 이곳에서 데려가 주셔야겠네요."

"주인에게 누가 그걸 요구하죠?"

그녀는 먼 곳을 응시하더니 갑자기 바보스러운 얼굴을 내게 내밀었다. "누구긴요, 선생님이죠."

"주인에게 그의 집이 귀신 들렸고 어린 조카들이 미쳤다고 쓰라고요?"

"선생님, 애들이 정말 그렇다면 그리해야 되지 않겠어요?"

"그리고 나도 미쳤다는 그 말인가요? 주인의 신임을 받고 있고 또 주인을 걱정하지 않게 하는 게 일차 책임인 사람이 주인에게 그런 멋진 소식을 전한다고요?"

그로스 부인은 다시 생각하더니 아이들을 한번 쳐다보았다. "주인님은 골칫거리를 싫어하지요. 바로 그것 때문에—"

"그래서 저 악마 같은 두 남녀가 그를 오랫동안 속였다고요? 그분은 심각하게 무관심하군요. 아무튼 저는 악마가 아니니까 그를 속이지는 않겠어요."

내 동료는 잠시 뒤 대답할 양으로 의자에 다시 앉으며 내 팔을 잡았다. "그럼 주인님이 선생님을 찾아오게 하세요."

나는 빤히 쳐다보았다. "제가요?" 나는 갑자기 그녀가 할지도 모를 일에 대하여 공포를 느꼈다. "그분을요?"

"주인님이 여기 내려오셔야 해요. 주인님이 도와주셔야 해요."

내가 갑자기 일어섰고, 전보다 더 괴상한 표정을 지었음이 틀림없다. "제가 그분께 와 달라고 할 것 같아요?" 내 얼굴을 바라보는 그녀의 두 눈에는 내가 그리하지 못한다는 인식이 어려 있었다. 그 대신, 여자는 여자 마음을 잘 읽는다고 내가 무슨 생각을 하고 있는지 파악했다. 주인은 나를 어떻게 생각하겠는가. 그는 나를 재미있게 여기고 조롱하지 않겠는가. 나의 고독한 처지에 대한 체념을 드디어 더 이상 지탱할 수 없게 되었고, 그리하여 그가 보아 주지 않는 나의 미모로 시선을 끌기 위해 일부러 좀 내려와 달라고 계략을 꾸몄다고 하지 않겠는가. 내가 주인에게 흡족하게 일하고 또 내가 알아서 처리하겠다는 계약 조건을 고수하는 걸 아주 자랑스럽게 생각한다는 것을 부인은 알지 못했고, 그 누구도 알지 못했다. 하지만 그녀는 내가 지금 보내는 경고는 충분히 알아들을 수 있었다. "부인이 엉뚱한 판단으로 주인님에게 나 대신 사정을 호소할 정도라면—"

그녀는 정말로 겁을 먹었다. "그렇다면요, 선생님?"

"전 지금 당장 주인과 부인 곁을 떠나겠습니다."

13

　두 아이와 함께하는 것은 별문제 없었으나 그들과 대화를 하는 데
는 내 능력 이상의 노력이 필요했다. 특히 가까운 거리에서 말을 하려
면 전과 마찬가지로 극복할 수 없을 정도의 어려움을 느꼈다. 그런 상
황은 한 달간 지속되었고, 새롭게 사태가 악화되고 어떤 특별한 징후
가 나타났다. 무엇보다도 두 제자의 냉소적인 의식이 점점 더 날카로
워지는 듯했다. 그때는 물론이고 지금도 확신하는 바이지만, 그건 결
코 나의 악마적 상상력의 소치가 아니었다. 두 아이가 나의 곤경을 잘
안다는 건 분명했고 이 괴상한 사제 관계는 어떻게 보면 아주 장기
간 우리의 생활 분위기를 형성했다. 아이들이 농담을 했다거나 그 외
에 다른 속된 짓을 했다는 얘기는 아니다. 그건 아이들이 일으킬 수 있
는 위험이 아니었다. 내 얘기는, 그 이름 부를 수도 없고 만질 수도 없
는 것*이 사제 사이에 무엇보다 중요한 요소로 등장하여, 어떤 전반적
인 암묵적 동의가 없는 한 그것을 오랫동안 회피하기가 불가능하다는
것이다. 때때로 우리는 그 주제로 향해 가다가 그 앞에서 급히 멈추고,
우리가 막다른 골목이라고 생각하는 곳에서 빠져나오면서 탕 하고 문
을 닫고 서로 놀라며 쳐다보았다. 그런 탕 소리는 언제나 그렇듯이 의
도한 것보다 더 컸다. 부주의하게 연 문을 닫을 때는 항용 그런 것처

* 유령.

럼. 모든 길은 로마로 연결되듯이, 우리가 하는 교과 공부나 어떤 대화도 그 금지된 구역을 간신히 피해 나가고 있다는 느낌이 종종 들었다. 금지된 영역이란, 일반적으로는 유령의 귀환에 대한 문제이고, 구체적으로는 잃어버린 친구들이 두 아이의 기억 속에서 되살아나는 문제였다. 내가 맹세할 수 있는바, 한 아이가 다른 아이에게 아주 은밀하게 손짓해 이렇게 말하는 날들이 있었다. "그녀*는 자기가 이번에는 그것을 할 수 있다고 생각해. 하지만 하지 않으려고 해!" '그것을 한다'라는 것은, 예를 들면 나의 훈육에 대해 아이들을 대비시키는 여자**를 내가 노골적으로 언급하려 한다—어떻게 보면 딱 한 번—는 암시였다. 두 아이는 내 인생에서 벌어진 여러 사건들을 무한히 즐거워하며 듣고 싶어 했다. 그래서 나는 관련된 얘기들을 되풀이해 들려주어야 했다. 아이들은 내게 벌어진 일에 대해 모든 것—아주 사소한 사건들만 벌어진 내 인생, 오빠와 여동생에 관한 이야기, 고향 집의 개와 고양이, 변덕스러운 아버지에 대한 여러 가지 구체적인 일들, 우리 집의 가구와 그 배치, 고향 마을에 사는 노파들의 대화 등—을 속속들이 알고 있었다. 한 이야기가 나오면 다른 이야기로 이어지면서 수다거리는 충분히 있었고, 이야기를 빨리빨리 하고 어느 대목에서 앞의 이야기로 되돌아갈지를 알면 얼마든지 그런 이야기를 반복해서 할 수가 있었다. 두 아이는 나름의 기술을 발휘하여 내가 꾸며 낸 이야기와 내 기억의 줄을 잡아당겼다. 나중에 곰곰 생각하면 나는 숨어 있는 누군가가 그 수다를 감시한다는 의혹을 지울 수가 없었다. 아무튼 우리가 편안하게 다룰 수 있는 화제는 나의 인생, 나의 과거, 나의 친구들뿐이었

* 가정교사를 가리킨다.
** 제슬 양.

다. 또 어떤 때는 분위기가 서먹해지면 뜬금없이 예전에 내가 해 주었던 허물없는 이야깃거리를 다시 들추어냈다. 아무런 관련이 없는데도 우리 동네 노파가 했던 그럴듯한 말이라든가, 목사관 당나귀 담당자의 똑똑함에 대하여 다시 말해 달라고 요구하는 것이었다.

이와 같은 때 혹은 그와는 다른 어떤 때, 내 형편이 돌아가는 꼴을 감안할 때, 내가 앞에서 말한바, 나의 곤경은 점점 더 심각해졌다. 유령을 다시 마주치지 않고 여러 날이 지나갔다는 사실은 겉보기에 내 날카로운 신경을 어느 정도 어루만져 주어야 마땅했다. 밤중에 층계참에서 퀸트와 가볍게 조우하고 또 그 뒤에 계단 밑에 앉아 있는 여자를 슬쩍 본 이후, 집의 안에서든 밖에서든 보지 않을수록 더 좋은 그 유령들을 보지 못했다. 퀸트를 만나리라 예상되는 모퉁이들이 많았고, 좀 오싹한 방식으로 제슬 양을 만날 상황이 충분히 있었음에도 그들은 내 눈앞에 나타나지 않았다. 여름이 서서히 물러가더니 마침내 가 버렸다. 가을이 블라이를 찾아왔고 여름의 환한 빛은 절반 이상 사라졌다. 회색 하늘과 시든 꽃들, 앙상해진 공간들과 흩뿌려진 낙엽으로 장식된 블라이는 공연이 끝난 후에 구겨진 공연 프로그램이 여기저기 내버려진 극장과 비슷했다. 블라이 주위의 공기, 들리는 소리, 고요함, 유령이 나올 법한 순간 같은 형언하기 어려운 인상 등이, 내가 오랫동안 잡으려 했던 영매靈媒의 느낌을 안겨 주었다. 그런 느낌으로 인해 지난 6월의 어느 저녁에 퀸트를 처음 볼 수 있었고 또 그 뒤에 식당 창문으로 그를 본 후에 그를 쫓아 숲 주위까지 달려갔으나 직접 대면하지는 못했었다. 나는 표징과 징조를 알아보았고 유령이 나타날 법한 순간과 장소를 인식했다. 하지만 징조는 그저 징조로만 남았고 나는 계속하여 유령의 괴롭힘을 겪지 않았다. 젊은 여자의 감수성이 좀 비상한 방식으로 쇠퇴하는 것이 아니라 오히려 더 예민해진 것을 가리켜 "괴롭힘을 겪지 않았다"고 말할 수 있다면 말이다. 나는 호숫가에서 플로라가 유령과 대면하는 그 무서운 장면을 그로스 부인과 얘기하면서 이렇게 말하여 그녀를 더욱 당황하게 했었다. 이제 이 순간부터 내 영매 능력을 지키는 것보다는 잃어버리는 것이 더 고민스러울 터이다. 나는 당시 내 마음속에 있던 것을 생생하게 표현했다. 아이들이 유령을 보았거나 말았거나―그것은 아직 결정적으로 증명되지 않았으므로―나는 아이들의 안전판 자격으로 나 자신이 유령에게 전면적으로 노출되는 것이 더 낫다고 말했다. 나는 앞으로 벌어지게 될 최악의 사태를 대면할 준비가 되어 있었다. 내가 흘낏 엿보고 기분 나쁘게 생각했던 것은, 내 두 눈은 유령에게 감겨 있을지 모르는데, 아이들의 눈은 활짝 열려 있을지도 모른다는 사실이었다. 어쨌든 유령이 보이지 않으니 그 순간에는 내 눈이 감겨 있는 것 같았는데, 만약 그렇다면 그에 대하여 하느님에게 감사 표시를 하지 않는 것은 정말로 신성모독이 되리라. 하지만 거기에 난점이 있었다. 그처럼 눈이 완전히 감겨 버리는 데 비례하여, 아이들의 비밀에 대한 나의 이 확신도 완전히 소멸해 버린다면 나는 정말로 하느님에게 감사할 것이었다.*

이 글을 쓰는 지금, 내 기이한 강박증의 단계들을 어떻게 되짚어 나갈 수 있을까? 내가 아이들과 함께 있을 때, 정말로 맹세하는 바이지만, 나는 그것을 직접적으로 의식하지 못하는데 아이들은 그들이 잘 알고 또 환영하는 방문자들을 맞이하는 순간들이 있었다. 그 만남을

---

* 가정교사가 악의 유령과 아이들 사이에서 영매 역할을 하면서 유령의 사악한 힘을 자신이 흡수하여 아이들을 지키고 싶은데, 그것을 아는 유령이 이제 자신을 피하여 아이들을 몰래 만난다는 뜻이다. 가정교사 영매설은 가정교사가 노이로제에 걸려 환상을 본다는 설과, 유령이 실제로 존재한다는 순수 고딕 소설설 사이에 등장한 제삼의 설이다.

대놓고 지적할 때의 피해가 그것을 모른 척할 때보다 더 크지 않았더라면 나는 감정이 분출하여 소리쳤으리라. "저들이 여기 왔군. 저들이 여기 왔군. 이 불쌍한 애들아." 또 이렇게도 소리쳤을 것이다. "너희는 이제 그것을 부정하지 못해!" 불쌍한 두 아이는 더욱더 사교적이고 상냥한 태도로 그것을 부정했고, 그 속이 빤히 들여다보이는 깊이에서―시내를 헤엄치는 은빛 물고기처럼―그 명색뿐인 그들의 우월한 입장을 빼곡 드러내 보였다. 그 충격은 내가 한밤중에 잔디밭에 서 있던 마일스를 보았을 때 나의 내면 깊숙이 들이박혔다. 그 밤에 나는 밤 공기를 휘젓고 다니는 퀸트 혹은 제슬 양을 찾고 있었는데, 잠자리에 들었다고 생각한 아이가 갑자기 거기에서 나타나서 그 사랑스러운 얼굴로 위를 쳐다보고 있다가 시선을 곧장 내게로 돌렸다. 퀸트의 끔찍한 유령은 그때 탑의 총안에 서서 그 아이를 그런 식으로 행동하도록 조종하고 있었던 것이다. 만약 그게 나를 겁주려는 것이었다면, 그날 밤의 발견은 그 어떤 것보다도 나를 겁먹게 했다. 그리고 나는 그런 상태에서 실제적 결론*을 내렸다. 그 결론은 때때로 엉뚱한 순간에 나를 괴롭혔다. 그래서 나는 문을 탕 닫고서 내 방에 틀어박혀 내가 그 결론에 도달하는 방법을 크게 소리 내어 말했는데, 그것은 아주 멋진 위로인가 하면 새로운 절망이기도 했다. 나는 방 안에서 이렇게 또는 저렇게 그 결론에 도달하는 방식을 궁리하다가 결국에는 화를 버럭 내며 흉측한 욕설을 내뱉는 것으로 그 일을 끝내고야 말았다. 욕설이 내 입술 위에서 사라져 가는 동안 나는 이렇게 중얼거렸다. 아이들이 그 사악한 것을 말하도록 도와주어야 해. 그게 가정 학습이 지켜야 하는 본

---

* 아이들에게 실제로 유령을 보게 된 이유가 무엇이냐고 내놓고 물어보는 것.

능적인 예의와 은근함을 위반하는 일이라도 말이야. 그리고 나 자신에게 다시 말했다. "그들(유령)은 침묵을 지키는 예의라도 있는데, 너는 신임을 받고 있으면서도 다 말하려고 하는 야비한 인간이로구나." 그러면서 얼굴이 새빨개지면서 두 손으로 얼굴을 가렸다. 이런 은밀한 장면들이 지나간 후에 나는 전보다 더 많이 지껄였다. 그런 식으로 수다스럽게 말하다 보면 그 신비하면서도 손에 잡히는 듯한 정적의 순간이 닥쳐왔다. 나는 그 정적을 표현할 수 있는 말을 알지 못한다. 그 기이하면서도 현기증 나는 정적 혹은 모든 움직임이 정지된 상태로의 고양高揚과 침강沈降─나는 지금 표현력이 달린다!─은, 그 당시 우리가 내고 있던 소음, 가령 즐거움에 낄낄거리는 소리, 재빠르게 읽기, 강하게 연주하는 피아노 소리 등과는 무관했다. 그리고 그 정적의 순간에, 타자들, 국외자들이 거기에 나타났다. 그들은 천사는 아니었지만, 프랑스 사람들이 말하는 것처럼 '지나갔고', 거기 머무는 동안 나를 두려움에 떨게 했다. 내게 보여 주었던 것보다 더 생생한 이미지나 사악한 메시지를 어린 희생자들에게 전하면 어쩌나 하는 두려움에.

이런 잔인한 생각은 없애기가 불가능했다. 내가 무엇을 보았건 간에, 마일스와 플로라는 그보다 더 많은 것들을 보았다. 과거에 아이들이 그들과 교제하면서 있었던 무서운 사건들로부터 나오는 아주 무섭고 짐작하기 어려운 어떤 것들, 그런 것들은 자연스럽게 어떤 오싹함을 남겨 놓았는데, 우리는 그 느낌을 철저히 부인했다. 그런 일이 반복되자 우리는 단단히 훈련받은 셈이 되었고, 그 사건이 끝나면 전에 했던 것과 동일한 마침 동작을 자동적으로 반복함으로써 그것을 마무리했다. 아주 특정적이게도, 아이들은 엉뚱하게 내게 계속 키스를 퍼붓

거나, 또 여러 번 위험을 통과하도록 도와주었던 저 귀중한 질문을—한 아이 혹은 다른 애가—어김없이 해 왔다. "그가 언제 올 거라고 생각하세요? 우리가 편지를 써야 하지 않을까요?" 우리는 그 어색한 순간을 넘기는 데에는 그런 질문만 한 것이 없음을 경험상 알고 있었다. '그'는 물론 할리가에 사는 아이들의 큰아버지였다. 우리는 그가 어느 순간에 여기 블라이로 내려와 우리와 함께 살 것이라는 이론을 자주 말하고 신봉하면서 지냈다. 그는 아이들의 이 이론을 눈곱만치도 뒷받침해 준 적이 없지만, 그런 식으로 등을 비빌 언덕마저 없었더라면, 우리의 겉꾸림은 우리 각자에게서 가뭇없이 사라지고 말았으리라. 그는 아이들에게 편지를 쓰는 법이 없었다. 그것은 이기적인 행동이었으나, 부분적으로는 그가 나를 신임한다는 기분 좋은 표시이기도 했다. 하지만 남자가 여자에게 최대한의 경의를 표하는 것은, 그런 식으로 여자에게 맡겨 놓고 실은 남자 자신의 안락을 최대한 추구하는 알량한 요령들 중 하나일 경우가 많다. 그래서 나는 주인에게 어려움을 호소하지 않겠다고 약속한 정신에 입각하여 두 어린 제자에게 그들이 쓴 편지는 멋진 문장 수업에 불과함을 납득시켰다. 그 편지들은 너무 아름다워서 부칠 수가 없었다. 나는 그 편지들을 아직까지도 보관하고 있다. 이러한 규칙은 주인이 언제 내려오느냐는 질문을 내가 무수히 받게 되는 냉소적인 효과를 더욱 강화했을 뿐이다. 어린 제자들은 그것이 내게는 아주 난처한 일임을 정확히 알고 있는 듯했다. 그 일을 지금 회고해 보니 내가 긴장을 느끼고 그들이 승리를 하는 이런 비상한 상황에서도 내가 끈질긴 인내심으로 그들을 대했다는 것에 주목하게 된다. 내가 당시에 아이들을 증오하지 않은 것을 보면 그들은 정말로 사랑스러웠던 것이다. 그러나 구원의 손길이 자꾸만 늦추어진다면 나는 화를 내며 본색을 드러내지 않았을까? 하지만 그것은 그리 중요한 문제가 되지 못한다. 실제로 구원이 도착했기 때문이다. 그것은 나뭇가지가 딱 부러지는 것 같은 구원 혹은 무더운 날에 한바탕 폭우가 쏟아지는 것 같은 구원이었지만 그래도 나는 구원이라고 부르겠다. 그것은 적어도 하나의 국면 전환이었고, 아주 신속하게 닥쳐왔다.

14

어느 일요일 오전에 교회로 걸어가면서 나는 마일스를 옆에 데리고 있었고, 저만치 앞서 내 눈에 보이는 곳에 그로스 부인이 플로라를 데리고 걸어갔다. 아주 청명한 날이었고 오래간만에 갠 좋은 날씨였다. 지난밤에는 약간 서리가 내렸고 맑고 상쾌한 가을 공기는 교회의 종소리마저 명랑하게 만들었다. 이런 순간에 아이들의 순종적인 태도를 특별히 의식하면서 고맙게 느낀 것도 기이하게 떠오른 우연한 생각이었을까. 아이들은 나의 철저하고 항구적인 감시에 왜 분개하지 않을까? 이런저런 것들로 인해 나는 절실히 이런 생각을 하게 되었다. 내가 숄에 핀으로 고정시킨 것처럼 마일스를 데리고 있고, 또 나의 동행들을 내 앞에 걷게 하여 감독하는 것은 마치 어떤 반란의 기미에 대비하려는 것처럼 보였다. 나는 어떤 돌발 사고나 탈출에 대비하는 간수 같았다. 그러나 이 모든 것―애들이 고분고분하게 나에게 복종한 것―은 가장 기괴한 사실들을 속이기 위한 특별한 위장에 지나지 않았다. 마일스는 큰아버지의 재봉사가 만든 일요일용 나들이옷을 입고 있었다. 그 재봉사는 마음대로 솜씨를 발휘하여 옷을 지을 수 있었고 또 멋진 양복 조끼와 마일스의 의젓하고 품위 있는 태도를 돋보이게 하는 복장이 어떤 것인지 잘 아는 만큼 멋진 옷을 만들어 주었다. 마일스는 독립적인 기질과 남자인 데다 귀족 자제라는 권리가 온몸에 각인되어 있어서 만약 그 아이가 갑자기 자유를 달라고 요구해 온다면 나는 이렇다 할 반박을 할 수가 없을 것이었다. 그런 독립 혁명은 반드시 벌어질 터인데 그럴 경우 어떻게 대응해야 할지 문득 의아해졌다. 내가 그것을 혁명이라고 한 것은 그 순간 마일스가 이런 말을 함으로써 내 무서운 드라마의 최종장의 커튼을 들어 올리며 대파국을 촉진시켰기 때문이다. "저기 선생님, 이거 좀 보세요." 그가 매력적인 목소리로 말했다. "도대체 전 언제 학교로 되돌아가나요?"

이 말을 여기에다 글자로 옮기고 보니 아주 평범하게 들린다. 그 달콤하고 새되고 근심 없는 듯한 목소리로 그런 말을 할 때에는 더욱 그런 느낌이 들었다. 그는 모든 대화 상대를 향하여, 특히 늘 옆에 따라붙는 가정교사를 향하여 마치 장미 다발을 던지듯이 내뱉었다. 그 말에는 사람을 '멈칫'하게 만드는 무엇이 있었다. 아무튼 나는 그 '멈칫'을 아주 강하게 느꼈고 그리하여 마치 앞길에 공원의 거대한 나무 하나가 쓰러져 있는 것처럼 발걸음을 멈추었다. 그 순간 우리 사이에는 뭔가 새로운 것이 등장했고, 마일스는 내가 그것을 의식하고 있다는 것을 잘 알았다. 하지만 내게서 그런 반응을 이끌어 내면서도 평소와 마찬가지로 순진하고 매혹적인 표정을 그대로 유지했다. 내가 무어라고 답변할 말이 막막한 것을 보고서 그는 그 순간 자신이 유리한 고지를 확보했다고 생각하는 듯 보였다. 나는 적당한 말이 잘 생각나지 않았고, 그는 시간도 많고 하니까 잠시 뒤 암시적이면서도 애매모호한 미소를 지으며 말했다. "저기 선생님, 사내아이가 늘 숙녀분하고만 같이 있으니—" 그는 나를 부를 때 "저기 선생님"으로 먼저 운을 뗐다. 그 사랑스러운 친근함처럼 내가 제자들에게 불러일으키고 싶은 감정은 없을 것이다. 그것은 존경심과 편안함을 동시에 표현했다.

그러나 나는 이제 뭐든 대꾸할 말을 찾아내야 했다! 나는 시간을 벌기 위해 슬쩍 웃었던 것을 기억한다. 하지만 나를 쳐다보는 그의 아름다운 얼굴에는 내가 못생기고 괴상하게 보이는 것 같았다. "그 숙녀는 늘 같은 숙녀고?" 내가 대답했다.

그는 창백해지지도 윙크를 하지도 않았다. 그 모든 것이 사실상 우리 사이에서 튀어나왔다. "물론 그분은 쾌활하고 '완벽한' 숙녀지요. 하지만 선생님도 아시다시피 저는 결국 사내애잖아요. 앞으로 나아가야 하는."

나는 거기서 평소처럼 자상한 표정을 지으며 마일스와 함께 잠시 머뭇거렸다. "그래, 너는 앞으로 나아가야지." 그렇지만 내가 얼마나 무기력한 느낌이었는지!

나는 이날 이때까지도 마일스가 나의 그런 느낌을 알고서 장난을 쳤다는 저 가슴 아픈 생각을 간직하고 있다. "그리고 선생님은 제가 아주 나쁜 아이였다고 생각하지는 않으시지요?"

나는 아이의 어깨에 손을 얹었다. 앞으로 걸어가면 기분이 한결 나으련만 아직 그렇게 할 수가 없었다. "그럼, 그렇게 생각하지 않지, 마일스."

"그러니까 그날 밤 한 번은 빼고 말이지요—!"

"그날 밤?" 나는 아이처럼 앞을 똑바로 쳐다볼 수가 없었다.

"제가 집 밖으로 나가 잔디밭에 서 있던 날 밤 말이에요."

"아, 그래. 하지만 난 네가 왜 그런 행동을 했는지 잊어버렸어."

"잊어버리셨다고요?" 그는 아주 상냥한, 어린아이다운 비난조로 말했다. "그건 단지 제가 나쁜 아이 노릇도 할 수 있다는 것을 보여 주려는 것뿐이었어요."

"그래, 물론 너는 그럴 수 있지."

"그리고 저는 또 그럴 수 있어요."

마침내 나는 정신을 차리는 데 성공한 느낌이 들었다. "그렇겠지. 하지만 넌 그렇게 하지 못할걸."

"네. 그걸 다시 한다는 건 아니에요. 그건 아무것도 아니었어요."

"그래, 아무것도 아니었지." 내가 말했다. "자, 이제 가자꾸나."

그는 손을 내 팔에다 끼우고 함께 걸었다. "그럼 전 언제 학교로 돌아가나요?"

나는 그 질문을 생각하면서 아주 책임감 넘치는 표정을 지었다. "학교에서 즐거웠니?"

그는 잠깐 생각했다. "오, 전 어디에서나 즐거워요!"

"그렇다면," 내가 떨리는 목소리로 말했다. "여기에서도 역시 즐겁겠구나—!"

"아, 하지만 즐거운 게 다가 아니잖아요! 물론 선생님은 많은 걸 아시지요—"

"하지만 너는 거의 나만큼이나 아는 게 많은 것처럼 은근슬쩍 내보이고 있지 않니?" 그가 말을 멈춘 사이에 나는 내질러 보았다.

"그건 제가 알고 싶은 것의 절반도 안 돼요!" 마일스는 솔직하게 항의했다. "게다가 얼마 되지도 않고요."

"그럼 뭘 알고 싶은 거니?"

"저기— 전 세상일을 더 많이 구경하고 싶어요."

"알았어, 알았어." 우리는 교회와 사람들이 보이는 곳에 도착했다. 블라이 식구들을 포함하여 교회로 가던 사람들이 문 주위에 몰려서서 우리가 들어가기를 기다렸다. 나는 재빨리 발걸음을 놀렸고, 질문이 더 많이 터져 나오기 전에 그 문에 도착하고 싶었다. 거기서는 한 시간 이상 입을 다물고 있을 수 있었고, 나는 그것을 간절히 원했다. 비교적 어두컴컴한 교회의 신도석과, 무릎을 꿇으면 정신적 위안을 얻을 수 있는 좌석의 방석이 그때처럼 생각나는 때가 없었다. 나는 글자 그대로 마일스가 나를 빠트리려고 하는 혼란을 상대로 경주를 벌이고 있었다. 하지만 우리가 교회 마당에 들어가기 직전, 그가 먼저 앞으로 나서더니 툭 내뱉었다.

"전 비슷한 사람들과 어울리고 싶어요!"

그 말에 나는 앞으로 펄쩍 뛰어올랐다. "너와 비슷한 사람은 많지 않아, 마일스!" 내가 웃었다. "어린 플로라를 빼고는 말이야!"

"저를 그 어린애와 비교하시는 거예요?"

그 말은 특히 나를 약하게 만들었다. "너는 그러면 우리의 착한 플로라를 사랑하지 않니?"

"제가 사랑하지 않는다면 — 그리고 선생님을 사랑하지 않는다면. 제가 사랑하지 않는다면—!" 그는 마치 점프를 할 듯 뒤로 물러서는 동작을 하면서 같은 말을 반복했다. 하지만 우리가 문 앞으로 들어선 후에도 생각을 이어 나가지 못하던 그 애가 팔뚝으로 내게 압박을 가하는 바람에 나는 앞으로 한 걸음 떼어 놓을 수밖에 없었다. 그로스 부인과 플로라는 교회 안으로 들어갔고 다른 예배자들도 뒤따라 들어갔지만 우리는 잠시 오래된 무덤들 사이에 서 있었다. 우리는 문에서 안으로 들어가던 도중에 장방형의 낮은 비석 옆에 멈추어 섰다.

"그래, 네가 사랑하지 않는다면—?"

내가 기다리는 동안 그가 주위의 무덤들을 보았다. "글쎄요, 선생님도 아시다시피!" 그러나 그는 움직이지 않았다. 곧 그가 내뱉은 말에 충격을 받고 나는 갑자기 다리에 힘이 풀려 비석 위로 주저앉고 말았다. "큰아버지도 선생님의 생각을 아시나요?"

나는 잠시 비석에 앉아 휴식을 취했다. "내가 뭘 생각하는 것 같니?"

"물론 전 모르지요. 하지만 선생님은 제게 절대로 말해 주지 않을 듯한 느낌이 들었어요. 하지만 큰아버지가 아실까요?"

"뭘 안다는 거지, 마일스?"

"제가 여기서 어떻게 행동하고 있는지요."

나는 그 질문에 대답하려면 주인을 약간 희생시키지 않고서는 불가능하다는 것을 재빨리 알아차렸다. 하지만 우리는 모두 블라이에서 충분히 희생을 치렀으므로 그 정도는 용서받으리라는 생각이 들었다. "큰아버지는 별로 신경 쓰지 않는다고 봐."

그러자 마일스는 선 채로 나를 빤히 쳐다보았다. "그렇다면 신경 쓰시게 해야 하는 거 아닌가요?"

"어떤 방식으로?"

"큰아버지가 여기 내려오시는 방식으로요."

"하지만 누가 그분을 여기 내려오시게 하겠니?"

"제가 할 거예요!" 마일스는 아주 쾌활하고 씩씩하게 대답했다. 그리고 그 표정으로 나를 한번 쳐다보더니 이윽고 혼자서 교회 안으로 걸어 들어갔다.

15

그 일은 내가 그를 따라 교회 안으로 들어가지 않은 순간부터 사실
상 종결되었다. 그처럼 동요하다니 한심스러웠지만, 그걸 뻔히 알면
서도 나는 회복될 힘이 없었다. 나는 비석에 계속 앉아서 어린 제자가
한 말의 전체적 의미를 해석했다. 그 말의 전반적 의미를 파악한 즈음
에, 나는 예배를 빼먹은 데 대하여 이런 변명을 하기로 마음먹었다. 이
처럼 지각한 모습을 보이게 되다니 제자와 나머지 신자들에게 미안
한 마음이 들어서 빼먹게 되었다고. 나는 혼자 이런 말도 중얼거렸다.
마일스는 나로부터 뭔가를 얻어 냈는데, 그 수확의 구체적 척도는 내
가 이처럼 당황하며 비석에 풀썩 주저앉았다는 것이었다. 그는 나로
부터 내가 무척 두려워하는 것이 있음을 알아냈고, 그 자신의 목적을
위해, 가령 더 많은 자유를 확보하기 위해 그것을 이용할 수도 있었다.
마일스가 퇴학당한 이유를 묻는 건 고통스러운 일이었고, 나의 공포
는 이와 관련이 있었다. 그 문제야말로 모든 공포가 집중되는 핵심이
었기 때문이다. 그의 큰아버지가 그런 문제들을 나와 논의하기 위해
내려와야 한다는 사실은, 엄밀하게 말하자면 내가 성사되기를 바라는
그런 해결안은 아니었다. 그가 방문하면 온갖 지저분한 일과 고통스
러운 일을 마주해야 할 텐데, 그게 두려워 나는 계속 문제 해결을 뒤
로 미루면서 하루하루 불안하게 지내 왔던 것이다. 나로서는 아주 당
황스러운 일이지만 마일스는 무척 옳았고, 내게 이런 말을 할 수 있는
입장이었다. "큰아버지를 만나서 내가 학교로 돌아가지 못하는 상황
을 해결해 주거나, 내가 사내아이에게 어울리지 않는 이 부자연스러
운 생활을 당신과 계속 영위할 거라는 기대를 접어 주세요." 그 아이가

갑자기 그런 생각과 계획을 제시한 것이 너무나 부자연스럽다고 나는 곰곰 생각했다.

나는 그 의문에 압도당했고 그래서 교회 안으로 들어가지 못했다. 나는 망설이고 머뭇거리면서 교회 주위를 걸었다. 나는 마일스와 관련하여 이미 손쓸 수 없을 정도로 나 자신이 피해를 입었다고 생각했다. 따라서 나는 수습을 할 수 없었고 그를 따라 교회 안으로 들어가 그 옆에 앉는다는 게 너무나 고통스러웠다. 그는 전보다 더 자신감 넘치게 내 팔에 팔짱을 끼고, 내가 한 시간 동안 앉아서 우리의 대화에 대한 자신의 논평을 묵묵히 생각하게 만들 것이었다. 마일스가 학교에서 돌아온 그 순간부터 나는 그 아이로부터 벗어나고 싶었다. 높이 솟아오른 창문 밑에 서서 신자들의 예배 소리를 들으면서 나는 나를 사로잡을지도 모르는 충동을 느꼈다. 만약 내가 아무런 제동도 걸지 않는다면 그 충동은 완전히 나를 제압할 것이었다. 여기서 사라져 버리면 이 시련을 단칼에 끝낼 수 있다는 충동이었다. 거기에 나의 기회가 있었다. 나를 제지할 수 있는 사람은 아무도 없었다. 나는 그 모든 것을 포기하고 등을 돌려 달아날 수 있었다. 황급히 블라이로 되돌아가 몇 가지 물건만 챙겨 나오면 되는 일이었다. 하인들이 대부분 교회 예배에 참석하여 지금 블라이는 빈집이나 다름없었다. 내가 그런 식으로 황황히 사라진다 해도 나를 비난할 사람은 아무도 없는 것이다. 점심시간까지만 사라지는 게 무슨 소용인가? 그건 고작 두 시간의 말미일 뿐이고 그게 끝나면—날카롭게 예견하는 바이지만—어린 두 제자는 순진한 척 시침을 떼면서 왜 자기들을 따라서 교회 안으로 들어오지 않았느냐고 물어볼 것이다.

"이런 장난꾸러기 선생님, 도대체 무슨 일을 하신 거예요? 도대체 왜 그렇게 걱정을 시키세요? 선생님은 우리의 생각을 온통 빼앗아 가셨잖아요? 교회 문 앞에 우리를 내팽개치다니." 나는 그런 질문을 감당할 수 없었고, 또 그 애들이 그런 질문을 하면서 지을, 저 꾸며진 사랑스럽고 귀여운 눈빛은 더더욱 참을 수가 없었다. 그것이 바로 내가 감당해야 할 것이었고 그런 전망이 점점 뚜렷하게 내 눈앞에 보이자 나는 마침내 달아나려는 충동을 따르기로 했다.

　나는 우선 그 순간 교회를 벗어나기로 했다. 나는 교회 마당에서 빠르게 나와서 깊은 생각에 잠기며 공원을 통과하는, 저택으로 되돌아가는 길에 올라섰다. 내가 저택에 도착한 순간, 나는 그 황당한 도피행을 결심한 상태였다. 저택 접근로와 실내는 일요일이라 아주 한적했고 또 식구들을 전혀 만나지 않게 되자 나는 지금이야말로 기회라는 생각이 들었다. 내가 이런 식으로 재빨리 달아난다면 아무런 추한 장면도, 작별의 말도 없이 떠날 수 있을 터였다. 그러나 마차를 대령시키는 것이 가장 큰 문제였다. 저택 현관에 들어서서 그런 어려움과 장애를 고민하다가, 계단 초입에서 주저앉았던 것이 기억난다. 갑자기 제일 낮은 계단 위에 쓰러지면서 약 달포 전에 사악한 분위기가 가득한 한밤중에 가장 무서운 여인의 유령을 보았던 것이 생각나 나는 혐오감에 몸을 부르르 떨었다. 그 생각에 나는 몸을 곧추세울 수가 있었다. 나는 심란한 상태로 계단을 올라가서 공부방으로 갔다. 거기에는 내가 가지고 가야 할 내 개인 사물들이 있었다. 그러나 공부방 문을 열면서 번쩍하는 순간에 눈이 뜨였다. 나는 방 안에 누가 있는 것을 보았고, 거부하는 몸짓으로 비틀거리며 뒤로 물러섰다.

　환한 대낮에 나의 테이블에 앉아 있는 그 사람은, 전에 만난 적이 없었더라면 처음에는 집안 하녀 정도로 생각했을 것이었다. 다들 교회에 갔는데 뒤에 남아 집을 지키다가 마침 아무도 보는 사람이 없으니 공부방 테이블에 앉아 나의 펜, 잉크, 종이를 사용하여 애인에게 보낼 연애편지를 힘들게 쓰고 있는 하녀 말이다. 두 팔을 테이블 위에 받치고 두 손으로 아주 맥없이 머리를 떠받친 그녀는 힘들어 보였다. 내가 그런 모습을 파악하는 그 순간, 내가 방 안에 들어섰는데도 여자의 태도는 기이하게도 조금도 변하지 않았다. 그러다가 그녀가 자신이 누구라는 것을 일부러 보여 주려는 듯 자세를 바꾸면서 그 정체가 명확하게 드러났다. 그녀가 의자에서 일어섰는데, 내 발소리를 들어서가 아니라 스스로 형언할 수 없는 무관심과 초연함의 우울한 분위기를 풍기면서 일어섰다. 내 바로 앞 약 4미터 지점에 선 그녀는 나의 사악한 전임자였다. 그녀는 불명예와 비극의 모습으로 내 앞에 섰다. 검은 드레스를 입은 그녀는 한밤중처럼 어두웠고, 수척한 아름다움과 형언할 수 없는 슬픔에 잠겨 나를 오랫동안 쳐다보았는데, 그녀가 내 테이블에 앉을 권리는 나에 못지않게 합당한 것이라고 말하는 듯했다. 그런 순간이 지속될 때, 막상 침입자는 내가 아닐까 하는 아주 오싹한 느낌이 들었다. 그런 느낌에 거칠게 반발하면서 나는 그녀를 향해 소리쳤다. "이 비참하고 무서운 여자야!" 내가 그렇게 내지른 소리는 열린 문을 통하여 기다란 복도와 텅 빈 집 전체에 퍼져 나갔다. 그녀는 내 말을 들은 것처럼 나를 쳐다보았으나, 나는 곧 정신을 차리고 방 안의 공기를 환기했다. 그다음 순간 방 안에는 환한 햇빛 이외에는 아무것도 없었고, 나는 달아나지 말아야겠다고 결심했다.

16

나는 식구들이 돌아오면 떠들썩하게 항의하리라고 생각했지만 내가 예배를 빼먹고 사라진 일에 대해 신중하게도 아무 말이 없어 또다시 놀랐다. 유쾌하게 나를 비난하며 어루만져 주는 것이 아니라, 나의 무단이탈에 대하여 아무런 말도 하지 않았다. 그로스 부인 또한 아무 말이 없는 것을 보고서 나는 잠시 그녀의 야릇한 얼굴을 찬찬히 쳐다보았다. 나는 아이들이 부인에게 아무 말도 하지 말아 달라고 부탁했음을 확신했다. 그러나 빨리 단둘이 있을 기회를 잡아서 그 침묵을 깨트려야겠다고 생각했다. 그 기회는 오후의 차회 전에 찾아왔다. 나는 가정부의 방에서 5분 동안 그녀를 만났다. 그 방은 갓 구운 빵 냄새가 났고 깨끗이 쓸고 단정하게 장식되어 있었다. 그녀는 난로 앞에 심란해하며 단정하게 앉아 있었다. 나는 그 조용하고 선량한 모습을 지금도 기억한다. 그녀는 오후의 햇빛이 비추는 약간 어두운 방에서 등받이가 높고 수직인 딱딱한 의자에 앉아 난로 불빛을 쳐다보고 있었다. 서랍이 다 닫히고 잠긴, 어디 하나 손볼 데 없는 '수납용' 장롱 같은 크고 단정한 모양새였다.

"네, 그래요. 애들이 나보고 아무 말도 하지 말라고 했어요. 아이들이 바로 옆에 있으니 비위를 맞추기 위해서라도 약속을 했지요. 하지만 선생님한테 무슨 일이 있었나요?"

"전 부인과 산책을 갔던 것뿐이에요." 내가 말했다. "그랬다가 친구를 만나러 돌아왔어요."

그녀는 놀라는 기색이었다. "친구─ 선생님에게요?"

"그래요, 두 명이 있지요!" 내가 웃었다. "아이들이 당신에게 이유를 말해 주던가요?"

"선생님의 무단이탈에 대해 말하지 말아야 하는 이유를요? 네, 선생님이 그걸 더 좋아할 거라고 그러더군요. 정말 그게 더 좋은가요?"

내 표정은 그녀를 슬프게 만들었다. "아니요, 더 나빠요!" 잠시 뒤에 내가 물었다. "왜 그런지 애들이 그 이유도 말하던가요?"

"아니요. 도련님이 그냥 이렇게 말했어요. '우리는 선생님이 좋아하는 것만 해야 돼요'라고요."

"그 애가 정말 그랬으면! 플로라는 뭐라고 하던가요?"

"아가씨는 아주 상냥했지요. '물론, 물론이에요!' 하더군요. 그래서 애들이 시키는 대로 한 거죠."

나는 잠시 생각에 잠겼다. "부인 또한 상냥한 분이세요. 세 사람이 한 말이 귀에 들리는 듯하네요. 그렇지만 마일스와 저 사이에는 모든 것이 밝혀졌어요."

"모든 게 밝혀졌다고요?" 내 친구가 나를 빤히 쳐다보았다. "그게 뭔가요, 선생님?"

"모든 게요. 하지만 상관없어요. 전 이미 결심했어요. 제가 집에 온 것은," 내가 계속 말했다. "제슬 양과 대화*를 하기 위해서였어요."

이 무렵 나는 무슨 말을 하기 전에 이미 그로스 부인이 내 말을 그대

---

* 가정교사와 그로스 부인 간의 이 대화는 가정교사가 신경증(노이로제) 환자이거나 혹은 믿을 수 없는 화자라고 보는 독자들이 중요한 근거로 내세우는 대목이다. 이 독자들의 주장은 이러하다. 제슬 양과 가정교사는 저택 내의 공부방에서 대화를 나눈 일이 없으므로, 이런 식으로 말하는 가정교사는 거짓말을 하거나 아니면 망상에 빠져 있다. 반면에 가정교사가 정상인이고 그 서술이 신빙성 있다고 보는 독자들은 뒤이어 나오는 가정교사의 말 "뭐, 그런 셈이죠"에 주목하면서 '대화'는 비유적으로 쓴 말이며, 가정교사가 유령과 만난 체험을 상상력이 부족한 그로스 부인에게 그럴듯하게 일러 주기 위해 마치 대화한 것처럼 말했다고 본다.

로 믿어 줄 것이라고 생각하는 버릇이 있었다. 그래서 그녀가 내 말이
보내는 신호에 용감하게 눈을 깜빡거리고 있음에도 불구하고, 나는
그녀를 비교적 침착하게 만들 수 있었다. "대화요! 그 여자가 말을 했
다는 얘기인가요?"

"뭐, 그런 셈이죠. 전 집에 돌아와서 공부방에 앉아 있는 그녀를 발
견했어요."

"뭐라고 하던가요?" 착한 내 친구가 너무나 놀라워하던 그 순진한
표정이 지금도 눈앞에 선하다.

"고통받고 있다고요—!"

부인은 이 말에 정말로 놀라면서 내가 한 말을 보충했다. "그러니
까, 그 여자가," 그리고 망설이는 어조로 덧붙였다. "억울하게 죽은 자
의—?"

"억울하게 죽은 자의, 저주받은 자의 고통요. 그렇기 때문에 그들
과—그 고통을—나누려고—" 생각만 해도 너무 무서워서 나는 말을
더듬었다.

그러나 상상력이 부족한 부인은 내 말꼬리를 붙들었다. "그들과 나
눈다고요—?"

"그녀는 플로라를 데려가려 해요." 내가 그 말을 하는 순간, 대비하
고 있지 않았더라면 그로스 부인은 나가떨어졌을지도 모른다. 그걸
예상하고 있던 나는 그녀를 꼭 붙들었다. "그렇지만 말씀드린 것처럼,
그건 상관없어요."

"선생님이 이미 결심했기 때문에요? 무엇을요?"

"모든 것을요."

"왜 '모든 것'이라고 하지요?"

"참, 애들 큰아버지를 오시게 하는 것 말이에요."

"아, 선생님, 정말이지 그렇게 꼭 해 주세요." 그녀가 외쳤다.

"그럼요. 전 꼭 그렇게 할 거예요. 그게 유일한 방법인 것 같아요. 아까 말한 것처럼, 마일스와 저 사이에 모든 것이 '밝혀졌다'는 건 이런 얘기예요. 마일스는 제가 주인님을 부르는 것을 두려워한다고 짐작하고서 그걸 이용할 수 있다고 생각해요. 하지만 잘못 생각한 거예요. 그렇고말고요. 그의 큰아버지는 여기 이 자리에서 제게 그 얘기를 듣게 될 거예요. 필요하다면 그 애보다 먼저 저와 얘기하게 될 거예요. 만약 제가 다른 학교를 알아보지 않은 일로 비난을 받게 된다면—"

"그런데요, 선생님—" 부인이 채근했다.

"거기에는 아주 끔찍한 이유가 있어요."

그러나 이제 너무도 많은 이유들이 있어서 불쌍한 부인이 그게 뭔지 잘 모르는 것은 이해할 만했다. "아까— 말한— 학교—?"

"참, 그 애가 다니던 학교에서 온 편지 말이에요."

"그걸 주인님에게 보여 드리겠다고요?"

"전 그걸 받는 즉시 그렇게 해야 했어요."

"아, 안 돼요!" 그로스 부인이 단호하게 말했다.

"전 그걸 주인에게 보여 줄 생각이에요." 나도 단호하게 말했다. "퇴학당한 아이의 편에 서서 문제를 해결해 줄 수는 없지요."

"하지만 우리는 무엇 때문에 퇴학당했는지 모르지 않나요?"

"사악한 짓을 해서 그런 거죠. 그게 아니면 무엇이겠어요? 그처럼 똑똑하고 아름답고 완벽한데? 그 애가 멍청한가요? 지저분한가요? 허약한가요? 성격이 나쁜가요? 그 앤 모든 면에서 훌륭해요. 그러니 그것밖에 없어요. 그러면 그것이 모든 것을 폭로하게 될 거예요. 아무튼," 내가 말했다. "이건 큰아버지의 잘못이에요. 여기에 그런 사람들을 남겨 두다니—!"

"주인님은 그들에 대해서는 조금도 알지 못하셨어요. 그건 제 잘못이에요." 그녀의 얼굴이 창백해졌다.

"하지만, 부인은 다치지 않게 하겠어요." 내가 대답했다.

"아이들이 다치지 말아야 해요." 그녀가 힘주어 말했다.

나는 잠시 침묵했다. 우리는 서로 쳐다보았다. "그럼 제가 주인에게 무슨 말을 하라는 거예요?"

"선생님은 말씀하실 필요 없어요. 제가 말씀드리겠어요."

나는 그 말을 생각해 보았다. "부인이 편지를 쓰겠다는—?" 그녀가 그렇게 하지 못한다는 것을 떠올리고서 나는 말을 멈추었다. "어떻게 연락을 하겠다는 거지요?"

"토지 관리인에게 말하면 돼요. 그가 써 줄 거예요."

"그 사람에게 우리 이야기를 써 달라고 부탁한다고요?"

나의 질문에는 별로 의도하지 않은 냉소적인 어조가 담겨 있었고, 그래서 부인은 잠시 뒤 뜬금없이 눈물을 터트렸다. 눈물이 그녀의 눈에서 마구 솟구쳤다. "아 선생님, 당신이 쓰면 되잖아요!"

"그래요. 오늘 밤에요." 내가 이윽고 대답했다. 우리는 그 말을 하고 헤어졌다.

17

나는 밤에 편지를 쓰는 일에 착수했다. 날씨가 갑자기 바뀌어 밖에는 바람이 세게 불었다. 나는 방에서 하얀 종이를 앞에 두고 램프 밑에 오랫동안 앉아 있었다. 옆에는 플로라가 평화롭게 앉아 있었다. 나는 빗줄기가 쏟아지고 강풍이 몰아치는 소리를 듣고 있었다. 마침내 나는 촛대를 들고 밖으로 나갔다. 복도를 걸어가서 마일스의 방 앞에서 1분 정도 귀를 기울였다. 나는 끊임없는 강박증에 사로잡혀서 아이가 불안하게 덜그덕거리는 소리를 내지는 않는지 귀를 기울였다. 그러자 곧 무슨 소리가 났는데 내가 기대한 소리는 아니었다. 그의 목소리가 밖으로 흘러나왔다. "선생님, 거기 계신 거 알아요. 들어오세요." 주위의 어둠과는 어울리지 않는 즐거운 목소리였다.

나는 촛대를 들고 방 안으로 들어갔고 마일스는 아주 말똥말똥한 상태로 침대에 편안하게 누워 있었다. "그래, 무슨 일이 있나요?" 아주 사교적인 사근사근한 목소리였다. 만약 그 자리에 그로스 부인이 있었더라면 모든 것을 '밝힌' 근거가 헛된 것으로 보였을 것이다.

나는 촛대를 든 채 서서 그를 내려다보았다. "내가 거기 있는 것을 어떻게 알았니?"

"그냥 발소리를 들었지요, 뭐. 아무 소리가 안 난다고 생각하세요? 기병대가 움직이는 소리가 났는데!" 그가 아름답게 웃었다.

"그럼 자고 있지 않았니?"

"아니요. 말똥말똥 깨어 생각하고 있었어요."

나는 의도적으로 촛대를 약간 떨어진 곳에다 내려놓고, 아이가 다정하고 노련하게 내게 손을 내미는 동안 침대가에 앉았다. "그래, 뭘 생각하고 있었니?" 내가 물었다.

"선생님요. 뭘 생각했겠어요, 선생님이 아니면요?"

"그렇게 생각해 주니 고맙다만, 밤중에 그렇게 생각을 하기보다는 지금쯤 잠들어 있는 것이 선생님으로서는 더 고맙겠구나."

"그리고, 그것 말고, 우리의 이 괴상한 일에 대해서도 생각했어요."

나는 아이의 작고 단단한 손이 차가워지는 것을 느꼈다. "어떤 괴상한 일, 마일스?"

"선생님이 저를 교육하는 방식요. 그리고 다른 것들도요!"

나는 잠시 숨을 멈추었다. 희미하게 빛나는 촛불만으로도 아이가 베개에 머리를 댄 채 나를 올려다보며 미소 짓고 있는 것을 볼 수 있었다. "그 다른 것들은, 무슨 소리니?"

"아, 다 아시면서. 다 아시잖아요!"

나는 잠시 아무런 말도 할 수 없었다. 내가 그 애의 손을 잡고 그를 마주 보는 동안, 나의 침묵은 그 비난을 인정하는 꼴이 되었다. 그리고 그 순간 이 현실의 세상에서 우리의 실제 관계처럼 황당무계한 것도 없으리라는 느낌이 들었다. "그래, 너는 확실히 학교에 돌아가게 될 거야." 내가 말했다. "너를 괴롭히는 문제가 그거라면. 하지만 예전 학교로는 못 돌아가. 다른 더 좋은 학교를 알아봐야 해. 네가 그 문제를 전혀 꺼낸 적이 없는데, 내가 어떻게 그 문제로 네가 고민한다는 걸 알 수 있었겠니?" 부드럽고 깨끗한 그의 하얀 얼굴이 내 말을 경청하는데, 그 모습이 마치 생각에 잠긴 소아 병동 환자처럼 매혹적이었다. 그런 유사성이 생각나자, 내가 그를 낫게 할 수 있는, 소아 병동 간호사나 자선 수녀가 될 수 있다면 내가 이 지상에서 가진 모든 것을 바쳐서라도 그렇게 해 주고 싶었다. 하지만 현재의 이 상태에서도 나는 어쩌면 그를 도와줄 수 있을지도 몰랐다! "네가 학교에 대해서는 단 한 마디도 안 했다는 걸 알지? 전 학교 말이야. 아무튼 그 얘기는 전혀 안 했잖아?"

그는 생각에 잠긴 듯했다. 여전히 사랑스러운 미소를 짓고 있었다. 하지만 분명 시간을 끌고 있는 것이었다. 그는 기다리고 있었고 뭔가 지도를 요청하고 있었다. "제가 그랬나요?" 아, 그를 도와줄 수 있는 것은 내가 아니라, 내가 만난 적이 있는 그것이었다!

그 말을 듣는 순간, 그의 어조와 표정이 내가 일찍이 겪어 본 적 없는 극심한 고통을 내 가슴에 안겼다. 그 애의 작은 두뇌가 당황해하면서, 자신에게 걸린 마법의 지시에 따라, 순진함과 일관성이라는 배역을 연기하려고 그 작은 힘을 총동원하는 것을 보고 있자니 너무, 너무 가슴이 아팠다. "그랬지. 네가 학교에서 돌아온 그 순간부터 말이야. 학교 선생님, 급우, 학교에서 벌어진 사소한 일 등에 대하여 넌 전혀 말하지 않았어. 전혀 안 했지, 마일스. 혹시 학교에서 벌어진 일에 대하여 내게 넌지시라도 말을 건넨 적이 있었니? 그러니 내가 그 학교생활에 대해서는 감감소식이지. 오늘 오전에 그런 식으로 털어놓기 전까지 너는 나를 처음 본 순간부터 지금까지 예전 생활에 대해서는 단한 마디도 하지 않았어. 너는 현재의 생활을 완벽하게 받아들이는 것 같았어." 비록 어떤 악독한 것이 영향을 미쳤는지 그 정체를 뚜렷이 말하지는 못하지만, 그 영향을 받은 마일스의 은밀한 조숙성에 대하여 나는 확신하고 있었다. 그 덕분에 아이는 훨씬 노련해 보였고 그래서 나는 그를 지적으로 동등한 사람으로 대할 수밖에 없었다. "나는 네가 계속 지금처럼 살길 바라는 줄 알았어."

그 말을 하자 그의 얼굴이 희미하게 붉어진 느낌이 들었다. 회복기의 환자가 약간 피곤해하고 있는 듯 그가 나른하게 머리를 한번 흔들었다. "저는 이런 식으로 살고 싶지 않아요. 전 떠나고 싶어요."

"블라이가 지겨우니?"

"아니요. 블라이는 좋아해요."

"그런데—?"

"아, 선생님은 사내아이가 원하는 게 뭔지 아시잖아요!"

나는 마일스처럼 잘 알지는 못한다고 느끼면서 임시 피난처 삼아 한번 내질러 보았다. "큰아버지 집으로 가고 싶니?"

이 말에 그가 냉소적이면서도 상냥한 얼굴을 베개에서 살짝 들어 올렸다. "아, 그렇게 빠져나가시진 못해요!"

나는 잠시 입을 다물었다. 이번에 얼굴이 붉어진 것은 나라고 생각했다. "얘야, 나는 빠져나갈 생각이 없단다!"

"설사 빠져나가고 싶으셔도 그렇게 못 해요. 못 한다고요." 아이는 나를 응시하며 아름답게 누워 있었다. "큰아버지가 내려오시면 선생님은 여러 가지 문제를 완전히 정리하셔야 돼요."

"만약 우리가 그렇게 한다면," 나는 다소 힘이 들어간 목소리로 말했다. "너를 아주 먼 곳으로 데리고 갈지도 몰라."

"바로 그게 제가 바라는 것인 걸 모르세요? 선생님은 큰아버지에게 해명을 하셔야 할 거예요. 선생님께서 이 모든 일이 벌어지게 한 방식에 대해서요. 아마도 상당히 많이 해명하셔야 할걸요!"

그 애의 목소리가 야릇하게 즐거워하는 투라 나는 순간적으로 더 밀어붙여야겠다고 생각하게 되었다. "마일스, 너는 그분에게 어느 정도 해명할 건데? 그분이 네게도 물어볼 것이 있을 텐데 말이야!"

그는 잠시 그 말을 생각했다. "아마 그럴 테죠. 하지만 어떤 것들을요?"

"네가 나한테는 절대로 말해 주지 않은 것들. 너를 어떻게 할 것인지 그분이 결심하는 데 필요한 것들. 그분은 너를 되돌려 보내지는 못하—

474

실—"

"전 되돌아가고 싶진 않아요!" 그가 불쑥 끼어들었다. "새로운 곳을 원해요."

아주 평온한 어조, 나무랄 데 없는 적극적이고 즐거운 어조였다. 그 느긋한 어조는 아이가 처한 이 자연스럽지 못한 비극, 그 비극의 통렬함을 내게 환기시켰다. 아이는 다른 학교에 가면 석 달 뒤에 다시 저런 느긋한 허세를 가지고 더 많은 불명예의 낙인이 찍힌 채 퇴학당해 돌아올지 몰랐다. 순간, 그 생각이 나를 압도했고 나는 더 이상 참고 견딜 수가 없어서 허물어지고 말았다. 나는 너무나 불쌍한 마음에 그 애 위로 쓰러지면서 아이를 포옹했다. "사랑스러운 마일스, 사랑스러운 아가—!"

내 얼굴은 그 애의 얼굴에 가까이 있었고 그 애는 내가 뺨에 키스하는 것을 허락하고 아주 기분 좋게 받아들였다. "무슨 말씀이세요, 선생님?"

"나한테 얘기하고 싶은 것이 전혀— 전혀 없니?"

그는 벽 쪽으로 몸을 약간 비틀어서, 소아 병동 아이들이 그러는 것처럼 손을 내뻗고 그것을 쳐다보았다. "이미 말씀드렸잖아요. 오늘 아침에 말했잖아요."

아, 나는 아이가 안되었다는 생각이 들었다. "내가 너를 걱정하지 않았으면 좋겠다는 거니?"

그는 이제야 내가 자기 말뜻을 이해하는구나 싶은 듯이, 내게로 고개를 돌리면서 부드럽게 말했다. "저를 좀 혼자 내버려 두시라고요." 그가 대답했다.

그의 어조에는 기이한 위엄이 서려 있었고 나는 거기에 눌려 아이

를 놓아주고 천천히 일어나서 곁에 있었다. 내가 그 아이를 괴롭히려
는 생각은 조금도 없다는 걸 하느님은 알고 계신다. 나는 그 말을 듣는
순간, 아이에게 등을 돌리는 것은 아이를 내버리는 것이라고 느꼈는
데, 좀 더 진실하게 말해 보자면 그 아이를 잃어버리는 것이었다. "나
는 막 네 큰아버지에게 편지를 쓰기 시작했어." 내가 말했다.

"좋아요. 빨리 쓰세요!"

나는 잠시 기다렸다. "전에 무슨 일이 있었니?"

그는 다시 나를 올려다보았다. "언제 말이에요?"

"네가 집으로 돌아오기 전에. 그리고 학교로 돌아가기 전에."

그는 잠시 말없이 있었지만, 내 눈은 계속 쳐다보았다. "무슨 일이
있었냐고요?"

그 어조에서 처음으로 뭔가 승낙하는 듯한 느낌이 희미하게 떠오
르는 듯 느껴졌다. 그 말을 듣고서 나는 침대 옆에 무릎을 꿇고서 다
시 한 번 그 아이를 소유할 수 있는 기회를 붙잡았다. "사랑스러운 마
일스, 사랑스러운 아가, 내가 얼마나 너를 도와주고 싶어 하는지 네가
알았으면! 바로 그거야, 그것뿐이야. 네게 고통을 주거나 너를 잘못되
게 할 거라면 차라리 죽는 게 나아. 네 머리카락 한 올 다치게 하기보
다는 차라리 내가 죽어 버릴 거야. 사랑스러운 아가." 나는 너무 지나
친 건 아닌가 하면서 그 말을 내질렀다. "난 단지 너를 구하려는 거고,
네가 나를 도와주었으면 해!" 하지만 그 말을 한 직후에 나는 너무 지
나쳤다는 것을 알았다. 내 호소에 대한 답변은 거센 바람과 오싹한 냉
기, 얼어붙을 듯한 공기, 강풍 속에서 여닫이창이 덜거덕거리는 것 같
은 방 안의 진동 등의 형태로 즉각 나타났다. 소년은 높고 새된 비명
을 질렀다. 그 비명은 다른 충격적인 소리들에 파묻혔고, 그래서 바로

곁에 있었지만 기쁨의 소리인지 공포의 소리인지 잘 구분이 되지 않았다. 나는 벌떡 일어섰고 주위의 어둠을 의식했다. 잠시 우리는 그렇게 있었고, 나는 주위를 응시하면서 쳐 놓은 커튼이 미동도 없고 또 유리창이 여전히 굳게 닫혀 있는 것을 보았다. "아, 촛불이 꺼졌네!" 내가 소리쳤다.

"선생님, 제가 껐어요!" 마일스가 말했다.

18

그다음 날 공부가 끝난 후에, 그로스 부인이 잠시 짬을 내어 내게 조용히 말했다. "선생님, 편지 쓰셨나요?"

"예. 썼어요." 하지만 나는 그 시간에 그 편지가 봉인되어 주소가 적힌 채로 내 호주머니 속에 있다는 얘기는 하지 않았다. 전령이 마을로 들어가기 전까지, 그걸 보낼 시간이 충분할 것이었다. 한편 두 제자는 그날 아침처럼 명랑하고 모범적인 날이 없었다. 그들은 둘 다 최근의 갈등을 봉합하기로 마음먹은 듯했다. 산수를 기가 막힐 정도로 잘 풀었고, 나의 미약한 단속 범위를 훌쩍 벗어나 마음껏 날아다녔으며, 평소보다 더 활기찬 기상을 발휘하면서 지리와 역사에 관련된 농담을 했다. 그런 점은 마일스에게서 더욱 두드러졌는데 그는 나를 간단히 제압할 수 있음을 과시하고 싶어 했다. 내 기억에, 그는 그 어떤 말로도 번역할 수 없는 아름다움과 비참함의 무대에서 살고 있었다. 마일스가 드러내는 모든 충동에는 특유의 뚜렷한 특징이 있었다. 이 자연스럽고 자그마한 아이는 잘 모르는 사람의 눈에는 정직하고 자유로운 존재처럼 보이지만, 그처럼 교묘하고 또 비상한 재간을 가진 어린 신사도 없을 것이었다. 그런 내막을 다 아는 나조차 가끔 속아서 거기에 경탄하게 되는 일을 경계해야 했다. 이런 멋진 어린 신사가 어떻게 처벌받을 짓을 했을까 하는 수수께끼를 파헤치거나 포기할 때, 잠시 엉뚱한 데 한눈을 팔거나 낙담의 한숨을 짓는 것을 경계해야 했다. 그것은 뭐라고 할까, 내가 알고 있는 저 어둠의 신비가 그 애에게 상상할 수 있는 모든 사악함을 활짝 열어 준 것 같았다. 내 안에 부글부글하는 정의감은 그런 상상력이 행동으로 피어난 증거를 찾아내지 못해 아픔을 느끼고 있었다.

이 무서운 날, 마일스는 그처럼 어린 신사 노릇을 잘할 수가 없었다. 이른 점심을 먹고 난 후에, 그가 내게 오더니 반 시간 동안 피아노를 쳐 주고 싶다고 말했다. 사울 왕에게 연주해 주는 다윗도 그보다 더 멋지게 청하지는 못했을 것이다.* 그것은 멋진 수완과 관대함을 매혹적으로 드러내는 것이었는데, 이 말이나 다름없었다. "우리가 책에서 보곤 하는 진정한 기사는 자신의 이익을 과도하게 추구하지 않습니다. 선생님이 말씀하시는 바는 잘 알고 있습니다. 이제 혼자 계시면서 저를 따라붙지 않겠다는 뜻이겠지요. 저를 걱정하거나 염탐하지도 않고, 제 곁에 바싹 서 있지도 않고, 저를 자유롭게 오고 또 가도록 놓아주겠다는 뜻이겠지요. 자, 보세요. 저는 '왔지만' 가지는 않습니다! 그렇게 할 시간이 앞으로 충분히 있을 겁니다. 선생님과 함께 있는 것은 즐겁지만, 전 단지 제 원칙을 주장하고 싶었을 뿐입니다." 그러니 어찌 그런 호소를 물리치면서 손에 손 잡고 공부방으로 함께 들어가지 않을

---

* 『구약』 「사무엘상」(16:14~23)에 나오는 것으로, 다윗이 악령(신경쇠약)에 고통받는 왕에게 비파를 연주해 고통을 덜어 준다는 내용.

수 있겠는가. 그는 오래된 피아노 앞에 앉아서 전에 없을 정도로 멋지게 연주했다. 누군가 그가 피아노가 아니라 축구공을 차더라도 그에 못지않게 잘할 것이라고 말한다면, 나는 그 말에 적극 동의할 것이었다. 그의 영향력에 홀려서 얼마나 시간이 흘렀는지 헤아리기를 그만둔 나는 앉은 자리에서 글자 그대로 졸았다는 낯선 느낌과 함께 펄떡 깨어났다. 그것은 점심 식사 후의 일이었고, 공부방 난로 옆에서 내가 실제로 졸았을 리는 없다. 나는 그보다 더 나쁜 것, 다시 말해 잊어버리고 있었던 것이다. 플로라는 어디 있지? 내가 마일스에게 질문하자 그는 1분쯤 더 연주하더니 느릿느릿 대답했다. "선생님, 제가 어떻게 알겠습니까?" 그러면서 즐거운 웃음을 터트리더니 곧이어 아무렇게나 엉터리 노래를 불러 댔다. 마치 성악으로 반주를 하는 것처럼.

나는 곧장 내 방으로 갔다. 그의 여동생은 거기 없었다. 나는 1층으로 내려가기 전에 다른 방들도 살펴보았다. 2층에는 없으니 틀림없이 그로스 부인과 함께 있을 거라고 편안하게 생각하면서 부인을 찾으러 나섰다. 나는 지난밤에 그녀를 만났던 방에서 그녀를 찾아냈다. 하지만 그녀는 나의 재빠른 질문에 멍하고 겁먹고 아무것도 모르는 표정으로 응대했다. 그녀는 점심 식사 후에 내가 두 아이를 데리고 갔을 거라고 생각하고 있었다. 그렇게 생각하는 게 당연한 것이 내가 사전 대비 없이 플로라를 내 눈 밖에 내놓은 것은 그때가 처음이기 때문이었다. 물론 지금 이 순간 플로라가 하녀들과 함께 있을 수도 있었다. 그래서 즉각 조치해야 할 것은, 전혀 놀라는 표시 없이 아이를 찾아보는 것이었다. 우리는 즉각 그렇게 하기로 합의했고, 하녀들을 살펴보고 나서 10분 뒤에 홀에서 다시 만났는데, 조심스럽게 탐문해 본 결과 플로라가 어디로 갔는지 다들 몰랐다. 우리는 사람들 눈을 피해서 서로 침묵의 경보를 교환했고, 부인은 내가 처음 그녀에게 발동시켰던 놀라움의 경보에 이자를 더하여 더욱 놀라는 표정으로 나에게 경보를 발동했다.

"위층에 있을 거예요." 그녀가 곧 말했다. "선생님이 찾아보지 않은 방에요."

"아니에요. 그 애는 멀리 가 있어요." 나는 결심을 했다. "그 애는 밖으로 나갔어요."

그로스 부인은 나를 빤히 쳐다보았다. "모자도 안 쓰고요?"

자연히 내 표정은 의미심장했다. "그 여자도 늘 모자를 안 쓰지 않나요?"

"플로라가 그 여자와요?"

"그렇다니까요!" 내가 소리쳤다. "그들을 찾아야 해요."

나는 내 친구의 팔을 잡았다. 그러나 그 순간 그녀는 그런 놀라운 얘기를 접하고 나의 압박에 반응해 오지 못했다. 오히려 그 자리에 서서 불안감을 드러내고 있었다. "그럼 마일스는 어디에 있나요?"

"아, 그 애는 퀸트와 함께 있어요. 그들은 공부방에 있을 겁니다."

"맙소사, 선생님!" 내 생각—따라서 나의 어조—이 그처럼 차분하게 확신에 도달한 적이 없었다.

"제게 술수를 부린 거예요." 내가 말했다. "그 애들은 계획을 멋지게 성공시켰어요. 마일스는 플로라가 나갈 동안 저를 주저앉히려고 영적인 작은 술수를 부렸어요."

"영적인 술수요?" 그로스 부인이 놀라 물었다.

"그렇다면 '악마적인'이라고 해 두죠." 나는 쾌활하다시피 한 어조로 대답했다. "그 애는 저 스스로 알아서 할 거예요. 자, 어서 가요!"

부인은 맥없이 2층의 상황을 걱정하고 있었다. "선생님은 그 애를 저기에다—?"

"퀸트와 함께 오래 있도록 내버려 둘 거냐고요? 그래요. 전 이제 그거 신경 안 써요."

그녀는 그런 순간이면 언제나 내 손을 잡는 것으로 마무리 지었는데, 그런 식으로 나를 잠시 제지할 수 있었다. 그녀는 나의 갑작스러운 체념에 잠시 놀라더니 이렇게 물어 왔다. "그 편지 때문인가요?"

나는 대답 대신에 재빨리 호주머니에 손을 넣어 편지를 꺼내 쳐들어 보였다. 이어 그녀의 손을 떼어 내고 홀 쪽으로 걸어가서 대형 홀 테이블 위에다 그 편지를 내려놓았다. "루크가 편지를 마을로 가지고 갈 거예요." 나는 그녀에게 돌아오면서 말했다. 그리고 현관문에 도착하여 문을 열었다. 벌써 현관 밖 계단에 올라서 있는 상태였다.

부인은 여전히 내키지 않는 듯했다. 지난밤과 아침나절의 폭풍우는 멈추었으나 오후의 공기는 축축한 회색이었다. 내가 진입로에 들어서는데도 그녀는 여전히 문턱에 서 있었다. "겉옷이나 모자도 없이 가세요?"

"아이도 안 썼는데 제가 그럴 필요 있나요? 챙겨 입을 시간이 없어요." 내가 소리쳤다. "부인이 챙겨 입겠다면 전 먼저 가야겠어요. 부인이 직접 2층에 올라가 보세요."

"그들과 함께요?" 그 말을 하면서 불쌍한 나의 친구는 재빨리 나에게 합류했다!

19

우리는 블라이에서 호수라고 부르는 연못으로 직행했다. 그곳은 별로 여행을 해 보지 못한 내 눈에도 그리 거대한 연못은 아니었으나 그래도 적절한 별명이었다. 나는 과거에 호수에서 노닌 경험이 그리 많지 않았으나, 내가 동의하고 애들이 좋다고 하기에 항상 쓸 수 있게 연못가에 매어 둔, 바닥이 평평한 낡은 보트를 타고서 그 연못을 몇 번 항행해 본 적이 있었다. 연못은 상당히 크고 또 물결도 그런대로 일어난다는 인상이었다. 통상의 선착장은 집에서 1킬로미터 떨어진 거리에 있었다. 하지만 나는 플로라가 어디에 있든 간에 그 애가 집 근처에 있지 않으리라고 확신했다. 어떤 사소한 모험을 벌이고자 나를 일부러 따돌렸다고 보기는 어려웠다. 연못가에서 그 놀라운 체험을 한 날 이후, 나는 함께 산책할 때마다 그 애가 어디를 가장 가고 싶어 하는지 의식하게 되었다. 바로 이 점 때문에 나는 그로스 부인에게 이쪽으로 가자고 자신 있게 말했던 것이다. 그녀는 그 방향을 보더니 가기를 망설였고 나는 그녀가 더욱 의아해하고 있다는 것을 알았다. "연못에 가시려고요, 선생님? 그 애가 저 연못에—?"

"거기에 있을 거예요. 하지만 그리 깊은 곳에 있진 않을 거예요. 저번에 우리가 함께 놀다가 그것을 보았던—제가 말했었죠—그 지점에 있을 거예요."

"그 애가 못 본 척했다는 그 장소 말인가요?"

"아주 놀라울 정도로 침착한 자세로 그런 척했지요. 전 그 애가 혼자서 그곳으로 돌아가려 한다고 늘 확신했죠. 그리고 오늘 마일스가 그 애를 위해 절 잠깐 잡아 두려고 일을 꾸민 거예요."

그로스 부인은 아직도 발걸음을 멈춘 그곳에 서 있었다. "그럼 두 애가 정말로 그 남녀에 대해서 얘기한다고 생각하세요?"

나는 자신 있게 그 질문에 응대할 수 있었다. "그들은 우리가 들었더라면 무섭다고 생각할 법한 그런 것들을 말할 거예요."

"만약 플로라가 거기에 있다면—?"

"있다면요?"

"그럼 제슬 양도 거기 있는 건가요?"

"그럼요, 부인도 틀림없이 보게 될 거예요."

"아, 보고 싶지 않아요!" 내 동료는 그 자리에 더욱 굳건히 버티고 서서 소리를 내질렀다. 그런 태도를 보고 나는 혼자서라도 가겠다고 발걸음을 뗐다. 그러나 내가 연못에 도달하자 그녀는 내 뒤에 바싹 붙어 따라왔다. 그녀는 비록 무서워했지만, 내게 무슨 일이 벌어지든 간에, 내 옆에 바싹 붙어서 그런 일을 당하는 것이 훨씬 덜 위험하다고 생각하는 것 같았다. 호숫가에 도착했는데 아이가 보이지 않자 그녀는 안도의 한숨을 내쉬었다. 내가 유령을 보았던 호반에서 가장 가까운 곳에는 플로라가 없었고, 그 반대편 가장자리는 20미터 정도의 여유 공간을 제외하고는 나무들이 빽빽이 호숫가까지 내려와 있었다. 장방형의 이 호수는 길이는 긴 데 비하여 폭은 좁았다. 만약 호수의 양 끝부분이 보이지 않는다면 작은 강으로 오인되었을 것이다. 우리는 길고 텅 빈 호수를 바라보았다. 나는 부인의 눈빛에서 어른거리는 생각을 금방 읽을 수 있었다. 나는 손사래를 치며 그 생각을 부정했다.

"아니요, 아니요, 기다려요! 애는 보트를 타고 건너갔어요."

그녀는 텅 빈 계류장을 쳐다보고 이어 호수 건너편을 바라보았다. "그렇다면 보트는 어디에 있지요?"

"우리 눈에 안 보인다는 게, 어디로 갔다는 강력한 증거예요. 그 애는 전에도 저 건너편으로 가서 보트를 숨겨 놓은 적이 있어요."

"혼자서요? 그 어린애가요?"

"그 애는 혼자가 아니에요. 이럴 때 플로라는 애가 아니에요. 아주 나이 든 여자 같아요." 나는 눈에 보이는 호반을 찬찬히 다 살펴보았고 그동안 그로스 부인은 내가 제시한 그 괴이한 분위기를 다시 한 번 자발적으로 받아들였다. 나는 보트가 여기서는 잘 보이지 않는 후미진 곳에 매여 있을 거라고 말했다. 그곳은 둑이 쑥 나와 있고 나무들이 호반 가까이 내려와 있어서 잘 안 보일 뿐이라고 지적했다.

"하지만 보트가 거기 있다면 도대체 플로라는 어디에 있는 거죠?" 내 동료가 초조하게 물었다.

"바로 그걸 알아내야 해요." 나는 더 먼 쪽을 향해 걸어가기 시작했다.

"아니, 거기까지 빙 돌아가려고요?"

"그래야죠. 좀 멀기는 하지만. 그래도 우리 걸음으로는 10분 정도밖에 안 걸려요. 하지만 아이가 걸어가기에는 먼 거리죠. 그래서 보트를 타고 곧바로 건너갔을 겁니다."

"맙소사!" 부인이 다시 소리쳤다. 내가 내세우는 논리는 그녀로서는 좀처럼 납득하기 어려운 것이었다. 그래서 지금도 그녀는 내 뒤에서 발을 질질 끌며 따라왔다. 우리가 빙 도는 길을 절반쯤 왔을 때—길이 많이 팬 데다 웃자란 잡초들 때문에 걷기가 아주 힘들었다—나는 걸음을 멈추고서 그녀에게 잠시 쉴 틈을 주었다. 그리고 팔을 내밀어 그녀를 부축하면서 그녀가 내게 큰 도움이 된다고 말해 주었다. 그런 다음 우리는 다시 출발했고 몇 분 더 걸어가서 호숫가에 매여 있는 보트를 볼 수 있었다. 내가 예상했던 바로 그 지점이었다. 보트는 의도적으로 가능한 한 사람들의 눈에 띄지 않는 곳, 손쉽게 내릴 수 있도록 호반에 바싹 붙여 설치한 울타리의 말뚝에 매여 있었다. 나는 안전하게 들어 올려진 짧고 굵은 한 쌍의 노를 보면서 어린 소녀치고는 참으로 놀라운 행동이라고 생각했다. 하지만 그즈음에 나는 수많은 경이로운 일들을 겪었고, 또 생생한 장단에 맞추어 수없이 춤을 추었던지라 그런 일에는 이골이 난 상태였다. 울타리에는 문이 있었고, 그 문을 통과하여 내려가자, 잠시 뒤 좀 더 탁 트인 곳이 나왔다. "애가 저기 있네요!" 우리 두 사람이 동시에 소리쳤다.

플로라는 조금 떨어진 곳, 풀밭 위에 서 있었고 자신의 연기가 이제 끝났다는 듯이 미소를 지었다. 이어 허리를 깊이 숙이더니 마치 그게 거기까지 온 목적인 양, 시들고 보기 흉한 고사리 한 묶음을 뽑아 들었다. 나는 그 즉시 플로라가 숲속에서 방금 빠져나온 거라고 확신했다. 그 애는 한 발짝도 떼지 않고 우리가 다가오기를 기다렸다. 나는 우리가 아주 엄숙한 자세로 그 애에게 다가가고 있다는 것을 의식했다. 그 애는 계속 미소 지었고 우리는 마침내 만났다. 이제는 아주 오싹해져 버린 침묵 속에서 상면하게 된 것이었다. 그로스 부인이 먼저 그 정적의 마법을 깨트렸다. 그녀는 무릎을 꿇더니 아이를 가슴에 끌어당겨서 그 부드럽고 순종적인 어린 몸을 오랫동안 포옹했다. 나는 이런 말 없는 떨림이 지속되는 동안 그것을 지켜보기만 했다. 플로라의 얼굴이 부인의 어깨 너머로 나를 빼꼼 쳐다볼 때 나는 더 강렬한 표정으로 그 애를 관찰했다. 그 얼굴은 이제 심각해졌다. 미소는 완전히 사라져 버렸다. 그것은 그로스 부인이 그 애와 그런 단순한 관계를 유지할 수 있는 데 부러움을 느끼며 일어났던 내 마음의 통증을 더욱 아릿하게 만들었다. 그동안 우리들 사이에서는 아무런 일도 벌어지지 않았다. 플로라가 그 바보 같은 고사리 더미를 땅에 떨어트렸다는 것 이외에는. 그 순간 그 애와 나는 묵시적으로 이제 허세는 더 이상 필요 없다는 메시지를 주고받았다. 그로스 부인은 마침내 일어서서 그 애의 손을 잡았고, 두 사람이 내 앞에 섰다. 아무 말 없이 우리 사이에 오고가는 그 메시지는 플로라가 내민 그 정직한 얼굴에 크게 쓰여 있었다. "교수형을 당하는 일이 있어도," 그 표정은 말했다. "진상을 말하지 않겠어요!"

정직하고 신기하다는 표정을 지으며 나를 쳐다보던 플로라가 먼저 말을 했다. 그 애는 우리가 보닛을 쓰지 않은 것을 주목했다. "보닛은 어떻게 하셨어요?"

"네 것은 어디 있니, 얘야?" 내가 재빨리 물었다.

그 애는 이미 유쾌한 평정심을 회복했고 내 말을 충분한 대답으로 간주하는 듯했다. "마일스 오빠는 어디에 있어요?" 그 애가 물었다.

그 자그마한 용기가 담긴 말은 완전히 나의 평정심을 끝장냈다. 그 세 마디 말은, 갑자기 뽑아 든 칼의 섬광처럼, 내 잔을 흔들어 놓고 말았다. 내 손은 지난 여러, 여러 주 동안 찰랑거리는 그 잔을 높이 쳐들고 그 안의 물을 쏟지 않으려고 노심초사해 왔으나, 이제 말을 꺼내기도 전에 그 잔의 물이 홍수처럼 쏟아지는 것을 느꼈다. "네가 말해 주면 나도 말해 주지―" 나는 불쑥 그렇게 말했고 내 목소리의 떨림을 감지할 수 있었다.

"아니, 무엇을요?"

그로스 부인이 의아한 표정으로 나를 제지하려는 듯이 쳐다보았으나 이미 늦었고 나는 그것을 입 밖에 내고 말았다. "얘야, 제슬 양은 어디에 있니?"

20

교회 마당에서 벌어진 마일스의 일과 마찬가지로, 그 모든 것이 갑자기 우리에게 닥쳐왔다. 우리 사이에서 그 이름을 발설하지 않으려고 노력해 왔지만, 막상 입 밖에 내뱉고 나서 아이가 지어 보인, 순간적으로 뺨을 맞은 듯한 표정은, 내가 그런 식으로 침묵을 깨트린 것이 커다란 유리창을 와장창 깨트려 버린 것이나 다름없다고 말했다. 이어 나의 그런 폭력을 제지하려는 듯이 그로스 부인이 날카로운 비명을 내질렀다. 그것은 겁먹은 혹은 부상당한 사람의 비명이었고, 이어 몇 초 뒤에 나의 비명이 그것을 압도했다. 나는 내 동료의 팔을 잡았다. "그 여자가 저기 있어요, 그 여자가 저기 있어요!"

제슬 양은 지난번에 그랬던 것처럼 우리 맞은편 둑에 서 있었다. 기이하게도 그 순간 내 안에서 생겨난 감정은, 마침내 증거를 제시할 수 있게 되었다는 즐거운 흥분이었음을, 나는 이 글을 쓰는 지금도 기억한다. 그녀는 거기에 있었고 나는 이제 증명한 것이었다. 나는 잔인하지도 미치지도 않았다. 그 여자는 겁먹은 불쌍한 그로스 부인 앞에 나타났지만 그보다는 플로라를 데려가려고 나타난 것이었다. 내가 보낸 기괴한 시간에서 그때만큼은 내가 그 여자에게 무언의 감사 메시지를 전한 비상한 순간이기도 했다. 그 여자는 걸귀 들린 창백한 악마이기는 했지만 나의 메시지를 포착하고 이해할 것이라는 느낌이 들었다. 그녀가 아까 내 동료와 내가 출발했던, 호숫가의 그 지점에서 똑바로 솟아올랐다. 그녀의 길게 내뻗은 욕망의 손길에서는 그 사악함의 장기瘴氣가 철저하게 뚝뚝 떨어지고 있었다. 이 최초의 생생한 모습과 감정은 몇 초간 지속되었고, 그동안 그로스 부인의 멍하게 깜박거리는 시선은 내가 가리키는 곳을 향하고 있었다. 나는 마침내 부인도 보았다는 느낌이 들었고, 황급히 시선을 아이 쪽으로 돌렸다. 플로라가 철저히 시치미를 떼며 그 사태를 받아들이는 태도를 취했는데, 나는 차라리 아이가 살짝 동요하는 모습을 보였더라면 그보다는 덜 놀랐을 것이다. 어차피 크게 동요하는 모습은 기대하지도 않았으니까. 우리가 자신을 쫓아온 것을 알고서 철저한 경계 태세에 들어간 그 애는 전혀 내색을 하지 않는 것이었다. 그것은 전혀 예상한 반응이 아니어서 나는 당황했다. 그 자그마한 분홍색 얼굴은 전혀 동요하지 않았고 내가 유령이 나타났다고 말한 방향을 쳐다보지도 않으려 했다. 그 대신 나에게 차갑고 침착하고 진중한 얼굴을 돌렸는데, 그건 아주 새롭고 전례 없는 표정이었다. 나의 태도를 파악하고, 비난하고, 판단하는 듯한 태도였다. 그런 태도는 그 어린 소녀를 아주 오싹한 존재로 변모시켰다. 나는 그 순간 플로라도 유령을 본다고 백 퍼센트 확신했지만 아이의 냉정함에 입이 딱 벌어졌다. 그리하여 나 자신을 옹호해야 할 직접적인 필요를 느끼면서 아주 열띤 목소리로 아이에게 증언하라고 요구했다. "그 여자는 저기 있어. 이 이런 불행한 것아. 저기, 저기, 저기. 너는 나를 아는 것처럼 저 여자를 알고 있어!" 나는 방금 전에 그로스 부인에게 이런 순간이 되면 플로라는 어린아이가 아니라 아주 나이 든 여자 같다고 말했는데, 지금 이 순간 플로라의 태도가 그러했다. 유령이 나타났다고 말해 주었는데도, 그 애는 양보하거나 인정하는 표정은 조금도 없이, 점점 더 나를 심하게 비난하는 표정이 되더니 마침내 그런 표정이 아주 굳어져 버렸다. 그 순간 나는—그 모든 것을 종합해 본다면—그 무엇보다도 그 아이의 태도에 크게 무서움을 느꼈다. 동시에 나는 이제 그로스 부인도 상대해야 하는 아주 힘든 일을 처리해야 되었다. 그다음 순간, 부인이 붉게 상기된 얼굴, 항의하는 커다란 목소리, 엄청난 비난조로 이렇게 말함으로써 그 모든 것을 소거시켰던 것이다. "이 무슨 끔찍한 일입니까, 선생님! 도대체 유령이 어디에 있다는 거지요?"

나는 재빨리 내 동료의 팔을 붙잡았다. 부인이 말하는 동안에도, 그 환히 보이는 끔찍한 유령은 조금도 희미해지지 않고 또 조금도 겁먹지 않고 거기 그대로 서 있었던 것이다. 그것은 이미 1분 이상 거기 서 있었고, 내가 부인의 팔을 붙잡고 그것을 보여 주고 또 내 손가락으로 가리키는 동안에도 계속 거기 서 있었다. "부인은 **우리**가 본 것처럼 저 유령이 안 보인단 말입니까? 지금도 안 보인다는 겁니까? 저 여자는 타오르는 불처럼 환해요! 저길 보세요, 부인. 좀 보라고요—!" 그녀는 내가 보는 것처럼 보았고, 부정, 혐오, 동정의 깊은 신음 소리를 냈다. 그것은 유령을 보는 데서 면제되었다는 안도감과 나에 대한 안타까움이 혼합된 반응이었다. 그것은 나에게 감동을 주었는데, 만약 그녀가 유령을 볼 수 있었더라면 틀림없이 나를 돕고 나섰을 것이라는 느낌을 받았기 때문이다. 나는 그런 도움이 필요할 것이었다. 왜냐하면 부인의 눈이 완전히 감겨 있다는 증거가 나를 강타했고, 나의 입장은 와르르 무너지게 되었기 때문이다. 게다가 나는 창백한 나의 전임자가 나의 패배를 보고, 서 있던 자리에서 내 쪽으로 움직이면서 압박하는 것을 느꼈고 또 **보았다**. 나는 무엇보다도 지금 이 순간부터 어린 플로라의 놀라운 태도에 어떻게 대응할 것인지를 궁리해야 했다. 그로스 부인은 플로라의 그런 태도에 갑자기 난폭하게 가담하면서—하지만 그러는 중에도 엄청나게 은밀한 승리의 느낌이 나의 열패감을 뚫고 지나갔다—숨 돌릴 사이도 없이 위로의 말을 건넸다.

"플로라 아가씨, 그 여자는 저기 없지요? 아무도 저기 없지요? 아가씨는 아무것도 보지 못했지요, 착한 아가씨? 죽어서 땅에 묻힌 불쌍한 제슬 양이 어떻게 이승으로 돌아온다는 거지요? 우린 그걸 알아요. 그리고 우린 사랑해요." 내 동료가 덤벙거리는 어조로 아이에게 호소했다. "그건 모두 착각이고 걱정이고 농담일 뿐이에요. 자, 이제 빨리 집으로 돌아갑시다!"

플로라는 그 말을 듣자 기이할 정도로 재빠르게 예의를 갖추어 반응했다. 그로스 부인은 일어섰고 두 사람은 충격을 받은 듯이 나에게 반대하는 공동 전선을 폈다. 플로라는 불만 어린 가면 같은 작은 얼굴로 나를 계속 쏘아보았다. 그 순간에도 나는 하느님에게 이런 생각을 하는 것을 용서해 달라고 빌었다. 왜냐하면 부인의 옷자락을 잡고 서 있는 그 아이는 평소의 그 비할 데 없는 아이다운 아름다움이 갑자기 변해서, 가뭇없이 사라져 버렸기 때문이다. 나는 이미 말한 바 있다. 그 아이는 글자 그대로 아주 끔찍할 정도로 비정해졌다. 그리하여 평범하면서도 추악했다. "전 선생님이 무슨 말씀을 하시는지 모르겠어요. 저는 아무도 못 보았어요. 아무것도 못 보았어요. 전에도 본 적이 없어요. 선생님은 잔인해요. 전 선생님을 좋아하지 않아요!" 거리에 돌아다니는 천박하고 심술궂은 아이 같은 말을 내뱉은 후, 플로라는 그로스 부인을 더욱 단단히 껴안고 그녀의 치마에 흉악한 작은 얼굴을 파묻었다. 이런 자세로 아이가 울부짖는 듯한 소리를 내뱉었다. "절 데려가 줘요. 절 데려가 줘요. 아, **저 여자**에게서요!"

"**나에게서?**" 내가 헐떡거리며 물었다.

"당신에게서— 당신에게서요!" 아이가 소리쳤다.

심지어 그로스 부인도 불안하게 나를 쳐다보았다. 나는 건너편 둑에 미동도 하지 않고 서 있는 유령을 다시 쳐다보는 수밖에 없었다. 약간 떨어져 있는 거리와 무관하게 우리의 목소리를 들으려고 귀 기울이는 듯했는데, 나를 도와주려고 그러는 것은 아니고 분명 나를 파멸시키려고 하는 것 같았다. 그 영악한 아이는 마치 외부의 원천*으로부터 그 찌르는 듯한 말들을 전수받아 그대로 말하는 듯했고, 나는 그것을 그대로 받아들여야 하는 절망적인 상태에서 아이를 향해 슬프게 머리를 흔들 수밖에 없었다. "그동안 내가 의심한 적도 있었지만, 이제는 그 의심이 다 사라져 버렸어. 그동안 이 비참한 진실과 함께 살아왔지만 그 진실이 이제 나를 아주 강하게 육박해 왔어. 물론 나는 너를 잃어버렸어. 나는 개입해 왔지만 너는 **저 여자**의 지시 아래," 그렇게 말하면서 나는 호수 반대편에 있는 지옥에서 온 유령을 쳐다보았다. "저것을 만나는 아주 손쉬운 방법을 만들어 냈어. 이제 나는 너를 잃어버렸어. 잘 가." 나는 그로스 부인에게는 명령적이면서도 신경질적인 목소리로 "가요, 가요!"라고 말했다. 내 동료는 아주 괴로워하면서 아무 말 없이 어린애를 꽉 붙잡았고, 비록 유령을 보지는 못하지만 뭔가 무서운 일이 벌어졌고 뭔가 무너져서 우리를 삼킬지 모른다고 확신하면서 재빠르게 왔던 길을 되짚어 돌아갔다.

혼자 남겨진 직후에 무슨 일이 벌어졌는지 나는 그 후에 기억을 하

---

* 이 표현은 플로라가 '귀신 들린possessed' 상태임을 보여 주는 단서가 될 수 있다. 다시 말해 그녀의 몸이 제슬 양의 혼령에게 일시적으로 점령(차지)되어 있는 것이다. 헨리 제임스 시절에 '귀신 들림'이라는 용어는 잘 알려져 있었다.

지 못한다. 단지 한 15분쯤 지났을 때 아주 기분 나쁜 축축함과 꺼끌 꺼끌함, 한기와 고통이 내 몸을 쑤셔 댔고 그래서 풀밭 위에 쓰러져 엄청난 슬픔에 나를 내맡겼음을 알았다. 나는 거기 그렇게 오래 엎드려서 울부짖고 또 탄식했다. 그리고 고개를 들었을 때에는 날이 거의 저문 상태였다. 일어나서 잠시 황혼 녘의 회색 호수와 그 귀신 들린 호반을 쳐다보았고, 곧 집으로 돌아왔는데 너무나 황량하고 어려운 걸음이었다. 울타리 문에 도착했을 때, 놀랍게도 보트가 사라진 것을 발견했다. 나는 플로라가 놀라울 정도로 상황을 잘 장악하고 있는 데 대하여 다시 한 번 주목하게 되었다. 플로라는 그날 밤은 암묵적인 합의하에 그로스 부인과 함께 잤다. 이렇게 말하는 게 좀 엉뚱하게 들릴지 모르지만 그런 상황에서는 가장 잘된 합의이기도 했다. 나는 집에 돌아와서 그 두 사람은 보지 못했지만, 그에 대한 보상인지 아닌지 마일스는 많이 보았다. 나는 마일스를 너무나 많이 쳐다보기만 했는데—이렇게 표현할 수밖에 없다—그 상황에서 충분히 예상할 수 있는 일이었다. 블라이에서 지내면서 그날처럼 음산한 저녁은 없었다. 또 내 발밑에서 열린 엄청난 심연에도 불구하고, 글자 그대로 썰물이 빠지는 그 현실 속에서 아주 달콤한 슬픔이 나를 찾아왔다. 집에 돌아와서 나는 마일스를 찾아보려고 하지도 않았다. 나는 내 방으로 곧바로 가서 옷을 갈아입었고, 한눈에 플로라가 그 방에서 철수했다는 물적 증거들을 보게 되었다. 그녀의 사물들은 모두 치워져 있었다. 그 뒤에 공부방 난로 옆에서 하녀가 가져온 차를 마시게 되었을 때, 나는 다른 제자에 대해서는 전혀 물어보지 않았다. 마일스는 이제 자유를 얻었다. 그는 끝까지 자유를 누릴 것이다! 그는 정말로 그 자유를 얻었다. 그는 그 권리를 행사하여 저녁 8시쯤에 공부방으로 들어와 아무 말도 하지 않고 나와 함께 앉아 있었다. 찻잔이 치워지자 나는 촛불을 껐고 의자를 좀 더 난로 쪽으로 바싹 당겼다. 나는 죽을 것 같은 한기를 느꼈고 앞으로 다시는 내 몸이 따뜻해지지 않을 거라는 생각이 들었다. 마일스가 공부방으로 들어왔을 때, 나는 난로 불빛을 받으며 깊은 생각에 잠겨 있었다. 그는 나를 쳐다보는 듯 문턱에서 잠시 멈추었다. 그리고 내 생각을 공유하려는 듯이 난로 반대편으로 걸어와 의자에 앉았다. 우리는 아무 말도 하지 않고 그렇게 앉아 있었다. 하지만 그가 나와 함께 있고 싶어 한다는 것을 느꼈다.

21

그다음 날 아침 나는 내 방에서 그로스 부인을 보며 눈을 떴다. 그녀는 전보다 더 나쁜 소식을 가지고 내게 왔다. 플로라가 온몸에 열이 나서 병이 날 것 같다는 얘기였다. 애가 아주 불안해하면서 하룻밤을 보냈는데 전임 가정교사를 무서워하는 것이 아니라 현임 가정교사를 너무 무서워하면서 밤새 동요했다는 것이다. 플로라는 제슬 양이 현장에 다시 나타났다고 성토하는 것이 아니라, 노골적이고도 열정적으로 나를 비난했다. 나는 즉시 침대에서 일어났다. 내 동료에게 물어볼 것이 많았다. 그녀는 이제 나를 새롭게 응대할 준비를 단단히 갖추고 있었다. 아이의 말을 믿느냐 혹은 내 말을 믿느냐 하고 물을 때 그것을 느낄 수 있었다. "플로라는 그때는 물론이고 지금껏 유령을 본 적이 없다고 우기나요?"

내 방을 찾아온 부인은 정말이지 엄청나게 고통스러워했다. "아, 선생님, 그건 제가 그 애에게 밀어붙일 문제가 아니에요! 또 반드시 그래야 할 필요도 못 느끼고요. 그건 그 애를 아주 나이 든 사람으로 만들었어요."

"아, 그 애의 태도는 안 봐도 훤해요. 소공녀처럼 분개하고 있겠지요. 자신의 정직성과 품위를 비난한다고 말이에요. 하지만 그 품위란 누구의 품위인가요? 제슬 양— **그 여자**의 것이잖아요. 아, 그래요, 그 애는 품위께나 있지요! 하지만 어제 제가 그 애에게서 받은 인상은 아주 이상했어요. 다른 모든 것을 넘어서는 거였죠. 전 **정말로** 그 품위를 짓밟아 버렸어요! 그 애는 다시는 저한테 말을 걸지 않을 거예요."

그건 끔찍하고 애매모호한 말이었으나 그로스 부인은 잠시 침묵을 지켰다. 이어 내 말을 정직하게 인정했는데, 나는 그런 태도 뒤에 뭔가가 있다고 확신했다. "선생님, 정말로 그럴 것 같아요. 그 애는 아주 오만한 태도를 보이고 있어요."

"그런 태도야말로," 나는 상황을 요약했다. "그 애의 실제적인 문제예요."

그런 태도를, 나는 방문객의 표정에서 볼 수 있었고, 그것 이외에 다른 많은 것들도 보았다. "애가 3분마다 선생님이 방으로 들어오느냐고 물어보고 있어요."

"알겠어요. 알겠어요." 나 자신도 그쯤은 이미 예상하고 있었다. "그 애는 어제 이후—그처럼 무서운 유령을 알고 있다는 것을 부정하는 것 이외에—제슬 양에 대하여 한마디라도 한 적이 있나요?"

"선생님, 없었어요. 그렇지만," 부인이 덧붙였다. "저는 어제 현장에서 그 애에게서 아무것도 보지 못했다는 말을 들었어요."

"그랬겠지요! 당연히 부인은 지금도 그 말을 믿으시겠지요."

"전 그 말에 반박하지 않아요. 제가 달리 어떻게 할 수 있나요?"

"물론 그렇겠지요. 부인은 이 세상에서 제일 영악한 아이를 상대해야 돼요. 두 남녀는 저 애들—그들의 친구들—을 자연이 할 수 있는 것보다 더 똑똑한 아이로 만들어 놓았어요. 아이들이란 가지고 놀 수 있는 멋진 사물이니까요! 플로라는 이제 불만을 가지고 있고 그걸 끝까지 써먹을 거예요."

"그런데, 선생님, 끝까지라니요?"

"큰아버지한테 이르는 거요. 저를 아주 비열한 인간이라고 일러바칠 거예요—!"

그로스 부인은 플로라와 큰아버지가 만나는 장면을 상상했고 나는 그녀의 얼굴에서 그것을 읽고 얼굴을 찌푸렸다. 그녀는 잠시 조카딸과 큰아버지가 함께 있는 것을 선명하게 보는 듯했다. "주인님은 선생님을 아주 좋게 생각하셨는데요!"

"이제 생각이 나는데 그분은 참 이상한 방식으로 그걸 증명하네요." 내가 웃었다. "하지만 상관없어요. 플로라가 원하는 건 물론 절 그만두게 하는 거예요."

그녀는 과감하게 동의했다. "선생님을 다시는 쳐다보지 않으려 할 거예요."

"그래서 이렇게 저를 찾아온 거예요?" 내가 물었다. "저를 빨리 관두게 하려고요." 그녀가 대답하기 전에 내가 그녀를 제지했다. "그보다는 더 좋은 생각이 있어요. 많이 생각해 본 결과예요. 제가 사직하는 게 올바른 길이겠지요. 지난 일요일에 거의 사직 일보 직전까지 갔어요. 하지만 그건 이제 안 될 일이에요. 오히려 부인이 먼저 가야 해요. 플로라를 데리고요."

그 말을 듣자 부인은 생각에 잠겼다. "도대체 무슨 말씀이신지—?"

"여기서 떠나야 해요. **그들**로부터요. 이제는 무엇보다도 저로부터요. 곧장 그 애 큰아버지한테로 가세요."

"오로지 선생님에 대해서 고자질하기 위해서요—?"

"아, '오로지' 그것뿐만은 아니에요! 그것 이외에 제 치료제를 남겨 주세요."

그녀는 아직도 잘 이해하지 못했다. "그런데 그 치료제가 뭔가요?"

"먼저 저에 대한 부인의 충성심이고, 그다음에는 마일스의 충성심이 지요."

그녀가 나를 빤히 쳐다보았다. "선생님은 그 애가—?"

"기회가 되면 저에게 반항하지 않겠느냐고요? 그래요, 그것도 생각해 볼 수 있겠지요. 아무튼 시도는 해 보고 싶어요. 어서 빨리 플로라와 함께 떠나고 마일스와 저만 여기에 남겨 두어요." 아직도 이런 파이팅 정신이 내게 남아 있다는 게 경이로웠다. 그래서 그런 멋진 파이팅을 보여 주었는데도 부인이 망설이는 것을 보고서 나는 더욱 놀랐다. "그렇지만 한 가지 조건이 있어요." 내가 계속 말했다. "플로라가 떠나기 전에 남매는 3초 이상 서로 만나면 안 돼요." 그러나 플로라가 호수에서 돌아온 이후 격리되어 있음에도 불구하고 둘을 서로 떼어 놓는 것이 이미 늦었을지도 모른다는 생각이 들었다. "두 애가 이미 만났나요?" 내가 초조한 목소리로 물었다.

그러자 부인은 얼굴을 크게 붉혔다. "아, 선생님, 전 그 정도로 바보는 아니랍니다! 제가 그 애를 서너 번 남겨 두고 나왔는데, 그때마다 하녀를 옆에 있게 했어요. 플로라는 지금 혼자 있지만 안전하게 갇혀 있어요. 그렇지만— 그렇지만!" 그녀는 물어볼 것이 많았다.

"그렇지만 뭐요?"

"선생님은 마일스의 충성심에 대해서 어느 정도 확신하나요?"

"전 **부인** 이외에는 아무것도 확신하지 않아요. 하지만 지난밤부터 새로운 희망을 갖게 되었어요. 그 애가 내게 뭔가 털어놓으려 하는 것 같아요. 그 불쌍한 애가 제게 뭔가를 털어놓으려 한다고 생각해요. 지난밤에 그 애는 난로 옆에서 나와 함께 아무 말 없이 두 시간을 앉아 있었는데, 실토를 하려는 게 아닌가 하는 느낌을 받았어요."

그로스 부인이 창문으로 점점 회색이 짙어지는 하늘을 쳐다보았다. "그래, 했나요?"

"아니요. 기다리고 또 기다렸지만 하지 않았어요. 단 한 번도 침묵을 깨트린 적이 없고, 플로라의 상태나 부재에 대해서도 아무 언급을 하지 않았어요. 그러다가 우리는 뺨에 키스하고 헤어졌어요. 그렇지만," 내가 계속해서 말했다. "큰아버지가 플로라를 만난다면, 제가 사전에 마일스에게 좀 더 시간을 준 이후에나—무엇보다도 사태가 아주 악화되었으니까요—마일스가 주인을 만나는 데 동의할 수 있어요."

부인은 그 점에 대해서 내가 이해할 수 없을 정도로 다소 못마땅하게 여겼다. "좀 더 시간을 준다는 건, 무슨 얘기인가요?"

"뭐, 하루 이틀 정도예요. 고백을 받아 내기 위해서요. 그때면 그 애는 제 편이 될 것인데 그게 중요하다는 건 부인도 알고 있지요. 아무것도 고백하지 않는다면 저는 실패한 거고, 그러면 최악의 경우라도 런던에 도착하여 부인이 가능하다고 생각하는 일을 함으로써 저를 도와줄 수 있어요." 하지만 내 말에도 부인은 다른 이유들로 생각에 잠겨있었고 나는 다시 그녀를 도와주러 나섰다. "부인이 런던에 가는 게 싫지 않다면—" 내가 마무리 짓듯이 말했다.

나는 마침내 부인의 얼굴에서 망설임이 사라지는 것을 보았다. "가겠어요. 가겠어요. 오늘 아침에 떠나겠어요."

나는 아주 공정하게 대하고 싶었다. "아직 좀 더 계시겠다면, 제가 플로라의 눈에 띄지 않겠다고 약속할게요."

"아니, 아니, 그게 아니에요. 문제는 이 집이에요. 그 애는 이곳을 떠나야 해요." 그녀는 무거운 눈빛으로 나를 쳐다보더니 마침내 나머지 얘기도 꺼냈다. "선생님 생각이 맞아요. 저 자신도, 선생님—"

"당신 자신도?"

"여기 머무를 수 없어요."

부인의 표정을 쳐다보면서 나는 새로운 가능성을 느꼈다. "그럼, 부인도 어제 그걸 **보셨다는** 건가요?"

그녀는 위엄 있게 고개를 흔들었다. "저는 **들었어요.**"

"들었다고요?"

"플로라로부터요. 무서워요! 정말!" 그녀는 비참하게 가라앉은 한숨을 내쉬었다. "선생님, 제 명예를 걸고 하는 말인데, 그 애가 무서운 말들*을 했어요—!" 그렇게 말하면서 그녀의 감정이 터져 나왔다. 그녀는 갑자기 울음을 터트리면서 소파 위에 쓰러졌고, 전에도 그랬듯이, 그 고통스러운 상황에 몸부림쳤다.

하지만 나는 전혀 다른 방식으로 나의 감정을 노출했다. "오, 하느님 감사합니다!"

그녀는 그 말을 듣자 벌떡 일어섰고 신음 소리를 내며 두 눈을 훔쳤

* 빅토리아 시대에는 사회적으로 추방된 자들만이 금지된 단어들을 사용한다는 불문율이 있었는데, 여기서 말하는 말들은 주로 욕설을 의미하며 대체로 욕설은 성적인 함의를 가지고 있다.

498

다. "하느님 감사합니다, 라니요?"

"그건 제 얘기를 증명하는 거니까요."

"선생님, 정말 그래요!"

나는 그것을 좀 더 강조하고 싶었으나 그래도 잠시 기다렸다. "플로라가 그토록 무서운 말을 했나요?"

그녀는 그것을 어떻게 표현해야 할지 잘 모르는 것으로 보였다. "정말로 충격적인 말이에요."

"저에 대해서요?"

"선생님, 당신에 대해서요. 선생님도 알고 있어야 하니까요. 도저히 어린 아가씨가 할 말이 아니에요. 그 애가 어디서 그런 말을 들었는지 정말 알 수 없어요―"

"그 애가 저한테 했다는 그 무시무시한 말들요? 전 어디서 들었는지 알겠는데요!" 내가 의미심장하게 웃음을 터트렸다.

하지만 부인은 내 웃음을 보더니 더욱 심각한 얼굴이 되었다. "저도 알 것 같아요. 전에 그런 말을 일부 들은 적이 있거든요! 하지만 전 그런 말을 참을 수 없어요." 이렇게 말하면서 불쌍한 부인은 내 화장대 위에 놓인 시계를 쳐다보았다. "이제 돌아가 봐야겠어요."

나는 그녀를 붙잡았다. "아, 만약 그걸 참을 수 없다면―!"

"그런데 제가 어떻게 그 애와 함께 있을 수 있냐고요? 제 임무 때문이죠. 그 애를 데려가야 하니까요. 이곳에서요." 그녀가 말했다. "**그들에게서** 멀리 떨어진 곳으로요―"

"그 애가 달라질 수 있고 또 자유로워질 수 있도록요?" 나는 은근한 즐거움을 느끼며 그녀의 팔을 잡았다. "그럼 어제 유령을 보지 못했지만 부인은 믿는군요―"

"이런 소행들 말인가요?" 그녀는 그렇게 간단히 말했지만, 얼굴 표정으로 비추어 보아 더 자세히 말해 달라고 할 필요도 없었다. 그녀는 전과는 다르게 전적으로 동의를 표했다. "전 믿어요."

그렇다. 그것은 즐거움이었다. 어제의 일에도 불구하고 우리는 여전히 어깨를 나란히 맞대고 있는 것이다. 그 점에 대해서 내가 계속 확신할 수 있다면 그 나머지는 무슨 일이 벌어져도 나는 개의치 않을 것이었다. 내가 남의 신임을 얻어야 할 필요가 있던 초창기에도 그랬던 것처럼, 이왕 벌어진 참사에도 불구하고 나는 전과 같은 도움을 아끼지 않을 것이었다. 만약 부인이 나의 정직함을 보장해 준다면 그 나머지에 대해서는 내가 보장해 줄 것이었다. 그렇지만 그녀가 나가기 직전에 약간 당황스러운 일이 있었다. "갑자기 생각났는데 한 가지 말해 줄 것이 있어요. 제가 쓴 경고 편지는 당신보다 먼저 런던에 도착할 거예요."

나는 그녀가 지금껏 말을 완곡하게 돌려서 해 오다가 마침내 그런 식으로 둔사遁辭를 하는 것에 싫증이 났음을 느낄 수 있었다. "선생님의 편지는 거기에 도착하지 않을 거예요. 그 편지는 부쳐지지 않았어요."

"아니, 그럼 편지는 어떻게 된 거지요?"

"이를 어째요! 마일스가―"

"**그가*** 가져갔다는 얘기예요?" 나는 놀라서 입이 벌어졌다.

그녀는 잠시 말을 멈추었다가 곧 전부 말하기로 마음먹었다. "그러

---

* 위에서 나오는 '이런 소행들'이라는 말은, 구체적으로 플로라가 한 무서운 말 등을 가리키며, 동시에 이런 소행은 모두 유령이 시켜서 한 일이라는 뉘앙스를 풍기고 있다. 여기에서 '그가'가 고딕체로 처리된 것도 이런 뉘앙스의 연장선상이다.

니까, 어제 플로라와 함께 집에 돌아왔을 때 그 편지가 선생님이 놓아 둔 곳에 있지 않았어요. 저녁 늦게 루크에게 물어보았더니 그 편지를 본 적도 만진 적도 없다는 거예요." 우리는 서로 사태의 깊이[水深]을 측정해 보았다는 눈빛을 교환했고 그로스 부인이 먼저 측연測鉛을 들어 올리면서 거의 기쁜 듯한 목소리로 말했다. "선생님은 아시지요!"

"알지요. 만약 마일스가 가져갔다면 그걸 읽어 보고 불태워 버렸을 거예요."

"선생님은 그 이외에 다른 것은 보지 못했나요?"

나는 잠시 슬픈 미소를 지으며 그녀를 쳐다보았다. "이제 부인의 눈이 나보다 훨씬 더 크게 뜨인 것 같군요."

그녀의 눈은 정말로 크게 떠졌고 그녀는 그런 사실을 밝히는 것을 아직도 부끄럽게 여기는 듯했다. "저는 그 애가 학교에서 무슨 짓을 했을지 이제 추측할 수 있어요." 이어 그녀는 단순하면서도 노골적인 방식으로, 우스꽝스럽게 보일 정도로 환멸을 느낀다는 고갯짓을 했다. "그 애가 훔쳤어요!"

나는 그것을 깊이 생각하면서 좀 더 공정해지려고 애썼다. "어쩌면 그럴 수도 있죠."

그녀는 내가 의외로 차분하다고 생각하는 표정이었다. "그 애가 **편지들을 훔쳤다고요!**"

그녀는 내가 그토록 침착한 이유가 실은 별거 아닌 근거에서 나온 것임을 알지 못했다. 그래서 나는 그 이유를 알려 주었다. "뭔가 뚜렷한 목적이 있어서 그랬겠지요! 제가 어제 테이블 위에다 올려놓은 편지는," 내가 말했다. "그 아이에게 별로 이득을 주지는 못할 거예요. 그냥 면담을 요청하는 내용이었으니까요. 별것도 아닌 것 때문에 그렇게까지 했다는 데 대하여 부끄러움을 느끼고 있을 거예요. 그래서 지난밤 저와 함께 있을 때 그 애의 마음속에는 고백해야겠다는 생각이 있었을 겁니다." 나는 그 상황을 모두 파악하고 또 훤히 꿰뚫어 본다는 느낌이 들었다. "자, 어서 가세요. 어서 가세요." 나는 그녀를 재촉하며 방문 앞에 섰다. "저는 그 애한테서 고백을 받아 낼 겁니다. 그 애는 저를 만나러 올 거예요. 고백을 할 겁니다. 만약 고백을 하면 그 애는 구제가 되는 거예요. 그리고 그 애가 구제된다면—"

"그럼 **당신도** 구제가 되는 건가요?" 착한 내 동료는 그 말을 하고 내 뺨에 키스를 한 후 떠나갔다. "전 그 아이가 없어도 당신을 구제할 거예요."

22

부인이 떠나갔을 때—나는 그 순간부터 그녀가 그리웠다—실제로 엄청난 곤란이 닥쳐왔다. 나는 마일스와 단둘이 있게 되기를 기대했는데, 적어도 그것이 나에게 하나의 수단이 되리라는 것을 바로 알았다. 사실 블라이에 머물면서 내가 아래층으로 내려와 그로스 부인과 플로라를 태운 마차가 대문 밖으로 빠져나갔다는 것을 알게 된 그 이후의 시간처럼 나를 두려움으로 채운 때는 없었다. 나는 이제 초자연적인 것과 대면해야 한다고 중얼거렸다. 그날 내내 나는 나 자신의 허약함과 싸우면서도 내가 아주 무모하게 행동해 왔다는 것을 깨달았다. 블라이는 내가 지낸 그 어느 때보다 더 긴장이 넘치는 곳이 되었다. 사상 처음으로 하인들의 외양에서 어떤 위기의식이 혼란스럽게 표출되는 것을 보니 더욱 긴장되었다. 하녀들과 하인들은 멍한 표정이었다. 그것은 내 신경에 악영향을 주었는데 나는 그것을 적극적인 도움의 손길로 만들어야 한다고 생각했다. 간단히 말하면 내가 배의 방향타를 잡아서 완전한 침몰은 막아야 한다는 것이었다. 그 모든 것을 견디기 위하여 나는 그날 오전에 아주 위엄 있고 아주 냉정한 사람이 되었다. 이렇게 나 혼자 집안을 꾸려 나가야 하므로 나는 단호한 입장을 취하겠다고 식구들에게 널리 알렸다. 나는 그런 자세로 한두 시간 집 안 구석구석을 살피고, 또 그 어떤 공격에도 대비되어 있다는 자세를 취했다. 이렇게 해서 누구에게 혜택이 돌아갈 것인지 알 수 없지만, 그런 임시 주인 노릇을 하면서도 실제론 속으로 떨고 있었다.

점심 식사 시간이 될 때까지 가장 무관심한 사람은 다름 아닌 어린 마일스였다. 나는 그렇게 집 안을 돌아다녔지만 마일스를 보지 못했다. 하지만 그렇게 돌아다닌 건 그 전날 마일스가 플로라를 위해 나를 피아노 앞에 붙잡아 두고 바보로 만든 사건의 여파로, 우리의 사제 관계에 변화가 있었음을 더욱 공개적으로 알려 주었다. 사제 관계에 문제가 있다는 건 플로라의 격리와 떠남으로 인해 더욱 잘 알려지게 되었고, 또한 이런 관계 변화는 우리가 이제 정규 교육 시간을 지키지 않는다는 사실로 공지되었다. 아래층으로 내려가기 전에 그의 방문을 열어 보니 그는 이미 사라졌고, 아래층에 도착하고 나서야 그가 하녀 두 명이 보는 데서 그로스 부인과 플로라와 함께 아침 식사를 했다는 것을 알았다. 그러고 나서 산책을 나갔었다고 그는 나중에 말했다. 내 직책에 찾아온 갑작스러운 변화에 대해서 그가 그것처럼 솔직하게 의견을 표명한 행동도 없다고 나는 생각했다. 이제 남아 있는 가정교사 노릇이 무엇인지는 아직 결정되지 않았다. 그래도 허세 한 가지는 포기되었다는 사실은—특히 나 자신에게는—기이한 안도감을 가져다 주었다. 많은 것들이 수면 위로 불거져 나왔다. 가장 눈에 띄게 드러난 건 내가 마일스에게 가르칠 게 있다고 꾸며 대고 허세를 부리는 게 더는 어리석은 짓이라는 것이었다. 이것은 결코 지나친 말이라고 할 수 없다. 사제 관계의 허세가 이미 충분히 드러났기에, 마일스는 나보다도 그 자신이 더 적극적으로 나의 체면을 살려 주려고 암묵적인 작은 술수를 부리기까지 했다. 그래서 나는 그의 진정한 능력이 발휘되는 경우에* 내가 그를 만나야 하는 부담에서 해방시켜 달라고 그에게 간절히 바랄 수밖에 없었다. 아무튼 그는 이제 자유를 얻지 않았는가. 나는 다시는 그의 자유를 건드리지 않을 것이었다. 더욱이 지난밤 그가 공부방에 있는 나에게 왔을 때, 방금 벌어진 사건과 관련하여 도전을 하지도 않았고 암시를 하지도 않았다. 나는 이 순간부터 많은 다른 아이디어를 갖고 있었다. 마침내 그가 도착했을 때, 그동안 축적되어 온 내 문제에서 나온 아이디어를 그에게 적용하는 것이 어려움을 절실히 깨달았다. 겉보기에는, 지금까지 벌어진 일이 그 아름다운 작은 신사에게 아무런 오점이나 그림자를 남기지 않은 까닭이었다.

내가 일부러 행세하고 있는 신분을 집안 하인들에게 과시하기 위하여 나는 마일스와의 점심 식사를 아래층에다 준비하라고 지시했다. 나는 화려하게 장식된 식당에서 그를 기다렸다. 그 첫 번째 무서운 일요일 날, 식당 창문 밖에 퀸트의 유령이 두 번째로 나타났을 때 나는 그로스 부인에게서 그것에 대하여 환한 빛이라고는 할 수 없는, 어떤 섬광 같은 지식을 얻은 바 있었다. 그리고 이제 다시 이곳에서—나는

---

* 제자의 신분이 아니라 악령의 지시를 받는 어른스러운 마일스.

그것을 거듭거듭 느꼈는데—나의 균형 감각은 순전히 나의 강직한 의지에 달려 있다는 걸 알았다. 내가 이제 다루어야 하는 것이 혐오스럽게도 자연의 범위를 벗어난다는 진실에서 가능한 한 두 눈을 꼭 감아야 하는 것이었다. 나는 '자연'*을 내 편으로 삼고 또 내 얘기에 끌어들이면서 나아가야 함을 알았다. 또 나에게 닥친 이 기괴한 시련을 비정상적이고, 물론, 유쾌하지 않은 방향으로 끌고 가야 했다. 이 일은 결국 공정한 싸움이 되자면 통상의 인간적인 미덕의 나사를 한 번 더 비틀어 대야 하는 것이었다. 그렇지만 자신의 자아에 **모든** 자연을 부여하려는 일은 정말로 많은 책략을 필요로 한다. 내가 이미 벌어진 일**을 언급하지 않으려 하면서 어떻게 그 자연***을 약간이나마 도입할 수 있을 것인가? 반면에 내가 그 벌어진 일을 언급한다면, 어떻게 저 끔찍한 수수께끼 속으로 다시 뛰어들지 않을 수 있겠는가?

잠시 뒤 일종의 대답 같은 것이 내게 떠올랐다. 그 대답이 너무도 확실하게 보여서 나는 마일스의 희귀한 재능을 눈앞에 떠올리게 되었다. 그는 심지어 지금에 와서도—종종 공부 후에 그런 방식을 발견하기도 했지만—나의 긴장을 풀어 주는 어떤 미묘한 방법을 알고 있었

* 제8장에서 마일스를 가리켜 자연인이라고 했는데, 곧 마일스의 순수함을 가리킨다.
** 유령의 등장.
*** 제21장에서 가정교사는 이런 말을 한다. "두 남녀(유령)는 저 애들—그들의 친구들—을 자연이 할 수 있는 것보다 더 똑똑한 아이로 만들어 놓았어요." 이것은 아이들이 귀신 들렸다는 암시이다. 위에서 '자연의 범위를 벗어난다'는 것은 귀신 들린 상태를 가리킨다. 가정교사가 의미하는 '자연'은 아이들이 순진하여 어른의 합리적인 권유를 받아들이는 상태를 뜻한다. '모든 자연'은 부자연한 문제(귀신)를 토론해야 하는데 그것을 가능한 한 자연스럽게 해내야 한다는 것이다. '통상의 인간적인 미덕의 나사를 한 번 더 비틀어 대기'는 「나사의 회전」이라는 이 소설의 제목과도 관련되는데, 가정교사가 선생님으로서 자상하게 마일스를 대하는 것이 아니라, 강압하듯이 억지로 마일스의 자백을 받아 내는 것을 뜻한다. 다음 문단에 나오는 '무력의 팔뚝'이 이를 뒷받침한다.

다. 지난밤 우리가 두 시간 동안 정적을 함께 나눌 때, 그 정적도 완전히 없애 버리지 못한, 마일스의 그럴듯한 반짝거리는 눈빛에 어떤 광명의 여지가 있는 것이 아닐까? 그 광명이란 무엇인가? 이제 닥쳐온 소중한 기회가 도와준다면, 그처럼 재능이 많은 아이가 뛰어난 지능으로부터 얻어 낼 수 있는 도움을 거부한다는 것은 말이 되지 않는다는 사실이다. 만약 그를 구제하지 못하는 것이라면 지능이 무슨 소용이란 말인가? 마일스의 마음에 도달하기 위해서는, 그의 성격상 비위를 거스를지도 모르는 무력의 팔뚝을 길게 내미는 모험을 감행해야 하는 것이 아닌가? 우리가 식당에서 대면했을 때 그는 나에게 길을 보여 주는 것 같았다. 구운 양고기가 식탁 위에 놓여 있었고 나는 하인들을 물리쳤다. 의자에 앉기 전 마일스는 양손을 호주머니에 집어넣고 양고기를 잠시 내려다보더니, 그 고기에 대해서 뭔가 웃기는 얘기를 하려는 듯했다. 그러나 그는 곧 그 생각을 거두고 이렇게 말했다. "선생님, 플로라가 많이 아픈가요?"

"우리 플로라? 그렇게 많이 아프지는 않아. 곧 좋아질 거야. 런던에 가면 나을 거야. 블라이가 그 애의 체질과는 맞지 않는가 봐. 여기 와서 양고기를 먹도록 해."

그는 민첩하게 내 말을 따랐고, 조심스럽게 식판을 자기 앞까지 당기고, 자리에 앉아 계속 말했다. "갑자기 블라이가 플로라에게 맞지 않게 되었나요?"

"너도 알겠지만 그리 갑작스럽게 벌어진 일은 아니야. 우리는 이미 그것을 예견하고 있었어."

"그러면 왜 그 애를 그 전에 보내지 않았나요?"

"무엇 하기 전에?"

"그 애가 너무 아파서 여행을 할 수 없기 전에요."

나는 신속하게 대답했다. "그 애는 **너무 아파서** 여행을 못 하는 게 아니야. 여기에 좀 더 오래 머무른다면 그렇게 되었을 거야. 이게 딱 맞는 때야. 여행은 그 영향력을—오, 나는 얼마나 오만한 척했는지!—흩어 놓고 결국에는 사라지게 할 거야."

"그렇군요, 그래요." 마일스 또한 말이 난 김에 오만한 척을 했다. 그는 아주 매력적인 '식사 예절'을 발휘하며 식사를 했는데, 그가 학교에서 돌아온 날부터 나는 그의 식사 예절에 대해 질책해 본 일이 없었다. 퇴학당한 사유가 무엇이든 간에 식사 예절 불량은 아니었다. 언제나 그랬지만 그날도 흠잡을 데 없었다. 게다가 그는 주위의 사정을 평소보다 더 의식하고 있었다. 별 도움을 받지 않았는데도 아주 편안한 자세로 발견한 것들보다 더 많은 것들을 당연하게 여기려고 애를 썼다. 그는 주위 상황을 의식할 때면 평온한 침묵 속으로 빠져들었다. 우리의 식사는 아주 짧게 끝났다. 나는 헛되이 먹는 시늉을 했을 뿐이고 식기는 곧 치워졌다. 그동안 마일스는 호주머니에 두 손을 집어넣고 서서 내게 등을 돌린 채 넓은 창문 밖을 내다보았다. 과거에 나를 깜짝 놀라게 한 것을 목격한 창문이었다. 우리는 하녀가 우리 옆에 있는 동안에는 계속 침묵을 지켰다. 그 침묵은 내게 이런 변덕스러운 생각을 떠오르게 했다. 신혼여행 중에 여관에 든 신혼부부가 웨이터 앞에서 부끄러워하며 가만히 있는 침묵. 웨이터가 우리를 떠나가자 비로소 그가 내게 고개를 돌렸다. "자, 이제 단둘이 되었군요!"

23

"아, 뭐 그런 셈이지." 나는 창백한 미소를 지었다고 생각한다. "온전하게 단둘이 된 것은 아니고. 우리는 그것을 좋아하지 않잖니." 내가 말했다.

"그래요. 우리는 좋아하지 않죠. 물론 우리에게는 다른 사람들이 있죠."

"다른 사람들이 있지. 정말 그렇지." 내가 동의했다.

"그렇지만 그들이 있다고 해도," 그는 여전히 호주머니에 두 손을 넣은 채 돌아서서 내 앞에 섰다. "그들은 별로 중요하지 않아요, 안 그런가요?"

나는 그 상황에 최선을 다해 맞섰으나, 얼굴이 창백해지는 게 느껴졌다. "그건 네가 '별로'를 어떻게 정의하느냐에 달려 있지."

"그래요." 그가 내 말을 받아들였다. "모든 게 가변적이지요!" 이렇게 말하고서 그는 창문을 바라보더니 막연하면서도 불안하고 또 뭔가 아는 듯한 발걸음으로 창문 앞까지 걸어갔다. 그리고 거기 서서 유리창에 이마를 댄 채, 내가 너무나 잘 아는 짜증 나는 관목 덤불과 음산한 11월의 풍경을 명상하듯 쳐다보았다. 나는 언제나 '뜨개질'이라는 가식적인 일거리를 갖고 있고, 이제 소파에 앉아 그 뒤에 숨었다. 아이들이 나에게는 접근 금지된 어떤 것에 정신 팔린 순간이라고 할 수 있는, 그런 고문의 순간들이 오면 늘 나는 그 일거리로 자신을 지탱했다. 이제 나는 최악의 것을 예상하는 내 습관을 충실히 따를 준비가 되어 있었다. 그러나 나는 아이의 당황하는 등에서 어떤 의미를 추출하고 이제 나의 접근 금지가 해제되었다는 이례적인 인상을 받았다. 이런 짐작은 몇 분 사이에 점점 더 강렬해졌고, 접근 금지된 것은 확실히 그 애였다는 직접적인 지각과 단단히 연결이 되었다. 커다란 창문틀과 네모난 유리창들은 마일스로서는 일종의 패배를 알려 주는 이미지가 되었다. 아무튼 나는 그가 안에 갇혔거나 아니면 밖으로 쫓겨났다고 느꼈다. 그는 점잖았지만 편안하지는 않았다. 나는 가슴이 희망으로 고동치며 그것을 받아들였다. 그는 저 귀신 들린 창문을 통하여 자신이 볼 수 없는 무엇을 찾고 있는 것이 아닐까? 그에게 지금까지의 과정을 통틀어 이런 실패는 처음이 아닐까? 처음, 그야말로 처음. 나는 거기서 아주 훌륭한 조짐을 보았다. 그는 경계했지만 그것은 그를 초조하게 만들었다. 그는 하루 종일 초조해했다. 좋은 예절을 보이며 식탁에 앉아 있을 때에도 그 예절에 광택을 부여하기 위해서는 그 기이한 작은 머리를 계속 굴려야 했다. 마침내 그가 나를 보려고 고개를 돌렸을 때, 그 작은 머리는 거의 굴복한 것처럼 보였다. "블라이가 **저한테는** 어울려서 기쁘네요."

"지난 24시간 동안 너는 그 어느 때보다 블라이를 샅샅이 살펴본 것 같구나." 내가 용감하게 말했다. "난 네가 그 시간을 즐겼기를 바라."

"아, 그래요. 멀리까지 갔고 이 집 주위를 빙빙 돌았지요. 제법 멀리까지요. 그렇게 자유로울 수가 없었어요."

그는 확실히 그 나름의 예의를 갖추고 있었고 나는 간신히 그를 따라갈 수 있었다. "그래, 그게 마음에 들더냐?"

그는 거기 서서 미소를 지었다. 그리고 마침내 두 마디로 표현했다. "**선생님도** 그러시죠?" 그 두 마디에는 상당히 많은 뉘앙스가 깃들어 있었다. 내가 그 말에 상대하기 전에, 그는 그 말이 너무 거만하여 완화시킬 필요가 있다는 듯이 말을 이었다. "선생님이 그걸 받아들이는 방식도 아주 매력적이었습니다. 우리가 단둘이 있게 된다면 대체로 혼자 있게 되는 것은 선생님이니까요." 그가 잠시 뜸을 들이다 말했다. "선생님이 별로 신경 쓰지 않으시길 바랍니다!"

"너하고 상대하는 것을 말이니?" 내가 물었다. "얘야, 내가 어떻게 그 것을 신경 쓰지 않을 수 있겠니? 이제 너와 함께 있는 권리를 다 포기 했지만—너는 이제 내가 미치지 못하는 곳에 있으니까—그래도 그걸 무척 즐긴단다. 그게 아니라면 내가 여기 계속 머무를 이유가 없지."

그는 나를 빤히 쳐다보았는데, 전보다 더 심각해진 표정은 일찍이 내가 본 그 어떤 것보다 아름다웠다. "단지 그것 때문에 머무르시는 건 가요?"

"그럼. 난 너의 친구로서 또 너에 대하여 엄청난 관심을 갖고 있기 때문에 머무르는 거야. 너에게 좀 더 가치가 있는 일을 너에게 해 줄 수 있을 때까지. 이게 너를 놀라게 해서는 안 돼." 내 목소리는 떨렸고, 동요한 기미를 억누르기는 거의 불가능했다. "그 폭풍우가 내리던 날 밤에 내가 너의 침대가에 앉아 한 말을 기억하니? 내가 너를 위해서 해 주지 못할 일은 없다는 말?"

"예, 예!" 그는 점점 더 긴장했고 목소리를 다스리려고 애를 썼다. 하지만 그는 나보다는 자신을 더 잘 통제했고 그래서 심각한 표정을 지으면서도 웃음을 터트리며 우리가 마치 농담을 주고받은 것처럼 꾸며 댔다. "하지만 그건 저한테 **선생님**이 원하는 어떤 일을 시키기 위한 것 이었지요!"

"그래, 네게 뭔가 시키려는 것이기도 했지." 내가 동의했다. "하지만 너는 하지 않았어."

"아, 그래요." 그는 짐짓 밝고 진지한 표정을 지었다. "선생님은 제가 뭔가 말해 주기를 바라셨지요."

"바로 그거야. 곧바로 털어놓으라는 거였지. 네 가슴속에 있는 것들을 말이야."

"그럼 **그것** 때문에 여기 계속 머무르시는 건가요?"

그는 쾌활한 어조로 말했지만, 나는 거기에서 분개와 격정의 미세한 흔들림을 포착할 수 있었다. 그런 미세한 굴복의 기미가 나에게 준 충격을 제대로 표현하지 못하겠다. 그토록 바라던 것이 마침내 나타났으나 그건 그냥 나를 놀라게 하고 만 것처럼 보였다. "그래요, 전 그걸 시원하게 실토할 수도 있어요. 아마도 그것 때문이겠지요."

그는 아주 오래 뜸을 들였고 그래서 나는 내 행동의 바탕이 되어 온 그 전제 조건*을 부정하려고 저러나 보다고 생각했다. 하지만 그는 이윽고 이렇게 말했다. "지금 여기서요?"

"지금 여기보다 더 좋은 때와 장소가 있을까?" 그는 불안한 눈빛으로 주위를 돌아다보았고, 나는 그에게 즉각적인 공포가 다가오는 최초의 징후를 보았다는, 진귀한―아니 기이한!―느낌을 받았다. 그는 갑자기 내가 두려운 것 같았다. 나는 그것이 그가 고백하게 만드는 제일 좋은 것이라는 느낌이 들었다. 그러나 그렇게 하는 것이 너무 고통스러워서 나는 아이에게 너무 엄격하고 헛된 일이라고 생각하여, 그다음 순간 우스꽝스럽기 짝이 없이 부드러운 말을 내뱉고 말았다. "그래, 다시 밖으로 나가고 싶다는 거니?"

"정말로요!" 그는 내게 영웅적인 미소를 지어 보였다. 그 감동적이고 용감한 미소는, 고통으로 붉어진 얼굴로 인해 더욱 강조되었다. 그

* 유령의 출현.

는 가지고 온 모자를 집어 들었고 우뚝 선 채로 모자를 빙글빙글 돌렸다. 나는 이제 항구에 거의 다 도착했지만, 아이의 그런 모습을 보고 있자니, 내가 지금 무슨 짓을 하고 있는가 하는 기이한 공포에 휩싸였다. 무턱대고 고백을 받아 내려는 것은 폭력 행위였다. 그 행위의 본질은 힘없는 어린 소년에게 조악함과 죄책감을 억지로 밀어 넣는 것이나 다름없었다. 이 아이는 내게 아름다운 사제 관계의 여러 가능성을 보여 주기까지 하지 않았던가? 이처럼 아름다운 소년에게 저렇게 낯선 당황스러움을 안겨 주는 것은 너무 야비하지 않은가? 이 글을 쓰는 지금은, 그 상황에서 당시의 우리가 보지 못했던 명료함을 파악할 수 있다. 이제는 당시 우리의 불쌍한 두 눈이 곧 닥쳐올 고뇌를 예고하는 섬광으로 눈이 멀어 있었다는 것을 안다. 그래서 우리는 접전을 두려워하는 투사들처럼 공포와 망설임 주위를 빙빙 돌았다. 우리는 서로를 두려워했던 것이다! 그 때문에 우리는 좀 더 오래 미결정인 상태로 상처 입지 않고 지낼 수 있었다. "선생님에게 다 말씀드릴게요." 마일스가 말했다. "바라시는 것은 뭐든지요. 선생님이 여기 저와 함께 계시면 우리는 둘 다 괜찮아질 거예요. **정말로** 말씀드릴게요. **정말로**. 하지만 지금은 아니에요."

"왜 지금은 아니라는 거지?"

내가 채근하자 그 애는 내게서 돌아서서 다시 한 번 묵묵히 창문을 바라다보았다. 정적은 너무 괴괴하여 핀 떨어지는 소리도 들릴 정도였다. 그가 내 앞에 와서 섰다. 집 밖에서 누군가가 일이 있어서 그를 기다리는 듯한 표정으로. "루크를 만나 봐야 해요."

나는 일찍이 그 정도로 천박한 거짓말을 하도록 그를 몰아붙인 적이 없었고 그에 따라 수치심을 느꼈다. 비록 끔찍한 것이었으나 그의 거짓말은 나의 진실을 보충해 주었다. 나는 생각에 잠기면서 뜨개바늘을 몇 코 떴다. "그래, 그럼 루크를 만나러 가. 난 네가 약속을 지키기를 기다릴게. 그에 대한 보답으로 방에서 나가기 전에 아주 자그마한 부탁을 하나 들어줄래?"

그는 작전이 충분히 성공을 거두었으니 이런 작은 흥정쯤은 얼마든지 해 줄 수 있다는 표정이었다. "아주 자그마한—?"

"그래. 전체를 놓고 보면 아주 작은 부분이지." 나는 뜨개질에 몰두하는 척하면서 아무렇지도 않은 어조로 말했다. "어제 오후에 홀의 테이블에서 네가 내 편지를 가져갔니?"

24

그 애가 이 질문을 어떻게 받아들였는지에 대해 나는 1분 정도 주의가 크게 분산되어 파악하지를 못했다. 먼저 나는 벌떡 일어서면서 거의 본능적인 동작으로 아이를 붙잡아 내 쪽으로 끌어당겼다. 이어 가장 가까이 있는 가구를 지지물로 삼아 그 아이의 등을 창문 쪽으로 돌려세웠다. 유령이 우리 면전에 크게 출현하여 그것을 본격적으로 상대해야 했던 것이다. 피터 퀸트는 마치 형무소 앞의 보초병처럼 우리 눈에 크게 들어왔다. 그다음에 내가 본 것은, 밖에 있던 그가 창문으로 접근해 유리창에 얼굴을 착 붙여 실내를 응시하는 모습이었다. 다시 한 번 그 저주받은 하얀 얼굴을 식당 쪽으로 보여 준 것이다. 그 순간 내 결정이 내려졌다고 말하는 것은, 그 유령을 보는 순간에 벌어진 일을 개략적으로 말하는 것에 지나지 않는다. 유령에게 압도당한 여자가 그처럼 짧은 시간에 **행동** 통제권을 회복했다는 것은 믿기 어렵다. 유령이 나타난 그 창황한 순간에도, 나는 오로지 나만 그 유령을 보고 대면할 뿐, 아이는 그것을 알아서는 안 된다는 관점에서 행동했다. 나는—그것을 이 말 이외에 다른 말로는 형언할 수 없다고 본다—내가 자발적으로, 또 선험적으로 **할 수 있다**고 느꼈다. 그것은 인간의 영혼을 두고서 악마와 벌이는 싸움 같았다. 내가 그 상황을 꽤 파악하였을 때, 그 어린 영혼은—내가 겨우 팔 하나 거리에서 양손으로 붙들고 있는—사랑스러운 이마에 구슬 같은 땀을 흘리고 있었다. 내 얼굴에 가까운 아이의 얼굴은 유리창에 달라붙은 얼굴처럼 하얬다. 곧 소년의 입에서 낮지도 허약하지도 않은, 그러나 아주 먼 곳에서 나는 듯한 소리가 흘러나왔다. 나는 그 소리를 흘러가는 향기처럼 들이마셨다.

"예. 제가 가져갔어요."

그러자 나는 즐거움의 신음을 내면서 아이를 껴안고 더욱 가까이 끌어당겼다. 아이를 가슴에 안고 있는 동안, 나는 그의 몸이 갑자기 고열에 휩싸이고 또 그 작은 심장이 엄청나게 고동치는 걸 느낄 수 있었다. 나는 창문에 달라붙은 그것을 계속 쳐다보았고, 그것은 이제 움직이면서 자세를 바꾸었다. 나는 앞서 그것을 보초병에 비유했지만, 그 천천히 돌아서는 움직임은 패배한 짐승이 어슬렁거리는 듯했다. 그것에 맞서는 나의 용기는 두세 곱절로 불어났고, 그 힘은 너무 엄청나서 그것을 다 방출하지 않기 위해서, 비유적으로 말한다면, 그 용기의 불꽃을 어느 정도 식혀야 할 필요가 있었다. 한편 그 악마는 또다시 얼굴을 유리창에 딱 달라붙이고, 실내를 관찰하면서 기다리려는 양 시선을 고정시켰다. 이제 나는 자신감이 붙었고 또 아이가 유령의 출현을 의식하지 못한다는 것을 확신했으므로, 아이에게 더 물어볼 수 있겠다고 생각하여 이렇게 질문했다. "무엇 때문에 편지를 가져갔니?"

"선생님이 저에 대해서 뭐라고 쓰셨는지 보려고요."

"편지를 개봉했니?"

"네, 열어 보았어요."

나는 마일스를 약간 떼어 놓으면서 그 애의 얼굴을 쳐다보았다. 그의 얼굴은 조롱기가 완전히 가셔 있어서, 그가 얼마나 불안에 사로잡혀 있는지 보여 주었다. 정말로 놀라운 것은 마침내 나의 성공으로 인해 그의 감각이 닫히고 소통이 멈추었다는 것이다. 그는 주위에 뭔가 있다는 것을 알았지만 그게 무엇인지는 몰랐고, 더욱이 내가 그 뭔가를 의식할 뿐만 아니라 그게 무엇인지 알고 있다는 것도 몰랐다. 그때 창문 쪽으로 다시 시선을 돌려 보니, 창문에는 아무것도 없었다. 나의 개인적 승리를 통하여 유령의 영향력이 사라져 버렸으니, 이런 수고쯤이야 무어 그리 대수로울 것인가? 창문에는 아무것도 없었다. 이제 대의는 나의 것이었고 나는 확실히 **모든 것**을 거머쥘 수 있었다. "너는 이제 아무것도 발견하지 못할 거야." 나는 의기양양하게 말했다.

그는 아주 슬프고 깊은 생각에 잠기면서 작은 머리를 흔들어 댔다. "아무것도 없어요."

"아무것도, 아무것도!" 나는 거의 기쁨에 차서 소리쳤다.

"아무것도, 아무것도!" 그는 슬픈 목소리로 반복했다.

나는 그의 이마에 키스했다. 이마가 땀에 젖어 있었다. "그래서 편지를 어떻게 했니?"

"불태워 버렸어요."

"불태워 버렸다고?" 이제 지금이 아니면 기회는 다시 없었다. "그게 네가 학교에서 한 짓이니?"

아, 이 질문이 얼마나 많은 것을 불러냈던가! "학교에서 말이에요?"

"편지를 훔쳤니 아니면 다른 짓을 했니?"

"다른 짓요?" 그는 이제 아주 멀리 떨어진 어떤 것을 생각하는 듯했고 그것은 불안의 압박을 통해서만 그에게 도달하는 것 같았다. 아무튼 그에게 도달했다. "제가 훔쳤느냐고요?"

나는 머리카락 뿌리까지 붉어지는 것을 느꼈다. 동시에 이런 의아함도 들었다. 신사에게 그런 질문을 하는 것과, 그 신사가 선선히 그것을 시인하여 세상 속에서 자신이 아주 타락했음을 보여 주는 것, 이 둘 중에 어떤 쪽이 더 이상한가. "그것 때문에 돌아갈 수 없는 거니?"

그는 약간 오싹해하면서 놀랐을 뿐이었다. "제가 돌아갈 수 없다는 걸 아셨나요?"

"나는 모든 것을 알고 있어."

이 말에 그는 아주 오랫동안 기이한 표정을 지어 보였다. "모든 것을요?"

"모든 것을. 그래서 너는—?" 하지만 나는 그다음 말을 다시 할 수가 없었다.

마일스는 아주 간단하게 말했다. "아니요. 훔치지 않았어요."

내 얼굴은 그에게 그의 말을 완전히 믿는다는 표정을 보여 주었다. 그렇지만 나의 두 손은—아주 부드럽게 움직였지만—그 이유를 묻는 듯이 그를 흔들어 댔다. 그것이 아무것도 아닌 일이었다면 왜 지난 몇 달 동안 나를 그토록 고문했는가? "그럼 도대체 무슨 짓을 했니?"

그는 막연한 고통을 느끼며 방의 천장을 둘러보았고 아주 힘들게 숨을 두세 번 들이쉬었다. 그는 바다 밑바닥에 서서 어떤 희미한 초록의 여명을 찾아내기 위해 눈을 치뜨고 있는 것 같았다. "저는— 무서운 말들*을 했어요."

"그것뿐이야?"

"학교는 그거면 충분하다고 여기지요."

"너를 퇴학시키는 데?"

이 어린아이만큼 '퇴학' 사유가 경미한 아이도 없을 것이다! 그는 내 질문을 찬찬히 생각하는 듯했지만 아주 초연하고 무기력한 태도였다. "제가 그런 말을 하면 안 된다고 생각해요."

"그럼 그런 말을 누구한테 했니?"

그는 분명 기억하려고 애썼으나 곧 그만두었다. 잊어버린 것이다. "잘 모르겠어요!"

그는 항복하여 착잡한 듯이 내게 미소를 지어 보였다. 그 항복 상태는 너무나 완벽하여 나는 문제를 그 정도로 끝냈어야 했다. 하지만 나는 승리에 도취하여 눈이 멀었다. 그때에도 나를 그에게 가깝게 다가가도록 한 효과는 이미 그와 나를 더욱 멀리 떼어 놓고 있었다. "누구한테나 다 그런 말을 했니?" 내가 물었다.

"아니요. 그건—" 그는 약간 머리를 흔들었다. "그 애들의 이름은 기억나지 않아요."

"그럼 그런 애들이 많았다는 거니?"

"아니요. 몇 명 안 돼요. 제가 좋아하는 애들이었어요."

이 애가 좋아하는 아이들? 점점 상황이 명료해지는 게 아니라 나는 더욱 깊은 어둠 속으로 밀려 들어가는 것 같았다. 그 순간 연민이 몰려

* 제21장의 가정교사와 그로스 부인의 대화에서 부인이 플로라가 '무서운 말들'을 했다고 말했을 때처럼, 그 말들이 구체적으로 무엇이었는지는 독자들의 상상에 맡겨져 있다.

와, 혹시 그가 무고한 것이 아닐까, 하는 무서운 경고음이 머릿속에 울려 퍼졌다. 그것은 혼란스럽고 바닥 모를 질문이었다. 만약 그가 무고하다면 내 입장은 도대체 뭐가 되는가? 그런 순간적인 질문이 온몸을 마비시켜 나는 그를 잠시 놓아주었다. 그는 숨을 깊이 들이쉬면서 나에게서 약간 떨어졌다. 그가 아무것도 없는 창문 쪽으로 얼굴을 돌렸을 때 나는 거기에 장애가 되는 것이 아무것도 없다고 생각하며 놔두었다. "그리고 아이들이 네가 한 말을 퍼트렸니?" 내가 잠시 뒤에 물었다.

그는 곧 내게서 약간 떨어졌다. 여전히 힘들게 숨을 쉬었고 자신이 본인의 뜻과는 다르게 구속되어 있다는 표정을 지었으나 그에 대하여 분개하는 기색은 없었다. 다시 한 번 그는 아까 그랬던 것처럼 어두운 천장을 쳐다보았다. 마치 지금까지 그를 지탱해 오던 것 중에서 형언할 수 없는 불안을 빼놓고는 아무것도 남아 있지 않은 듯이. "아, 그래요," 그렇지만 그는 대답했다. "아이들이 그 말을 반복했어요. **그 애들이 좋아하는 다른 아이들에게요.**" 그가 덧붙였다.

그건 내 기대에 미치지 못한 대답이었다. 하지만 나는 그것을 곰곰 생각해 보았다. "그럼 그런 것들이 돌고 돌아서—?"

"선생님들 귀에 들어갔느냐고요? 아, 그랬어요." 그가 아주 간단하게 대답했다. "하지만 저는 그 애들이 말할 줄 알지 못했어요."

"선생님들? 그들은 말하지 않아. 절대로 말하지 않는다고. 그래서 내가 너한테 물어보는 거야."

그는 열이 오른 아름다운 얼굴을 다시 내게로 돌렸다. "그래요, 그건 너무 나쁜 거였어요."

"너무 나쁘다고?"

"제가 때때로 말한 거 말이에요. 집에다 그걸 편지로 알리다니."

나는 이런 화자가 이런 말에 부여한 저 절묘한 모순의 슬픈 감정을 형언하지 못하겠다. 그다음 순간에 나는 노골적으로 내질렀다. "쓸데없는 헛소리!" 하지만 그다음 말은 좀 더 가혹하게 들렸을 것이다. "도대체 그 무서운 말들이라는 게 뭐니?"

나의 가혹함은 그를 심판하고 그를 단죄하려는 것이었다. 그래서 그는 다시 나를 피하려 했고, 그런 움직임에 나는 단번에 뛰어올라 억누를 수 없는 소리를 내지르며 그에게 직접 달려들었다. 또다시 저 유리창에는 그의 고백을 무효화하고 그의 답변을 제지하려는 듯이, 저 끔찍한, 우리 슬픔의 원인 제공자가 나타났기 때문이다. 그 저주하는 하얀 얼굴이. 내 승리가 사라지고 싸움이 다시 시작되자 나는 메스꺼움이 올라오고 온몸이 빙빙 도는 것 같았다. 내가 갑자기 뛰어올라 아이를 붙잡은 것은 오히려 유령의 존재를 더욱 분명하게 드러낸 꼴이 되고 말았다. 이러는 도중에 나는 아이가 문득 짐작을 하며 그 유령을 맞이하려는 것을 보았다. 그리고 그가 짐작만 하고 있다는 것을, 그의 눈에는 창문에 달라붙은 유령이 보이지 않는다는 것을 파악하고서, 최고조에 달한 아이의 불안을 그의 해방에 대한 확정적 증거로 만들려는 강렬한 충동을 터트렸다. "더 이상은 안 돼, 더 이상은 안 돼, 더 이상은 안 돼!" 나는 아이를 꼭 끌어안으면서 방문자에게 소리쳤다.

"그녀가 **여기에** 있나요?" 마일스가 눈을 감은 채 내 말이 퍼져 나가는 방향을 파악하면서 헐떡였다. 그의 이상한 "그녀"라는 말에 나는 비틀거리고 숨을 헐떡이며 그 말을 반복했다. "제슬 양, 제슬 양!" 그가 갑자기 화를 내며 나를 뒤로 밀쳤다.

나는 멍한 상태로 그가 무엇을 추측하는지를 파악했다. 그는 이것이 우리가 플로라에게 했던 것의 연장이라고 생각하는 듯했다. 하지만 그런 추측 때문에 나는 오히려 이 사태가 그보다는 더 낫다는 것을 보여 주고 싶어졌다. "이건 제슬 양이 아니야! 그건 창문에 와 있어. 바로 우리 앞에 있다고. 그건 **저기에** 있어. 저 비겁한 공포가 마지막으로 나타났어!"

그러자 그는 잠시 냄새를 놓친 개처럼 머리를 움직이더니, 이어 숨을 들이쉬고 빛을 얻기 위하여 미친 듯이 머리를 흔들어 댔다. 그는 당황하여 얼굴이 하얘지도록 내게 화를 내고, 식당 안을 헛되이 돌아다보았으나, 내가 느끼기에 그 방을 가득 채우고 있는 그 독기, 그 넓고 압도적인 현전現前은 전혀 보지 못했다. "그건 **그**인가요?"

나는 모든 증거를 확보해야겠다고 단단히 마음먹었고, 순간 얼음 같은 냉정함을 회복하여 그에게 질문을 던졌다. "'그'라니, 누구를 말하는 거지?"

"피터 퀸트— 이 악마야!" 그의 얼굴이 또다시 방 안을 둘러보면서 경련하고 또 애원했다. "어디에?"*

그의 말은 아직도 내 귀를 맴돌고 있다. 마침내 그 이름을 말하고, 나의 헌신에 찬사를 바치던 그 말이. "애야, 그가 이제 무슨 문제가 된다는 거니? 그가 도대체 무슨 문제야? 나는 너를 차지했어." 나는 그 짐승을 비난했다. "하지만 그는 영원히 너를 잃어버렸어!" 이어 내가 한 일을 증명하기 위해 "저기, 저기야!" 하고 나는 마일스에게 말했다.

하지만 그는 이미 몸을 홱 돌려서 또다시 뚫어져라 앞을 응시했으나 고요한 대낮 풍경만 보일 뿐이었다. 내가 그처럼 자랑스럽게 여기

---

* 이 악마가 가정교사를 가리키는 것인지, 아니면 피터 퀸트를 가리키는 것인지 독자들에 따라 견해가 엇갈린다.

는 그것의 '상실'에, 그는 절벽 아래로 내던져진 사람처럼 비명을 질렀고, 나는 손을 뻗어 그를 붙잡으려 했으나 이미 추락 중인 사람을 잡으려는 것에 지나지 않았다. 물론 나는 그를 붙잡았고 안고 있었다. 아주 열정적으로. 그러나 1분 뒤에 나는 내가 안고 있는 것이 진정 무엇인지 느끼기 시작했다. 우리는 창밖의 고요한 대낮과 함께 마침내 우리끼리만 있게 되었으나, 악령이 떨어져 나간* 그의 작은 심장은 이미 멈추어 있었다.

---

* 원문인 dispossessed에는 여기서 '귀신 들림에서 벗어나다'라는 뜻 외에도 '소유로부터 벗어나다'의 뜻도 있다. 가정교사를 미친 여자로 보는 독자는 마일스가 그 여자의 지나친 소유 집착증에서 벗어났다고 해석한다. 실제로 제17장 끝부분에는 가정교사가 "다시 한 번 그 아이를 소유할possess 수 있는 기회를 붙잡았다"라는 말이 나온다. 마일스의 죽음에 대해서는, 악령이 떨어져 나간 타락한 마일스가 악의 정체성을 잃어버렸으므로 사망했다, 가정교사의 소유욕으로부터 해방되기는 했지만 그녀의 지나친 심리적 압박을 이기지 못하고 사망했다, 가정교사가 마일스를 악령으로부터 보호하려고 무진 애를 썼으나 결국 악령이 마일스를 데려갔다, 마일스는 선과 악의 갈등에서 선이 이기는 순간 극도로 피로해져서 사망했다, 마일스는 사실상 서장에 나오는 더글러스와 동일한 인물이므로 여기서 마일스의 죽음은 상징적인 것일 뿐 실제로 죽은 것은 아니다 등 다양한 해석이 있다.

정글의 짐승
The Beast in the Jungle

1

그들이 만나는 과정에서 그를 놀라게 한 그 말이 어떻게 시작되었는지는 별로 중요하지 않다. 그 자신이 아마도 별다른 의도 없이 내뱉은 몇 마디 말이 그 근원이었을 테니까. 그는 아마도 그 여자를 다시 만나 한자리에 머물다가 천천히 함께 움직이면서 그 말을 했을 것이다. 그는 한두 시간 전에 친구들에 의해 그녀가 머물고 있는 집으로 마차를 타고 갔다. 그 친구들은 그 집 말고 다른 집을 방문 중이었는데, 그도 방문객 중 한 사람이었다. 언제나 그러했지만, 그가 보기에, 그런 친구들 덕분에 그는 많은 사람들 사이에서 슬쩍 숨어 있었는데, 그러다가 다른 집 점심 식사에 초대를 받았던 것이다. 점심 식사 후에 친구들은 뿔뿔이 흩어졌다. 원래의 방문 목적대로 웨더엔드 저택과 그곳에 소장된 아름다운 물건들, 저택 특유의 구조, 그림들, 조상 대대로 내려오는 가보들, 보물급의 온갖 예술 작품들을 구경하기 위해서였다. 실제로 그 저택은 이런 물건들로 명성이 높았다. 그 저택에는 커다란 방들이 너무 많아서, 손님들은 마음대로 돌아다니다가 원래 무리에서 떨어져 뒤처질 수도 있었다. 또 방문객들이 이런 것들을 아주 진지하게 여기는 전문가들이라면 그 물건들을 찬찬히 살펴보거나 평가해 볼 수도 있었다. 그래서 좀 후미진 구석에서 허리를 구부리고 양손을 무릎 위에 올려놓고 고개를 끄덕거리면서 그런 물건들에서 풍기는 멋진 향기에 찬탄하는 사람을 쉽게 볼 수 있었다. 사람들은 혼자 혹은 여럿이 떼 지어서 감상했다. 구경꾼이 두 사람일 때에는 황홀한 탄성을 내지르는가 하면 그보다 더 의미 깊은 침묵 속으로 빠져들기도 했다. 그리하여 마처가 볼 때, 이런 관람 행위는 떠들썩하게 공고된 경매 직전에 '둘러보는 것' 같은 분위기—상황에 따라 구매에 대한 꿈을 자극하기도 하고 혹은 죽여 버리기도 하는—를 풍겼다. 웨더엔드 저택에서의 구매에 대한 꿈은 변폭이 아주 컸음에 틀림없었는데, 존 마처는 구경꾼들이 은근히 내뱉는 말들 사이에서, 뭔가를 아주 잘 아는 사람들 못지않게 뭔가를 아주 모르는 사람들 때문에 당황하게 되었다. 그 저택의 커다란 방들은 그에게 엄청난 시정詩情과 역사적 느낌을 안겨 주었고, 그래서 그 방들과 적절한 관계를 유지하기 위해서 좀 멀찍이 떨어져 있어야 할 필요가 있었다. 하지만 마처의 충동은 일부 구경꾼들의 움직임처럼, 뭐라고 할까, 찬장 속의 음식물 냄새를 맡으려고 어슬렁거리는 개의 움직임에 비유될 수 있는 것은 아니었다. 그리하여 그 충동은 그가 전혀 예상하지 못했던 방향으로 그를 이끌었다.

그는 곧 그 10월의 오후에 메이 바트램과 다시 만나게 되었다. 그녀의 얼굴은 마처에게 뚜렷하지는 않더라도 뭔가를 희미하게 기억나게 했다. 그들은 아주 기다란 테이블에 멀찍이 떨어져 앉아 있었는데, 마처는 그런 회상이 즐겁게 떠오르는 게 아니라 다소 곤혹스러웠다. 그 기억은 그가 시작 부분을 망각해 버린 어떤 사건의 후속처럼 그에게 다가왔다. 그는 그것을 알아보았고 또 그 자체를 환영했지만 무엇이 계속되고 있는지는 알지 못했다. 하지만 그 회상은 흥미롭고 즐거웠고, 그 젊은 여자가 그것의 실마리를 잃지 않았다는 사실—여자로부터 직접적인 표시가 없었음에도—을 마처가 의식하면서 더욱 흥겨운 것이 되어 갔다. 그녀는 그 실마리를 잃지는 않았지만 그가 알려 달라고 손을 내밀지 않는 한 그에게 되돌려 주지 않으리라는 것을, 그는 알았다. 그뿐만 아니라 그는 그 밖의 여러 가지 것들도 알고 있었다. 그 것들은 현재의 이런 상황, 즉 여러 사람들이 무리를 지어 돌아다니다가 우연히 만나게 된 걸 감안하면 더욱 기이했다. 게다가 그는 과거에 그 여자를 만난 적이 있다고 하더라도 그리 중요한 사건은 아니었을 것이라고 생각하고 있었다. 한데 별로 중요한 것이 아니었다면 왜 그녀를 보고 이처럼 중요한 인상이 드는지 그는 의아했다. 그 대답은 이러했다. 그들이 당시에 영위하고 있던 생활 형편에 따라, 사건들이 발생하는 대로 그 인상을 간직했기 때문이다. 그는 자신이 왜 그렇게 생각하는지 조금도 알 수 없었지만 그 젊은 여자가 그 저택에서 가난한 친척 자격으로 식객 노릇을 하고 있다고 보았다. 따라서 그녀는 그 집에 잠시 다니러 온 것이 아니고 그 집의 한 부분이었다. 그 집에서 일을 해 주면서 보수를 받는 한 부분 같은 사람. 그녀는 한동안 그 저택에서 보호받지 않았을까? 가령 손님들에게 그 저택을 안내하고 설명해 주거나, 성가신 사람들을 처리하거나, 건물의 건축 연대, 건축 양식, 그림을 그린 화가들, 유령들이 잘 나오는 곳 등에 관한 질문에 대답을 해 주고 보수를 받으면서 말이다. 그녀의 표정으로 보아 팁으로 몇 실링을 건네주어야 할 것 같지는 않았다. 그녀는 전혀 그렇게 보이지 않았다. 그러나 마침내 그녀가, 눈에 띄게 잘생겼으나 과거에 그녀가 본 것보다 훨씬 더 나이 든 그에게 다가온 것은, 그녀 나름대로 추측을 했기 때문이었다. 지난 두 시간 동안 그는 그 외의 어떤 것들보다 더 그녀에게 정신이 팔려 있었고, 그래서 남들은 우둔해서 알 수가 없는 어떤 진실을 통찰했을 것이라고 그녀는 짐작했다. 그녀는 그 어떤 사람보다도 어려운 생활 조건에 있었다. 그녀는 지난 세월 동안 이런저런 고통을 당한 사람으로서 그 자리에 서 있었다. 그도 그녀를 기억하기는 했지만 그녀가 그를 훨씬 많이 그리고 훨씬 잘 기억했다.

이렇게 해서 두 사람이 서로 말을 나누게 되었을 무렵, 그들은 벽난로 위에 멋진 초상화가 걸려 있는 방에 단둘이 남게 되었다. 다른 친구들은 그 방에서 모두 빠져나갔다. 정말 매력적인 점은, 그들이 막상 대화를 나누기도 전에 무언의 소통으로 뒤에 남자고 서로 다짐했다는 것이었다. 다행스럽게도 매력은 다른 부분에도 있었는데, 그 방은 웨더엔드 저택에서 별 구경거리가 많지 않은 방이었다는 점도 그중 하나였다. 또한 가을날이 저물어 가면서 햇빛이 높은 창문들 사이로 천천히 흘러들어 오는 것도 매력적이었다. 낮게 드리운 침침한 하늘 밑에서부터 터져 나온 붉은 햇빛이 낡은 벽면, 오래된 양탄자, 오래된 색깔 위에 길게 수직으로 희롱거리는 것도 매력적이었다. 무엇보다도 그녀가 그에게 다가온 그 방식이 매력적이었다. 그녀는 단순한 사람들을 많이 상대했던지라, 그가 과거의 일을 모르는 척 의뭉을 떨 거라면 자신이 저택에서 손님들에게 해 주는 일반적인 일을 자신에게 요청하는 척하면 된다는 태도였던 것이다. 그러나 그가 그녀의 목소리를 듣는 순간, 기억의 간격은 메워졌고 사라진 연결고리는 제공되었다. 그가 그녀의 태도에서 짐작했던 저 희미한 겉꾸림은 그 힘을 잃어버렸다. 그는 그녀보다 앞서 달리려는 듯이 그 기회를 거의 뛰어오르듯 붙잡았다. "여러 해 전에 로마에서 당신을 만난 적이 있어요. 전 그 일을 모두 기억하고 있어요." 그녀는 다소 실망스럽다고 고백했는데, 그가 그 일을 기억하지 못하리라고 확신했던 까닭이다. 그는 그 일을 얼마나 잘 기억하고 있는지 증명이라도 하려는 듯이 머릿속에 떠오르는 몇 가지 장면들을 좔좔 말하기 시작했다. 이제 그의 회상을 도와주는 그녀의 얼굴과 목소리는 경이로운 효과를 발생시켰다. 점등 인부의 횃불이 길게 열 지은 가스등을 하나씩 하나씩 점등하여 일으키는 듯한 인상이었다. 마처는 그 기억의 등이 켜지는 효과가 정말로 인상적이라고 생각하며 기분이 좋아졌다. 과거의 기억을 빨리 일깨우려하다 보니 대부분의 사실을 엉뚱하게 기억하고 있다고 그녀가 지적하자 더욱 기분이 좋아졌다. 그건 로마가 아니라 나폴리였고 8년 전이아니라 근 10년 전이었다. 또 그녀는 삼촌과 숙모와 함께 있었던 것이아니라 어머니와 오빠와 함께 있었다. 그는 펨블 부부의 집에 머무른것이 아니라 보이어 부부의 집에 머무르다가 그들과 함께 로마에서나폴리로 내려왔다고도 했다. 이 점에 대하여 그녀가 고집하는 바람에 그는 약간 당황하기도 했는데 그녀는 즉각 증거를 내놓았다. 그녀는 보이어 부부는 알지만, 펨블 부부에 대해서는 소문만 들었을 뿐 알지는 못한다고 말했다. 그리고 보이어 부부 덕분에 그녀가 그를 만나게 되었다는 것이다. 갑작스럽게 쏟아지는 폭우를 만나 동굴에 대피

했던 사건은 카이사르 가문의 궁에서가 아니라 폼페이에서 벌어진 일이라는 것이었다. 당시 그들은 그곳의 중요 발굴품들을 관람하러 내려가 있었다.

그는 그녀의 수정을 즐거운 마음으로 받아들였는데, 그녀가 말하려는 요점은 그가 그녀에 대해서는 제대로 기억하는 것이 별로 없다는 점이었다. 하지만 모든 것이 역사적으로 입증된다면 기억해야 할 것이 아무것도 남지 않게 될 터이므로 그는 제대로 다 기억하는 것이 오히려 결점이 되는 게 아닐까 하고 생각했다. 그들은 이제 함께 머물렀는데 그녀는 자신의 직무를 소홀히 했고—그가 그토록 똑똑하게 나오자 그녀는 그에게 해 줄 말이 별로 없었다—두 사람은 그 저택을 무시해 버렸다. 그러면서 한두 가지의 기억이 더 떠오르지 않을까 하고 기다렸다. 그들이 각자 기억 속에서 가지고 있는 상대방의 일들을 카드 패처럼 모두 테이블 위에 올려놓는 데에는 그리 오랜 시간이 걸리지 않았다. 그 결과 그 기억의 카드 패는 다행스럽게도 완전하지 않은 것으로 판명되었다. 당연한 일이지만 환기되고, 불려 들어오고, 북돋워진 과거는 그들에게 그 과거가 가지고 있는 것 이상을 가져다주지는 못했다. 그들은 아주 오래전에 만났는데, 그녀는 스무 살이고 그는 스물다섯 살이었다. 그들은 서로에게 그 과거란 것이 참으로 기이하다고 서로에게 말하는 듯했다. 과거에 함께 시간을 보내기는 했지만 그것이 그들에게 해 준 것은 별로 없었다. 그들은 그 과거의 사건이 마치 실종된 것처럼 서로를 쳐다보았다. 저 멀리 떨어진 외국에서의 사건이 그토록 빈약한 것이 아니었더라면 현재는 훨씬 더 상황이 좋았을 것이다. 과거에 그들 사이에 벌어진 일은 다 합쳐 보아야 10여 건의 사소한 사건들에 지나지 않았다. 청춘의 사소한 일들, 세상 물정 모

528

르는 자의 단순함들, 무지의 어리석음들, 이런 자그마한 보석 같은 일들은 이제 너무 깊이 파묻혀서—그렇게 보이지 않는가?—오랜 세월이 지난 지금 밖으로 비집고 나올 수가 없었다. 마처는 과거에 그녀에게 몇 가지 그럴듯한 일을 해 주었더라면 더 좋았을 걸 하고 느꼈다. 가령 나폴리만에서 배가 뒤집어져서 그녀를 구조해 준다든지, 나폴리 거리에서 노상강도가 그녀의 마차에서 탈취할 수도 있는 화장 가방을 되찾아 준다든지 말이다. 혹은 그가 호텔에 혼자 있으면서 열병에 걸려 쓰러졌을 때 그녀가 그를 간호하러 와 주고, 그의 집안사람들에게 편지를 대신 써 주고, 회복기에는 그와 마차 드라이브를 했더라면 과거의 기억이 더 멋졌을까? 그렇다면 그들은 실제의 기억에서 결핍되어 있는 듯 보이는 어떤 것을 소유하게 되었으리라. 그렇지만 이런 회상도 너무 좋아서 결코 망쳐 버릴 수 없는 어떤 것을 제시했다. 그래서 그들은 몇 분 동안 왜 자신들의 재회가 이토록 오래 미루어졌는지—그들이 서로 알고 있는 사람들도 꽤 되므로—참으로 의아해했다. 그들이 재회라는 말을 쓰지는 않았지만, 다른 사람들에게 합류하는 걸 자꾸만 미루게 되는 것은 그 재회가 실패작이 되지 않기를 바라는 고백이나 다름없었다. 오랫동안 재회하지 못한 이유를 알아내려고 애쓰다 보니 그들이 상대방에 대해서 아는 것이 별로 없다는 게 자연스럽게 드러났다. 실제로 어느 순간 마처는 어떤 아픔을 뚜렷이 느끼기도 했다. 그녀가 오랜 친구인 것처럼 허세를 부리는 것은 쓸데없는 노릇이었다. 과거에 알던 친구들은 모두 사라졌기 때문이다. 그렇지만 그녀를 오랜 친구로 바라보는 것이 그에게 더 적절할 듯싶었다. 그는 새로운 친구들이 충분히 있었다. 가령 웨더엔드로 이동하기 전의 집에서는 그런 친구들에게 둘러싸여 있었다. 새로운 친구 자격으로 그녀를 쳐다보았다면 그는 아마도 그녀를 주목하지 않았을 것이다. 그러니 마처는 오랜 친구라는 시나리오를 유지하기 위해 자신이 뭔가를 꾸며 낼 수만 있었다면 혹은 과거에 뭔가 낭만적이고 중요한 사건이 실제로 벌어졌다고 그녀가 꾸며 내기라도 했으면 좋겠다는 심정이었다. 그는 상상력을 발휘하여—마치 시간을 거슬러 올라가듯이—그런 허구에 적합한 어떤 것을 궁리해 내려 했는데, 만약 그런 것이 등장하지 않으면, 이 새로운 시작의 그림은 출발부터 아주 어색한 실패작으로 끝나고 말 것이었다. 그렇게 되면 그들은 헤어지게 될 것이고 이제 두 번째 혹은 세 번째 기회는 없을 것이었다. 나중에 그가 혼자서 짐작한 바지만, 바로 그 순간에, 상상으로 이야기를 꾸며 내는 데 실패한 그 고비에서, 그녀는 상황을 구제하기 위해 그 문제를 거론하기로 결심했다. 그녀가 조금 전까지는 의식적으로 가능하면 그 얘기를 하지 않고 대화를 진행하려 애썼다고 말하는 순간, 그는 깨달았다. 그녀의 그런 망설임은 그에게 엄청난 감동을 주었고, 3~4분이 지나자 그는 그 감동이 어느 수준인지 측정할 수 있었다. 아무튼 그녀가 그 얘기를 꺼내자, 어둠은 가시고 공기는 청정해졌으며, 사라진 연결고리가 제공되었다. 어떻게 경박스럽게도 그런 연결고리를 잊어버릴 수 있었는지 그는 너무나 이상했다.

"당신은 내게 뭔가를 말했어요. 나는 그것을 전혀 잊어버리지 않았고 그때 이후 그것 때문에 거듭하여 당신을 생각하게 되었어요. 아주 무더운 날이었고, 우리는 시원한 바람을 쐬러 나폴리만 너머 소렌토로 가고 있었죠. 그리고 돌아오던 길에 우리는 배의 차양 밑에서 시원한 바람을 즐기며 앉아 있었고, 그때 당신이 문제의 그 말을 내게 했어요. 잊어버렸나요?"

그는 잊어버렸고, 그것에 대하여 부끄럽다기보다는 크게 놀라는 심정이었다. 그러나 정말 멋진 것은, 그녀가 어떤 '달콤한' 말을 천박하게 상기시키고 있는 게 아니라는 점이었다. 여자들의 허영심과 관련된 일은 오랫동안 기억되는데, 그녀는 그에게 칭찬 혹은 실수의 말을 상기시키려는 것이 아니었다. 다른 여자였더라면, 그는 어떤 바보 같은 '청혼' 얘기가 나올지 모른다고 두려워했을 것이다. 그래서 그가 정말로 잊어버렸다고 말했을 때 그는 이득보다는 손실을 의식했다. 그는 그녀가 말한 그 일에 흥미를 느꼈다. "생각해 보았지만 모르겠군요. 하지만 소렌토에 갔던 날은 기억합니다."

"당신이 정말 기억하는지 확신이 서질 않는군요." 메이 바트램이 잠시 뒤 말했다. "또 내가 당신이 꼭 기억하기를 바라는지도 확신이 서지 않아요. 어떤 사람에게 10년 전의 어느 때를 상기시킨다는 건 지겨운 일이니까요. 만약 당신이 그날에서 떨어져 살아왔다면," 그녀는 미소 지었다. "그건 그만큼 더 잘된 일이에요."

"당신은 그렇게 하지 않았는데 왜 나는 그렇게 해야 됩니까?"

"그러니까 과거의 나 자신으로부터 떨어져서 살아온 것 말인가요?"

"과거의 나로부터 떨어져서 산 것요. 물론 나는 바보였지요." 마처가 계속 말했다. "하지만 당신이 마음속에 뭔가 할 말이 있는 그 순간부터, 아무것도 모르는 것보다는 내가 어떤 바보였는지 아는 게 더 중요하다고 생각합니다."

그렇지만 그녀는 아직도 망설였다. "하지만 당신이 더 이상 그런 바보가 아니라면—?"

"아니에요. 그러면 그것을 더 잘 견딜 수 있겠지요. 게다가 나는 아직도 바보일지 모릅니다."

"어쩌면요. 하지만 여전히 그렇다면," 그녀가 덧붙였다. "그때 했던 말을 기억하리라 짐작되는데요. 내 마음속에서 당신은, 방금 말한 것처럼 '바보' 같은 인상은 전혀 없어요. 만약 내가 당신을 바보스럽다고 생각했다면," 그녀가 설명했다. "내가 들었던 그 말은 그토록 오랫동안 내 머릿속에 남아 있지 않았을 거예요. 그 말은 당신 자신에 관한 것이에요." 그녀는 그가 혹시 기억하는가 싶어서 기다렸다. 하지만 그가 의아한 표정으로 그녀의 눈을 바라보며 기억하는 기미를 전혀 보이지 않자, 그녀는 배수의 진을 치면서 앞으로 나섰다. "그 일이 당신에게 벌어진 적이 있나요?"

바로 그 순간, 그녀를 계속 응시하던 그에게 어떤 빛이 비춰 들었고, 그 인식의 효과로 그의 얼굴은 서서히 상기되더니 마침내 화끈거리기 시작했다. "그럼 내가 당신에게 말했다는 것이―" 그는 말을 끊었다. 막 떠오른 것이 아닐 수도 있고 또 괜히 자신의 본색만 드러낼지 몰랐기 때문이다.

"그건 당신 자신에 대한 어떤 말이었고 그걸 들은 사람은 잊어버리지 않는 것이 자연스러워요. 당신을 기억하는 한요. 그래서 당신이 말한 것이 당신에게 실제로 벌어졌느냐고," 그녀가 미소 지었다. "물어보는 거예요."

그제야 그는 깨달았다. 하지만 너무나 경이로워서 크게 당황했다. 그런 그를 보면서 그녀는 미안한 얼굴이 되었고 마치 자신의 말이 잘못인 것 같다는 표정을 지었다. 그는 그 순간 그녀의 말이 놀랍기는 했지만 잘못은 아니라고 느꼈다. 최초의 작은 충격이 지나가자 그녀의 말은 기이하게도 달콤하게 느껴졌다. 그녀는 그 비밀을 알고 있는 지상의 유일한 사람이었고 지난 10년 동안 그것을 고스란히 간직해 온 것이었다. 정작 그 비밀을 발설한 사람은 무책임하게도 그 사실을 까맣게 잊어버렸는데 말이다. 그들이 아무 일도 없었던 것처럼 지금껏 만나지 못한 것은 놀라운 일이 아니었다. "당신이 무슨 말을 하는지 압니다." 그는 마침내 말했다. "당신에게 그런 비밀을 털어놓았던 사실을 지금껏 잊어버리고 있었습니다."

"다른 많은 사람들에게도 그것을 말해 주었기 때문인가요?"

"말하지 않았습니다. 그때 이후 그 누구에게도요."

"그럼 그걸 알고 있는 사람은 나뿐인가요?"

"이 세상에서 유일한 사람입니다."

"좋아요." 그녀는 재빨리 대답했다. "나도 다른 사람에게 발설한 적 없어요. 나는 당신이 해 준 말을 꺼낸 적이 절대, 절대 없어요." 그녀는 그를 쳐다보았고 그는 그녀의 말이 백 퍼센트 진실이라고 믿었다. 마주 보는 두 사람의 눈빛이 그걸 말해 주었고 그는 조금도 의심하지 않았다. "앞으로도 절대 말하지 않을 거예요."

그녀가 너무나도 진지하게 말했기에 그는 안심이 되었고 그녀의 어조에 전혀 조롱의 기운이 없다고 생각했다. 아무튼 그 문제는 그녀가 그 비밀을 소유한 그 순간부터 그에게 새로운 사치였다. 그녀가 조롱하지 않는다면 그것은 동정을 품고 있다는 뜻이고, 그건 그가 오랫동안 그 누구에게도 받아 보지 못한 태도였다. 그는 지금 이 순간이라면 그녀에게 그런 말을 하지 못했을 것이나, 과거에 우연히 그 말을 했기에 그로부터 혜택을 볼 수 있으리라는 느낌이 들었다. "제발 그렇게 해주세요. 우리는 지금처럼 하는 게 옳겠습니다."

"아, 당신이 그게 옳다고 본다면 나도 그래요!" 그녀가 잠시 뒤 말을 이었다. "당신은 여전히 같은 식으로 느끼나요?"

그것은 아주 놀라운 일이었지만, 마처는 그녀가 정말 관심을 가지고 있다고 생각하지 않을 수 없었다. 그는 오랫동안 그 자신에 대하여 그 혼자뿐이라고 생각했으나, 이제 보라, 그는 놀랍게도 혼자가 아니었다. 그는 한 시간 동안 혼자가 아닌 것처럼 느껴졌다. 소렌토에서 보트를 타고 돌아오던 그때 이래로. 지금껏 혼자였던 것은 그녀였다. 그는 그녀를 쳐다보며 그것을 알았다. 그가 우아하지 못하게 신의를 지키지 않아서 그녀는 혼자 있도록 내버려진 것이었다. 과거에 그녀에게 그런 고백을 했다는 것은 그녀에게 뭔가를 요구했다는 것 이외에 무엇이겠는가? 그 뭔가를 그녀는 자비심을 발휘하여 주었다. 그것에 대하여 마처는 그녀에게 아무런 감사 표시도 하지 않았다. 그녀를 기억하지도 않고, 그녀를 또다시 만나지 못했으니 혼령이 되어 그녀 앞에 나타난 적도 없었다. 그가 과거에 맨 먼저 요구한 것은 그를 비웃지 말아 달라는 것이었다. 그녀는 지난 10년 동안도 그렇지만 지금도 그를 비웃지 않았다. 그래서 그는 아무리 해도 갚을 수 없는 고마움을 느꼈다. 그리고 지금 그 당시 자신이 그녀에게 어떤 모습으로 나타났는지 알아야 했다. "내가 정확히 당신에게 어떤 얘기를—?"

"당신이 그 당시에 느끼던 감정에 대해서 말인가요? 아, 그건 아주 간단했어요. 그건 아주 어린 시절부터 당신의 내면에 뭔가 희귀하고 기이한 어떤 것, 혹은 경이롭고 무서운 것이 감추어져 있는데, 그게 곧 당신에게 벌어질지 모른다는 것이었어요. 그것이 벌어져서 당신을 압도해 버리고 말리라는 사실을, 뼛속 깊이 강한 예감과 확신을 느낀다고 했지요."

"그걸 아주 간단한 것이라고 할 수 있을까요?" 존 마처가 물었다.

그녀는 잠시 생각했다. "그건 아마도 내가 당신 말을 들었을 때 그 순간 이해했기 때문일 거예요.”

“당신이 그걸 이해했다고요?” 그가 열띠게 물었다.

그녀는 또다시 자상한 눈으로 그를 쳐다보았다. “당신은 아직도 그런 믿음을 갖고 있나요?”

“오!” 그는 무기력하게 소리쳤다. 할 말이 너무나 많았던 것이다.

“그게 무엇이 될지는 몰라도,” 그녀가 분명하게 진단했다. “아직 오지 않았군요.”

그는 이제 완전히 항복한다는 듯이 머리를 흔들었다. “그건 아직 오지 않았습니다. 그건 내가 앞으로 해야 할 것, 이 세상에서 성취해야 할 것, 유명한 사람이 되어 존경을 받는 것 등을 의미하지 않습니다. 나는 그 정도로 바보는 아니에요. 차라리 바보였더라면 지금보다 훨씬 더 좋았을 겁니다.”

“그럼 당신이 고통을 받아야 하는 어떤 것인가요?”

“뭐라고 할까, 기다리는 어떤 것이지요. 내 생애에서 앞으로 반드시 만나야 하거나, 대면해야 하거나, 갑자기 튀어나오는 그런 것이지요. 나의 모든 의식을 파괴하고 나를 죽여 버릴 수도 있는 것, 반대로 모든 것을 바꾸어 놓고, 내 세계의 뿌리를 강타하여, 그 결과가 어떻게 나오든 나를 그 결과에 내맡기는 것이지요.”

그녀는 그 말을 진지하게 받아들였고 그를 쳐다보는 그녀의 눈빛에는 전혀 조롱의 기운이 깃들어 있지 않았다. “방금 말한 것은 많은 사람들에게 잘 알려진 위기의 느낌, 혹은 사랑에 빠질지 모른다는 기대감, 뭐 그런 건가요?”

존 마처는 잠시 생각했다. “전에도 그렇게 질문했나요?”

“아니요. 당시에 나는 그리 자유롭고 편안하지 못했어요. 그건 지금

이 순간 떠오른 거예요."

"물론," 그가 잠시 뒤에 말했다. "그런 생각이 당신에게 떠오른 거지요. 물론 그건 나에게도 떠오릅니다. 물론 내 앞날에 예비되어 있는 것은 그 정도 이상의 것은 아닐지 모릅니다. 그런데 문제는," 내가 계속 말했다. "그게 그 정도의 것이라면 지금쯤 그게 무엇인지 알아야 마땅하다는 것입니다."

"당신이 그동안 사랑에 빠졌다는 얘기인가요?" 그 순간 그는 아무 말 없이 그녀를 쳐다보기만 했다. "당신이 사랑을 해 보았는데, 그건 그런 대참사가 아니었고, 또 당신이 기대했던 그것이 아니었다는 얘기인가요?"

"보시다시피 나는 여기 이렇게 멀쩡하게 있잖습니까? 그건 모든 것을 송두리째 뒤엎어 버리는 압도적인 것이 아니었어요."

"그럼 그건 사랑은 아니라는 얘기군요." 메이 바트램이 말했다.

"나 자신도 적어도 사랑이 그것일 거라고 생각했습니다. 나는 그게 그것인 줄로 생각했습니다. 지금껏 그래 왔지요. 그건 유쾌하고, 즐겁고, 비참합니다." 그가 설명했다. "하지만 그건 이상한 것은 아니었습니다. 내가 두려워한 그것이 아니었습니다."

"당신은 어떤 것을 오로지 당신 자신만 가지려고 하는군요. 지금껏 아무도 알지 못하고 또 현재 알지 못하는 어떤 것을요."

"그건 내가 '바라는' 어떤 것의 문제가 아닙니다. 내가 아무것도 바라지 않는다는 건 하느님도 알고 계십니다. 그것은 단지 나를 사로잡는 두려움의 문제입니다. 나는 그 두려움을 안고 하루하루를 살아가고 있어요."

그는 이것을 아주 명석하고 일관되게 말했고, 그래서 그것이 좀 더 뚜렷하게 모습을 드러내는 것을 볼 수 있었다. 만약 그녀가 전에 그것에 관심이 없었다면 지금은 충분히 관심을 가질 만했다. "그럼 닥쳐오는 폭력의 느낌인가요?"

이제 나도 그 얘기를 하는 게 좋아졌다. "나는 그것이 실제로 닥친다면, 반드시 난폭한 어떤 것이라고 보지 않습니다. 나는 그것을 자연스러운 것, 무엇보다도 잘못 볼 수 없는 어떤 것이라고 생각합니다. 나는 그것을 단지 '그것'이라고 생각합니다. 그것은 그 자체로 자연스럽게 보일 겁니다."

"그럼 그게 어떻게 이상하게 보일 수가 있지요?"

마처는 잠시 생각했다. "그건 내게는 이상하게 보이지 않을 겁니다."

"그럼 누구에게—?"

"글쎄요." 내가 마침내 미소를 지으며 대답했다. "가령 당신에게요."

"아, 그럼 내가 그것이 나타나는 현장에 있게 된다는 건가요?"

"아니, 당신은 이미 현장에 있습니다. 내 비밀을 안 이래로요."

"알았어요." 그녀는 잠시 생각에 잠겼다. "하지만 나는 정신적인 어떤 의미를 말하는 게 아니라 구체적인 참사를 얘기하는 거예요."

그 말이 나오자 잠시 가벼운 분위기가 무겁게 가라앉았다. 그들은 오래도록 시선을 교환했고 그것은 그들을 단단히 묶어 주는 듯했다. "그건 당신 자신에게 달려 있어요. 당신이 나와 함께 그걸 관찰한다면 말이에요."

"당신은 두려운가요?" 그녀가 물었다.

"이제 나를 혼자 내버려 두지 말아요." 그가 말했다.

"당신은 두려운가요?" 그녀가 다시 물었다.

"내가 정신 나간 사람 같습니까?" 그는 대답 대신 질문을 했다. "내가 그냥 별 해를 끼치지 않는 미친 사람으로 보입니까?"

"아니요." 메이 바트램이 말했다. "나는 당신을 이해해요. 당신을 믿어요."

"당신은 나의 강박증―아, 이 한심한 것!―이 어떤 현실과 조응할 가능성이 있다고 생각합니다."

"어떤 현실에서는 그럴 수 있겠지요."

"그럼 당신은 나와 함께 관찰해 줄 겁니까?"

그녀는 망설이다가 세 번째로 물었다. "당신은 두려운가요?"

"내가 나폴리에서 두렵다고 했던가요?"

"아니요. 그에 대해서는 아무 말도 하지 않았어요."

"그렇다면 나는 모르겠어요. 그렇지만 나는 알고 싶어요." 존 마처가 말했다. "당신은 내게 당신이 그렇게 생각하는지 알려 주어야 해요. 당신이 나와 함께 관찰한다면 그걸 알게 될 거예요."

"좋아요, 그럼." 그들은 이제 방에서 걸어 나와 문까지 왔고, 방 밖으로 나가기 전에 문 앞에 잠시 서서 그들이 이해한 내용을 마무리 지었다. "나는 당신과 함께 관찰하겠어요." 메이 바트램이 말했다.

2

그녀가 '알고 있다'는 사실―알면서도 그를 놀리거나 배신하지 않았다는 것―은 곧 그들 사이에 좋은 유대를 형성했다. 웨더엔드에서 재회했던 그해에 만날 기회가 늘어나면서 그런 관계는 더욱 두드러졌다. 이런 만남들은 아주 연세 높은 그녀의 대고모가 작고하면서 촉진되었다. 그녀는 어머니가 돌아가신 후에 대고모의 보호 아래에서 살았고, 대고모는 그 저택의 새로운 상속자의 어머니로 과부가 되기는 했지만—고상한 어조와 고상한 기질 덕분에—저택의 어른이라는 지위를 빼앗기지 않았다. 대고모의 사망과 함께 그런 지위가 사라지자 여러 변화가 발생했는데, 그 변화는 그중에서도 그 젊은 여자에게 큰 영향을 미쳤다. 마처는 처음부터 날카로운 관찰력으로 그녀가 비록 식객이기는 하지만 콕콕 찌르지는 않되 은근히 고통을 주는 자부심의 소유자임을 파악했다. 그 고통은 바트램 양이 런던에 새롭게 집을 마련하는 것으로써 완화되었는데, 한동안 그것보다 마처의 마음을 편안하게 만든 사건도 없었다. 그녀는 대고모의 아주 복잡한 유언에 따라, 딱 그 집을 사들이는 사치를 부릴 정도의 재산만 물려받았다. 시간이 어느 정도 흘러서 그 문제가 해결될 기미를 보이자 그녀는 행복한 결말이 눈앞에 다가왔다는 사실을 그에게 알렸다. 그는 그녀가 이사하기 전에도 그녀를 몇 번 만난 적이 있었다. 그녀는 대고모 생시에 노부인을 따라 런던에 여러 번 왔었고 또 그도 웨더엔드 저택에서 환대를 받는 친구들을 방문한 적이 있었던 것이다. 이 친구들은 그를 다시 그 저택으로 데려갔다. 그는 거기서 바트램 양을 다시 만나 어떤 평온한 초연함을 맛보기도 했다. 또 런던에 올라온 그녀를 설득하여 여러 번 대고모를 떼어 놓고 단둘이 만나기도 했다. 그들은 그럴 때면 함께 런던 국립 미술관이나 사우스켄싱턴 박물관으로 갔다. 그런 곳에서 그들은 여러 가지 생생한 추억들 중에서 이탈리아에 대하여 전반적으로 얘기를 나누었다. 처음 재회했을 때처럼 자신들의 청춘과 자신들의 무지를 맛보지는 않았다. 웨더엔드에서 처음 재회했을 때의 그런 회복은 나름대로 소임을 다했고 그것은 그 정도로 얘기했으면 충분하다고 보았다. 그래서 마처는 이렇게 느꼈다. 그들은 이제 더 이상 추억의 강물의 수원水源에 머무르지 않았고, 그들이 함께 탄 배는 수원에서 멀찍이 떨어져 강의 흐름을 따라 아래쪽으로 흘러 내려가고 있었다.

그들은 이제 글자 그대로 함께 물 위에 떠 있었다. 그 현상은 특히 마처에게 뚜렷하게 각인되었는데, 그가 그런 행운을 쥔 건 그녀가 알고 있는 파묻힌 보물 때문이었다. 그는 자신의 두 손으로 이 보물을 파내서—그러니까 그들의 신중함과 은밀함이 조성한 약간 어두운 대낮 속으로—그 귀중한 물건이 감추어졌던 장소를 밝혀냈다. 그는 과거에 그 보물을 땅속에 파묻어 놓고서는 기이하게도 아주 오랫동안 그곳을 잊어버리고 있었던 것이다. 아주 기이한 행운으로 그곳을 발견하게 되자 그는 다른 문제에는 무관심해졌다. 가령 이 행운의 발견이 새롭게 일깨워 준, 미래에 대한 달콤함과 안락함을 마처가 그토록 오랜 시간 향유하지 않았더라면, 그는 틀림없이 왜 자신의 기억력이 그처럼 퇴락했었는지 알아내려고 매달렸을 것이나 지금은 그렇게 하고 싶지 않았다. 다른 사람이 그 비밀을 '안다'는 것은 그의 계획에는 아예 들어 있지 않았는데, 그건 그가 남들에게 그런 얘기를 하고 싶은 마음이 없었기 때문이다. 사실 그것을 털어놓기란 불가능했다. 냉정한 세상의 비웃음이 뒤따라올 게 뻔해서였다. 그러나 신비한 운명이 뒤늦게 그의 의사에 반하여 그의 입을 열게 했으므로, 그는 그 사실에서 가장 큰 보상과 혜택을 얻기를 기대했다. 조롱하지도, 비웃지도 않는 적당한 사람이 그 비밀을 알고 있다는 사실은, 그의 수치심이 상상했던 것 이상으로 그 비밀의 날카로움을 둔화시켰다. 메이 바트램은 정말로 적당한 사람이었다. 왜냐하면 이미 그녀가 그 비밀을 알고 있는 상태로 거기 나타나 도와주기로 했기 때문이다. 그녀의 사전 지식이 그 문제를 결정지었다. 만약 그녀가 적당한 사람이 아니었더라면 지금쯤 그는 그 사실을 틀림없이 눈치챘을 것이다. 그의 상황에서 그녀는 단순한 비밀 상담자로만 볼 수가 없었다. 그녀가 그의 곤경에 관심을 갖고 있다는 사실에서 그는 그녀가 비추어 주는 모든 빛을 받아들였고, 또 그녀의 자비, 동정, 진지함, 그를 정말이지 우스운 사람으로 보지 않기로 동의해 준 것 등으로부터 힘을 얻었기 때문이다. 그에게 있어 그녀의 가치는 자신에게 해를 끼치지 않을 것이라는 안정감을 한결같이 안겨 주는 데 있었고, 그는 이를 잘 알고 있으면서도 그녀에게 나름의 인생이 있다는 것을 잊지 않으려고 조심했다. 가령 그녀에게 벌어질 수 있는 일도 있고, 우정 관계에서 그가 감안해야 할 일들도 있었다. 말이 난 김에, 이와 관련하여 아주 특기할 만한 어떤 일이 그에게 벌어졌다. 그의 의식이 한 극단에서 다른 극단으로 아주 갑작스러운 방식으로 옮겨 갔다는 것이다.

그는 지금껏 아무도 모르는 상태에서 자기 자신을 이 세상에서 가장 공평무사한 사람이라고 생각해 왔다. 그 자신이 지닌 무거운 부담과 영원한 불안을 조용히 혼자서 견디며 그것에 대해서는 아무런 발설도 하지 않았고, 또 남들에게는 그것을 슬쩍이라도 보여 주지 않은 것은 물론, 그것이 그의 인생에 미친 효과도 일절 언급하지 않았다. 그는 남들에게 그 어떤 양해도 구하지 않았고 오로지 남들이 그에게 바라는 양해를 묵묵히 해 주었을 뿐이다. 그는 강박증에 걸린 남자를 이해하는 아주 괴상한 일을 들이밀어 사람들을 당황시키지 않았다. 물론 그들이 정말로 '당황스럽다'라고 말할 때 뭔가 한마디 하려는 특별한 유혹을 느끼는 순간도 있었다. 만약 그들이 마처처럼 당황했다면—그는 평생에 단 한 시간이라도 안정되어 본 적이 없었다—그들은 그 강박증이 무엇인지 이해했을 것이다. 그러나 그들을 당황하게 만드는 것은 그의 적성에 맞지 않는 일이었으므로 그는 그들의 말을 공손하게 들어 넘겼을 뿐이다. 그 때문에 그는 아주 훌륭한—어떻게 보면 무색무취한—매너를 갖게 되었다. 무엇보다도 그 때문에 그는 이 탐욕스러운 세상에서 자기 자신을 다소 예의 바르게—혹은 다소 고상할 정도로—이타적인 사람이라고 간주할 수 있었다. 여기서 요점은 이렇다. 그는 자신의 이런 특성을 충분히 알고 있기 때문에 그것을 잃어버릴지도 모르는 현재의 위험을 충분히 파악했고, 그리하여 그 위험에 단단히 대비해야겠다고 스스로 다짐했다는 것이다. 그렇지만 평소와는 다르게 약간 이기적이 될 준비도 되어 있었다. 그리고 정말로 그렇게 할 수 있는 매혹적인 일이 그에게 벌어졌다. 여기서 '약간'이라고 말한 것은 바트램 양이 이런저런 날에 그에게 허용해 주는 범위 내에서만 이기주의가 가능했기 때문이다. 그는 조금도 그녀에게 강요하고 싶은 마음이 없었고 그녀에게 최대로 배려해야 할 자신의 행동 노선을 잘 숙지하고 있었다. 그는 그녀와의 교제에 대비하여 그녀의 일, 그녀의 요구, 그녀의 특이 사항 등의 항목—그는 잘 대비하기 위해 항목 이름까지 부여해 놓았다—으로 분류해 놓고 미리 대비했다. 이런 것들은 그가 그녀와의 교제 그 자체를 아주 당연시한다는 표시였다. 거기에 대해서는 더 이상 해 볼 것이 없었다. 그건 그냥 존재하는 것이었다. 어느 가을날에 그녀가 웨더엔드 저택에서 처음으로 그 날카로운 질문을 던진 이래로 갑자기 그의 존재 속으로 뛰어들어 온 것이었다. 현재까지 형성된 바탕에 따르면, 그들의 관계가 당연히 취해야 할 실제적인 형식은 그들의 결혼이라는 형식이었다. 하지만 여기서 난점은 그 바탕 자체가 결혼을 불가능하게 만든다는 것이었다. 간단히 말해서 그의 확신, 두려움, 강박증은 여자에게 공유하자고 자신 있게 초청할 만한 특혜가 아니었다. 그런 것들이 가져올 결과는 그에게는 정말로 중요한 문제였다. 뭔가 알 수 없는 것이 정글에 엎드려 있는 짐승처럼 세월이 흘러가는 동안에 그를 노리면서 잠복하고 있었다. 엎드린 짐승이 그를 죽일 것인지 아니면 반대로 그 짐승이 죽어 버릴 것인지는 그리 중요한 문제가 아니다. 결정적인 건 그 짐승이 언젠가는 필연적으로 그를 덮쳐 오리라는 것이었다. 여기서 추출할 수 있는 교훈은 이러하다. 섬세한 감정을 지닌 남자라면 여자 친구를 호랑이 사냥에 동반하지 않는다. 이것이 바로 그가 자신의 인생을 결산하는 막판에 갖게 되는 인상이었다.

이따금 함께 시간을 보내면서 그들은 이러한 인생의 관점에 대해서는 언급하지 않았다. 이는 그가 거기에 대해서 얘기하는 것을 별로 기대하지 않고 또 좋아하지도 않는다는 것을 보여 주는 표시이기도 했다. 인생에 대한 그런 전망은 등에 난 혹과 비슷한 것이다. 구체적 논의와 무관하게, 그런 특징은 삶의 매 순간 차이를 만들어 낸다. 물론 그런 사람은 곱사등이처럼 논의한다. 다른 것이 드러나지 않는다 하더라도 거기에는 곱사등이의 얼굴이 남아 있는 것이다. 그것은 계속 남아 있었고 그녀는 그런 그를 관찰했다. 그러나 다른 사람들은 보통 침묵 속에서 관찰했는데, 이들은 주로 이런 방식으로 경계하는 것이었다. 하지만 동시에 그는 긴장하거나 엄숙해 보이고 싶지는 않았다. 그는 다른 사람들에게는 그런 표정을 너무 많이 보여 주었다고 상상했다. 아무튼 그의 비밀을 아는 사람을 상대로 할 때에는 편안하고 자연스럽게 행동해야 했다. 비밀에 대하여 논평하는 것을 피하는 것처

럼 보이기보다는 직접 논평을 하고, 논평을 하는 것처럼 보이기보다
는 논평을 피하는 것이 좋고, 아무튼 비밀에 대한 논평을 현학적이고
예언적인 것으로 만들기보다는 익숙하고 해학적으로 만드는 것이 좋
았다. 그가 바트램 양에게 유쾌한 편지를 썼을 때에는 그런 익숙하고
해학적인 고려가 깃들어 있었다. 그가 여태껏 신들의 무릎 위에 있다
고 생각해 온 신의 절묘한 한 수는, 결국 그를 그토록 감동시킨 이 상
황, 즉 그녀가 런던에 집을 산 것이 아니겠느냐고 써 보냈던 것이다.
그때까지 별로 그런 언급을 한 적이 없던지라 그것은 그 비밀과 관련
해 그들 사이에서 최초로 나온 논평이었다. 그러나 그녀는 그에게 그
소식을 알린 뒤에 보낸 편지에서 이렇게 답변했다. 이런 사소한 사건
이 그런 특별한 불안을 최고조로 끌어올린다는 데 대하여 만족할 수
없다고 말이다. 이 편지를 보고 그는 그녀가 자신의 그런 상태에 대하
여 본인보다 더 거대한 어떤 개념을 갖고 있는 게 아닐까 하는 생각이
들었다. 아무튼 그는 시간이 흘러가면서 그녀가 자신의 삶을 관찰하
고 있다는 사실을 점점 더 의식하게 되었다. 그녀는 그 비밀에 비추어
그의 인생을 판단하고 측정했다. 서로 교제한 햇수가 점점 쌓여 가자,
두 사람은 그 비밀을 그에 대한 '실제적 진실'이라는 완곡어법으로 에
둘러 말했다. 이것이 그가 그 비밀을 언급하는 형식이었고, 그녀 역시
아주 조용히 그 형식을 채택했다. 일정한 기간이 지날 무렵 과거를 회
고해 보면서 그는 그녀가 자신의 아이디어(비밀) 속으로 들어와 그것
을 이해한 그 순간 혹은 아름답게 그 비밀에 탐닉하던 태도를 버리고
좀 더 아름답게 그를 믿어 주게 된 순간이 언제였는지를 추적할 수가
없었다.

마처는 그녀에게 자신을 가장 무해한 강박증 환자로 보고 있다는

비난쯤은 언제든 할 수 있다고 생각했다. 결국 장기적인 관점에서는 그것이—상당히 많은 부분을 표현하므로—그들의 우정을 가장 편안하게 표현하는 방식이었다. 그는 그녀를 위해 나사를 약간 풀어 놓았으나 그녀는 그것 때문에 오히려 그를 좋아했다. 그녀는 세상에 맞서서 그를 현명하게 지켜 주는 관리자로서, 별 보상을 받지 못하지만 그 일을 꽤 즐겼고, 또 다른 가까운 유대 관계가 없는 상태에서 그 일이 그리 불명예스럽지도 않았다. 물론 나머지 세상 사람들은 그를 기이하다고 생각했다. 하지만 그녀 한 사람은 그가 왜 그렇게 기이한 사람이 되었는지 알았다. 바로 그 때문에 그녀는 그를 감추어 주는 베일의 주름을 올바르게 잡을 수가 있었다. 그녀는 다른 것들을 받아들이듯 그에게서 나오는 즐거움도 그대로 받아들였다. 그들 사이에서는 그게 즐거움으로 받아들여져야 했다. 그녀는 빈틈없는 솜씨로, 존 마처 스스로가 믿는바 자신이 그녀를 어느 정도 설득시킨 놀라운 감각의 소유자라는 생각을 정당화해 주었다. 그녀는 그의 비밀을 가리킬 때에는 '당신에 관한 실제적 진실'이라는 표현만 사용했고, 그것이 또한 자신의 비밀인 것처럼 보이게 했다. 그 때문에 그는 그녀가 언제나 자신을 양해해 준다고 느꼈는데, 전반적으로 볼 때 그렇게밖에는 표현할 수가 없었다. 물론 그도 그 자신을 양해했지만, 정확하게 말하자면 그녀가 그보다 더 많이 그를 양해해 주었다. 그녀는 그 문제를 더 잘 관찰할 수 있는 입장에 있었기에 그의 불행한 왜곡 과정을 각 단계별로 파악할 수 있는 반면, 그는 그 과정을 그녀처럼 속속들이 파고들지는 못했던 것이다. 그는 자신의 느낌은 알지만, 그녀는 그에 더하여 그럴 때 그가 어떤 표정을 짓는지까지 알고 있었다. 그는 자신이 하지 못했던 중요한 것들의 면면을 알고 있었지만, 그녀는 그런 미수에 그친 일들의 무게를 일일이 달고 그 총량마저도 파악하고 있었다. 그리하여 그의 정신적 부담이 지금보다 좀 더 가벼웠다면 그가 이루어 낼 수도 있었던 일들이 얼마인지 이해했고, 그리하여 그가 비록 총명하기는 하지만 실적 미달임도 진단할 수 있었다. 무엇보다도 그녀는 그가 인생을 헤쳐 온 형식들과, 그 형식들 밑에 도사리고 있는 초연함을 구분할 수 있었다. 그 삶의 형식들이란 정부의 미관말직에서 근무한 것, 얼마 안 되는 유산을 잘 관리한 것, 훌륭한 서재를 갖춘 것, 시골에 훌륭한 정원을 유지한 것, 서로 초청장을 주고받는 런던 사람들을 관리한 것 등이었다. 반면에 그의 초연함은 그의 모든 행동들―적어도 행동이라고 불릴 수 있는 모든 것들―을 일종의 기나긴 위장 행위로 만들었다. 그 결과 그는 사회적 선웃음이 덧칠된 가면을 썼고, 그 가면의 눈구멍에서는 다른 여러 특징들과는 조금도 일치되지 않는 표현을 하는 두 눈이 내다보고 있었다. 저 어리석은 세상 사람들은 그토록 여러 해가 지났는데도 그런 사실을 채 절반도 발견하지 못했다. 오로지 메이 바트램만이 그것을 발견했다. 그녀는 말로 설명하기 어려운 솜씨로 이런 놀라운 성과를 올렸다. 그녀는 정면에서 그의 두 눈을 쳐다보면서―혹은 그 두 눈을 그냥 바라보다가 다시 정면으로 쳐다보는 동작을 반복하면서―그 눈구멍을 내다보는 두 눈, 마치 그의 어깨 너머로 쳐다보는 것 같은 그 눈빛과 그녀 자신의 시각을 뒤섞었다.

그리하여 두 사람이 함께 나이 들어 가고, 그녀는 그와 같이 그 정글의 짐승을 관찰했다. 그녀는 두 사람 사이에 이루어진 이런 식의 교제가 자기 존재에 형체와 색깔을 부여하게 내버려 두었다. 가령 그녀의 형식들 밑에는 초연함이 자리를 잡았고, 그녀의 행위는 사교적 의미에서 그녀 자신에 대한 가식적 설명이 되었다. 그동안 내내 진실이었던 그녀 자신에 대한 얘기는 단 하나뿐이었으나 그녀는 그것을 그 누구에게도 내보이지 않았고, 존 마처에게는 더더욱 보여 주지 않았다. 그녀의 전반적 태도는 그것을 사실상 선언한 것이었지만, 존 마처는 그것을 인식했다 하더라도 자신의 생각을 차지하는 많은 것들 중 반드시 밖으로 몰아내야 하는 인식 정도로 생각하는 듯했다. 더욱이 그와 마찬가지로 그녀 역시 그들의 실제적 진실을 희생했다면, 그로부터 얻은 것 역시 즉각적으로 자연스럽게 그녀에게 영향을 미칠 것이었다. 그들은 오랫동안 이 런던 시절을 보냈다. 이 시기에 두 사람이 함께 앉아 있을 때, 누군가가 그들의 말을 듣게 된다면 조금도 귀를 쫑긋 세울 일이 없었을 것이다. 반면에 실제적 진실이 어느 때든 표면으로 튀어나올 가능성이 있었고, 그렇다면 옆에서 듣는 사람은 그들이 무슨 말을 하고 있는 건지 의아하게 생각했을 것이다. 그들은 재회 초기부터 사회가 다행스럽게도 그다지 명석하지는 않다고 판단했고, 그 사실이 그들에게 부여하는 공백은 그들의 공통점들 중 하나가 되었다. 하지만 상황이 갑자기 새로운 국면으로 접어드는 순간들도 있었다. 그건 주로 그녀가 내뱉은 말로 인해 일어났다. 그녀는 표현을 반복하는 경향이 있었지만, 그 간격은 상당히 멀찍했다. "당신을 구제해 준 것은, 우리가 아주 일상적인 외양에 완벽하게 부응한다는 거예요. 우정을 나누는 것이 습관이 되어서—혹은 거의 습관이 되어서—그 우정이 필수 불가결하게 된 남녀의 외양요." 이 말을 그녀는 여러 경우 반복했다. 물론 각기 다른 때에, 그때마다 발전된 부분들을 지적하기 위해 한 말이었다. 하지만 우리가 여기서 특별히 주목해야 하는 건, 어느 오후에 그가 그녀의 생일을 기념하기 위하여 찾아갔을 때 그 말이 일으킨 효과이다. 생일은 마침 일요일이었고, 때는 짙은 안개와 전반적인 우울함이 감도는 계절이었다. 그는 이제 그녀와 오래 교제하여 100가지의 사소한 전통을 수립해 놓은 정도였기에, 일상적인 선물을 가져갔다. 그녀의 생일에 선물을 가져간 건 그가 노골적인 이기주의로 빠지지는 않았음을 스스로에게 증명하는 증거 중 하나였다. 자그마한 장신구에 불과했으나, 그런 종류로는 고급품이었고, 그는 자신의 능력보다 더 고가의 물건을 사도록 일부러 신경을 썼다. "우리의 습관은 적어도 당신을 구제해 줘요. 그렇지 않나요? 무엇보다도 천박한 사람들에게는 당신을 다른 남자들과 달라 보이지 않게 만들어 주죠. 남자들의 가장 고질적인 특징이 뭔지 아세요? 따분한 여자들과 무한히 많은 시간을 보낼 수 있는 능력이에요. 물론 권태를 느끼지 않는다고 말할 수는 없겠지만, 여자들이 따분한지에 대해서는 전혀 신경 쓰지 않지요. 나는 당신의 따분한 여자, 당신이 교회에서 기도하는 일용할 양식이에요. 그것이 그 무엇보다도 당신의 흔적을 감추어 주지요."

"그럼 당신의 흔적을 감추어 주는 것은 무엇입니까?" 마처가 물었다. 그의 따분한 여자는 이 정도로 그를 즐겁게 해 주었다. "당신이 나를 구제해 준다는 그 말뜻을 나는 안다고 생각합니다. 다른 사람들이 관련되는 한, 이런저런 방식으로 나를 구제해 주었지요. 나는 그것을 오랫동안 보았지요. 하지만 당신을 구제해 주는 것은 무엇입니까? 나는 종종 이 문제를 생각합니다."

그녀도 그 문제를 때때로 생각하지만 다른 관점에서 생각하는 듯한 표정을 지었다. "다른 사람들이 어떻게 관련이 된다는 거지요?"

"당신은 나와 오랜 시간을 같이해 왔습니다. 내가 당신과 뜻이 잘 맞아서지요. 그러니까 당신을 아주 높이 평가하고 또 당신이 내게 해 준 일에 대해서 아주 많이 신경을 쓴다는 얘기입니다. 나는 때때로 이것

548

이 과연 공평한가 자문합니다. 당신을 이처럼 많이 개입시키고—또 뭐라고 할까—당신의 관심을 받는 게 말입니다. 당신이 다른 것을 할 시간은 거의 없지 않나 하는 느낌도 듭니다."

"관심을 주는 것 이외에 다른 것은 없나요?" 그녀가 물었다. "아, 내가 그것 말고 다른 걸 어떻게 바랄 수 있겠어요? 우리가 오래전에 합의한 것처럼 내가 당신과 함께 '관찰'을 하기로 했는데, 그 관찰은 언제나 사람을 몰입시키지요."

"아, 정말 그래요." 존 마처가 말했다. "당신에게 그런 놀라운 호기심이 없었더라면! 시간이 흘러가면서 당신의 호기심이 적절한 보답을 받지 못하고 있다는 생각은 들지 않나요?"

메이 바트램은 잠시 말이 없었다. "혹시 당신의 호기심이 보답을 받지 못해 이런 질문을 하는 건가요? 내 말은, 당신이 너무 오래 기다렸느냐고요."

오, 그는 그녀의 말뜻을 이해했다! "벌어지기로 되어 있으나, 결코 벌어지지 않은 일을 기다리는 거? 짐승이 밖으로 튀어나오는 거? 이 문제라면 나는 예전과 똑같은 입장입니다. 그건 내가 선택할 수 있는 문제가 아닙니다. 나는 변화를 결정할 수는 있습니다. 하지만 그것은 변할 수 있을 법한 문제도 아닙니다. 그것은 신들의 무릎 위에 있어요. 우리는 우리가 준수하는 법칙의 손안에 있는 겁니다. 우린 거기에 있어요. 그 법칙이 취할 형식, 그것이 작동하는 방식 같은 건 그것이 알아서 할 문제이지요."

"그래요." 바트램 양이 대답했다. "물론 사람의 운명은 겉으로 드러나게 되어 있지요. 물론 그것은 언제나 그 나름의 형식과 방법으로 나타나요. 당신의 경우에는 그 형식과 방법이, 뭐라고 할까, 너무나 이례

적이고 또 너무나 당신 고유의 형태로 나타나게 되어 있었지요."

그 말을 듣고 그는 약간 의심스러운 눈빛으로 그녀를 쳐다보았다. "당신은 '나타나게 되어 있었다'라고 하는군요. 마치 어떤 의심을 품은 것처럼요."

"오!" 그녀가 막연하게 항의했다.

"마치 지금," 그가 계속 말했다. "아무것도 벌어지지 않을 것이라고 믿는 것처럼요."

그녀는 천천히, 그렇지만 다소 불가해하게 고개를 흔들었다. "당신은 내 생각이 어떤지 모르고, 그로부터 천리만리 떨어져 있어요."

그는 그녀를 계속 쳐다보았다. "그렇다면 당신은 무엇이 문제입니까?"

"글쎄요." 그녀가 잠시 뜸을 들이다 말했다. "내 문제는, 당신이 말한 그 나의 호기심이 너무나 잘 보답받을 거라는 점이에요."

그들은 이제 아주 심각해졌다. 그는 의자에서 일어나 그 작은 응접실을 한 바퀴 돌았다. 그곳은 그가 지난 여러 해 동안 자신에게 중요한 화제들을 나눈 장소였다. 그곳에서 그들은 다양한 풍미의 친교를 누렸고, 그곳의 모든 물건들은 그의 집 물건들처럼 친숙했다. 거실의 카펫은 그의 불안한 발걸음으로 닳았는데, 유서 깊은 은행 회계과에 놓인 책상들이 여러 세대에 걸친 사무원들의 팔꿈치에 닳은 것과 비슷했다. 그곳에는 여러 해에 걸친 그의 긴장된 분위기가 서렸고, 또 그곳에서 그의 중년의 모든 역사가 작성되었다. 방 친구가 한 말에 영향을 받아서인지, 그는 이 물건들을 더욱 날카롭게 의식하게 되었다. 잠시 뒤 그는 그녀 앞에서 걸음을 멈추었다. "혹시 당신은 두려워진 것이 아닌가요?"

"두렵다고요?" 그 말을 반복하는 그녀의 얼굴이 약간 붉어졌다고 그는 생각했다. 그는 자신이 진실을 건드리지 않았을까 봐 우려하면서 아주 자상한 설명을 덧붙였다. "아주 오래전, 웨더엔드에서 재회한 첫날에 당신이 그걸 내게 물어봤다는 걸 기억할 겁니다."

"아, 그럼요. 당신은 그때 잘 모르겠다고 말했지요. 그리고 나는 직접 살펴보라고 했지요. 우리는 그때 이후로 그 점에 대해서는 별로 말을 하지 않았어요. 비록 오랜 세월이 흘렀지만요."

"그래요." 마처가 끼어들었다. "우리가 자유롭게 다루기에는 너무 은밀한 문제인 것처럼 대했지요. 조금 더 밀어붙이면, 내가 두려워한다는 걸 알게 될 것처럼요." 그가 말했다. "우리는 그때 어떻게 해야 할지 잘 몰랐지요. 그렇지 않나요?"

그녀는 얼마 동안 그 질문에 대답하지 않았다. "당신이 두려워한다고 생각한 때도 있었어요. 물론," 그녀가 덧붙였다. "우리가 그 어떤 것이든 생각해 보던 날들도 있었지요."

"오, 모든 것을!" 마처는 약간 숨을 헐떡이며 절반쯤 맥이 풀린 듯 부드럽게 신음했다. 그는 그들 사이에 언제나 존재했던 상상력의 얼굴이 예전보다 더 노골적으로 벗겨졌다고 생각했다. 그 얼굴이 정글 속 짐승의 두 눈과 똑같은 눈으로 응시하는 불가해한 순간들도 있었다. 그는 그런 눈빛에 익숙했지만, 그 눈빛은 여전히 그에게서 존재의 심연으로부터 솟아오르는 한숨을 이끌어 냈다. 두 사람이 그동안 생각해 왔던 것들이 처음부터 끝까지 그에게 떠올랐다. 과거는 이제 한갓 황량한 추론으로 축소되었을 뿐이다. 그는 그 응접실에서, 모든 것이 단순화되고 오로지 불안만이 주위에 팽배한 것 같다는 느낌을 받았다. 그 불안 상태는 응접실 주위의 허공에 매달려 있는 듯했다. 그의 원래의 공포―그것이 공포였다면―는 황량한 사막 속으로 가뭇없이 사라져 버렸다. "그렇지만," 그가 계속 말했다. "내가 이제 두려워하지 않는다는 걸 당신도 알 텐데요."

"내가 보고 또 이해한 바로는, 당신은 전례 없이 위험에 익숙해지는 데 성공했어요. 그 위험과 그토록 오래, 또 가깝게 살면서 당신은 그것을 거의 의식하지 않게 되었지요. 당신은 그 위험이 거기 있다는 걸 알지만 무심해요. 심지어 예전처럼 어둠 속에서 휘파람을 부는 것도 그만두었지요. 그 위험이 어떤 것인지 감안한다면," 메이 바트램이 말을 마무리 지었다. "당신의 태도는 비길 데 없이 훌륭하다고 말하지 않을 수 없어요."

존 마처는 희미하게 미소를 지었다. "그건 영웅적입니까?"

"그럼요. 그렇게 말할 수 있죠."

그도 자기 자신을 그렇게 일컫고 싶었다. "그렇다면 나는 용기 있는 남자인가요?"

"당신은 그걸 내게 보여 주려 했지요."

그렇지만 그는 여전히 의아했다. "하지만 용기 있는 남자는 자신이 두려워하는 것 혹은 두려워하지 않는 것을 알지 않습니까? 당신도 알다시피 나는 그것을 모릅니다. 그것에 집중하지 않고 또 그것에 이름을 붙이려 하지 않습니다. 내가 그것에 노출되어 있다는 것만 압니다."

"그래요, 노출되어 있지요. 뭐라고 할까, 직접적으로. 아주 가깝게. 그건 확실해요."

"그렇다면 당신은 우리의 최종 관찰 결과로, 내가 두려워하지 않는다는 걸 확실히 느낍니까?"

"당신은 두려워하지 않아요. 하지만 그렇다고 해서," 그녀가 말했다.

"우리의 관찰이 끝난 건 아니에요. 또 당신의 관찰이 끝난 것도 아니고요. 당신은 앞으로도 보아야 할 게 많아요."

"그렇다면 당신에게는 없나요?" 그가 물었다. 그는 그날 내내 그녀가 뭔가를 감추고 있다고 느꼈고, 그 느낌은 그 순간에도 사라지지 않았다. 그가 그런 인상을 받은 것은 처음이었으므로 그날은 기억할 만한 날이 되었다. 그녀가 처음에는 대답을 하려 하지 않아서 그런 인상은 더욱 강화되었다. 그래서 그는 계속 말했다. "당신은 내가 모르는 어떤 것을 알고 있어요." 이어 그의 목소리는 용기를 가진 남자치고는 가볍게 떨렸다. "당신은 앞으로 벌어질 일을 알고 있어요." 그녀가 내보이는 얼굴과 침묵은 거의 고백이나 다름없었다. 그는 자신의 말을 확신했다. "당신은 내게 말하는 걸 두려워해요. 내가 그걸 알아낼까 봐 두려워하다니 참으로 유감입니다."

그 모든 것은 진실일지 몰랐다. 왜냐하면 그녀의 표정은 이렇게 말하고 있었기 때문이다. 당신은 예상치 않게도, 내가 나의 주위에 은밀하게 쳐 놓은 어떤 신비한 방어선을 넘어왔어요. 그렇지만 결국에 그녀는 걱정하지 않아도 될지 몰랐다. 그리고 진정한 클라이맥스는, 아무튼 존 마저 자신도 걱정할 필요가 없었다. "당신은 결코 알아내지 못할 거예요." 그녀가 말했다.

3

그렇지만 내가 이미 말한 것처럼, 그 모든 것이 기억할 만한 날을 만들었다. 그 후로 오랜 시간이 지나가는 동안, 그들 사이에 벌어진 다른 일들은, 이날의 이 시간과 관련이 되어 회상이나 기억의 특징을 갖게 되었기 때문이다. 그 직접적인 효과는 그 이야기를 다시 꺼내는 데 덜 매달리게 되었다는 것이다. 그것은 일종의 반작용 같은 것이었다. 그들의 화제는 마치 그 무게로 인해 땅으로 툭 떨어진 것 같았고, 말이 난 김에 하는 말이지만, 마처는 자기중심주의에 대하여 그가 가끔 받곤 하던 산발적인 경고의 하나를 받게 된 것 같았다. 하지만 전반적으로 그는 이기적이 되지 않는 게 중요하다는 생각을 아주 공손하게 유지했고, 설사 그런 식의 잘못을 저질렀다 하더라도 재빨리 반대 방향으로 나아가려고 시도했다. 그는 자신의 잘못을 종종 시정했다. 마침 시즌이 되어, 그는 메이 바트램에게 오페라를 함께 보러 가자고 청했다. 그녀가 정신에 오로지 한 가지 양식糧食만을 취하는 걸 바라지 않음을 보여 주기 위해, 그는 한 달에 열두 밤을 그녀와 함께 오페라 구경을 하는 일도 빈번했다. 이런 때 그는 그녀를 집까지 바래다주었고, 그가 말한 것처럼 그날 저녁의 대미를 장식하기 위하여 그녀와 함께 집 안으로 들어갔고, 또 자신이 이기적인 사람이 아님을 강조하기 위해 그가 즐겁게 먹어 주기를 바라며 세심하게 준비된 간소한 저녁 식사에도 참석했다. 그는 그녀에게 늘 자신과 함께 있어 달라고 고집하지 않는 것으로 자신의 주장이 충분히 전달되었다고 생각했다. 가령 그런 저녁 시간이면 그녀의 집에 있는, 두 사람이 친숙하게 다루는 피아노에 앉아서, 각자 방금 보고 온 오페라의 몇몇 아리아를 연주하기도 했다. 이럴 때면 그는 지난번 그녀의 생일 때 자신이 던진 질문에 그녀가 대답하지 않았음을 넌지시 상기시켰다. "당신을 구제하는 것은 무엇입니까?" 여기서 '구제'란 통상적인 인간 유형으로부터 벗어난 변형처럼 보이는 것으로부터 어떻게 구제되는가 하는 것이었다. 그가 세간의 구설수로부터 벗어나는 실제적이면서도 가장 중요한 방법은— 대부분의 남자들이 하는 것을 따라 하는 것이었다. 그 자신보다 별반 나을 것이 없는 여자와 일종의 동맹 관계를 맺음으로써 인생에 대한 답변을 발견하는 것이었다. 그런데 그녀는 세간의 구설수를 어떻게 피하는가? 두 사람의 동맹은 별것은 아니지만 그래도 사람들의 눈에 띄었는데, 왜 그것이 그녀에 대한 호의적인 입소문이 되지는 못하는가?

"나는," 메이 바트램이 대답했다. "그것이 나를 아주 좋게 말하는 계기가 되지 못한다고 말한 적은 없어요."

"그렇다면 당신은 '구제'된 게 아니네요."

"그건 내게 중요한 문제가 아니에요. 만약 당신이 알맞은 여자를 찾았다면," 그녀가 말했다. "나도 그런 남자를 만났을 뿐이에요."

"그러니 아무 문제 없다는 말인가요?"

아, 그들은 언제나 할 말이 너무 많은 것 같았다. "나는 그것이 당신을 문제없게 만드는 것처럼, 나에게도 그렇다고 생각하고 또 그렇게 되지 말아야 할 이유가 없다고 봐요. 인간적으로 말이에요. 사실 우리가 지금 말하고 있는 건 그런 거잖아요?"

"알았어요." 마처가 대답했다. "'인간적으로'요. 당신이 나와 나의 비밀을 위해서만 사는 게 아니라 다른 것을 위해서도 산다는 뜻이겠지요."

메이 바트램은 미소 지었다. "그게 내가 당신만을 위해서 사는 건 아니라는 걸 보여 준다고 하지는 않겠어요. 정말 문제가 되는 것은 내가 당신과 친하게 지낸다는 거예요."

그는 그녀의 말뜻을 이해했다고 생각하며 웃음을 터트렸다. "하지만 당신이 말한 것처럼, 또 사람들이 이해하는 것처럼 나는 평범한 사람이고, 당신 또한 평범한 사람입니다. 그렇지 않나요? 당신은 내가 다른 남자들과 비슷한 남자로 보이게끔 도와주고 있어요. 그래서 만약 내가 평범한 남자라면, 당신의 평판도 위태로울 게 없는 거지요?"

그녀는 잠시 뜸을 들이다가 아주 분명하게 말했다. "그거예요. 그게 나의 관심사예요. 당신이 다른 남자들과 비슷한 남자로 보이도록 도와주는 거."

그는 아주 성의를 기울여서 그 답변에 충분한 고마움을 표시했다. "정말 친절하고 아름다운 사람이에요, 당신은! 내가 어떻게 보답할 수 있을까요?"

그녀는 마지막으로 뜸을 들이며 심각한 표정을 지었다. 마치 여러 가지 방법 중 하나를 선택하려는 것 같았다. 그녀는 선택했다. "당신이 있는 모습 그대로 살아 나가는 것."

그들은 그가 있는 모습 그대로 살아 나가는 것을 탐구하는 일에 오랫동안 빠져들었고, 그리하여 그들의 심리적 깊이를 더욱더 측정해 보아야 하는 날이 필연적으로 오고야 말았다. 그 두 심연은 때때로 현기증 나는 공간에서 흔들리는 가벼운 구조물로 늘 연결되어 있었는데, 때때로 그들의 날카로운 신경을 달래기 위해서라도 그 심연에 가늠추를 내리고 그 깊이를 재어 보아야 했다. 그 깊이의 차이는 다음과 같은 사실로 인해 확고하게 굳어졌다. 그는 그녀가 어떤 생각을 가지고 있는데 그것을 감히 말하려 하지 않는다고 비난했고, 그녀는 그런 비난에 반박할 필요를 전혀 느끼지 않는 것처럼 보인다는 사실이었다. 그 비난은 그들이 한참 사건 후에 이루어진 깊이 있는 논의 끝에 나온 것이었다. 그는 불현듯 이런 생각이 들었다. 그녀는 뭔가를 알고 있는데, 그것이 너무 나쁜 것이어서 감히 그에게 말하지 못한다고 말이다. 그리하여 그녀는 그가 그것을 발견하기를 바라지 않는 거라고 그가 말했을 때, 그녀의 대답은 너무 애매모호해서 그냥 내버려 둘 수가 없었다. 그렇지만 마처의 예민한 감수성을 감안할 때 너무나 무서운 얘기여서 감히 다시 꺼낼 수도 없었다. 그는 그녀가 한 말 주위를 빙빙 돌면서 거기에 가까워지는가 하면 멀어지기도 했다. 또 그의 머릿속에는 결국 자신이 알지 못하는 것을 그녀가 '알기'란 불가능하다는 생각이 남아 있었는데, 그는 그런 생각으로부터 별로 영향을 받지는 않았다. 그녀는 그와는 다른 지식의 원천을 갖고 있지 않았다. 물론 그녀가 더 섬세한 신경의 소유자임은 그도 인정했다. 여자는 어떤 대상에 관심을 가지면 그런 신경을 발휘하는 법이다. 그녀들은 사람의 일에 관한 한, 당사자 자신도 추측하지 못하는 일을 추측한다. 여자들의 신경, 감수성, 상상력 등은 뭔가를 전도傳導하면서 계시하는 것이었다. 메이 바트램이 아름다운 건, 특히 그녀가 그 모든 것을 그의 사례에 전적으로 바치고 있다는 점이었다. 요사이 그는 기이하게도 전에 느끼지 못하던 것을 느꼈다. 그것은 어떤 참사로 그녀를 잃어버릴지도 모른다는 두려움이 점점 커지는 것이었다. 물론 그건 그냥 참사일 뿐 결정적 참사는 되지 못할 터였다. 그 이유는 부분적으로 그녀가 전보다 더 그에게 유용한 사람으로 인식되기 시작했다는 것이고, 다른 면에서는 그녀의 건강이 불확실하다는 것인데, 이 두 가지 사안은 우연의 일치로, 또 비교적 새롭게 나타났다. 그러한 태도는 그가 여태껏 성공적으로 갈고닦은 내적 초연함의 특징이었고, 이 특징은 그를 다루는 우리의 이야기에서 핵심 기준이기도 하다. 그렇지만 그의 복잡한 상황은 지금까지는 그리 대단한 문제로 보이지 않았으나, 이번의 위기에서는 전과 비교가 안 될 정도로 그를 압박해 왔고, 그리하여 존 마처는 자신을 덮치려고 기다리는 짐승이 이제, 진실로, 보이거나 들리는 거리, 혹은 만지거나 손을 내뻗으면 잡을 수 있는 거리, 즉각적인 재결裁決의 범위 안에 들어와 있는 게 아닐까 하고 자문하게 되었다.

그날은 언젠가 오게 되어 있었고, 마침내 왔다. 메이가 혈액과 관련된 병이 든 것 같다고 두려워하며 고백했던 것이다. 그때 그는 변화의 그림자를 보았고, 충격으로 오한을 느꼈다. 그는 즉각 사태 악화와 참사들을 상상하기 시작했고, 무엇보다도 그녀의 위기가 곧 그 자신의 개인적 상실의 위기라고 생각했다. 이런 생각은 그의 체질에 맞는 평정심을 부분적으로 회복하게 만들었다. 그 순간 그의 머릿속에 제일 먼저 떠오른 것은 그녀가 겪게 될 상실이었다. "그녀가 그것을 알기 전에 혹은 보기 전에 죽어 버리면 어쩌지?" 이제 병을 앓기 시작한 그녀에게 이런 질문을 던지는 것은 너무 잔인한 일이 될 터였다. 하지만 무엇보다 그것은 즉각 그에게 그의 걱정거리를 일러 주었고, 그가 그녀의 질병을 안타깝게 여긴 가장 큰 이유는 바로 그것*이었다. 만약 그녀가 '안다면', 어떤 신비하고 물리칠 수 없는 빛나는 지식—이것 말고 무엇을 더 생각해 볼 수 있겠는가?—을 갖고 있다면, 이것은 문제를 더 낫게 만드는 것이 아니라 더 나쁘게 만들 터였다. 그녀가 당초 존 마처의 호기심을 자기 것으로 삼고 자기 삶의 밑바탕으로 삼아 왔으니 말이다. 그동안 메이는 앞으로 눈에 보이게 되어 있는 것을 보기 위해 살아왔으나, 그 일을 완성하기도 전에 포기해야 하게 되었으니 얼마나 가슴이 찢어질 것인가. 이러한 생각은 그를 관대하게 했다. 그

---

* 그녀가 그에 대해서 알고 있다고 했으나 말해 주지 않은 비밀을 결국 말하지 않고 죽는 것.

러나 아무리 자주 그렇게 생각하더라도 시간이 경과하면서 그는 점점 더 불안해졌다. 그에게 시간은 기이하면서도 일정한 흐름으로 흘러갔고, 그에게 많은 불편을 가져올 우려가 있었으나 그런 우려와는 별개로 그의 경력에서 유일한 놀라움을 안겨 주었다. 그가 지나온 삶을 경력이라고 할 수 있다면 말이다. 그녀는 전과는 다르게 집에만 있었다. 그녀를 만나려면 그녀를 찾아가야 했다. 그녀는 이제 다른 곳에서는 그를 만날 수가 없었다. 그들이 사랑하는 구런던의 시가지에는 그들이 이런저런 때에 만남의 장소로 삼지 않았던 곳이 거의 없었지만 이제 그런 곳에는 갈 수가 없었다. 그녀는 언제나 난롯가에 놓아 둔 오래된 안락의자 옆에 앉아 있었다. 그녀는 점점 더 그 의자를 떠날 수 없게 되었다. 그는 평소보다 좀 오래 간격을 두었다가 그녀를 찾아갔는데, 갑작스럽게 그는 그동안 자신이 생각해 온 것보다 그녀가 훨씬 나이 들어 보인다는 인상을 받았다. 하지만 그런 갑작스러움은 순전히 그의 문제였다. 그가 의식하지 못하고 있다가 갑자기 깨달았다는 뜻이다. 그토록 오랜 세월이 흘렀으니 그녀는 늙었거나 거의 늙은 상태였고, 그런 만큼 늙어 보였던 것이다. 그것은 존 마처 자신도 상당 부분 해당되는 얘기였다. 그녀가 늙었거나 거의 늙은 상태였다면 존 마처도 마찬가지였다. 그녀가 나이 듦의 교훈을 직접 보여 주었기 때문에 그가 스스로 교훈을 깨닫고 그 진실을 각인하게 된 건 아니었다. 그의 놀람은 여기서 시작되었다. 일단 그렇게 되자 그 놀람은 계속 부피가 불어났다. 그것들은 쇄도하듯이 달려왔다. 세상에서 가장 기이한 방식으로, 그것들은 지하에 무더기로 뿌려져 모두 지표면 아래에 억눌려 있다가, 인생의 어느 늦은 오후에 갑자기 모두 튀어나오는 것 같았다. 일반적인 사람들의 경우에, 예기치 않은 것들은 모두 죽어 버리는 그런 인생의 오후에.

그런 놀라움 중 하나는 이러했다. 그는 이런 생각을 하고 있는 자기 자신을 일찍 발견했어야 마땅했다(실제로 그는 그런 생각을 했었다). 그 대사건이란 이제 이 매력적인 여인, 이 훌륭한 친구가 그에게서 영원히 사라지는 것을 지켜보아야 할 저주스러운 운명이라는 형식을 띠게 되었다. 그런 가능성에 직면하자 그는 아무런 거리낌 없이 그녀를 매력적이고 훌륭한 사람이라고 치켜세웠다. 그렇기는 해도 그의 오래된 수수께끼에 대한 해답이, 아무리 매력적인 여인이라고는 하지만 그 여인이 그의 인생에서 사라지는 것, 그것이라면 그로서는 참으로 비참한 안티클라이맥스가 아닐 수 없었다. 그의 과거 태도에 비추어 볼 때, 그것은 체면 떨어지는 일이었고, 그 후유증 아래에서 그의 존재는 참담할 정도로 기괴한 실패작이 되고 말 터였다. 그는 그것(수수께끼)을 실패작으로 여기면서 살지 않았다. 그는 그것을 성공작으로 만들어 줄 어떤 현상이 출현하기를 오랫동안 기다렸다. 그는 이런 것이 아니라, 그와는 다른 어떤 것을 기다려 왔다. 그가 가진 신의의 숨결은 가빠졌다. 그나 그의 여자 친구가 얼마나 오래 기다려 왔는가를 생각하면 더욱 숨찬 노릇이었다. 아무튼 그녀가 쓸데없이 기다려 왔다는 사실은 그에게 날카로운 고통을 안겨 주었다. 그가 처음에는 그런 생각을 그냥 즐기는 듯했다는 사실도 고통을 더 배가했다. 그녀의 용태가 나빠지면서 상황은 더욱 심각해졌다. 그것이 일으킨 그의 심리 상태—그는 자신의 외모가 변형된 것처럼 그 사태를 관찰하게 되었다—는 그에게 닥친 또 다른 놀라움이라고 해도 무방할 터였다. 이 놀라움은 또 다른 놀라움으로 이어졌는데, 그가 과거에 용기를 냈더라면 스스로 해 볼 수도 있었던 질문을 충격적으로 깨달은 것이다. 이 모든 것—그녀가 의미한 것, 그녀와 그녀의 헛된 기다림, 가까이 다가온 그녀의 죽음, 그 죽음의 소리 없는 경고 등—의 의미는 무엇인가? 이제 이날 입때에 이르러 너무 늦었다고 말하는 것이 아니라면? 그는 저 기이한 생각의 여러 단계에서 단 한 번도 이러한 갑작스러운 시간표의 수정을 인정해 본 적이 없었다. 지난 몇 달 전까지만 해도 그에게 벌어지게 되어 있는 일은 언제나 시간이 충분하다고 확신해 왔다. 그가 그것을 자신이 예상한 시간으로 여기는지 여부는 별개로 치더라도 말이다. 그러나 마침내 그런 시간을 갖고 있지 않다는 것, 설령 갖고 있더라도 아주 조금뿐이라는 사실— 이것이 곧, 그를 둘러싼 사태가 전개되면서, 그의 오래된 강박증이 상대해야 하는 추론이 되었다. 그의 삶에 길게 그림자를 드리운 저 엄청난 애매모호함이, 그 자신의 존재를 증명하기 위하여, 거의 운신의 폭을 남겨 두지 않았다는 사실이 점점 더 뚜렷하게 드러남에 따라, 그의 강박증은 그 추론을 상대하는 데 별 도움을 주지 못했다. 왜냐하면 그가 그의 운명을 맞이하게 되는 것도 시간 속에서의 일이고, 그의 운명이 그에게 작용하는 것도 시간 속에서의 일이기 때문이다. 그는 더 이상 자신이 젊지 않다는 느낌에 눈을 떴는데, 그것은 곧 자신이 진부해지고 있다는 느낌과 같았고, 또 자신이 허약해지고 있다는 느낌, 바로 그것이었다. 그러자 그는 또 다른 문제에 눈을 뜨게 되었다. 그것들은 모두 연결되어 있었다. 그와 저 엄청난 애매모호함은 동일하면서도 분리할 수 없는 법률*의 지배를 받고 있었다. 따라서 가능성들 그 자체가 진부해졌을 때, 신들의 비밀이 희미해져서 거의 사라진 것이나 다름없게 되었을 때, 그것**은, 그것이

---

* 시간.
** 시간이 별로 없다는 것.

야말로 실패인 것이었다. 도산하거나, 불명예를 당하거나, 조롱을 당하거나, 교수형을 당하는 것은 실패가 아닐 터였다. 오히려 그중 어느 것에도 해당되지 않는다는 것이 실패였다. 그의 인생 여정이 예기치 못하게 방향을 틀어서 진입한 어두운 계곡에서, 그는 손을 뻗어 더듬으면서 적잖이 방황했다. 그는 어떤 엄청난 것이 자신을 덮쳐 와 충돌한다거나, 그 어떤 불명예나 기괴하다는 평판을 뒤집어쓴다 할지라도 개의치 않았다. 결국 그는 그 일을 감당할 수 없을 정도로 너무 늙은 건 아닐 테니까. 단, 그가 평생 저 엄청난 애매모호함의 위협적 존재 앞에서 취해 온 자세에 비례하여 그에 합당한 시련이 내려진다면 받아들일 수 있었다. 그에게는 이제 단 하나의 욕망만이 남았다. 그는 자신이 '속아서는' 안 된다고 생각했다.

4

그리고 어느 날 오후, 그해의 봄이 막 시작되어 아직 푸릇푸릇했을 때, 그가 이런 놀라운 사항들을 아주 솔직하게 드러내자, 그녀는 나름의 방식으로 거기에 대응했다. 그는 오후 늦게 그녀를 만나러 갔는데, 저녁은 아직 오지 않았고 그녀가 그의 앞에 나타났을 때는 저물어 가는 4월의 신선하고 청명한 햇빛이 응접실 안에 가득했다. 그런 햇빛은 보통 가을의 가장 우울한 시간보다도 더 날카로운 슬픔을 안겨 준다. 그 주는 따뜻했고 봄은 상당히 이르게 시작되었다고 사람들은 생각했다. 그래서 메이 바트램은 그해 처음으로 난로에 불을 피우지 않고 앉아 있었다. 마처가 보기에 그것은 메이가 거주하는 그 방 안에 최종적으로 부드러운 외양을 부여했다. 방에서는 정결한 질서와 차갑고 무의미한 격려 속에서, 이제 앞으로 그 방이 다시 난롯불을 구경하지 못하리라는 예지의 느낌이 풍겨 나오고 있었다. 왜 그런지는 알 수 없었지만, 그녀의 외양도 그런 분위기를 더욱 강화했다. 그녀의 얼굴은 밀랍처럼 희고 마치 바늘로 새겨 놓은 것 같은 많은 표시와 조짐이 어려 있었다. 그녀는 부드러운 흰옷에 연녹색 스카프를 배색해 입고 있었는데, 지나온 세월이 그 스카프의 은은한 색조를 더욱 세련되게 만들었다. 그녀는 평온하고 아름답지만 이해할 수 없는 스핑크스 같은 모습이었고, 그 머리 혹은 몸 전체가 마치 은가루를 뒤집어쓴 듯했다. 그녀는 스핑크스였으나 그녀가 걸친 하얀 꽃잎과 초록색 잎사귀 덕분에 백합이라고 부를 만도 했다. 단지 먼지나 얼룩이 없는, 멋지게 모방되고 꾸준히 관리가 되는 인공 백합이었다. 비록 조화이기는 하지만 약간 이울기도 하고, 투명 유리로 만든 종 밑에다 놓아 두면 희미하게 주름이 잡히기도 하는 인공 백합. 그녀 집의 방들도 늘 완벽히 정돈되고, 세련미와 차분함이 풍겨져 나왔다. 그러나 이제 그 방들은 모든 것이 정리되고, 수납되고, 치워진 것 같았으며, 그리하여 그녀는 양손을 포개고 앉아서 아무것도 할 일이 없는 듯했다. 마처가 보기에 그녀는 '그것으로부터 빠져나갔다'. 그녀의 일은 끝났다. 그녀는 어떤 굽어진 만灣이나, 그녀가 이미 도달한 휴양의 섬을 사이에 두고 그와 의사소통을 했고, 그래서 그는 기이하게도 버려진 느낌을 받았다. 오랫동안 그녀가 그와 함께 관찰해 왔으니, 그들의 문제에 대한 답변이 그녀의 시야 속으로 들어와 구체적 이름을 부여받게 되었고 그리하여 그녀의 일은 정말로 끝나 버린 것일까? 그는 몇 달 전에도 그녀가 그에 대해서 뭔가 알고 있으면서도 말해 주지 않는다고 하면서 이 문제를 거론했다. 그러나 그때 이후 그는 그 문제를 계속 밀어붙일 수가 없었는데, 만약 그렇게 한다면 그것이 그들 사이에서 의견 차이 혹은 의견 불일치를 일으킬지도 모른다고 막연히 두려워했기 때문이다. 그는 이 후반기에 들어 긴장을 느끼게 되었는데, 그 전 여러 해 동안에는 그런 일이 없었다. 이상한 점은 그가 의심하기 전에는 그의 긴장 상태가 나타나지 않았고, 그가 확신을 갖고 있었을 때에는 잘 억제가 되었다는 점이다. 그가 보기에 어떤 엉뚱한 말이 갑자기 머릿속에 떠올라서 적어도 그의 긴장 상태를 어느 정도 덜어 줄 것 같았다. 하지만 그는 사태와 어울리지 않는 엉뚱한 말을 하고 싶지 않았다. 그것은 모든 것을 추악하게 만들 것이었다. 그는 자신이 알지 못하는 지식이 그 자체의 무게로 인해—만약 그것이 떨어질 수 있는 것이라면—머리 위로 떨어지기를 바랐다. 그녀는 그를 버릴 생각이라면 떠나가면 되는 것이었다. 이 때문에 그는 대놓고 그녀가 알고 있는 것이 무엇이냐고 물어보지 않았다. 또 그런 이유로 다른 측면에서 그 문제에 접근하면서, 그녀를 방문했을 때 이렇게 물었다. "이 시점에서 내게 벌어질 수 있는 가장 나쁜 일은 무엇이라고 봅니까?"

그는 과거에도 그녀에게 종종 이 질문을 했었다. 그들은 자신들의 기이한 집중과 회피가 만들어 내는 불규칙한 리듬 속에서 이에 대해 의견을 교환했고, 그 후에는 그 의견들이 시간의 냉정한 간격에 의해 마치 모래사장에 그려진 그림처럼 지워져 나가는 것을 목격했다. 그들의 대화는 이런 특징을 갖고 있었다. 그 대화 속에서 가장 오래된 암시는 먼저 일축된 후 시간이 지나면서 반작용으로 다시 튀어나왔는데, 그 순간에는 마치 새로운 질문인 것처럼 들렸다. 그래서 그녀는 지금 이 순간 아주 신선한 태도를 취하고 끈질긴 인내심을 발휘하며 그의 질문을 맞이할 수 있었다. "아, 그래요, 나는 그것을 거듭 생각해 왔지요. 하지만 예전부터 어떤 결심을 할 수가 없는 것처럼 보였어요. 나는 무서운 것들을 생각했고, 그것들 사이에서 선택하기가 어려웠어요. 당신도 틀림없이 그런 생각을 했을 거예요."

"그렇지요! 나는 그것 이외에 다른 것은 하지 않았습니다. 나는 평생을 오로지 무서운 것들만 생각하며 살아온 것 같습니다. 그중 상당수는 이런저런 때에 당신에게 말해 주었지만, 아직도 말해 줄 수 없는 것들이 있습니다."

"그것들이 너무, 너무 무서웠나요?"

"너무 무서웠어요. 일부는요."

그녀는 그를 잠시 쳐다보았다. 그 눈을 쳐다보면서 그는 이런 엉뚱한 생각이 들었다. 그녀의 두 눈빛은 아주 청명한 빛을 발할 때에는 젊은 시절처럼 여전히 아름다웠다. 그러나 이제는 약간 차가운 빛이 감도는 아름다움이었다. 그 빛은 그 계절과 시간의 창백하고 냉정한 부드러움이 만들어 낸 효과였다. 또는 그런 부드러움의 원인일 수도 있었다. "그리고," 그녀가 마침내 말했다. "우리가 언급했던 무서움들도 있었지요."

이런 그림 속에서 이런 인물이 '무서움들'을 말하다니 기이한 느낌이 더욱 깊어졌다. 하지만 그녀는 몇 분 뒤에 그보다 더 기이한 어떤 일을 할 예정이었다(하지만 이에 대하여 그는 한참 뒤에나 그 의미를 파악하게 될 터였다). 그녀의 어조는 이미 떨리고 있었다. 말이 난 김에, 그녀의 두 눈이 젊을 때의 반짝거림을 되찾았다는 것도 그런 기이한 것을 예고하는 조짐 중 하나였다. 아무튼 그는 그녀가 한 말을 인정해야 했다. "그래요. 우리가 아주 멀리 나간 적도 있었지요." 그는 마치 모든 것이 끝난 양 말을 하다가 중간에서 멈추었다. 그래서 정말 모든 게 끝났기를 바랐다. 하지만 그가 볼 때 그 마무리는 점점 더 그녀에게 달려 있었다.

그녀는 이제 부드럽게 미소 지었다. "아, 멀리 갔다고ㅡ!"

그 말은 다소 냉소적이었다. "당신이 더 멀리 나아갈 준비가 되어 있었다는 뜻인가요?"

그를 계속 쳐다보는 그녀는 연약하고, 매력적이고, 또 나이 들어 보였다. 하지만 어쩐지 실마리를 잃어버린 것처럼 보였다. "우리가 멀리 나아갔다고 생각하시나요?"

"나는 당신이 그런 뜻으로 말하는 것이라고 생각했습니다. 우리가 사물들을 정면에서 바라보았다고 말이에요."

"우리가 서로 정면으로 바라보는 것을 포함해서요?" 그녀는 여전히 미소 지었다. "아무튼 당신 말이 맞아요. 우리는 함께 엄청난 상상력과 엄청난 공포를 공유했어요. 하지만 일부는 입 밖에 내지 않았지요."

"그렇지만 최악의 것ㅡ 우리는 그것을 직면하지 않았어요. 나는 그것을 직면할 수 있었다고 생각해요. 당신이 그것을 어떻게 생각하는지 알기만 한다면요." 그가 설명했다. "마치 내가 그런 것들을 생각하는 힘을 잃어버린 것처럼요." 그는 말만큼이나 자신의 표정이 공허하게 보이지 않는지 의아했다. "그 힘은 소진되었어요."

"그렇다면 왜 당신은," 그녀가 물었다. "나의 힘이 소진되지 않았다고 생각하나요?"

"왜냐하면 당신은 그와는 반대되는 표시를 보였기 때문입니다. 그것은 당신이 생각하고, 상상하고, 비교하는 문제가 아니에요. 그것은 이제 선택의 문제도 아니에요." 마침내 그는 그 말을 꺼냈다. "당신은 내가 모르는 것을 알고 있어요. 그걸 전에 내게 보여 준 적이 있습니다."

이 마지막 말은 그녀에게 영향을 미쳤다. 그는 순간적으로 그것을 알 수 있었다. 하지만 그녀는 단호하게 말했다. "나는 당신에게 아무것도 보여 주지 않았어요."

그는 머리를 흔들었다. "당신은 그것을 감출 수 없어요."

"오, 오!" 메이 바트램이 그 말에 탄식했다. 간신히 억누른 신음 소리였다.

"당신은 몇 달 전에 시인했어요. 당신은 내가 뭔가를 발견하게 될까 두려워하고 있다고, 내가 말했었지요. 당신은 내가 발견하지 못하거나 발견하지 않으려 한다고 대답했지요. 나는 지금도 발견한 척하지는 않겠습니다. 그 당시 당신은 마음속에 뭔가를 가지고 있었고 나는 이제 그것이 당신에게 최악의 것으로 굳어졌다고, 아니면 그럴 수도 있다고 확신하고 있어요. 그래서," 그가 계속 말했다. "이것이 내가 당신에게 호소하는 거예요. 나는 지금 무지가 두렵지, 아는 게 두렵지 않습니다." 잠시 그녀는 아무 말도 하지 않았다. "나는 지금 이것을 확신합니다. 당신의 얼굴에서 그리고 이 방 분위기에서 당신이 이미 그것에서 빠져나갔다고 느낍니다. 당신은 끝냈어요. 당신은 이미 체험했어요. 그리고 나를 내 운명에다 방치해 버렸어요."

그녀는 마치 작심한 듯이 미동도 없이 앉아 그의 말을 들었다. 그녀의 침묵은 그의 말을 인정한 것이나 다름없었으나, 그래도 내면에 아직 미세한 저항의 기운이 남아 있어서 완전한 인정이라고는 할 수 없었다. "그것은 최악일 거예요." 그녀가 마침내 말했다. "내가 말하지 않은 것요."

그 말에 그는 잠시 입을 다물었다. "우리가 말했던 온갖 기괴한 것보다 더 기괴합니까?"

"더 기괴한 거예요. 당신이 그것을 최악이라고 말했을 때," 그녀가 물었다. "그걸 충분히 표현한 것이 아니었나요?"

마처는 생각에 잠겼다. "그렇지요. 당신이 내가 생각했던 것처럼 생각해 볼 수 있는 모든 상실과 모든 수치를 뭉뚱그려서 말한 거라면요."

"그게 벌어져야 한다면 벌어질 겁니다." 메이 바트램이 말했다. "그러나 우리가 말하고 있는 것은, 나의 생각일 뿐임을 기억하세요."

"그게 당신의 믿음이지요." 마처가 대답했다. "나로서는 그거면 충분합니다. 난 당신의 믿음이 옳다고 느껴요. 그러니 그런 믿음을 가지고 있는데도 당신이 그에 대하여 더 이상 알려 주지 않으니, 당신은 나를 버린 것이지요."

"아니요, 아니요!" 그녀가 거듭 말했다. "나는 아직도 당신과 함께 있어요. 그걸 모르세요?" 그 말뜻을 더욱 생생하게 전하기 위하여 그녀는 의자에서 벌떡 일어서서―당시 그녀는 그런 동작을 거의 하지 않았다―하얀 옷을 부드럽게 차려입은, 아름답고 날씬한 모습을 그에게 보여 주었다. "나는 당신을 버리지 않았어요."

몸이 불편한데도 그렇게 일어서서 말해 준 것은 그에게 커다란 위안을 주었고, 그런 충동적 행동의 효과가 크지 않았더라면, 그것은 그를 즐겁게 하기보다는 고통스럽게 했을 것이었다. 그녀가 그의 앞에 서 있는 동안, 그녀의 눈빛이 지닌 냉정한 매력이 온몸으로 퍼져 나갔고 그리하여 잠시 그녀는 젊음을 회복한 것 같았다. 그는 그런 점에 대하여 그녀를 연민할 수 없었다. 그는 그녀가 보여 준 대로 그녀를 받아들일 수 있었다. 그녀는 아직도 그를 도와줄 능력이 있었다. 동시에 그녀의 빛은 아무 때나 꺼져 버릴 것 같았다. 따라서 그는 그 빛을 최대한 활용해야 했다. 그의 머릿속에서 그가 가장 알고 싶은 서너 가지 사항들이 빠르고 강렬하게 지나갔다. 하지만 그의 입술에 저절로 떠오른 질문은 나머지 것들을 아우르고 남음이 있었다. "그렇다면 내가 뚜렷한 의식을 가지고 고통을 당할 것인지 말해 주어요."

그녀는 곧바로 머리를 흔들었다. "그런 일은 결코 없을 거예요."

그것은 그가 그녀에게 부여한 권위를 확증했고, 그에게 비상한 효과를 발휘했다. "그럼, 그것보다 더 좋은 건 뭐죠? 당신은 그걸 최악의 것이라고 부르나요?"

"그보다 더 좋은 것은 없다고 생각하나요?" 그녀가 물었다.

그녀는 아주 특별한 의미로 그렇게 말하는 듯했고, 그는 또다시 어떤 위안의 전망이 새벽처럼 밝아 오는 것이 아닌가 생각했다. "내가 그게 뭔지 모른다면, 더 좋은 게 없을 수도 있지 않겠어요?" 그의 질문을 두고 두 사람의 눈이 말없이 마주치는 순간, 그 새벽은 깊어졌고, 그의 목적에 소용이 되는 무언가를 신기하게도 그녀의 얼굴에서 알 수 있었다. 그것을 받아들이면서 그의 얼굴은 이마까지 붉어졌다. 그는 인식의 충격으로 숨이 막혀 왔고, 그 순간 모든 것이 그 인식에 적절히 맞아 들어갔다. 그가 헉 하고 내쉬는 숨소리가 방 안을 가득 채웠다. 이어 그는 말했다. "알겠습니다. 내가 고통을 받지 않는다면—!"

그러나 그녀의 표정에는 의문의 빛이 어렸다. "당신은 무엇을 안다는 거지요?"

"당신이 지금 말한 것. 당신이 언제나 의미했던 것요."

그녀는 다시 고개를 저었다. "그거랑 지금 의미하는 건 달라요."

"새로운 겁니까?"

그녀는 약간 뒤로 물러섰다. "새로운 거예요. 그건 당신이 생각하는 게 아니에요. 나는 당신이 무슨 생각을 하는지 알아요."

그는 추측하며 다시 숨을 들이쉬었다. 하지만 그녀가 지금 고쳐 준 게 잘못되었을 수도 있었다. "그건 내가 바보라는 얘기는 아닌가요?" 그가 약하고 우울한 목소리로 물었다. "그건 모두 실수라는 건가요?"

"실수요?" 그녀가 연민하는 목소리로 따라 말했다. 그 가능성은 그녀로서는 아주 끔찍한 것이 될 터였다. 그는 그것을 알아보았다. 그녀가 그 문제로 그가 고통받지는 않으리라고 보장하는 것으로 미루어, 실수의 가능성은 지금 이 순간 그녀가 생각하는 것이 아니었다. "오, 아니에요." 그녀가 선언했다. "그런 게 아니에요. 당신은 옳았고 실수하지 않았어요."

그렇지만 그는 이렇게 자문하지 않을 수 없었다. 크게 압박을 당해, 오로지 그를 구제하기 위해 저렇게 말하는 것은 아닐까? 만약 그의 과거가 모두 진부한 것으로 판명된다면 그는 아주 곤란한 처지에 봉착하게 될 것 같았다. "당신은 내게 진실을 말하고 있는 겁니까? 내가 감당할 수 있는 이상으로 더 큰 바보가 되는 것을 막기 위해서요? 내가 아주 바보 같은 환상 속에서 공허한 상상력을 발휘하며 살아온 건 아닐까요? 내 앞에서 문이 닫히는 것을 보기 위해 지금껏 기다려 온 건 아닐까요?"

그녀는 다시 고개를 흔들었다. "현재의 상황이 어떻든 간에 그건 진실이 아니에요. 현실의 모습이 어떻든, 그게 진실이 아니라는 건 현실이에요. 문은 닫혀 있지 않아요. 문은 열려 있어요." 메이 바트램이 말했다.

"그럼 무슨 일이 벌어지게 되어 있나요?"

그녀는 침착하면서도 다정한 눈으로 그를 쳐다보며 잠시 뜸을 들였다. "결코 너무 늦은 법은 없어요." 그녀는 미끄러지는 듯한 걸음으로 둘 사이의 거리를 좁혔다. 그녀는 잠시 그에게 더 가까이, 바싹 붙어 서 있었는데, 아직도 말하지 않은 그것으로부터 힘을 얻는 듯했다. 그녀의 움직임은, 그녀가 망설였으나 곧 말하기로 결심했음을 은밀하게 강조하는 듯했다. 그는 벽난로 옆에 서 있었다. 벽난로는 불이 피워져 있지 않고 장식품도 별로 없었다. 자그마한 낡은 프랑스 시계와 장미색 드레스덴 도자기 두 점이 전부였다. 그가 기다리는 동안, 그녀는 손으로 선반을 붙잡고 있었는데, 몸을 지탱하려는 것도 있었지만 동시에 그녀의 마음을 격려하기 위해서였다. 그녀는 그를 계속 기다리게 했고, 그는 그저 기다렸다. 그녀의 동작과 태도는 갑자기 그에게 아름답고 생생해 보였는데, 그녀는 그에게 뭔가 더 할 말이 있는 것 같았다. 그녀의 피폐한 얼굴도 그에 따라 은근히 빛나고 있었다. 그녀의 표정이 순은처럼 하얀 광채를 내며 빛났다. 그녀는 의심할 나위 없이 옳았다. 왜냐하면 그가 그녀의 얼굴에서 본 것은 진실이었기 때문이다. 그리고 기이하면서도 뜬금없게도, 그 진실이 무서운 것이라는 얘기가 아직 방 안에 떠도는 동안에, 그녀는 그 진실을 아주 부드럽게 제시하는 것 같았다. 이것을 보면서 그는 경탄했고, 그녀의 계시를 더욱 고맙게 생각하며 입을 떡 벌렸다. 그들은 잠시 아무 말도 하지 않고 그렇게 바라보고 있었다. 그녀의 얼굴은 그에게 환히 빛났고, 그녀의 접촉은 아주 가볍게 그를 압박해 왔다. 그도 고마워하면서 동시에 기대에 찬 눈빛을 보냈다. 그렇지만 결과적으로, 그가 기대했던 것은 오지 않았다. 그 대신 뭔가 다른 것이 발생했는데, 그 일은 먼저 그녀가 두 눈을 감는 형태로 나타났다. 동시에 그녀가 천천히 미세하게 몸을 떨었고, 그가 계속 쳐다보자—실제로 그는 더욱 강렬하게 쳐다보았다—그녀는 몸을 돌려 의자에 가서 앉았다. 그것은 그녀가 의도해 왔던 것의 종말이었으나, 그로 하여금 계속 그것이 무엇인지 생각하게 만들었다.

"아까, 당신이 하던 말은—?"

그녀는 의자로 가면서 굴뚝 근처의 벨을 누르고서 이상할 만큼 창백한 모습으로 의자에 쓰러지듯 앉았다. "너무 아픈 것 같네요."

'너무 아파서 내게 말을 못 한다고?' 그 생각이 갑자기 머리에 떠올라 거의 그의 입술까지 올라왔다. 그것은 그녀가 그에게 빛을 주지 않고 죽을지 모른다는 공포였다. 그는 곧 자신을 억누르면서 그 질문을 거두어들였다. 그러나 그녀는 그가 하려던 말을 들은 것처럼 대답했다.

"이래도 모르겠어요— 지금 이 순간에도?"

"지금 이 순간에도?" 그가 물었다. 그녀는 방금 전에 순간적으로 어떤 변화가 온 것처럼 말했었다. 그러나 종소리에 재빨리 반응한 하녀가 벌써 그들 앞에 나타났다. "나는 아무것도 몰라요." 그는 나중에 그 순간 지독하게 초조한 목소리로 말했던 것을 후회했다. 살벌하리만큼 초조해져, 그는 너무나 당황해 이제는 그 모든 문제로부터 손 씻고 싶어 하는 태도마저 보였다.

"오!" 메이 바트램이 말했다.

"고통스러운가요?" 하녀가 그녀에게 다가가는 동안에 그가 물었다.

"아니요." 메이 바트램이 말했다.

침실로 모셔 가려고 그녀의 어깨에 팔을 두른 하녀가 그 말을 부정하는 눈빛으로 그를 쳐다보았다. 그럼에도 불구하고 그는 다시 한 번 의아함을 드러냈다. "그럼, 방금 무슨 일이 벌어진 거죠?"

그녀는 하녀의 도움을 받아 다시 한 번 일어섰다. 이제 그만 가 보라는 뜻을 전달받은 그는 멍한 표정으로 모자와 장갑을 챙겨서 문 앞까지 갔다. 그러나 여전히 그녀의 대답을 기다렸다. "과거부터 벌어지기로 되어 있던 일요." 그녀가 대답했다.

5

그는 다음 날도 또 찾아갔으나 그녀는 그를 만날 수가 없었다. 오랜 교제를 나누면서 그런 일은 글자 그대로 그때가 처음이었으므로, 그는 열패감과 불쾌감 그리고 거의 분노를 느끼면서 돌아섰다. 이렇듯 습관이 깨진 것은 실제로 종말이 시작되었다는 느낌을 주었다. 그는 자신의 생각에 골몰한 채 방랑했는데, 특히 아무리 억누르려 해도 잘 안 되는 생각에 사로잡혀 있었다. 그녀는 죽어 가고 있었고 그는 그녀를 잃으려 하고 있었다. 그녀가 죽으면 그의 인생도 끝날 것이었다. 그는 공원으로 들어와 걸음을 멈추고서 자꾸만 일어나는 의문을 빤히 응시했다. 그녀와 떨어져 있으니 그 의문이 계속 그를 압박해 왔다. 그녀와 함께 있을 때 그는 그녀의 말을 믿었다. 그러나 이렇게 혼자 있다 보니, 그는 최선이라고 해야 비참한 따뜻함이요 최악의 경우에는 차가운 고문인, 가장 가까이 있는 설명에 빠져들게 되었다. 그녀는 그를 구제하기 위해, 그가 편안하게 쉴 수 있는 어떤 것을 가지고 계속 미루면서 그를 속여 왔다. 과거부터 그에게 벌어지기로 되어 있던 일은, 막 벌어지기 시작한 일이 아니라면 무엇이겠는가? 죽어 가는 그녀, 그녀의 죽음, 결과적인 그의 고독. 이것이야말로 그가 정글의 짐승으로 상상한 바로 그것이었다. 그것이야말로 신들의 무릎에 있는 것이었다. 어제 그녀를 떠나면서 그는 그녀의 말을 들었다. 그녀가 그것 말고 무슨 다른 뜻으로 말했겠는가? 그것은 결코 말도 안 될 만큼 대단한 것은 아니었다. 진귀하거나 남다른 운명이라고 할 수도 없었다. 사람을 압도하거나 불후의 인물로 만들어 주는 운명의 손길이라고 할 수도 없었다. 그저 평범한 운명의 낙인일 뿐이었다. 그러나 불쌍한 마처는 지금 이 순간에도 평범한 운명으로 충분하다고 판단했다. 그건 그의 성향에 맞는 것이었고, 그는 그것을 무한한 기다림의 완결편으로 인정하면서 자부심을 굽히고 받아들일 생각이었다. 그는 황혼의 벤치에 앉아 있었다. 그는 바보가 아니었다. 그녀가 말해 온 대로, 과거부터 뭔가가 벌어지기로 되어 있었다. 그는 벤치에서 일어나기 전에 그 마지막 행동이 그런 결론에 도달하기 위해 지금껏 지나쳐 온 저 기다란 가로수 길과 부합한다고 생각했다. 그의 불안을 함께 나누고 종식시키기 위해 그녀는 자신의 모든 것 그리고 목숨을 바치면서 그와 함께 그 길의 모든 단계를 거쳐 왔다. 그는 그녀의 도움을 받으며 살아왔는데, 이제 그녀를 떠나보내야 하는 것은 얼마나 잔인할 것이며 또 얼마나 간절히 그녀가 그리울 것인가. 이보다 더 압도적인 일이 어디에 있을까?

그는 그것을 일주일 내에 알 수 있을 것이었다. 그녀는 한동안 그를 멀리했다. 그는 그녀를 찾아갔다가 만남을 거부당하고 여러 날 동안 불안하고 비참한 기분이었다. 하지만 마침내 그녀는 늘 그를 맞이하는 곳에서 그를 만나기로 하면서 시련을 끝내 주었다. 그녀는 위독했음에도 그들의 과거를 절반쯤 차지하는—의식적으로 혹은 헛되이—그 많은 것들 속으로 다시 나왔는데, 그녀에게서는 그의 강박증을 견제하여 오랜 번민을 끝내 주려는 다정한 소원 이외에는 별로 해 줄 것이 없다는 태도가 너무나 분명하게 드러났다. 그는 위중한 그녀의 상태에 놀라 그녀의 의자 옆에 앉았을 때 질문이고 뭐고 모든 것을 다 내려놓고 싶다는 생각이 들었다. 그래서 지난번에 헤어지기 전에 그녀가 마지막으로 했던 말을 다시 상기시킨 사람은 그녀였다. 그녀는 그들의 관계를 분명하게 정리하고 싶어 했다. "나는 당신이 이해했는지 확신이 서질 않아요. 이제 당신은 더 이상 기다릴 것이 없어요. 그것은 이미 와 버렸어요."

그는 놀라 그녀를 쳐다보았다. "정말로요?"

"정말로요."

"당신이 말한 대로 과거부터 벌어지기로 되어 있던 일."

"우리가 젊은 시절부터 관찰해 왔던 일요."

그녀와 대면하면서 그는 다시 한 번 그녀의 말을 믿었다. 그것은 아주 비참하게도 그가 거의 반박하지 못하는 주장이었다. "구체적이고 확정적인 사건으로 왔다는 것인가요? 이름과 날짜가 달린?"

"구체적이고 확정적이에요. 하지만 '이름'은 모르겠어요. 그리고, 오, 날짜라니요!"

그는 또다시 막막히 바다 한가운데에 빠진 자신을 발견했다. "그게 밤중에 와서, 나를 스쳐 지나갔습니까?"

메이 바트램은 이상하고도 희미한 미소를 지었다. "아니요, 그것은 당신을 스쳐 지나가지 않았어요!"

"하지만 내가 그것을 의식하지 못하고 그것이 내게 와닿지 않았다면—?"

"아, 당신은 어떻게 그것을 의식하지 못하지요?" 그녀는 이 문제를 더 다루어야 하는지 잠시 망설이는 듯했다. "당신이 그것을 의식하지 못한다는 건 이상하고도 이상하네요. 그건 경이롭고도 경이로운 거예요." 그녀는 병든 아이처럼 아주 부드럽게 말했고 이제 마지막에 이르러서는 무녀巫女처럼 완벽하게 직설적으로 말했다. 그녀가 알고 있다는 것은 너무나 분명했고, 그를 지배해 온 법칙과 동등한 영향을 그에게 미쳤다. 그 고결한 특징으로 보아 그건 그 법칙의 진정한 목소리였다. 그녀의 입술 위에서 그 법칙이 말했다. "그것은 당신에게 가닿았어요." 그녀는 계속 말했다. "그것은 그 직능을 다했어요. 그것은 당신을 완전히 소유했어요."

"내가 그것을 전혀 모르는 채로요?"

"당신이 그것을 전혀 모르는 채로요." 그는 그녀에게로 몸을 기울이며 그녀가 앉은 의자 팔걸이에 손을 내려놓았다. 그녀는 이제 희미하게 웃으며 그 손 위에 손을 얹었다. "내가 그것을 알았다면 그걸로 충분해요."

"오!" 그는 혼란을 느끼며 한숨을 쉬었다. 그녀가 최근에 자주 내뱉은 한숨이었다.

"내가 오래전에 말했던 것은 진실이에요. 당신은 이제 절대로 알지 못할 거예요. 난 당신이 그걸로 만족해야 한다고 생각해요. 이제 당신은 그것을 가졌어요." 메이 바트램이 말했다.

"그렇지만 무엇을 가졌다는 겁니까?"

"당신의 특징을 드러내는 것 말이에요. 당신 법칙의 증명요. 그것이 작용했어요. 난 너무 기뻐요." 그녀가 용감하게 덧붙였다. "그 법칙이 **아닌** 어떤 것을 볼 수 있었다는 게."

그는 계속 그녀에게 시선을 고정시켰다. 그는 그 말이 자신의 이해 범위를 넘어섰고 또 그녀에게도 그러하다는 것을 느꼈다. 그녀가 위중한 상태가 아니었더라면 그는 날카롭게 도전하고 그녀의 말을 일종의 계시처럼 묵묵히 받아들이지는 않았을 것이다. 그가 입을 뗀 것은 앞으로 닥쳐올 고독에 대한 예지 때문이었다. "그처럼 '아닌' 것을 알게 되어 기쁘다면 그것은 훨씬 더 나쁜 것이겠지요?"

그녀는 시선을 돌리고서 앞을 응시했다. 그리고 잠시 뒤에 말했다. "당신은 우리의 두려움들을 알고 있잖아요."

그는 의아했다. "그럼 그건 우리가 두려워하지 않았던 것인가요?"

그 말에 그녀는 천천히 그에게 고개를 돌렸다. "우리가 함께 앉아서 이런 식으로 그것에 대해서 대화를 나누리라고 꿈꾸어 본 적이 있나요? 우리가 꾼 온갖 꿈들 중에서요?"

그는 거기에 대해 잠시 생각해 보려 했다. 하지만 그들의 무수한 꿈은 이제 녹아서 차갑고 짙은 안개가 되어 버렸고 생각은 그 속으로 사라져 버렸다. "그렇다면 우리가 대화를 나눌 수 없었다는 건가요?"

"뭐라고 할까," 그녀는 그를 위해 최선을 다했다. "이쪽에서는 그렇게 해 본 적이 없어요. 이쪽이란," 그녀가 말했다. "선線을 넘어간 반대쪽을 말하는 거예요."

"내 생각에," 불쌍한 마처가 대답했다. "모든 쪽이 내게는 다 똑같아요." 그녀가 그를 고쳐 주려고 고개를 부드럽게 흔드는 동안에 그가 말했다. "우리는 뭐라고 할까, 그 선을 넘어간 것일 수도 있잖아요?"

"우리가 있어야 할 곳으로 넘어간다고요? 그건 아니에요. 우리는 여전히 **여기**에 있어요." 그녀가 병약한 목소리로 강조했다.

"그건 우리에게 무척 좋은 일이었잖아요!" 그녀의 친구는 솔직하게 논평했다.

"그건 그것이 우리에게 해 줄 수 있는 만큼만 좋았어요. 좋다고는 하지만, 그건 여기에 있지 않고, 그건 과거이고, 지나간 거예요." 메이 바트램이 말했다. "그것이 닥쳐오기—" 그러나 그녀의 목소리가 잦아들었다.

그는 그녀를 피곤하게 하지 않으려고 의자에서 일어섰다. 하지만 묻고 싶은 욕구를 억누르기는 무척 어려웠다. 그녀는 결국 그의 빛이 꺼져 간다는 것 이외에 말해 준 것이 없었다. 그것은 그녀가 말해 주지 않더라도 그 혼자서 충분히 알 수 있는 것이었다. "그것이 닥쳐오기—?" 그가 멍한 표정으로 그녀의 말을 반복했다.

"그것이 닥쳐오기 전의 일이었어요. 그 일이 그것을 늘 현존하는 것으로 만들었어요."

"나는 지금 오고 있는 것은 신경 쓰지 않아요! 게다가," 마처가 덧붙였다. "나는 당신의 부재로 그것이 현존하지 않는 상태보다는, 당신이 말한 대로, 현재의 상태가 더 좋아요."

"오, 나의 부재라니요!" 그녀의 창백한 두 손이 그건 관계없다는 듯이 손사래를 쳤다.

"그럼 모든 것의 부재*라고 해 두지요." 그는 이제—이 바닥 모를 추락이 무엇을 증명하든 간에—자신이 그녀 앞에 서 있는 건 그들 생애에 마지막이라는 무서운 느낌이 들었다. 그것은 감당할 수 없는 중압감으로 그를 짓눌렀다. 그 중압감은 아직도 그의 내면에 남아 있는 반발을 토로하게 만들었다. "나는 당신을 믿어요. 하지만 당신의 말을 이해했다는 허세를 부릴 수는 없어요. 내가 볼 때 그 어떤 것도 과거가 아니에요. 나 스스로가 지나가지 않는 한 그것은 지나가지 않아요. 나

---

* 메이의 죽음을 가리킨다.

는 하늘의 별들에게 가급적 빨리 그렇게 되게 해 달라고 빕니다. 가령," 그가 덧붙였다. "당신이 주장한 대로 내가 나의 케이크를 마지막 부스러기까지 다 먹었다고 칩시다. 하지만 내가 전혀 느끼지 못했는데, 그게 어떻게 내가 느끼도록 운명 지어진 그것이라고 할 수 있습니까?"

그녀는 아까보다는 덜 직접적으로 그를 바라보았으나 그래도 전혀 당황하지 않은 표정이었다. "당신은 당신의 '감정들'을 당연한 것으로 여기고 있어요. 당신은 반드시 당신의 운명을 겪어야 해요. 하지만 그렇다고 해서 반드시 그 운명을 이해하게 되는 건 아니에요."

"아니, 어떻게 이해하지 못한다는 거지요? 그것을 알기 위해 이처럼 고통을 겪어 왔는데."

그녀는 잠시 아무 말 없이 그를 쳐다보았다. "아니에요. 당신은 이해하지 못하고 있어요."

"나는 고통스럽습니다." 존 마처가 말했다.

"이해하지 못하고 있어요, 이해하지 못하고 있다고요!"

"적어도 그것을 어떻게 하면 피할 수 있을까요?"

"이해하지 못하고 있군요!" 메이 바트램이 같은 말을 반복했다.

병으로 약해져 있었지만 그녀의 어조는 아주 특별해서 그는 잠시 그녀를 쳐다보았다. 마치 어떤 빛이 시야에 가물거리는 것처럼. 하지만 어둠이 다시 그 빛을 덮었고 그 빛은 이미 그에게는 추상적 관념이 되어 버렸다. "내가 그럴 권리가 없기 때문에—?"

"당신은 이해할 필요가 없어서 이해하지 못하는 거예요." 그녀가 자비로운 목소리로 말했다. "당신은 그럴 필요가 없어요. 또한 우리가 이해해서는 안 되기 때문에요."

"이해해서는 안 된다고요?" 그는 그녀의 말을 알아들을 수 있다면 얼마나 좋을까 하고 생각했다.

"아니에요. 그건 너무 고통스러운 일이에요."

"너무 고통스럽다고요?" 그는 여전히 질문했고, 그 의아함은 다음 순간에 갑자기 다른 것으로 전환되었다. 그녀의 말이 무슨 의미가 있는 것이라면 그런 측면에서─혹은 그녀의 초췌한 얼굴이라는 측면에서─그에게 영향을 주었다. 그녀가 머릿속에 감추고 있던 생각에 대한 느낌이 그에게 갑자기 쇄도했고, 그리하여 느닷없이 이런 질문으로 터져 나왔다. "그것 때문에 당신은 죽어 가고 있는 건가요?"

그녀는 처음에는 아주 진지한 얼굴로 그가 현재 어느 정도 이해하고 있는지 찬찬히 관찰했다. 그녀가 지금까지 보지 못했던 것을 혹시라도 볼 수 있을지 혹은 그녀의 공감을 이끌어 낼 수 있는 어떤 것을 발견하고서 가슴이 덜컥 내려앉아 버리지는 않을지 유심히 살폈다. 하지만 그녀는 아무것도 발견하지 못했다. "나는 지금이라도 당신을 위해서라면 살아 보려고 마음먹을 거예요. 그렇게 할 수 있다면요." 그녀의 두 눈이 잠시 감겼고, 그녀는 자신의 내부로 침잠하면서 마치 마지막으로 시도하는 것처럼 말했다. "그러나 나는 그럴 수가 없어요." 그러고는 두 눈을 들어 그에게 작별을 고했다.

그 뒤 곧 드러난 바와 같이 그녀는 더 이상 살지 못했고, 어둠과 파멸뿐이었던 그 방문 이후로 그는 더 이상 그녀를 보지 못했다. 그들은 그 이상한 대화를 나누고 영원히 헤어졌다. 그녀가 죽음의 고통을 앓고 있던 방은 철저히 통제가 되었고 그에게는 엄격하게 금지되었다. 그는 그녀의 임박한 '작별'에 이끌려 그곳에 나타난 의사, 간호사, 두세 명의 친척들 앞에서, 사람들이 이런 경우에 말하는 '권리'가 자신에게 얼마나 얼마나 없는지 깨닫게 되었다. 또 그토록 오랜 세월에 걸쳐 친교를 나눴음에도, 그것이 그에게 그런 권리를 별로 부여해 주지 않는다는 것이 기이하게 느껴졌다. 그녀의 인생에서 거의 관련이 없었던 그녀의 팔촌 언니가 그보다 더 권리가 많았다. 그녀는 그의 인생에서 가장 중요한 핵심이었다. 그렇지 않다면 어떻게 그의 인생에서 그토록이나 반드시 필수 불가결한 존재일 수 있겠는가? 존재의 방식이란 필설로 형용하기 어려울 만치 기이한 것이었다. 자신에게 이렇다 할 권리가 없다는 기이한 상황도 그에게는 좌절을 안겨 주었다. 그 여자는, 말하자면 그에게 모든 것이나 다름없는 사람일 수도 있는데, 그런 사실은 다른 사람들이 금방 알아볼 만한 연결 관계를 그에게 제공하지 못했다. 생애의 마지막 나날들의 상황은 이러했고, 회색빛 런던 대형 공동묘지에서 그의 평생 친구의 죽어 없어지는 부분 그리고 소중했던 부분에 대한 장례식이 치러질 때에는 그런 무관함이 더욱 뚜렷하게 드러났다. 그녀의 무덤에 온 사람들은 많지 않았지만, 설혹 거기에 1천 명의 장례 손님들이 나와 있다고 해도 그가 특별히 더 그녀와 관계가 깊은 사람으로 인정받을 것 같지는 않았다. 간단히 말해서 그는 이 순간부터 메이 바트램이 자신에게 주었던 관심에서는 거의 얻을 게 없다는 사실에 직면해야 했다. 그는 자신이 기대해야 할 것을 정확히 알지 못했지만, 그렇다고 해서 이런 이중의 박탈을 기대했던 것은 아니었다. 그녀의 관심은 그 순간 그에게 아무런 소용이 없었고, 어떤 이유에서인지 알 수 없지만, 고인을 잃은 남자 친구로서 합당한 위엄, 예절, 대우를 전혀 받지 못한다고 느꼈다. 마치 그런 대접에 합당한 표시나 증명이 아예 없다거나, 그의 인품이 결코 칭송받지 못하고 또 그의 결점이 결코 보완되지 못할 것 같아서 그런 대접을 받는다는 느낌마저 주었다. 여러 주가 지나면서 어떤 공격적인 행동을 취함으로써 고인과 자신이 친밀한 관계였음을 주장하고 싶은 순간들도 있었다. 그렇게 하면 그런 관계에 대하여 의문이 표시되고 또 그에 대한 그의 답변이 기록으로 남게 되어 기분을 한결 어루만져 줄 것 같았다. 하지만 그런 순간에 뒤이어 그보다 더 무기력한 분노의 순간들이 찾아왔다. 그런 순간에 그는 깨끗한 양심으로 아무것도 없는 지평선을 바라보면서, 자신이 그녀와의 관계를 좀 더 일찍 시작했어야 되었던 것이 아닌가 하는 생각이 들었다.

그는 많은 것을 생각했지만, 이 마지막 생각은 자연스럽게 다른 생각들을 불러왔다. 그녀가 살아 있을 때, 그와 그녀, 두 사람의 속셈을 드러내지 않고서는 무엇을 더 할 수가 있었겠는가? 그는 그녀가 그를 관찰하고 있다는 사실을 알릴 수 없었다. 그것은 정글의 짐승이라는 미신을 널리 알리는 꼴이 되었을 것이다. 이제 그것이 그의 입을 다물게 만들었다. 정글은 벌목되어 공터가 되었고 짐승은 멀리 달아났다. 그것은 너무 바보스럽고 시시하게 들렸다. 이 점과 관련하여 그에게 특별히 달라진 것은, 그의 삶에서 불안의 요소가 해소되었다는 점으로, 그것은 그를 놀라게 했다. 그는 그 영향이 무엇과 비슷하다고는 말로 설명하기가 어려웠다. 소리가 울리고 사람들이 주목하는데, 모두들 적응하고 익숙해 있는 어떤 장소에서, 음악이 갑자기 중단되고 울리지 않게 된 그런 상황과 비슷했다. 아무튼 그는 과거의 어떤 순간에 그의 이미지를 가리는 베일을 들어 올릴 생각을 했었다. 만약 그 베일을 그녀에게 들어 올린 것이 아니라면 그가 한 것은 무엇인가? 그래서 그것을 다시 하면서, 가령 일반인들에게 정글이 개간되었고 그리하여 그곳이 안전해졌다고 털어놓는 것은, 사람들에게 선량한 아내의 이야기를 들려주는 것과 같을 것이고 또한 그 자신이 그런 얘기를 하는 것을 실제로 듣는 것이 되리라. 그런데 그 뒤에 벌어진 일은 이러했다. 불쌍한 마처는 익숙한 풀밭만을 걸어 다녔다. 그곳에는 아무런 생명도 꿈틀거리지 않았고, 아무런 숨소리도 들려오지 않았으며, 그 어떤 사악한 눈이 깊숙한 소굴에서 노려보고 있지도 않았다. 그는 아주 막연하게 짐승을 찾아다녔고 여전히 그것이 없다는 것을 예민하게 느꼈다. 그는 이상할 정도로 더 광막해진 존재 속에서 걸어 다녔고 인생의 덤불이 아주 가까이 다가온 것처럼 느껴지는 이런저런 장소들에 불안하게 멈춰 서면서, 그 자신을 향하여 동경 어린 목소리로 물어보거나 은밀하고도 고통스러운 의문을 품어 보는 것이었다. 그 짐승이 이곳에 혹은 저곳에 잠복하고 있을까? 그 짐승은 어쨌든 튀어나오려 했었다. 그에게 주어진 확신이 진실하다고 보는 그의 믿음은 적어도 완벽한 것이었다. 그의 오래된 지각知覺에서 새로운 지각으로의 변화는 절대적이고 최종적이었다. 벌어지게 되어 있던 일은 절대적으로 또 최종적으로 벌어졌고, 그래서 그는 미래에 대한 희망을 알지 못하는 것처럼 공포 또한 알지 못했다. 간단히 말해서 이제 앞으로 그 어떤 것이 닥쳐오리라는 문제는 부재하게 되었다. 그는 이제 완전히 다른 문제와 함께 살아가야 할 것이었다. 그의 과거가 정체 미상이라는 문제, 그의 운명이 뚫고 들어갈 수 없을 정도로 은폐되어 있고 또 가면을 둘러쓰고 있다는 문제.

이 괴로운 전망이 이제 그의 관심사가 되었다. 그는 추측의 가능성마저 없다고 한다면 앞으로 더 살아 나가지 못할 것이었다. 다정한 친구였던 그녀는 추측하지 말라고 했다. 그녀는 그에게 가능하다면 알려고 들지 말라고 했고, 어떻게 보면 알아내는 능력마저도 그의 내부에는 없다고 말했다. 알아내야 할 것은 너무 많아서 그걸 다 알려고 하면 그는 제대로 안식을 취하지 못한다는 것이었다. 그렇다고 해서—이건 그에게 공정을 기하기 위해 하는 말인데—그가 이미 지나가서 끝나 버린 일이 한 번 더 되풀이되기를 바라는 것은 아니었다. 단지 일종의 시시한 클라이맥스로서, 그가 잠들어 버린 사람이나 다름없게 되어 사고 활동이 정지된 채 잃어버린 의식의 조각을 되찾을 수 없는 사람으로 치부되는 것은 안 될 일이었다. 그는 때때로 그 의식을 되찾거나 아니면 아예 의식 없이 지낼 것이라고 선언했다. 그는 이 생각을 삶의 멋진 동기로 삼았고, 자신의 열정으로 삼았다. 그 생각과 비교해 볼 때, 다른 것들은 그에게 전혀 감동을 주지 못했다. 이렇게 하여 잃어버린 의식의 조각은 그에게, 비유적으로 말하자면, 아버지를 너무나 괴롭히는 실종된 혹은 납치된 아이 같은 것이 되었다. 그는 가가호호 탐문하거나 경찰에 실종 신고를 하고 조사를 의뢰하는 것처럼 그 의식의 조각을 찾아서 온 사방을 헤매고 다녔다. 바로 이런 심정으로 그는 해외여행에 나섰다. 그는 가능하면 오랜 시간이 걸릴 그런 여행을 시작했다. 지구의 반대편은 그에게 해 줄 말이 여기보다 적지는 않을 것이므로, 어떤 암시의 가능성에 의해 더 많은 것을 말해 줄지도 모른다는 생각이 그의 눈앞에서 너울거렸다. 그는 런던을 떠나기 전에 메이 바트램의 무덤을 찾아갔다. 대도시 음울한 교외의 여러 거리들을 지나 무덤들이 가득한 황량한 공동묘지의 한구석에서 그는 그 무덤을 찾아냈다. 그는 새롭게 작별 인사를 하기 위해 찾아왔으나, 막상 무덤 옆에 서자 오랜 명상에 빠져들었다. 그는 한 시간 정도 거기에 서 있었는데 그곳에서 돌아설 힘도 없었고, 그렇다고 죽음의 어둠을 뚫고 들어갈 힘도 없었다. 비석에 새겨진 그녀의 이름과 생몰 연도를 뚫어져라 쳐다보며 자신들이 간직한 비밀이 있다는 사실에 이마를 찧어 대고, 길게 숨을 들이쉬며 기다렸다. 혹시 그를 불쌍히 여겨 비석으로부터 어떤 의식이 솟구쳐 올라오지 않는지를. 그는 비석에 무릎을 꿇기까지 했으나 아무런 소용이 없었다. 비석은 여전히 그 비밀을 감추고 있었다. 만약 비석의 얼굴이 그를 위한 얼굴이 되었다면, 그것은 그녀의 성과 이름이 그를 알지 못하는 한 쌍의 눈이 되었기 때문이다. 그는 비석을 오래 쳐다보았으나 그 어떤 창백한 빛도 터져 나오지 않았다.

6

그는 그 방문 이후 1년을 떠나 있었다. 그는 아시아 오지로 가서, 낭만적인 흥미를 불러일으키고 지고한 신성함을 갖춘 관광지에서 시간을 보냈다. 그러나 어디에서나 그의 눈앞에 나타난 사실은, 알아야 하는 것을 다 알고 있는 남자에게 세상은 천박하고 공허하다는 것이었다. 그가 지난 여러 해 동안 품어 온 심리 상태는 그에게 반사되어 모든 것을 채색하고 정련하는 빛으로 환히 빛났다. 그 빛에 비하면 동양의 광휘는 조야하고, 값싸고, 천박했다. 끔찍한 진실은, 그 자신도 다른 모든 것과 마찬가지로 독특함을 잃어버렸다는 것이었다. 그가 바라보는 사물들은 평범할 수밖에 없었다. 바라보는 사람이 평범해진 까닭이다. 그는 이제 많은 사람들 중 한 사람일 뿐이었다. 그는 먼지 속에 있었고 그 자신을 남들과 다르게 만들어 주는 기준 같은 것도 없었다. 신들의 신전이나 왕들의 능묘 앞에 섰을 때, 그의 정신이 연상聯想의 고상함을 위하여 아무런 구분도 되지 않는 런던 교외의 슬래브 가옥들로 옮겨 가는 순간들이 있었다. 시간상으로나 거리상으로나 멀리 떨어져 있다 보니, 그러한 생각은 그에게 과거의 영광을 증언하는 것이 되었다. 증거나 자부심으로 그에게 남아 있는 것은 그것뿐이었다. 자신의 옛 영광을 생각할 때, 파라오들의 옛 영광은 그에게 아무것도 아니었다. 그가 귀국한 그다음 날 아침 그곳으로 되돌아간 것은 그리 놀랍지 않다. 그는 지난번과는 달리 이번에는 그 무덤에 크게 마음이 끌렸다. 여러 달이 흘러간 시간의 효과일 것이라고 그는 자신했다. 그 세월 동안 그는 자기도 모르게 이런 느낌의 변화 속으로 걸어 들어갔고, 지구를 방랑하면서 정신적 사막의 주변부에서 핵심부로 진입했다. 그는 자신의 안전한 생활에 정착했고 그 자신의 소멸을 받아들였다. 그는 약간 윤색을 가미해 자신이 보았다고 기억하는 키 작은 노인들과 그 자신이 비슷하다고 생각했다. 전성기에 스무 번의 결투를 했고 열 명의 공주들로부터 사랑을 받았다는 전설이 전해지는 노인들을. 그들은 정말로 남들을 위해 경이롭게 살았지만 그는 오로지 그 자신만을 위해 경이로웠다. 바로 그것이 그가, 말하자면, 그 자신의 현존 속으로 되돌아가 그 경이를 새롭게 하려고 서두르는 이유였다. 그것이 그의 발걸음을 재촉했고, 지연을 방지했다. 그처럼 신속하게 방문한 건, 오로지 그만이 아주 소중하게 여기는 그 자신의 한 부분으로부터 오래 떨어져 있었기 때문이었다.

따라서 그가 어떤 의기양양함과 확신을 가지고 목적지에 도달했다고 말하는 것은 과장이 아니다. 이제 땅 밑에 누워 있는 사람은 그의 진귀한 체험을 알았고, 그래서 이제 그 장소는 기이하게도 황량한 분위기가 사라지고 없었다. 그 무덤은 전처럼 조롱하는 것이 아니라 온유한 분위기에서 그를 맞이했다. 그는 자신을 환영하는 분위기를 느졌다. 오랜 부재 끝에 다시 만나게 된, 가까운 자신의 소유물들이 스스로 나서서 그러한 유대 관계를 표현하는 듯한 분위기였다. 무덤이 있는 땅, 이름이 새겨진 비석, 그 앞에 놓인 꽃들은 마치 그의 소유물인 듯한 느낌을 주었고, 그는 한 시간 동안 자신의 영지를 돌아보며 만족해하는 영주와 비슷한 모습이었다. 과거에 벌어진 일이 무엇이든 그것은 이미 벌어진 것이었다. 그는 이번에는 질문하려는 허영은 내려놓은 채, 예전의 걱정스러웠던 질문, "무엇이죠, 무엇이죠?"는 사실상 소멸한 상태에서 그 무덤으로 되돌아왔다. 그렇지만 이제 그 무덤으로부터 자신을 단절시키지는 않을 생각이었다. 그는 매달 그 무덤을 찾아오려 했다. 무덤의 도움으로 할 수 있는 게 설사 아무것도 없다 할지라도 적어도 고개는 똑바로 들고 다닐 수 있을 터였다. 그리하여 그것은 아주 기이한 방식으로 그의 적극적인 자원이 되었다. 그는 주기적으로 방문했고, 그 일은 그의 가장 뿌리 깊은 습관 중 하나로 자리 잡았다. 기이한 일이지만, 그 효과는 이러했다. 마침내 아주 단순화된 그의 세계에서, 이 죽음의 정원은 그에게 몇 평의 땅을 제공했고, 그 땅 위에서 그는 가장 생생하게 살아 있을 수 있었다. 그는 다른 곳에서는 그 누구에게 아무것도 아니고 또 심지어 그 자신에게조차 아무것도 아니므로, 그는 오로지 이곳에서만 모든 것이 될 수 있었다. 그것을 증언해 줄 천 명의 사람은 없고 존 마처라는 단 한 명의 증인만 있다 하더라도, 그가 열린 책장처럼 열람할 수 있는 분명한 등기권리증에 의하여 이곳에서 모든 것이 될 수 있었다. 그 열린 책장은 친구의 무덤이었다. 거기에는 그의 과거에 일어난 사실들, 그의 인생의 진실, 그가 망아忘我의 상태로 들어갈 수 있는 과거로의 회귀가 있었다. 그는 때때로 무덤을 방문하여 이런 효과를 거두었고, 그렇게 하여 아주 비상한 의미에서 그의 다른 자아이며 젊은 자아인 그 여자의 팔짱에 손을 끼고 지난 세월 사이로 느릿느릿 돌아다녔다. 그러면서 그들은 더욱 이상하게도 제삼의 현존 주위로 빙빙 돌았다. 그녀는 그와 함께 돌아다니는 것이 아니라 가만히 있는데 그가 몸을 돌릴 때마다 두 눈으로 그를 뒤좇았다. 그녀의 자리는, 말하자면 그의 지향점이었다. 간단히 말해서 그는 이런 식으로 삶에 정착했다. 그가 과거 한때에 그런 삶을 살았고, 그 삶은 그의 버팀목이 되어 줄 뿐만 아니라 그의 정체성이라는 인식을 그 자신의 정신적 양식으로 삼았다.

그는 이런 식으로 만족하며 몇 달을 보냈고 어느덧 그해가 지나갔다. 그는 의심할 나위 없이 그런 식으로 계속 살아 나갔을 것이다. 표면적으로 사소해 보이는 어떤 사건이 벌어지지 않았다면 말이다. 그 사건은 그를 정반대 방향으로 밀어 넣었는데, 그를 밀어붙인 강한 힘은 이집트나 인도 관광에서 얻은 힘을 훨씬 능가하는 것이었다. 그것은 아주 우연하게 벌어진 일이었다. 그는 나중에 머리카락 한 올의 움직임 같은 것이었다고 느꼈다. 하지만 빛이 그런 독특한 방식이 아니더라도 또 다른 방식으로 자신을 찾아왔을 것이라고 믿으면서 그는 살아가게 되었다. 그는 이것을 믿으며 살아가게 되었다, 라고 나는 말했는데 그만큼 분명하게 말해 두고 싶은 또 하나는 그가 그 외에 다른 많은 것을 하면서 살아가지는 않을 것이라는 점이다. 우리는 아무튼 그가 확신에 입각하여 지금껏 그렇게 행동해 온 것이라고 양해하면서 마지막까지 그를 위해 애써 왔다. 그러니 어떤 일이 벌어졌든 혹은 벌어지지 않았든, 그가 자기 힘으로 그 빛 쪽으로 선회할 의욕이 있었다고 보아야 한다. 그 가을날의 사건은 예전부터 그 자신의 비참함이 설치해 놓은 도화선에 성냥불을 그어 댔다. 그 빛이 눈앞에 다가오면서,

그는 최근까지도 자신의 고통은 잠복되어 있었음을 알았다. 그 진통은 약물로 억눌려 있었으나 그래도 고동쳤다. 그 고통을 건드리자 피가 났다. 그 고통을 건드린 촉수는 이 경우에 동료 성묘객의 얼굴이었다. 낙엽들이 통로에 두텁게 쌓여 있는 어느 회색빛 오후, 공동묘지에서 그 얼굴이 마치 면도날같이 마처의 얼굴을 파고들었다. 그는 그것을 피부 깊숙이 느꼈고 그 강한 찔림에 얼굴을 찡그릴 정도였다. 아무 말 없이 깊은 인상으로 그의 얼굴을 후려친 그 성묘객은 전에도 본 적이 있는 사람이었다. 그는 마처에게서 약간 떨어진, 비교적 최근에 조성된 무덤에 도착하여 자신의 감정을 있는 그대로 분출했는데, 그 깊은 정서 표현이 내보이는 신선함은 새로 조성된 무덤의 분위기와 서로 일치했다. 이 사실만으로도 마처는 그쪽을 너무 주시해서는 안 되었다. 하지만 무덤에 머무는 동안 그는 그 성묘객을 희미하게 의식하게 되었는데, 상복을 입은 중년 남자의 굽은 등이 빽빽한 비석들과 묘지 주목 나무들 사이로 자주 보였다. 묘지의 이런 기념물들을 접촉함으로써 그 자신이 되살아났다는 마처의 이론은 이 경우에 아주 심각하고 과도한 견제를 받았다. 그 가을날은 최근의 다른 날들과는 다르게 정말 음산했고, 그는 최근에 느껴 본 적이 없는 무거운 마음으로 메이 바트램의 이름이 새겨진 낮은 상석 위에서 쉬고 있었다. 움직일 힘조차 없이 그런 식으로 앉아 있는데, 그의 내부에 있는 용수철 혹은 효험이 보장된 마법이 갑자기 그것도 영원히 깨어져 버린 느낌이 들었다. 그 순간 그는 하고 싶은 대로 할 수 있다면 그를 받아들일 준비가 되어 있는 그 상석 위에 드러눕고 싶었다. 그곳을 그의 마지막 잠을 받아 줄 처소로 삼고 싶었다. 이 광막한 세상에서 도대체 그가 잠 깨어 있어야 할 이유가 무엇인가? 그런 질문을 던지며 그가 앞을 바라보는 순간, 공동묘지 경비원 한 사람이 그의 옆을 지나갔고 이어 그는 그 충격적인 얼굴을 보았다.

저 건너편 무덤에 있던 이웃 성묘객은, 마처 자신이 힘이 남아 있다면 지금쯤 당연히 그렇게 했을 터인데, 묘지 통로를 따라서 출입문 쪽으로 걸어가고 있었다. 그리하여 그는 마처에게 가까이 다가왔고, 그 걸음이 느렸기 때문에—그런 만큼 그의 얼굴에는 강렬한 갈증이 어려 있었다—두 남자는 한 1분 동안 서로 얼굴을 마주 보게 되었다. 마처는 그 즉시 성묘객이 엄청난 사별의 고통을 느끼고 있는 사람임을 알아보았다. 그 인상은 너무나 강렬하여 그의 표정 이외에 나머지 것들, 가령 그의 옷, 나이, 짐작되는 성격이나 계층 등은 별로 주목의 대상이 되지 못했다. 오로지 그가 보여 주는, 깊이 파괴된 이목구비만이 생생하게 살아남았다. 그는 그것을 보여 주었다. 그게 중요했다. 마처는 그가 지나갈 때, 동정의 표시이거나 아니면, 이게 더 가능성이 높은데, 원하지 않는 슬픔에의 도전을 보여 주는 저 강력한 충동에 감동을 받았다. 성묘객은 이미 전에 마처를 보았을 것이고, 그런 때에 마처의 익숙한 성묘 습관을 주목하면서, 그런 태도가 자신의 깊은 상심과는 전혀 비슷한 데가 없다고 생각했을 것이다. 그러면서 그런 노골적인 불일치에 위화감을 느꼈을 것이다. 마처가 그 순간 의식한 것은 이런 것이었다. 첫째, 마처가 보았던 그 상처받은 열정의 이미지는 공기를 더럽히는 어떤 것을 의식하고 있었다. 둘째, 자극을 받고, 놀라고, 충격을 받은 그는 그다음 순간에 사라져 가는 상처받은 열정을 부러운 마음으로 뒤쫓고 있었다. 그에게 벌어졌던 가장 비상한 사건—물론 그는 다른 일들도 그런 식으로 묘사했지만—이 발생했다. 그것은 마처의 즉각적인 응시 직후에 그로부터 얻은 인상의 결과로 벌어진 것이었다. 성묘객은 지나갔으나 그의 슬픔을 드러내는 날것의 응시는 존 마처로 하여금 동정 어린 생각에 깊이 잠기게 했다. 도대체 그 눈빛은 어떤 잘못, 어떤 상처, 어떤 회복되지 않을 피해를 나타내는 것인가? 저 남자는 어떤 것을 가지고 있었기에 그것을 잃었음에도 저처럼 피 흘리면서도 여전히 살아 있는가?

그 순간 그, 존 마처에게 그처럼 피 흘리며 살아 본 적이 없다는 느낌이 고통과 함께 전해져 왔다. 그것은 존 마처의 황량한 종말이 똑똑히 증명한다. 그는 그 어떤 열정에 사로잡혀 본 적이 없었다. 사로잡히는 것, 그것이야말로 열정이다. 그는 살아남았고, 배회하고, 번민했지만, 그가 엄청난 파괴를 당했다는 흔적은 어디에 있는가? 앞서 말한 가장 비상한 사건은 이런 질문의 결과가 그에게 급속히 쇄도해 왔다는 것이다. 그가 방금 두 눈으로 보았던 광경은 마치 화염으로 쓴 글자들처럼 신속하게 그가 완전히, 바보같이 놓쳐 버린 것을 묘사해 주었다. 그가 놓쳐 버린 것은 이런 것들을 화염의 도화선으로 만들었고, 그것들을 내적 동요의 심각한 고뇌 속에 뚜렷이 새겨지게 했다. 그는 자기 인생의 **바깥**만 보아 왔고, 인생의 내부로 들어가서 깨닫지는 못했다. 어떤 여자를 있는 그대로 사랑해 왔던 남자가 사별 후 그녀의 죽음을 깊이깊이 애도하는 방식으로, 삶의 내부를 깨우치지 못했다. 이것이 이웃 성묘객의 얼굴을 보고서 그가 확신에 차서 깨우치게 된 것이었다. 그 확신의 힘은 연기 나는 횃불처럼 계속 타올랐다. 그 깨달음은 경험의 날개를 타고 그에게 온 것이 아니었다. 그것은 그를 스쳐 지나갔고, 그를 떠밀었으며, 그를 당황하게 만들었다. 그 우연함은 불경한 태도를 취했으며, 그 우발적 사건은 오만한 낯빛을 드러냈다. 이제 깨달음의 불이 지펴지자 그것은 아주 높은 곳까지 타올랐다. 그 순간 그는 거기에 서서, 자기 인생의 공허함을, 웅성대는 그것을 보았다. 그는 가쁜 숨을 쉬며 고통 속에 그것을 응시했다. 그는 무기력을 느끼며 돌아섰고, 그렇게 돌아서는 그의 앞에 전보다 더 뚜렷하게 그의 이야기의 책장이 펼쳐졌다. 상석의 이름은 아까 성묘객의 표정이 그를 후려쳤던 것처럼 그의 얼굴을 거세게 때렸다. 그 타격은 **그녀**야말로 그가 놓친 바로 그것이라고 그에게 말해 주었다. 그것은 무서운 생각이었고, 그의 모든 과거에 대한 답변이었으며, 그 무서울 정도로 선명한 비전은 그의 온몸을 발아래 상석처럼 차갑게 만들었다. 모든 것이 맞아떨어졌고, 폭로되었고, 설명되었으며, 그를 압도해 왔다. 무엇보다도 그는 자신이 소중하게 여겨 왔던 그 눈먼 상태에 경악했다. 그를 위해 따로 정해져 있던 운명을 어김없이 만난 것이었다. 그는 운명의 컵을 마지막 찌꺼기까지 다 마셨다. 그는 그의 시간을 지키는 남자였고, 그런 그에게 아무런 일도 벌어지지 않았던 것이다. 그 성묘객을 만난 것은 아주 진귀한 사건이었고 그를 위한 계시였다. 그래서 그는 뭐라고 할까, 창백한 두려움 속에서 그것을 보았고, 그러는 동안에 모든 조각들이 딱딱 맞아 들어갔다. 그는 그것을 보지 못했지만 **그녀**는 보고 있었던 것이다. 그리고 이 시간, 그녀는 그 진실을 그에게 통렬히 각인시키고 있었다. 그것은 생생하고 기괴한 진실이었으나, 기다리는 게 몫인 마처는 그냥 기다리기만 했다. 그와 함께 관찰하기로 했던 여자 친구는 그것을 적당한 순간에 파악했고, 이어 그의 악운을 좌절시킬 수 있는 기회를 그에게 주었다. 그러나 그의 악운은 좌절되지 않았고, 그녀가 그의 운명은 이미 도착했다고 말해 주었던 날, 그녀는 그를 만나 출구를 제공했으나 그는 그것을 멍하니 바라보기만 했다.

출구는 그녀를 사랑하는 것이었다. 그러면, 그러면 그도 살고 싶은 의욕이 생겨났을 것이다. 그를 있는 모습 그대로 사랑했으므로 그녀도 살아났을 것이고, 그 삶의 열정이 어느 정도일지 누가 감히 짐작할 수 있겠는가? 반면에 그는 오싹한 자기중심주의와 그녀를 이용한다는 유용성을 제외하고는 그녀 생각을 결코 하지 않았다(아, 그런 생각이 얼마나 빤히 그를 쳐다보았던지!). 그녀가 해 주었던 말들이 생각났다. 연결고리는 계속해서 이어져 나갔다. 짐승은 실제로 잠복해 있었고 시간이 되자 달려들었다. 그것은 차가운 4월의 황혼 녘에 달려들었다. 병들어 창백하고 초췌하지만 그래도 여전히 아름답고, 또 어쩌면 회복도 가능했을 그녀가 의자에서 일어나 그의 앞에 서서 상상력을 발휘하여 한번 짐작해 보라고 했던 그때에. 그는 전혀 짐작하지 못했고 그때 짐승이 튀어나왔다. 그녀가 아무 희망 없이 그에게서 돌아설 때 짐승은 달려들었고, 그리고 그가 그녀와 헤어질 무렵, 운명의 표시는 그것이 떨어지기로 되어 있었던 곳에 떨어졌다. 그는 자신의 공포를 정당화했고 자신의 운명을 성취했다. 그는 마지막 하나의 오차도 없이 그가 실패하기로 되어 있는 모든 것을 실패했다. 생전의 그녀가 당신이 알지 못하기를 기도한다고 했던 말이 생각나자, 그의 입술에서 신음이 터져 나왔다. 깨어남의 무서움— **이것**이 깨달음이었다. 그 앎의 숨결 아래, 그의 눈에 맺힌 눈물들이 얼어붙는 듯했다. 그렇지만 그는 그 눈물을 통하여 그 깨달음을 고정시키고 간직하려 했다. 그는 그것을 자기 앞에 간직하여 고통을 느끼고자 했다. 그것은 비록 때늦고 쓸쓸한 것이었지만 삶의 맛을 가지고 있었다. 하지만 그 쓸쓸함이 갑자기 그를 메스껍게 했다. 이제 진실하게 떠올린 잔인한 이미지 속에서, 그때까지 예정되어 있다가 마침내 실현되어 버린 것이 무엇인지 그는 똑똑히 깨닫는 것 같았다. 그는 자기 인생의 정글을 보았고 거기에 잠복한 짐승을 보았다. 그것을 쳐다보면서 그것이 공기의 움직임을 통하여 거대하고 기괴하게 일어서는 것을 보았다. 그에게 달려들어 그를 끝장내려 하는 것이었다. 그의 두 눈은 어두워졌고 굳게 감겼다. 그는 환각 속에서 그것을 피하려고 본능적으로 몸을 돌리면서 고개를 숙인 채 그녀의 무덤 위로 고꾸라졌다.

모더니즘의 선구자, 헨리 제임스

헨리 제임스는 1916년 사망한 이래로 문학적 명성이 계속 높아져 이제는 마르셀 프루스트나 제임스 조이스와 동일한 반열에 오른 위대한 소설가로 평가되고 있다. 그러나 제임스가 살아 있던 당시에는 그의 작품에 대한 이해가 제대로 이루어지지 않아 혹평이 많았다. 가령 H. G. 웰스는 "사물을 발견하려고 애쓰지 않으면서 오로지 허무한 이야기들만 만들어 내는 작가"라고 비평했고, 서머싯 몸은 "인생을 정면에서 파악해 보려고 애쓰지 않는 작가", 존 미들턴 머리는 "내용은 별로 없이 예술의 형식만 고집스럽게 추구한 작가", 밴 윅 브룩스는 "허세만 가득하고 실질은 별로 없는 작가", 앙드레 지드는 "그는 지적이기만 할 뿐 그에게는 신비도 비밀도 없고 또 그가 말한 양탄자의 무늬도 없다"라고 비난했다. 특히 앙드레 지드는 조지프 콘래드의 작품을 프랑스어로 번역할 정도로 영어에 능했는데, 1948년 미국 작가 고어 비달이 파리의 바노 거리에 있는 지드의 저택을 방문하여 영미 작가들에 대하여 얘기하던 중 지드는 헨리 제임스에 대해서 "도대체 당신네 미국인들—그리고 영국인들—은 헨리 제임스에게서 뭐 볼 것이 있다고 생각하는 겁니까?"라고 폄하했다고 한다. 여러 작가들이 이처럼 제임스를 혹평한 것은 19세기 리얼리즘의 관점에 입각하여 제임스의 작품을 읽어 내려 했기 때문이다. 그러나 1920년대에 들어와 제임스 조이스와 T. S. 엘리엇에 의해 모더니즘의 시대가 열렸고 그에 따라 제임스에 대한 평가도 변하기 시작했다.

헨리 제임스의 사후 그를 높이 평가한 평론가로는 먼저 T. S. 엘리엇이 있는데 그는 제임스를 가리켜 "그 시대의 가장 지적인 작가이며, 그 모든 것에도 불구하고 위대한 작가이다"라고 칭송했다. 그 밖에도 "그의 작품은 그의 체험이 불완전했던 것처럼 불완전하다. 그러나 그 불완전한 가운데서도 그 작품들은 결코 이류가 아니며, 그는 위대한 작가들과 어깨를 나란히 하는 작가이다"(에드먼드 윌슨), "헨리 제임스는 북아메리카가 배출한 가장 위대한 대여섯 명의 소설가 중 한 명에 들 만한 작가이고, 나 개인의 의견을 말하라면 그중에서도 가장 위대한 소설가라고 말하고 싶다"(이버 윈터스), "헨리 제임스는 장편소설을 쓰지 않았더라면 일급의 단편소설 작가로 평가되었을 것이며, 단편을 쓰지 않았더라면 가장 고상한 서한문 작가로 평가되었을 것이고 편지를 쓰지 않았더라면 대담 하나만으로도 위대한 인물로 평가되었을 것이다"(시릴 코널리), "소설의 예술이라는 관점에서 볼 때, 그러니까 소설을 성인의 마음에 호소하는 아주 진지한 예술이라고 볼 때, 과연 영문학계에서 그가 이룬 것을 능가하는 업적을 찾아낼 수 있을까?"

(F. R. 리비스)와 같이 수많은 평론가가 제임스의 업적을 기렸다.

이번에 번역한 단편선은 총 112편에 달하는 헨리 제임스의 단편들 중에서 1870년대와 1880년대의 초기와 중기, 1890년대의 실험기 그리고 1900년대의 완성기의 가장 대표적인 단편 여덟 편을 선정했다. 말이 단편이지 「나사의 회전」이나 「데이지 밀러」 같은 작품은 요즈음 기준으로 보면 가벼운 장편소설로 보아도 무방할 것이다. 먼저 작가의 생애를 살펴보고, 그의 문학적 특징을 밝힌 다음 선정된 각 단편에 대해 알아보고자 한다.

작가의 생애

헨리 제임스는 1843년 4월 15일 뉴욕에서 지적으로 뛰어났던 부부의 두 번째 아들로 태어났다. 제임스의 조부는 미국 독립전쟁 직후에 아일랜드에서 미국으로 건너와 세 번의 결혼을 하며 7남 3녀의 자식을 낳았다. 그는 부동산업, 운송업, 소금 제조업 등의 사업을 통해 큰돈을 벌어 그 당시로서는 보기 드문 백만장자의 반열에 올랐다. 조부는 사망 당시 약 300만 달러의 유산을 남겼는데, 이는 열 명의 자녀가 골고루 나누어 가졌다. 그중 넷째 아들인 헨리 제임스 시니어(소설가의 아버지)가 뉴욕 올버니로 이주하여 아내 메리와의 사이에서 다섯 자녀를 낳았다. 소설가의 아버지는 1년에 1만 달러씩 들어오는 유산 덕분에 생업에 종사하지 않아도 되었다. 아버지는 철학 공부에 전념하면서 랠프 에머슨과 교유했고 특히 스웨덴 신비주의 사상가 스베덴보리의 책에 심취하여 『스베덴보리의 비밀』이라는 책을 쓰기도 했다. 나중에 자녀들이 아버지가 직업이 없는 것을 의아하게 여겨 친구들에게 뭐라고 말하면 좋으냐고 물으니, "그냥 학자라고 말하렴"이라고 대답했다고 한다. 다섯 자녀는 윌리엄(1842~1910), 헨리 (1843~1916), 가스 윌킨슨(1845~1883), 로버트슨(1846~1910) 그리고 고명딸인 앨리스 제임스(1848~1892)이다.

이 중 형 윌리엄 제임스는 당대 유명한 학자가 되었다. 후일 하버드 대학교 교수를 지냈으며 그가 펴낸 두 권의 저작 『심리학의 원리』 (1890)와 『종교적 경험의 다양성』(1902)은 고전 반열에 올랐다. 소설가 헨리 제임스는 한 살 위인 형을 부러워하면서도 경쟁 상대로 삼았고 평생 자신이 형보다 못하다는 열등감을 안고 살았다고 한다. 형은 결혼하여 자녀도 있고 또 유명한 학자로서 전 세계적으로 명성을 날린 반면에, 헨리 제임스는 평생 결혼하지 않았고 1890년대 초기 5년 동안 희곡을 쓰는 데 몰두했으나 참담히 실패했다. 그 후 1890년대 후반부터 소설 쓰기에 몰두했으나 생전에는 모더니즘 경향의 소설에 대한 세간의 이해가 부족하여 형에 버금가는 평판을 얻지는 못했다.

헨리 제임스는 1861년 뉴포트에서 학교를 다닐 때 그곳에서 발생한 화재 진압을 돕다가 부상을 당했는데, 정작 본인은 심하게 아팠으나 아버지와 함께 보스턴의 외과 의사를 찾아가 보니 별것 아니라는 진단이 나와서 혼자서만 오랫동안 그 정체불명의 상처an obscure hurt를 안고 살았다. 1861년 4월에 남북전쟁이 발발하자 장남과 차남인 윌리엄과 헨리는 건강 문제로 참전하지 못했으나 아래의 두 동생 가스와 로버트슨은 참전했다. 두 동생은 제대 후 플로리다에 내려가서 농장 사업을 했지만 성공을 거두지 못했고 두 형의 그늘에서 살다가 죽었다. 삼남 가스는 참전 중에 당한 부상, 신장 질환, 심부전, 사업 실패에 따른 스트레스 등으로 30대 후반에 사망했다. 사남 로버트슨은 평생 알코올 중독증으로 고생했다. 그는 작가로서 어느 정도 소질을 보이기도 했으나 알코올 중독에다 부잣집 딸과 결혼하여 얻은 재정적 안정 등으로 인해 제대로 된 작품을 써내지는 못했다. 그가 60대 초반에 사망했을 때 신문 부고는 "두 형 윌리엄과 헨리 못지않은 재능을 가지고 태어났으나 그 재능을 꾸준히 발휘할 여건이 되지 못했다"라며 안타까워했다. 훌륭한 형들을 둔 아우로서 가장 큰 불안을 느낀 사람은 막내딸 앨리스 제임스였다.

앨리스는 20대 초반부터 신경쇠약 기미가 있었는데, 서른이 되도록 결혼을 하지 못했고 그 후 독신으로 살았다. 신경쇠약의 영향으로 자주 죽고 싶어 했으며, 그런 고민을 철학자인 아버지에게 털어놓기도 했다. 아버지는 그때 "너의 인생이니 네가 결정해야 할 문제"라고 다소 초연하게 조언했다고 한다. 헨리는 이 여동생을 특히 아끼고 사랑했다. 1883년 아버지가 돌아가셨을 때 유산 8만 달러가 다섯 자녀에게 공평하게 분배되었는데, 헨리 제임스는 자신의 몫을 여동생에게 양보했다. 앨리스는 1884년 11월에 당시 영국에 있던 오빠 헨리의 곁으로 가서 살다가 1892년에 신경쇠약 후유증과 암의 합병증으로 사망했다. 앨리스는 『일기』를 남겼는데, 거기에서 오빠를 "참을성 많은 헨리"라고 지칭하면서 이렇게 썼다. "나는 오빠에게 끝없는 근심과 불안을 안겨 주었다. 하지만 이런 애물단지 노릇과 나의 황당한 질병에도 불구하고, 오빠의 얼굴에서 초조한 기색을 본 적이 없고 또 오빠의 입에서 매정하고 야멸찬 말이 흘러나오는 것을 들어 본 적이 없다."

그에게는 깊은 영향을 끼친 여인이 세 명 있었는데 한 명은 여동생 앨리스이고 다른 두 명은 미니 템플과 콘스탄스 페니모어 울슨이다. 미니 템플은 헨리 제임스보다 두 살 아래인 이종사촌 여동생이다. 아주 젊고 빛나는 존재로, 특히 그녀를 사모하는 미국 젊은이가 많았다고 한다. 훗날 미국 대법관에 오른 올리버 웬델 홈스도 템플을 사모했다. 당시 병약하여 남북전쟁에 참전하지 못했던 헨리 제임스는 참전후 훈장을 달고 돌아온 홈스가 템플 앞에서 남성미를 과시하는 동안, 템플에게 아무 말도 하지 못하고 말없이 사랑만 바친 수줍음 많은 남자였다. 헨리는 이때부터 여성을 두려워하면서 존경했다. 그러나 미니템플은 수줍고 말이 없는 헨리를 무척 좋아했다. 4년 뒤 심한 폐병에 걸려 죽을 위기를 맞게 된 미니는 당시 이탈리아 여행 중이던 헨리에게 이런 편지를 보냈다. '당신이 그곳에서 재미있게 잘 지낸다니 너무 기뻐요. 당신이 사촌이 아니었다면 나와 결혼하여 나를 그곳에 데려가 달라는 편지를 썼을 거예요. 하지만 그것은 안 될 일이고, 이런 생각을 하면서 위로를 삼아요. 내가 그런 요청을 하면 당신이 받아들이지 않을 것이니, 그것은 지금보다 훨씬 더 나쁜 일이잖아요.' 이 미니템플은 「데이지 밀러」의 밑바탕이 된 인물이다. 데이지 밀러의 모습은 『여인의 초상』의 이사벨 아처, 『비둘기의 날개』의 밀리 틸 그리고 『황금 잔』의 매기 버버에게서 다시 발견된다.

콘스탄스 페니모어 울슨은 19세기 초반의 미국 소설가 제임스 페니모어 쿠퍼의 장조카이다. 그녀 또한 별로 성공을 거두지 못한 소설가였는데 제임스는 이 여자를 "페니모어"라고 불렀다. 제임스는 1880년에 이탈리아에서 울슨을 처음 만나서 1894년에 그녀가 베네치아에서 투신자살할 때까지 가깝게 사귀었다. 울슨은 여러 해 동안 제임스를 사랑해 왔고 또 제임스도 그녀와의 결혼을 고려해 보았을 가능성도 있다. 그러나 그는 울슨을 만난 지 1년 뒤에 케임브리지의 친구인 그레이스 노턴에게 자신은 결혼할 것 같지 않다고 털어놓았다. 평생 글쓰기가 그의 아내이며 여주인이었던 것은 분명해 보인다. 그러나 「정글의 짐승」 같은 단편은 소중한 뭔가를 놓치거나 아쉬워하는 제임스의 심정 한 자락이 펼쳐진 것으로 추측된다.

헨리 제임스가 성장하던 시절만 하더라도 뉴욕의 워싱턴스퀘어는 아직 한산한 주택 지구였다. 그 당시 미국은 산업혁명이 막 시작되어 강대국으로 발돋움하고 있었다. 그는 집에서 가정교사들로부터 교육을 받았고 하버드 법과대학에 들어가 몇 달을 보냈으나 19세에 법률 공부를 포기하고 글을 쓰기 시작했다. 그는 처음부터 문재文才를 인정받아 여러 간행물에 글을 게재했다. 20대 중반에는 이미 미국의 가장 뛰어난 이야기꾼 중 한 명으로 평가되었다. 30대에는 파리로 건너가 투르게네프, 플로베르, 졸라, 모파상, 도데 등과 교유했다. 그는 35세 무렵에 이미 문명을 날렸고 그 후 40년 동안 영국에서 살았다. 미국으로 돌아온 것은 1880년대에 두 번 그리고 1900년과 1914년 사이에 두 번, 이렇게 네 번뿐이었다.

1878년에 발간된 「데이지 밀러」는 미국과 영국 독자들의 관심을 사로잡아 그에게 명성을 안겨 주었다. 대체로 그가 파리에 체류하던 시절(1875~1876)과 미국 방문 시기(1882)까지를 제임스 문학의 제1기로 보는데, 이때 제임스는 유럽에 나가 있는 미국인들에 대한 국제적인 주제를 많이 썼다. 이 시기의 대표적인 장편소설은 『미국인』과 『여인의 초상』이다. 그는 이 시기에 신대륙과 구대륙의 매너와 관습의 차이를 꼼꼼히 연구하면서 작품에 코미디와 풍자의 감각을 많이 도입했다. 1882년부터 1889년까지는 제임스 문학의 제2기로, 이 시기에 『보스턴 사람』 『카사마시마 공작 부인』 『비극적 뮤즈』 세 장편소설을 펴냈다. 이 시기에는 국제적 주제보다는 도시에 살고 있는 감수성 예민한 개인들의 자유에 관한 문제를 주로 다루었다.

1890년부터 1895년까지 5년 동안 제임스는 단편소설을 쓰는 한편, 연극계에 진출하여 희곡을 썼으나 별다른 평가를 받지 못하고 실패했다. 1890~1900년까지 10년 동안을 보통 그의 실험기라고 하는데, 이 기간에 「제자」(1891), 「실제와 똑같은 것」(1892), 「중년」(1893), 「양탄자의 무늬」(1896), 「나사의 회전」(1898) 같은 뛰어난 단편들을 썼다. 그리고 제임스 문학의 말기인 1900~1910년 사이에 국제적 주제로 다시 돌아와 모더니스트 기법 아래 『대사들』 『비둘기의 날개』 『황금 잔』 세 장편과, 단편 「정글의 짐승」(1903)을 썼다.

1904년과 1905년 사이에 제임스는 미국으로 돌아와 이 시기에 대부분의 장편과 단편을 수록한 뉴욕판 『헨리 제임스 전집』(전 24권, 1907~1909)을 펴냈다. 그는 이 전집 서두에서 자신의 작품 각 편에 대하여 간단한 서문을 썼는데, 이 서문들은 제임스 문학을 연구하는 데 큰 도움을 주고 있다. 여기에 번역한 여덟 편의 단편소설들은 모두 이 뉴욕판 전집에 실린 텍스트를 대본으로 삼았다. 이렇게 출처를 분명하게 밝히는 것은 제임스가 이 뉴욕판을 펴내면서 자신이 전에 썼던 텍스트들을 가필하는 바람에 최종 텍스트 자체가 이전에 잡지나 단행본으로 발표했던 것과 상당히 달라졌기 때문이다.

헨리 제임스는 평생 독신으로 살았기 때문에 그의 성적 경향에 대해서는 늘 의문이 따라다녔다. 또 그의 작품을 읽는 독자들 중에는 그의 감수성이 '여성적'이지 않은가 하고 생각하는 사람들도 많다. 제임스의 친구이며 외교관을 지낸 미국인 어만 너돌은 이렇게 말했다. "제임스가 여성을 바라보는 시선은 여성이 여성을 바라보는 시선이다. 여성은 상대방 여성을 사람으로 바라보는 반면, 남성은 일차적으로 여성을 여성으로 바라본다. 여성에게 내재된 성적 매력은 대부분의 남자에게 중요한 일차적 관심사이나, 제임스에게는 그것이 주된 관심사가 아니었다." 너돌의 발언은 제임스의 성적 경향보다는 아주 감성적이고 공감적인 소설을 쓸 수 있는 능력을 더 잘 말해 준다. 그러나 제임스의 단편소설들 중 가령 「제자」에서 펨버턴과 모건 모린의 사제 관계는 동성애적 분위기가 있다고 판단되어 최근 영문학계에서는 이와 관련한 연구가 이루어지고 있으나, 그에 대한 구체적이고 결정적인 물증은 없다. 따라서 우리는 텍스트 내에서 객관적으로 허용되는 범위에서만 추론해야지, 미리 헨리 제임스의 성적 경향을 규정하고 거기에 맞추어서 작품을 읽으려 하면 안 된다. 이와 관련해서는 각 단편의 해설 중 「정글의 짐승」 「제자」 「나사의 회전」 등을 참조하기 바란다.

1910년 형 윌리엄이 건강이 좋지 않아 치료차 영국으로 건너왔는데 차도를 보지 못하고 그해 8월 26일에 미국으로 돌아가 사망했다. 이때 형수인 앨리스가 형제 관계를 회고하는 회고록을 써 보라고 권유하여 집필에 착수했으나 결국 완성을 하지 못했다. 1914년 독일과의 제1차 세계대전이 시작되자 제임스의 문학 활동은 모두 끝이 났다. 제임스는 미국이 어서 빨리 제1차 세계대전에 참전하기를 바랐으나 그것이 지연되자 안타까움을 느꼈고, 또 전시 중에 외국인에게는 각종 신분적 제약과 불편함이 부과되어 1915년 7월 26일 영국인으로 귀화했다. 1916년 1월 영국 정부에서 임종을 앞둔 작가에게 공로훈장을 수여했고, 제임스는 그해 2월 28일 간병차 영국으로 건너온 미망인 형수와 조카들이 지켜보는 가운데 숨을 거두었다.

제임스 문학의 3대 특징

국제적 주제 : 제임스는 1872년 초부터 유럽에서 살기 시작했고 1886년에는 영국 런던에 정착하여 사망할 때까지 그곳에서 살았다. 그는 미국 문인인 윌리엄 딘 하우얼스에게 보낸 편지에서 그처럼 유럽을 진지하게 받아들이는 미국인의 운명은 너무나 복잡하고 불확실하다고 말했다. 아무리 이해를 하려고 애써도 일정한 거리를 두는 구세계를 너무 높이 평가한 것은 실수가 아니었을까 하는 회의감도 피력한다. 그는 유럽 주재 미국인을 무시하는 이 오만한 유럽 때문에 유배감과 적막감을 느낀다고 말했다. 그리하여 그는 작가 활동 초기와 중기에 미국과 유럽 대륙이라는 국제적 상황 혹은 국제적 주제를 즐겨 다루게 되었다. 개인적 경험과 탐구라는 유럽 문명의 잣대를 가지고 미국 사회의 실상과 미래의 가능성을 저울질하면서 동시에 구세계와 신세계의 갈등과 부조화(부와 귀족제, 순진과 타락, 야만과 세련, 젊음과 노년)를 극복하는 더 나은 삶과 문명을 모색했다. 제임스는 미국인이 된다는 것은 복잡한 운명이며 그에 따르는 의무는 유럽에 대한 미신적인 생각들을 극복하는 것이라고 말했는데, 이는 유럽 문명의 전통을 신대륙의 고유한 활력 속으로 흡수해야 한다는 사명감을 말한 것이다.

그의 초기 작품들은 구세계와 신세계의 전통과 풍습 차이에서 비롯되는 각종 갈등을 희극적이면서도 재치 있게 탐구하는데, 유럽에서 사는 미국인의 신화를 창조했다는 평가를 받는다. 이를 가장 잘 보여 주는 것이 「데이지 밀러」이다. 반대로 미국에 건너온 유럽의 모습을 묘사한 작품들도 있다. 하지만 대체로 미국인을 우호적으로 묘사한 이런 태도에 대하여, 헨리 제임스가 유럽을 떠도는 자신의 유랑자신세를 한탄하여 그것을 과잉 보상하려는 심리가 작품에 투사되었다고 보는 논평도 있다. 이러한 국제적 주제는 이 단편선에 수록한 「네 번의 만남」과 「데이지 밀러」에서 잘 드러난다. 특히 윈터본과 숙모가 주고받는 대화는 그것을 잘 보여 주는데, 유럽은 문화적 수준과 귀족제를 숭상하지만 미국은 "달러화와 6연발 권총"으로 대표된다고 말한다. 또 데이지와 그 어머니가 백작이나 후작을 붙잡을 자격이 되지 못하는 문화적 수준이라는 말도 한다.

모더니즘의 선구 : 제임스 문학을 1단계인 국제주의, 2단계인 실험기 그리고 3단계인 완성기, 이렇게 세 단계로 볼 때 모더니스트 기법은 실험기에 결실을 맺어 완성기에 고도로 발전했다. 여기에 번역된 여덟 편의 단편은 1단계에서 두 편, 2단계에서 다섯 편, 3단계에서 한 편을 뽑았는데, 모더니스트 기법이 가장 뚜렷한 단편은 3단계에서 발표된 「정글의 짐승」이다.

제임스는 문학을 공부하던 청년 시절 찰스 디킨스와 오노레 드 발자크의 소설을 아주 좋아했다고 한다. 두 작가의 작품은 전형적인 19세기 리얼리즘 소설로, 작가가 신의 입장이 되어 작품 내의 모든 등장인물에 대하여 모든 것을 알고 있는 관점을 취한다. 디킨스나 발자크는 등장인물에 관한 한, 그가 깨고 나면 잊어버리는 새벽녘의 어렴풋한 꿈부터 잠들기 전까지 발생하는 각종 기억과 생각과 행동에 이르기까지 모든 것을 다 알고 있었다. 다시 말해 세상은 소설가가 그려 내는 모습 그대로 존재하고 따라서 소설가 개인의 자아와 세상은 완벽하게 일치했다. 1890년대의 실험기에 들어선 제임스는 소설가가 모든 것을 알기란 불가능하며, 화자는 자신이 직접 목격하고 체험하고 상상한 것 이외에는 알 수가 없고, 그나마 그 인식이 불완전할 때가 많다는 입장을 취한다. 다시 말해 자아와 세상은 불일치하고 따라서 자아의 심리적 리얼리티에 더 집중한다. 이 때문에 제임스는 화자의 관점을 무엇보다도 중시하고 또 내면적 심리 드라마를 구체화하는 데 집중한다. 이처럼 내면적 리얼리티를 중시하기 때문에 헨리 제임스 소설의 세계는 사회적 리얼리즘의 폭넓은 세상으로부터 크게 벗어난다. 비교적 좁은 규모의 세계에서 생활하고 활동하는 등장인물들은 외부 상황과 대립하면서 때로는 희극적이고 때로는 비극적인 포즈를 취하며, 세상과는 냉소적인 대척점을 형성한다. 그리하여 헨리 제임스는 개인의 의식 내에서 벌어지는 소외를 다루거나 그런 개인의 예민한 감수성, 망상, 신경쇠약, 죽음 등을 묘사하는 데 집중한다. 이러한 제임스의 소설들은 후일 '의식의 흐름'이라는 문학적 기법의 탄생을 예고하는 이정표가 되었다.

　이처럼 화자가 모든 것을 알지 못하고 오로지 화자 자신이 보거나 상상한 것—그것도 내면적 진실에 더 집중되어 있는 것—만 기술할 수 있다는 관점은 곧 모더니즘의 선구가 된다. 제임스 조이스도 마르셀 프루스트도 헨리 제임스에게서 시작된 모더니즘 사상에 입각하여 '의식의 흐름' 기법을 더욱 발전시켰다. 외부의 현실보다는 개인의 내부 혹은 화자의 분열된 자아를 집중적으로 탐구하는 프란츠 카프카도 헨리 제임스에게 문학적 빚을 지고 있다. 영미문학계의 모더니즘은 1920년대에 들어 제임스 조이스의 『율리시스』(1922)와 T. S. 엘리엇의 장시 『황무지』(1922)가 발표되면서 시작되었는데, 화자는 철저히 그 자신의 얘기만 하고 있다. 이 두 작품이 발표된 시점은 제1차 세계대전이 끝난 직후여서 온 세상이 전쟁 후유증으로 참혹했는데도,

그런 세상에 대한 성찰은 전혀 보이지 않는다. 어차피 화자가 그런 세상을 총체적으로 파악하는 것은 불가능하다고 보는 것이다. 그렇다면 화자는 그 자신의 내면적 관점에 대해서만큼은 확신하는 것일까? 아니다. 심리의 측면에서 보자면 화자는 그의 내면조차도 때로는 불일치되고 때로는 이것과 저것을 혼동하게 된다. 그리하여 그 심리 상태는 "나는 내가 왜 이러는지 몰라" "내 생각은 나를 두렵게 해" "나는 내가 너무 무거워" 비슷한 것이 된다. 다시 말해 모더니즘은 이미 그 안에 포스트모더니즘의 씨앗을 가지고 있는 것이다. 이런 모더니스트적 관점 때문에 제임스의 작품은 중의적인 의미를 가지는 경우가 많다.

호설편편: '호설편편好雪片片'은 불가의 화두인데 그 내용을 간단히 소개하면 이러하다. 방온 거사가 약산 선사에게 하직할 때의 일이다. 약산 선사가 여남은 선객들에게 산문 밖까지 전송하라고 하여 함께 나갔는데 온 산에 눈이 내리고 있었다. 방온 거사가 펄펄 내리는 눈을 가리키며 "참으로 좋은 눈이로다. 송이 송이가 다른 곳에는 떨어지지 않는구나!"라고 말했다. 그때 전씨 성을 가진 선객이 물었다. "거사님, 그렇다면 어디에 떨어집니까?" 거사는 그 선객을 손바닥으로 한 번 때리는 것으로 대답했다. 전 선객이 "거사는 경솔하게 굴지 마십시오"라고 불쾌한 어조로 대답하자 방온 거사가 정색하며 말했다. "그대는 그러고도 자신을 선객이라고 하는가? 염라대왕이 그대를 그냥 놔두지 않을 거네." 그러자 전 선객이 대꾸했다. "그렇게 말하는 거사는 어떠시오?" 거사가 다시 한 번 손바닥으로 그를 때리며 말했다. "눈으로 보나 소경처럼 보고 있고, 입으로 말하나 벙어리처럼 말하는구나."

전 선객은 눈이 제멋대로 정처 없이 떨어져 내리는 것을 보고 있지만, 방온 거사는 눈이 다 내린 이후 온 산에 만들어지는 하얀 설경을 가리키고 있다. 방온 거사는 달을 가리키는데, 전 선객은 거사의 손가락만 보고 있는 것이다. 이것을 거사는 눈으로 보나 소경처럼 보고 있고, 입으로 말하나 벙어리처럼 말한다고 지적한 것이다. 헨리 제임스의 텍스트에서는 좋은 눈(여러 가지 의미)이 편편이 떨어져 내린다. 그러나 어떤 독자는 전 선객처럼 눈송이 하나만 보는 것이다. 가령 「나사의 회전」을 미친 여자가 귀신의 환상을 본 얘기라고 해석하거나, 「제자」를 동성애적 사랑의 발현이라고 진단하거나, 「데이지 밀러」에서 데이지의 죽음을 경솔한 말괄량이 처녀의 자업자득으로 규정하거나, 「정글의 짐승」에서 존 마처가 두려워하는 짐승이 그의 동성애적 성향이라고 진단하는 것 등이다. 제임스의 텍스트는 여러 가지 의미를 가지고 독자에게 호소해 오는데, 그는 그 총체적 현상을 '양탄자의 무늬'라고 비유적으로 말했다. 그 무늬는 어느 실 하나로 만들어지지 않는다. 여러 가지 다른 색깔의 실이 서로 엮여 만들어지는 것이다.

각 단편의 해설

네 번의 만남* : 이 소설은 헨리 제임스 초기의 작품으로 1890년대의 실험기에 쓴 작품들과는 다르게 서술이 복잡하지 않고 심리 묘사가 중층적이지 않아서 비교적 읽기가 수월하다. 순진한 미국인의 유럽 동경과 부패한 유럽인의 타락을 대비시키면서 국제적 주제를 묘사하고 있다. 여기에서 미국인의 유럽 동경은 이렇게 묘사된다. "우리(미국인)는 사막의 여행자와 비슷합니다. 물이 떨어져서 무서운 신기루에

---

* 1877년 11월에 《스크리브너스 매거진》에 게재되었고, 2년 뒤인 1879년에 영국에서 단행본으로 출간되었다.

시달리면서 환상이 주는 고문을 당하고 계속 갈증을 느끼는 여행자요. 그는 샘물이 찰랑거리는 소리를 듣고, 수백 킬로미터 떨어져 있는 초록색 정원과 과수원을 봅니다. 그래서 우리는 갈증을 느끼며…… 우리가 결코 본 적이 없는 아름답고 오래된 것들을 앞에 두고 있습니다…… 체험이 우리에게 해 주는 것은 단지 우리가 지닌 자신감 넘치는 꿈을 확인하고 승인해 주는 것뿐입니다." 반면에 유럽인의 타락은, 실제로는 백작 부인도 아니면서 남을 등쳐 먹는 여자의 모습으로 제시된다. 순진한 미국인 여성이 자신의 동경으로 인해 비참한 지경에 빠진다는 점이 이 작품의 하이라이트이자 동시에 아이러니이다.

이 소설은 모파상의 단편 「쥘 삼촌」과 두보의 시 「강남에서 이구년을 만나다」를 연상시킨다. 모파상 작품의 무대가 프랑스의 르아브르이고, 집안의 돈을 빌려 가서 갚지 않고 미국에 건너가 큰 사업을 하는 쥘 삼촌이 귀국하면 집안 형편이 크게 좋아질 것이라며 미국을 동경해 왔는데, 알고 보니 그 쥘 삼촌이 프랑스 해안의 소규모 유람선에서 굴 장수를 하면서 절반은 거지나 다름없는 생활을 하며 살아간다는 내용이다. 두보의 시는, 안녹산의 난이 벌어지기 전에 장안의 날리는 춤꾼이었던 이구년을 피난지 강남에서 만난 소회를 적고 있다. 왕년에 두보는 이구년을 기왕의 집에서도 보고 최구의 집에서도 보았다. 그런데 이제 두보나 춤꾼이나 강남으로 흘러 내려온 피난민 신세로 다시 만났는데 세월은 무심하여 봄꽃이 지고 있다는 것이다. 한때 동경을 품었던 사람이나 사치를 누리다가 영락한 사람을 다시 만나면 옛 모습과 극적으로 대조되어 더욱 감회를 자아내게 된다. 대체로 우리가 젊을 때 안면을 텄다가 나이 들어 만나게 되면, 영락한 사람이 성공한 사람보다 훨씬 많은데, 「네 번의 만남」은 그런 서글픈 만남의 소슬한 느낌을 모파상이나 두보처럼 잘 묘사하고 있다.

　캐럴라인 스펜서는 유럽을 동경한다. 그녀는 먼저 그곳으로 건너간 사촌 때문에 그 동경이 좌절되지만 그래도 조기 귀국하면서 언젠가 유럽에 건너가리라는 희망을 품고 살아간다. 그러나 그 유럽은 뚱뚱하고 타락한 가짜 백작 부인의 모습으로 나타나 스펜서 양의 기대를 산산조각 내 버린다. 이 작품의 맨 마지막 문장 "그녀는 이 멋진 구세계 유럽을 언젠가 다시 보게 되리라고 했는데, 그 말대로 되어 버린 것이다"는 참으로 서늘한 기분을 안겨 준다. 「쥘 삼촌」에서 화자인 '나'가 쥘 삼촌의 본모습을 발견했을 때나 두보가 거지 신세가 된 멋쟁이 춤꾼 이구년을 만났을 때와 같은 충격을 주는 것이다. 스펜서 양은 멋진 구세계의 유럽을 가짜 백작 부인의 모습으로 다시 만나게 되리라고는 상상조차 하지 못했을 것이니까. 이 작품의 캐럴라인 스펜서 양은 제네바 호수의 시용성과 이탈리아의 명승지를 동경하는데, 이런 곳들은 「데이지 밀러」에 그대로 나오고 있어서 만약 캐럴라인 스펜서가 실제로 유럽 여행을 했더라면 데이지 같은 모습이 아니었을까 추측하게 된다.

　데이지 밀러* : 헨리 제임스의 제1기 문학의 핵심인 국제적 주제, 즉 미국과 유럽의 대비를 다룬 유명한 작품이다. 이 단편은 시종일관 윈터본이라는 유럽화된 미국인의 관점에서 서술되어 있다. 윈터본은 소설 앞부분에서 제네바에서 살고 여자를 "공부"한다고 나오는데 소설 마지막 부분에 가서도 다시 제네바로 돌아가 여자를 "공부"한다고 묘

---

* 1878년 6~7월에 《콘힐 매거진》에 게재되었고, 1879년에 단행본으로 출간되었다.

사되어 있다. 다시 말해 유럽화된 미국인의 관점으로 데이지를 공부(관찰)만 하기 때문에, 그녀를 내심 좋아하면서도 그녀에게 과감하게 청혼하지는 못하는 것이다. 주인공 데이지를 정확하게 묘사하는 두 단어는 '초발심'과 '아메리칸 이브'이다.

초발심初發心은 어린애 같은 마음으로 일을 관찰하고 두려움 없는 정신으로 일을 해 나가는 것을 말하는데, 영어로 말한다면 '비기너스 이노센스beginner's innocence'이다. 이 이노센스를 가진 사람은 아무리 역경을 당해도 그것을 기억하지 않는다. 또다시 그런 경우를 만나도 마치 그런 일을 겪지 않은 사람처럼 거기에 대응한다. 작중에서 이것을 보여 주는 문장은 이러하다. "그는 왜 그런지 그 이유를 말할 수는 없어도 그녀는 골치 아픈 질투심 따위는 아예 가지고 태어나지 않은 사람처럼 보였다…… 그런 여자들은 어떤 위급한 상황이 되면 그때까지의 태도에서 돌변하여 위험한 사람이 되어 버렸고, 그러면 윈터본은 자신이 그들을 아주 두려워하게 되리라는 것을 잘 알았다…… 설사 스무 번의 각종 다른 위급한 상황들이 벌어진다 하더라도 데이지는 여전히 그를 사랑하고, 그는 그것을 알고 또 좋아할 것이며, 여전히 그녀를 두려워하지 않을 것이다."

아메리칸 이브는 아메리칸 아담과 짝을 이루는 개념이다. 아메리칸 아담은 '미국의 꿈(아메리칸드림)'으로 설명되기도 하고 또 허레이쇼 앨저(「가난한 사람이 부자가 되다」) 이야기로 설명되기도 하는데, 신대륙인 미국이 지상 낙원을 회복할 수 있는 가능성의 땅이라는 것이다. 이 신화에서 미국은 인류의 새로운 낙원 혹은 새로운 에덴동산으로 간주된다. 그리하여 아메리칸 아담은 새 역사의 출발에 즈음하여 영웅적인 순진성과 엄청난 잠재력을 갖춘 진정한 미국인으로 정의된다. 평론가 제임스 크래프트는 「데이지 밀러」에 대하여 이렇게 말한다. "데이지는 심지어 오늘날에도 전형적인 미국 여자이고, 문학 평론에서 하나의 기준점이며, 생활 속에서 관찰할 수 있는 현상이며, 어떤 특정한 타입의 미국 여성의 이상이다. 데이지는 직접적인 만남을 초월하는 여자이면서도 우리 모두에게 공통되는 요소들과 연결되는, 미국적 체험의 본질적 양상을 구현하고 있다."

이에 대하여 헨리 제임스는 이 작품을 쓰고 여러 해가 흘러간 후에 다음과 같은 일화를 뉴욕판 「데이지 밀러」의 서문에서 회고했다. 어느 날 베네치아에서 헨리 제임스와 함께 곤돌라를 타고 가던 두 중년 부인 중 하나가 관광을 나온 젊은 미국인 여성들을 가리켜 "데이지 밀러"라고 말했다. 그러자 다른 중년 부인이 저런 버릇없는 여자애들은 진짜 데이지가 아니라고 대답했다. 소설가는 저런 여자들에 대해서 쓴 것이 아니라, 자신의 탁월한 상상력을 발휘하여 형식, 아름다움, 애수, 코믹함, 초발심 등을 갖춘 정말로 멋진 이상적 여자를 창조했다고 논평했다. 제임스는 이 두 번째 부인의 지적에 동의한다. "내가 써낸 이 전형적인 인물은 물론 순수시이며 그 이외의 다른 어떤 것이 아니다. 이것은 생생한 상상력이 빚어낸 결과이다." 그 순수시는 작품 속에서 "기이하게도 대담함과 순진함이 적절히 혼합되어 있는 모습" "순진하게 보이는 무관심과 끝이 없는 듯한 명랑함" "경쾌함과 무지함 그 자체" 등으로 제시된다. 그리하여 데이지는 하나의 원형적인 인물이 된다. 이렇게 볼 경우 데이지를 죽이는 로마열*은 단순한 질병에 그치는 것이 아니라 선악과를 따 먹으라고 유혹하는 뱀 혹은 부패한 유럽

---

* Roman fever. 로마에 유행하는 말라리아 혹은 구대륙의 유럽.

문명이 된다. 이런 관점을 가지고 한밤중에 달빛 어린 콜로세움의 경기장에 앉아 있는 데이지를 보면 뱀의 유혹에 막 넘어가는 선악과나무 아래 이브가 보이는 듯하다. 제임스가 「소설의 예술」에서 하나의 인상적인 광경도 훌륭한 스토리가 된다고 쓴 것은 바로 이런 경우를 가리킨 것이다.*

아메리칸 아담이나 이브는 처음 들으면 다소 생소하게 느껴질 수도 있는 개념이다. 그러나 어떤 나라가 되었든 그 나라의 국민들이 자기 자신과 국가에 대하여 가지고 있는 이상과 가치관은 그 나라의 정신 세계에서 가장 중요한 부분이다. 따라서 미국 문학에서 미국인을 가리켜 아메리칸 아담 혹은 이브로 생각하는 것은 그러한 미국적 정체성의 중요한 일부분이다. 이 데이지 주제는 아주 중요하기 때문에 제임스의 장편소설인 『여인의 초상』의 이사벨 아처, 『비둘기의 날개』의 밀리 틸 그리고 『황금 잔』의 매기 버버에서 다시 변주된다. 그리고 데이지는 너새니얼 호손의 『주홍 글씨』에 나오는 헤스터 프린에서 스콧 피츠제럴드의 『위대한 개츠비』에 나오는 동명 여주인공에 이르기까지 미국 문학 내에서 미국적 여성상을 대표하는 인물로 자리매김된다.

이 소설은 두 가지 판본이 있다. 하나는 잡지에 실렸던 것이고, 다른 하나는 만년의 제임스가 많은 수정을 가한 뉴욕판의 것이다. 대부분의 제임스 선집들은 이 뉴욕판을 따르고 있으므로 본 단편선도 뉴욕판을 따랐다. 그러나 데이지의 순수성과 쾌활함이라는 측면에서 보면, 잡지에 실렸던 간결하고 직설적인 초기본이 오히려 더 설득력이 높지

---

* 참조. 「양탄자의 무늬」 해설 중 '하나의 단어'.

않은가 하는 생각이 든다. 뉴욕판은 너무 세련되고 장황하게 그 순진함을 부연 설명하고 있어서 영어식으로 표현하자면 "It is too much of a good thing(아무리 좋은 것이라도 지나치면 싫증 난다)"는 느낌이 들기 때문이다. 아무튼 관심 있는 독자는 「데이지 밀러」의 두 판본을 비교해 보면 초기 제임스와 후기 제임스의 문장이 어떻게 변했는지 파악할 수 있으리라고 본다.

　제자* : 이 소설은 세속적인 모런 가족과 그들의 조숙한 아들에 관한 이야기이다. 헨리 제임스는 피렌체의 친구이며 의사인 윌리엄 윌버포스 볼드윈에게서 들은 이야기로부터 힌트를 얻어 창작했다고 말했다. 1890년에 제임스가 피렌체를 방문했을 때, 볼드윈은 기차와 도보로 에트루리아의 외진 마을들을 여행하자고 제안했다. 무더운 날씨에 불편하기까지 한 여행이었으나, 그 덕분에 제임스는 작품의 소재를 얻었다. 아주 무더운 이탈리아 기차는 자주 정차하거나 예정보다 늦게 출발했는데, 이때 제임스와 볼드윈은 많은 얘기를 나누었고, 볼드윈은 자신이 주치의로 일했던 기이한 미국인 가족에 대해서 말했다. 그 가족은 호텔 숙박비를 떼먹고 야반도주하면서 온갖 허세를 부리며 이곳저곳으로 옮겨 다니면서 살았는데, 그들에게는 아주 조숙하지만 심장이 약한 어린 아들이 있었다. 이 소년은 부모와 형제들의 무모하고 불안전한 방랑 생활을 아주 비판적인 눈으로 바라보았다. 훗날 제임스는 이 소설 서문에서 "이탈리아 오지에서 아주 무더운 여름날을 보냈으나 이런 매력적인 횡재를 하게 되었다"라고 적었다. 또한 제임스 자

---

* 1891년 3~4월에 《롱맨스 매거진》에 게재되었다. 단행본으로는 『스승의 교훈』(1892)이라는 단편집의 한 편으로 수록되었다.

신도 어린 시절 부모님을 따라 유럽의 여러 도시들을 옮겨 다니며 살았기 때문에 그 가족의 분위기를 쉽게 상상할 수 있었다.

「제자」는 이 가족의 이야기를 아주 객관적으로 묘사하고 있다. 이 객관성은 제임스가 등장인물들의 특성과 그들의 상황을 사실적이면서도 면밀하게 이해하여 서술한 데서 나온다. T. S. 엘리엇은 이렇게 말했다. "헨리 제임스의 재능은 관념을 잘 통제하여 그것으로부터 벗어나는 데서 온다. 통제와 벗어남은 우수한 지성의 가장 나중에 오는 특징이다. 그의 마음은 아주 정밀해서 그 어떤 관념도 그 마음을 침범하지 못한다." 엘리엇의 말은 다소 설명이 필요한데, 구체적으로 부연하면 이러하다. 작가가 소설을 써 나가는 데 필요한 무기는 사물, 생각, 언어 이렇게 세 가지이다. 사물이라 함은 물건도 되고 사건도 되고 여러 사건이 얽힌 어떤 상황이 되기도 한다. 즉, 저기 저 바깥에 인간의 생각과는 관계없이 존재하는 우수마발이 모두 사물인 것이다. 소설이 아주 순수한 모습이었을 때에는 이 사물밖에 없었다. 그러나 많은 작가들이 사물을 써먹고 나서 더 이상 할 얘기가 없어지면서 사물에 대한 작가의 생각이 끼어들게 되었고, 나중에 그 생각마저 떨어지게 되자 의미가 수반되지 않는 언어의 조작이나 유희가 동원되기에 이르렀다.

「제자」는 오로지 이 사물만 가지고 이야기를 구성한 아주 순수한 작품이다. 그래서 이 작품을 가리켜 소설이라기보다 순수시라고 평가하기도 한다. 시언지*라고 말할 때의 그런 서정적 충동을 노래한 것이 아니라, 일체의 사변적 논평 없이 심리적 통찰을 객관적으로 묘사한 문

---

* 詩言志. 시는 뜻을 말하는 것이다.

장이기 때문에 순수시라고 하는 것이다. 바로 이 점이 헨리 제임스가 사상적 도발과 선동의 전통에 입각하여 장황하고 지루한 작품을 써 나가는 20세기의 다른 작가들과 구별되는 점이다.

이 작품의 순수시 같은 구조는 수미산의 도리천에 있다는 인드라의 정교한 구슬 궁전을 연상시킨다. 이 궁전은 그물로 되어 있는데 그 그물의 이음새마다 아름다운 구슬이 달려 있어서 구슬들이 서로를 비춘다. 그 구슬은 영롱하여 많은 구슬의 그림자가 하나의 구슬 안에 투영되고 다른 구슬들 또한 그러하다. 이처럼 한 구슬의 그림자가 무궁무진하게 다른 구슬에 투영되고, 각 구슬의 그림자가 서로 비추어 궁전의 아름다움을 더해 준다. 모험꾼인 모린 부부의 거짓말과 속이기라는 비행에 대하여, 모건의 관점과 가정교사 펨버턴의 관점이 이중 구조로 번갈아 제시되면서 제자의 이야기는 서로 비추는 거울 같은 중층 구조로 확대되어 나가고, 또 그런 비난과 도전에 대하여 모린 부부가 노련한 세상 사람처럼 반응하는 방식은 중중무진重重無盡의 무한한 정취를 자아낸다. 어떤 때는 모린 부부의 태도—가령 모린 부인이 펨버턴에게 돈을 빌려 달라고 하자 펨버턴이 어이없어서 당황하는 장면—가 너무나 희극적으로 그려져 있어서 웃음이 나올 정도이다. 이 소설은 아무런 난폭함이나 유혈 사건이 없이도 소설의 스토리가 얼마든지 전개될 수 있음을 보여 준다. 제임스는 「중년」에서 "이야기의 조합은 결코 탕진되지 않는다"라는 말을 했는데, 이 소설을 읽으면 이야기의 신축성과 적응성이 이처럼 광대무변하여 앞으로도 소설은 결코 죽지 않겠구나 하는 느낌을 갖게 된다. 아주 평범한 사건을 가지고 이런 아름다운 얘기를 만들어 낼 수 있고 또 아름다움은 누구나 좋아하는 것이니까.

가정교사는 선과 악의 사이에서 일종의 중재를 하는 사람인데, 그의 역할은 「나사의 회전」의 여자 가정교사의 그것과 비슷하다. 가정교사는 귀신으로 상징되는 악을 상대하지만, 펨버턴은 닳고 닳은 세상 사람인 모린 부부로 대표되는 악을 상대로 한다. 여기에서 부부의 야바위 모험가 측면을 묘사할 때마다 "세상 사람"이라는 단어가 동원된다는 것을 주목할 필요가 있다. 호텔 숙박비를 떼먹고 야반도주하는 장면도 아주 은밀하게 묘사되어 있어서 처음에는 무엇을 묘사하고 있는지 잘 모를 정도이다. 그리고 맨 마지막 호텔에서는 더 이상 야반도주를 하지 못해 노골적으로 야바위꾼의 모습이 폭로되었을 때에도 모린 부부는 노련한 세상 사람의 모습을 유지한다. 그뿐만 아니라 작품의 마지막 부분에서 자신의 아들이 심장마비로 죽는 참사를 당하고서도 모린 씨는 곧 노련한 세상 사람으로 돌아가 그 사실을 받아들인다. 노련한 세상 사람으로 살아가기로 마음먹는다면 이 세상에서 두려워할 것이 무엇이랴 하는 우스운 느낌마저 든다. 일찍이 한나 아렌트는 "악의 평범성banality"이라는 말을 했는데, 악의 실제적인 모습이 이처럼 평범하다는 것이다. 아렌트는 『예루살렘의 아이히만』에서 악의 평범성을 복잡하게 설명하지만, 제임스는 '세상 사람'이라는 단어 하나로 악의 모습을 잘 보여 준다.

헨리 제임스가 평생을 독신으로 살았기 때문에 이 작품도 동성애적 해석을 피해 가지 못했다. 작품을 읽을 때 미리 어떤 결론을 내려 놓고 작품 속에서 단장취의斷章取義하여 그 결론에 유리한 부분만 따서 모으면 얼마든지 이 동성애적 해석을 뒷받침하는 부분을 발견할 수 있다. 가령 모건이 펨버턴에게 멀리 도망가서 같이 살자고 한 부분, 모건이 가정교사에게 자신을 어디론가 데려가 달라고 한 부분, 작품 끝부분에서 마침내 같이 살 수 있는 여건이 조성되자 모건이 너무 황홀해하다가 정작 가정교사가 망설이는 것을 보고서 황홀과 충격과 피곤 등이 이중 삼중으로 겹쳐서 죽게 되는 부분 등이 그러하다. 또한 가난한 펨버턴이 영국의 부유한 집 가정교사 노릇을 그만두고 거짓말과 사기꾼의 소굴인 모린 가족에게로 다시 돌아오는 이유가 사랑이 아니라면 무엇이겠는가 하는 현실적 질문도 던져 볼 수 있다. 사랑은 사랑이되, 그것이 반드시 동성애일까? 물론 이런 해석도 가능하고 그것이 촌철살인의 설명처럼 보이기도 하지만 제임스의 호설편편 관점에서 본다면 그런 환원적 해석 하나만으로는 이 작품의 전체적 의미를 모두 파악했다고 보기는 어렵다. 이것은 「나사의 회전」을 읽을 때에도 유념해야 할 사항이다.

실제와 똑같은 것* : 이 작품은 'the real(실물)'과 'the imagined(상상된 것)'의 차이에 빗대어 실물과 창작의 다른 점을 설명하고 있다. 이것은 '히스토리아'와 '파블라'의 차이로 보아도 무방하다. 고대 로마의 수사학자들은 이야기를 다음 세 가지로 분류했다. 첫째, 실제로 발생한 사건들만 보고하는 이야기로, 히스토리아historia이다. 둘째, 실제로 벌어졌는지는 알 수 없으나 발생의 개연성이 높고 히스토리아와 마찬가지로 객관적 사실을 어느 정도 공유하는 줄거리로, 가령 철학적 논의 등이 여기에 해당하는데 아르구멘툼argumentum이라고 한다. 셋째, 객관적 진실성이나 개연성이 없는 것으로, 특히 비극의 무대에서 벌어지는 사건들이 주로 여기에 해당하며, 파블라fabula라고 한다.

---

* 1892년 4월 《블랙 앤드 화이트》에 처음 게재되었다. 단행본으로는 『실제와 똑같은 것』(1893)이라는 단편집의 한 편으로 수록되었다.

고대 그리스 비극에서 서사시가 나왔고 다시 이 서사시에서 장편소설이 발전되어 나왔으므로 우리가 말하는 창작은 바로 이 파블라에 해당한다.

파블라가 히스토리아와 다른 점은 무엇일까? 다빈치의 모나리자를 생각해 보면 자명해진다. 만약 모나리자의 모델로 추정되는 여자를 직접 찾아가서 만나 볼 수 있다면, 그 실물이 그림과 똑같을까? 일반적으로 그렇지 않으리라고 생각된다. 왜 그런가 하면 미메시스[模寫]의 과정에서 예술가는 그 자신의 감정을 표현할 뿐만 아니라 대상을 자신과 동일시하고 거기에 자신의 일부를 투입하여 그 대상을 자신 속으로 동화시키기 때문이다. 다시 말해 모나리자는 실물 바로 그 자체인 여자가 아니라 다빈치의 예술적 해석이 들어간 여자이다. 이처럼 예술가의 솜씨가 실물과 미메시스(상상된 것)의 차이를 만들어 내는 것이다.

만년의 오스카 와일드는 레딩 감옥에서 2년 형기를 마친 후 프랑스 파리로 건너가서 궁핍하게 살았는데, 당시 20대 후반의 청년 소설가였던 앙드레 지드가 와일드를 찾아가 창작의 비결을 물었다고 한다. 이때 와일드는 소설가가 자신이 목격하거나 체험한 것만으로 소설을 쓰면 크게 성공할 수 없다면서, 자신이 지어낸 이야기로 독자를 감동시킬 수 있어야 비로소 본격적인 작가가 될 수 있다고 조언했다. 이러한 사정을 작품은 "실제와 똑같은 것의 결점은, 무엇인가 하면, 재현이 잘 안 된다는 것이다"라고 설명하고 있다. 현실에서 벌어진 일을 그대로 작품에 가져다 쓰면 그것은 신문 기사는 될 수 있을지 몰라도 소설(창작)로서는 별 효과가 없다는 얘기이다. 작중에서 말하듯이 "예술의 연금술"이 발휘되어야 한다는 것이다.

이 단편은 히스토리아와 파블라의 차이를 아무런 관념적 설명도 가

하지 않은 채, 사물(「제자」의 해설에서 말한 사물, 생각, 언어 중의 사물)만 가지고 보여 주고 있다. 지어낸 이야기의 힘이 아주 강력한 힘을 발휘하는 독특한 작품이다.

중년* : 이 작품을 쓸 무렵 헨리 제임스는 영국 연극계에 진출하기 위해 열심히 희곡을 쓰고 있었는데, 지식인들 사이에서는 재치 넘치는 대사가 마음에 든다는 평가가 많았으나, 일반 관람자로부터는 너무 관념적이고 흥미로운 사건이나 모험적인 행동이 없어서 지루하다는 평가를 받고 있었다. 연극계에 진출하려고 한 것은 돈과 명예를 한꺼번에 얻고 싶은 욕망 때문이었으나, 2년 뒤에 〈가이 돔빌〉이라는 희곡을 마지막으로 헨리 제임스는 연극계를 떠났다. 「중년」에는 이 당시 작가의 울적한 심리 상태가 반영되어 있다. 연극으로 두 번째 기회를 얻고 싶어 했으나 그것을 성취하지 못한 것이다.

「중년」에서 가장 유명한 문장은 예술가라는 존재를 정의한 부분인데, 제임스의 모더니스트적인 관점을 잘 보여 준다. "우리는 어둠 속에서 작업을 합니다. 우리는 우리가 할 수 있는 것을 합니다. 우리는 우리가 가진 것을 내어놓습니다. 우리의 의심은 우리의 열정이고, 우리의 열정은 우리의 직무입니다. 그 나머지는 예술의 광기입니다." 이것을 보충 설명해 주는 말이 「양탄자의 무늬」에 나온다. "문학은 기량의 게임이고, 기량은 용기이며, 용기는 명예이며, 명예는 열정이고 열정은 곧 인생이다." 제임스는 예술가의 제1 덕목으로 의심을 들었다. 사물을 관찰하는 예술가는 그가 파악한 대상을 정확히 알지 못한다. 사

---

* 1893년 5월에 《스크리브너스 매거진》에 게재되었다. 단행본으로는 『종결』(1895)이라는 단편집의 한 편으로 수록되었다.

물은 저마다 물자체이기 때문이다. 제임스는 「데이지 밀러」에서 물자체라는 말을 언급한다. "그런 (그녀의) 주장은 물자체였고, 그녀를 아름다운 젊은 운명론자로 만드는 것처럼 보였다." 헨리 제임스는 1909년 유럽판 전집을 내면서 전 작품에 가필을 했는데, 이 '물자체'라는 언급도 그때 추가된 것이다. 물자체—운명론자—에 대한 회의는 모더니스트의 관점과 서로 연결된다. 알다시피 물자체는 칸트의 용어인데, 인간의 이성은 개념, 판단, 과학적 제안들을 종합하여 물자체*에 접근한다. 그렇게 해서 우리가 얻은 지식은 실재 그 자체가 아니라 우리의 마음이 작동하여 얻어 낸 것일 뿐이다. 달리 말해서 모든 지식은 상대적이며, 우리 마음의 제한을 받으며 우리의 개념과 실재가 서로 일치하는지 의문이 생겨난다는 것이다. 이 의문은 운명주의와도 연결이된다. 자신의 의문이 정당한지 그렇지 않은지에 따라 좋은 운명 혹은 나쁜 운명의 갈림길이 될 수도 있는데, 우리는 그 의문을 완벽하게 통제하지 못한다.

이 의문은 삶과 예술의 관계에도 그대로 적용된다. 우리는 삶에 대하여 많은 의문을 가지고 있지만 아름다운 삶, 바람직한 삶, 구현하고 싶은 삶을 일기一期 내에 구현하고 싶어 한다. 마찬가지로 예술가도 살아 있는 동안 지고지선至高至善하여 결점이 하나도 없는 완벽한 작품을 만들어 내고 싶어 한다. 그것을 얻기 위하여 예술가는 의심하고 또 의심한다. 그 반복되는 의심을 열정이라 한 것이고 또 예술가의 삶 자체라고 한 것이다. 그 나머지는 예술의 광기라고 했는데 이 광기라는 말도 의미심장하다. 바위가 곧 떨어질 것을 알면서도 계속 바위를 들어

---

* 物自體. 사물의 실재.

올릴 수밖에 없는 시시포스처럼, 대체로 실패로 끝나리라는 것을 알면서도 계속 작품을 써내는 소설가의 행동을 가리키고 있는 것이다.

이 의문은 이야기의 조합과도 밀접한 관계가 있다. 작중에서 화자는 이렇게 말한다. "그가 (소설가의) 경력을 포기하기 위하여 모든 조합들이 이미 탕진되었다고 생각한 것은 잘못된 일이었다. 그런 조합들은 결코 탕진되는 법이 없고 또 무한하다. 비참한 예술가만 능력이 탕진되어 버리는 것이다." 19세기 후반과 20세기 초반의 작가들은 디킨스, 발자크, 도스토옙스키, 톨스토이 같은 거장들이 이미 소설로 꾸밀 만한 좋은 이야기들은 다 활용해서 후배 작가들은 더 이상 써먹을 얘기가 없다는 데 대한 불안을 느꼈다. 여기에 대하여 헨리 제임스는 이야기의 조합은 무궁무진하고 그래서 소설은 결코 죽지 않을 것이라 예언했다. 제임스는 또 "훗날 매장된 나의 모든 문장은 (나의 문학이 죽었다고 하는) 묘비를 한꺼번에 걷어차고 말리라"라며 자신의 문학이 재평가될 것이라고 말했는데, 실제로 제임스의 모더니스트 기법은 그의 사후 30~40년 동안 후배 작가들에게 심리 드라마의 새로운 길을 열어 주었다. 인간이 사물을 의심(파악)하는 방식은 무한하고 또 그것을 조합하는 방식도 무한하다는 예언은 진실임이 판명되었고 그래서 소설이라는 양식이 무한하다는 것도 증명되었다. 단지 이야기의 조합을 제대로 해내지 못하는 예술가의 능력만 유한한 것이다.

이 작품에서 덴콤은 평론가들이 작가의 의도를 놓쳐 버리고 엉뚱한 곳에다 다양한 의미를 부여하는 것을 보고서 정말로 우습다고 생각한다. 또 작가의 의도가 천천히 드러나기 때문에 온갖 어리석은 해석들이 오히려 신성한 것으로 여겨지고 있다고도 말한다. 덴콤은 보물(작가의 의도)의 구체적 세목을 말해 주면서 그것을 광산에서 채굴한 귀금속, 진귀한 보석, 진주알 등에 비유한다. 이 작품은 뒤이어 나오는 「양탄자의 무늬」 중 소설가와 평론가의 관계를 파악하는 데 훌륭한 주석을 제공한다. 「중년」은 끝부분에서는 「양탄자의 무늬」에 나오는 '삶'을 해설한다. 덴콤은 의사 휴에게 예술가가 되려는 것보다 의사 노릇을 충실히 하면서 백작 부인의 유산을 물려받는 것이 더 좋지 않겠느냐며, 의사가 그렇게 되지 못할까 봐 노심초사한다. 다시 말해 예술과 삶이 같이 가는 것이지만 그래도 삶을 더 우선시해야 한다는 메시지를 전하는 것이다.

양탄자의 무늬* : 이 작품은 독일의 문학 평론가 볼프강 이저가 『독서 행위』(1976)의 서문에서 '독자수용 이론reader-response theory'의 탄생을 예고한 단편소설이라고 평가한 바 있다. 이 이론은 텍스트의 의미는 고정되어 있는 것이 아니라, 독자가 텍스트에 어떤 의미를 부여하느냐에 따라 다양한 의미를 획득할 수 있다고 보는 이론이다. 볼프강 이저는 「양탄자의 무늬」가 문학 텍스트에 숨겨져 있는 뜻을 찾아내야 하는 문예학적 해석을 예고하며, 헨리 제임스가 작품과 해석의 상호관계 그 자체를 하나의 문학적 주제로 삼았다고 말했다. 볼프강 이저는 텍스트 내에는 어떤 '간극' 혹은 '공백'이 있어서 그것이 독자에게 정서적으로 강력한 힘을 발휘한다고 본다. 따라서 독자는 텍스트가 명시적으로 말하지는 않으나 희미하게 암시하는 것을 마음속으로 상상하면서 그것에 반응할 수 있어야 한다고 말한다. 이것은 다르게 말하면 텍스트에 감추어져 있는 숨은 뜻은 독자가 어떻게 텍스트를 읽

---

* 1896년 1~2월에 《코스모폴리스》에 게재되었다. 단행본으로는 『당황』(1896)이라는 단편집의 한 편으로 수록되었다.

느냐에 따라서 달라질 수 있다는 것이다.

이것을 설명하기 위해 작품의 설계와 배경을 간단히 살펴보자. 화자인 '나'는 소설가 휴 베레커가 양탄자의 무늬에 대해서 해 준 말을 듣고서 다시 그것을 코빅에게 전했는데, 코빅과 그의 여자 친구(후일에 그의 아내가 된 그웬돌런)가 그것을 찾아 나선다. 양탄자의 무늬에 대하여 베레커는 자신의 작품에 들어간 전반적 의도를 상징하는 비유라고 설명한다. 이 무늬는 처음에는 작가-작품-평론가의 관계를 설정하면서 작가가 아무리 있는 힘을 다해서 어떤 의도를 작품 속에 집어넣어도 평론가들은 그것을 알아보지 못하고 엉뚱하게 헛소리만 한다는 것이다. 헨리 제임스는 이 작품을 가리켜 "비평적, 분석적 이해력이 부족한 독자들 때문에 쓰게 된 소설이다"라고 말한 바 있다. 그런데 평론가인 '나'와 코빅이 그 무늬를 찾아 나서면서 그것은 인생과 작품의 관계로 전환된다. 코빅은 인도로 가서 그 무늬의 의미를 깨우쳤고 이어 작가 베레커를 찾아가 그 깨달음을 인가받고 나서 그 지식을 하나의 밑천으로 삼아 그웬돌런과 결혼한다. 말하자면 소설의 명확한 이해가 인생(삶)을 촉진시키는 계기가 된 것이다.

여기까지는 이 작품을 이해하는 데 아무런 어려움이 없다. 그런데 '나'가 코빅과 그웬돌런을 상대로 그 무늬가 구체적으로 무엇인지 말해 달라고 하는 작품의 후반부는 이해하기가 쉽지 않다. 그웬돌런과 결혼한 코빅이 신혼여행 중에 교통사고로 사망하자 이제 그 무늬의 비밀을 아는 사람은 그웬돌런만 남는다. 그런데 그녀는 '나'에게 그 비밀을 말해 주지 않는다. 그러자 '나'는 그웬돌런을 닦달하면서 그처럼 말해 주지 않는 것을 보니 결국 그 비밀이라는 것은 없는 게 아니냐고 따진다. 그러자 그녀는 "그것은 나의 삶이에요!"라는 말을 하며 그를 비웃는다.

그 후 '나'는 그웬돌런의 작품에서 그 비밀이 드러나지 않을까 싶어 그녀가 발표하는 두 번째, 세 번째 소설을 열심히 읽어 보지만, 그것을 알 길이 없다. 그녀의 소설은 때로는 우수하지만 때로는 평범해서 도무지 종잡을 수가 없다. 그런데 동료 평론가 드레이턴 딘이 코빅의 미망인과 결혼하자, '나'는 코빅이 결혼하면서 그 비밀을 그웬돌런에게 알려 준 것처럼, 드레이턴도 결혼한 후에 아내로부터 그 비밀을 전수받았겠구나 짐작하고서 드레이턴의 평론들을 열심히 찾아 읽지만 그런 비밀의 징후를 찾아낼 수가 없다. 그리고 그웬돌런은 드레이턴의 두 번째 아이를 낳다가 사망한다. 그러자 '나'는 드레이턴이라면 그 비밀을 이미 알고 있지 않을까 하여 그를 찾아가서 물어보지만 그 역시 아내로부터 그 비밀에 대하여 들은 것이 없다고 대답한다.

'양탄자의 비밀'은 작중에서 끝내 무엇인지 명시적으로 나타나지 않는다. 그렇다면 우리는 그 비밀을 어떻게 이해해야 할까? 작품은 그것을 간접적으로 언급하는데, 가령 "삶에 관한 어떤 아이디어 혹은 어떤 철학"(제3장) 혹은 "그는 그것을 문예文藝라고 부르는가 하면 때때로 삶이라고 부르기도 했는데 결국 같은 것이었다"(제5장)라고 말하기도 한다. 그런데 우리가 의아하게 여기는 것은 이런 점이다. 코빅이 그웬돌런과 결혼하면서 전수한 그 비밀을 왜 그웬돌런은 재혼한 남자에게는 전하지 않았을까? 이 부분에 대하여 텍스트는 이렇게 말하고 있다. "(나는) 그(드레이턴 딘)의 아내가 그를 깨우쳐 줄 가치가 있는 사람이라고 생각하지 않았음을 간파했다. 그를 결혼할 만한 대상으로 생각한 여자치고는 다소 기이한 행동이라는 느낌이 들었다…… 그녀는 그의 이해력 때문에 결혼한 것이 아니라 다른 어떤 것 때문에 결혼했을 것이라고."

이 부분을 읽으면서 우리는 그 '다른 어떤 것'이 무엇이며, 그웬돌런이 과연 양탄자 무늬의 비밀을 알고 있는 사람인가 하는 의문이 든다. 코빅과 결혼한 덕분에 얻은 비밀을 재혼한 남자에게는 전하지 않았으니 서로 모순되는 것처럼 보인다. 이 때문에 그웬돌런에게는 그 무늬가 애초부터 없었다고 진단하는 사람도 있다. 그리하여 작품을 정밀하게 재독할 필요를 느끼게 되는데, 양탄자 무늬의 비밀에 대하여 이런 설명이 나온다. 제6장에서 '나'는 그웬돌런과 대화하면서 그 깨달음을 글자의 형태로 알게 되어야 한다고 말한다. 그러자 그웬돌런은 그 깨달음이 '엄청나다면' 글자 속으로 들어가지 못할 거라고 대답한다. 그러자 내가 다시 "정반대로 그것이 엄청난 엉터리라면 글자 속으로 못 들어갈 거예요. 그가 글자로 표현되지 못하는 어떤 것을 잡았다면 그것을 잡은 게 아닙니다. 베레커가 제게 해 준 말은 그 '무늬'가 한 글자 안에도 들어갈 수 있다는 것이었습니다"라고 말한다. 이 '한 글자'에 대해서는 제3장에서 이런 설명이 나온다. '나'가 베레커에게 그 한 글자에 대하여 이렇게 질문한다. "'가령 철자 P로 시작되는 단어들을 선호하는 일일 수도 있겠습니다…… Papa, potatoes, prunes. 뭐 이런 것들 말입니다.' 소설가는 그럴듯하다는 관용의 태도를 취했으나, 올바른 철자를 제시하지는 못했다고 말했다." 여기서 우리가 베레커를 헨리 제임스로 볼 수 있다면 그는 아마도 smile이 그 글자라고 말했을 것이다.[*]

"글자 속으로 들어가지 못한다"는 불립문자不立文字를 생각나게 하

---

[*] 참조.「정글의 짐승」의 해설 중 '메이의 미소'.

는데 이는 말로써 설명되지 않는 상태를 가리킨다. 또 '한 글자'는 일자야한一字夜寒과 일맥상통하는데 작가가 어떤 문장을 최종적으로 완성시켜 줄 한 글자를 얻기 위하여 한밤중에 추위와 싸우며 자지 않고 궁리한다는 뜻이다. 이것을 헨리 제임스식으로 말하자면, 하나의 글자, 하나의 순간, 하나의 현상이 스토리 전체를 대변할 수 있다고 보는 것이다. 우리는 '메이의 미소'에서 이것을 직접 목격할 수 있다. 나는 "글자 속으로 들어가지 못한다"는 말과 베레커의 "한 글자"에서 힌트를 얻어 "다른 어떤 것"을 다음과 같이 해석해 보고자 한다.

불립문자의 단서에 의거하여 양탄자의 무늬를 '인생人生의 도道'라고 보고, 한 글자를 '무無'로 읽는다면, 우리는 이것이 불가의 화두와 상당히 비슷하다는 생각을 하게 된다. 화두는 주인도 손님도 없는 이야기이기에 일찍이 화두를 말하는 선사들은 도둑, 사기꾼, 거짓말쟁이라는 비난을 받아 왔다. 일찍이 조주 선사는 "개에게는 불성佛性이 없으나 뜰 앞의 잣나무에는 있다"라는 앞뒤가 모순되는 화두를 말했는데 이것을 가리켜 '무자공안無字公案'이라고 한다. 이것은 '개는 붓다인가?'라는 질문에 대하여 '예스'와 '노'라는 이분법의 대답을 거부하고 '무'*라는 제삼의 대답을 내어놓은 것이다. 조주는 사물에 대하여 '이다'와 '아니다' 혹은 '있다'와 '없다'를 구분할 것이 아니라 그것을 초월하는 것이 '도道'이고 또 삶의 깨달음이라고 암시한 것이다. 조주의 스승 남전 화상은 "도는 사물 밖에 있는 것이 아니며, 사물을 떠나서는 도가 없다"라고 했다. 즉 삶을 열심히 사는 것이 도의 깨우침이지 딴것이 없다는 주장이다. 그래서 여정 선사는 "깨달음을 얻은 이후 달라진

* 無. 없다.

것은 없고 단지 눈은 수평이고 코는 수직이라는 것을 알았을 뿐"이라고 말했다.『우파니샤드』에서는 "타트 트밤 아시"*라는 가르침이 있다. 우리가 정말로 삶에 몰입하면 내가 곧 삶이라는 느낌이 드는 순간들이 있는데, 이때에는 주관도 객관도 주인도 손님도 예스도 노도 없는 그런 상태가 되는 것이다.

이것을 베레커의 양탄자의 무늬에 적용하면 이렇게 된다. 인생의 비밀이 '있다' 혹은 '없다' 또는 어떤 것이 인생의 비밀 '이다' 혹은 '아니다'를 따지기보다는 그 비밀에 앞서서 그 삶을 충실히 살아가는 일이 더 중요하다는 것이다. 헨리 제임스는 평론「소설의 예술」에서 소설은 결국 이 삶의 실천에 이바지하기 위해 쓰는 것이라고 말했다. 그래서 코빅이 깨우친 것은 베레커의 작품을 아무리 잘 알아도 직접 삶을 열심히 사는 것만 같지 못하다는 것이었고, 바로 이것을 베레커에게서 인가받은 것이다. 이것은 선승이 선사에게서 그 깨달음을 인가받는 과정과 매우 유사하다. 그 후 코빅은 귀국하자마자 그웬돌런과 결혼했고 또 이런 진실을 몸소 실천한 배경을 아내에게 말해 주었을 것이다. '나'가 코빅과 그웬돌런이 서로 사랑하는 사이라고 말하자 베레커가 갑자기 관심을 보인 것이나, 또 '나'에게 그 무늬를 알아내려고 애쓰는 것을 포기하라고 권유하는 일 등은 모두 이런 짐작을 뒷받침한다. 그웬돌런이 비밀을 자꾸 캐묻는 '나'에게 '삶' 한 자만을 말해 주었던 것도 이런 사정이다. 이런 관점에서 본다면 드레이턴 딘은 알면서도 모르는 사람이 된다. 그는 산속에 이미 들어섰기 때문에 그 산을 굳이 찾을 필요가 없는 것이다. 그웬돌런과 결혼하여 애도 낳고 하면서 열심히 사는 것

---

* tat tvam asi. 나는 저것이다.

이 곧 깨달음의 실천이지, 그것이 그의 문학 평론 속에서 나오는지 아닌지는 그리 중요한 게 아닌 것이다. 이 때문에 그웬돌런은 재혼한 남편에게 굳이 그 말을 해 주어야 할 필요가 없었을 것이다. 여산진면목廬山眞面目, 이미 여산에 들어섰으니 그걸로 충분한 것이다.

따라서 '나'는 문학과 삶이 혼연일체임을 아직 깨우치지 못한 사람이다. 그는 누군가가 밖에서 양탄자의 무늬를 가르쳐 주어야만 비로소 알 수 있다고 오판하고 있다. 드레이턴 딘이 그 비밀(삶과 문학의 비밀)을 작고한 아내로부터 듣지 못했다는 얘기를 듣고서 그것을 고소하게 여기며 자신이 복수했다고 생각하는 '나'는 아직도 이 환히 보이는 곳에 있는 비밀을 깨닫지 못했다. '나'는 뭔가 알고 있는 것처럼 보이지만 실은 아무것도 모르는 사람이고, 독자가 '나'의 말을 그대로 따라가면 길을 잃게 되는 믿을 수 없는 화자이다. 베레커의 말대로 "늘 있는 헛소리"를 지껄이며, 양탄자의 무늬를 "보지 못하는" 것이다. 따라서 독자는 이 일인칭 화자의 관찰 각도를 바로잡기 위해서 그 화자의 편향된 관점에 대항해야 한다. 이럴 경우, 양탄자의 무늬는 볼 수 있는 눈을 가진 사람에게는 보이고 그렇지 않은 사람에게는 보이지 않는 것이 된다. 독자의 생각 혹은 상상을 중시하는 제임스의 모더니즘 기법을 다시 한 번 확인할 수 있는 작품이다.

나사의 회전* : 이 작품의 제목은 원뜻에 충실하게 번역하려면 '나사를 비틀어 대기'가 더 적당하다고 생각한다. 그러나 기존의 모든 번역이 「나사의 회전」으로 옮겼기 때문에 여기서 관례를 따랐다. 나사란

---

* 1898년 초에 《콜리어스 위클리》에 5회에 걸쳐 게재되었고, 1898년 10월에 단행본으로 간행되었다.

무엇인가? 가정교사가 귀신을 보았다는 사실을 말하고, 비틀어 대기는 상대방에게 그 사실을 인정하라고 강력하게 요구하는 것이다. 가정교사는 먼저 가정부인 그로스 부인을 상대로 나사를 비틀어 대고 나아가 두 제자에게 그것을 인정하라고 강요한다. 이 과정에서 우리 독자는 주로 그로스 부인의 입장이 된다. 그로스 부인은 가정교사의 말에 상당히 설득되지만 끝내 귀신을 보지는 못하기 때문이다. 제임스는 이 소설을 네 번에 걸쳐서 수정했는데, 특히 1909년의 뉴욕판 전집을 내기에 앞서서 그로스 부인이 설득되는 과정을 집중적으로 가필했다.

귀신이란 무엇인가? 우리의 민간전승은 이 귀신을 어느 정도 설명해 준다. 어떤 마을에 밤만 되면 도깨비가 나타났다. 밤새 도깨비와 싸우다가 간신히 도깨비를 넘어트리고 상처투성이가 되어 돌아왔다는 아저씨도 있고, 도깨비가 등에 올라타 놔주질 않아 논바닥을 구르다 간신히 떼어 놓고 달아났는데 날이 밝아 그곳을 찾아가 보니 싸리 빗자루였더라는 아주머니도 있고, 밤중에 하얀 옷을 입은 아름다운 여자를 만나 매혹당하여 그녀와 함께 산책했는데, 나중에 알고 보니 그 도깨비가 다름 아닌 산속 시냇물이었다는 할아버지도 있다. 또 도깨비 퇴치법은 머리 쪽을 쳐다보면 안 되고 발등을 내려다보아야 한다고도 한다. 머리를 쳐다보면 몸뚱이가 집채만 해져서 이길 수가 없으나 발등을 쳐다보면 개미처럼 쪼그라든다고 말이다. 다시 말해 도깨비는 사람이 '생각'하는 만큼의 크기를 가진 것이다. 결국 귀신은 내가 있다고 생각하면 있고, 없다고 생각하면 없는 그런 것이다. 헨리 제임스가 이 작품에서 아주 은밀한 서술을 통하여 독자를 설득하려는 것도 바로 이 '생각'이다.

이건 나의 친한 친구에게서 들은 실화인데 그의 시집간 딸이 어렸을 적에 밤이 되면 자꾸 창문에 어른거리는 귀신을 보았다. 그런데 내 친구는 그 귀신이 누구인지 금방 알아보았다. 그가 총각 시절에 사귀던 여자인데 정말로 서로 사랑했으나 안타깝게도 병사하여 헤어진 여자였다. 내가 너무 의아하여 너는 정말 그 귀신이 사랑했던 그 여자라고 믿느냐고 묻자, 그는 믿는다면서, 어린 딸을 감싸 안고 그 귀신에게 나를 찾아와 이렇게 한풀이를 했으면 되었으니 이제 그만 명부로 돌아가 달라고 호소하니 귀신이 더 이상 딸을 찾아오지 않았다고 한다. 사실 우리 주위에서는 귀신을 보았다고 말하는 사람 그리고 귀신 들린 여자애를 보았다는 사람은 무수하게 많다.

이 작품에서 귀신이 등장하는 부분은 제3장(탑 위쪽, 퀸트), 제4장(식당 밖, 퀸트), 제6장(호숫가, 제슬), 제9장(실내의 계단 위쪽, 퀸트), 제10장(실내의 계단 아래쪽, 제슬), 제15장(방 안, 제슬), 제20장(호숫가, 제슬), 제24장(실내의 창밖, 퀸트) 이렇게 여덟 번이다. 귀신은 먼 곳에서 가까운 곳으로 다가오다가 다시 먼 곳으로 나가서 마지막에는 가까운 창밖으로 온다. 그리고 마일스가 죽은 다음에는 창밖에 "고요한 대낮 풍경만 보일 뿐이다". 이처럼 원근을 왕복하다가 마침내 고요한 대낮 풍경 속으로 사라져 버리는 귀신의 움직임은 가정교사의 마음이 움직이는 방식과 조응한다. 거울(가정교사의 마음) 속에 비치는 외물*이 거울의 흐리고 맑음에 따라 멀어지고 가까워지는 것이다. 우리는 텍스트를 주의 깊게 읽는 동안에 귀신의 모습을 때로는 흐리게 때로는 똑똑하게 볼 수 있는데, 나는 제15장과 제24장에 묘사된 거울

---

* 外物. 바깥에 있는 사물.

속 외물이 가장 명료하다고 생각한다. 독자는 각 부분에서 가정교사가 반응하는 방식, 마일스 오누이가 반응하는 방식 그리고 가정교사의 귀신 얘기에 대한 그로스 부인의 반응을 면밀히 관찰해 주기 바란다. 특히 그로스 부인이 어떻게 가정교사의 말을 진실이라고 믿게 되었는지 그 점진적 과정을 세밀하게 살펴보아야 한다. 그렇게 하면 그로스 부인이 퀸트와 제슬의 스캔들에 대해서 갖고 있었던 나쁜 감정 그리고 퀸트와 놀아나며 그 남녀 관계를 알고 있었던 마일스의 거짓말에 대한 실망이 미묘하게 가정교사의 고발에 상호작용하는 것을 살펴볼 수 있다.

이 작품에 대해서는 여러 가지 해석이 있으나 요약하면 대체로 다음 네 가지이다.

첫째, 이것은 귀신 이야기이다. 그리고 많은 평론가들이 그런 부류의 이야기 중에서 가장 위대한 것이라고 평가한다. 귀신들이 순진한 어린아이 두 명에게 나타나기 때문에 그 무서움이 갑절이 된다. 유년 시절은 일반적으로 자유롭고 근심 걱정 없고 행복하다고 여겨지나 모든 유년이 반드시 그렇지는 않다. 아주 순진하고 잘생기고, 쾌활한 어린아이에게 귀신이 나타난다고 하니 바로 거기서 무서움이 생겨나는 것이다. 따라서 이런 관점에서 이 소설을 읽는다면 일체의 설명이 불필요하다. 귀신 이야기를 합리적으로 설명해 버리면 귀신의 오싹함이 가뭇없이 사라져 버리는 것이다. 따라서 독자는 불신不信을 정지停止하고 귀신이 나타났다는 사실을 받아들이고 이 얘기를 끝까지 따라가면서 그 전율을 느끼면 된다. 헨리 제임스는 대낮에 나오는 귀신들을 가장 멋진 귀신들이라고 생각했다고 한다. 다시 말해 환히 보이는 곳에서 귀신을 본다는 것이 아주 환상적이라는 것이다. 제1장에서 플로라가 가정교사에게 블라이를 안내해 줄 때 나오는 다음 말은 이런 의도를 잘 설명한다. "나는 장밋빛 요정이 사는 로맨스 소설 속 성채를 보았고, 무슨 이유인지는 모르겠지만 아이들을 즐겁게 하고자 지은 이야기책이나 동화책에나 나올 법한 어떤 장소 같다고 생각했다. 읽다가 깜빡 잠이 들어 꿈을 꾸게 되는 이야기책에 나오는 광경이었느냐고?"

둘째, 가정교사를 노이로제 환자로 보는 해석이다. 이런 해석은 프로이트의 『히스테리 연구』(1893)에 세 번째 사례로 제시되어 있는 루시 R.의 증상을 그 배경으로 삼는다. 루시는 영국 여자인데 오스트리아 빈 교외의 사장 집에 가정교사로 들어간다. 사장은 최근에 아내와 사별했고 그에게는 어린 두 남매가 있다. 그는 루시에게 아이들을 맡기면서 아이들 교육이 잘될 경우 루시와 결혼할 의사가 있다고 은근히 격려한다. 루시는 두 남매를 사랑하면서 열심히 돌보지만 사장이 그 후에 결혼 얘기를 하지 않아서 애를 태운다. 그러던 중 영국에 있는 가난한 어머니로부터 편지를 받게 되는데, 그 편지를 받는 순간 두 아이가 푸딩을 굽다가 갑자기 루시에게 달려들어 편지를 빼앗으려 한다. 이 사건 이후 루시는 조금만 긴장하면 푸딩을 굽고 있지 않는데도 타 버린 푸딩 냄새를 자꾸만 맡는다. 루시의 주된 증상은 환취幻臭이다. 「나사의 회전」에서도 가정교사는 할리가의 주인으로부터 따뜻한 격려를 받는다. 또 가정교사가 마일스의 학교에서 보내온 편지를 받고 나서부터 귀신을 보기 시작한다. 그러나 루시와 블라이의 가정교사의 차이는 루시가 자신의 환취를 비정상적 증세라고 인정하고 스스로 프로이트를 찾아왔지만, 블라이의 가정교사는 자신이 환시幻視를 보고 있다는 생각은 조금도 하지 않는다. 즉 텍스트의 주인공은 자신이 실제로 귀신을 보고 있다고 생각하는데, 평론가들은 그게 실은 가정교사의 신경증에 따른 환시라고 진단하는 것이다. 이 해석에는 여러 가지 반론이 나오는데, 가장 중요한 반론은 그런 노이로제 환자의 얘기가 어떻게 이런 전율과 감동을 줄 수 있느냐는 것이다. 그리고 서장에서도 밝혀졌듯이, 이 가정교사는 그 후에도 더글러스 여동생의 가정교사 일을 맡았고 무슨 직업에도 "차고 넘치는" 여자이며 또 더글러스가 총명하고 품위 있는 여자라고 말한 점으로 미루어 보아 도무지 그녀를 노이로제 환자로 보기 어렵다.

셋째, 선과 악의 대결로, 가정교사는 그 중간에서 선을 돕는 존재라는 해석이다. 이와 관련하여 우리는 제3장에 나오는 이런 문장을 주목해 볼 필요가 있다. "마일스는 플로라를 처음 봤을 때 느낀 것과 같은 순수한 향기를 풍기고 있었다. 그로스 부인이 말해 준 것처럼 믿기 힘들 정도로 아름다운 아이였다…… 그 아이에겐 사랑 이외의 것은 전혀 모른다는 저 형언하기 어려운 분위기가 있었다. 그런 신성한 순수함을 갖춘 아이가 평판이 나쁜 짓을 한다는 건 있을 수 없었다."

마일스 오누이가 이처럼 선량함 그 자체인데 어떻게 나쁜 짓을 할 수 있었을까? 그런데 우리는 어떤 얘기가 너무 한쪽으로 아귀가 잘 들어맞으면 그게 거짓말이 아닐까 의심을 한다. 만약 오누이가 일방적으로 착하기만 하다면 오히려 지어낸 얘기처럼 들렸을 것이다. 현실은 아름다움과 지저분함이 뒤섞여 있고, 사람의 마음은 선과 악이 뒤섞여 있는 탓이다. 그리고 아주 역설적이게도 악이 있기 때문에 선이 빛나는 것이다. 아우구스티누스의 『고백록』에서 배를 훔치는 장면에 대하여 성인은 이렇게 말한다. "사악함이 나를 가득 채웠다. 나는 이미 배를 많이 가지고 있고 또 더 좋은 놈이 있는데도 그것을 훔쳤다. 내

욕망은 그 훔친 것을 즐기려는 것이 아니라, 훔치는 일의 흥분과 사악함의 전율을 느끼려는 것이었다." 이렇게 볼 때 사람은 누구나 자신이 악하면서도 선하다고 생각하고, 정반대로 선하면서도 악할지도 모른다고 생각하는 경향이 있다. 평소에 선량한 사람도 충동적으로 저지르는 사악한 행동, 까닭 모르게 집착하는 광신, 갑작스럽게 분출하는 욕정, 상대방을 제압하려는 공격성 따위에서 자유롭지 못하다.

그렇다면 마일스 오누이의 악은 구체적으로 무엇인가? 귀신인 퀸트와 제슬의 어두운 영향력을 잘 받아들이고, 플로라는 무서운 말을 지껄이고, 마일스는 학교에서 동급생들에게 무서운 말을 했다, 라는 것이 전부이다. 그 무서운 말이 무엇이었는지는 독자의 상상에 맡겨져 있다. 제임스가 평론 「소설의 예술」에서 말한바, 일정한 형식을 부여하면 그 내용은 저절로 따라온다고 한 것인데, 독자는 평소 자신이 알고 있는 악의 모습을 동원하여 상상해야 한다. 생전의 퀸트와 마일스의 관계가 동성애적인 것이었으리라고 짐작하는 학자도 있다. 상상은 아무런 근거 없는 공상fancy과 합리적 질서를 가진 추측imagination으로 구분되는데, 독자는 공상을 피하도록 애써야 한다. 평론가 C. 나이트 올드리치는 마일스와 플로라가 인도에서 죽은 남동생의 아이들이 아니고 실은 할리가 신사의 아이들인데, 그가 부모 몰래 어머니의 유모였던 그로스 부인과 관계하여 낳은 아이들일 가능성이 있고, 이 때문에 부인이 두 아이를 그토록 사랑한다는 추측을 내놓기도 했다.

오누이의 악이 이처럼 상상에 맡겨져 있기 때문에 그에 비례하여 유령의 모습은 더욱 집채만큼 크게 보인다. 이 선과 악의 싸움이 벌어지는 블라이 저택은 에덴동산으로 볼 수도 있고 그와는 정반대로 가정교사가 부임한 첫날 밤에도 그 집에서 이상한 소리와 발소리를 들는 등으로 미루어 귀신 들린 집이라고 볼 수도 있다. 마일스 오누이는 뱀의 유혹을 받는 순진무구한 남매일 수도 있고 동시에 귀신의 집요한 추적을 당하는 타락한 아이들로 볼 수도 있다. 실제로 가정교사가 묘사한 퀸트의 인상은 뱀을 연상시키는 데가 있다. 이 선과 악의 싸움이라는 해석을 요약하면 가정교사는 악을 귀신으로 볼 수 있는 능력을 가진 영매이고 동시에 선을 악으로부터 건져 내려는 구원자이다. 실제로 제13장에서 가정교사는 작중에서 "영매의 느낌feeling of the medium"이라는 말을 사용하고 있다.

넷째, 이것은 러브스토리이다. 작품의 서장에서 더글러스는 자기 여동생을 가르친 여자 가정교사가 자기보다 열 살이 많다고 말한다. 그리고 더글러스와 가정교사는 서로 좋아했노라고 부연한다. 그렇기 때문에 이 무섭고 아무에게도 하기 싫은 얘기를 가정교사가 그에게 해주었다고 말한다. 우리는 남매, 열 살 차이, 가정교사와 더글러스의 관계를 주목해야 한다. 왜냐하면 텍스트 중에서 블라이의 가정교사와 마일스의 나이가 열 살 차이기 때문이다. 또 '나'는 그녀가 사랑에 빠졌다고 말하고 그리핀 부인이 누구와 사랑에 빠졌느냐고 묻자, 더글러스는 이야기에 다 나온다고 말한다. 여기서 표면적인 사랑은 런던 할리가의 고용주를 말하는 것처럼 되어 있지만, 텍스트의 여러 곳에서 가정교사가 마일스를 사랑하는 것처럼 아주 은밀하게 언급되어 있다. 가령 제1장에서 "매혹된다"라고 한 것, 제2장에서 가정교사와 그로스 부인이 대화를 나누면서 부인이 말한 "그"가 주인인지 마일스인지 헷갈리게 진술되어 있는 것, 제4장에서 아이들의 사랑스러움에 완전히 매혹되었다고 한 것, 제14장에서 가정교사가 마일스의 아름다운 얼굴 앞에서 자신이 못생겼다고 생각하는 장면, 제17장에서 "소유"라는 말이 나오는 것, 제22장에서 가정교사와 마일스가 젊은 커플 같다고 한 장면 등이 그러하다. 또 가정교사가 마일스의 아름다운 얼굴을 칭송한 부분은 셀 수 없이 많다. 또한 더글러스는 서장에서 그 사랑이 "겉으로 분명하게 드러나는 통속적인 그런 방식의 사랑"이 아니라고 말한다.

제17장에서 "내가 그를 낫게 할 수 있는, 소아 병동의 간호사나 자선 수녀가 될 수 있다면 내가 이 지상에서 가진 모든 것을 바쳐서라도 그렇게 해 주고 싶었다"라는 표현이나, 또 같은 장에서 "난 단지 너를 구하려는 거고, 네가 나를 도와주었으면 해!" 하는 대사가 나오는데, 가정교사의 사랑은 잘생기고 총명한 어린 제자가 악마의 유혹에 빠져드는 것을 너무나 안타까워하면서 그것을 막아 보려고 하는 부모 같은 혹은 목자牧者 같은 사랑이다. 우리는 여기서 「제자」의 가난한 펨버턴이 모건 모런을 구하기 위해 자신의 경력이나 봉급을 모두 포기하고 다시 모건에게 돌아온 모습을 보게 된다. 나는 이 사랑이 괴테의 명시 「마왕」에서 영향을 받은 것이라고 생각한다. 한 남자가 밤중에 해변에서 말을 달리고 있다. 그는 어린 아들을 품에 안고 있다. 그가 아들에게 왜 그렇게 얼굴이 창백하냐고 물으니까, 아들이 대답한다. "아버지, 저 귀신이 보이지 않으세요?" 아버지는 소년에게 그것은 해변에서 피어오르는 안개일 뿐이며 또 네가 듣고 있는 건 바람에 살랑거리는 잎사귀 소리일 뿐이라고 말한다. 그러나 아들은 귀신이 계속 자기한테 와서 함께 놀자고 달콤하게 속삭인다고 말한다. 그러자 겁먹은 아버지는 더욱더 빨리 말을 달리지만 귀신보다 더 빨리 달리지는 못한다. 그리하여 목적지에 도착해 보니 품 안의 아들은 결국 죽어 있었다. 「나사의 회전」 마지막 부분에서 악마와 대결하는 가정교사는 어두

운 밤중에 죽을힘을 다해 말을 달려 해변을 지나가는 아버지와 같다. 나는 더글러스가 말한 통속적이지 않은 사랑이 바로 이것이라고 생각한다.

한 개인이 중요한 행동을 할 때에는 그의 지성, 감성, 의지, 그리고 전 생애에 걸친 모든 기억이 작동하여 그 행위를 뒷받침한다. 이와 마찬가지로 훌륭한 텍스트는 뭔가 중요하면서도 불가능해 보이는 어떤 것을 말하고자 할 때에는 여러 가지 의미를 총동원하여 독자에게 호소한다. 「나사의 회전」은 호설편편의 효과가 극대화되어 있는 헨리 제임스 최고, 최선의 단편이다.

정글의 짐승* : 이 단편은 헨리 제임스 자신이 자기가 쓴 112편의 단편들 중에서 가장 잘된 작품이라고 평가한 바 있다. 이 작품은 자신에게 어떤 기이하고 무서운 일이 벌어질지 모른다면서 선뜻 행동에 나서지 못하는 남자를 묘사한다. 그 무서운 일은 정글의 짐승에 비유되어 있다. 「양탄자의 무늬」에서도 "정글의 암호랑이처럼 그에게 덮친 것"이라는 표현이 나온다. 존 마처가 메이 바트램이라는 여자를 만나는 과정은 울슨과 헨리 제임스의 자전적 이야기가 반영된 것으로 보인다. 그러나 늘 자신에게 불운한 일이 벌어질지 모른다고 생각하는 존은 그녀와 깊은 관계에 도달하지 못한다. 이렇게 시간이 흘러가는 동안 존은 메이가 자신의 운명을 자신보다 더 잘 알고 있다고 느낀다.

그녀는 어떻게 남자의 인생에 대해서 남자보다 더 잘 알까? 일언이 폐지하여 그녀가 남자를 사랑하는 까닭이다. 마처가 인생을 대비하

---

* 잡지에 먼저 게재되지 않고 곧바로 『더 좋은 부류』(1903)라는 단편집의 한 편으로 수록되었다.

는 방식은 일정한 형식과 초연함인데 그녀는 그것을 알아본다. "그녀는 그가 인생을 헤쳐 온 형식들과, 그 형식들 밑에 도사리고 있는 초연함을 구분할 수 있었다. 그 삶의 형식들이란 정부의 미관말직에서 근무한 것, 얼마 안 되는 세습 재산을 잘 관리한 것, 훌륭한 서재를 갖춘 것, 시골에 훌륭한 정원을 유지한 것, 서로 초청장을 주고받는 런던 사람들을 관리한 것 등이었다. 반면에 그의 초연함은 그의 모든 행동들…… 을 일종의 기나긴 위장 행위로 만들었던 것이다."

그러다가 메이는 존의 현존하는 운명이 그를 압도해 버렸다고 말한다. 그러면서 존이 그 운명을 스스로 발견하면 그것을 피할 수 있을지도 모른다고 조언한다. 하지만 그는 메이의 말을 이해하지 못한다. 그 자신의 형식과 초연함을 끝까지 탈피하지 못하는 것이다. 마침내 메이가 죽은 다음에 그는 자신의 운명이 무엇인지 깨닫는다. 그에게 아무런 일도 벌어지지 않으리라는 것, 그것이 바로 그의 운명이었다. 자신의 일정한 형식과 초연함 이외에는 모두 거부했으니 여자의 사랑을 받아들일 여지가 없었던 것이다.

이 소설에서 가장 아름다운 부분은 제4장에서 메이와 존이 거의 마지막으로 대면할 때 메이가 순은처럼 하얀 광채를 내며 존에게 그녀의 사랑 속으로 뛰어들라는 최후의 암시를 하는 때이다. 옮긴이는 이 소설을 여러 번 읽었는데, 이 부분을 읽을 때마다 세상에는 이런 특이한 종류의 러브스토리도 있구나 하고 감탄하게 된다. 헨리 제임스는 평론 「소설의 예술」에서 "어떤 광경을 한번 흘낏 엿보는 것이 그림을 만들어 내고 그 그림은 단지 한순간만 지속되었으나 그 순간이야말로 체험(스토리)이다"라고 말했는데 이 단편소설은 바로 메이가 순은의 광채로 빛나는 이 순간을 구축하기 위해 나머지 부분들이 들러리를 서고 있다고 말해도 과언이 아니다. 메이의 이 큰 사랑을 보고서도 소경처럼 보지 못하고, 듣고서도 귀머거리처럼 듣지는 못하는 존은 얼마나 짐승 같은 사람인가. 자기 자신이 이미 짐승인데 정글의 짐승이 언제 뛰쳐나올지 모른다고 말하고 있으니 말이다.

나는 이 소설을 읽을 때마다 환갑이 넘도록 결혼하지 않은 친구가 생각난다. 그 친구는 대학교 1학년 때 동급생이던 여학생을 깊이 사랑했는데, 그 여자가 대학 졸업 후 미국으로 이민을 갔다. 그 후 그는 다른 여자와 교제하다가도 결혼에 이를 만하면 "언젠가 미국에 간 여자가 내게 돌아올 텐데" 하는 생각이 들어 "이렇게 결혼해 버리면 그녀에게 죄를 짓는 것 같아" 하면서 망설이게 되었고, 그래서 사귀던 여자는 다들 떠나가 버렸다. 내 친구는 그 형식(여자가 미국에서 돌아온다)과 초연함(다른 여자와 결혼하면 나만 손해)을 견고하게 유지한다는 점에서 존 마처를 상당히 닮았다고 할 수 있다. 우리는 이 단편을 읽으면서 이렇게 객관적으로 진단을 내릴 수 있지만 정작 이렇게 말하는 나 자신을 포함하여 누구나 다 그런 정글의 짐승으로부터 자유롭지 못하다. 누구나 마음(정글) 속에 무서운 기억(짐승)을 가지고 살아가기 때문이다.

한편, 이브 세지윅이라는 문학 평론가는 존 마처의 성적 지향이 동성애인데, 그것을 억제하고서 이성애를 강요하는 사회적 규범을 따르려고 애쓰다 보니 원래 경향이 정글의 짐승으로 나타났으며, 소설 마지막 부분에서 무덤에 엎드려 흐느끼는 행위는 그 강요된 이성애의 규범을 겉으로 연기하는 것뿐이라고 해석한다. 동성애는 최근 영미문학계에서 헨리 제임스를 연구하는 키워드라고 한다. 그러나 우리가 다른 단편들에서 살펴본 바와 같이 제임스의 호설편편 특징을 적용한다면 이러한 해석은 일차원적인 것이다. 작품이 여러 가지 의미를 제시하고 있고 또 저자가 그런 의도 아래 독자의 상상력에 호소하는 텍스트를 써냈는데 그중 어느 하나만 선택하여 그것이 주도적인 의미라고 주장하는 것은 "눈이 어디에 떨어져 내리냐?"라고 묻는 것과 같다.

마지막으로 이 작품을 읽을 때 독자는 이런 의문을 가질 것이다. 문장이 왜 이렇게 알쏭달쏭하고, 간단하게 몇 마디로 하면 될 얘기를 왜 이렇게 길게 썼을까? 여기서 우리는 제임스의 모더니스트적인 특징을 고려해야 한다. 제임스는 사건의 외부를 중시하는 것이 아니라 사건에 대한 인상을 중시하여 그 사건의 한가운데에 독자가 들어가 있는 느낌을 주기 위해 글을 썼다. 그는 자신의 글이 독자의 상상력에 호소하여 독자의 마음속에 강력한 인상을 일으켜야 한다고 생각했다. 독자가 등장인물의 심리 드라마를 직접 보고 듣기를 원했다. 여기서 우리는 '드라마'라는 말에 주목해야 한다. 드라마의 무대 위에는 배우의 행동과 대사만 있을 뿐, 극작가는 나오지 않는다. "간단하게 몇 마디"를 요구하는 독자는 무대 위에 극작가가 직접 나와서 해설을 해 주기를 바라는 것인데, 그러면 드라마의 전체적 효과는 어떻게 되겠는가? 그래서 제임스는 해설하지 않고 묘사할 뿐이다. 오로지 말의 호소력에만 의존해야 하는 제임스는 이런 빙빙 도는 길고 우회적인 문장을 쓸 수밖에 없는 것이다.

헨리 제임스에 대한 비판과 옹호

1960년대 초에 미국의 평론가 클리프턴 패디먼은 헨리 제임스에 대하여 다음과 같은 다섯 가지 비판을 가했다. 첫째, 그와 그의 작품은 뿌리가 없다. 둘째, 그는 등장인물의 속물근성에 집중함으로써 작품

속에서 다루는 인간관계가 아주 제한되어 있다. 셋째, 그 비좁은 세계에서조차도 그가 보여 주는 정서의 범위는 제한적이다. 넷째, 그는 형식을 위해 내용을 희생시킨다. 다섯째, 그의 문장은 거의 읽을 수 없을 정도로 난해하다.

뿌리가 없다는 것은 제임스의 국제적 주제를 가리키는 것인데, 미국인도 영국인도 아닌 어정쩡한 자세라는 것이다. 그러나 두 세계의 갈등을 묘사한 제임스의 작품은 오늘날의 글로벌 세계에서는 더욱 중요한 텍스트일 뿐만 아니라 「데이지 밀러」의 아메리칸 이브로서의 이미지는 심지어 오늘날에도 미국 여성들이 공감하는 것이다. 속물근성 snobbery은 오늘날 점점 더 빈부 격차가 심해지는 사회에서 인간관계의 핵심 문제가 되고 있다. 자신이 돈과 지위를 가지고 있으니 그렇지 못한 사람들보다 낫다고 생각하는 것은 결코 사소한 주제가 아니다. 정서의 범위가 제한적이라고 한 것은 아마도 제임스의 소설에 섹스 묘사가 별로 나오지 않는다는 것을 지적한 것이리라. 그러나 「정글의 짐승」에서도 볼 수 있듯이 남녀 간의 은밀한 사랑의 문제는 아주 깊은 통찰과 함께 제시되어 있다. 이 단편의 제4장에서 메이 바트램이 보여 주는 미소는 그것을 아름답다고 생각할 수 있는 사람에게만 아름답다. 그런 면에서 오늘날 과도한 폭력과 섹스가 넘쳐 나는 선정적인 소설에 비해 제임스의 소설은 오히려 우리의 지적인 감식안을 더 정화한다.

형식이 내용을 희생시킨다는 말은, 쉽게 풀이하면 스토리가 별로 없다는 것이다. 그래서 디킨스나 발자크의 소설을 좋아하는 사람은 헨리 제임스의 소설을 선뜻 좋아하기가 힘들다. 작품의 길이는 상당한데 사건들이 별로 없다거나, 말하려는 주제가 애매모호하다거나, 작중인물의 정확한 심리 상태를 알기가 어렵다는 등 구체적으로 불평하는 것이다. 이렇게 불평하는 두 혹평가가 있다. 가령 레베카 웨스트는 이렇게 말했다. "헨리 제임스는 피라미드의 대리석 돌덩이보다 더 큰 문장들과 큰 도시를 만들 만큼 넓은 무대를 갖고서도 고작 닭장 크기의 집짓기에 착수했을 뿐이다." 또 영국 작가 H. G. 웰스는 자신의 풍자소설 『분*Boon*』에서 한 등장인물의 입을 통하여 제임스를 공격했다. "그는 피상적 타입의 극치이며, 그 스타일은 거대하지만 결국에는 고통스러운 하마일 뿐이다. 그 하마는 체면이 손상되는 것도 마다하지 않고 자기 우리 한구석에 던져진 땅콩 한 조각을 집어 들려 한다."

그런데 제임스의 평론 「소설의 예술」은 이러한 지적에 대하여 반론을 편다. 그는 이 평론에서 인생의 모든 일이 다 스토리가 될 수 있다고 말한다. 가령 「정글의 짐승」에서 메이 바트램이 제4장에서 존 마처를 만나서 아름답게 미소를 짓고 있는 장면, 데이지 밀러가 달빛 교교한 콜로세움의 경기장에 앉아 있는 모습이 그 자체로 스토리라는 것이다. 또한 「중년」에서 이야기의 조합은 작가의 능력에 따라 무궁무진하다는 말이 나오는데, 이런 조합이 모두 스토리라는 것이다. 로버트 루이스 스티븐슨의 『보물섬』에 나오는 기괴한 모험들만 스토리를 이룬다고 생각하면 오해라는 것이다.

마지막으로 그의 문장은 읽을 수 없을 정도로 난해하다는 말을 살펴보자. 패디먼은 "난해하다"에 대하여 'esoteric'이라는 단어를 썼지만 속마음으로는 아마도 'irritating(짜증 나는)'이라는 단어를 쓰고 싶었을 것이다. 영어를 상당히 공부한 사람도 「나사의 회전」의 원문을 읽으면 짜증을 느끼게 되어 있다. 왜냐하면 그는 요즈음 영미 작가들이 쓰는 것처럼 쉽게 쓰지 않기 때문이다. 제임스 자신도 그의 문장이 번역하기 쉽지 않은 글이라고 생각했다. 이것은 「데이지 밀러」의 초판본과 최종 수정 뉴욕본을 비교해 보면 금방 알 수 있다. 문장을 비틀고 비틀어서 자신의 속마음을 감추려고 하는 듯한 그 글쓰기는 정말 짜증을 불러일으킨다. 그래서 캐밀 파야 같은 평론가는 이런 말을 하고 있다. "어찌하여 도서관에서 공부하는 학생들이 제임스의 소설을 읽다가 비명을 지르며 그 책을 갈가리 찢어 버리고 도서관에서 달려 나가지 않을까, 나는 그게 정말 궁금하다."

따라서 원서를 고통스럽게 읽어야 하는 영미권의 독자들보다 번역문을 읽는 한국의 독자들은 차라리 잘되었다고 할 수도 있다. 적어도 번역문은 그처럼 복잡하지 않고 또 뜻이 잘 통하니까 말이다(영어 원문은 몇 번을 읽어야 겨우 뜻이 파악되는 문장이 수두룩하다). 그렇지만 가시 많은 밤송이는 손을 찔려 가며 까야 비로소 그 안의 밤알이 맛있듯이, 제임스의 문장도 꾹 참고 읽어야 보람을 얻을 수 있다. 우리는 어떤 사람이 아무리 짜증 나는 말을 해도 다 참고 들어 줄 때가 있는데, 그건 분명 그의 말에서 뭔가 얻을 게 있다고 확신하는 때이다. 그것은 학교 다닐 때 소풍을 가서 보물찾기를 하면서 아주 힘들게 보물 티켓 한 장을 발견했을 때의 기쁨과 비슷하다. 혹은 땀을 흘리며 높은 산에 올라가 정상에 도달했을 때의 시원함과 비슷하다. 제임스의 문장은 보물찾기나 힘든 등산이어서 사전 준비 없이 읽으면 은밀한 부분을 놓치기가 쉽지만, 그 은밀함을 다 이해하고 읽으면 정말 재미가 있다. 가령 「나사의 회전」에서 그런 복잡한 문장이 작품 전체의 애매모호한 분위기에 상당히 기여하고 있는 것이다. 제임스보다 후배인 20세기의 실험적 작가들—조이스, 엘리엇, 에즈라 파운드, 윌리엄 포크너—을 읽은 독자들은 문체가 작품의 내용과 상호 밀접한 관계가 있다는 것을 잘 알고 있다.

나는 번역을 하는 동안 그 길고 복잡한 문장으로 되어 있는 텍스트의 아름다움을 도처에서 느낄 수 있었다. 「제자」 「정글의 짐승」 「나사의 회전」 「양탄자의 무늬」는 앞으로 여러 번 재독할 것 같은 느낌이 든다. 잘 빚어 놓은 항아리는 그 안에 아름다운 꽃이 꽂혀 있을 때 더욱 아름다운데, 헨리 제임스의 텍스트는 우리가 마음속에 갖고 있는 꽃을 거기다 꽂아 넣기를 기대한다. 양탄자의 무늬는, 화병에 아직 꽂지 않은 꽃처럼 아직 미완의 상태이다. 우리가 상상력을 발휘하여 한 땀 한 땀 실을 짜 넣어야 비로소 그 무늬가 생겨난다. 가령 「나사의 회전」의 러브스토리는 우리가 그것을 사랑이라고 생각해 줄 때 비로소 러브스토리가 된다. 우리는 「제자」나 「데이지 밀러」를 한 번 읽으면 무슨 이런 밋밋한 얘기가 있을까 하고 느낀다. 그러나 두 번 세 번 거듭하여 읽으면 그 은밀한 세공細工을 눈여겨보게 되고 비로소 희미하게 양탄자의 무늬를 엿볼 수 있다. 있는 것 같기도 하고 없는 것 같기도 한 그것은 우리에게 경계선상의 전율을 일으키고 그리하여 곧 스러져 버릴 것 같은 아름다움을 가까스로 포착하게 한다. 이 때문에 우리는 읽기 힘들다는 것을 의식하면서도 헨리 제임스의 책을 다시 잡게 되는 것이다.

1793   제임스 가문의 미국 생활을 개시한 조부 윌리엄 제임스 (1775~1832)가 아일랜드에서 미국으로 이민을 와 뉴욕주 올버니에 정착한다. 그는 담배, 소금 제조업, 운수업, 부동산 사업 등을 하여 300만 달러라는 막대한 재산을 형성하게 된다. 당시 제임스 가문은 존 제이컵 애스터, 스티븐 밴 렌스클레어 가문과 함께 뉴욕주 3대 부자로 평가된다.

1811   윌리엄 제임스의 10남매(7남 3녀) 중 넷째인 헨리 제임스 시니어가 올버니에서 태어났다.

1843   4월 15일에 뉴욕시 워싱턴플레이스 2번지에서, 헨리 제임스 시니

어와 메리 로버트슨 윌시 사이의 차남 헨리 제임스가 태어난다.

1843~44   헨리 제임스 시니어 부부가 두 어린 아들을 데리고 유럽으로 건너가 파리와 런던에서 머무른다.

1855~58   헨리 제임스 시니어 부부가 다섯 자녀를 데리고 스위스(제네바), 영국(런던), 프랑스(파리) 등지를 다니며 지낸다. 어린 헨리 제임스는 제네바와 파리의 학교에 다니는데, 이때부터 습작을 시작한다. 아버지는 1857년 10월 15일 당시 불로뉴에 있던 아내에게 이런 편지를 보낸다. '헨리는 독서하는 것만큼 공부하는 걸 좋아하지 않소. 그 애는 도서관들의 책을 닥치는 대로 읽고 소설과 희곡을 엄청나게 써 대고 있다오.'

1858~59   가족은 미국으로 돌아와 로드아일랜드주의 뉴포트시에 살다가 다시 유럽으로 건너간다. 헨리 제임스는 제네바와 독일의 본에 있는 학교에서 공부한다.

1860   가족이 다시 미국의 뉴포트시로 돌아온다. 헨리 제임스는 뉴포트의 윌리엄 모리스 헌트의 스튜디오에서 미술을 공부한다.

1861   4월 12일 포트 섬터에서 총격전이 벌어져 남북전쟁이 시작된다. 헨리 제임스는 뉴포트시의 한 화재 현장에서 불을 끄는 작업을 돕다가 부상을 당하는데, 후일 그는 이것을 "정체불명의 끔찍한 부상"이라고 기술한다. 밑의 두 동생이 북군으로 남북전쟁에 참전한다.

1862~63	하버드 대학 법과대학에 들어갔으나 곧 자퇴한다.

1864 가족이 뉴포트에서 보스턴으로 이사한다. 헨리 제임스는 찰스 엘리엇 노턴, 제임스 러셀 로웰, 윌리엄 딘 하우얼스 등과 교우한다. 10월, 《노스 아메리칸 리뷰》에 서평을 발표한다.

1865 첫 단편소설 「한 해의 이야기」를 《애틀랜틱 먼슬리》의 3월호에 게재한다. E. L. 고드킨이 새로 시작한 잡지 《네이션》에 서평 기사들이 실린다.

1866 가족이 매사추세츠주의 케임브리지로 이사한다. 《애틀랜틱 먼슬리》의 부편집인으로 근무하는 윌리엄 딘 하우얼스를 만나 이 잡지에 많은 글을 발표하게 된다.

1869 처음으로 혼자서 영국, 프랑스, 스위스, 이탈리아 등의 유럽 여행을 다녀온다.

1870 3월, 영국에 있는 동안 사랑하는 사촌 미니 템플의 사망 소식을 듣는다. 미니는 헨리 제임스의 여러 소설, 「데이지 밀러」 『비둘기의 날개 The Wings of the Dove』 『황금 잔 The Golden Bowl』 등의 여주인공 모델이 된 여자이다.

1871 첫 번째 장편소설 『파수꾼 Watch and Ward』을 《애틀랜틱 먼슬리》에 연재한다.

| 1872 | 여동생 앨리스와 함께 스위스, 이탈리아, 바바리아를 여행한다. |

| 1872~74 | 영국, 네덜란드, 벨기에, 독일, 스위스 등을 여행하고 파리, 로마, 피렌체 등에서 상당 기간 머무른다. 이 시기 미국 내 여러 잡지에 서평과 여행기를 게재한다. |

| 1874~75 | 겨울 동안 뉴욕에 머물면서 잡지에 계속 서평을 쓴다. |

| 1875 | 첫 번째 단편집『열정적 순례자와 그 밖의 이야기들A Passionate Pilgrim, and Other Tales』을 출간한다. |

| 1876 | 장편소설『로더릭 허드슨Roderick Hudson』을 출간한다. 프랑스에서 지내면서 투르게네프, 플로베르, 에드몽 드 공쿠르, 르낭, 모파상, 도데, 졸라 등을 만난다. 12월에 런던으로 건너가 그곳에 정착한다. 영국 정계와 문학계의 인사들, 가령 테니슨, 브라우닝, 러스킨, 조지 엘리엇, 레슬리 스티븐, 윌리엄 모리스, 허버트 스펜서, 글래드스톤, 몰리 등을 만난다. |

| 1877 | 파리를 다시 방문하고 겨울을 로마에서 보낸다. 장편소설『미국인The American』을 출간한다. |

| 1878 | 장편소설『유럽 사람들The Europeans』을 출간한다. |

| 1879 | 초여름에 투르게네프를 런던에서 만난다. 이탈리아를 여행하고

파리에서 석 달을 보낸다. 처음으로 국제적 명성을 얻게 되는 단편소설 「데이지 밀러」를 비롯해 「네 번의 만남」을 집필한다.

1880   봄에 피렌체와 로마를 여행한다. 이때 미국 여류 소설가인 콘스탄스 페니모어 울슨을 만난다.

1881   단편소설 「워싱턴스퀘어」와 장편소설 『여인의 초상*The Portrait of a Lady*』을 집필한다. 미국으로 돌아와 뉴욕, 보스턴, 케임브리지, 워싱턴 등을 간다.

1882   1월 말에 모친이 그가 귀국하기도 전에 케임브리지에서 사망한다. 5월에 영국으로 돌아오고 가을에 프랑스를 방문한다. 12월 20일에 아버지가 케임브리지에서 사망한다. 아버지는 마지막 순간에 곡기를 끊어서 죽었고 자신이 이제 "영적인 생활"로 되돌아간다고 생각하면서 편안한 죽음을 맞이했다고 한다. 헨리 제임스는 일시 귀국한다.

1883   장편과 단편을 묶은 최초의 『전집*Collected/Collective Edition of 1883*』(전 14권)이 런던에서 출간된다.

1884   2월에 파리를 방문하여 도데, 졸라, 에드몽 드 공쿠르 등을 만난다. 9월에 헨리 제임스의 문학사상을 피력한 아주 중요한 평론 「소설의 예술」을 《롱맨스 매거진》 9월호에 게재한다.

1885	중증 환자가 된 여동생 앨리스가 런던으로 건너와 오빠 근처에서 살기 시작한다. 로버트 루이스 스티븐슨과 교유하기 시작한다.
1887	이탈리아에 장기 체류한다.
1888	10월에 스위스에 있던 콘스탄스 울슨을 방문한다.
1890	장편소설 『비극적 뮤즈*The Tragic Muse*』를 출간한다.
1892	단편소설 「제자」를 집필한다. 3월 6일, 신경쇠약으로 오랫동안 고생해 온 여동생 앨리스가 세상을 떠난다.
1894	1월 24일 콘스탄스 울슨이 베네치아에서 투신자살한다. 로마에 있는 울슨의 무덤을 방문한다.
1895	1월 5일 희곡 〈가이 돔빌〉이 조지 알렉산더의 연출 아래 선트 제임스 극장에서 초연되나 관중들의 야유를 받는다. 이때 희곡에서 완전히 손을 떼기로 마음먹는다. 단편소설 「중년」을 집필한다.
1896	단편소설 「양탄자의 무늬」를 집필한다.
1902	장편소설 『비둘기의 날개』를 집필한다.
1903	장편소설 『대사들*The Ambassadors*』 및 단편소설 「정글의 짐승」을 집필

한다.

1904 장편소설『황금 잔』을 집필한다. 9월, 1883년 이래 처음으로 미국으로 돌아와서 형 윌리엄 제임스의 가족과 함께 케임브리지에서 가을을 보낸다. 뉴욕을 다시 방문한다.

1905 남부로는 플로리다까지, 서부로는 캘리포니아까지 미국을 널리 여행하고 8월에 영국으로 돌아간다.

1906 뉴욕판『헨리 제임스 전집 *The Novels and Tales of Henry James*』을 위해 그동안 썼던 소설들을 수정하고 서문을 작성한다.

1907 소설가 이디스 워튼 부부와 프랑스 자동차 여행을 한다. 2년 전 미국을 둘러본 여행기인『아메리카 풍경 *The American Scene*』을 발표한다. 찰스스크리브너사에서 뉴욕판『헨리 제임스 전집』(전 24권, 1907~1909년까지 순차적으로 발간됨)이 출간되고 그의 사후인 1917년에 두 권이 추가된다.

1909 이해 후반에 장기간 신경쇠약에 의한 무기력 증세를 느낀다. 평생 글을 써 왔으나 큰 대접을 받지 못하고, 그토록 소망하는 명성도 얻지 못하고 또 금전적으로도 그리 여유가 없는 것에 대하여 불만을 느낀다.

1910 질병이 계속되어, 당시 병중이던 형 윌리엄 제임스와 함께 독일

바트 나우하임을 방문한다. 이어 영국으로 돌아오나 동생 로버트 슨이 8월에 사망하자 형 부부와 함께 미국으로 일시 귀국한다. 형 윌리엄이 8월 26일 사망한다.

1911   하버드 대학에서 명예박사 학위를 받는다. 헨리 제임스를 스승으로 모시고 그와 가까이 지낸 미국 여류 소설가 이디스 워튼이 그의 궁핍한 재정 상태를 파악하고서 영국의 에드먼드 고스와 미국의 딘 하우얼스의 후원 아래 헨리 제임스에게 노벨 문학상이 돌아가게 하려고 노력한다. 하지만 노벨 문학상은 1930년이 되어서야 미국인(싱클레어 루이스)에게 처음 수여된다. 스웨덴 한림원은 헨리 제임스의 문학적 지위를 알고 있기는 했지만, 제임스는 1907년에 노벨상을 탄 키플링처럼 널리 알려져 있지 않았고, 또 헨리 제임스 자신이 알고 있었던 것처럼 그의 문장은 번역하기가 어려워서 별로 번역되어 있지 않았기 때문에 한림원 위원들은 그의 작품을 별로 읽은 것이 없었다.

1912   옥스퍼드 대학에서 명예박사 학위를 받는다.

1913   『어린 소년과 다른 사람들*A Small Boy and Others*』(자서전 제1권)을 집필한다.

1914   『아들과 아우의 노트*Notes of a Son and Brother*』(자서전 제2권)를 집필한다. 유럽에 제1차 세계대전이 발발한다. 헨리 제임스는 크게 당황하여 전쟁 지원 활동을 하면서, 병원도 방문하고, 전시 기부 활동

을 독려하는 글도 쓰고, 벨기에 난민들을 도와주고, 미국 앰뷸런스 부대를 위해 일한다.

1915   7월 26일 영국 국민으로 귀화한다. 12월, 뇌졸중에 이어 폐렴을 앓는다. "그래, 마침내 여기에 왔구나, 저 유명한 것이!" 하고 외쳤다고 한다. 뇌졸중에 의한 정신 착란 상태에 빠졌을 때, 자신을 나폴레옹 황제라고 착각하며 튀일리 궁전과 루브르 박물관의 보수 작업에 대하여 자세한 지시를 내렸다고 한다. 평생 금전적으로 힘들게 살아온 예술가의 반작용이었을 것으로 판단된다.

1916   영국왕 조지 5세로부터 명예훈장을 받는다. 2월 28일, 72세를 일기로 사망한다. 장례식은 런던의 첼시 올드 교회에서 치러졌으며, 유해는 매사추세츠주 케임브리지의 공동묘지 내 가족 묘지에 안장된다.

1917   『중년 *The Middle Years*』(미완의 자서전 제3권)이 출간된다.

1921~23   『헨리 제임스 전집 *The Novels and Stories of Henry James*』(전 35권, 런던의 맥밀란 출판사)이 출간된다.

1962   『헨리 제임스 단편 전집 *The complete tales of Henry James*』(전 12권, 필라델피아의 리핀코트 출판사)이 출간된다.

세계문학 단편선을 펴내며

세상의 모든 이야기는 단편으로 시작되었다. 성서와 그리스 신화를 비롯해 인류의 많은 신화와 설화는 단편의 형식으로 사물의 기원, 제도와 금기의 탄생, 운명이라는 이름의 삶의 보편적 형식을 설명했다.

〈세계문학 단편선〉은 모든 산문의 형식 중 가장 응축적이고 예술성이 높은 단편소설에 포커스를 맞추어 세계문학을 바라보는 새로운 관점을 제시하고자 한다. 단편소설을 언급할 때 빼놓을 수 없는 작가들의 작품들은 물론이고, 한두 편의 장편소설로만 우리에게 알려진 세계적 작가들이 남긴 주옥같은 단편들을 통해 대가의 진면모를 총체적으로 바라볼 수 있게 할 것이다. 또한 우리에게 문학의 변방으로 여겨져 왔던 나라들의 대표적 단편 작가들도 활발히 소개할 것이며 이미 순문학과의 경계가 불분명해진 장르문학의 형성과 발전에 크게 기여한 작가들의 작품 역시 새롭게 조명해 나갈 것이다.

에드거 앨런 포는 문학작품은 독자가 앉은자리에서 다 읽을 수 있을 정도로 짧아야 한다고 했다. 바쁜 일상의 삶을 사는 현대인들에게 〈세계문학 단편선〉은 삶과 사회, 나아가 세계를 바라볼 수 있게 하는 더할 나위 없이 좋은 친구가 될 것이라 확신한다.

21세기인 현재에 이르기까지 단편소설은 그리스 신화가 그러했듯이 삶의 불변하는 조건들을 응축된 예술적 형식으로 꾸준히 생산해 왔다. 그리고 새로운 문학적 기법과 실험적 시도를 통해 단편소설은 현재도 계속 진화, 확장되고 있다. 작가의 치열한 예술적 열정이 가장 뜨겁게 반영된 다양한 개성으로 빛나는 정교한 단편들을 통해 문학의 진정한 존재 이유를 독자들이 느낄 수 있기를 소망하며 이번 〈세계문학 단편선〉을 펴낸다.

현대문학 편집부

※ 〈세계문학 단편선〉은 계속 출간됩니다.

헨리 제임스

초판 1쇄 펴낸날 2018년 4월 15일
초판 3쇄 펴낸날 2023년 10월 20일

지은이 헨리 제임스
옮긴이 이종인
펴낸이 김영정

펴낸곳 (주)현대문학
등록번호 제1-452호
주소 06532 서울시 서초구 신반포로 321(잠원동, 미래엔)
전화 02-2017-0280
팩스 02-516-5433
홈페이지 www.hdmh.co.kr

ISBN 978-89-7275-849-5 04840
세트 978-89-7275-672-9

* 책값은 뒤표지에 있습니다.
* 파본은 구입처에서 교환해 드립니다.